점검

점검 정민 교수의 세설신어 400선

1판 1쇄 인쇄 2021. 12. 10.
1판 1쇄 발행 2021. 12. 17.

지은이 정민

발행인 고세규
편집 원소윤·고정용 디자인 윤석진 마케팅 신일희 홍보 박은경
발행처 김영사
등록 1979년 5월 17일(제406-2003-036호)
주소 경기도 파주시 문발로 197(문발동) 우편번호 10881
전화 마케팅부 031)955-3100, 편집부 031)955-3200 | 팩스 031)955-3111

값은 뒤표지에 있습니다.
ISBN 978-89-349-2427-2 03810

홈페이지 www.gimmyoung.com   블로그 blog.naver.com/gybook
인스타그램 instagram.com/gimmyoung   이메일 bestbook@gimmyoung.com

좋은 독자가 좋은 책을 만듭니다.
김영사는 독자 여러분의 의견에 항상 귀 기울이고 있습니다.

정민 교수의 세설신어 400선

점검

어지러운 세상, 돌아보아 나를 찾자

정민

김영사

서언

사자성어는 동아시아에서 오랜 세월 네 글자로 문화의 담론을 이끄는 통로가 되어 왔다. 《점검點檢》은 네 글자로 된 제목 아래 써온 650여 편의 짤막한 글 중에서 400편을 가려 묶은 책이다. 수록된 네 글자는 일반적으로 친숙하게 알려진 성어는 아니고, 대부분 옛 문장에서 발췌했다.

차고술금借古述今! 옛글에서 빌려 와 지금을 얘기해온 세월이 12년이 훌쩍 넘었다. 지난 2009년 5월 1일부터 2021년 10월 28일까지 신문 지면을 빌려 매주 한 꼭지의 글을 쉬지 않고 써왔다. 이제 긴 연재를 마무리하니 허전하고 또 홀가분하다.

제목 '점검點檢'은 말 그대로 하나하나 따져서 살핀다는 뜻이다. 마음자리를 살피고 몸가짐을 돌아보며, 생각을 들여다보고 세상 이치를 짚어보는 모든 일이 다 '점검'이다. 우리는 너무 허둥지둥 엄벙덤벙 살고 있다. 좀 더 차분히 내려놓고 안을 살피는 내성內省의 시간이 필요하다.

액정화면에 2행이 표시되는 워드프로세서 '르모'를 처음 보고 놀랐던 것이 1980년대 중반이었다. 1989년인가, 14행이 표시될 만큼 액정이 커진 삼보의 워드프로세서 '젬워드'를 시리얼 번호 88번으로 사서 그것으로 박사학위 논문을 썼다. 세벌식 타자기에 종이를 한 장 한 장 끼워가며 쓰던 글을 화면에 작성해서 수정이 자유롭고, 심지어 한 자까지 변환할 수 있다는 사실이 믿어지지 않았다. 1990년대 초에 데스크톱 컴퓨터를 샀다. 당시 가격이 어마어마했다. 컴퓨터 회사 직원이 와서 용도를 묻기에 논문을 쓴다고 했더니, 그러면 이거면 평생 충분하다고 자신했다. 그가 그때 넣어준 하드디스크 용량은 20GB도 아니고 20MB였다.

1992년인가, 인터넷 세상이 온다고 해서 교수들이 모두 인터넷 강의를 들으러 갔다. 컴퓨터 공학과 교수가 나와 인터넷에 대해 설명하면서 신문을 컴퓨터로 보는 세상이 왔다고 했다. 그의 지시에 따라 다들 검색창에 어느 일간지의 이름을 쳤다. 곧 신문 지면이 화면에 뜰 것이었다. 하지만 그날 아무도 신문을 보지 못했다. 한 시간이 지나도록 화면에 신문 지면이 부팅되지 않았던 것이다.

오래전 일이라 생각했는데, 고작 30여 년 전의 일이다. 세상은 정말이지 눈부시게 변했다. 상상할 수 없는 일들이 일상이 된 지 오래다. 그런데 이상하다. 인간은 조금도 변하지 않았다. 오히려 점점 망가지고 황폐해져 가는 것 같다. 사람들은 아무도 마음을 돌보지 않고 헛꿈만 꾼다. 그칠 줄 모르는 인간의 탐욕은 지구마저 삼킬 기세다. 사람들의 관계는 일그러지고, 의문이 생겨도 답을 물을 데가 없다.

옛글을 뒤져 답을 찾는 것이 내게는 이제 습관이 되었다. 현실이 답답하고 길이 궁금할 때마다 옛글에 비춰 오늘을 물었다. 답은 늘 그 속에 있었다. 인간은 결코 발전하는 존재가 아니다. 쳇바퀴의 반복을 되풀이할 뿐이다. 코로나19가 지구촌을 강타하는 동안 고립은 일상이 되고 소통의 방법도 완전히 달라졌다. 우리는 어디로 가는가? 나는 누구며, 여기는 어딘가?

글은 주제에 따라 갈래 지어 묶지 않고, 가나다순으로 배열했다. 편하게 펼쳐 음미해 가끔씩 현재의 좌표를 확인하는 데 도움을 얻었으면 한다. 늘 함께 동행하는 김영사에 깊이 감사한다.

2021년 12월
행당서실에서
정민

2부 • ㅂㅅ

3부 · ㅇㅈ

4부 · ㅊㅌㅍㅎ

1부

ㄱ

ㄴ

ㄷ

ㅁ

얕은 데로 말미암아 깊은 데에 이르고, 성근 데서 출발해 촘촘하게 된다. 작은 것부터 시작해 큰 것에 도달하고, 거친 데서 나아가 정밀함에 다다른다. 한 걸음 더 나아가야 한 등급 더 올라간다.

由淺而至深, 由疏而至密, 由小而至大, 由粗而至精, 進一步則升一級.

접점

가경가비

공경스러우나 슬프다

可敬可悲

이세재李世載(1648~1706)는 실무 역량이 탁월했다. 부산 왜관에는 툭하면 차왜差倭가 드나들며 불법 교역을 일삼고, 풍속을 해치는 사건이 빈번하게 일어났다. 그가 동래부사로 부임하면서 규정을 점검하고 과감한 조처를 취하자 왜인들이 거세게 반발했다. 하지만 얼마 못 가 그의 위엄에 압도되어 간사한 버릇을 고쳤다. 그는 동래부가 생긴 이래 최고 명관이란 찬사를 들었다.

1698년 경상도 관찰사가 되어서는 칠곡의 가산산성架山山城을 새로 쌓고, 병기를 정비해 만약의 사태에 대비했다.

뒤에 그가 평안감사로 부임했다. 그곳의 자모산성慈母山城은 옛 고구려의 수도 평양성을 지키던 성 가운데 하나였다. 임꺽정이 이곳을 본거지로 삼아 활동했을 만큼 수량水量도 풍부하고 입지도 훌륭했다.

산성의 전략적 중요성을 한눈에 파악한 이세재가 무너진 성첩을 보수하려 했으나 쌓을 벽돌이 없었다. 산성 위에 해묵은 구덩이 수십 개가 있었다. 파보니 벽돌 굽는 가마가 나왔다. 그리고 구덩이마다 이미 구워진 벽돌이 가득 들어 있었다. 벽돌마다 박서朴犀란 두 글자가 또렷했다.

박서가 누군가? 1231년 귀주龜州 전투에서 그 포악한 몽골군을 물리쳤던 고려의 명장이 아닌가. 그는 1만이 넘는 몽골군의 발을 귀주성에 넉 달이나 묶어두어 그들의 계획에 큰 차질을 빚게 만든 인물이다. 그가 이곳 자모산성에 성을 쌓으려고 벽돌을 만들었다가 미처 완성하지 못했던 것이다. 수백 년 뒤 이세재가 그 벽돌을 꺼내 산성을 쌓는 데 요긴하게 썼다. 이세재는 자산부사慈山府使 정석빈鄭碩賓과 함께 둔전屯田을 경영해 경비를 마련하기도 했다.

이덕리李德履(1725~1797)가 자신의 국방 제안을 담은 실학서《상두지桑土志》에 이 일을 기록했다. 끝에 그가 한마디를 보탰다. "옛사람의 정신과 기력은 수백 년 뒤에도 그 뜻과 사업을 능히 펼 수 있게 하니, 공경할 만하고 또한 슬퍼할 만하다(古人精神氣力, 能於數百年後, 伸其志業, 可敬亦可悲也)." 때와 못 만난 그의 불우가 슬프지만, 박서의 선견지명은 수백 년 뒤 이세재를 만나 빛을 발했다.

가기불인

속일 수 있지만 차마 못 한다

可欺不忍

1573년 오리梧里 이원익李元翼(1547~1634)이 서장관書狀官으로 연경에 갈 때 일이다. 큰 내를 건너며 중인과 역관들이 맨발로 담여擔輿를 멨다. 역관들이 중국말로 투덜댔다. "지위가 낮은 이런 녀석까지 우리가 메야 하다니 죽겠구만." 연경에 도착해서 중국 관원과 문답할 때, 오리가 역관 없이 유창한 중국어로 대화했다. 역관들이 대경실색했다.

그의 집은 어의동於義洞과 대동臺洞 사이에 있었다. 채벌이 금지된 소나무를 베던 소년이 산지기에게 붙들렸다. 근처 허름한 집 마당에 늙은이가 헤진 옷을 입고 앉아 자리를 짜고 있었다.

"여보, 영감! 내일 끌고 갈 테니 이 아이를 잘 붙들어두오. 놓쳤다간 되우 경을 칠 줄 아오."

산지기가 가고 아이가 울었다.

"왜 안 가고 거기 있니?"

"제가 달아나면 할아버지가 혼나잖아요?"

"나는 일 없다. 어서 가거라."

이튿날 산지기가 와서 아이를 내놓으라고 야료惹鬧를 부리다가 의정부 하인에게 혼이 나서 돌아갔다. 당시 그는 영의정이었다.

그는 수십 년을 재상 자리에 있으면서 험난한 국사를 원만하고 합리적으로 처리해 모든 이의 존경을 한 몸에 받았다. 막상 그는 턱이 뾰족하고 콧날이 불그레하며 주근깨가 많은 볼품없는 외모였다. 다산茶山은 그의 화상畵像에다 이런 찬贊을 남겼다.

사직의 안위가 공에게 달렸었고
백성은 공 때문에 살지고 수척해졌다.
외적이 공으로 인해 진퇴를 결정하고
기강이 공을 통해 무너지고 정돈되었다.
社稷以公爲安危　生靈以公爲肥瘠
寇賊以公爲進退　倫綱以公爲頹整

84세 때 인조가 승지를 보내 위문했다. 그 거처에 대해 묻자, "띠집이 낡아 비바람도 못 가릴 지경입니다"라는 대답이었다. "재상 40년에 몇 칸 모옥뿐이란 말인가?" 모든 이가 그 청렴함을 보고 느끼라는 뜻으로 나라에서 직접 집을 지어주었다. 이 집이 경기도 광명시 소하동의 관감당觀感堂이다.

영남 사람들이 이원익과 서애西厓 유성룡柳成龍(1542~1607)을 비교해서 말했다.

이원익은 속일 수 있지만 차마 못 속이고,
유성룡은 속이고 싶어도 속일 수가 없다.
完平可欺而不忍欺　西厓欲欺而不可欺

그는 더도 덜도 말고 꼭 그런 사람이었다. 그의 좌우명은 다음과 같다.

뜻과 행동은 나보다 나은 사람과 견주고,
분수와 복은 나보다 못한 사람과 비교한다.
志行上方　分福下比

그의 수많은 일화에는 모든 이의 한결같은 존경이 담겨 있다. 오늘
에는 어째서 이런 큰 어른을 찾기가 힘든가.

가석세월

문득 돌아보면 곁에 없는 것
可惜歲月

이덕무李德懋(1741~1793)가《세정석담歲精惜譚》에서 이렇게 말했다.

천지간에 가장 애석한 것은 세월과 정신이다. 세월은 한정이 없
지만 정신은 유한하다. 세월을 허비하면 소모된 정신을 다시 수습
할 길이 없다. 대저 사람은 어린아이 적을 빼면 성장하여 어른이
되고, 어른이 되어서는 장가를 든다. 장가든 뒤에는 어린 자식들이
주렁주렁 눈앞에 가득하다. 어느새 남의 아비가 되어 잠깐 만에 터
럭이 희끗희끗해진다. 마침내 손주를 안게 되자 늙음의 형세를 막
을 길이 없다. 그제야 머리를 긁적이며 어린 시절부터 성인이 되어
장가들고 손주를 안은 채 터럭만 희끗해지기에 이른 것을 생각해
보노라면 그 정신의 성쇠盛衰가 판연히 달라 마치 아득한 딴 세상
의 일처럼 여겨진다. 평생을 찬찬히 돌이켜보면 쭈그렁박처럼 아무

이룬 것도 없다. 아무리 긴 한숨을 내쉰대도 어찌해볼 도리가 없다.

天地間, 最可惜者, 歲月也, 精神也. 歲月無限, 精神有限. 虛費了歲月, 其衰耗之精神, 無可復收拾矣. 凡人髫以前無論, 自髫而冠, 冠而娶, 旣娶乎則弱女稚子, 森森滿眼, 居然爲人父, 少焉髮蒼白. 而始抱孫, 老之勢, 浩難防矣. 於是搔首思髫而冠, 冠而娶, 以至于抱孫而髮蒼白. 則其精神之衰盛, 判然若先後天, 細撿其平生, 瓠落無所成. 雖長嘯太息, 無計奈何.

엊그제 어린아이가 불쑥 자라 어른이 되고 아버지가 되고 할아버지가 된다. 사람의 한평생이 실로 눈 깜빡할 사이다. 맑은 정신으로 밝게 살아도 아까운 시간인데 어 하다 보면 손안에 움켜쥔 모래처럼 세월은 허망하게 손가락 사이로 빠져나간다. 사람이 정신을 한번 놓으면 그때부터 얼빠진 인생이 된다.

이용휴李用休(1708~1782)도 〈당일헌기當日軒記〉에서 말한다.

사람이 오늘이 있음을 모르게 되면서 세상의 도리가 어긋나고 말았다. 어제는 이미 가버렸고 내일은 아직 오지 않았다. 하고 싶은 일이 있어도 오직 오늘이 있을 뿐이다. 이미 지나간 것은 돌이킬 방법이 없고, 아직 오지 않은 것은 비록 삼만 육천 날이 잇달아 오더라도 그날그날에는 저마다 그날에 해야 할 일들이 기다리고 있어 실로 이튿날까지 미칠 여력이 없다. 참 이상도 하다, 저 한가로운 사람은. 경전에도 없고 성인께서 말씀하신 적도 없는 소일消日이라는 말에 기대며 살아간다.

自人之不知有當日而世道非矣. 昨日已過, 明日未來. 欲有所爲, 只在當日. 已過者, 無術復之, 未來者, 雖三萬六千日相續而來, 其日各有其日當爲者, 實無餘力可及翌日也. 獨怪夫閒者, 經不載聖不言, 而有托以消日者.

"어찌 지내는가?" "그저 소일이나 하지 뭐." 일상에서 늘 주고받는 얘기다. 소일은 날을 소비한다는 말이다. 바빠 부지런히 계획을 세워 살기에도 아까운 시간인데, 그저 시간을 죽이고 날을 소비하며 하루하루를 살아간다는 것처럼 슬픈 말이 없다. 그러는 사이에 세월은 쏜살같이 지나가고 정신은 마모되어 '아, 늙었구나!' 하는 탄식이 절로 나온다.

가외자언

말이 가장 두렵다

可畏者言

1779년 5월, 나는 새도 떨어뜨린다던 홍국영洪國榮(1748~1781)의 누이 원빈元嬪이 갑작스레 세상을 떴다. 송덕상宋德相이 상소를 올렸는데, 서두에 "원빈께서 홍서薨逝하시니 종묘사직이 의탁할 곳을 잃었다"고 썼다. 당시 정쟁에 밀려 숨죽이며 지내던 채제공蔡濟恭이 낮잠을 자다가 집사가 가져다준 그 글을 보았다.

채제공이 서두를 읽다 말고 놀라 말했다. "해괴하다. 원빈이 죽었는데 어째서 종묘사직이 의탁할 곳을 잃는단 말인가? 400년 종묘사직이 과연 일개 후궁의 힘에 의탁했더란 말인가? 게다가 후궁이 죽었는데 어째서 서거逝去라 하지 않고 '홍서'라 하는가?" 그가 이같이 혼자 중얼거릴 때 그 자리에 가까운 친지 한두 사람이 함께 있었다.

채제공은 한동안 더 낭패의 세월을 보내다가 형조판서에 제수되어 입시했다. 정조正祖(1752~1800)가 그를 환영하며 말했다. "근래 시끄럽던 일 말고도 경이 또 위태로운 처지를 겪어 거의 면치 못할 뻔하였소. 내가 각별히 보호한 덕분에 겨우 면한 것을 알고 있소?" 채제공이 영문을 몰라 "무슨 말씀이시온지요?" 하자, 정조가 말했다. "송덕상이 흉측한 상소를 올렸을 때 경이 그 상소문의 첫머리 글을 가지고 이러쿵저러쿵한 일이 있었소?" 그러면서 정조는 자신이 낮잠에서 갓 깨어 혼잣말처럼 했던 그 말을 마치 그 자리에 있었던 것처럼 자세하게 들려주는 것이었다.

채제공이 놀라, 과연 그런 일이 있었다고 하자, 정조가 다시 말했다. "그날 해가 지기도 전에 그대가 한 말이 홍국영의 귀에 들어가, 그가 펄펄 뛰면서 들어와 온갖 방법으로 죄를 뒤집어씌워 분풀이를 하려는 것을 내가 간신히 말렸었소."

채제공이 이 말을 듣고 물러나와 말했다. "아! 내가 이제껏 생각해봐도 누가 이처럼 쏜살같이 얘기를 전했는지 알 수가 없다. 두려워할 만한 것은 말이다〔可畏者言也〕." 다산의 《혼돈록 餛飩錄》에 나온다.

그때 사랑방에 위로차 찾아왔던 가까운 친지 중 한 사람이 그 말을 듣자마자 그길로 홍국영에게 달려가 고자질을 했다. 예나 지금이나 말 간수를 잘못해 벌어지는 사달이 꼬리를 문다. 말이 참 무섭다.

각곡유목

좋은 것을 배우면 실패해도 남는다

刻鵠類鶩

후한後漢의 명장 마원馬援에게 형이 남긴 조카 둘이 있었다. 이들은 남 비방하기를 즐기고 경박한 협객들과 어울려 지내기를 좋아했다. 멀리 교지국交址國에 나가 있던 그가 걱정이 되어 편지를 보냈다. 간추린 내용은 이렇다.

나는 너희가 남의 과실 듣기를 부모의 이름 듣듯 했으면 좋겠다. 귀로 듣더라도 입으로 옮겨서는 안 된다. 남의 잘잘못을 따지기 좋아하고 바른 법에 대해 망령되이 시비하는 것은 내가 가장 미워하는 일이다. 죽더라도 내 자손이 이런 행실이 있다는 말은 듣고 싶지가 않다. (중략) 용백고龍伯高는 돈후하고 신중해서 가려낼 말이 없다. 겸손하고 검소하며 청렴해서 위엄이 있다. 그래서 내가 그를 아끼고 무겁게 여긴다. 너희는 그를 본받거라. 두계량杜季良은 호걸로 의리를 좋아한다. 남의 근심을 함께 근심하고 남의 기쁨을 같이 기뻐한다. 맑고 흐림에 잃음이 없다. 부친의 장례 때 그가 손님을 청하자 몇 고을에서 일제히 왔다. 내가 그를 애지중지한다. 하지만 너희는 그를 본받아서는 안 된다. 백고는 본받으면 그렇게 되지 못하더라도 삼가고 조심하는 사람은 될 수 있다. 이른바 고니를 새기려다 안 되어도 오리와는 비슷하다〔刻鵠類鶩〕는 것이다. 하지만 계량을 배우다가 잘못되면 천하에 경박한 사람이 되고 말 것이다. 이른바 범이라고 그렸는데 안 되고 보니 도리어 개와 비슷하게 되었다〔畵虎成狗〕는 격이 되고 만다.

吾欲汝曹聞人過, 如聞父母之名. 耳可得聞, 口不可得言也. 好論議人長短, 妄是非正法, 此吾所大惡也; 寧死, 不願聞子孫有此行也. (중략) 龍伯高敦厚周愼, 口無擇言, 謙約節儉, 廉公有威. 吾愛之重之. 願汝曹效之. 杜季良豪俠好義, 憂人之憂, 樂人之樂, 淸濁無所失. 父喪致客, 數郡畢至. 吾愛之重之, 不願汝曹效也. 效伯高不得, 猶爲謹敕之士, 所謂刻鵠不成, 尙類鶩者也. 效季良不得, 陷爲天下輕薄子, 所謂畵虎不成, 反類狗者也.

《후한서後漢書》〈마원전馬援傳〉에 나온다.

각곡유목刻鵠類鶩과 화호성구畵虎成狗의 성어가 여기서 나왔다. 똑같이 배워 본떴는데 결과가 판이하다. 고니〔鵠〕와 오리〔鶩〕는 다르지만 겉모양은 큰 차이가 없다. 같은 기러기목 오리과에 속하는 종류다. 저는 애써 범이라고 그렸는데 남이 줄무늬 있는 똥개로 본다면 피차에 민망하다. 목표를 잘 잡아야지 실패해도 건질 것이 있다. 잘못 따라 하면 범 아닌 개, 호걸 아닌 양아치가 된다.

유협 劉勰이 《문심조룡 文心雕龍》 〈비흥 比興〉 편에서 말했다.

비슷한 것끼리 견주는 것이 비록 많지만 꼭 맞는 것을 귀하게 친다. 만약 고니를 새겨 오리와 비슷하게 되면 건질 것이 없다.

比類雖繁, 以切至爲貴. 若刻鵠類鶩, 則無所取焉.

좋은 것을 본뜨면 실패해도 얻는 것이 있다. 폼나고 멋있다고 잘못 흉내 내면 그것으로 몸을 망친다. 열심히 하는 것이 중요하지 않다. 무엇을 보고 어떻게 배우느냐가 더 중요하다.

각병십법

질병을 물리치는 열 가지 방법

却病十法

명나라 진계유陳繼儒(1558~1639)가 《복수전서福壽全書》에 〈질병을 물리치는 열 가지 방법〔却病十法〕〉을 적어놓았다. 소개한다.

첫 번째는 "가만 앉아 허공을 보며 몸뚱이가 원래 잠시 합쳐진 것임을 깨닫는 것〔靜坐觀空, 覺四大原從假合〕"이다. 잠깐 빌려 사는 몸을 혹사하지 말자는 얘기. 두 번째는 "번뇌가 눈앞에 나타나면 죽음과 견주는 것〔煩惱見前, 以死譬之〕"이다. 죽기보다 더하려고 하고 마음먹으면 못 견딜 일이 없다. 세 번째는 "늘 나만 못한 사람을 떠올려 굳이 느긋한 마음을 갖는 것〔常將不如我者, 强自寬解〕"이다. 사람이 위쪽만 올려다보면 답이 안 나온다. "조물주가 먹고살기 위해 나를 힘들게 하더니, 병 때문에 조금 여유가 생겼으니 도리어 경사나 다행이라 여긴다〔造物勞我以生, 遇病稍閑, 反生慶幸〕"가 네 번째다. 엎어진 김에 쉬어가자는 말씀. 다섯 번째는 "묵은 업보를 현세에서 만나더라도 달아나 피하려 들지 말고 기쁘게 받아들이자〔宿業現逢, 不可逃避, 歡喜領受〕”이다. 운명아, 비켜라. 내가 간다.

나머지 다섯 가지는 다음과 같다. “집안을 화목하게 하여 서로 꾸짖는 말을 않는 것〔家室和睦, 無交譎之言〕”이 여섯 번째다. 무심코 던진 말 한마디로 모든 사단이 시작된다. 가까울수록 말을 아끼자. 일곱 번째는 “중생은 저마다 병의 뿌리를 지니고 있으니 언제나 스스로 관찰해서 이겨내야 한다〔衆生各有病根, 常自觀察克治〕”는 것이다. 평소에 건강을 잘 관리해야 큰 병을 막을 수 있다. 여덟 번째는 “바람과 이슬을 조심해서 막고 기욕嗜慾은 담박하게 하는 것〔風露謹防, 嗜慾澹泊〕”이다. 찬 바람 쐬고 찬 이슬 맞으며 돌아다니면 건강을 다치게 되어 있다. 일찍 귀가해야지. 아홉 번째는 “음식은 절제해서 많이 먹지 말고, 기거는 편안히 할 뿐 욕심부리지 않는 것〔飲食寧節毋多, 起居務適毋强〕”이다. 절제를 잃으면 건강에 바로 적신호가 켜진다. 마지막 열 번째는 “고명한 벗을 찾아가 흉금을 열어 세속을 벗어난 얘기를 주고받는 것〔覓高明親友, 講開懷出世之談〕”이다. 마음에 맞는 벗은 내 만년의 건강을 지켜주는 열쇠의 하나다. 병 없이 살기가 쉽고도 어렵다.

간간한한

작은 지식 버리고 큰 지혜에 노닌다

間間閑閑

매일 말의 성찬盛饌 속에 살아간다. 쉴 새 없이 떠들어대는 언어에는 실속이 없다. 사람들은 그저 있기 불안해 자꾸 떠든다. 약속하고 장담하며 허세를 부린다. 아무 문제없다고, 끄떡없으니 나만 믿으라고 큰소리친다. 정작 문제가 생겼을 때 그는 어느 틈에 숨고 없다. 아니면 그럴 줄 몰랐다고 남 탓만 하고 운수에 허물을 돌린다. 끝내 반성하지 않는다.

미수眉叟 허목許穆(1595~1682)은 〈기언서記言序〉에서 이렇게 말했다.

경계할진저. 말을 많이 하지 말고, 일을 많이 벌이지 말라. 말이 많으면 실패가 많고, 일이 많으면 손해가 많다. 안락을 경계하고 후회할 일은 행하지 말라. 문제없다고 말하지 말라. 그 화가 오래가리라. 괜찮다고 하지 말라. 그 재앙이 길고 크리라. 못 듣는다고 말하지 말라. 귀신이 사람을 엿보고 있다.

戒之哉. 毋多言, 毋多事. 多言多敗, 多事多害. 安樂必戒, 毋行所悔.
勿謂何傷, 其禍將長. 勿謂何害, 其禍長大. 勿謂不聞, 神將伺人.

명나라 육소형陸紹珩은《취고당검소醉古堂劍掃》에서 또 이렇게 말
했다.

말을 적게 함이 귀貴에 해당하고, 저술을 많이 함은 부富에 해당
한다. 맑고 밝음을 지님이 수레에 해당하고, 좋은 글을 곱씹는 것
은 고기에 해당한다.

少言語以當貴, 多著述以當富. 載淸明以當車, 咀英華以當肉.

귀하게 되고 싶은가? 말수를 먼저 줄여라. 부자로 살고 싶은가? 저
술 풍부한 것이 바로 부자다. 좋은 수레를 자랑하는 대신 마음을 맑고
밝게 지니는 것은 어떤가? 병을 부르는 고기로 배불리지 말고 아름다
운 글을 읽어 되새기는 것이 더 낫지 않을까? 그는 또 말한다.

한 발짝 헛디디면 천고의 한이 되고
다시 고개 돌리니 백년 사는 인생일세.

一失脚爲千古恨　再回頭是百年人

길어야 백년 인생이 도처에서 실족해서 천고의 한만 길게 남긴다.
돌이켜보면 그때 내가 왜 그랬나 싶은데 수습하기엔 너무 늦었다. 탐
욕 탓이다.

장자莊子는 〈제물론齊物篇〉에서 이렇게 말한다.

큰 지혜는 툭 터져 시원스럽고 작은 앎은 사소하게 따지기나 좋아한다. 큰 말씀은 기세가 대단해도 잔단 말은 공연히 수다스럽다.

大知閑閑, 小知間間. 大言炎炎, 小言詹詹.

간간間間한 작은 지식을 버리고 한한閑閑한 큰 지혜 속에 노닐고 싶다. 염염炎炎한 큰 말씀에 귀 기울이고, 첨첨詹詹한 잔단 말을 내버려야지.

간군오의

설득에도 전략이 필요하다

諫君五義

자공子貢이 공자孔子에게 따졌다. "제나라 임금이 정치를 묻자, 재물을 절약하라 하시고, 노나라 임금에게는 신하를 잘 깨우치라 하셨습니다. 또 초나라 섭공葉公에게는 가까운 사람을 즐겁게 하고 먼 사람을 오게 하라고 하셨지요. 어째서 같은 물음에 대답이 다른지요?" 공자께서 대답하셨다. "사람이 다르잖니? 그 사람에 맞게 대답해준 것뿐이다. 제나라 임금은 너무 사치스럽고, 노나라는 못된 신하가 임금을 에워싸고 있다. 초나라는 땅덩어리만 넓지 수도가 좁다. 각자의 문제를 해결하려면 급선무가 같을 수 없는 법이지."《공자가어孔子家語》〈변정辨政〉편에 나온다.

이어 공자는 충성스러운 신하가 임금에게 간하는 다섯 가지 방법을 말했다. 첫 번째가 휼간譎諫이다. 대놓고 말하지 않고 넌지시 돌려서 간하는 것을 말한다. 말하는 사람이 뒤탈이 없고, 듣는 사람도 기분 좋게 받아들일 수 있다. 잘하면 큰 효과를 거둔다. 두 번째는 당간戇諫이다. 당戇은 융통성 없이 고지식한 것이니, 꾸밈없이 대놓고 간하는 것이다. 자칫 후환이 두렵다. 세 번째는 강간降諫이다. 자신을 낮춰 납작 엎드려 간한다. 상대를 추어주며 좋은 낯빛으로 알아듣게 간하는 것이다. 우쭐대기 좋아하는 임금에게 특히 효과가 있다. 네 번째가 직간直諫이다. 앞뒤 가리지 않고 곧장 찔러 말하는 것이다. 우유부단한 군주에게 필요한 처방이다. 다섯 번째는 풍간諷諫이다. 비꼬아 말하는 것이다. 딴 일에 견주어 풍자해서 말하는 방식이다. 말 속에 가시가 있다. 한나라 때 유향劉向도 《설원說苑》〈정간正諫〉 편에서 직간直諫 대신 정간正諫을 넣어 이 다섯 가지 간언諫言의 방식을 설명했다.

간언도 상대를 보아가며 가려서 해야 한다. 직간과 당간만 능사가 아니다. 시도 때도 없이 입바른 말을 해대면, 아무리 충정에서 나왔다 해도 윗사람의 역정을 불러 마침내 미움을 사 해를 입는다. 자신을 낮추는 강간은 자칫 천하게 보이기 쉽다. 아첨과 잘 구분해야 한다. 휼간과 풍간은 말귀를 못 알아듣는 임금에게는 백날 해야 아무 효과가 없다. 직간하면 발끈 성을 내고, 풍간하면 행간을 놓친 채 칭찬으로 알아듣는 임금은 방법이 없다. 간諫은 윗사람을 설득하는 일이다. 설득에도 전략이 필요하다.

간위적막

시련과 적막의 시간이 필요하다

艱危寂寞

이기기 좋아하는 자는 반드시 지게 마련이다.

건강을 과신하는 자가 병에 잘 걸린다.

이익을 구하려는 자는 해악이 많다.

명예를 탐하는 자는 비방이 뒤따른다.

好勝者必敗　恃壯者易疾　漁利者害多　鶩名者毁至

청나라 신함광申涵光(1619~1677)이 《형원진어荊園進語》에서 한 말이다.

앞만 보고 내닫던 발걸음이 주춤해질 때가 있다. 언제나 좋기만 한 세월은 없다. 한꺼번에 내닫다가 걸려 넘어진다. 몸을 과도하게 혹사하여 병을 얻는다. 내 승리는 남의 패배를 밟고 얻은 것이다. 칭찬만 원하면 비방이 부록으로 따라온다. 한 자락 쉬어 되돌아보고, 점검하

47

며 다짐하는 내성內省의 시간이 필요하다.

송익필宋翼弼(1534~1599)의 〈객중客中〉 시는 이렇다.

나그네 살쩍 온통 흰 눈과 같고
사귐의 정 모두 다 구름인 것을.
시련 속에 사물 이치 분명해지고
적막해야 마음 근원 드러난다네.
세상 멀어 누구 말을 믿어야 할까
외론 자취 헐뜯음 분간 안 되네.
산꽃은 피었다간 다시 떨어지고
강 달은 둥글었다 이지러지네.

旅鬢渾如雪　交情總是雲
艱危明物理　寂寞見心源
世遠言誰信　踪孤謗未分
山花開又落　江月自虧圓

나그네로 떠돌다 물에 비친 제 낯을 보니, 귀밑머리가 성성하다. 그
많던 친구들도 구름처럼 흩어져 아무도 없다. 뼈아픈 간난艱難의 시간
을 겪고 나니 그제야 비로소 세상 이치가 분명하게 보인다. 그땐 왜
몰랐을까? 적막 속에 자신과 맞대면하는 동안 내 마음의 밑자락을 가
늠하게 되었다. 세상길은 이미 저만치 빗겨 있으니, 가늠 없이 이러쿵
저러쿵하는 말에 마음 쓰지 않으리라. 홀로 가는 길에서 이런저런 비
방쯤은 개의치 않겠다. 꽃은 지게 마련이니, 지는 꽃을 슬퍼하랴. 달은
찼다간 기우니, 특별히 마음 쓸 일이 아니다.

48

특별히 시의 제3, 4구가 마음에 와닿는다. 사람에게는 간위艱危의 시련만이 아니라 적막한 성찰의 시간이 필요하다. 역경이 없이 순탄하기만 한 삶은 단조하고 무료하다. 고요 속에 자신을 돌아볼 줄 알아야 마음의 길이 비로소 선명해진다. 이 둘을 잘 아울러야 삶이 튼실하다. 시련의 때에 주저앉지 말고, 적막의 날들 앞에 허물어지지 말라. 이지러진 달이 보름달로 바뀌고, 눈 쌓인 가지에 새 꽃이 핀다.

간저한송

세상에 잊혀진 냇가의 찬 소나무

澗底寒松

진晉나라 때 좌사左思의 〈영사詠史〉제2수다.

울창한 시냇가 소나무
빽빽한 산 위의 묘목.
저들의 한 치 되는 줄기 가지고
백 척의 소나무 가지를 덮네.
귀족들은 높은 지위 독차지하고
인재는 낮은 지위 잠겨 있구나.
지세가 그렇게 만든 것이라
유래가 하루아침 된 것 아닐세.

鬱鬱澗底松　離離山上苗
以彼徑寸莖　蔭此百尺條

世胄躡高位　英俊沈下僚
地勢使之然　由來非一朝

　　그는 '간저송澗底松'과 '산상묘山上苗'를 대비해 능력도 없이 가문의 위세를 업고 고위직을 독차지한 벌족閥族을 산꼭대기의 묘목에, 영특한 재주를 품고도 말단의 지위를 전전하는 인재를 냇가의 소나무에 견주었다. 이후로 간저한송澗底寒松, 즉 냇가의 찬 솔은 덕과 재주가 높은데도 지위는 낮은 사람을 비유하는 의미로 쓴다.
　　당나라 때 백거이白居易가 〈간저송澗底松〉을 표제로 단 작품을 다시 지었다. 앞 쪽 몇 구절은 이렇다.

　　백 척 되는 소나무 굵기만도 열 아름
　　냇가 아래 자리 잡아 한미하고 비천하다.
　　내는 깊고 산은 험해 사람 자취 끊기어
　　죽기까지 목수의 마르잼을 못 만났네.
　　천자의 명당에 대들보가 부족해도
　　제 있는 것 예서 찾아 서로 알지 못하네.
　　有松百尺大十圍　坐在澗底寒且卑
　　澗深山險人路絶　老死不逢工度之
　　天子明堂欠梁木　此求彼有兩不知

　　그 취지가 앞서와 같다. 송나라 때 육유陸游(1125~1210)는 간송澗松의 이미지를 시 속에서 특히 애용했다. 그에 이르러 간송의 의미는 조금 달라졌다. 〈초춘서회初春書懷〉에서는 "천년의 냇가엔 외론 솔이 빼어나다〔千年澗底孤松秀〕"고 했고, 〈간소소수簡蘇邵叟〉에서는 "간송의 의기는 지극히 우뚝하다〔澗松意氣極磊砢〕"란 구절을 남겼다. 〈간송澗松〉에서는 "간송은 울창하니 어이 괴로이 탄식하랴〔澗松鬱鬱何勞嘆〕"라고 했다.

간송 전형필 선생의 호가 여기서 나왔다. 그이는 우뚝한 의기로 귀중한 우리의 문화유산을 일인日人의 손에서 지켜냈다. 천년 냇가 외론 솔의 기상이 아닌가. 아무도 알아주지 않던 그 길을 걸어 이룩한 빛저운 자취가 가멸차다.

감이후지

구덩이를 만나면 넘칠 때까지 기다린다

坎而後止

신흠申欽(1566~1628)이 1613년 계축옥사癸丑獄事 때 김포 상두산象頭山 아래로 쫓겨났다. 계축옥사는 대북 일파가 소북을 축출키 위해 영창대군을 옹립하려 했다는 구실로 얽어 꾸민 무고였다. 그는 근처 가현산歌絃山에서 흘러내린 물이 덤불과 돌길에 막혀 웅덩이를 이루던 곳에 정착했다. 먼저 도끼로 덤불을 걷어내고, 물길의 흐름을 틔웠다. 돌을 쌓아 그 위에 한 칸 띠집을 짓고, 내리닫는 물을 모아 연못 두 개를 만들었다.

한 칸 초가에는 감지와坎止窩란 이름을 붙였다. 감지坎止는 물이 구덩이를 만나 멈춘 것이다. 《주역周易》에 나온다. 기운 좋게 흘러가던 물이 구덩이를 만나면 꼼짝없이 그 자리에 멈춘다. 발버둥을 쳐봐야 소용이 없다. 가득 채워 넘쳐흐를 때까지 기다리는 수밖에. 애초에 구덩이에 들지 말아야 했으나, 이것은 물의 의지 밖의 일이다.

그는 〈감지와명坎止窩銘〉을 지어 소회를 남겼다.《주역》간괘艮卦를 부연해서 풀이했다.

　　그칠 때 그친 것은 위로 공자만 못하고, 붙들어 그친 것은 아래로 유하혜柳下惠에 부끄럽다. 구덩이에 빠지고야 멈췄으니 행함이 부끄럽지만, 마음만은 형통하여 평소와 다름없네. 그칠 곳에 그쳐서 낙천지명樂天知命 군자 되리.

　　時止而止, 上不及仲尼. 援之而止, 下怍於士師, 坎而後止, 其行恥也. 維心之亨, 其素履也. 止於所止, 竊庶幾樂天知命之君子.

　　감지坎止는 습감괘習坎卦에도 나온다. 습감괘는 거듭 험난에 빠지는 형국이다. 사람의 그릇은 역경과 시련 속에서 분명히 드러난다. 구덩이에 갇혀 자신을 할퀴고 절망에 빠져 자포자기하는 이가 있고, 물이 웅덩이를 채워 넘칠 때까지 원인을 분석하고 과정을 반성하며 마음을 다잡아 재기하는 사람이 있다. 후자라야 군자다. 소인은 대뜸 남 탓하며 원망을 품는다.

　　그 아들 신익성申翊聖(1588~1644)은 〈감지정기坎止亭記〉에서 또 이런 뜻을 피력했다. 가파른 시련의 습감괘 다음에는 오래되어 막힌 것이 다시 통하는 형상의 이괘離卦가 기다린다. 역경 속에서 내실을 기해 신실함을 지키면, 다시 기회를 얻을 수가 있다. 섣부른 판단으로 지레 포기하거나 소극적으로 움츠러들기만 할 일은 아니다. 정치적 실의와 좌절에 처해《주역》의 논리를 빈 자기 다짐의 우의寓意가 깊다. 시련의 날에 하고 싶은 말이 좀 많았겠는가? 하지만 꾹 참고 주변을 정리했다. 습지의 물길을 틔워 쓸모없던 땅에 새 터전을 마련했다.

감인세계

참고 견디며 건너간다
堪忍世界

유만주兪晚柱(1755~1788)가《흠영欽英》중 1784년 2월 5일의 일기
에 썼다.

우리는 감인세계에 태어났다. 참고 견뎌야 할 일이 열에 아홉이
다. 참아 견디며 살다가 참고 견디다 죽으니 평생이 온통 이렇다.
불교에는 출세간出世間, 즉 세간을 벗어나는 법이 있다. 이는 감인
세계를 벗어나는 것을 말한다. 이른바 벗어난다 함은 세계를 이탈
하여 별도의 땅으로 달려가는 것이 아니고 일체의 일이 모두 허무
함을 깨닫는 것이다.

我輩旣生於堪忍世界, 則堪忍之事, 十恒八九. 生於堪忍, 死於堪忍, 一
世盡是也. 西敎有出世間法. 是法指出了堪忍世界之謂也. 所云出者, 非
離去世界, 另赴別地. 止是悟得一切等之虛空也.

감인堪忍은 참고 견딘다는 뜻이다. 못 견딜 일도 묵묵히 감내하고, 하고 싶은 말도 머금어 삼킨다. 고통스러워도 꾹 참아 견딘다. 사람이 한세상을 살아가는 일은 참아내고 견뎌내는 연습의 과정일 뿐이다. 그래서 그는 이렇게 건너가는 한세상을 감인세계로 규정했다. 감인세계는 벗어날 수 없는가? 이 못 견딜 세상을 견뎌내는 힘은, 날마다 아등바등 얻으려 다투고 싸우는 그 대상이 사실은 아무것도 아니라는 것을 깨닫는 데서 나온다. 인간의 진정한 낙원은 멀리 지리산 청학동이나 무릉도원이 아닌 우리의 마음속에 있다는 얘기다.

같은 해 3월 21일자 일기에는 "인생에서 가장 즐거운 일은 누累가 없는 것만 함이 없다. 누 때문에 세계는 참고 견뎌야만 한다(人生最樂事, 莫如无累. 累故世界堪忍)"고 했다. '누'란 나를 번거롭게 얽매고 옥죄는 일이다. 내 능력 밖의 일을 이루려 아쉬운 부탁을 하려니 남에게 누가 된다. 자식을 위해 정작 내 삶은 희생하고 살았는데, 이제는 누가 되고 폐만 안겨주는 거추장스러운 존재가 되었다. 나를 옭아매던 누를 다 털어버리지도 못해 죽음이 어느새 코앞에 와있다. 이 쓸쓸한 자각을 그는 감인세계란 말로 표현했다.

"사람이 50년을 살면 쌀 2,000여 섬을 먹어치운다. 100년이라면 그 두 배를 웃돈다(人之見在五十年者, 已餉得穀米二千餘石. 百年則倍之而加優)"는 옆 사람의 말에 이게 바로 미충米虫, 즉 쌀벌레가 아니냐고 되뇌던 그의 쓸쓸한 독백을 생각한다.

감취비농
달고 무르고 기름지고 진한 맛
甘脆肥濃

송대宋代 마단림馬端臨이 말했다.

우리의 도는 괴로운 뒤에 즐겁고, 중생은 즐거운 후에 괴롭다.
吾道苦而後樂, 衆生樂而後苦.

정신이 번쩍 든다. 묵자墨子가 말했다.

힘든 일을 하는 사람은 반드시 하고자 하는 바를 얻는다. 하고
싶은 것만 하면서 하기 싫은 것을 면한 사람을 나는 본 적이 없다.
爲其所難者, 必得其所欲. 未聞爲其所欲, 而能免其所惡者也.

간결한 말 속에 통찰이 빛난다. 고통 끝에 얻은 기쁨이라야 오래간

다. 좋은 것만 하려 들면 나쁜 것이 찾아온다. 괴롭고 나서 즐거운 것은 운동이 그렇고 학문이 그렇다. 처음엔 몸이 따라주지 않고 공부가 버겁다. 피나는 노력이 쌓여야 안 되는 게 없고 모를 게 없어진다. 안 되어 답답했는데 저절로 되니 신기하다. 몰라 막막했지만 석연하게 깨달아 시원스럽다. 이것이 처음엔 괴롭다가 나중에 즐거워지는 일이다.

즐겁고 나서 괴로운 것은 주색잡기와 도박이 그렇다. 미희를 옆에 끼고 비싼 술에 맛난 음식을 골라 먹으니 눈에 뵈는 게 없다. 노름꾼이 화투장을 쫄 때 느끼는 쾌감은 마약을 능가한다. 그의 눈에는 공부하는 사람이 불쌍하고 노력하는 사람이 가련하다. 그러다가 술병이 나서 황달이 오고 기름진 음식 때문에 당뇨와 혈압으로 쓰러진다. 꼼짝 않고 편히 지내다가 아예 휠체어 신세가 되어 영영 꼼짝 못하게 된다. 화려했던 한 시절이 일장춘몽이다. 그 많던 재산을 노름으로 다 잃어 패가망신한다. 일확천금의 꿈이 허망하다. 이것은 처음에 즐겁다가 뒤에 괴롭게 되는 일이다.

한나라 때 매승枚乘이 〈칠발七發〉에서 말했다.

달고 무르고 기름지고 맛이 진한 음식[甘脆肥濃]은 이름하여 창자를 썩게 만드는 약이라 한다. 잘 꾸민 방과 좋은 집은 질병을 부르는 중매라 이름한다. 나고 들 때 타는 가마와 수레는 걷지 못하게 만드는 기계라 하고, 흰 이와 고운 눈썹의 여인은 목숨을 찍는 도끼라 부른다.

甘脆肥濃, 命曰腐腸之藥. 洞房淸宮, 命曰寒熱之媒. 出輿入乘, 命曰招蹶之機. 皓齒蛾眉, 命曰伐性之斧.

창자를 썩게 하고 질병을 불러오며 걷지 못하게 만들고 목숨을 찍는 것들을 얻자고 사람들은 사생결단한다. 고통 끝에 얻는 즐거움을 버리고 즐거움 끝에 얻는 파멸을 향해 너나없이 돌진한다. 누구나 다 갖고 싶어 하고, 하고 싶어 하는 일은 사실은 해서는 안 될 일이다.

갱이사슬

길고 잔잔히 끌리는 여운

鏗爾舍瑟

공자가 어느 날 자로子路와 증석, 염유와 공서화 등 네 제자와 함께 앉았다. "우리 오늘은 허물없이 터놓고 얘기해보자. 누가 너희를 알아주어 등용한다면 무엇을 하고 싶으냐?" 제자들은 신이 나서 저마다의 포부를 밝혔다. 다들 나랏일에 참여하여 큰일을 해내고 싶은 바람을 드러냈다. 공자는 그 말을 듣고 씩 웃었다. "너는?" 스승의 눈길이 마지막으로 증석을 향했다.

증석은 슬瑟 연주를 늦춰 쟁그렁 소리를 내면서 슬을 내려놓고 일어났다(鼓瑟希, 鏗爾, 舍瑟而作). "선생님! 제 생각은 좀 다릅니다. 늦봄에 봄옷이 이루어지면 어른 대여섯과 아이 예닐곱을 데리고 기수沂水에서 목욕하고 무우舞雩에서 바람 쐬고 시를 읊으며 돌아오렵니다." 공자가 감탄하며 말했다. "나도 너와 같이하마." 《논어論語》 〈선진先進〉에 나온다.

처음부터 증석은 슬을 연주하고 있었다. 마지막으로 말할 차례가 되자 그는 연주를 늦추더니 쟁그렁 맑은 울림을 내고는 무릎에서 바닥으로 슬을 내려놓았다. 바닥에 놓인 슬은 계속해서 길고 잔잔한 소리를 낸다. 이어서 나온 그의 말처럼.

《임원경제지 林園經濟志》〈이운지 怡雲志〉에는 금실 琴室에 대한 설명이 있다. 사대부의 거처에는 볏짚을 엮어 세운 정자나 외진 구석방에 거문고를 연주하는 공간을 따로 마련했다. 바닥에 커다란 항아리를 하나 묻어둔다. 주둥이 부분에 큰 구리종 하나를 매단다. 그 위에 나무판자를 깔아 덮는다. 그 위에서 거문고를 연주하면 항아리가 공명통 역할을 해서 더욱 맑고 은은한 느낌을 낸다. 그 사이로 들릴 듯 말 듯 끼어드는 종의 진동. 솔숲이나 대숲에 작은 2층 누각을 세워 금실을 지을 때도 바닥을 나무판으로 하고 그 아래는 텅 비워 울림판 역할을 하게 했다.

다산의 초당 12경시 중 하나.

소나무 단 바위 평상
내가 금琴을 타는 곳.
금을 걸고 손님 간 뒤
바람 오면 혼잣소리.

松壇白石牀　是我彈琴處
山客掛琴歸　風來時自語

이것은 바람에 저 혼자 우는 거문고 소리다. 도연명 陶淵明의 거문고는 애초에 걸린 줄조차 없는 무현금 無絃琴이었다. 그는 북창 아래서 벽에 걸린, 줄 없는 거문고의 깊은 가락을 들었다. 인생에도 쟁그렁~ 길게 끌리는 여운이 필요할 때가 있다.

거가사본

집안을 다스리는 네 가지 근본

居家四本

다산의 강진 시절 제자 황상黃裳과 황경黃褧 형제의 총서叢書를 보러 광주에 다녀왔다. 황한석 선생 집안에 전해온 이 책들은 두 형제분이 평생 스승의 가르침에 따라 중요한 책을 한 자 한 자 또박또박 초서鈔書한 것들이었다. 다산의 제자는 대부분 자기 호 아래 '총서'란 이름을 붙인 책을 남겼다. 이강회李綱會의 《유암총서柳菴叢書》, 윤종진尹鍾珍의 《순암총서淳菴叢書》와 《순암수초淳菴手鈔》, 윤종삼尹鍾參의 《춘각총서春閣叢書》와 《춘각수초春閣手鈔》 등이 알려져 있고, 이번에 다시 황상의 《치원총서巵園叢書》와 황경의 《양포총서陽圃叢書》, 《양포일록襄圃日錄》 등이 한꺼번에 나왔다.

이 중 단연 내 눈길을 끈 것은 《양포일록》에 실린 《거가사본居家四本》이었다. 주자朱子의 '화순和順은 제가齊家의 근본이요, 근검勤儉은 치가治家의 근본이며, 독서讀書는 기가起家의 근본이요, 순리順理는 보가家의 근본이다'란 말에서 따와 집안 생활의 바탕을 이루는 네 가지 덕목을 여러 명언과 일화를 들어 설명한 책이다.

다산이 두 아들에게 보낸 편지에 이런 내용이 보인다. "얼마 전 어떤 사람이 옛사람의 격언을 구하였다. 유배지에 서적이 없는지라 네댓 종의 책에서 명언과 귀한 말씀을 옮겨 적어 목차를 정해 책으로 만들어주었다. 그 사람이 고리타분하게 여겨 내던져 버렸다. 흐린 풍속을 웃을 만하다. 덕분에 이 책이 사라지고 말았으니 가석하구나. 너희가 이 목차에 따라 여러 서적에서 가려 뽑아 서너 권의 책으로 만든다면 또한 한 부의 훌륭한 저술이 될 것이다."

《거가사본》은 다산이 잃어버렸다고 애석해한 바로 그 책이었다. 다산의 책 한 권이 이렇게 해서 다시 세상에 나왔다. 지난 몇 달간 작업해서 번역을 다 마쳤다.

스승은 제자들에게 좋은 책을 베껴가며 하는 공부의 위력을 강조했고, 제자들은 스승의 말씀에 따라 평생 책을 옮겨 적으며 공부하는 삶을 실천에 옮겼다. 그것이 저마다의 총서로 남았다. 그중에 스승이 잃어버려 안타까워했던 책 한 권이 들어 있었다.

거년차일

눈앞의 오늘에 충실하자
去年此日

벗들이 어울려 놀며 질문에 대답을 못하면 벌주를 마시기로 했다. 한 사람이 물었다. "지난해 오늘(去年此日)은 어떤 물건인가?" "지난해는 기유己酉년이고 오늘은 21일이니, 식초(醋)일세." 그는 벌주를 면했다. 이십(卄) 일一 일日을 합치면 석昔이고 닭띠 해는 유酉라, 합쳐서 초醋가 되었다. 청나라 유수鈕琇의 《고잉觚賸》에 나온다. 일종의 파자破字 놀이다. 글을 읽다가 문득 지난해 오늘 나는 뭘 하고 있었는지 궁금해졌다. 일기를 들춰보니 여전히 논문을 들고 씨름 중이다.

이학규李學逵(1770~1835)가 3월 말일에 쓴 시 〈봄이 끝나는 날 회포를 말하다(春盡日言懷)〉는 이렇다.

지난해 이날엔 봄이 외려 끝났더니
올해의 오늘은 사람 아직 안 왔다네.

어이해야 이 마음을 얼마쯤 남겼다가
내년의 이날에 날리는 꽃 구경할까?

去年此日春還盡　此日今年人未歸
那得心腸膾幾許　明年此日看花飛

　작년엔 봄이 그저 가버린 것이 아쉬웠는데, 올해는 풍경 속으로 들어가지도 못했다. 그래서 아쉬운 이 마음을 조금 남겨두었다가, 내년 봄에는 지는 꽃잎이라도 보겠다는 얘기다.

　다음은 정희득鄭希得이 통신사행을 따라 일본에 갔다가 지은 시 〈청명일에 제사를 마치고 느낌이 있어(淸明日奠罷有感)〉이다.

지난해 오늘은 고향 산서 봄 맞더니
올해의 오늘에는 아파강阿波江 물가일세.
이 몸은 참으로 물결 위 부평초라
내년의 오늘에는 어느 곳에 있을런가.

去年此日故山春　今年此日阿江渚
此身正似波上萍　明年此日知何處

　서거정徐居正(1420~1488)이 쓴 〈어린 딸을 추도하며(追悼小女)〉는 또 이렇다.

지난해 오늘에 너는 아직 있었는데
올해엔 아득히 어디로 가버렸나.
어이 다시 옷깃 당겨 대추 달라 하겠느냐?

네 모습 생각나서 눈물 막지 못하겠네.

去年此日汝猶在　今歲茫茫何所之

那復牽衣求棗栗　不堪流涕憶容姿

한 해 사이에 어린 딸이 세상을 뜬 것이다.

금년에는 작년이 그립고, 내년이면 금년이 그리울 것이다. 아련한 풍경은 언제나 지난해 오늘 속에만 있다. 눈앞의 오늘을 아름답게 살아야 지난해 오늘을 그립게 호명할 수 있다. 세월의 풍경 속에 자꾸 지난해 오늘만 돌아보다 정작 금년의 오늘을 놓치게 될까 봐 마음 쓰인다.

거안사위

일 없을 때 살펴라

居安思危

목은 牧隱 이색 李穡 (1328~1396)의 〈시무에 대해 진술한 글 [陳時務書]〉
중 한 대목이다.

근래에 왜적 때문에 안팎이 소란스러워 거의 자리를 잡지 못하
고 있습니다. 하지만 편안함에 처하여서도 위태로움을 생각한다면
[居安思危], 가득 차더라도 넘치지 않을 것입니다. 환난을 생각하여
미리 막는다면 [思患預防], 어찌 엉킨 문제를 도모하기 어렵겠습니
까? 늘 하던 대로 하다가 하루아침에 일이 생길 것 같으면, 장차
무엇으로 이를 대비하겠습니까?

近以倭賊, 中外騷然, 幾不土著. 然居安思危, 則雖滿不溢. 思患預防,
何蔓難圖? 苟或因循, 一朝有緩急, 將何以備之乎?

이정암李廷馣(1541~1600)의《왜변록倭變錄》에 실린, 서해도 관찰사 조운흘趙云仡(1332~1404)이 임금에게 올린 글의 첫대목이다.

무릇 나라를 다스리는 사람은 집안이 넉넉하고 인구가 많으며 안팎으로 근심이 없을 때에도 오히려 거안사위居安思危하면서 두루두루 꼼꼼히 예비합니다. 하물며 우리나라는 물길로는 왜의 섬과 가깝고 육지는 오랑캐 땅에 이어져서 진실로 근심하지 않을 수 없습니다.

凡爲國者, 當家給人足, 內外無患之時, 猶且居安思危, 綢繆預備. 況我本朝, 水近倭島, 陸連胡地, 固不可以不虞也.

주희朱熹가 송 효종孝宗에게 올린 봉사封事에서 말했다.

천하의 일은 어렵거나 일이 많은 것을 근심할 것이 아니라, 편안한 것이 짐독酖毒이 됨을 두려워해야 합니다. 설령 정치가 잘 행해져서 해야 할 일이 한 가지도 없다 하더라도, 아침저녁으로 두려워하고 거안사위하면서 조금이라도 게을러서는 안 됩니다. 하물며 지금 천하는 비록 당장 눈앞의 급한 일은 없는 것 같지만, 백성은 가난하고 재물은 궁핍하며, 병사들은 게으르고 장수들은 교만합니다. 바깥에는 강포強暴한 오랑캐가 있고, 안으로는 원망하는 군인과 백성이 있습니다.

'거안사위'는《춘추좌씨전春秋左氏傳》에 나온다. 진晉나라 도공悼公이 정鄭나라가 보내온 항복 예물의 반을 싸움에 큰 공을 세운 위강魏絳

에게 주었다. 위강이 사양하며 말했다. "편안하게 지낼 적에 위태로움을 생각하라고 했습니다. 생각하면 대비가 있게 되고, 대비가 있으면 근심이 없습니다(居安思危, 思則有備, 有備無患)." 잘나갈 때 돌아보고, 일 없을 때 더 살펴야 하는데, 우리는 어쩌자고 소 잃고 번번이 외양간 고치기에 바쁜가.

거전보과

책임질 일은 말고 문제는 더 키워라

鋸箭補鍋

어떤 사람이 화살을 맞았다. 화살이 꽂힌 채 외과의사에게 갔다. 의사는 톱을 가져와 드러난 화살대를 자른다. "자, 됐소!" "살촉은요?" "음. 거기서부터는 내과 소관이오." 이른바 '거전鋸箭', 즉 화살 톱질하기다. 절대 책임질 일을 만들지 않는 것이 핵심이다. 가마솥에 작은 구멍이 났다. 땜장이는 녹을 벗긴다며 망치로 살살 두드려 작은 구멍을 더 크게 만든다. "이것 봐요! 하마터면 새 솥을 사야 할 뻔했어요." 구멍을 잔뜩 키워놓고서야 땜질을 해준다. 주인은 연신 고맙다며 비싼 값을 치른다. '보과補鍋', 즉 솥 땜질의 요령이다. 문제를 키워라. 그러고 나서 해결해주어야 고맙단 말을 듣고 돈도 많이 받는다. 리쭝우李宗吾가 《후흑학厚黑學》에서 제시한 '판사이묘辦事二妙', 즉 일을 처리하는 두 가지 묘법이다. 시늉만 하고 책임질 일은 절대 하지 않는다. 문제는 키워서 해결해준다. 이렇게만 하면 아무것도 안 하고도 유능하단 말을 듣고, 시늉만 해도 역량 있다는 평가를 받는다.

갈비뼈 아래가 여러 날 찌르듯 아파 병원에 갔다. 일반 외과로 가라길래 가서 초음파를 찍었다. 담낭에 담석이 있고, 부숴봐야 100% 재발하니 담낭을 떼내라고 판정한다. 제 몸 아니라고 너무 쉽게 말한다 싶어, 내과 진료를 신청했다. 담낭을 떼내라더란 말을 했더니 의사가 펄쩍 뛴다. 담석도 없고 깨끗하다. 주변에 희끗한 것은 담석이 아니라 지방간인데 심한 것도 아니다. 담낭을 왜 떼나. 그걸 떼면 제거 후 증후군도 있고 소화에 큰 문제가 생긴다. 더구나 지금 통증의 원인이 담낭 때문인지도 분명치 않다. 조금 더 지켜보자. 며칠 뒤 등에 부스럼이 돋았다. 결국 피부과에서 대상포진의 진단을 받았다. 외과는 왜 갔어요? 언제부터 그랬어요? 왜 이제 왔어요? 죄인 심문하듯 하는 의사의 짜증 섞인 말투에 속이 상한다. 가라니까 갔고, 비싼 돈 들여 검사해서 멀쩡한 담낭을 뗄 뻔한 것도 고약한데, 누군 늦게 오고 싶어서 왔느냔 말이다.

과로가 신경계의 난조를 빚어 통증과 발진을 불렀다. 외과의사는 담낭 쪽이 아프니 일단 제거하자고 했다. 담낭이 없어도 괜찮은가? 그건 내 소관이 아니다. 거전의 수법이다. 소화에 문제가 생기면 그때 가서 내과 의사가 고치면 된다. 보과의 방법이다. 병원은 이래저래 이익을 남겨 좋고, 환자는 병이 나아서 고맙다. 그러나 그런가?

건상유족

옷자락을 걷고 발을 담그다

褰裳濡足

굴원 屈原의 《초사 楚辭》〈사미인 思美人〉에 나오는 한 구절.

벽려 넝쿨 걷어내 치우려 해도
발돋움해 나무를 오르기 싫고,
연꽃으로 중매를 삼고 싶지만
치마 걷어 발 적시고 싶지는 않네.

令薜荔以爲理兮　憚擧趾而緣木

因芙蓉而爲媒兮　憚褰裳而濡足

지저분한 벽려 넝쿨을 말끔히 걷어내고 싶지만, 나무를 타고 오를 일이 엄두가 안 난다. 연꽃을 바쳐 사랑하는 여인의 환심을 사고 싶은데, 옷을 걷고 발을 적셔가며 물에 들어가기는 싫다.

《후한서》〈최인전崔駰傳〉에도 이런 말이 있다.

일이 생기면 치마를 걷어 발을 적시고, 관이 걸려 있어도 돌아보지 않는다. 사람이 빠졌는데도 건지지 않는다면 어짊이 아니다.
與其有事, 則褰裳濡足, 冠掛不顧. 人溺不拯, 則非仁也.

두 글 모두 건상유족褰裳濡足, 즉 '치마를 걷고 발을 적신다'는 표현이 나온다. 무엇을 얻기 위해 치러야 할 최소한의 대가가 건상유족이다. 물가에서 꽃 꺾을 궁리만 하고 있으면 미인의 마음을 얻지 못한다. 물에 빠져 다급하게 도움을 청하는 사람을 구할 수도 없다. 얻으려면 잃는 것이 있게 마련이다. 손가락 까딱 않고 저 좋은 것만 누리는 이치는 세상에 없다.

이 말은 '이것저것 가리지 않고 첨벙 뛰어든다'는 뜻으로도 쓴다. 순중랑荀中郞이란 사람이 북고산北固山에 올라 바다를 본 느낌을 이렇게 적었다. "삼신산은 안 보여도, 내게 구름 위로 솟고픈 기분을 느끼게 해주는구나. 진한秦漢의 임금 같았다면 분명 옷을 걷고 발을 적셔 보았으리라."《세설신어世說新語》에 나온다. 자기는 산 위에서 구경만 하지만, 진시황이나 한무제 같은 임금은 직접 바다에 뛰어들었으리라는 이야기다.

허균許筠(1569~1618)도 벗에게 보낸 편지에서 이렇게 말했다.

당로자가 저를 곤경에 빠뜨려 몰아내는지라 하는 수 없이 관동으로 가서 감호대鑑湖臺에 올라 바라보니, 만경창파가 삼신산까지 닿아 있어 옷을 걷고 발을 적시고픈 생각이 났지요. 어찌 즐겁지 않겠습니까? 형께서만 아시고 다른 사람에게는 말하지 마십시오.

　當路阨弟黜之, 不得已往關東. 登鑑湖臺以望, 長波萬頃, 直接三山, 便有褰裳濡足之思. 邈不樂矣. 兄知之, 勿爲他人道也.

엎어진 김에 쉬어가겠다는 얘기다.

남이 내 도움이 필요할 때는 물에 뛰어들어 옷 적시기를 마다 않고, 내 시련의 날에도 남을 원망 않고 오히려 그 안에 풍덩 뛰어드는 배짱이 필요하다.

검신성심

말씀의 체에 걸러 뜬마음을 걷어내자

檢身省心

송나라 때 이방헌李邦獻이 쓴《성심잡언省心襍言》을 읽는데 '성' 자의 생김새에 자꾸 눈길이 간다. 성省은 살피고 돌아본다는 의미이나, '생'으로 읽으면 덜어낸다는 뜻이 된다. 돌이켜 살피는 것이 반성反省이라면, 간략하게 줄이는 것은 생략省略이다. 이 둘은 묘하게 맞닿아 있다. 자세히 살피려면 눈[目]을 조금[少] 뜨고, 즉 가늘게 뜨고 보아야 한다. 또 항목項目을 줄여야만[少] 일을 덜어낼 수가 있다.

어찌 보면 잘 살피는 일은 잘 덜어내는 과정이기도 하다. 먼저 해야 할 것과 나중에 해도 되는 것을 갈라내고, 해야만 할 일 속에 슬쩍 끼어드는 안 해도 되는 일과 안 해야 할 일을 솎아낸다. 반성과 생략은 이렇게 다시 하나로 맞물린다.

이덕형李德馨(1561~1613)은 〈사직차辭職箚〉에서, 한 일 없이 자리만 차지해 임금께 죄를 지은 잘못을 사죄하며 이렇게 썼다.

성현께서 남긴 책을 살펴, 몸을 검속하고 마음을 살피는(檢身省心) 일에 종사해 조금이나마 근본이 선 뒤에 다시 임금을 섬긴다면, 행동에 근거가 있어 오늘날의 이 같은 어리석음에 이르지 않게 될 것입니다.

閱聖賢遺書, 從事於檢身省心之地, 少立根本然後, 還事聖明, 則庶幾行之有據, 不至如今日之鹵莽矣.

검신성심檢身省心! 몸단속을 잘하고 마음을 점검한다. 이것을 '검신생심'으로 읽으면 어떻게 되나? 몸가짐을 점검하고 마음을 비워나간다. 이런 뜻이라면 '성심'을 '생심'이라 읽어도 괜찮겠다는 생각이다.
《성심잡언》에 실린 몇 항목을 소개한다.

말을 적게 해야 비방이 줄어들고, 욕심을 줄여야만 몸을 보전한다.
寡言省謗, 寡慾保身.

말수를 줄이고 벗 사귐을 가려야만 뉘우침과 자만이 없고 근심과 욕됨을 면할 수 있다.
簡言擇交, 可以無悔吝, 可以免憂辱.

말을 많이 해서 이득을 얻음은 침묵하여 해로움이 없는 것만 못하다.
多言獲利, 不如默而無害.

밀실에 앉아서도 큰길에 있는 듯이 하고, 작은 마음 모는 것을 여섯 마리 말을 몰듯 하면 허물을 면할 수 있다.

坐密室如通衢, 馭寸心如六馬, 可以免過.

이름에 힘쓰는 자는 그 몸을 죽이고, 재물이 많은 자는 그 후손에게 재앙이 있다.

務名者殺其身, 多財者禍其後.

말씀의 체에 걸러 참마음을 살피고 뜬마음을 걷어내야겠다.

검신용물

사소한 차이를 분별하라

檢身容物

명나라 구양덕 歐陽德이 검신 檢身, 즉 몸가짐 단속에 대해 말했다.

스스로 관대하고 온유하다 말해도, 느긋하고 나태한 것이 아닌 줄 어찌 알겠는가? 제 입으로 굳세고 과감하다 하지만, 조급하고 망령되며 과격한 것이 아닌 줄 어찌 알겠는가? 성내며 사납게 구는 것은 무게 있는 것에 가깝고, 잗다란 것은 꼼꼼히 살피는 것과 비슷해 보인다. 속임수는 바른 것과 헷갈리고, 한통속이 되는 것은 화합하는 것처럼 보인다. 사소한 차이를 분별하지 않으면 참됨에서 점점 멀어진다.

自謂寬裕溫柔, 焉知非優游怠忽? 自謂發剛强毅, 焉知非躁妄激作? 忿戾近齊莊, 瑣細近密察. 矯似正, 流似和, 毫釐不辨, 離眞愈遠.

관대한 것과 물러터진 것은 다르다. 굳셈과 과격함은 자주 헷갈린다. 성질부리는 것과 원칙 지키는 것, 잗다란 것과 꼼꼼한 것을 혼동하면 아랫사람이 피곤하다. 사기꾼처럼 진실해 보이는 사람이 없다. 그래야 상대가 속아 넘어간다. 자리를 못 가리는 것을 남들과 잘 어울리는 것으로 착각해도 안 된다. 사람은 비슷해 보이지만 전혀 다른 것을 잘 분간해야 한다.

진무경陳無競이 제시한 용물容物, 곧 타인을 포용하는 방법은 이렇다.

남의 참됨을 취하려면 융통성 없는 점은 봐준다. 질박함을 취할 때는 그 어리석음은 너그럽게 넘긴다. 강개함을 취하자면 속 좁은 것은 포용한다. 민첩함을 취하거든 소홀한 점은 넘어간다. 말 잘하는 것을 취하면 건방진 것은 눈감는다. 신의를 취했으면 구애되는 것은 못 본 체한다. 단점을 통해 장점을 보아야지, 장점을 꺼려 단점만 지적해서는 안 된다.

取人之眞, 恕其戇, 取人之樸, 恕其愚. 取人之介, 恕其隘, 取人之敏, 恕其踈. 取人之辨, 恕其肆. 取人之信, 恕其拘. 可因短以見長, 不可忌長以摘短.

진실한 사람은 외골수인 경우가 많다. 질박하면 멍청하고, 강개하면 속이 좁다. 민첩한 사람에게 꼼꼼함까지 기대하긴 힘들다. 말을 잘하면 행동이 안 따르고, 신의 있는 사람은 얽매는 것이 많다. 그래도 좋은 점을 보아 단점을 포용한다. 나 자신에게 들이대는 잣대는 매섭게, 남에게는 관대하게. 우리는 늘 반대로 한다. 이덕무의 《사소절士小節》에서 인용했다.

격탁양청

간사한 이와 어진 이를 감별하는 법

激濁揚清

사헌부司憲府는 시정時政을 논의하고, 백관百官을 규찰하며, 기강과 풍속을 바로잡고, 백성의 억울한 일을 처리하는 일을 맡아보던 관청이다. 서거정이 〈사헌부제명기司憲府題名記〉에서 감찰어사의 직분을 이렇게 썼다.

임금이 잘못하면 용린龍麟조차 비판하고, 우레와 번개와도 맞겨룬다. 부월斧鉞을 딛고 서는 것도 마다하지 않는다. 장상將相과 대신이 허물이 있으면 이를 바로잡고, 종친이나 신분 높은 가까운 신하가 교만하거나 함부로 굴면 탄핵하여 이를 친다. 소인이 조정에 있으면 반드시 제거하려 하고, 탐욕스러운 관원이 관직에 있으면 기필코 이를 물리치려 한다. 곧은 이를 천거하고 그릇된 이를 몰아내며, 탁한 이를 내치고 맑은 이를 드높인다.

君有過擧, 批龍鱗, 抗雷霆. 蹈斧鉞而不辭. 將相大臣有愆違, 得以繩糾之, 宗戚貴近有驕悍, 得以彈擊之. 小人在朝, 必欲去之, 貪墨在官, 必欲屛之. 擧直錯枉, 激濁揚淸.

곧은 이를 천거하고 탐욕스러운 자는 몰아내는 거직조왕擧直錯枉과, 탁한 이를 내치고 맑은 이를 드높이는 격탁양청激濁揚淸이 사헌부의 핵심 역할이다. 신흠은 김계휘金繼輝가 사헌부의 수장인 대사헌이되었을 때, "만약 크게 격탁양청하지 않는다면 무엇으로 해묵은 폐단을 제거할 수 있겠는가(若不大加激揚, 其何以祛宿弊)"라며 수십 인을 탄핵하자 원망하고 미워하는 자가 많았다고 썼다.

율곡栗谷 이이李珥(1536~1584)는 〈동호문답東湖問答〉에서 임금이신하를 쓸 때 간사한 자를 구별하고 어진 이를 등용하는 변간용현辨姦用賢의 요령을 말하면서, 소인의 행태를 이렇게 적었다.

선을 좋아하고 악을 미워하여 격탁양청하면 저와 다른 사람을
배척하는 것이라고 지목하고, 바름을 지켜 굽히지 않아 공도公道를
붙들려 하면 나라 권력을 제멋대로 휘두른다고 지목한다.
好善嫉惡, 激濁揚淸, 則目之以排斥異己焉. 守正不撓, 欲扶公道, 則目
之以專制國柄焉.

바른 임금이 올곧은 신하를 적임의 자리에 앉히면 격탁양청은 저절로 된다. 문제는 소인이 군자를 칠 때도 꼭 격탁양청을 명분으로 내건다는 점이다. 하지만 이 구분은 백성이 가장 먼저 안다.

견골상상

이미지를 유추해서 본질에 도달하라

見骨想象

4,000년 전 북경을 포함한 중국 전 지역에 코끼리가 살았다. 고대 코끼리의 존재는 상商과 촉蜀 지역 유적지에서 나온 뼈와 청동기 부조, 갑골문의 기록을 통해 확인된다. '3,000년에 걸친 장대한 중국 환경사'라는 부제가 붙은 마크 엘빈의《코끼리의 후퇴》(사계절, 2011)에도 3,000년에 걸친 인간과 코끼리의 대립을 다룬 내용이 나온다.

코끼리의 서식지인 숲이 인간의 경작지로 바뀌고, 농작물 보호를 위해 코끼리를 없애거나, 전쟁이나 운반·의식에 사용하려고 사로잡는 일들이 반복되었다. 또 요리 재료와 귀한 상아를 얻기 위해 그들을 살육하면서 코끼리는 점차 인간의 주변에서 사라졌다.

전국시대 말기에 이르면 이미 살아 있는 코끼리를 직접 보기가 어려웠던 모양이다.《한비자韓非子》의 〈해로解老〉 편에 이런 대목이 있다.

사람들이 산 코끼리를 보기 힘들게 되자 죽은 코끼리의 뼈를 구해, 그림을 그려 산 모습을 떠올려보곤 했다. 그래서 여러 사람이 뜻으로 생각하는 것을 모두 '상象'이라 말한다.

人希見生象也, 而得死象之骨, 案其圖以想其生也. 故諸人之所以意想者, 皆謂谓之象也.

뼈만 보고 이 괴상한 어금니 주인공의 생김새를 떠올린 그림은 얼마나 가관이었을까? 오늘날 상상想象이란 말의 어원이 바로 여기서 나왔다. 코끼리를 나타내는 상象 자에 이미지의 의미가 곁들여진 것도 뼈를 앞에 놓고 없는 실체를 떠올려보는 상상 행위와 관련이 있다.

연행길에 오른 조선 지식인들이 꿈에도 보고 싶었던 동물은 낙타와 코끼리다. 낙타는 북방 지역에서 당시에도 운송수단으로 흔히 활용했다. 코끼리는 북경 선무문宣武門 안쪽 상방象房에 가야 볼 수가 있었다. 연암燕巖 박지원朴趾源(1737~1805)은 〈상기象記〉에서 코끼리를 처음 본 순간 도저히 믿기지가 않아 동해 바다에서 본 신기루가 떠올랐다고 했다.

연암은 납득이 어려운 코끼리란 형상을 앞에 두고 특유의 장광설을 펼쳤다. 눈으로 직접 본 코끼리도 알 수가 없는데, 천하 사물은 이보다 몇만 배 더 복잡하다. 성인이 《주역》을 지을 때 코끼리 상象 자를 취해 괘의 모양을 설명한 것은 다 까닭이 있다. 비유의 숲인 괘상卦象은 말하자면 뼈만 남은 코끼리다. 보이는 것이 전부가 아니다. 현상에 현혹되지 말라. 이미지를 유추해서 본질에 도달하라. 바야흐로 지금은 상상력이 경쟁력인 시대다.

견면취예

목민관의 바른 자세

蠲免騶譽

1797년 연암 박지원이 면천군수로 내려갔다. 세 해 뒤 임기를 마치고 올라와 재임 시의 메모를 정리해 《면양잡록沔陽雜錄》으로 묶었다. 그중 단연 눈길을 끄는 것은 《칠사고七事考》다. 《목민심서牧民心書》의 원조 격 저술로, 고을 수령이 힘써야 할 일곱 가지 일에 대한 지침을 정리했다.

칠사는 《경국대전經國大典》 〈이전吏典〉 조에 실려 있다. 농상성農桑盛, 호구증戶口增, 학교흥學校興, 군정수軍政修, 부역균賦役均, 사송간詞訟簡, 간활식奸猾息의 일곱 가지다. 농상을 진흥하고, 호구를 증가시키며, 학교를 일으키고, 군정을 정비한다. 부역을 공평하게 집행하고, 송사를 간소하게 하며, 간악한 자를 종식시키는 일이 그것이다. 연암은 이를 다시 29개의 항목으로 나눠 항목마다 여러 사례를 배치했다.

짧은 몇 항목만 간추려 읽는다.

오직 분노가 가장 통제하기 어렵다. 일에 임해 성을 내면 마음이 흔들리고 식견이 어두워져, 일처리가 마땅함을 잃고 만다. 관직에 있는 자는 갑작스러운 분노를 가장 경계해야 한다.

惟怒最難制. 臨事而怒, 則心動而識昏, 處事乖當. 居官者, 宜先以暴怒 爲戒.

관직에 있는 자가 만약 고요함과 담박함에 마음을 두지 않으면 반드시 마땅히 해서는 안 될 일을 하게 된다.

居官者, 若不以恬靜苦淡爲心, 則必有所不當爲之事.

처음 정사할 때 세금을 면제해주면 비록 갑작스러운 칭찬이야 얻겠지만 실제로 이는 계속 이어가기 어려운 방법이다.

初政蠲免, 雖得驟譽, 實是難繼之道.

백성을 다스림에는 다른 방법이 없다. 단지 도리에 어긋나게 백성의 칭찬을 구하지 말고, 백성을 어기면서 제 욕심을 따르지 않으면 된다.

臨民, 無他術. 只是罔違道以干百姓之譽, 罔咈百姓以從己之欲.

세 번째 글의 견면취예蠲免驟譽는 칭찬을 바라고 선심을 쓰는 것을 말한다. 이렇게 얻은 민심은 오래갈 수가 없다. 도리에 어긋나도 칭찬만 받으면 된다는 생각을 버려라. 백성의 뜻을 어기면서 제 욕심을 채우려 들면 바로 망한다. 분노를 경계하고 고요함과 담박함을 깃들여라.

견양저육

이름에 속지 말고 실상을 꿰뚫어야

汧陽猪肉

견양汧陽 땅의 돼지고기는 각별히 맛있기로 소문이 났다. 다른 데서 나는 돼지고기와는 차원이 다르다는 평이었다. 소동파蘇東坡가 하인을 시켜 견양에서 돼지 두 마리를 사오게 했다. 하인이 돼지를 사러 떠난 동안 그는 초대장을 돌려 잔치를 예고했다. 한편 견양의 돼지를 사가지고 돌아오던 하인이 도중에 그만 술에 취하는 바람에 끌고 오던 돼지가 달아나 버렸다. 난감해진 그는 다른 곳에서 돼지 두 마리를 구해 견양에서 사온 것이라고 거짓말을 했다.

잔치는 예정대로 열렸다. 손님들은 이 특별한 맛의 통돼지 요리를 극찬했다. 이렇게 맛있는 돼지고기는 처음 먹어본다며, 역시 견양의 돼지고기는 수준이 다르다고 입이 닳도록 칭찬했다. 자리를 파하면서 소동파가 말했다. "여러분! 맛있게 드셔주니 참 고맙소. 하지만 여러분이 지금 드신 돼지고기는 견양의 것이 아니오. 저 녀석이 이웃 고깃간에서 사온 것인 모양이오. 쯧쯧!" 사람들이 모두 머쓱해졌다.

대구 사람 하징河澄이 키는 작은데 뚱뚱하고 다리까지 저는 나귀를 샀다. 몇 해를 잘 먹이자 서울까지 700리를 나흘 만에 달리는 영물이 되었다. 묵는 곳마다 사람들이 이 희한하게 생긴 땅딸보 나귀에 호기심을 나타냈다. 하징이 장난으로 말했다. "이건 왜당나귀요. 왜관에서 산 놈이오." 값을 물으면 터무니없이 비싼 값을 불렀다. 모두 수긍할 뿐 도대체 의심하는 법이 없었다. 돈을 그보다 더 줄 테니 팔라는 사람도 여럿 있었다.

뒤에 하징이 사실을 말하자 모두 속았다며 떠났다. 그 뒤로는 아무도 그 나귀를 거들떠보지 않았다. 하징이 말했다. "세상 사람이 이름을 좋아해서 쉬 속기가 이와 같구나. 말이라 하면 귀하게 여기지 않고, 나귀라 해야 귀하게 치고, 우리나라 것이라 하면 그러려니 하다가 왜산이라 하면 난리를 치니." 조구명趙龜命(1693~1737)의 〈왜려설倭驢說〉에 나온다. 하징은 왜소한 당나귀〔矮驢〕란 말을 '일본 당나귀'란 뜻의 왜려倭驢라고 장난을 쳤다. 사람들은 이름에 속아 부르는 값을 묻지 않았다.

견양이란 이름에 속고 왜려란 말에 현혹되어 실상을 제대로 못 보면, 나중에 실상이 드러났을 때 민망한 노릇을 겪게 된다. 허망한 이름만 쫓지 말고 실상을 꿰뚫어 보는 지혜의 안목이 필요하다.

경경유성

연실갓끈이 서안에 부딪치는 소리
輕輕有聲

김굉필金宏弼(1454~1504)은 초립草笠에다 연실蓮實을 꿴 갓끈의 영자纓子를 달았다. 조용한 방에 들어앉아 깊은 밤에도 책을 읽었다. 사방은 적막한데 이따금 연실이 서안書案에 닿으면서 가볍게 울리는 소리가 밤새 들렸다(輕輕有聲).

스승 김종직金宗直(1431~1492)이 산림의 중망重望을 안고 이조참판에 올랐지만, 막상 아무 하는 일이 없었다. 김굉필이 시 한 수를 지어 올렸다.

도道란 겨울에 갖옷 입고 여름에 얼음 마심이니
개면 가고 비 오면 멈춤을 어이 능력 있다 하리
난초 만약 세속을 따르면 종당엔 변하리니
소는 밭 갈고 말은 탄단 말, 그 누가 믿으리오.

道在冬裘夏飲氷　霽行潦止豈全能
蘭如從俗終當變　誰信牛耕馬可乘

시의 뜻은 이렇다. "선생님! 대체 이게 뭡니까? 아무리 추이를 따르더라도 하실 일은 하셔야지요. 날이 개면 길 나서고, 비 내리면 들어앉는 것이야 누가 못합니까? 난초가 세속에 뒹굴면 잡초가 됩니다. 소는 밭을 갈고 말은 사람이 타는 법이지요. 저는 선생님께서 소 등인 줄은 몰랐습니다. 이 눈치 저 눈치 보시며 아무 일도 않으시니, 왜 거기 계십니까?" 신랄하고 독한 말이었다.

김종직의 답시는 이렇다.

분에 넘는 벼슬자리 벌빙 伐氷까지 올랐지만
임금 바로잡고 세속 구제함 내 어이 능히 하리.
후배에게 못났다는 조롱까지 받게 되니
구구한 세리 勢利일랑 오를 것이 못 되누나.

分外官聯到伐氷　匡君救俗我何能
從敎後輩嘲迂拙　勢利區區不足乘

'벌빙'은 경대부 卿大夫의 지위를 뜻한다. 고대에 경대부라야 얼음을 보관해두었다가 제사 때 쓸 수 있다 해서 나온 말이다. "내가 분에 넘게 높은 지위에 오르긴 했네만, 대체 일을 맡을 만한 역량이 있어야 말이지. 자네 같은 후배까지 나를 못났다고 이렇게 조롱하니, 구구한 이 벼슬길에 내가 왜 올랐는지 모르겠구먼." 말은 점잖게 했지만 깊은 유감이 깔려 있다. 이 일로 사제 師弟는 다시 얼굴을 보지 않았다.

광군구속匡君救俗의 포부가 제행료지霽行潦止, 즉 개면 길 나서고 비 오면 멈추는 눈치 보기로 바뀌는 것은 잠깐 만이다. 연실갓끈 영자가 서안에 부딪치며 내는 잔잔한 소리가 그립다.

고구만감

첫맛은 쓰고 뒷맛은 달다
苦口晚甘

이덕리가 쓴 《동다기東茶記》에 이런 구절이 나온다.

차에는 고구사苦口師니 만감후晚甘候니 하는 이름이 있다. 또 천하의 단것에 차만 한 것이 없어 감초甘草라고도 한다. 차 맛이 쓴 것은 누구나 말한다. 차가 달다는 것은 이를 즐기는 사람의 주장이다.

茶有苦口師晚甘候之號. 又有以天下之甘者, 無如茶, 謂之甘草. 茶之苦, 則夫人皆能言之. 茶之甘則意謂嗜之者之說.

표현이 재미있어서 찾아보니 각각 출전이 있다.
당나라 때 피광업皮光業은 차에 벽癖이 있었다. 그가 갓 나온 감귤을 맛보는 자리에 초대받아 갔다. 자리에 앉자마자 잔칫상에 차려내

온 훌륭한 안주와 술은 거들떠보지도 않고 차부터 내오라고 야단이었다. 큰 잔에 담아 차를 내오자 그가 시를 지었다.

감심씨 甘心氏를 아직 못 보았으니
먼저 고구사를 맞아야겠네.
未見甘心氏　先迎苦口師

감귤柑橘은 알맹이가 달아서 감심씨, 즉 '속맛이 단 사람'이라 했다. 차는 첫입에 맛이 쓴지라 '입이 쓴 선생'이란 뜻으로 고구사라 불렀다. 고구사가 차의 별명으로 된 연유다.

또 당나라 손초孫樵는 초형부焦刑部에게 차를 보내며 이렇게 썼다. "만감후 15인을 계시는 거처로 보내서 모시게 합니다. 이들은 모두 우렛소리를 들으며 따서 물에 절을 올리고 만든 것입니다." 단차團茶 15개를 만감후 15인이라 했다. 차를 마시면 단맛이 뒷맛으로 오래 남는다. 그래서 차를 의인화해 '늦게야 단맛이 나는 제후'라는 의미로 이 표현을 썼다. 이후 만감후도 차의 별칭으로 쓴다. 명나라 때 육수성陸樹聲의 《다료기茶寮記》에 나온다.

차의 맛은 단가, 아니면 쓴가? 고구사와 만감후 두 단어에 그 대답이 있다. 정답은 '첫맛은 입에 쓰고 뒷맛은 달다'이다. 고구만감苦口晩甘! 처음 혀끝에 어리는 맛은 쓴데, 이뿌리에 남는 뒷맛은 달다. 감탄고토甘吞苦吐, 달아 덥석 삼켰다가 쓰면 웩 하고 토한다. 입속의 혀처럼 달게 굴다가 쓰디쓴 뒷맛만 남기고 사라지는 사람이 너무나 많다. 사람도 차 맛과 다를 게 없다. 처음에 조금 맛이 쓴 듯해도 겪고 보면 길게 여운이 남는 사람이 좋다.

고금삼반

옛날과 지금의 세 가지 상반된 행동

古今三反

윤기 尹愭(1741~1826)가 〈협리한화峽裏閑話〉에서 옛사람과 지금 사람의 세 가지 상반된 행동을 뜻하는 삼반三反 시리즈를 말했다.

먼저 동진東晉 사람 치감郗鑒의 삼반은 이렇다. 첫째, 윗사람을 반듯하게 섬기면서 아랫사람이 자신의 비위 맞춰주는 것을 좋아했다. 둘째, 몸가짐은 맑고 곧았지만 계산하여 따지는 데 신경을 많이 썼다. 셋째, 본인은 책 읽기를 좋아해도 남이 학문하는 것은 미워했다.

위魏나라 왕숙王肅의 삼반도 이와 비슷했다. 첫째, 윗사람 섬기기를 방정히 했지만 아랫사람의 아첨은 좋아했다. 둘째, 몸가짐을 더럽게 하지는 않았으되 재물에는 너무 인색했다. 셋째, 성품이 부귀영화를 좋아하면서도 구차하게 영합하지는 않았다.

윤기가 나열한 지금 사람의 삼반은 이렇다.

남이 숨기고 싶은 일은 굳이 끝까지 캐내려 하면서, 자기 일은 은근슬쩍 덮는다. 말만 들으면 세속 사람보다 우뚝하여 늠름한 기세를 범할 수가 없는데, 하는 짓은 천박하고 용렬하다. 남에게는 분수도 모르고 지나치게 후하면서, 마땅히 잘해주어야 할 사람에게는 모질고 잔인하게 군다.

探覘人隱微, 必欲到底, 而於己則厭然揜之. 談論則高出世人, 凜不可犯, 而所行則賤陋庸惡. 過厚於他人, 太無分數, 而於其所當厚者則薄隘殘忍.

그보다 못난 인간들은 반대로 하는 짓이 더 많아 오반五反이다. 첫째, 목소리나 웃는 모습은 멍청하기 짝이 없으나, 말과 행실은 속임수가 교묘하고 약삭빠르다. 둘째, 나가서 남을 대할 때는 비굴하여 겁쟁이 같건만, 집에만 오면 사납게 함부로 군다. 셋째, 간사한 무리와는 끈끈하게 지내면서, 올곧은 선비는 원수처럼 미워한다. 넷째, 턱도 없는 잘못된 얘기는 대단하게 여기면서, 바른 의론은 만전萬全의 계책이라도 마이동풍馬耳東風으로 흘려듣는다. 다섯째, 재주와 학식이 없어 매사가 남만 못한데도, 스스로는 모르는 것이 없어 자기만 한 사람이 없다고 말한다.

윤기가 덧붙인다. "반反이란 모두 상반된다는 뜻이 아니라 남 보기에 그렇게 보인다는 것일 뿐이다." 아첨을 좋아하며 위를 잘 섬기고, 재물에 인색하면서 몸가짐이 깨끗할 수 있겠는가? 가까운 이에게 함부로 하면서 남에게 잘할 수 있는가? 그 나머지는 슬퍼할 뿐 나무랄 것도 못 된다.

고락상평

고통과 기쁨을 나눠 평형을 유지하기

苦樂常平

시도 때도 없이 들끓는 감정 조절이 늘 문제다. 기쁘다가 슬퍼지고 들떴다가 이내 시무룩해진다. 즐거움은 오래가지 않고 괴로움은 늘 곁을 맴돈다. 만남이 기쁘지만 헤어짐은 안타깝다. 이 모든 감정을 딱 잘라 평균을 내서 늘 일정하게 유지할 수 있으면 얼마나 좋을까?

유배지의 다산도 이 같은 감정 처리에 고심이 많았던 것 같다. 강진 병영兵營에 병마우후兵馬虞候로 근무하던 이중협李重協은 적막한 다산초당으로 찾아와 한 번씩 떠들썩한 자리를 만들어놓고 가곤 했다. 그런 그가 다산도 싫지 않았던 모양이다.

한 3년을 그렇게 왕래하던 그가 하루는 풀 죽은 목소리로 말했다. "임기가 차서 곧 서울로 올라갑니다." 한동안 말이 없던 다산이 그를 위해 다시 붓을 들었다.

즐거움은 괴로움에서 나오니 괴로움은 즐거움의 뿌리다. 괴로움은 즐거움에서 생기므로 즐거움은 괴로움의 씨앗이다. 괴로움과 즐거움이 생기는 것은 동정動靜과 음양陰陽이 서로 뿌리가 되는 것과 같다. 통달한 사람은 그 연유를 알아, 기대고 엎드림을 살피고 성하고 쇠함을 헤아려 내 마음이 상황에 반응하는 것을 늘 일반적인 정리와 반대가 되게끔 한다. 그래서 두 가지가 그 취미를 나누고 기세를 줄이게 만든다. 마치 값이 싸면 비싸게 사들이고 비싸면 싸게 내다 파는 한나라 때 경수창耿壽昌의 상평법常平法처럼 해서 늘 일정하게 한다. 이것이 고락에 대처하는 방법이다.

樂生於苦, 苦者樂之根也. 苦生於樂, 樂者苦之種也. 苦樂相生, 如動靜陰陽, 互爲其根. 達者知其然, 察倚伏算乘除, 使吾心之所以應於境者, 恒與衆情相反然. 故二者得分其趣而殺其勢, 若耿壽昌常平之法. 賤則貴糴, 貴則賤糶, 得常平然. 此處苦樂之法也.

다산의 말뜻은 이렇다. 자네 있어 즐거웠고 떠난다니 서운하네. 늘 이리 지낸다면 각별히 즐거운 줄 모르고 그러려니 했겠지? 헤어짐이 아쉽지만 훗날 내가 귀양에서 풀린 뒤 자네가 불쑥 나를 고향 마을로 찾아와주면 그 기쁨이 배로 될 걸세. 그러니 그간의 즐거움으로 오늘의 슬픔을 맞가늠하세나. 일렁임 없이 내 자네를 보내려네.

끝에 한마디를 더 보탰다.

거센 여울과 잔물결이 섞여 물은 무늬를 이루고, 느린 각성角聲과 빠른 우성羽聲이 어우러져 음악은 가락을 이루게 되지. 내 벗은 슬퍼하지 말게나.

悍灘平漪相間, 水以之成文. 慢角急羽相錯, 樂以之成章. 吾友其無憾焉.

황황하던 마음이 이 한마디에 그만 가라앉는다.

고태류극

이끼 위에 남은 발자국
古苔留屐

이른 아침 추사秋史 김정희金正喜(1786~1856)가 조카 민태호閔台鎬에게 보낸 친필 편지를 읽다가 글 속 언저리를 한참 서성였다.

산촌의 비가 아침에 개었으니 북악산 자락에는 온갖 꽃들이 한
꺼번에 피어났겠구나. 예전 비에 옷 젖던 일도 생각나고 해묵은 이
끼에 신발 자국이 찍히던 것도 기억나는군.

村雨朝晴, 想北崦百花盡放. 攬舊雨之沾裳, 記古苔之留屐.

사각사각 봄비에 꽃들이 일제히 피어나 몽환적 풍경을 연출한다.
나막신을 신고 그 속으로 걸어 들어가자 물기를 머금은 스펀지 같은
이끼 위에 발자국이 또렷이 찍히더니 물이 고인다. 애틋하다. 예전 김
일로 시인의 시집《송산하頌山河》중 "산기슭 물굽이 도는 나그네. 지

꽝이 자국마다 고이는 봄비"란 구절 앞에서 책장을 덮고 눈을 감았던 기억과 겹쳐졌다.

때마침 문자 하나가 들어온다. 고재식 선생이다. "추사가 치원에게 준 글입니다. 일본에 있는 걸 벗이 아침에 보내줘 가을 문턱 안부로 삼습니다." 함께 전송되어온 사진을 열자 일본인의 서재에 높게 걸린 추사의 친필이 황금빛 비단 안에 찬연하다. 다산의 제자 황상에게 추사가 써준 시다. 추사를 읽는데 추사가 왔다. 추사의 영혼과 한순간 절묘한 계합契合이 이뤄진 듯해서 한동안 마음이 황홀했다.

액자 속 여러 구절 중 한 대목은 이랬다.

매번 방초 볼 때마다 명마를 생각하고
어쩌다 운산雲山 들면 기이한 글 떠올리네.

每因芳艸思名馬　偶到雲山想異書

과천에 올라왔다가 멀리 강진으로 돌아가는 황상을 전송하며 이렇게 써준 것이다. 방초를 봐도 구름 산에 들어도 이제부턴 네 생각만 날 거라는 뜻이다.

이덕무가 조카 이광석李光錫에게 보낸 편지의 서두에 다음 구절이 들어 있다.

밤 삼경에 서상西庠에서 오는데, 두 사람의 발자국이 봄 이끼 위에 찍혀 있더군. 희미한 달빛이 이를 비추는 바람에 완연히 그대가 떠올랐소.

夜三鼓, 從西庠來, 二人之跡, 斑斑然皆下春苔上. 微月映之, 宛懷伊人也.

이광석이 벗과 함께 이덕무의 퇴근을 기다리다 길이 어긋났던 모양이다. 이덕무는 희미한 달빛 아래서 이끼 위에 두 사람의 발자국이 찍힌 것을 보고 안 그래도 네 생각을 했었노라고 했다. 이끼 위 발자국을 따라 오가던 그 마음들이 오늘 문득 그립다.

골경지신

생선 가시 같은 신하

骨鯁之臣

성종 8년(1477) 8월에 간관諫官 김언신金彦辛이 재상 현석규玄碩圭
를 탄핵하며 소인 노기盧杞와 왕안석王安石에 견주었다. 임금이 펄펄
뛰며 묻자 대신들은 현석규가 소인인 줄 모르겠다고 대답했다. 의금
부에서 김언신에게 장杖 100대를 친 후 섬에 3년간 귀양 보낼 것을
청했다. 임금은 사형에 처해도 시원찮은데 처벌이 너무 가볍다며 화
를 냈다.

동지중추부사 김뉴金紐가 상소했다.

대간은 임금의 눈과 귀입니다. 말이 임금에 미치면 지존이 자세
를 가다듬고, 일이 조정과 관계되면 재상이 대죄합니다. 이제 현석
규가 군자인지 소인인지에 대해서는 신이 잘 알지 못하오나, 가령
현석규가 군자인데 김언신이 그를 소인으로 지목했다면 또한 잘못

알아 그릇 고집한 것에 지나지 않습니다. 하물며 석규는 차례를 건너뛰어 발탁되어 지위가 육경의 반열이니 높은 대신이라 할 만합니다. 돌아보건대 언신은 신분이 낮은 자인데 속마음을 드러내어 감히 임금 앞에서 간쟁하였으니 말이 이치에 어긋나 맞지 않더라도 옛날 골경지신의 기풍이 있습니다. 실로 포상하고 장려하여 선비들을 권면해야 할 것인데 도리어 죄를 주시니 신은 이 때문에 대간이 해체될까 염려됩니다.

臺諫人主之耳目也. 言及乘輿, 至尊改容, 事關廊廟, 宰相待罪. 今碩圭之爲君子爲小人, 臣未之知, 假使碩圭君子也, 而彦辛指爲小人, 亦不過錯料誤執耳. 況碩圭不次超擢, 位列六卿, 可謂赫大臣. 顧彦辛微者, 披肝露膽, 敢爭於雷霆之下, 言離不中, 有古骨鯁之風. 誠宜襃奬, 以勸士類, 而反抵於罪, 臣恐有此, 臺諫解體也.

임금은 화를 내며 김언신을 직접 문초했다. 잘못을 알겠느냐고 묻자, 김언신은 죽음은 두렵지 않고 잘못 논한 줄도 모르겠다고 대답했다. 임금이 더욱 성이 났다. "내가 그를 썼는데 그를 소인이라 하니 너는 나를 당唐나라 덕종德宗이나 송宋나라 신종神宗에 견주려는 것이냐?" 김언신이 대답했다. "현석규는 노기와 왕안석의 간사함을 겸했는데 그를 쓰셨으니 신은 전하께서 두 군주보다 심하다고 생각합니다."

한동안 말이 없던 임금이 하교했다. "죽음을 눈앞에 놓고도 말을 바꾸지 않는 것은 신信이다. 내가 어찌 간신諫臣을 죽인 걸주桀紂를 본받겠는가." 즉시 차꼬를 풀어주게 하고 술을 먹여 직무를 보게 했다. 《국조보감國朝寶鑑》에 나온다.

골경骨鯁은 짐승의 뼈나 생선의 가시다. 억세서 목에 걸리면 잘 넘

어가지 않는다. 김뉴의 상소 중에 나오는 골경지신이란 말은 듣기 거
북한 직간을 서슴지 않는 신하를 가리키는 말이다. 다산은 〈제진평세
가서정題陳平世家書頂〉에서 "나라에 골경지신이 없으면 그 나라는 마
치 부드럽고 연한 살코기와 같다. 이것이 바로 진秦나라가 육국六國을
모두 삼킬 수 있었던 까닭이다(國無骨鯁之臣, 其國如倫膚焉, 如柔肉焉. 此秦
之所以竝吞六國也)"라고 했다.

공이불명

공정함만 따지고 현명함이 없다면

公而不明

1734년 5월 영조가 경연經筵에서 신하들에게 말했다.

공정해도 현명치 않으면 어진 이를 어리석다 하고, 어리석은 자를 어질다 하게 된다. 현명하나 공정치 않으면 비록 그가 어진 줄 알아도 능히 쓰지 않고, 어리석은 줄 알면서도 능히 버리지 못한다. 쓰고 버림의 분별이 또한 어렵지 아니한가?

公而不明, 則以賢爲愚, 以愚爲賢. 明而不公, 則雖知其賢, 不能用, 雖知其愚, 不能舍. 用舍之分, 不亦難哉?

서명응徐命膺(1716~1787)이 엮은 〈영종대왕행장英宗大王行狀〉 중에 나온다.

공정함만 따질 뿐 현명함이 결여된 것이 공이불명公而不明이요, 현명하나 공정함을 잃게 되면 명이불공明而不公이다. 공公은 치우치지 않는 마음이다. 공평하고 공정하려면 밝은 판단력의 뒷받침이 있어야 한다. 그렇지 않으면 현명함과 어리석음의 분별이 사라져 뒤죽박죽이 된다. 공정함은 누구에게나 공평하게 기회를 주는 데 있지 않고, 능력 있는 사람에게 기회를 주고 어리석은 사람은 쓰지 않는 데서 성취된다. 반대로 현명한 판단력을 갖추고도 공정함을 잃으면, 사사로움이 개재되어 능력을 알고도 쓰지 않고 어리석은 줄 알면서 내치지 못한다. 하나는 난감하고 하나는 곤란하다.

기윤紀昀의《아법집我法集》에도 〈공이불명公而不明〉이란 항목이 실려 있다. 살펴보니 시 한 수를 소개한 후 이런 설명을 달았다.

공정하면 마땅히 현명함이 생겨나야 하건만, 어이해 도리어 현명치 못한 데로 돌아가고 말았던가? 이는 바로 스스로 자신이 공정하다 믿어 마음에 부끄러움이 없고 혐의하는 바가 없다 보니 꼼꼼하게 점검하지 않아서일 뿐이다.

公當生明, 何以反歸不明. 正緣自是其公, 心無所愧怍, 無所嫌疑. 故不詳悉檢點耳.

나는 떳떳하다. 아무 사심이 없다. 이 같은 확신이 자신의 행동에 당당함을 심어준 것까지는 좋은데, 자칫 점검의 내실을 놓치게 되는 것은 아쉽다. 공정의 이름으로 벌어지는 현명치 못한 행동, 실상을 잘 알면서도 한쪽만 치우쳐 편드는 목소리가 너무 높아 늘 걱정이다.

과성당살

가을의 소리를 들어라

過盛當殺

아침저녁 소매 끝에 느껴지는 기운이 선듯하다. 송강松江 정철鄭澈 (1536~1593)의 시 〈산사야음山寺夜吟〉은 이렇다.

우수수 나뭇잎 지는 소리를
성근 빗소리로 잘못 알고서,
사미 불러 문 나가보라 했더니
시내 남쪽 나무에 달 걸렸다고.
蕭蕭落木聲　錯認爲疎雨
呼僧出門看　月掛溪南樹

저녁까지 맑았는데 밤들어 창밖에서 빗소리가 들려온다. 사미승에 게 좀 내다보라고 했더니 돌아온 대답이 맹랑하다. "손님! 달이 말짱하게 시내 남쪽 나무에 걸려 있는걸요.” 비는 무슨 비냐는 얘기다.

　이 시는 송나라 구양수歐陽脩의 〈추성부秋聲賦〉의 의경意境에서 따왔다. 밤에 창밖에서 수상한 소리가 난다. 빗방울이 잎을 때리는 소리 같고 집채만 한 파도가 덮쳐오는 소리도 같다. 어찌 들으니 기습해온 적병이 말에 재갈을 물린 채 발소리만 내면서 빨리 이동하는 소리 같기도 하다. 동자에게 내다보랬더니 “별과 달은 밝고 은하수는 하늘에 걸렸는데, 사방에 사람 소리는 없고 소리가 나무 사이에서 납니다”라고 한다.

　구양수가 말한다. 긴 글을 간추렸으므로 따로 원문은 싣지 않는다.

　아! 가을의 소리로구나. 가을의 기운은 싸늘해서 사람의 살과 뼈를 찌르고, 그 뜻은 쓸쓸해서 산천이 적막해진다. 무성하던 풀에 이것이 스치면 색깔이 변하고, 나무는 이것과 만나면 잎이 지고 만다. 음악에서 가을은 상성商聲이니 상商은 상傷의 뜻이다. 사물이 늙고 보면 슬프고 상심하게 마련이다(物旣老而悲傷). 7월의 음률을 이칙夷則이라 하니, 이夷는 육戮의 의미로, 사물이 성대한 시절이 지나가면 죽음과 마주하게 된다는 뜻이다(物過盛而當殺). 윤기 흐르던 붉은 얼굴은 마른나무가 되고, 옻칠한 듯 검던 머리는 허옇게 센다.

　가을이 왔다. 사물도 절정의 때가 지나면 거둘 줄 안다. 눈부신 신록과 절정의 초록이 지나면 낙엽의 시절이 온다. 그다음은 낙목한천落木寒天이다. 결국엔 흙으로 돌아가는 것이 인생이다. 천년만년 갈 부귀영화란 없다. 하늘은 인간에게 이 이치를 깨닫게 하려고, 성대한 시절이 다 지나갔으니 이제는 그 기운을 죽여 침잠의 시간 속으로 돌아가라고 잎을 저렇게 지상으로 떨구는 것이다.

과숙체락

외가 익으면 꼭지가 떨어진다

瓜熟蒂落

조귀명 趙龜命(1693~1737)의 《동계집 東谿集》에 〈정체 靜諦〉란 글이 있다. 고요한 침묵 속에서 길어 올린 깨달음의 단상을 포착했다. 그중 〈정좌 靜坐〉의 몇 구절을 읽어본다.

고요히 앉아 내면을 응시하면 마음에서 환한 빛이 나와 마치 유리처럼 투명하게 비쳐 잡념이 생겨나지 않는다. 비록 다른 소리가 귀를 스쳐 가도 아예 들리지 않는다.

靜坐內視, 心體光明, 如琉璃映徹, 雜念不生. 雖過耳聲音, 了無將迎.

묵묵히 앉아 향을 사를 때 창밖에서 새소리가 들리면 또한 절로 마음이 기쁘다.

默坐燒香, 聞窗外禽聲, 亦自怡悅.

앞일을 알기란 어렵지 않다. 마음이 고요하면 앞일을 알 수 있다. 보통 사람은 잠잘 때만 마음이 잠깐 고요해져서 꿈속에서 앞일을 알게 되는데, 하물며 늘 고요한 사람이겠는가?

前知匪難, 心靜斯前知矣. 衆人寐時, 心乍靜, 夢猶前知, 況常靜者乎?

하루하루가 분답하기 짝이 없다. 약속을 해놓고도 날짜를 놓치기 일쑤요, 해야 할 일도 맥을 놓고 떠내려간다. 고요와 적막의 시간이 없는 탓이다.

다시 다음 한 구절에 가서 눈길이 멎는다.

물이 지면 도랑을 이루고, 외가 익으면 꼭지가 떨어진다. 이 두 마디 말로 계교하는 마음을 고칠 수가 있다.

水到渠成, 瓜熟蒂落, 兩語可醫計較心.

물이 자주 흘러 땅이 패자 봇도랑을 이룬다. 외는 익으면 꼭지가 똑 떨어진다. 시기가 무르익고 조건이 갖춰지면 굳이 작위해서 애쓸 것이 없다. 절로 이루어진다. 때가 아닌데 억지로 하려드니 이룰 수도 없고 인생이 덩달아 피곤해진다.

다음 글은 스케일이 참 크다.

개벽하고 오랜 세월이 흐르면 높은 것은 무너지고 낮은 것은 메워진다. 무너지면 흙이 깎여 바위가 드러나고, 메워지면 길이 평평해진다. 아득한 후세에는 산은 더욱 기이해지고 다니는 길은 더욱 편리해질 것이다.

開闢久, 高者崩, 卑者塡. 崩則土削而石露, 塡則道塗平. 後千萬世, 山
益奇, 行路益利.

흙을 다 털어내고 바위만 남은 산은 더욱 기이해지고, 무너진 흙으
로 메워진 길은 점점 평탄해진다. 모든 일에는 시간이 필요하다. 억지
로 안 된다. 빈틈을 고요로 채워야 길이 명료하게 보인다. 군더더기를
덜어낸 산이 그제야 우뚝한 것처럼.

과언무환

말을 줄여야 근심이 없다

寡言無患

조급한 사람은 책을 읽거나 남이 말하는 것을 들을 때 끝까지 기다리지 못하고 먼저 질문을 던진다. 어떤 사람이 《맹자孟子》의 〈공손추公孫丑〉 장을 배우고 있었다. "맹자께서 평륙平陸에 가서 그곳의 대부에게 말했다"는 대목이 나오자, 대뜸 스승에게 물었다. "선생님! 평륙 대부는 이름이 전해지지 않나요?" 선생님이 말했다. "좀 더 읽어보거라." 더 읽자 "이것은 거심鉅心이 할 수 있는 바가 아니다"라고 적혀 있었다. 그가 다시 물었다. "이름은 알겠는데, 성은 뭡니까?" "그 밑의 글을 더 읽어보렴." "그 죄를 아는 자는 오직 공거심孔鉅心이다." 그가 그만 머쓱해져서 경솔히 물은 조급함을 후회했다.

하천도정夏川都正이라 불린 종실宗室이 있었다. 성품이 사납고 난폭하다는 풍문이 있었다. 그가 세상을 뜨고 몇 해 뒤에 지체 높은 관리들이 공적인 자리에서 하천도정의 뒷담화를 했다. 그중 어떤 사람이 그의 악함에 대해 비난했다. 좌중에 있던 한 사람이 문득 정색을 하더니 낯빛을 고쳐 말했다. "하천은 돌아가신 내 아버님이오. 당시 종친 중에 못된 자가 있어 마을에서 제멋대로 악행을 일삼으면서 선인의 이름을 빙자한 일이 있었소. 선인께선 실제로 그런 일이 없었소." 좀 전의 사람은 진땀을 흘리며 얼굴이 시뻘겋게 되어 죽을죄를 일컬으며 땅속이라도 파고들어 갈 듯이 했다. 홍길주洪吉周(1786~1841)의《수여난필睡餘瀾筆》에 나오는 일화다.

한번은 손님 중에 쉴 새 없이 떠들어대는 자가 있었다. 홍길주가 천천히 말했다. "내가 지금 몹시 피곤해서 말하기가 어렵다네. 그대가 꼭 말해야겠거든 내가 대답할 필요가 없는 말만 골라서 하는 것이 어떻겠나." 또 말 많은 사람이 있었다. 홍길주가 말했다. "여러 사람과 모여 얘기할 때마다, 누가 무슨 말을 하기만 하면 자네가 모두 대답을 하는군. 그렇지 않으면 자네가 먼저 말을 꺼내곤 하지. 자네 물러나서 말의 많고 적음을 한번 헤아려보게. 자네 혼자 말한 것이 다른 사람이 말한 것을 합친 것보다 같거나 더 많을 걸세. 말 많은 것을 경계하는 것은 잠시 접어두더라도 이렇게 한다면 어찌 정신이 손상되지 않겠는가?"

말이 적으면 근심이 없다〔寡言無患〕. 말을 삼가면 허물이 없다〔慎言無尤〕. 세상 구설이 다 말 때문에 생긴다. 어이 삼가지 않겠는가?

관과지인

강한 약은 부작용이 있다

觀過知仁

1793년 4월 22일에 승지 심진현沈晉賢 등이 임금이 탕평蕩平의 취지로 반대당을 등용하자, 숨죽여 지내던 귀두남면鬼頭藍面의 해괴한 무리들이 한꺼번에 튀어나온다면서, 그들에게 내린 벼슬을 취소할 것을 건의했다. 정조는 큰 죄를 지은 자가 아니면 당파와 친소를 떠나 등용하겠다 하고, 건의를 올린 승지들을 도성 밖으로 쫓아내라는 뜻밖의 비답批答을 내렸다. 입으로는 소통을 말하면서 부싯돌이나 신기루처럼 잠깐 동안 반짝 사람의 눈이나 어지럽히는 것은 새로운 정치의 법식이 아니라고도 했다.

승정원이 술렁였다. 좌의정 김이소金履素가 처분을 거두어줄 것을 청했다. 왕이 다시 말했다.

모든 일은 지나치면 문제가 생긴다. 그래서 지나친 것은 미치지 못하는 것이나 같다〔過猶不及〕고 한다. 근래의 처분은 중도에 지나친 것이 아니고 어쩔 수 없어서일 뿐이다. 그래서 허물을 보고서 어짊을 안다〔觀過知仁〕고 말하는 것이다. 경이 만일 이 두 말로 미루어본다면 나의 고심을 알 수 있을 것이다. 대체로 고질병에는 독한 약을 복용하지 않으면 효험을 기대하기 어렵다. 더구나 풍속을 통해 지금의 폐단을 구원하려면서 어떻게 대승기탕大承氣湯에 좌사佐使의 두 맛을 가미加味하지 않을 수 있겠는가? 승지를 내쫓은 것은 법령을 게시하는 뜻에 불과하다. 무어 지나치게 걱정하고 탄식할 것이 있겠는가?

凡事偏則爲疵, 故曰過猶不及. 然近日處分, 非過中, 特不獲已也. 故曰 觀過知仁. 卿若執兩說而推究, 則可以知予苦心矣. 大抵痼癈, 非瞑眩, 難 以責效. 況由今之俗, 救今之弊, 安得不用大承氣湯, 加入佐使二味乎? 承 宣放逐, 不過懸法之意, 何庸過加憂歎?

허물을 보면 그 사람이 어진지 어질지 않은지 알 수 있다는 관과지인은 《논어》에 나오는 말이다. 지나침은 경계하겠지만, 그가 유용한 인재라면 작은 허물은 덮고 널리 뽑아 쓰겠다는 뜻을 말한 것이다. 대승기탕은 막힌 배변을 통하게 하는 성질이 강한 약재다. 배변이 막히면 보통의 약으로는 안 된다. 하지만 강한 약은 부작용이 있다. 좌사는 부작용을 덜고 치료를 돕는 보조 약재다. 다급하고 중한 병을 다스리려면 강한 처방과 함께 좌사의 약재가 필요하듯, 그가 설령 반대당이거나 약간의 결함이 있는 경우라도 등용하는 것이 맞다는 취지였다. 승지를 내쫓은 것은 자신의 굳은 의지를 상징적으로 보이려는 것일 뿐이니, 너무 염려 말라고 다독거렸다.

관규여측

대롱 구멍으로 하늘을 보다

管窺蠡測

《운부군옥韻府群玉》에 "촉 땅에 납어鮎魚가 있는데 나무를 잘 오르고 아이의 울음소리를 낸다. 맹자가 이를 몰랐다"고 썼다.《오잡조五雜組》에는 "지금 영남에 예어鯢魚가 있으니 다리가 네 개여서 늘 나무 위로 기어오른다. 점어鮎魚도 능히 대나무 가지에 올라 입으로 댓잎을 문다"고 했다.

맹자가 '되지 않을 일'의 비유로 나무에 올라가 물고기를 찾는다는 연목구어緣木求魚의 표현을 쓴 일이 있다. 혹자는 이 물고기들의 존재를 진작 알았더라면 맹자가 이 같은 비유를 쓰지 않았으리라 말한다. 윤기는 상리常理를 벗어난 예외적 경우로 일반화시키는 오류를 지적하며 〈한거필담閒居筆談〉에서 이렇게 말했다.

세상에서 관규여측管窺蠡測의 소견으로 함부로 남을 논하는 것이 모두 이 같은 종류다. 그 폐단은 마침내 반드시 연석燕石을 보배로 보아 화씨和氏의 박옥璞玉을 버려야 한다고 말하거나, 산계山鷄를 귀히 여겨 봉황이 상서롭지 않다고 비방하는 데까지 이른다.

世之以管窺蠡測之見, 妄論他人者, 皆是類也. 其弊終必至於寶燕石, 而謂和璞可棄, 貴山鷄而詆鳳凰非瑞.

관규여측은 대롱의 구멍으로 하늘을 살피고, 전복 껍데기로 바닷물의 양을 헤아린다는 뜻이다. 좁은 소견의 비유로 쓴다. 연석은 옥과 비슷하게 생겼지만 그냥 돌이다. 송나라 사람이 보옥으로 알고 애지중지하다가 망신만 크게 샀다. 초나라 행인은 산계를 봉황으로 잘못 알아 큰돈을 주고 샀다. 임금에게 바치려다 산계가 죽자 봉황을 잃었다며 발을 굴렀다.

윤기의 말이 이어진다.

지금 사람들은 조금만 서사書史를 섭렵하고 나면 문득 함부로 잘난 체하여 저만 옳고 남은 그르다 한다. 한 편의 기이한 글을 보면 스스로 세상에 우뚝한 학문으로 여기고, 어려운 한 글자를 외우고는 남보다 뛰어난 견해로 생각한다. 어쩌다 한 글자의 음을 세상에서 잘못 읽는 줄 알게 되면 그 무식함을 비웃는데, 정작 자기 또한 무수히 오독한 줄은 알지 못한다. 또 어쩌다 사람들이 잘 모르는 몹시 궁벽한 구절을 찾고서는 고루하다고 비웃으나, 정작 자기 또한 얼마나 많이 모르는지는 알지 못한다. 어떤 이는 남에게 묻는 것을 부끄럽게 여겨 잠시 얼버무려 자취를 감추기도 하고, 어떤 이는 어리석은 자들에게 뽐내며 과장을 일삼아 명성을 훔치기도 한다. 이 같은 무리가 세상에 온통 가득하다.

今人稍能涉獵書史, 則輒妄自尊大, 是己非人. 見一奇文, 則自以爲高世之學, 記一難字, 則自以爲出人之見. 偶識一字音之世所誤讀, 則笑其無識, 而不知己亦誤讀之無數. 偶覓一僻句之人所不解, 則嗤其固陋, 而不知己亦不解之幾何. 或恥於問人, 而姑且含糊以掩迹. 或衒於懵眼, 而惟事誇張以掠名, 如此之輩蓋滔滔也.

대롱으로 본 하늘이 오죽하랴. 전복 껍데기로 바닷물을 재겠는가.

관물찰리

사물을 보아 이치를 살핀다
觀物察理

공주에서 나는 밀초는 뛰어난 품질로 유명했다. 정결하고 투명해서 사람들이 보배로운 구슬처럼 아꼈다. 홍길주가 그 공주 밀초를 선물로 받았다. 그런데 불빛이 영 어두워 평소 알던 품질이 아니었다. 살펴보니 다른 것은 다 훌륭했는데, 심지가 거칠어서 불빛이 어둡고 흐렸던 거였다. 그는 《수여연필睡餘演筆》에서 이 일을 적고 나서 이렇게 덧붙였다.

마음이 거친 사람은 비록 좋은 재료와 도구를 지녔다 해도 사물을 제대로 관찰할 수가 없다.
心粗者, 雖有好材具, 不可以察事物.

밀초의 질 좋은 재료가 그 사람의 집안이나 배경이라면, 심지는 마음에 견준다. 아무리 똑똑하고 배경 좋고 능력이 있어도, 심지가 제대로 박혀 있지 않으면 밝은 빛을 못 낸다. 겉만 번드르한 헛똑똑이들이다.

뿔 있는 짐승은 윗니가 없다. 날개가 있으면 다리는 두 개뿐이다. 꽃이 좋으면 열매가 시원찮다. 이런 관찰을 나열한 후 이인로李仁老 (1152~1220)가 내린 결론은 이렇다. "사람도 다를 게 없다. 재주가 뛰어나면 공명은 떠나가서 함께하지 않는다."《파한집破閑集》에서 한 말이다. 이 말을 받아 고상안高尚顏(1553~1623)은 이렇게 노래했다.

소는 윗니 없고 범은 뿔이 없거니
천도는 공평하여 부여함이 마땅토다.
牛無上齒虎無角　天道均齊付與宜

뛰어난 재주로 명성과 공명을 함께 누리려 드는 것은 뿔 달린 범과 같다. 기다리는 것은 재앙뿐이니 어찌 삼가지 않겠는가.

어떤 사람이 야생 거위를 잡아 길렀다. 불에 익힌 음식을 먹이자 거위가 뚱뚱해져서 날지 못했다. 어느 날인가부터 거위가 음식을 먹지 않았다. 한 열흘쯤 굶더니 몸이 가벼워져서 허공으로 날아가 버렸다. 이 이야기를 전해들은 성호星湖 이익李瀷(1681~1763)이 말했다. "지혜롭구나. 스스로를 잘 지켰도다."

먹어서 안 될 음식을 양껏 먹고, 그 맛에 길들여져서 살을 찌우다, 마침내 날지 못하게 되어 잡아먹히고 마는 인간 거위는 우리 주변에 얼마든지 많다. 이익 선생은 77항목에 걸친 관물일기를 남겼다.《관물편觀物篇》이 그것이다.

사물 속에 무궁한 이치가 담겨 있다. 듣고도 못 듣고, 보고도 못 보는 뜻을 잘 살필 줄 알아야 한다. 그것을 옛사람들은 관물觀物이라고 했다. 사물에 깃든 이치를 찬찬히 들여다보는 것은 찰리察理다. 눈으로 보지 않고 마음으로 보고, 마음을 넘어 이치로 읽을 것을 주문했다.

관저복통

관가 돼지 배 앓는 격

官猪腹痛

유엽갑柳葉甲은 버들잎 모양의 쇠 미늘을 잘게 꿰어 만든다. 한 곳이 망가지면 쉬 흐트러져 쓰기가 어려웠다. 인조 때 대신들이 청나라의 제도에 따라 갑옷을 고쳐 만들 것을 건의했다. 임금은 새 갑옷이 예전 것보다 갑절이나 낫다면 몰라도, 그렇지 않다면 굳이 있는 것을 훼손해가며 개조할 필요가 있느냐고 되물었다. 국고의 낭비를 염려해서다.

방물로 들어오는 갑옷이 도무지 쓸모가 없으니 이 문제의 해결이 먼저라며 이렇게 말했다. "속담에 '관가 돼지가 배 앓는다[官猪腹痛]'고 했다. 누가 자주 기름을 칠하고 잘 보관해서 오래 사용하려 하겠는가?" 그러자 이시백李時白(1581~1660)이 자신도 이 갑옷을 하사받았는데 너무 무거워 입을 수가 없었다며 수긍했다. 예전 갑옷은 가볍고 보관이 용이해 가끔 기름칠만 해두면 오래 쓰는 데 아무 문제가 없었다.

하지만 제 물건이 아니라고 누구도 기름칠을 하지 않고 내버려두니 유사시에 쓰려 들면 성한 것이 하나도 없었다.

관저복통官猪腹痛은 '관가 돼지 배 앓는 격'이란 우리말 속담을 한 자로 옮긴 말이다. 관가에서 기르는 돼지는 배곯을 일이 없어 팔자가 편할 것 같지만 정작 배를 앓아도 아무도 보살피는 사람이 없다는 뜻이다. 어떻게 되겠지, 누군가 하겠지 하는 사이에 아픈 돼지만 죽을 맛이다.

박지원은 《열하일기熱河日記》의 〈구외이문口外異聞〉에서 북경의 열 가지 가소로운 일(十可笑)을 소개했다. 황제 직속의 태의원太醫院에서 내는 약방문과 무고사武庫司의 칼과 창, 오늘날 검찰청에 해당하는 도찰원都察院의 법률 기강, 국자감의 학당, 한림원의 문장 등등을 꼽았다. 최고여야 할 국가기관들이 실상은 가장 형편없다는 뜻으로 한 우스갯말이다. 한나라 때 속담에 이런 것이 있다.

수재로 뽑고 보니 글을 모르고, 효렴孝廉에 발탁하자 아비와 따로 산다.
擧秀才不知書, 察孝廉父別居.

명실상부名實相符가 아닌 명존실무名存實無다. 이름뿐 실지는 없는 껍데기다. 멀쩡한 갑옷에 기름칠할 생각은 않고 다 갈아엎고 새로 만들자고 한다. 내 돈 드는 것도 아닌데 뭐가 문제인가? 그 와중에 들리느니 백성들 배 앓는 소리뿐이다.

괄모귀배

거북 등을 긁어서 터럭을 모으는 일

刮毛龜背

이색이 〈유감有感〉이란 시에서 이렇게 읊었다.

처음엔 기린 뿔에 받혔나 싶더니만
점차 거북 터럭 긁는 것과 비슷하네.

初疑觸麟角　漸似刮龜毛

무슨 말인가? 기린 뿔은 희귀해 학업상의 큰 성취를 비유해 쓴다. 위나라 장제蔣濟가 "배우는 사람은 쇠털 같이 많지만 이루는 사람은 기린 뿔 같네〔學者如牛毛, 成者如麟角〕"라 한 데서 나왔다. 거북 등딱지는 아무리 긁어봤자 터럭 한 올 못 구한다. 거북 털 운운한 것은 수고만 하고 거둘 보람이 하나도 없다는 뜻이다. 처음 과거에 급제해 벼슬길에 올랐을 땐 자신이 넘쳤고 뭔가 세상을 위해 근사한 일을 해낼 수 있으리라 여겼었다. 하지만 갈수록 거북 등을 긁어 터럭 구하는 일과 다름없게 되어 아무 기대할 것이 없어졌다는 말이다. 소동파가 〈동쪽 언덕〔東坡〕〉이란 시의 제8수에서 "거북 등 위에서 터럭 긁으니, 언제나 털방석을 이루어볼지〔刮毛龜背上, 何時得成氈〕"라 한 탄식에서 나왔다.

서거정은 〈조금 취해 달 보며 짓다〔小醉對月有作〕〉란 시에서 이렇게 노래한다.

온갖 일 참으로 말 머리 솟은 뿔과 같고
길 막히자 어느새 거북 등 털 긁고 있네.
萬事眞成馬頭角　途窮已刮龜背毛

늘그막에 살아온 길을 되돌아보니 세상일은 말 머리에 솟은 뿔처럼 있을 수 없는 해괴한 일들뿐이었고, 그간 자신이 애써온 일들이라 해야 거북의 등을 긁어 얻은 터럭으로 담요를 짜겠다고 설친 꼴이었다는 술회다.

용재容齋 이행李荇(1478~1534)도 만년에 거제도로 귀양 가 시를 지었다.

10년간 거북 등 긁어 모포를 짜렸더니
흰머리로 바닷가서 거닐며 읊조리네.
十年龜背刮成氈　白首行吟瘴海邊

10년 벼슬길에서 애쓴 보람이 귀양으로 돌아왔다. 나는 거북 등을 긁어 얻은 털로 담요를 짜려 한 사람이었구나.

안 될 것이 뻔하니 쫓겨난 굴원 꼴 나기 전에 기대를 접고 외면해 돌아설까? '그래도'나 '나마저' 하는 마음 한 자락에 얹어 실낱같은 희망을 걸어볼까? 가뜩이나 스산한 마음이 오락가락 죽 끓듯 한다.

광이불요

빛나되 번쩍거리지 않기를
光而不耀

광해군 때 권필權韠(1569~1612)이 시를 지었다.

어찌해야 세간의 한없는 술 얻어서
제일 높은 누각 위에 혼자 올라볼거나.
安得世間無限酒　獨登天下最古樓

성혼成渾(1535~1598)이 말했다. "무한주無限酒에 취해 최고루最高樓
에 오른다 했으니, 남과 함께하지 않으려 함이 심하구나. 그 말이 위태
롭다." 뒤에 그는 시로 죄를 입어 비명에 죽었다.

정인홍鄭仁弘(1535~1623)이 어려서 산사에서 글을 읽고 있었다. 감
사가 우연히 그 절에 묵었다가, 한밤중에 들려오는 글 읽는 소리에 끌
려 소년이 책 읽던 방으로 찾아갔다. 기특해서 시를 지을 줄 아느냐고

묻고, 탑 곁에 선 어린 소나무를 제목으로 운자를 불렀다. 정인홍이 대답했다.

> 작고 외론 소나무가 탑 서쪽에 있는데
> 탑은 높고 솔은 낮아 나란하지 않구나.
> 오늘에 키 작은 솔 작다고 하지 말라.
> 훗날에 솔 자라면 탑이 외려 낮으리니.
>
> 短短孤松在塔西　塔高松下不相齊
> 莫言今日孤松短　松長他時塔反低

감사가 그 재주와 높은 뜻에 탄복하며 말했다. "훗날 반드시 귀히 되리라. 다만 뜻이 지나치니 경계할지어다." 나중에 그는 대단한 학문으로 벼슬이 영의정에 올랐지만, 인조반정 때 88세의 나이로 형을 받아 죽었다.

《도덕경道德經》 제58장의 말이다.

> 반듯해도 남을 해치지 않고 청렴하되 남에게 상처 입히지 않으며, 곧아도 교만치 아니하고 빛나되 번쩍거리지 않는다.
>
> 方而不割, 廉而不劌, 直而不肆, 光而不耀.

반듯하고 청렴한 것은 좋지만, 그로 인해 남을 해치거나 다른 사람에게 씻을 수 없는 상처를 주어서는 안 된다. 곧음은 자칫 교만을 부른다. 빛나는 존재가 되어야 하나, 너무 번쩍거리면 꼭 뒤탈이 따른다. 빛나기는 쉬워도 번쩍거리지 않기는 어렵다.

《순자荀子》도 이렇게 말했다.

군자는 너그럽되 느슨하지 않고, 청렴하되 상처주지 않는다.

寬而不慢, 廉而不劌.

남구만南九萬(1629~1711)이 병조판서 홍처량洪處亮의 신도비명에서 그 인품을 이렇게 표현했다.

화합하되 한통속이 되지는 않았고, 부드러우나 물러터지지도 않았다.

和而不流, 柔而不絏.

《삼국사기三國史記》에서 백제의 새 궁궐을 두고 다음과 같이 말한 것도 다 한뜻이다.

검소하되 누추하지 않고, 화려하나 사치스럽지 않다.

儉而不陋, 華而不侈.

사람은 얼핏 보아 비슷한 이 두 가지 분간을 잘 세워야 한다. 지나친 것은 늘 상서롭지 못하다.

괘일루만

핵심 가치를 어디에 둘 것인가

掛一漏萬

서애 유성룡이 임금께 올린 〈물길을 따라 둔보를 두는 문제에 대해 올리는 글(措置沿江屯堡箚)〉의 말미에 이렇게 썼다.

신은 오랜 병으로 정신이 어두워 말에 두서가 없습니다. 하지만 얼마간 나라 근심하는 정성만큼은 자리에 누워 죽어가는 중에도 또렷합니다. 간신히 붓을 들었으나 괘일루만掛一漏萬인지라 모두 채택할 만한 것이 못 됩니다. 하지만 삼가 성지聖旨에 대해 느낌이 있는지라 황공하옵게 아뢰나이다.

臣病久神昏, 言無頭緒. 然其一段憂國之忱, 耿耿於伏枕垂死之中. 艱難操筆, 掛一漏萬, 皆不足採. 然伏有感於聖旨之下, 惶恐陳達.

퇴계退溪 이황李滉(1501~1570)도 〈무진육조소戊辰六條疏〉에 이렇게 썼다.

신이 비록 평소 꾀가 어두우나 붉은 정성을 다하여 한 가지라도 얻으려는 어리석음을 본받지 않을 수 없습니다. 하지만 또 아뢰는 즈음에 정신이 산란하고 말이 어눌하여 괘일루만일까 염려됩니다.
臣雖素昧籌略, 不可不罄竭丹忱, 思效一得之愚. 而又恐口陳之際, 神茫辭訥, 掛一漏萬.

졸수재拙修齋 조성기趙聖期(1638~1689)는 〈임덕함에게 보낸 답장〔答林德涵書〕〉에서 말한다.

나머지는 인편이 몹시 바빠 서둘러 여기까지만 쓰니 괘일루만올시다. 모두 말없이 살펴두시지요. 하고 싶은 말이 너무나 많아도 만나지 않고는 다 말하기 어려운지라 종이를 앞에 두고 서글퍼할 뿐이외다.
萬萬便人忙甚, 力疾暫此, 掛一漏萬. 都在嘿會. 有無限所欲言者, 非面難悉, 臨紙悵然而已.

괘일루만은 옛글에서 자주 쓰던 표현이다. 가장 중요한 한 가지를 적느라 나머지는 다 빠뜨리고 말았다는 뜻이니, 요즘 말로 적자면 '용건만 간단히'쯤에 해당한다. 표현에 맛이 있다. 예를 다 갖추지 못한다는 겸사에 겸해 논지의 핵심을 분명하게 드러내는 효과가 있다.

반대로 괘만루일掛萬漏一이란 표현도 쓴다. 1만 가지를 고려하는 중에 정작 중요한 한 가지를 빠뜨렸다는 뜻이다. 백밀일소百密一疎, 천

려일실千慮一失과 의미가 같다. 빈틈없는 것이 좋긴 하지만, 폼만 잡고 핵심을 놓친 괘만루일과, 중심을 붙들어 소소한 것은 개의치 않는 괘일루만 중 어느 한쪽을 택해야 한다면 후자가 더 낫지 싶다. 정작 문제는 핵심 역량의 우선 가치를 어디에 두느냐다.

교정교태

쉬 변하는 사귐의 정태

交情交態

한나라 때 하규下邽 사람 적공翟公이 정위廷尉 벼슬에 있었다. 빈객이 문 앞을 늘 가득 메웠다. 자리에서 밀려나자, 그 많던 손님의 발길이 뚝 끊겨 대문 앞에 참새 그물을 칠 정도였다. 얼마 후 그가 원직에 복귀했다. 빈객의 발길이 다시 문 앞에 줄을 섰다. 적공은 말없이 대문 앞에 방문을 써 붙였다.

한 번 죽을 뻔하고 한 번 살아나자 사귐의 정을 알겠고,
한 번 가난하다가 한 번 부자가 되매 사귐의 태도를 알겠다.
한 번 귀하게 되고 한 번 천하게 되자 사귐의 정이 드러났다.
一死一生　乃知交情
一貧一富　乃知交態
一貴一賤　交情乃見

사마천司馬遷의 《사기史記》 중 〈급정열전汲鄭列傳〉에 나온다. 찾아온 자들이 뜨끔해서 물러났다.

추사 김정희는 〈세한도제발歲寒圖題跋〉에서 이곳이 다하면 사귐도 멀어지는 염량세태炎涼世態를 통탄하며 적공의 방문榜文이 박절하기 짝이 없다고 했다. 전후할 것 없이 방문객의 목적은 자신들의 이곳에 있었지 적공이 좋아서가 아니었다. 뻔한 이치인데 새삼 방문까지 써 붙여 나무란 것은 피차 민망하지 않느냐는 얘기다.

참 기가 막힐 일이 아닌가? 잘나갈 때는 입속의 혀처럼 비굴하게 굽신대던 자들이 실족하여 미끄러지자 거들떠도 안 본다. 그때 가서 내가 고작 이런 인간이었던가 하고 탄식한들 무슨 소용인가. 적공은 속물들에게 분풀이할 기회라도 가졌지만, 한번 밀려난 권력은 대부분 참새 그물 속에 갇힌 채 끝이 나니 문제다.

가깝게 지내던 집안 서숙庶叔이 면앙정俛仰亭 송순宋純(1493~1583)에게 말했다. "지방에서 올라온 재상 중에 죽어 서소문으로 나가는 사람은 봤지만 살아 남대문으로 나가는 사람은 여태 못 보았네." 벼슬길에 한번 발을 들이면 죽기 전에는 권력을 놓지 않으려 들기에 한 말이었다. 뒤에 송순이 고향으로 돌아갈 때 서숙이 강가로 배웅을 나왔다. 송순이 말했다. "제가 이제 제 발로 남대문을 나갑니다." 그리고는 뚜벅뚜벅 남대문을 나서며 뒤도 돌아보지 않았다. 허균의 《성옹지소록惺翁識小錄》에 나온다. 권력이란 허망한 것이다. 방문을 써 붙이는 분풀이가 소용없다. 더 큰 욕을 보기 전에 제 발로 툴툴 털고 걸어 나가는 게 맞다.

구겸패합

간사한 자를 판별하는 법

鉤鉗捭闔

이이첨李爾瞻(1560~1623)이 함경감사로 부임하던 날, 수레를 타고 만세교萬歲橋를 건넜다. 그는 서안에 놓인 책만 보며 바깥 풍경에 눈길 한번 주지 않았다. 감영의 기생들이 그의 잘생긴 얼굴과 단정한 거동을 보고는 신선 같다며 난리가 났다. 늙은 기생 하나가 말했다.

내가 사람을 많이 겪어보았는데, 사람의 정리란 거기서 거기다. 이곳 만세교는 우리나라에서 손꼽는 기이한 볼거리다. 누구든 처음 보면 눈을 이리저리 굴리며 돌아보지 않을 수가 없다. 이것을 쳐다보지도 않는다면 사람의 정리가 아니다. 그는 성인이 아니면 소인일 것이다.

余閱人多矣. 人情不甚相遠. 此地萬歲橋, 儘是我國奇觀. 人之初見, 孰不遊目環顧而視. 若不見此, 非人情也. 如非聖人, 必是小人矣.

이이첨은 인물이 관옥冠玉처럼 훤했다. 대화할 때 시선이 상대의 얼굴 위로 올라오는 법이 없었고, 말은 입 밖으로 내지 못하는 것처럼 웅얼거렸다(視不上於面, 言若不出口). 그를 본 백사白沙 이항복李恒福이 말했다. "한세상을 그르치고, 나라를 망치고, 집안에 재앙을 가져올 자가 반드시 이 사람일 것이다." 뒤에 그대로 되었다. 심재沈鋅(1722~1784)의 《송천필담松泉筆談》에 나오는 얘기다.

명나라 왕달王達은 《필주筆疇》에서 이렇게 말했다.

말할 듯 말하지 않으면서 남을 해칠 기미를 감추고, 웃는 듯 웃지 않으면서 쥐었다 놓았다 하는 뜻을 머금는 사람이 있다. 이런 사람은 틀림없이 간사한 사람이다.

其有欲言不言, 而藏鉤鉗之機, 欲笑不笑, 而含捭闔之意, 此必奸人也.

할 말이 있는 것 같은데 입을 열지 않고, 웃으려다가 문득 웃음기를 거둔다. 머릿속에 궁리가 많기 때문이다. 구겸鉤鉗은 갈고리나 집게처럼 박힌 물건을 뽑아내는 도구다. 패합捭闔은 열고 닫는 것이니, 상대를 쥐었다 놓았다 하며 가지고 논다는 의미다.

왕달은 이런 말도 남겼다.

험한 사람 앞에서는 남의 사적인 이야기를 하면 안 된다. 간사한 사람 앞에서는 남의 속임수를 논해서는 안 된다. 나는 한때 말하고, 저도 한때 들었다. 말한 사람은 굳이 저를 비난하려 한 것이 아닌데, 듣는 사람은 마음에 쌓아두고 잊지 않는다. 험한 사람은 그 사사로운 이야기를 폭로와 비방의 거리로 삼고, 간사한 자는 그 기교機巧를 써서 이익의 바탕을 만든다.

險人之前, 不可語人之陰私, 奸人之前, 不可論人之機巧. 我一時言之, 彼一時聽之. 言之者固不爲難彼, 聽之者蓄之於心而不忘矣. 險者資其陰私, 以爲計本. 奸者用其機巧, 以爲利基.

갈고리와 집게의 수단을 감추고 마음을 열었다 닫았다 하는 속임수가 온통 난무하는 세상이다.

구과십육

입으로 짓는 허물의 가짓수

口過十六

허목의 〈불여묵전사 노인의 16가지 경계(不如默田社老人十六戒)〉란 글을 소개한다. 노인이 구과口過, 즉 입으로 짓기 쉬운 16가지의 잘못을 경계한 내용이다. 그 목록은 다음과 같다.

첫 번째는 행언희학行言戲謔이다. 실없이 시시덕거리는 우스갯말이다.

두 번째는 성색聲色이다. 입만 열면 가무나 여색에 대해 말한다.

세 번째는 화리貨利니, 재물의 이익에 관한 얘기다. 무슨 돈을 더 벌겠다고.

네 번째는 분체忿懥로, 걸핏하면 버럭 화를 내는 언사다.

다섯 번째는 교격撟激이다. 남의 말은 안 듣고 과격한 말을 쏟아낸다.

여섯 번째는 첨녕諂佞이니, 체모 없이 아첨하는 말이다.

일곱 번째는 구사苟私다. 사사로운 속셈을 두어 구차스레 군다.

여덟 번째는 긍벌矜伐이다. '내가 왕년에……' 운운하며 남을 꺾으려 드는 태도다.

아홉 번째는 기극忌克으로, 저보다 나은 이를 꺼리는 마음이다.

열 번째는 치과恥過다. 남이 내 잘못을 지적하는 것을 수치로 알아, 듣고는 못 견딘다.

열한 번째는 택비澤非다. 잘못을 인정하지 않고 아닌 척 꾸민다.

열두 번째는 논인자후論人訾詬니, 남에 대해 이러쿵저러쿵 비방하며 헐뜯는 일이다.

열세 번째는 행직경우倖直傾訐로, 요행으로 곧은 체하며 남에게 큰소리친다.

열네 번째는 멸인지선蔑人之善이다. 남의 좋은 점을 칭찬하지 않고애써 탈을 잡는다.

열다섯 번째는 양인지건揚人之愆이다. 남의 사소한 잘못도 꼭 드러내 떠벌린다.

열여섯 번째는 시휘세변時諱世變이다. 당시에 말하기 꺼려하는 얘기나 세상의 변고에 관한 말이다. 이런 노인일수록 입에 '말세'란 말을달고 산다.

나이 들어 입으로 짓기 쉬운 허물 16가지를 주욱 나열한 뒤 허목은이렇게 글을 맺었다. "삼가지 않는 사람은 작게는 욕을 먹고, 크게는재앙이 그 몸에 미친다. 마땅히 경계할진저〔有不愼者, 小則生詬, 大則災及其身. 宜戒之〕!"

16가지 구과를 범하지 않으려면 어찌해야 할까? 입을 꾹 닫고 침묵하면 된다. 허목이 어떤 말도 침묵만은 못하다는 뜻으로, 자신의 거처 이름을 '불여묵전사不如默田社'로 붙인 이유다.

구구소한

81번의 추위를 건너야 봄과 만난다

九九消寒

강위姜瑋(1820~1884)가 벗들과 저녁모임을 가졌다. 밖에는 눈보라가 몰아치고 탁자 위 벼루는 꽁꽁 얼었다. 열두 명의 벗들이 차례로 도착해 흰옷 위에 쌓인 눈을 털며 앉았다. 강위는 이날 함께 지은 시를 묶어 '구구소한첩'이라 했다. 강위가 지은 긴 시는 이렇게 시작한다.

뜬 인생 어디에다 몸을 부칠까?
세계란 허공중의 한 떨기 꽃과 같네.
흘러가는 세월을 뉘 능히 잡나?
해와 달 두 탄환이 쟁반 위를 굴러간다.
浮生安所寄　世界一華空中現
流年誰能駐　日月雙丸盤上轉

환화幻花와 같은 세계 속에서 뜬 인생이 살아간다. 그나마 잠깐 만에 쏜살같이 지나가 버린다.

'구구소한九九消寒'이란 표현이 낯설어 찾아보니, 명나라 유동劉侗이 지은《제경경물략帝京景物略》에 나온다. "동짓날에 매화 한 가지에 흰 꽃송이 81개를 그려두고, 날마다 한 송이씩 색칠한다. 색칠이 끝나 81송이가 피어나면 봄이 이미 깊었다. 이것을 〈구구소한도〉라고 한다."

윤곽선만 그린 9×9, 즉 81송이의 매화 그림을 붙여놓고 하루에 한 송이씩 붉은 꽃을 피워낸다. 마침내 화면 가득 홍매紅梅가 난만하게 피어나면 추위는 자취 없이 사라지고(消寒) 봄은 어느새 우리 곁에 와 있다. 강위는 눈보라가 몰아치던 동지 밤, 벗들과 시를 짓고 술잔을 나누며 아직도 먼 봄소식에 귀를 기울였던 것이다.

다음은 추사 김정희가 벗에게 보낸 편지다.

객관에 홀로 떨어져 지내니 그리운 마음이 복받치는 것은 어쩔 수가 없겠지요. 그대로 하여금 남산 잠두봉 아래 제일가는 집에 있으면서 다리 하나 부러진 솥에 등걸불을 피워놓고 구구소한의 모임을 갖게 한다면 또 어떤 경계이리까?

第客館孤逈, 情思根觸, 理或然. 使左右在蠶頭之下第一家, 折脚鐺邊, 榾柮火前, 作九九銷寒, 又是何境?

해묵은 솥은 다리 하나가 부러져 조금 삐걱대야 제맛이다. 거기에 불을 피우고 옹기종기 모여 술잔이라도 나누면 좋을 텐데, 타지에서 홀로 지내려니 쓸쓸하고 외롭겠다는 위로를 이렇게 건넸다.

봄을 맞는 데는 매일 한 송이씩 81일간 채색하는 정성이 든다. 81번의 추위를 건너야 진짜 봄과 만날 수 있다.

구만소우

이 또한 지나가리라

求滿召憂

명나라 왕상진 王象晉(1561~1653)의 《일성격언록 日省格言錄》〈섭세 涉世〉편의 말이다.

무릇 정이란 다하지 않은 뜻을 남겨두어야 맛이 깊다. 흥도 끝까지 가지 않아야만 흥취가 거나하다. 만약 사업이 반드시 성에 차기를 구하고, 공을 세움에 가득 채우려고만 들 경우, 내부에서 변고가 일어나지 않으면 반드시 바깥의 근심을 불러온다.

凡情留不盡之意, 則味深. 凡興留不盡之意, 則趣多. 若業必求滿, 功必求盈, 不生內變, 必召外憂.

사람들은 끝장을 봐야 직성이 풀린다. 남는 것은 회복 불능의 상처뿐이다. 더 갈 수 있어도 멈추고, 끝장으로 치닫기 전에 머금어야 그

맛이 깊고 흥취가 커진다. 저만 옳고 남은 그르며, 더 얻고 다 얻으려고만 들면, 없던 문제가 생기고 생각지 못한 근심이 닥쳐온다. 한 대목 더.

내게 거슬리는 것을 가만히 잠깐 살피기만 해도 문득 차분해져서 마음이 시원스럽게 된다. 그래서 두목杜牧은 그의 시에서 '참고 지나가면 그 일도 기뻐할 만하다네'라고 말했다.

逆我者, 只消寧省片時, 便到順境, 方寸廖廓矣. 故少陵詩云 '忍過事堪喜'.

내 앞길을 막는다고 맞겨루려고만 들면 다툼이 그칠 새 없다. 가라앉혀 상대의 입장으로 생각하자 이내 차분해져서 좀 전에 성내던 일이 부끄러워진다. 두목은 그의 시 〈견흥遣興〉에서 이렇게 노래했다.

거울 보며 흰 수염 만지작대니
어쩌다 이렇듯 늙은이 됐나.
뜬 인생 언제나 정신이 없고
아이들은 자꾸만 칭얼거린다.
참아내면 그 일도 기쁠 것이요
편해진들 근심이야 없을 수 있나.
가라앉혀 마음을 차분히 가져
막힌 길 나와도 괘념 않으리.
鏡弄白髭鬚　如何作老夫
浮生長勿勿　兒小且鳴鳴
忍過事堪喜　泰來憂勝無

治平心徑熟　不遣有窮途

　거울을 보는데 구레나룻와 수염이 허옇다. 돌이켜보면 늘 경황없
이 발만 동동 구르며 살아왔다. 커가는 자식들은 부모에게 원하는 것
이 때마다 달라진다. 어쩌나 싶어 안타깝던 일도 지나고 나니 다 견딜
만한 기쁜 추억이 되었다. 형편이 괜찮을 때도 근심은 항상 우리 곁에
있었다. 이렇게 마음을 가라앉히자, 지금의 나쁜 상황도 다 잘될 것 같
은 생각이 들게 되더라는 이야기다.

구사비진

달라도 안 되고 똑같아도 안 된다

求似非眞

청나라 원매袁枚(1716~1798)가 《속시품續詩品》 〈저아著我〉에서 이렇게 말했다.

옛사람을 안 배우면
볼만한 게 하나 없고,
옛사람과 똑같으면
어디에도 내가 없다.
옛날에도 있던 글자
하는 말은 다 새롭네.
옛것 토해 새것 마심
그리해야 않겠는가?
맹자는 공자 배우고

공자는 주공 배웠어도,
세 사람의 문장은
서로 같지 않았다네.

不學古人　法無一可　竟似古人　何處著我
字字古有　言言古無　吐古吸新　其庶幾乎
孟學孔子　孔學周公　三人文章　頗不相同

정신이 번쩍 든다. 제 말 하자고 글을 쓰면서 옛사람 흉내만 내면
끝내 앵무새 소리, 원숭이 재간이 되고 만다. 덮어놓고 제 소리만 해대
면 글이 해괴해진다. 글자는 옛날에도 있었지만, 그 글자를 가지고 글
을 써서 옛날에 없던 글이 나와야 좋은 글이다. 묵은 것은 토해내고
새 기운을 들이마셔야 제 말, 제 소리가 나온다. 주공에서 공자가 나왔
고, 공자를 배워 맹자가 섰다. 배운 자취가 분명하나 드러난 결과는 판
이하다. 잘 배운다는 것은 이런 것을 두고 하는 말이다.

연암 박지원이 이 말을 받아썼다. 〈녹천관집서綠天館集序〉에 나온다.

왜 비슷해지려고 하는가? 비슷함을 구함은 진짜가 아니다. 세상
에서는 서로 같은 것을 '꼭 닮았다'고 하고, 분간이 어려운 것을
'진짜 같다'고 한다. 진짜 같다거나 꼭 닮았다는 말에는 가짜이고
다르다는 뜻이 담겨 있다.

夫何求乎似也? 求似者非眞也. 天下之所謂相同者, 必稱酷肖. 難辨者
亦曰逼眞. 夫語眞語肖之際, 假與異在其中矣.

비슷한 가짜 말고 나만의 진짜를 해야 한다는 말씀이다.

법은 옛것 속에 다 들어 있다. 있는 법에서 없는 나, 새로운 나, 나만의 나를 끌어내야 진짜다. 같아지려면 같게 해서는 안 된다. 똑같이 해서는 똑같이 될 수가 없다. 다르게 해야 같아진다. 똑같이 하면 다르게 된다. 같은 것은 가짜고, 달라야만 진짜다. 그런데 그 다름이 달라지려 해서 달라진 것이 아니라, 같아지기 위해 달라진 것이라야 한다. 옛 정신을 내 안에 녹여 완전히 내 것으로 만들면, 무엇을 해도 새롭게 된다. 그렇지 않으면 허무맹랑하고 황당무계한 것을 새롭다고 착각하는 수가 있다. 이 분간을 세우자고 우리는 오늘도 공부를 한다.

구안능지

의미는 사소한 데 숨어 있다

具眼能知

요네하라 마리 米原万里의 《교양노트》(마음산책, 2010)에 〈사소해 보이는 것의 힘〉이란 글이 있다. 건축가를 꿈꾸던 젊은이는 세상에서 가장 행복하고 아름다운 마을을 설계하고 싶었다. 그는 오랜 시간 고치고 다듬어 도면을 완성했다. 흡족했다. 목수를 찾아가 자랑스레 그 설계도를 내밀었다. 한참을 보던 늙은 목수가 조용히 말했다.

"이건 기쁨과 행복의 마을이 아니라, 슬픔과 불행의 마을이로군."

"그럴 리가요?"

"확실히 애써서 만든 설계도일세. 도로와 건물의 위치, 소품의 배치도 완벽해. 하지만 자네가 간과한 게 있네. 그림자일세. 건물에 그림자가 어떻게 지는지는 전혀 고려하지 않았군. 햇빛을 받지 못하는 마을은 어두침침한 회색 마을이 되고 마네. 사람들은 우울해지지. 젊은이, 명심하게나. 그림자를 얕봐선 안 되네. 그건 결코 사소한 것이 아닐세."

어떤 사람이 중국에서 그림을 사 왔다. 낙락장송 아래 한 고사가 고개를 들고 소나무를 올려다보는 그림이었다. 솜씨가 기막혔다. 안견安堅이 보고 말했다.

"고개를 들면 목덜미에 주름이 생겨야 하는데, 화가가 그것을 놓쳤다."

그 후로 아무도 거들떠보지 않는 그림이 되었다.

신묘한 필치로 일컬어진 또 다른 그림이 있었다. 노인이 손주를 안고 밥을 먹이는 모습이었다. 성종께서 보시고 이렇게 말했다.

"좋긴 하다만, 아이에게 밥을 떠먹일 때는 저도 몰래 자기 입이 벌어지는 법인데, 노인은 입을 꽉 다물고 있으니 화법을 크게 잃었다."

그 후로는 버린 그림이 되었다. 유몽인柳夢寅(1559~1623)의《어우야담於于野談》에 나온다. 그는 이렇게 부연한다.

그림이나 문장도 다를 게 없다. 한번 본의를 잃으면 아무리 화려하고 아름다워도 식자가 취하지 않는다. 안목 갖춘 자라야 이를 능히 알 수가 있다.

夫畵與文章何異? 一失本意, 雖錦章繡句, 識者不取. 惟具眼者, 能知之.

의미는 늘 사소한 데 숨어 있다. 기교는 손의 일이나 여기에 마음이 실리지 않으면 버린 물건이 되고 만다. 가짜일수록 그럴싸하다. 진짜는 사람의 눈을 놀래키는 법이 없다. 덤덤하고 질박하다. 꽉 다문 입에 손주에게 한 숟가락이라도 더 먹이고픈 할아버지의 마음이 달아나버렸다. 목뒤의 주름을 놓치는 바람에 소나무의 맑은 기상을 우러르는 선비의 마음이 흩어졌다. 젊은이! 명심하게. 사소해 보이는 것을 소홀히 하지 말게. 그림자를 얕봐선 안 되네.

구전지훼

예상 못한 칭찬과 뜻하지 않은 비방
求全之毁

맹자가 말했다. "예상치 못한 칭찬(不虞之譽)이 있고, 온전함을 구하려다 받는 비방(求全之毁)이 있다."《맹자》〈이루離婁〉에 나온다. 여씨呂氏의 풀이는 이렇다.

행실이 칭찬을 얻기에 부족한데도 우연히 칭찬을 얻는 것이 바로 예상치 못한 칭찬이다. 비방을 면하기를 구하다가 도리어 비방을 불러온 것이 바로 온전함을 구하려다 받는 비방이다. 비방하고 칭찬하는 말이 반드시 다 사실은 아니다.

行不足以致譽, 而偶得譽, 是謂不虞之譽. 求免於毁而反致毁, 是謂求全之毁. 毁譽之言, 未必皆實.

사람들은 겉만 보고 판단하고, 하나만 알고 둘은 모른다. 듣고 보는

데 따라 칭찬과 비방이 팥죽 끓듯 한다. 잘하려고 한 일인데 비방만 얻고 보니 서운하다. 어쩌다 그리된 일에 칭찬 일색은 멋쩍다. 그러니 세상의 칭찬과 비방은 개의할 것이 못 된다.

다산은 이 같은 여씨의 풀이가 못마땅했던 모양이다. 《맹자요의孟子要義》에서 이렇게 풀었다.

칭찬을 원해 칭찬을 얻은 것은 예상치 못한 것이 아니다. 대저 사람이 어떤 일을 만나 마음을 믿고 곧게 행하여 헐뜯거나 비방받는 것을 피하지 않았는데, 도리어 혹 이 일로 칭찬을 얻는 것, 이것이 예상치 못한 칭찬이다. 어쩌다 잘못되어 비방을 얻는 것은 온전함을 구하려다 얻는 비방이 아니다. 반드시 잘못을 저지른 뒤에 또 이를 이어 허물과 잘못을 꾸며서 그 자취를 감추려다가 도리어 이 일로 인해 비방이 더하게 되는 것이 바로 온전함을 구하려다 얻는 비방이다.

要譽而得譽者, 非不虞也. 凡人遇事, 信心直行, 不避毁謗, 反或以此而得譽. 此不虞之譽也. 偶誤而得毁者, 非求全之毁也. 必於作過之後, 又從而文過飾非, 以掩其跡, 反或因此而增毁, 此求全之毁也.

다산의 말뜻은 이렇다. 예상치 못한 칭찬은, 옳은 일이기에 욕먹을 각오를 하고 했는데, 다행히 사람들이 진심을 알아주어서 얻게 된 칭찬이다. 온전함을 구하려다 얻는 비방은 나쁜 짓을 해놓고 그걸 감추려고 온갖 짓을 다 하다가 결국 들통이 나서 받게 되는 비방이다. 여씨는 사실과 평가는 흔히 엇갈리니 세상의 평가에 연연할 것이 없다고 맹자의 말을 이해했다. 반면 다산의 해석에 따르면, 행위의 의도와 평가가 일치한다. 즉, 비난이 예상돼도 옳은 길을 가면 생각지 않은 칭찬이 따르고, 제아무리 그럴싸하게 꾸며도 나쁜 짓은 반드시 들통이 나게 되어 있다는 의미가 된다. 맹자는 누구의 해석에 손을 들어주었을까?

군인신직

임금이 어질어야 신하가 곧다

君仁臣直

위魏나라 문후文侯가 중산中山을 정벌한 후, 그 땅을 아들에게 주었다. 문후가 물었다. "나는 어떤 임금인가?" 신하들이 일제히 말했다. "어진 임금이십니다." 임좌任座가 말했다. "폐하께선 어진 임금이 아니십니다. 중산을 얻어 동생을 봉하지 않고 아들을 봉했으니, 인색한 것입니다." 문후가 발칵 성을 내자 임좌가 물러났다. 문후가 책황翟璜에게 되물었다. "어진 임금이십니다." "어찌 아느냐?" "임금이 어질면 신하가 곧다고 했습니다. 좀 전 임좌의 말이 곧아, 폐하께서 어지신 줄을 알았습니다." 문후가 임좌를 다시 불러오게 하여 사과하고, 상객上客으로 삼았다.

진晉나라 무제武帝가 성대한 제사를 마친 후 기분이 좋아 사례교위司隸校尉 유의劉毅에게 물었다. "내가 한나라로 치면 어느 임금에 해당하겠느냐?" 유의가 대답했다. "한나라를 망하게 한 환제桓帝나 영제靈帝입니다." "너무 심하지 않은가?" "환제와 영제는 관직을 팔아 그 돈을 나라 창고에 넣었는데 폐하께서는 개인 주머니에 넣으시니, 오히려 그만도 못하십니다." 황제가 크게 웃었다. "환제와 영제는 이런 말을 듣지 못했는데, 짐에게는 직언하는 신하가 있으니, 내가 그들보다 낫다."

조회를 마치고 나온 당 태종이 불같이 화를 냈다. "내 저 농사꾼 영감탱이를 죽이고야 말겠소." 황후가 누구냐고 물었다. "위징魏徵이오. 번번이 조정에서 나를 욕보인단 말이오." 황후가 말없이 물러났다가 정복으로 차려입고 대궐 뜨락에 섰다. 황제가 놀라 까닭을 물었다. "임금이 밝으면 신하가 곧다고 들었습니다. 위징이 이처럼 곧은 것은 폐하께서 현명하신 때문입니다. 어찌 하례드리지 않겠습니까?" 황제가 기뻐했다. 뒤에 위징이 죽자 당 태종이 몹시 애통해하며 말했다. "사람은 구리로 거울삼아 의관을 바로잡고, 옛날을 거울삼아 흥망을 보며, 사람을 거울삼아 득실을 알 수 있다고 했다. 위징이 죽었으니 짐이 거울 세 개 중 하나를 잃었도다."

세 임금 모두 직언이 귀에 거슬려도 기쁘게 들었다. 화를 참고 포용했다. 언로가 열려야 나라가 열린다. 바른말은 들은 체 않고, 듣고 싶은 말만 가려듣는다. 입을 막고 귀를 막으니, 알아서 기는 간신배와 모리배가 득세를 한다. 이 둘의 차이에서 국격國格이 갈린다. 나라의 흥쇠興衰가 나뉜다. 어찌 사소하다 하겠는가?

궁이불궁

내 마음은 지금 어디에 있는가?

窮而不窮

팽여양彭汝讓이 《목궤용담木几冗談》에서 이런 말을 했다.

궁한데 궁상스러운 것은 탐욕 때문이다. 궁하지만 궁상스럽지 않은 것은 의리에 궁하지 않아서다. 궁하지 않은데도 궁상스러운 것은 어리석음 탓이다. 궁하지 않고 궁상스럽지도 않은 것은 예의에 궁하지 않아서다. 이 때문에 군자는 가난해도 의리를 알고, 부유해도 예법을 안다.

窮而窮者, 窮于貪. 窮而不窮者, 不窮于義. 不窮而窮者, 窮于蠢. 不窮而不窮者, 不窮于禮. 是故君子貧而知義, 富而知禮.

궁함에서 헤어나지 못함은 탐욕을 억제하지 못해서다. 노력하지 않고 일확천금만 꿈꾼다. 의리를 붙들면 물질이 궁해도 정신은 허물어지는 법이 없다. 잘살면서 늘 궁하다 느끼는 것은 내면의 허기 탓이다. 넉넉하면서 구김살이 없는 것은 예禮를 지녔기 때문이다. 사람은 빈부를 떠나 예의의 바탕을 지녀야 한다.

예의를 잃고 보면 가난한 사람은 천하게 되고, 부유한 사람은 상스럽게 된다. 예의를 간직하니, 가진 것이 없어도 남이 나를 함부로 대하지 못하고, 재물이 많아도 사람이 격이 있어 보인다. 예의는 넘어서는 안 될 선이다. 빈천은 자꾸 위쪽으로 넘으려 하고, 부귀는 아래쪽으로 넘으려 든다. 넘으려다 못 넘으니 원망이 쌓이고, 넘지 말아야 할 것을 넘는 사이에 교만해진다.

한 대목 더.

> 행실이 깨끗한 사람은 저자에 들어가서도 문을 닫아걸고, 행실이 탁한 사람은 문을 닫아걸고서도 저자로 들어간다.
>
> 行潔者入市而闔戶, 濁行者闔戶而入市.

내 몸이 어디에 있는가가 중요하지 않고, 내 마음이 있는 곳이 더 중요하다. 복잡한 도회 안에서도 내면이 고요히 가라앉아 있다면 닫힌 방 안에 앉아 있는 것이나 다름이 없다. 깊은 방 안에 도사려 앉아 있더라도 욕망이 들끓으면 저잣거리 한가운데 서있는 것이나 같다.

이 말을 받아 이덕무가 썼다.

> 글을 읽는다면서 시정의 마음을 지닌 것은, 시정에 있으면서 능히 글을 읽음만 못하다.
>
> 讀書而有市井之心, 不如市井而能讀書也.

또 "문 나서면 온통 욕일 뿐이요, 책을 열면 부끄러움 아님이 없네〔出門都是辱, 開卷無非羞〕"라 했다. 투덜대기만 하고 부끄러움을 잊은 세상이다. 안으로 향하는 눈길이 필요하다. 책을 더 읽어야 한다.

궁하필위

궁한 쥐가 고양이를 문다

窮下必危

동야필東野畢이 말을 잘 부리기로 소문났다. 노나라 정공定公이 안연顔淵에게 그에 대해 묻자 안연의 대답이 뜻밖에 시큰둥했다. "잘 몰기는 하지요. 하지만 그는 말을 곧 잃게 될 겁니다." 정공은 기분이 상해 측근에게 말했다. "군자가 남을 헐뜯다니!" 사흘 뒤, 과연 말 기르는 사람이 정공에게 동야필의 말이 달아난 일을 전했다. 정공이 자리에서 벌떡 일어났다. "어서 가서 안연을 데려오너라."

정공이 물었다. "그대 말을 믿지 않았는데 과연 그리되었소. 어찌 아셨소?" 안연의 대답은 담담했다. "정치를 보고 알았습니다. 예전 순임금은 백성을 잘 부렸고, 조보造父는 말을 잘 부렸습니다. 백성과 말을 궁하게 하지도 않았지요. 이 때문에 순임금의 백성은 달아나지 않았고, 조보도 말을 잃지 않았습니다. 제가 동야필이 말 모는 것을 보니 수레에 올라 고삐를 잡으면 재갈 물린 말의 자세가 바르고, 걷고 달리고 뛸 때는 예법을 갖추었습니다. 험난한 곳을 지나고 먼 데까지 이르면 말의 힘이 빠지겠지요. 그런데도 그는 말에게 그치지 않고 요구합니다. 그래서 달아날 줄 알았습니다."

정공이 바싹 다가앉으며 말했다. "좀 더 자세히 말해보오."

안연이 다시 말했다.

제가 듣기로 새는 궁하면 사람을 쪼고, 짐승은 궁하면 사람을 할퀴며, 사람은 궁하면 남을 속인다고 했습니다. 예로부터 아랫사람을 궁하게 하면서 능히 위태롭지 않은 자는 없었습니다.

臣聞之, 鳥窮則啄, 獸窮則攫, 人窮則詐. 自古及今, 未有窮其下, 而能無危者也.

《순자》의 〈애공哀公〉 편에 나온다. 《치평요람治平要覽》에도 실려 있다.

채찍으로 말을 다잡을 수는 있지만 조이기만 하고 쉬게 하지 않으면 못 견디고 달아난다. 궁지에 몰린 쥐는 고양이를 물고 사람에게 대든다. 새도 부리로 쪼며 달려든다. 사람은 사생결단으로 나오기 전에 먼저 윗사람 속일 궁리부터 한다. 궁하필위窮下必危! 아랫사람을 궁하게 하면 반드시 자기가 먼저 위태롭게 된다. 당장 보기에 근사해 보여도 사흘을 못 간다. 아랫사람을 궁지에 몰아 원망을 쌓는 대신 그의 존경을 받아야 진정한 리더다.

극자만복

사물을 보며 마음 자세를 가다듬다

棘刺滿腹

강재항姜在恒(1689~1756)이 쓴 〈현조행玄鳥行〉이란 시의 사연이 흥미롭다.

제비 한 쌍이 새끼 다섯 마리를 길렀다. 문간방 고양이가 틈을 노려 암컷을 잡아먹었다. 짝 잃은 제비가 슬피 울며 넋을 잃고 지내더니, 어느새 다른 짝을 구해 새살림을 차렸다.

그런데 놀라운 일이 벌어졌다. 제가 기르던 새끼를 발로 차서 마당에 떨어뜨린 것이다. 죽은 새끼의 주둥이를 벌려보니 입안에 날카로운 가시가 가득했다. 그 가시가 배를 찔러 잘 자라던 다섯 마리 새끼가 한꺼번에 죽은 것이다. 새살림에 방해가 되는 새끼들이 거추장스러워 그랬을까? 아비는 제 새끼들에게 벌레를 물어다 주는 대신 가시를 물어다 먹였다. 시인은 이 대목에서 분개했다.

입 더듬어 먹은 물건 살펴봤더니
날카로운 가시가 배에 가득해.
내 마음 이 때문에 구슬퍼져서
한동안 손에 들고 못 놓았다네.
지붕에 불 지르고 우물을 덮었다던
예부터 전하던 말 헛말 아닐세.

探口見食物　棘刺滿腹藏
我心爲之惻　歷時久未放
塗廩與浚井　古來傳不妄

　　옛날 순임금의 아버지 고수瞽瞍도 새장가를 들고 나서 아들에게 곡
식 창고를 고치라고 지붕에 올라가게 해놓고 아래서 불을 지르고, 우
물을 치우게 하고는 이를 덮어 죽이려 했던 일이 있었다.

　　위백규魏伯珪(1727~1798)도 〈잡저雜著〉에서 말했다. "제비는 암수
중 한쪽이 죽어 새 짝을 얻으면 반드시 가시를 물어다 이전 짝의 새끼
에게 먹여 죽인다." 조선시대에 이 같은 생각이 꽤 널리 퍼져 있었다
는 뜻이다. 새 아내가 전처소생의 자식을 구박하고 학대하는 일이 워
낙 흔하다 보니, 제비의 행동에 이를 투사하여 보았던 셈이다.

　　실제 짝을 잃은 제비는 양육을 포기할 수밖에 없다고 한다. 부부가
부지런히 먹이를 날라 먹여도 새끼를 배불리 먹이기 힘들기 때문이다.
가시를 먹였다고 생각한 것은 오해다. 새들은 먹이를 통째로 삼키므로
역류 방지를 위해 목구멍에 가시처럼 뾰족하게 솟아오른 기관이 있다.
이것을 가시로 오해했다. 제비야 억울하겠지만, 사물의 생태를 보며 삶
의 자세를 가다듬고 교훈을 얻고자 한 선인들의 그 마음만은 귀하다.

근신수마

몸에 밴 신중함이라야

謹身數馬

허균이 젊은 시절 감목관監牧官으로 말 목장에 파견되면서 시 한 수를 썼다. 앞의 네 구는 이렇다.

기북冀北에서 좋은 말을 가려내어서
금대金臺에서 특별한 은총 입었네.
몸을 삼가 수마數馬를 생각하지만
감목으로 말 먹임이 부끄러워라.
冀野掄材重   金臺荷寵殊
謹身思數馬   監牧愧攻駒

과거에 급제해 큰 뜻을 펼칠 줄 알았는데, 말 목장에서 말똥이나 치우고 망아지 기르는 일이나 감독하는 관원이 된 일을 자조한 내용이다.

제3구의 수마數馬는 고사가 있다. 한漢나라 때 석경石慶이 태복太僕으로 수레를 몰고 나갔다. 왕이 그에게 불쑥 수레를 끄는 말이 몇 마리냐고 물었다. 석경은 채찍으로 말의 숫자를 하나하나 세더니 손가락 여섯 개를 펴 보이며 "여섯 마리입니다"라고 말했다. 뒤에 승상의 지위에 올랐다.《한서漢書》에 나온다. 허균은 당장의 신세가 비록 한심해도 근신수마謹身數馬의 마음가짐을 지녀 장차 천리마 같은 인재가 되리라는 포부로 이어지는 시를 마무리 지었다.

명종의 환후가 위중하자 영의정 이준경李浚慶(1499~1572)이 숙직하며 곁을 지켰다. 밤중에 왕의 병세가 갑자기 위독해졌다. 후계조차 못 정한 상태였다. 이준경이 침전 밖에서 뒤를 이을 사람을 물었다. 인순왕후仁順王后가 덕흥군의 셋째 아들로 보위를 이으라는 전교를 내렸다. 입직해 있던 재상 여럿이 이미 대전 섬돌 위로 올라와 있었다. 이준경이 말했다. "소신은 귀가 어둡습니다. 다시 하교해주소서." 왕후는 모두가 분명하게 들을 수 있도록 두 번 세 번 또렷하게 말했다. 그제야 이준경은 윤탁연尹卓然에게 전교를 받아 적게 했다. 윤탁연은 '제삼자第三子'의 '三'을 '參'으로 썼다. 이준경이 이를 보고 말했다. "이 누구의 아들인고?" 기특해서 한 말이었다.《기언》에 나온다.

영의정은 뻔히 듣고도 크게 말해달라고 했다. 승지는 '三'이라 쓰지 않고 '參'으로 썼다. 국가의 대계가 걸린 문제라 혹시 있을지 모를 오해의 여지를 이렇게 원천적으로 차단했다. 평소 몸에 밴 신중함이 아니고는 이럴 수가 없다. 나랏일에 대충대충 설렁설렁은 있을 수 없다.

기리단금

두 마음이 하나 되면 무쇠조차 끊는다

其利斷金

다산은 유배지 강진에서 아들에게 편지를 보내 원포園圃의 경영을
당부했다. 특별히 마늘과 파에 역점을 두어 심게 했다. 아들은 그 말
씀에 따라 마늘을 심고, 〈종산사種蒜詞〉 즉 '마늘 심는 노래'를 지어
아버지께 보고했다. 또 밭에서 거둔 마늘을 내다 팔아 경비를 마련해
서 아버지를 찾아왔다. 당시에 마늘은 상당한 고부가가치의 특용작물
이었다.

도둑 셋이 무덤을 도굴해 황금을 훔쳤다. 축배를 들기로 해서, 한
놈이 술을 사러 갔다. 그는 오다가 술에 독을 탔다. 혼자 다 차지할 속
셈이었다. 독이 든 술을 들고 그가 도착하자 기다리고 있던 두 놈이
다짜고짜 벌떡 일어나 그를 죽였다. 그새 둘이 나눠 갖기로 합의를 보
았던 것이다. 둘은 기뻐서 독이 든 술을 나눠 마시고 공평하게 죽었다.
황금은 길 가던 사람의 차지가 되었다. 박지원의 〈황금대기黃金臺記〉

에 나오는 얘기다.

연암은 다시 《주역》의 한 구절을 인용한다. "두 사람이 마음을 같이하면 그 예리함이 쇠도 끊는다[二人同心, 其利斷金]." 원래 의미는 쇠라도 끊을 수 있으리만치 굳게 맺은 한마음의 우정을 가리키는 말이다. 연암은 말을 슬쩍 비틀어, '두 사람이 한마음이 되면 그 이로움이 황금을 나눠 갖는다'는 의미라고 장난으로 풀이했다. '이利'는 '예리하다'는 의미인데 '이롭다'는 뜻으로 바꾼 것이다.

처남은 불법 도박 사이트를 운영해서 떼돈을 벌었다. 자형의 마늘밭에 100억 원이 넘는 돈을 묻었다. 자형은 그 재물이 탐나서 훔치고는 굴착기 기사에게 뒤집어씌웠다. 애초에는 처남이 출소한 뒤 변명거리를 마련하려는 속셈이었다. 결국 경찰이 그 돈을 다 찾아내서 국고로 환수했다. 처음 훔칠 때는 나쁜 짓해서 번 돈인데 조금 쓰면 어때, 하는 마음이었겠지. 하지만 제 나쁜 짓을 감추려다 동티가 났다. 쓰려던 돈을 뺏기고, 맡겨둔 돈도 다 잃었다. 그 돈은 진작에 수많은 사람의 패가망신을 불렀던 눈물과 한숨의 돈이다. 재물은 절대 썩는 법이 없다. 주인만은 쉴 새 없이 바뀐다.

연암은 이렇게 글을 맺는다.

까닭 없이 갑작스레 황금이 생기면 우레처럼 놀라고, 귀신인 듯 무서워할 일이다. 길을 가다가 풀뱀과 만나면 머리카락이 쭈뼛하여 멈춰 서지 않는 자가 없을 것이다.

無故而忽然至前, 驚若雷霆, 嚴若鬼神. 行遇草蛇, 未有不髮竦而卻立者也.

돈은 귀신이요, 독사다. 보면 피해야 한다. 마늘도 땀 흘려 거둔 것
이라야 값이 있다.

기부포비

배고프면 붙고 배부르면 튄다

飢附飽飛

당나라 시인 고적高適의 〈휴양에서 창 대판관에게 작별하며 답하다(睢陽酬別暢大判官)〉는 이렇다.

오랑캐는 본래부터 끝이 없으니
회유함이 하루아침 일이 아닐세.
주려 착 붙을 때는 쓸 만하다가
배부르면 떠나가니 어이 붙들까.
戎狄本無厭　羈縻非一朝
飢附誠足用　飽飛安可招

서융西戎은 초원에 야영하며 사는 족속으로, 사납고 거칠어 좀체 신하로 복속되는 법이 없다. 곡식이 늘 부족해 먹을 것이 없으면 중원에 붙어 순종하지만, 일단 배가 부르고 나면 언제 그랬느냐는 듯이 통제를 벗어날 뿐 아니라 중원에 큰 위협을 가하곤 했다. 시 속의 기부포비飢附飽飛는 배고프면 붙고 배부르면 달아난다는 의미다. 형세가 여의치 않으면 숙이고 들어와 혜택을 구걸하고, 만만하다 싶으면 어느새 등을 돌려 해코지를 한다.

두보杜甫는 〈경급警急〉에서 위 구절을 받아 변방에서 패전한 고적을 풍자했다.

　　화친함이 못난 계획인 줄 알지만
　　공주께서 돌아올 곳이 없다네.
　　지금은 청해靑海를 누가 얻었나
　　서융은 배부르면 달아나는 걸.
　　和親知拙計　公主漫無歸
　　靑海今誰得　西戎實飽飛

금성공주金城公主를 토번吐蕃에 시집보내면서까지 화친을 꾀했지만, 결국은 토번이 청해 땅을 침략해 차지해버린 옛일을 지적해 말했다.

다음은 조선 중기 장유張維(1587~1638)가 나응서羅應瑞의 시 〈견분遣憤〉을 차운한 세 수 중 첫 수다.

　　듣자니 서융이 또 포비를 하였다니
　　조정 정책 모두가 올바르지 않아설세.
　　저 못난 벼슬아치 종내 무슨 보탬 되리
　　강호의 포의布衣 보기 부끄럽기 짝이 없네.

聞說西戎更飽飛　漢庭籌策總成非

迂疎肉食終何補　愧殺江湖一布衣

　　나응서가 시국을 보고 분을 못 참아 쓴 시에 동감한 내용이다. 후
금이 다시 준동해 국경을 위협한다는 소식에 조정의 무능력한 대응을
질타했다. 포비는 일종의 '먹튀'다. 배고프다며 협박할 때마다 달래서
먹을 걸 내주니, 덕화되기는커녕 아쉬우면 회유되는 척 잇속을 챙긴
후 뒤돌아서 다시 능멸한다. 문제는 해결되는 법 없이 반복되어 쌓인
다. 공주를 내줘도 안 되고 식량으로 달래도 소용없다. 고분고분해졌
나 싶어 손을 내밀면 어느새 칼을 휘두르며 찌르자고 달려든다. 상식
이 통하지 않으니 방법이 없다.

기심화심

잔머리를 굴리면 재앙이 깊다

機深禍深

청나라 때 왕지부王之鈇가 호남 지역 산중 농가의 벽 위에 적혀 있
던 시 네 수를 자신이 엮은 《언행휘찬言行彙纂》에 실어놓았다. 주희의
시라고도 하는데, 지은이는 분명치 않다.

첫째 수는 이렇다.

> 까치 짖음 기뻐할 일이 못 되고
> 까마귀 운다 한들 어이 흉할까.
> 인간 세상 흉하고 길한 일들은
> 새 울음소리 속에 있지 않다네.
> 鵲噪非爲喜　鴉鳴豈是凶
> 人間凶與吉　不在鳥聲中

까치가 아침부터 우짖으니 기쁜 소식이 오려나 싶어 설렌다. 까마귀가 까막까막 울면 왠지 불길한 일이 닥칠 것만 같아 불안하다. 새 울음소리 하나에 마음이 그만 이랬다저랬다 한다.

다음은 둘째 수다.

밭 가는 소 저 먹을 풀이 없는데
창고 쥐는 남아도는 양식이 있네.
온갖 일 분수가 정해 있건만
뜬 인생이 공연히 홀로 바쁘다.

耕牛無宿草　倉鼠有餘糧
萬事分已定　浮生空自忙

죽어라 일하는 소는 늘 배가 고프고, 빈둥빈둥 노는 창고 속 쥐는 굶을 걱정이 없다. 세상일이 원래 그렇다. 타고난 분수가 정해져 있는데 아등바등 뜬 인생들이 궁리만 바쁘다. 애써도 안 될 일을 꿈꾸느라 발밑의 행복을 놓친 채 한눈만 판다.

다시 셋째 수를 읽어보자.

물총새는 깃털 귀해 죽음 당하고
거북은 껍질 인해 목숨을 잃네
차라리 아무것도 이루지 않고
편하게 평생 보냄 더 낫겠구나.

翠死因毛貴　龜亡爲殼靈
不如無成物　安樂過平生

물총새는 제 고운 비췻빛 깃털 때문에 사람들이 노리는 표적이 된다. 거북은 등껍질로 장식하고 배딱지로 점치려고 사람들에게 잡혀가 목숨을 잃고 만다. 애초에 아무런 지닌 것이 없었으면 타고난 제 수명을 다 누릴 수 있었을 텐데.

마지막 넷째 수다.

참새는 모이 쪼며 사방 살피고
제비는 둥지에서 딴마음 없네.
배포 크면 복도 또한 크게 되지만
기심機心이 깊고 보면 재앙도 깊네.
雀啄復四顧　燕寢無二心
量大福亦大　機深禍亦深

참새와 제비가 먹는대야 얼마나 먹을까? 그래도 살피고 가늠해서 조심조심 건너가니 큰 근심이 없다. 크게 한탕해서 떵떵거리고 사는 것이 좋아 보여도 한순간에 재앙의 기틀을 밟으면 돌이킬 수가 없다.

기왕불구

이미 지나간 일은 탓하지 않겠다

既往不咎

노나라 애공哀公이 재아宰我에게 사社에 대해 묻자 재아가 대답했다. "하후씨는 소나무를 썼고, 은나라 사람은 잣나무를 썼습니다. 주나라 사람은 밤나무를 썼는데, 백성을 전율戰栗케 하려는 뜻입니다." 《논어》〈팔일八佾〉에 나온다. 나무의 종류가 달라진 것은 토질 차이일 뿐 밤나무를 써서 백성들을 두렵게 하려는 것이 아니었다.

공자께서 이 얘기를 듣고 어이가 없어 이렇게 말씀하셨다. "이뤄진 일이라 말하지 않고(成事不說), 끝난 일이라 충고하지 않는다(遂事不諫). 이미 지나간 일은 탓하지 않겠다(既往不咎)." 기왕불구! 이미 지나간 일은 허물 삼지 않겠다. 뱉은 말을 주워 담을 수는 없으니 더 이상 말은 않겠지만 한심하기 짝이 없다는 말씀이다. 깊은 책망의 뜻이 담겨 있다.

성대중成大中(1732~1809)이 〈성언醒言〉에서 이를 받아 말했다.

공자께서 이미 지나간 것은 탓하지 않는다고 하신 말씀은 다만 한때에 적용되는 가르침일 뿐이다. 지난 일을 탓하지 않는다면 장래의 일을 어찌 징계하겠는가? 일을 그르쳤는데도 책임을 묻지 않고, 직분을 저버렸는데도 죄주지 않는다면 되겠는가? 공이 있는 자에게 상을 주고 허물이 있는 자에게 벌을 주는 것은 나라가 흥하는 까닭이다. 선한 이를 표창하고 악한 이를 징계함은 풍속이 바르게 되는 이유다. 이미 지난 일이라 하여 내버려둘 수 있겠는가? 나라를 망친 대부와 싸움에 진 장수는 벌써 지나간 일인데도 확포矍圃에서 활쏘기 할 때 쫓겨남을 당했으니, 이것이 참으로 만세의 법이다.

仲尼所云, 旣往不咎, 此特一時之訓耳. 往之不咎, 來者奚懲. 僨事而無責, 溺職而無誅, 可乎? 信賞必罰, 國所以興也. 彰善癉惡, 俗所以正也. 其可以旣往而置之也. 亡國之大夫, 僨軍之將, 事固往矣. 見圃於矍圃之射, 此眞萬世之法也.

잘못을 앞에 두고 이미 지나간 일이고 내가 한 일이 아니라고 덮어두면 안 된다. 잘못을 바로잡지 않으면 반성도 없고 진실이 은폐된다. 확상포矍相圃에서 활쏘기 할 때 일이다. 공자는 제자 자로에게 화살을 나눠주게 하면서 말씀하셨다. "싸움에 진 장수와 나라를 망친 대부, 제 부모를 두고 남의 후사가 된 자는 들어오지 못하게 하라." 이미 지난 잘못의 책임을 물어 사례射禮의 출입을 엄격하게 막았다. 기왕불구는 하도 한심해 한 말씀이지 지난 일을 문제 삼지 않겠다고 하신 말씀이 아니다.

길광편우

희망이란 짐승의 또 다른 이름

吉光片羽

한나라 무제 때 서역에서 길광吉光의 털로 짠 갖옷을 바쳤다. 갖옷은 물에 여러 날 담가도 가라앉지 않았고, 불에 넣어도 타지 않는 신통한 물건이었다. 이 옷만 입으면 어떤 깊은 물도 문제없이 건너고, 불속이라도 끄떡 없이 견딜 수 있었다. 길광이 대체 뭘까? 궁금해서 찾아보니 길광은 신수神獸 또는 신마神馬의 이름으로 나온다.《해내십주기海內十洲記》에는 "길광의 갖옷은 황색인데 신마의 종류"라 했다. 진晉나라 갈홍葛洪의《포박자抱朴子》에도 "길광이란 짐승은 3,000년을 산다"고 쓰여 있다.

글에서는 반드시 길광편우吉光片羽로만 쓴다. 편우는 한 조각이다. 길광의 가죽으로 짠 갖옷에서 떨어져 나온 한 조각을 말한다. 길광편우는 전체가 다 남아 있지 않고 아주 일부분만 남은 진귀한 물건을 가리킬 때 쓰는 표현이다. 길광이란 짐승은 아무도 실물을 본 사람이 없다. 자투리 한 조각을 손에 들고, 이게 바로 그 갖옷의 일부분이라고 호들갑을 떨어본들, 갖옷의 효능은 상실한 지 오래다. 길광은 늘 한 조각으로만 남아 있다. 막상 실물이 나온다 해도 별것 아니기 쉽다.

한편 이규경 李圭景은 그의 《오주연문장전산고 五洲衍文長箋散稿》에서 길광을 아름다운 깃털을 지닌 새의 일종으로 보았다. 이와 비슷한 새에 수상鷫鷞이란 것이 있다. 이 새도 봉황 같은 깃털을 지닌 데다 빛깔이 너무도 아름다워 이것으로 갖옷을 만든다고 했다. 또 금계錦鷄는 애계崖鷄라고도 하는데, 제 깃을 너무 사랑한 나머지 온종일 물에 비춰 보다가 눈이 어찔해져서 빠져 죽기까지 한다는 새다. 자기도취가 몹시 심하다. 이 또한 글 속에 몇 줄 등장할 뿐 직접 본 사람은 없다.

길광은 신수神獸인가, 신조神鳥인가? 어차피 실체는 없다. 새든 말이든 따질 일이 못 된다. 사람들은 뭔가 굉장할 것 같은 한 조각만 달랑 들고, 있지도 않은 전체상에 대한 환상을 키워나간다. 그것만 있으면 물도 불도 아무 겁날 것이 없을 것 같다. 문제는 길광은 편우片羽일 때만 길광이다. 어딘가 신비한 곳에 숨어 있을 것 같기는 한데, 절대로 모습을 나타내는 법은 없다. 길광은 혹시 희망이란 짐승의 다른 이름이 아닐까?

끽휴시복

밑지는 게 남는 것이다

喫虧是福

정승 조현명趙顯命(1690~1752)의 부인이 세상을 떴다. 영문營門과 외방에서 부의가 답지했다. 장례가 끝난 후 집사가 물었다. "부의가 많이 들어왔습니다. 돈으로 바꿔 땅을 사두시지요." "큰아이는 뭐라든 가?" "맏상제께서도 그게 좋겠다고 하십니다." 조현명이 술을 취하도록 마시고 여러 아들을 불러 꿇어앉혔다. "못난 놈들! 부의로 들어온 재물로 토지를 사려 하다니 부모의 상을 이익으로 아는 게로구나. 내가 명색이 정승인데 땅을 못 사 굶어 죽기야 하겠느냐? 내가 죽으면 제사 지낼 놈도 없겠다." 매를 몹시 때리고 통곡했다. 이튿날 부의로 들어온 재물을 궁한 일가와 가난한 벗들에게 고르게 나눠주었다. 《해동속소학海東續小學》에 나온다.

청나라 때 서화가 판교板橋 정섭鄭燮(1693~1766)이 유현濰縣 현령 으로 있을 때 일이다. 고향의 아우가 편지를 보내왔다. 집 담장 때문에

이웃과 소송이 붙었으니, 현감에게 청탁해 이기게 해달라는 내용이었
다. 정섭은 답장 대신 시 한 수를 썼다.

천리 길에 글을 보냄 담장 하나 때문이니
담장 하나 양보하면 또 무슨 상관인가.
만리 쌓은 장성은 여태 남아 있지만
당년에 진시황은 보지도 못했다네.
千里告狀只爲墻　讓他一墻又何妨
萬里長城今猶在　不見當年秦始皇

이 시와 함께 '끽휴시복喫虧是福' 네 글자를 써 보냈다. 밑지는 게
복이라는 뜻이다. 그 아래 쓴 풀이 글은 이렇다.

가득 참은 덜어냄의 기미요, 빈 것은 채움의 출발점이다. 내게서
덜어내면 남에게 채워진다. 밖으로는 인정의 평온을 얻고, 안으로
는 내 마음의 편안함을 얻는다. 평온하고 편안하니, 복이 바로 여
기에 있다.
滿者損之機, 虧者盈之漸. 損於己則盈於彼. 外得人情之平, 內得我心
之安. 旣平且安, 福卽在是矣.

아우가 부끄러워 소송을 포기했다.
성대중은 말한다.

성대함은 쇠퇴의 조짐이다. 복은 재앙의 바탕이다. 쇠함이 없으

려거든 큰 성대함에 처하지 말라. 재앙이 없으려거든 큰 복을 구하
지 말라.

盛者衰之候, 福者禍之本. 欲無衰, 無處極盛. 欲無禍, 無求大福.

떵떵거려 끝까지 다 누릴 생각 말고, 조심조심 아껴 나누며 더불어
살아가야 그 복이 길고 달다. 재앙은 부엌문이 열리기만 기다리는 배
고픈 개처럼 틈을 노린다.

난득호도

바보처럼 굴기가 정말 어렵다

難得糊塗

명나라 장호張灝가 고금의 경구를 새긴 《학산당인보學山堂印譜》에 "총명하지 않을수록 더 쾌활해진다〔越不聰明越快活〕"란 구절이 나온다. 똑똑한 사람들은 걱정이 많다. 한 번 더 가늠해 한발 앞서가려니 궁리가 늘 많다. 이겨도 마음이 개운치가 않다. 금세 누가 뒷덜미를 채갈 것만 같다. 좀 모자란 바보는 늘 웃는다. 이래도 웃고 저래도 웃는다.

얻고 잃음에 무심해야 쾌활이 찾아든다. 여기에 얽매이면 지옥이 따로 없다. 사람이 똑똑함을 버리고서 쾌활을 얻기란 실로 어렵다. 똑똑하면 꼭 티를 내야 하고 조금 알면 아는 체를 해야 직성이 풀린다. 나대는 마음을 꾹 눌러 저를 툭 내려놓을 때 비로소 시원스럽다.

서화가 정섭의 글씨에 이런 내용이 있다.

총명하기가 어렵지만 멍청하기도 어렵다. 총명함을 거쳐 멍청하게 되기는 더더욱 어렵다. 집착을 놓아두고, 한 걸음 물러서서 마음을 내려놓는 것이 어찌 뒤에 올 복의 보답을 도모함이 아니 겠는가?

聰明難, 糊塗難. 由聰明轉入糊塗更難. 放一著, 退一步, 當下心, 安非 圖後來福報也.

멍청하기가 총명하기보다 어렵다. 가장 어려운 것은 총명한 사람 이 멍청하게 보이는 것이다. 난득호도難得糊塗란 말이 여기서 나왔다. 호도糊塗는 풀칠이니, 한 꺼풀 뒤집어써서 제대로 보지 못한다는 말이 다. 난득難得은 얻기 어렵다는 뜻이다. 난득호도는 바보처럼 굴기가 어렵다는 의미다. 다들 저 잘난 맛에 사니, 지거나 물러서기 싫다. 손 해 보는 것은 죽기보다 싫다. 더 갖고 다 가지려다가 한꺼번에 모두 잃는다. 결국은 난득호도의 바보 정신이 이긴다.

《학산당인보》에는 "통달한 사람은 묘하기가 물과 같다〔達人妙如 水〕"란 구절도 있다. 물의 선변善變을 배워 지녀야 달인이다. 능소능 대能小能大, 어디서든 아무 걸림이 없다. "선비는 죽은 뒤의 녹을 탐한 다〔士貪以死祿〕"고도 했다. 살아 내 배 불리는 그런 녹보다 죽은 뒤에도 죽지 않고 따라오는 녹, 후세가 주는 녹, 떳떳하고 의로운 삶 앞에 주 어지는 녹을 욕심낼 뿐이다. "입이 재빠른 자는 허탄함이 많고 믿음성 은 부족하다〔口銳者多誕而寡信〕"란 말도 보인다. 지혜를 감추고, 예기銳 氣를 죽여라. 입으로 일어나 입으로 망한다.

난진방선

참됨을 어지럽히고 선을 방해하는 세력

亂眞妨善

위백규가 정원에 여러 종류의 국화를 길렀다. 그중 소주황蘇州黃이란 품종이 단연 무성했다. 빛깔도 노랗고 꽃술은 빽빽했다. 가지는 무성하고 잎새는 촘촘했다. 정원을 둘러보던 그가 갑자기 사람을 불러 소주황을 모두 뽑아버리라고 했다. 곁에 있던 객이 어찌 저 고운 꽃을 미워하느냐고 묻자 그의 긴 대답이 이랬다.

빛깔과 모양이 좋은 국화의 품종과 비슷하고 피는 시절도 같다. 요염하고 조밀한 모습이 사람들의 눈을 기쁘게 한다. 한번 심으면 거름을 안 줘도 무성하게 퍼진다. 나눠 심지 않아도 절로 덩굴져 뻗는다. 바위틈이나 담 모서리라도 뿌리를 교묘하게 내려 토양을 썩게 하고 담장을 망가뜨린다. 안 되겠다 싶어 뽑으려 들면 뿌리가 얼키설키 엉겨 제거가 아주 어렵다. 밑동과 잔뿌리가 조금만 남아도 장마 한번 지나고 나면 다시 무성해진다. 인근 둑까지 번져 좋은 식물을 몰아내고 고운 화초를 시기해 쫓아낸다. 함께 무성해지는 꼴은 죽어도 못 본다. 마침내 온 동산을 차지해 어여쁨을 뽐내며 사람의 안목을 현혹한다.

어쩌다 뜨락에서 쫓겨나 제방 밖에 버려져도 낮고 더럽고 음습한 곳을 부끄러워하지 않는다. 등나무 넝쿨이나 가시나무와 뿌리를 서로 얽고 양보해가며 아주 겸손한 태도로 돌변한다. 꽃을 피우면 작은 방울같이 둥근 꽃봉오리가 제법 약초밭의 분위기까지 자아낸다. 시골 사람들의 중추절 모임에서 좋은 감상 대상이 된다.

내가 이 꽃을 뽑아버리라 한 것은 그 난진방선亂眞妨善, 즉 참된 것에 대한 가치판단을 흐리게 하고, 선으로 나아가는 것을 방해하는 태도 때문이다. 공자가 말한 사이비似而非다. 피는 벼와 구분이 어렵다. 콩밭에도 비슷하면서 콩에 피해를 주는 놈이 있다. 겉은 멀쩡해도 가짜들이다. 뽑아버리는 것이 마땅하다.

《존재집存齋集》에 실린 〈소주황을 배척하는 글〔斥蘇州黃文〕〉에 나오는 이야기다. 멋모르고 좋다 하다가 정원을 모두 점령당한 뒤에는 때가 이미 늦는다. 어렵게 쫓아내도 잔뿌리만으로 원상태를 회복한다. 발본색원拔本塞源함이 마땅하다.

남방지강

관대함으로 품어 보복하지 않는다

南方之强

스물네 살 나던 늦가을 이덕무가 과거시험 공부에 얽매여 경전 읽기를 게을리한 것을 반성하면서 《중용中庸》을 펼쳤다. 9월 9일부터 시작해 11월 1일까지 날마다 《관독일기觀讀日記》를 썼다. 그날 읽은 《중용》의 해당 부분과 읽은 횟수, 그리고 소감을 적어나갔다.

9월 23일자 《관독일기》에서 그는 독서를 약藥에 비유했다.

중용이란 것은 원기가 충실하고 혈맥이 잘 통해, 손발이 잘 움직이고 귀와 눈이 총명해서 애초에 아무런 통증이 없는 종류다. (중략) 중용을 잘하지 못하는 자는 처음에는 성대하고 씩씩하지 않음이 없으나, 지니고 있던 병의 뿌리가 점차 번성하여 온갖 질병이 얽혀드니, 만약 때에 맞게 조치하지 않는다면 마침내 죽음의 지경에 이르고 말 것이다.

中庸者, 元氣充實, 脈膜暢順, 手足耳目, 便利聰明, 元無些兒痛痒之類也. (중략) 其不中庸者, 初非不盛壯, 伊來病源漸滋, 百種纏嬰, 若不適時調治, 終至死界矣.

이 글은 자로가 공자에게 굳셈에 대해 묻는《중용》의 한 대목을 읽고 썼다. 자로가 묻는다. "선생님! 진정한 강함은 어떤 것입니까?" 공자가 대답한다.

남방의 강함을 말하느냐? 북방의 강함을 말하는 것이냐? 아니면 너의 강함을 말하느냐? 관대함과 온유함으로 가르치고, 무도한 자에게 보복하지 않는 것이 남방의 강함이다. 군자는 이렇게 한다. 창칼과 갑옷을 두른 채 죽어도 그만두지 않는 것은 북방의 강함이다. 강한 자가 이렇게 한다.

南方之强與? 北方之强與? 抑而强與? 寬柔以敎, 不報無道, 南方之强也, 君子居之. 袵金革, 死而不厭, 北方之强也, 而强者居之.

진정한 강함은 관대함과 온유함으로 보복하지 않는 남방의 강함에 있다는 말이다. 이를 이어 공자는 군자의 강함이 품은 네 가지 덕을 말했다. 먼저 '화이불류和而不流'와 '중립불의中立不倚'다. 화합하여 품되 한통속이 되지 않는다. 중간에 우뚝 서서 어느 한쪽만 편들지 않는다. 두 가지가 더 있다. 나라에 법도가 있으면 빈천할 때의 지조를 변하지 않고〔國有道不變塞〕, 나라에 법도가 없어도 죽을 때까지 뜻을 바꾸지 않는다〔國無道至死不變〕. 이것이 공자가 생각한 진정한 강함이다.

이덕무는 그해 연말에 쓴〈갑신제석기甲申除夕記〉에서 자신이《관

독일기》를 쓰게 된 계기가 바로《중용》의 이 구절을 읽었기 때문이었
다고 적었다.

남산현표

배고픔을 견뎌야 무늬가 박힌다

南山玄豹

윤증尹拯(1629~1714)이 게으른 선비에게 준 시에 이런 것이 있다.

　　열심히 공부하려면 조용해야 하는 법

　　남산의 안개 속 표범 보면 알 수 있네.

　　그대 집엔 천 권의 서적이 있건만

　　어이해 상머리서 바둑이나 두는 겐가.

　　多少工夫靜裏宜　南山霧豹可能知

　　君家自有書千卷　何用床頭一局棊

공부는 외면한 채 바둑 같은 잡기로 세월을 낭비함을 나무란 내용

이다.

시 속에 남산무표南山霧豹, 즉 남산 안개 속에 숨어 있는 표범 이야

기는 한나라 유향의 《열녀전列女傳》에 나온다. 도답자陶答子란 사람이 있었다. 3년간 질그릇을 구워 팔았다. 명예는 없이 재산만 세 배나 불렸다. 그의 아내가 돈벌이에만 혈안이 된 남편에게 여러 차례 그러지 말라고 간했다. 도답자는 들은 체도 않고 부의 축적에만 몰두했다. 5년이 지나 그가 엄청나게 치부해서 100대의 수레를 이끌고 돌아왔다. 집안사람들이 소를 잡고 그의 금의환향을 축하했다. 도답자의 아내가 아이를 안고서 울었다. 시어머니는 이 기쁜 날 재수 없이 운다며 그녀를 크게 나무랐다.

그녀가 대답했다. "남산의 검은 표범[玄豹]은 안개비가 7일간 내려도 먹이를 찾아 산을 내려오지 않는다고 합니다. 그 털을 기름지게 해서 무늬를 이루기 위해, 숨어서 해를 멀리하려는 것이지요. 저 개나 돼지를 보십시오. 주는 대로 받아먹으며 제 몸을 살찌우지만, 앉아서 잡아먹히기를 기다릴 뿐입니다. 나라가 가난한데 집은 부유하니 이것은 재앙의 시작일 뿐입니다. 저는 어린 아들과 함께 떠나렵니다." 시어머니가 화가 나서 그녀를 내쫓았다. 1년이 못 되어 도답자는 도둑질한 죄로 죽임을 당했다.

어린 표범은 자라면서 어느 순간 짙고 기름진 무늬로 문득 변한다. 그 변화가 참으로 눈부시다. 《주역》에도 '군자표변君子豹變'이라고 했다. 군자는 표범처럼 변한다는 뜻이다. 부스스 얼룩덜룩하던 털이 내면이 충실해지면서 어느 순간 빛나는 무늬로 바뀐다. 사람도 마찬가지다. 공부를 차곡차곡 축적해서 문득 반짝이는 지혜를 갖추게 된다. 당장 먹고사는 일에 얽매여 공부를 내팽개친 채 여기저기 기웃대면, 문채文彩는 갖추어지지 않고 그저 지저분한 개털만 남는다. 잠깐의 포만감과 빛나는 문채를 맞바꾼다면 민망하지 않겠는가?

낭분시돌

승냥이가 날뛰고 멧돼지가 돌진하다
狼奔豕突

다산이 영남 선비 이인행李仁行에게 준 친필 글씨 중에 이런 내용이 있다. 긴 글을 간추려 읽은 것이라 원문은 생략한다.

편당偏黨이 나뉘면 반드시 기이한 재앙이 있게 마련이다. 우리나라의 일만 논해보겠다. 동인과 서인이 나뉘자 기축년의 옥사가 일어났고, 남인과 북인이 갈리매 북인은 마침내 큰 살육의 함정에 빠지고 말았다. 노론과 소론이 나뉘고 청남淸南과 탁남濁南이 갈라서자, 죽이고 치는 계교를 펼쳐, 밀치고 배척하여 떨치지 못하였다. 말의 날카로움은 창보다 예리하고, 마음자리는 가시 돋친 납가새나 명아주보다 험하다. 뜻을 같이하는 자는 부추겨서 드넓은 길로 내보내 돕고, 뜻을 달리하는 자는 밀쳐서 구렁텅이에 몸을 빠뜨린다. 헛것을 꾸미니 패금貝錦으로 글을 이루고, 기운을 부리자 화살과 돌멩이가 비 오듯 한다. 듣는 이가 하품하고 기지개 켜는 것은 돌아보지 않고, 논하는 자가 꾸짖어 물리치는 것도 생각지 않는다. 선배의 충후한 풍도는 잃어버리고 시속의 경박한 자태만 받아들인다. 병장기를 각자 마음속에 숨겨놓고 덫을 놓아 눈앞에서도 알 수가 없다. 그 솟구쳐 부딪치는 연유를 들어보면 모두 젊은이들이 객기를 부려서 마침내 이에 이른 것이다. 만약 나이가 많은 덕 높은 이가 이들을 야단쳐서 금지시켜 감히 제멋대로 난동을 부리지 못하게 했다면 그 흐름이 어찌 마침내 여기까지 이르렀겠는가? 번번이 나는 옳고 저쪽은 그르다면서 늘 자기는 펴고 남은 꺾으려 든다면 되겠는가? 내가 비록 백번 옳고 저가 비록 백번 그르다 해도 서로 끊임없이 공격한다면 벌써 더러운 것과 결백한 것이 같아지고 만다.

190년 전에 쓴 글인데, 눈앞의 일을 예견해 말한 듯 생생하다.

멧돼지가 도심을 출몰하는 일은 이제 뉴스거리도 못 된다. 먹잇감을 찾아 아파트 단지와 운동장을 횡행하다, 먹이를 얻지도 못한 채 엽총에 맞아 비명에 죽는다. 사람들은 놀란 가슴을 쓸어내린다. 낭분시돌狼奔豕突이란 말이 있다. 이리 승냥이가 길길이 날뛰고 멧돼지가 저돌적猪突的으로 돌진하는 형국을 말한다. 무리 지어 패악을 부리며 길길이 날뛰느라 소란스런 상태를 일컫는다. 오랑캐가 중원을 휘젓고 다니는 것을 이렇게 비유했다. 피를 본 이리는 눈에 뵈는 것이 없다. 굶주린 멧돼지는 닥치는 대로 들이받는다. 도심에 뛰어든 멧돼지는 이치로 달래서 산속으로 돌려보낼 방법이 없다.

노다정산

수고가 많아지면 정기가 흩어진다

勞多精散

명나라 왕상진이 편집한《일성격언록》을 펼쳐 읽는데, 다음 구절에 눈이 멎는다.

눈은 육신의 거울이다. 귀는 몸의 창문이다. 많이 보면 거울은 흐려지고, 많이 들으면 창문이 막히고 만다. 얼굴은 정신의 뜨락이다. 머리카락은 뇌의 꽃이다. 마음이 슬퍼지면 얼굴이 초췌해지고, 뇌가 감소하면 머리카락이 희어진다. 정기精氣는 몸의 정신이다. 밝음은 몸의 보배다. 노고가 많으면 정기가 흩어지고〔勞多精散〕, 애를 쏟으면 밝음이 사라진다.

眼者身之鏡, 耳者體之牖. 視多則鏡昏, 聽衆則牖閉. 面者神之庭, 髮者腦之華. 心悲則面焦, 腦減則髮素. 精者體之神, 明者身之寶. 勞多則精散, 營竟則明消.

191

눈은 많이 쓰면 흐려지고 귀를 혹사하면 소리가 안 들린다. 흐려진 거울을 닦고 막힌 창문을 열려면 자주 눈을 감고 귀를 닫아야 한다. 얼굴은 정신의 뜨락이라고 했다. 표정만 봐도 그 사람의 내면이 다 보인다. 슬픔은 낯빛을 초췌하게 만들고 기쁨은 얼굴빛을 환하게 해준다. 머리카락은 두뇌에 뿌리를 두고 두피로 솟아나온 꽃이다. 젊을 때는 검고 윤기 나다가 늙어 뇌의 영양 공급이 제대로 안 되면 머리카락도 따라서 하얘진다. 정기는 몸을 지키는 신명이다. 현명함은 몸을 붙드는 보물이다. 몸을 너무 혹사하면 정기가 흩어져 넋 나간 사람이 된다. 무얼 이루려고 과도하게 애를 쓰면 내 안의 밝음이 사라져 보물이 간 데 없다. 어찌해야 할까? 답은 이렇다.

말을 적게 해서 내기內氣를 기르고, 색욕을 줄여서 정기를 길러라. 자미滋味를 박하게 해서 혈기를 기르고, 침을 삼켜서 장기臟氣를 길러라. 성냄을 경계하여 간기肝氣를 기르고, 음식을 좋게 해서 위기胃氣를 기르며, 생각을 적게 해서 심기心氣를 길러라.

少言語以養內氣, 寡色慾以養精氣. 薄滋味以養血氣, 嚥津液以養臟氣. 戒嗔怒以養肝氣, 美飮食以養胃氣, 少思慮以養心氣.

말이 많으면 기운이 흩어진다. 색욕에 빠지면 정기가 녹는다. 재미에 탐닉하면 혈기가 동한다. 고인 침을 삼켜야 장의 기운이 활발해진다. 자주 성을 내니 간이 상한다. 음식 조절을 잘해야 위장에 무리가 없다. 쓸데없는 생각을 줄일 때 안에 기운이 쌓인다. 적게 하고 줄여야 한다고 그렇게 가르쳐도, 세상은 더 갖고 다 가지려고만 한다. 모든 문제가 여기서 생긴다.

노인삼반

노인이 젊은이와 다른 점 세 가지

老人三反

이기 李墍(1522~1600)가 《간옹우묵 艮翁尤墨》에서 말했다.

세속에서 하는 말이 있다. 노인이 젊은이와 반대인 것이 대개 세 가지다. 밤에 잠을 안 자며 낮잠을 좋아하고, 가까운 것은 못 보면서 먼 것은 보며, 손주는 몹시 아끼나 자식과는 소원한 것, 이것이 노인의 세 가지 상반된 점이다.

世俗有言, 老人與年少之人相反者, 大概有三. 夜不肯寐而喜晝眠, 不能近視, 而能遠視. 篤愛兒孫, 而疎其親子, 此老人之三反也.

명나라 때 왕납간 王納諫도 《회심언 會心言》에서 이렇게 말한다.

아이 적엔 똑똑해도 늙으면 잘 잊고, 아이 때는 다 즐거우나 늙으면 모든 것이 슬프다. 이 또한 한 몸 가운데 조화가 옮겨 흘러감이다.

兒多慧, 老多忘; 兒多樂, 老多悲. 此亦一身中造化遷流.

엊그제 일은 까맣게 생각이 안 나도 몇십 년 전 일은 어제 일처럼 생생하다. 팔랑팔랑하던 젊은 시절은 늘 기쁘고 좋았는데 나이가 들자 스쳐 가는 바람에도 공연히 눈물이 난다. 나는 그대로건만 세월이 다르다. 밤에는 뒤척이다 낮잠이 많아진다. 아들은 점점 보기 싫고 손주만 예뻐 죽겠다. 모두 늙었다는 증거다.

돌아보면 젊음의 시간이 다 빛났던 것은 아니다. 늘 조바심치고 바둥거리며 살았다. 열심히 했지만 막상 손에 쥔 것은 없었다. 노년의 멀리 내다보는 안목을 그때 지녔더라면 좀 좋았을까? 명나라 진익상陳益祥이《잠영록潛穎錄》에서 말했다.

사람이 늙은이 입장에서 젊은이를 보고, 죽음을 통해 삶을 보며, 실패를 바탕으로 성공을 보고, 시들어 초췌함으로부터 영화로움을 본다면 성품이 안정되고 행동이 절로 바르게 되리라.

人能自老看少, 自死看生, 自敗看成, 自悴看榮, 則性定而動自正.

젊은이는 혈기를 믿고, 성공하고 말겠다는 욕망 때문에 종종 판단을 흐린다. 번듯한 좋은 것만 눈에 들어오지 엔간한 것은 성에 차지 않는다. 쏟아지던 아침잠이 줄고 낮잠이 늘어가는 것은 생체 리듬의 자연스러운 변화 결과다. 몸이 따르지 못하는 욕망은 마음으로 지그시 누르는 것이 맞다. 시계를 작위적으로 되돌리려 들면 원망과 서운함만 쌓인다. 내려놓아야 가벼워진다. 나이가 들수록 마음공부가 필요하다.

능내구전

더뎌야만 오래간다

能耐久全

이항로李恒老(1792~1868)가 말했다.

공부함에 있어 가장 두려운 것은 오래 견디지 못하는 것이다. 오래 견딜 수 없다면 아주 작은 일조차 해낼 수가 없다.

爲學最怕不能耐久, 不能耐久, 小事做不得.

김규오金奎五(1729~1791)는 또 〈외암홍공행장畏菴洪公行狀〉에서 이렇게 썼다.

우리의 근심은 흔히 괴로움을 능히 견뎌내지 못하는 데 있다. 한 번 근심이 있게 되면 문득 여기에 얽매여 동요하고 만다. 그러니 그 사생과 화복에 있어 어떻게 처리할 수 있겠는가?

吾輩之患, 多在於不能耐苦. 一有憂穴, 便被膠擾, 其於死生禍福, 如何處得?

운양雲養 김윤식金允植(1835~1922)의 시 〈감람橄欖〉은 이렇다.

푸릇푸릇 소금에 절인 흔적 약간 띠어
가만히 씹어보자 맛있는 줄 알겠구나.
충언도 급히 하면 받아들이기 어렵지만
풀어 말하면 뉘 능히 번거로움 견뎌낼까?
靑靑微帶漬鹽痕　細嚼方知意味存
忠言驟進宜難入　紬繹誰能耐久煩

소금에 절인 올리브 열매를 오래 씹자 그제야 맛없는 맛이 느껴진다. 세상일이 이와 같아 오랜 시간 번거로운 과정을 견뎌내야만 비로소 참맛을 알 수 있다. 그렇다고 장황하게 늘어놓기만 해서는 외려 역효과가 난다.

강석규姜錫圭(1628~1695)가 쓴 〈차류만춘기시운次柳萬春寄示韻〉의 첫 네 구는 이렇다.

늙도록 공부 힘써 무릎 닿아 책상 뚫고
몇 번의 더위 추위 지났는지 모르겠네.
이무기가 설령 뇌우 만나지 못한대도
송백은 눈서리를 외려 능히 견딘다네.
到老劬書膝穿床　不知曾閱幾炎凉

蛟龍縱未逢雷雨　松柏猶能耐雪霜

　평생 쓴 책상이 무릎에 닳아 구멍이 난 사이에 몇 번의 여름과 겨울이 지나갔던가. 이무기는 우레를 만나야 용이 되어 승천하지만, 설령 못 만난들 책과 함께한 일생이 부끄럽지는 않다. 송백이 송백인 것은 그 호된 눈보라와 무서리를 견뎌냈기 때문이다.
　이수인 李樹仁(1739~1822)은 시 〈황자이국음黃紫二菊吟〉에서 이렇게 노래했다.

　　자주색 국화가 황국 곁에 돋더니만
　　황색 국화 더디 피고 자주 국화 먼저 핀다.
　　이제껏 바른길은 더딘 성취 많았거니
　　더뎌야만 바야흐로 오래 견딜 수가 있네.
　　紫菊生於黃菊邊　黃菊猶遲紫菊先
　　由來正道多遲就　遲就方能耐久全

　한세상 살다 가는 일이 온통 참고 견디며 쌓아가는 과정일 뿐이다.

다문궐의

많이 듣되 의심나는 것은 솎아낸다

多聞闕疑

일이 있어 조선일보사 사옥을 들어서니, 입구 벽면 가득 1920년 3월 7일자 창간기념호의 확대 사진이 붙어 있다. 정중앙에 운양 김윤식이 창간을 축하하며 써준 글씨가 보인다. '많이 듣되 의심나는 것은 제외하고, 그 나머지도 살펴서 말한다〔多聞闕疑, 愼言其餘〕'란 여덟 자다. 쏟아져 들어오는 많은 소식 중에 믿을 만한 것만 가려서, 신중하고 책임 있는 말을 해달라는 주문이다. 본래는 《논어》〈위정爲政〉편에 나오는 말이다.

자장子張이 물었다. "선생님! 벼슬을 구하는 것에 대해 가르쳐주십시오." 공자께서 대답하셨다.

우선 많이 들어라. 그중에 조금이라도 의심이 나거든 그것은 제외해야지. 나머지 믿을 만한 것도 조심조심 살펴서 말해야 한다.

그래야 허물이 적게 된다. 또 많이 보아야 한다. 그중 미타미타한 것은 빼버려야지. 그 나머지도 삼가서 행해야 한다. 후회할 일이 적어질 게다. 말에 허물이 적고, 행함에 뉘우침이 없으면 녹祿은 절로 따라오는 법이지.

多聞闕疑, 愼言其餘, 則寡尤. 多見闕殆, 愼行其餘, 則寡悔. 言寡尤, 行寡悔, 祿在其中矣.

제자는 벼슬 얻는 방법에 대해 물었다. 스승은 묻는 말에는 대답 않고 뜬금없이 말과 행동을 조심하라고 일러준다. 자장이 겉으로 보이는 것에만 힘을 쏟고 내실을 다지는 신실함이 부족했기 때문이다. 이런 사람이 벼슬에 나가면, 언행을 삼가지 않아 금세 뉘우치고 후회할 일을 만든다. 벼슬에 나가는 것보다 잘 지켜 간직하는 것이 더 중요하다.

문견聞見을 넓히려고 책을 읽고 여행을 다닌다. '만권의 책을 읽고, 만리의 길을 간다(讀萬卷書, 行萬里路)'는 말이 그래서 나왔다. 요즘은 굳이 책을 읽을 일도, 여행을 갈 맛도 없다. 가만 앉아서도 모를 것이 없는 까닭이다. 정보는 차고 넘칠 지경이다. 문제는 정보의 신뢰도다. 이것이 믿을 만한 정보인지, 거짓 정보인지는 어느 누구도 판정해주지 않는다. 정보 자체가 아니라 정보의 신뢰성을 판단하는 능력이 경쟁력인 시대에 우리는 살고 있다. 우리가 공부를 하는 까닭은 무엇이 의심스러운지, 어떤 것이 위험한지 구분해내는 안목을 기르기 위해서다. 체를 쳐서 걸러낸 알짜배기라야 한다. 거름망이 없으면 안전망도 없다. 정보 장악력을 키워 녹을 구하려면 얄팍한 잔재주를 버리고 더 넓고 깊게 공부하는 수밖에 없다. 많이 들어라. 의심나는 것은 과감히 솎아내라.

다소지분

많아야 할 일과 적어야만 될 일

多少之分

술은 적게 마시고 죽은 많이 먹어라.

야채를 많이 먹고 고기는 적게 먹어라.

입은 적게 열고 눈은 많이 감아라.

머리는 자주 빗고 목욕은 적게 하라.

여럿이 지냄은 적게 하고 홀로 자는 것을 많이 하라.

책은 많이 읽고 재물은 적게 쌓아두라.

명예는 적게 취하고 욕됨은 많이 참아라.

착한 일은 많이 행하고 높은 지위는 적게 구하라.

마음에 드는 곳은 다시 가지 말고

좋은 일은 없음만 못한 듯이 여겨라.

少飲酒, 多啜粥; 多茹菜, 少食肉;

少開口, 多閉目; 多梳頭, 少洗浴;

少群居, 多獨宿; 多收書, 少積玉;

少取名, 多忍辱; 多行善, 少干祿;

便宜勿再往, 好事不如無.

작가를 알 수 없는 명나라 사람의 〈다소잠多少箴〉이다.《암서유사巖
栖幽事》란 책에 나온다. 짧은 글 속에 깊은 생각을 담았다. 술을 많이
마셔 정신을 흐리고 속을 버린다. 고기만 잔뜩 먹으니 피가 맑지 않아
각종 성인병의 원인이 된다. 육신의 질병은 약으로 고칠 수가 있다. 하
지만 못된 버릇은 약이 없다. 때와 장소를 못 가리고 잘 알지도 못하
면서 마구 떠든다. 사람이 광망狂妄해진다. 차라리 눈을 감아 정기를
길러라. 빗질을 자주 하면 두피 마사지도 되고 머리도 맑아진다. 하지
만 너무 잦은 목욕은 몸에서 기운을 뺀다. 무리 지어 지내면 기가 허
해진다. 홀로 거처하며 정신을 간직해라. 책보다 옥을 귀하게 여기면
그 사람이 천하다. 공연히 저를 알아달라고 나부대지 말고, 욕됨을 묵
묵히 참아야 대장부다. 하나라도 더 가지려는 탐욕 대신 베풀고 나누
는 마음을 깃들여라.

개인적으로는 끝 구절이 마음에 와닿는다. 정말 기억에 남는 곳은
두 번 가지 말라. 간직해둔 좋은 기억이 무색해진다. 좋은 일은 그저
없음만 못하려니 생각하는 태도가 옳다. 사람은 많고 적음을 잘 가려
야 한다. 많이 할 것을 많이 하고, 적게 할 것을 적게 하면 양생養生의
마련이 굳이 필요 없다. 사람들이 반대로 하니 늘 문제다. 고기 안주에
술을 잔뜩 마시고, 쉴 새 없이 떠들며 떼거리 지어 몰려다닌다. 재물
모을 궁리만 하고 마음의 양식 쌓는 일에는 등한하다. 남이 저 알아주
기만 바라고 작은 모욕에도 파르르 떤다. 뭐 생기는 것 없나 기웃댈

뿐 베풀 생각은 눈곱만큼도 없다. 조그만 성취에도 교만이 하늘을 찌른다. 결국 그것으로 제 몸을 망치고 집안을 무너뜨린다. 아! 슬프다.

다자필무

바쁜 일상에서 단출한 생활을 꿈꾸다
多者必無

바쁜 일상 속에서도 평온을 꿈꾼다. 일에 파묻혀 살아도 단출한 생활을 그리워한다. 명나라 사람 팽여양의 《목궤용담》을 읽었다.

책상 앞에서 창을 반쯤 여니, 고상한 흥취와 한가로운 생각에 천지는 어찌 이다지도 아득한가? 맑은 새벽에 단정히 일어나서 대낮에는 베개를 높이 베고 자니, 마음속이 어찌 이렇듯이 깨끗한가?

半窗一几, 遠興閑思, 天地何其寥闊也? 淸晨端起, 亭午高眠, 胸襟何其洗滌也?

새벽 창을 여니 청신한 기운이 밀려든다. 생각은 끝없고 천지는 가없다. 낮에는 잠깐 눈을 붙여 원기를 충전한다. 마음속에 찌꺼기가 하나도 없다.

203

몹시 조급한 사람은 반드시 침착하고 굳센 식견이 없다. 두려움이 많은 사람은 대개 우뚝한 견해가 없다. 욕심이 많은 사람은 틀림없이 강개한 절개가 없다. 말이 많은 사람은 늘 실다운 마음이 없다. 용력이 많은 사람은 대부분 문학의 아취가 없다.

多躁者必無沈毅之識, 多畏者必無踔越之見, 多欲者必無慷慨之節, 多言者必無質實之心, 多勇者必無文學之雅.

어느 한 부분이 지나치면 갖춰야 할 것이 사라진다. 급한 성질이 침착함을 앗아가고, 두려움은 과단성을 빼앗아버린다. 다변多辯은 마음을 허황하게 만든다. 힘만 믿고 날뛰면 사람이 천박해진다.

지나치게 부귀하면 교만해져서 도리에 어긋나기가 쉽다. 너무 가난하거나 천하면 움츠러들기 쉽다. 환난을 지나치게 겪으면 두려워하기가 쉽다. 사람을 너무 많이 상대하면 수단을 부리기 쉽다. 사귀는 벗이 너무 많으면 들떠서 경박해지기가 쉽다. 말이 너무 많으면 실수하기 쉽다. 책을 지나치게 많이 읽으면 감개하기가 쉽다.

多富貴則易驕淫, 多貧賤則易局促, 多患難則易恐懼, 多酬應則易機械, 多交遊則易浮泛, 多言語則易差失, 多讀書則易感慨.

많아 좋을 것이 없다. 지나친 부귀는 인간을 교만하게 만들고, 견디기 힘든 빈천은 사람을 주눅 들게 한다. 환난도 지나치면 사람을 망가뜨린다. 종일 이 일 저 일로 번다하고, 날마다 이 사람 저 사람 만나 일 만들고 떠들어대면 사람이 붕 떠서 껍데기만 남는다. 말을 많이 하다

보면 꼭 실수를 하게 되어 있다. 무턱대고 읽는 책은 감정의 소모를 불러 읽지 않느니만 못하다.

다행불행

정도가 사라져 꼼수가 횡행하는 세상

多倖不幸

위백규가 1796년에 올린 〈만언봉사萬言封事〉를 읽는데 자꾸 지금이 겹쳐 보인다.

백성의 뜻이 안정되지 않음이 오늘날보다 심한 적이 없었습니다. 등급이 무너지고 품은 뜻은 들떠 제멋대로입니다. 망령되이 넘치는 것을 바라고, 흩어져 음일淫溢함이 가득합니다. 사양하는 마음은 찾아볼 수가 없고, 겸손한 뜻은 자취도 없습니다. 조정에 덕으로 겸양하는 풍조가 없고 보니 관리들은 모두 손을 놓고 있고, 마을에 스스로를 낮추는 풍속이 없는지라 위의 명령을 모두 거스릅니다. 본분을 어기고 윗사람을 범하여 불의가 풍속을 이루고, 함부로 나아가면서 욕심이 끝도 없어 염치가 모두 사라졌습니다. 예의염치의 네 바탕이 사라지면 크고 작은 일이 엉망이 되어, 마치 썩고 망가진 그물처럼 됩니다. 사람이 저마다 자신만을 위한다면 그 마음이 억만이 되어, 온 나라의 사람이 모두 행민倖民이 되고, 온 나라의 재물은 전부 뇌물이 되고 말 것입니다. 위로는 조정 백관으로부터 아래로 마을의 이장에 이르기까지 어느 한 사람도 공정한 방법으로 얻는 자가 없고, 크게는 군대와 세금과 형법으로부터 작게는 송사와 심문에 이르기까지 한 가지도 공도公道로 이루어지는 것이 없을 것입니다. 그런데도 대소의 관원들은 편안하게 놀면서 예삿일로 봅니다.

民志之不定, 莫甚於今日. 等級凌遲, 志意浮越. 妄希僭踰, 散漫淫溢. 辭讓之心亡, 挹退之情絶. 朝廷無讓德之風, 故庶官皆曠, 鄕黨無自卑之俗, 故上令皆反. 干分犯上, 而不義成風, 冒進無蹔, 而廉隅都喪. 此而旣亡, 則大小漫漶, 如朽網敗罟. 人各自謀, 億萬其心, 一國之人, 皆爲倖民, 一國之財, 皆爲賂物. 上自朝廷百官, 下至閭里胥長, 無一人以公道得者. 大自軍賦刑法, 細至爭訟追問, 無一事以公道成者, 大小恬嬉, 視爲常事.

서두를 읽다 말고 간담이 서늘해진다. 글 속의 '행민'은 요행을 바라고 살아가는 백성을 가리킨다.《춘추좌씨전》의 풀이에 "훌륭한 사람이 윗자리에 있으면 나라에 요행을 바라는 백성이 없고, 상을 주는 것이 어긋나지 않고, 형벌을 시행함에 넘치지 않는다"고 했다. 속담에 "백성에게 요행이 많은 것은 나라의 불행이다[民之多倖, 國之不幸也]"라고 한 것도 같은 뜻이다. 김장생金長生(1548~1631)은 가져서는 안 될 것을 얻은 자가 행민이니, 일 없이 빈둥거리며 노는 백성을 뜻한다고 풀이한 바 있다.

아무리 노력해도 안 되니 요행을 꿈꾼다. 정도正道가 행해지지 않아 꼼수가 횡행한다. 예의도 없고 염치도 모른다. '로또'에 인생을 걸고, 수단을 부려 얻는 것을 능력으로 안다. 원칙이 사라진 세상의 풍경이다. 요행이 많으면 국가가 불행하다. 행민이 많아지면 미래가 어둡다.

단미서제

제 꼬리를 자르고 배꼽을 물어뜯다

斷尾噬臍

주周나라 때 빈맹賓孟이 교외를 지나다 잘생긴 수탉이 꼬리를 제 입으로 물어뜯는 것을 보았다. "하는 짓이 해괴하구나." 시종이 대답했다. "다 저 살자고 하는 짓입니다. 고운 깃털을 지니고 있으면 잡아서 종묘 제사에 희생으로 쓸 것입니다. 미리 제 꼬리를 헐어 위험을 벗어나려는 것입지요." 빈맹이 탄식했다. 단미웅계斷尾雄鷄, 이른바 위험을 미연에 차단코자 제 잘난 꼬리를 미리 자른 수탉의 이야기다. 《춘추좌씨전》에 나온다.

고려가 망해갈 무렵 시승詩僧 선탄禪坦이 새벽에 개성 동문 밖을 지나다가 닭 울음소리를 듣고 시를 썼다. 그 끝 연이 이랬다.

천촌만락 모두 다 어둔 꿈에 잠겼는데
꼬리 자른 수탉만이 때를 잃지 않는구나.

千村萬落同昏夢　斷尾雄鷄不失時

파망破亡이 바로 코앞에 닥쳤는데도 사람들은 그저 혼곤한 잠에 빠져 있다. 꼬리 자른 수탉만이 홀로 잠을 깨어 어서 일어나 정신을 차리라고, 부디 때를 놓치지 말라고 울고 있다는 이야기다. 앞서의 고사를 활용했다. 이기의 《간옹우묵》에 나온다.

《춘추좌씨전》에는 서제막급噬臍莫及의 고사도 보인다. 사향노루는 죽을 때 사향주머니 때문에 죽는다고 여겨 제 배꼽을 물어뜯는다고 한다. 사향은 고급 향료이자 약재여서 사냥꾼은 향주머니가 든 그의 배꼽만 노린다. 하지만 사냥꾼에게 잡히고 나서 배꼽을 물어뜯으려 들면 때가 이미 늦었다. 제 입은 또 제 배꼽에 가 닿지도 못한다.

관아재觀我齋 조영석趙榮祏(1686~1761)이 데생 모음집 《사제첩麝臍帖》을 남겼다. 그의 그림 실력을 높이 평가한 임금이 1748년 숙종의 어진御眞을 마련하면서 감동관監董官으로 참여하라는 명을 내렸다. 그는 자신은 선비인데 천한 재주로 임금을 섬길 수 없다며 명을 거부하다 결국 파직당했다. 그림 재주로 인해 욕을 당한 후회의 마음을 화첩 제목에 담았다. 표지에 이렇게 적혀 있다. "남에게 보이지 말라. 어기는 자는 내 자손이 아니다(勿示人, 犯者非吾子孫)."

수탉은 꼬리를 끊어 화를 면했고, 사향노루는 배꼽을 물어뜯으려 했지만 소용없었다. 재주 재才 자는 삐침이 안쪽으로 향해 있다. 밖으로 드러내기보다 안으로 감추는 것이 화를 멀리하는 길이다.

단사절영

생각을 끊고 작위함을 멈춰라

斷思絶營

에도 시대의 유학자 나가노 호잔長野豊山(1783~1837)이 쓴 《송음쾌
담松陰快談》에 이런 대목이 있다.

《징비록懲毖錄》 2권은 조선 유성룡이 지은 것이다. 문록文祿 연
간 삼한과의 전쟁(임진왜란)에 대한 기록이 자못 자세하다. 내가
《무비지武備志》를 읽어보니 '조선의 유승총柳承寵과 이덕형李德馨
이 모두 그 국왕 이연李昖(선조)을 현혹해 마침내 국정을 어지럽게
만들었다'고 적어놓았다. 유승총은 바로 유성룡인데 글자가 서로
비슷해서 잘못된 것이지 싶다. 막상 《징비록》을 보니 유성룡과 이
덕형은 모두 그 나라에 공이 있다. 《무비지》에서 이러쿵저러쿵한
것은 내 생각에 분명히 모두 거짓말인 듯하나 이제 와 상고할 수가
없다.

懲毖錄二卷, 朝鮮柳成龍所著也. 記文祿三韓之役頗詳. 余讀武備志曰:
朝鮮柳承寵李德馨, 皆惑其國王李昖, 終亂國政. 余因疑承寵卽成龍, 字
相似, 因以誤耳. 然觀懲毖錄, 柳與李皆頗有功於其國. 而武備志云云, 意
一必有謂, 今未可考.

명나라 모원의 茅元儀(1594~1640)가 엮은 《무비지》에서 유성룡과 이
덕형을 악평한 글을 보았는데 뒤미처 유성룡의 《징비록》을 읽고는 대
번에 그가 조선의 충신임을 알았다는 얘기다. 유성룡의 《징비록》이
일본에서 간행되어 널리 읽힌 정황은 원중거元重擧(1719~1790)의 《승
사록乘槎錄》에도 보인다.
　《속복수전서續福壽全書》의 〈수아守雅〉 편에 실린 유성룡의 말을 소
개한다.

　밀실에서 문을 닫아 눈을 감고 고요히 앉는다. 서책이나 일체의
응접하는 일을 다 물리고 생각을 끊고 영위함을 그쳐 심력을 기
른다.
　密室掩戶, 閉目靜坐, 掃却書冊及一切應接之事, 斷思想絶營爲, 以養
心力.

빈방에 눈 감고 앉아 생각과 궁리를 끊고 외물을 모두 차단한 채
다만 마음의 힘을 기르겠다는 다짐이다. 말이 그렇지, 눈을 감고 생각
을 지우기가 결코 쉬운 일이 아니다. 선생의 평생 경륜이 이 단사절
영斷思絶營의 심력에서 나온 것임을 새삼 알겠다.
　우리는 생각과 궁리가 너무 많다. 마음의 힘은 기르지 않고 잔머리

만 굴리려 드니 문제가 해결되지 않고 오히려 커진다. 실력은 안 키우고 성과 거둘 욕심만 앞선다. 할 일은 안 하고 술수와 꼼수만 는다. 어른의 큰 말씀은 마음의 힘에서 나왔다. 깊이 가라앉혀 맑게 고인 생각에서 나왔다. 그것이 나라를 위한 경륜이 되고 위기를 건너가는 힘이 되었다.

당면토장

벽에 대고 말하기

當面土墻

다산이 문산文山 이재의李載毅와 사단四端에 대해 논쟁했다. 이재의가 다산의 주장에 대해 논박하는 글을 보내왔는데 논점이 완전히 어긋났다. 가만있을 다산이 아니다.

이달 초 주신 편지에서 사단에 관한 주장을 차분히 살펴보았습니다. 제가 말씀드린 것과 큰 차이가 없더군요. 노형께서 많은 사람 틈에 앉아 날마다 시끄럽게 지내시다가, 이따금 한가한 틈을 타서 대충 보시기 때문에 제 글을 보실 때도 심각하게 종합하여 분석하지 못하는 듯합니다. 주신 글의 내용이 제 말과 합치되는데도 결론에서는 마치 이론異論이 있는 것처럼 말씀하셨더군요. 또 혹 제 주장은 애초에 그런 뜻이 아니었는데, 주신 글에서는 한층 더 극단적으로 나가기도 했으니, 이는 모두 소란스러운 중에 생긴 일입니다. 지금 크게 바라는 것은, 반드시 우리 두 사람이 앞에는 푸른 바다가 임해 있고 뒤에는 솔바람이 불어오는 완도의 관음굴觀音窟로 함께 들어가 보고 듣는 것을 거두고 티끌세상을 벗어나, 마음속에서 환한 빛이 나오게끔 하는 것입니다. 그런 뒤에야 저의 당면토장當面土墻, 즉 담벼락을 맞대고 있는 듯한 답답함과 노형의 장공편운長空片雲, 곧 드넓은 하늘에 걸린 조각구름 같은 의심이 모두 툭 트여서 말끔히 풀릴 것입니다. 그렇지 않고는 비록 10년 동안 편지를 주고받는다 해도 반드시 한곳으로 귀결될 리가 없을 것입니다. 이것이 감히 두 번 다시 말하지 않겠다고 한 까닭입니다.

四端說, 靜觀月初來敎. 與鄙人所言, 不甚相遠. 大抵老兄坐入海中, 恒日擾擾聒聒, 時或偸隙瞥看, 故看鄙人文字, 原不能刻深綜覈. 或來敎與鄙言相合, 而惟其結語有若異論者然. 又或鄙說初無是意, 而來敎激進一層, 總是紛擾中事. 今之所大願者, 必兩人相攜入莞島之觀音窟, 前臨滄海, 背負松風, 收視息聽, 絶塵超世, 使虛室生白. 然後鄙人之當面土墻, 老兄之長空片雲, 兩皆開豁, 渙然相釋. 不然, 雖十年往復, 必無歸一之理. 此所以不敢再言者也.

〈답이여홍答李汝弘〉에 나오는 글이다.

다산은 어지간히 분했던 모양이다. 글을 읽고 느낀 심정을 당면토장, 즉 흙벽과 마주하고 앉은 느낌이라고 적었다. 편지의 속내는 이렇다. "글을 잘 보았다. 논점도 없고, 결국 같은 이야기를 엄청 다른 이야기처럼 했다. 분답한 중에 호승지심好勝之心으로 썼기 때문이 아니냐. 아무도 없는 완도의 관음굴로 함께 들어가 끝장토론을 벌이자. 이런 식으로는 10년간 토론해도 제 소리만 하다가 끝날 것이다."

듣지도 않고 언성부터 높이지만 결국은 같은 소리다. 처음부터 알맹이는 중요하지도 않았다. 다르다는 소리만 들으면 된다. 지금도 사람들은 같은 말을 다른 듯이 사생결단하고 싸운다.

당방미연

막을 수 있을 때 막아야

當防未然

명나라 왕상진의 《일성격언록》 〈복관服官〉 편은 벼슬길에 나가는 사람의 마음가짐을 적은 글을 모았다. 그중 한 대목.

관직에 있는 사람은 혐의스러운 일을 마땅히 미연에 막아야 한다. 한번 혐의가 일어나면 말을 만들고 일을 꾸미는 자들이 모두 그 간사함을 제멋대로 부린다. 마원의 율무를 길이 교훈으로 삼을 만하다.

居官者嫌疑之事, 皆當防於未然. 一涉嫌疑, 則造言生事之人, 皆得肆其奸矣. 馬援薏苡, 可爲永鑑.

'마원의 율무 이야기'는 사연이 이렇다. 후한의 명장 마원이 교지국交趾國에 있을 때 일이다. 그곳의 율무가 몸을 가볍게 해 남방의 풍토병을 예방하는 데 좋다고 해서 이를 상복했다. 돌아올 때 수레 하나에 율무를 싣고 돌아왔다. 그가 죽자 헐뜯는 자가 황제에게 글을 올려, 마원이 수레 가득 진주와 물소뿔 같은 온갖 진귀한 물건을 싣고 와서 착복했다고 참소했다. 황제가 격노했다. 그의 처자는 두려워 장사도 치르지 못했다. 황제에게 여섯 차례나 애절한 글을 올리고서야 오해가 풀려 장례를 치를 수 있었다.

이런 말도 보인다.

사대부는 마땅히 천하가 가볍게 여길 수 없는 사람이 되어야 한다. 천하 사람이 상식적이라 여길 수 없는 일을 해서는 안 된다.

士大夫當爲天下必不可少之人, 莫作天下必不可常之事.

상식에 벗어나는 일을 아무렇지 않게 하면서, 천하가 무겁게 대접해주기를 바랄 수는 없다.

관직에 나아가는 방법은, 닥친 일은 내버려두지 않고, 지나간 일은 연연하지 않으며, 일이 많아도 두려워하지 않아야 한다.

涖官之法, 事來莫放, 事去莫追, 事多莫怕.

부족한 관리는 급히 해야 할 일은 다 미뤄두고, 묵은 일만 있는 대로 들추다가, 정작 일이 생기면 겁을 먹고 결단을 내리지 못한 채 꽁무니를 뺀다.

군자는 사소한 작은 혐의를 능히 받아들인다. 그래서 변고나 싸움 같은 큰 다툼이 없다. 소인은 작은 분노를 능히 참지 못하므로 환히 드러나는 패배와 욕됨이 있게 된다.

君子能受纖微之小嫌, 故無變鬪之大訟. 小人不能忍小忿, 故有赫赫之敗辱.

작은 잘못은 인정하면 그만인데, 굳이 아니라고 우기다가 아무것도 아닐 일을 큰일로 만든다. 안타깝다.

당심기인

사람 같은 사람이라야

當審其人

이달충李達衷(1309~1385)의 〈애오잠愛惡箴〉을 읽었다. 유비자有非子
가 무시옹無是翁에게 칭찬과 비난이 엇갈리는 이유를 묻는다. 무시옹
의 대답은 이렇다.

사람들이 나를 사람이라고 해도 나는 기쁘지 않고, 나를 사람이
아니라고 해도 나는 두렵지 않소. 사람 같은 사람이 나를 사람이라
하고, 사람 같지 않은 사람이 나를 사람이 아니라고 함만은 못하
오. 나는 또 나를 사람이라고 하는 사람과 나를 사람이 아니라고
하는 사람이 어떤 사람인지 아직 잘 모르오. 사람이 나를 사람이라
고 하면 기쁘고, 사람 같지 않은 사람이 나를 사람이 아니라고 하
면 또한 기쁠 것이오. 사람이 나를 사람이라 하지 않으면 두렵고,
사람 같지 않은 사람이 나를 사람이라고 하면 또한 두렵소. 기뻐하

고 두려워함은 마땅히 나를 사람이라 하거나 사람이 아니라고 하는 사람이 사람다운 사람인지 사람 같지 않은 사람인지의 여부를 살펴야 할 뿐이오.

人人吾吾不喜, 人不人吾吾不懼. 不如其人人吾, 而其不人不人吾. 吾且未知, 人吾之人何人也, 不人吾之人何人也. 人而人吾則可喜也, 不人而不人吾則亦可喜也. 人而不人吾則可懼也, 不人而人吾則亦可懼也. 喜與懼當審其人吾不人吾之人之人不人如何耳.

유비자가 씩 웃고 물러났다. 올바른 사람이 칭찬해야 내가 기쁘고, 삿된 자의 칭찬 앞에 나는 두렵다. 사람다운 사람이 손가락질을 하면 나는 무섭고, 사람 같지 않은 인간들이 욕하면 나는 내가 자랑스럽다. 칭찬과 비난은 문제 될 것이 없다. 칭찬받을 만한 사람의 칭찬이라야 칭찬이지, 비난받아 마땅한 자들의 칭찬은 더없는 욕일 뿐이다.

잠箴은 이렇다.

자도子都의 어여쁨은
아름답다 않을 이 그 누구며,
역아易牙가 만든 음식
맛없다 할 이 그 누구랴.
호오好惡가 시끄러우니
또한 제게서 구하지 않을쏜가.
子都之姣　疇不爲美
易牙所調　疇不爲旨
好惡紛然　盍亦求諸己

자도는 춘추시대 정나라의 미남자였다. 역아는 당대 최고의 요리사였다. 이렇듯 누가 봐도 이론의 여지가 없는 일은 드물다. 사람들은 저마다 제 주장만 내세우며 틀렸다 맞았다 단정 짓는다. 그럴 때는 어찌하나? 내 마음의 저울에 달아 말하는 사람이 사람 같은 사람인가를 살피면 된다. 당심기인當審其人! 마땅히 그 사람을 살펴라. 칭찬과 비난에 부화뇌동하지 말고, 어떤 사람이 칭찬하고 비난했는가를 살피는 것이 먼저다.

대치십상

처지에 따른 열 가지 마음가짐

對治十常

《선을 권유하는 글〔善誘文〕》의 〈초연거사육법도超然居士六法圖〉 중
'대치십상對治十常', 즉 놓인 처지나 상황에 따라 항상 염두에 두어야
할 열 가지를 소개한다.

첫째, "부귀하게 살 때는 늘 곤궁한 사람을 불쌍히 여긴다〔居富貴常
憐窮困〕". 나도 어려울 때가 있었다. 그때 내 심정은 어땠나? 이 마음을
간직하면 부귀가 나를 해치지 못한다.

둘째, "즐거운 일이 있을 때는 항상 재앙과 화근을 염려한다〔受快樂
常恐災禍〕". 지금 기쁘고 즐거워도 이것이 느닷없이 변해 재앙과 화근
을 가져올지 모른다. 즐거움을 아끼자.

셋째, "현재는 늘 이만하면 족하다고 마음먹는다〔見在常生知足〕". 이
만하면 됐다. 그래도 다행이다. 꿈마저 버리지는 말고.

넷째, "미래는 늘 경계하고 두려워할 것을 생각한다〔未來常思戒懼〕".

헛디딜까 살피고, 잘나갈 때 움츠리며, 언제나 삼가고 조심한다.

다섯째, "원망을 맺었거든 항상 풀어서 면할 것을 구한다〔冤結常求解免〕". 남에게 심은 원망은 내 손으로 풀어라. 외면하면 자식이 그 독에 쏘인다.

여섯째, "입고 먹는 것은 늘 온 곳을 생각한다〔衣食常思來處〕". 이 음식이 어디서 왔나? 이 옷감을 누가 짰을까? 숟가락질이 조심스러워지고 옷매무새를 한 번 더 고치게 만든다.

일곱째, "생각을 일으킴은 언제나 순수하고 바르게끔 한다〔起念常敎純正〕". 사람은 생각을 잘 관리해야 한다. 바른 생각, 순수한 마음에서 바른 삶의 자세가 나온다.

여덟째, "말할 때는 항상 원인과 결과를 생각한다〔出語常思因果〕". 툭 던지는 한마디가 상대에게 어떤 반향을 일으킬지 생각하고 말해라. 나오는 대로 배설하지 말고.

아홉째, "역경은 언제나 순순히 받아들여야 마땅하다〔逆境常當順受〕". 역경 속의 원망은 금물이다. 돌아보고 살펴 지나갈 때까지 참고 기다린다.

열째, "동정은 언제나 무심하게 한다〔動靜常付無心〕". 의도를 두면 뜻하지 않은 파란이 인다. 텅 비워 무심해야 인생이 물 흐르듯 흘러간다.

끝에 붙인 한마디. "이 열 가지 항상됨을 지킨다면 다시 번뇌가 없다〔守此十常, 更無煩惱〕." 열 가지 변치 않음으로 인생을 바꾸자.

덕근복당

역경 속에서 지켜야 할 것들

德根福堂

정온鄭蘊(1569~1641)이 1614년 2월, 영창대군 복위 상소를 올렸다
가 의금부에 투옥되었다. 감옥에 들며 지은 시다.

　삼월이라 삼짇날

　젓대 소리 들려온다.

　어이해 포승 묶여

　복당 문에 혼자 드나.

　　政是三三節　笙歌處處聞

　　如何負縲絏　獨入福堂門

삼월 삼짇날이라 밖이 떠들썩하다. 그런데 나는 왜 이 즐거운 날
포승줄에 묶인 채 감옥에 들어가는가?

감옥을 '복당福堂'이라 했다. 이덕무는 '지금 사람들이 감옥을 복당이라 하는 까닭'을,《위서魏書》〈형벌지刑罰志〉에서 현조顯祖가 "사람이 갇혀 고생하면 착하게 살려고 생각한다. 그래서 감방과 복당이 함께 사는 셈이다. 짐은 회개시켜 가벼운 용서를 더하고자 한다〔夫人幽苦則思善. 故囹圄與福堂同居. 朕欲改悔, 而加以輕恕耳〕"고 한 말에서 찾았다.《앙엽기盎葉記》에 나온다. 복당이란 표현은《오월춘추吳越春秋》에서 "화禍는 덕의 뿌리가 되고, 근심은 복이 드는 집이 된다〔禍爲德根, 憂爲福堂〕"고 한 것이 처음이다.

내게 닥친 재앙을 통해 나는 더 단단해진다. 이때 근심은 오히려 복이 들어오는 출입구가 된다. 재앙을 돌려 덕의 뿌리로 삼고, 근심을 바꿔 복이 깃드는 집으로 만드는 힘은 공부에서 나온다. 사람들이 시련 앞에 속절없이 무너지고 마는 것은 공부를 하지 않기 때문이다.

김윤식은 감옥에 갇힌 아들의 안위를 근심하며 쓴 긴 시에서 이렇게 적었다.

> 군자는 궁할 때 굳게 지킴 귀히 여기니
> 환난에도 평소대로 행동한다.
> 고요 길러 신기神氣를 온전히 하면
> 봄바람이 폐부에서 일어나리라.
> 감방을 복당이라 얘기하는데
> 이 말이 참으로 틀리지 않네.
> 君子貴固窮　患難行其素
> 養靜神氣全　春風生肺腑
> 囹圄稱福堂　此語定不誤

시 속의 표현은 《논어》에서 "군자는 곤궁 속에서도 굳세지만, 소인은 궁하면 멋대로 군다(君子固窮, 小人窮斯濫矣)"고 했고, 《중용장구中庸章句》 제14장에서는 "환난에 처해서는 환난에 맞게 행한다(素患難, 行乎患難)"고 한 말에서 끌어왔다.

정온은 그해 가을에 제주도 대정현에 위리안치되었다. 10년 뒤 인조반정으로 풀려날 때까지 오로지 학문에만 몰두하며 시련의 시간을 성장의 동력으로 바꿔나갔다.

덕위상제

덕과 위엄은 균형을 잡아야만

德威相濟

장수를 흔히 지장智將과 덕장德將, 맹장猛將으로 나눈다. 지장은 불가기不可欺니 속일래야 속일 수가 없다. 덕장은 불인기不忍欺라 속일 수는 있지만 차마 못 속인다. 맹장은 불감기不敢欺라 무서워서 감히 못 속인다.

지장은 워낙에 똑똑해서 스스로 판단하고 처방해서 이상적인 방향으로 조직을 이끈다. 이성적인 판단으로 상황을 장악한다. 대신 조직은 리더의 결정만 쳐다보고 있어 수동적이 된다. 능력으로 판단하므로 인간미가 부족하고 구성원 간의 결속력이 약하다. 때로 리더의 판단이 잘못되면 조직 전체가 심각한 위기에 빠지기도 한다.

덕장은 품이 넓어 아랫사람의 의견에 귀를 기울일 줄 안다. 부드럽게 감싸 안아 조직을 융화시킨다. 자신을 내세우지 않아 조직의 존경을 한 몸에 받는다. 하지만 자칫 줏대 없이 사람 좋다는 소리나 듣기 딱 좋다. 덕만 있고 위엄이 없으면 속없이 잘해줘도 나중엔 아래에서 기어오른다. 중심을 잘 잡아주지 않으면 조직이 우왕좌왕 목표를 잃기 쉽다.

맹장은 불같은 카리스마로 화끈하게 조직을 장악해서 자신이 원하는 방향으로 몰고 간다. 일사불란한 장점은 있지만 아랫사람이 좀체 기를 펼 수가 없다. 방향이 잘못되었을 경우 대책 마련이 어렵다. 비상시라면 몰라도, 평상시에는 조직의 창의성이 발휘되지 못한다. 때로 놀라운 성과를 내서 기염을 토한다. 늘 그렇지 못한 것이 문제다.

지장과 맹장은 위엄만 있고 덕이 부족한 경우가 많다. 덕장이 위엄까지 갖추기란 쉽지 않다. 덕장은 인화를 바탕으로 원만한 성과를 이룬다. 지장과 맹장은 자기 확신이 강해 아랫사람의 생각을 무시하는 경향이 있다. 큰 문제도 큰 성공도 종종 이들이 이끄는 상명하달上命下達의 조직에서 일어난다. 하지만 결과는 반반이라 위험부담이 크다.

속일래야 속일 수 없는 지장은 인간미가 없다. 차마 못 속이는 덕장은 민망한 구석이 있다. 감히 못 속이는 맹장은 너무 사납다. 이 셋 중 어디에도 속하지 못한다면 그것은 무능한 것이니 족히 말할 게 못 된다. 덕위상제德威相濟! 문제는 덕과 위엄의 조화다. 덕만으로는 안 되고 위엄만 내세워도 못쓴다. 가슴과 머리와 실력이 균형을 갖춰야 한다. 좋은 것만 찾으면 할 수 있는 일이 없고, 모험만 즐기면 뒷감당이 어렵다.

도유우불

상하의 마음이 통해 밝고 환한 세상을 꿈꾼다
都兪吁咈

인조 때 김두남金斗南이 첩에게서 낳은 딸을 부정한 방법을 써서 궁인으로 들였다. 비판하는 상소가 올라와 문제가 되자, 임금이 누가 그따위 말을 하고 다니느냐고 펄펄 뛰며 화를 냈다. 말을 꺼낸 자를 잡아들이라는 전교까지 있었다. 정경세鄭經世(1563~1633)가 글을 올려 아뢰었다. 간추린 글이어서 원문은 싣지 않는다.

이런 문제는 전하께서 목소리를 높일 가치조차 없는 일입니다. 궁중의 일은 외인外人이 알 수가 없습니다. 잘못 전해진 것이면 임금께서 온화하게 '그런 일이 없다' 하시면 그뿐이고 그런 일이 있었다 해도 '즉시 바로잡겠다'고 대답하시면 될 일입니다. 이렇게 하시면 성상의 마음에 삿된 뜻이 없어 밝고 깨끗하고, 상하 사이에 마음이 통해 도유우불都兪吁咈하던 요순堯舜 적의 기상을 오늘에 다시 볼 수 있었을 것입니다. 근일의 진노하심은 절도에 맞지 않아 천한 자에게 해서도 안 될 일인데 삼사와 대신에게 이리하시니, 임금이 대신과 응대하는 사이에 이런 목소리와 얼굴빛을 하셔서야 되겠습니까? 진노를 거두시고, 분명한 전교로 앞서 하신 말씀에 대한 후회와 사과의 뜻을 흔쾌히 보이신다면 모든 사람의 참담한 기운이 화락한 기상으로 바뀔 것입니다.

윗글에서 요순의 시절에 도유우불했다는 말은 《서경》의 〈요전堯典〉과 〈순전舜典〉 등에서 요임금과 순임금이 신하들과 정사를 토론할 때, 찬성과 반대의 의견을 거리낌 없이 펼치고 허물없이 받아들였던 일을 두고 하는 말이다. 도都는 찬미의 뜻이고, 유兪는 동의하여 호응하는 표현이다. 우吁는 생각이 다를 때, 불咈은 반대의 뜻을 나타낼 때 쓴다. 같은 찬성과 반대라도 정도의 차이가 있다. 임금의 말이 옳으면 적극적으로 찬동하고, 아니라고 생각되면 솔직하게 반대의 뜻을 밝혔다. 그러면 임금은 순수한 마음으로 그 말에 귀를 기울였다. 후대에 이 말은 밝은 임금과 어진 신하가 뜻이 맞아 정사政事를 토론하는 것을 뜻하는 말이 되었다.

마침내 임금의 비답이 내렸다. "그 뜻을 잘 알았다. 임금을 사랑하는 경의 정성을 가상히 여긴다. 경의 뜻에 따르겠다." 이로부터 임금의 노여움이 풀렸다. 사람들이 경하하며 정경세가 올린 글을 전해 외웠다. 옳은 것을 옳다 하고 그른 것을 그르다 하기가 참 어렵다. 허심탄회하게 받아들이기는 더 어렵다. 아름답지 않은가?

도하청장

세상에서 부귀와 명리를 구하는 두 가지 태도

淘河青莊

박지원의 〈담연정기澹然亭記〉에 도하淘河와 청장青莊이란 새에 대한 이야기가 나온다. 둘 다 물가에서 고기를 잡아먹고 사는 새다. 먹이를 취하는 방식은 판이하다. 도하는 사다새다. 펠리컨의 종류다. 도淘는 일렁인다는 뜻이니, 도하는 진흙과 펄을 부리로 헤집고, 부평과 마름 같은 물풀을 뒤적이며 쉴 새 없이 물고기를 찾아다닌다. 덕분에 깃털과 발톱은 물론, 부리까지 진흙과 온갖 더러운 것들을 뒤집어쓴다. 허둥지둥 잠시도 가만있지 않고 부지런히 먹이를 찾아 헤매 다니지만 종일 고기 한 마리 못 잡고 늘 굶주린다.

청장은 해오라기의 별명이다. 신천옹信天翁으로 불린다. 이 새는 맑고 깨끗한 물가에 날개를 접은 채 붙박이로 서있다. 한번 자리를 잡으면 좀체 옮기는 법이 없다. 게을러 꼼짝도 하기 싫은 모양으로 마냥 서있다. 바람결에 들려오는 희미한 노랫가락에 귀를 기울이듯 아련한 표정으로 수문장처럼 꼼짝 않고 서있다. 물고기가 멋모르고 앞을 지나가면 문득 생각났다는 듯이 고개를 숙여 날름 잡아먹는다. 도하는 죽을 고생을 해도 늘 허기를 면치 못한다. 청장은 한가로우면서도 굶주리는 법이 없다.

연암은 이 두 가지 새에 대해 설명한 후, 이것을 세상에서 부귀와 명리를 구하는 태도에 견주었다. 먹이를 찾아 부지런히 쫓아다니면 먹이는 멀리 달아나 숨는다. 욕심을 버리고 담백하게 있으면 애써 구하지 않아도 먹이가 제 손으로 찾아온다. 권력이든 명예든 쟁취의 대상이 되어서는 내 손에 들어오는 법이 없다. 갖고자 애쓸수록 멀어진다. 담백한 태도로 신중함을 지키고 희로애락의 감정에 휘둘리지 않을 때 보통 사람들이 밤낮 악착스레 얻으려 애쓰면서도 얻지 못하는 것들이 저절로 이른다.

박지원에게 이 설명을 듣고 이덕무는 청장이란 새가 무척 마음에 들었던 모양이다. 청음관靑飮館이라고 쓰던 자신의 당호를 당장 청장관靑莊館으로 고쳤다. 신천옹, 하늘을 믿고 작위하지 않는 청장과 같은 삶을 살겠다고 다짐했다. 없어도 그만이다. 조금이면 만족한다. 그런 마음속에 넉넉함이 절로 깃든다. 아등바등 욕심만 부리면 먹을 것도 못 얻고 제 몸만 더럽힌다.

독서망양

책에 빠져 양을 잃다

讀書亡羊

쓰루가야 신이치鶴ヶ谷真一의 《책을 읽고 양을 잃다》(이순, 2010)를
여러 날째 아껴 읽었다. 하루에 9cm 두께의 한적漢籍을 읽었다는 오
규 소라이荻生徂徠 등 일본과 동서양 독서광들의 책에 얽힌 사연을 다
룬 에세이집이다. 벌레를 막기 위해 옛사람들이 고서의 갈피에 묻어
둔 은행잎 이야기는 향기롭고, "꼭 필요한 사람에게 전할 뿐 굳이 자
손일 필요는 없다[得其人傳, 不必子孫]" 같은 장서인이 찍힌 책 이야기는
상쾌하다.

책 제목은 《장자莊子》〈변무駢拇〉편의 '독서망양讀書亡羊'에서 따
왔다. 장臧과 곡穀이 양을 치다가 둘 다 양을 잃었다. 경위를 따져 묻
자 장이 실토한다. "책에 빠져 있었습니다." 곡이 대답했다. "노름을
좀 했어요." 장자가 말한다. "한 일은 달라도 양을 잃은 것은 한가지
다." 종의 일은 양을 지키는 것인데, 책 읽고 노름하다가 본분을 잃고

양을 놓쳤다. 《열자列子》〈설부說符〉에 다기망양多岐亡羊의 고사가 나온다. 기르던 양 한 마리가 없어졌다. 온 집안 식구가 동원되어 찾으러 나섰다. 끝내는 빈손으로 돌아왔다. 연유를 묻자, 갈림길이 하도 많아 끝까지 가볼 수가 없었다고 대답했다.

망양亡羊이 자주 문제가 되는 것을 보면 당시에 양이 생계의 든든한 자산인 줄을 알겠다. 독서나 도박의 즐거움은 때때로 양과 맞바꿔 아깝지 않을 정도다. 장자는 외물에 정신이 팔려 본분을 잃은 것을 함께 나무랐지만, 독서와 노름이 같을 수야 없다. 독서는 내 안에 차곡차곡 쌓이는 것이 있지만, 노름을 하면 돈과 명예가 흔적 없이 사라져버린다.

장 보러 가던 아내가 독서삼매에 든 남편에게 당부했다. "날이 꾸물꾸물한데, 혹 비가 오거든 마당에 널어둔 겉보리 좀 걷어줘요." 그녀가 돌아왔을 때 보리는 그사이에 쏟아진 소나기에 다 떠내려가고 없었다. 후한 때 고봉高鳳의 이야기다. 그는 이렇게 공부에 몰입해서 큰 학자가 되었다. '표맥漂麥'의 고사가 여기서 나왔다. 표맥, 즉 떠내려간 보리는 학문을 향한 갸륵한 몰두를 일컫는 뜻으로 쓴다. 큰 공부를 하자면 양이나 겉보리의 희생쯤은 감수하지 않을 수 없다.

독서삼도

입으로 눈으로 마음으로 읽는다

讀書三到

송나라 주희가《훈학재규訓學齋規》에서 말했다.

독서에는 삼도三到가 있다. 심도心到와 안도眼到, 구도口到를 말한다. 마음이 여기에 있지 않으면 눈은 자세히 보지 못한다. 마음과 눈이 한곳에 집중하지 않으면 그저 되는대로 외워 읽는 것이라 결단코 기억할 수가 없고, 기억한다 해도 오래가지 못한다. 삼도 중에서도 심도가 가장 급하다. 마음이 이미 이르렀다면 눈과 입이 어찌 이르지 않겠는가?

讀書有三到, 謂心到眼到口到. 心不在此, 則眼不看仔細, 心眼既不專一, 却只漫浪誦讀, 決不能記, 記亦不能久也. 三到之中, 心到最急. 心既到矣, 眼口豈不到乎?

'독서삼도讀書三到'의 이야기다. 비중으로 따져 심도를 앞세우고 안도와 구도의 차례를 보였다. 안도는 눈으로 읽는 목독目讀이다. 구도는 소리를 내서 가락을 타며 읽는 성독聲讀이다. 심도는 마음으로 꼭꼭 새겨서 읽는 정독精讀이다. 눈으로만 읽으면 책을 덮고 남는 것이 없다. 입으로 읽는 것이 좋지만, 건성으로 읽으면 소리를 타고 생각이 다 달아난다. 손으로 베껴 쓰며 읽는 수도手到를 하나쯤 더 꼽고 싶은데, 목도든 구도든 수도든 모두 심도에 가닿지 못하면 헛읽은 것이다.

주희의 독서법을 한 단락 더 소개한다.

단정하게 바로 앉아 마치 성현을 마주한 듯한다면 마음이 안정되어 의리가 쉽게 들어온다. 많이 읽기를 욕심내거나 폭을 넓히기에만 힘을 쏟아 대충대충 보아 넘기고는 이미 알았다고 말해서는 안 된다. 조금이라도 의심나는 곳이 있으면 다시 사색하고, 사색해도 통하지 않으면 바로 작은 공책에다 날마다 베껴 기록해두고, 틈나면 살펴보고 물어봐야지, 까닭 없이 들락거려서는 안 된다. 뜻없는 대화는 줄여야 하니, 시간을 낭비할까 걱정된다. 잡서는 보지말아야 하니, 정력이 분산될까 싶어서다.

端莊正坐, 如對聖賢. 則心定而義理易究. 不可貪多務廣, 涉獵鹵莽, 纔看過了, 便謂已通. 小有疑處, 卽更思索, 思索不通, 卽置小冊子, 逐日抄記, 以時省閱資問, 無故不須出入. 少說閑話, 恐廢光陰, 勿觀雜書, 恐分精力.

목표를 세워 읽는 다독多讀과, 닥치는 대로 두서없이 읽는 남독濫讀은 자기만족이야 있겠지만 소화불량이 되기 쉽다.

독서일월

일생에 책 읽을 날은 너무도 짧다
讀書日月

다산은 강진 동문 밖 주막집 뒷방에 서당을 차려 생도를 받아 가르치면서 아동 교육에 대한 글을 여럿 남겼다. 문집에 실린 것 외에 〈교치설敎穉說〉 같은 친필이 전한다. 최근 강진 양광식 선생이 펴낸《귤동은 다산 은인》이란 책자에서 또 〈격몽정지擊蒙正旨〉란 다산의 새로운 글 한 편을 보았다. 말 그대로 어린이의 몽매함을 일깨우는 바른 지침이다. 글 가운데 독서일월讀書日月, 즉 독서할 수 있는 시간에 대해 언급한 대목이 특별히 인상적이었다.

인생에 독서할 수 있는 시간은 모두 해야 5년에 그친다. 11세 이전에는 아직 멋모르고, 17세 이후로는 음양과 즐기고 좋아하는 물건 등 여러 가지 기호와 욕망이 생겨나 책을 읽어도 그다지 깊은 유익함이 없다. 그 중간의 5년이 독서할 수 있는 좋은 기간이다. 하지만 한여름은 책 읽기가 마땅치 않고, 봄가을은 좋은 날이 많아서 즐기고 노는 것을 온전히 금하기가 어렵다. 하물며 병으로 아프거나 초상이 나서 방문해야 할 일이라도 생기면 다 합쳐봤자 1년에 100일 정도 읽는 것도 다행일 것이다. 이 500일이 사람에게는 지극히 보배로운 시기다. 이 500일의 시간을 어찌 아끼지 않겠는가? 사람이 12세가 되면 총명과 지혜가 마구 솟아나 마치 여린 죽순이 새로 돋는 것 같으니, 이것이 16세까지 간다.

人生讀書日月, 摠止五季. 十一以前, 槪皆蒙騃, 十七以後, 則有陰陽玩好諸嗜慾, 讀書不能有深益. 惟中間五年, 爲讀書正期. 然盛夏不宜呻唔, 春秋多佳日, 戲遊不可全禁. 況有疾病喪故相訪, 摠計一季, 得百日讀書亦幸耶. 是五百日字, 吾人之寶, 箇箇五百日光陰, 豈不惜哉. 人生十二歲, 聰慧勃發, 如嫩筍新擢, 以至十六.

인지발달 과정에서 12세에서 16세까지 5년 동안 얼마나 순도 높게 독서하느냐가 인생의 성패를 가르는 관건이 된다고 말했다. 지금으로 치면 초등학교 5학년에서 중학교 3학년까지의 기간이다. 이때 익힌 공부 습관이 그 사람의 평생을 좌우한다. 특별히 공부에 대한 자각이 없는 아이 때는 말할 것도 없고, 이성異性에 눈을 뜨고 저만의 취향과 고집이 생겨나는 사춘기로 접어들면 공부에 전일하기가 어렵다.

하지만 그 중간의 5년간은 혜두慧寶, 즉 슬기구멍이 뻥 뚫려 있어 지혜가 쑥쑥 자라는 가장 보배로운 시간이다. 이때를 허투루 보내면 몇 배의 노력으로도 회복이 어렵다. 공부에도 때가 있고 독서에도 때가 있다. 철이 들어 공부를 하고 싶을 때는 대개는 너무 늦은 시점이기 쉽다. 보석 같은 시간이 반짝반짝 빛나도록 도와주는 것이 교육이다.

독서종자

독서 없는 미래 없다

讀書種子

문곡文谷 김수항金壽恒(1629~1689)이 기사환국으로 남인의 탄핵을
받아 유배지에서 사사되기 전 자식들에게 〈유계遺戒〉를 남겼다.

옛사람은 독서하는 종자種子가 끊어지게 해서는 안 된다고 했다.
너희는 자식들을 부지런히 가르쳐서 끝내 충효와 문헌의 전함을
잃지 않아야 할 것이다.

古人云不可使讀書種子斷絕, 汝輩果能勤誨諸兒, 終不失忠孝文獻之傳.

맏아들 김창집金昌集(1648~1722) 또한 왕세제의 대리청정 문제로
소론과 대립 끝에 신임사화 때 사약을 받았다. 세상을 뜨기 직전 자손
에게 마지막 당부를 남겼다.

오직 바라기는 너희가 화변禍變으로 제풀에 기운이 꺾이지 말고, 학업에 더욱 부지런히 힘써 독서종자가 끊어지는 근심이 없게 해야만 할 것이다.

惟望汝等勿以禍變而自沮, 益勤學業, 俾無讀書種子仍絶之患, 至可至可.

부자父子의 유언 속에 '독서종자讀書種子'란 말이 똑같이 들어 있다. '나는 부끄럼 없이 죽는다. 너희가 독서종자가 되어 가문의 명예를 지켜다오.' 할아버지의 유언을 아버지의 입을 통해 다시 듣는 손자들의 심정은 어떠했을까? 비원悲願처럼 죽음 앞에서 되뇐 독서종자의 의미가 감동스럽다.

다산도 강진에서 두 아들에게 보낸 편지에서 "절대로 과거시험을 보지 못함으로 인해 기죽지 말고 마음으로 경전공부에 힘을 쏟아 독서종자가 끊어지게 해서는 안 될 것이다[切勿以不赴科自沮, 劬心經傳, 無使讀書種子隨絶]"라고 썼다. 폐족廢族의 처지를 비관해 자식들이 자포자기할까 봐 마음 졸이는 아버지의 마음을 담았다.

독서종자가 끊어지면 어찌 되는가? 정조는 《일득록日得錄》에서 "근래 뼈대 있고 훌륭한 집안에 독서종자가 있단 말을 못 들었다. 이러니 명예와 검속이 날로 천해지고, 세상의 도리가 날로 무너져, 의리를 우습게 알고 권세와 이익만을 좋아한다[近日故家華閥, 未聞有讀書種子. 於是乎名檢日賤而世道日壞, 弁髦義理, 芻豢勢利]"고 통탄했다. 독서종자는 책 읽는 종자다. 종자는 씨앗이다. 독서의 씨앗마저 끊어지면 그 집안도 나라도 그것으로 끝이다. 공부만이 나를 지켜주고 내 집안, 내 나라를 지켜준다. 독서의 씨앗 없이는 기대할 어떤 미래도 없다.

독서칠결

책 읽기의 일곱 가지 비결

讀書七訣

〈독서칠결讀書七訣〉은 성문준成文濬(1559~1626)이 신량申湸을 위해 써준 글이다. 독서에서 유념해야 할 일곱 가지를 들어 경전공부에 임하는 자세를 말했다. 서문을 보면 13세 소년은 워낙 재주가 뛰어났다. 하지만 책을 읽어 가늠하는 저울질의 역량은 아직 갖춰지지 않았다. 《문선文選》을 읽는데 어디서부터 들어가야 할지 몰라 갈팡질팡하고 있었다.

첫째, 한 권당 1~2년씩 집중하여 수백 번씩 줄줄 외울 때까지 읽는다. 다 외운 책은 불에 태워 없애버릴 각오로 읽어야 한다. 그래야 어느 옆구리를 찔러도 막힘없이 나온다.

둘째, 건너뛰는 법 없이 처음부터 끝까지 통째로 읽어야 한다. 어렵다고 건너뛰고 막힌다고 멈추면 성취는 없다.

셋째, 감정을 이입해서 몰입해야 한다. 《논어》를 읽다가 제자가 스승에게 질문하는 대목과 만나면 자기가 묻는 듯이 하고, 성인의 대답을 오늘 막 스승에게서 처음 듣는 것처럼 하면 절실해서 못 알아들을 것이 없게 된다.

넷째, 계통을 갖춰서 번지수를 잘 알고 읽어야 한다. 군대의 대오처럼 정연하게 단락과 구문의 가락을 질서를 갖춰 읽는다. 덮어놓고 읽지 않고 기승전결의 맥락을 두어서 읽는다. 전체 글의 어디쯤에 해당하는지 따져가며 본다.

다섯째, 낮에 읽고 밤에 생각하는 방식으로 되새겨 읽는다. 부산한 낮에는 열심히 읽어 외우고, 고요한 밤에는 낮 동안 읽은 글에서 풀리지 않는 부분을 따져서 깨친다.

여섯째, 작자의 마음속 생각을 얻으려고 노력해야 한다. 옛사람의 정신과 기백을 내 안에 깃들이려면 어린아이 같은 마음을 제거해서 조야한 습속을 밑동째 뽑아버려야 한다.

일곱째, 읽는 데 그치지 말고 자기 글로 엮어보는 연습을 병행하는 것이다. 안으로 욱여넣기만 하고 밖으로 펼침이 없으면 독서의 마지막 화룡점정畫龍點睛은 이뤄지지 않는다.

옛사람에게 독서는 소설책 읽듯 한차례 읽고 치우는 행위가 아니었다. 추려서 새기고 따지고 가려서 꼭꼭 씹어 자기화하는 과정이었다. 성현의 말씀이 내 안에 들어와 내 삶의 전반을 변화시켰다. 많이 읽는 것만 능사가 아니고 깊이 읽어야 한다.

두문정수

문 닫고 고요히 마음을 지킨다
杜門靜守

곱게 물든 은행잎에 아파트 단지 길이 온통 노랗다. 느닷없이 밤송이를 떨궈 사람을 놀라게 하던 마로니에나무의 일곱 잎도 노랗게 물들었다. 만추晩秋의 고운 잎을 보면 곱게 나이 먹어가는 일을 생각하게 된다.

이수광李睟光(1563~1628)이 말했다.

사람이 세상을 살다 보면 역경이 적지 않다. 구차하게 움직이다 보면 그 괴로움을 이기지 못한다. 이 때문에 바깥일이 생기면 안배하고 순응하고, 형세나 이익의 길에서는 놀란 것처럼 몸을 거둔다. 다만 문을 닫아걸고 고요하게 지키면서 대문과 뜨락을 나가지 않는다. 마음과 운명의 근원을 마음으로 살피고, 함양하는 바탕에 오로지 정신을 쏟는다. 엉긴 먼지가 방 안에 가득하고 고요히 아무도 없는 것같이 지내도, 마음은 환히 빛나 작은 일렁임조차 없다. 질병이 날로 깊어가도 정신은 더욱 상쾌하다. 바깥의 근심이 들어오지 못하고, 꿈자리가 사납지 않다.

人之處世, 多少逆境. 苟爲所動, 殆不勝其苦. 故外物之至, 安排順應, 勢利之道, 斂身若驚. 惟杜門靜守, 不涉戶庭, 玩心於性命之源, 專精於涵養之地. 凝塵滿室, 閴若無人. 而方寸炯然, 微瀾不起. 故疾病日痼, 精神益爽, 外慮不入, 夢境不煩.

세상 사는 일에 어려움은 늘 있게 마련이다. 일에 닥쳐 아등바등 발만 구르면 사는 일은 고해苦海 그 자체다. 두문정수杜門靜守, 바깥으로 쏠리는 마음을 거두어 잘 지키는 것이 중요하다. 누가 돈을 많이 버는 수가 있다고 꼬드기면, 못 들을 말을 들은 듯이 몸을 움츠린다. 생각지 않은 일이 생기면 낙담하지 않고 곧 지나가겠지 한다. 나이 들어 몸이 아픈 것이야 당연한데 덩달아 정신마저 피폐해지면 민망하다. 거처는 적막하고 소슬해도 마음속에 환한 빛이 있고, 웬만한 일에는 동요하지 않는 기상이 있다. 근심이 쳐들어와도 나를 흔들지 못하고, 늘 꿈 없이 잠을 잔다.

몸은 기운이 남아도는데 마음에 불빛이 꺼진 인생이 더 문제다. 세상일마다 다 간섭해야 하고, 제 뜻대로 해야 직성이 풀리니 마음에 분노가 식지 않고, 밤마다 꿈자리가 사납다. 가을은 수렴의 계절, 손에 쥔 것 내려놓고 닥쳐올 추운 겨울을 기다린다. 낙목한천落木寒天의 때를 맞이하려고 나무마다 저렇게 환하게 등불을 밝혔구나.

득구불토

말을 아껴야 안에 고이는 것이 있다

得句不吐

옛 전시 도록을 뒤적이는데, 추사의 대련 글씨 하나가 눈에 들어온다. 옆에 쓴 글씨의 사연이 재미있다.

유산酉山 대형이 시에 너무 빠진지라, 이것으로 경계한다.
酉山大兄淫於詩, 以此箴之.

유산은 다산의 맏아들 정학연丁學淵이다. 아버지가 강진으로 유배 간 뒤, 그는 벼슬의 희망을 꺾었다. 다산은 폐족이 된 것에 절망하는 아들에게 학문에 더욱 힘쓸 것을 주문했지만, 그는 학문보다 시문에 더 마음을 쏟았다.

추사는 그와 막역한 벗이었다. 추사가 정학연에게 써준 시구는 이렇다.

구절을 얻더라도 내뱉지 말고
시 지어도 함부로 전하지 말라.

得句忍不吐　將詩莫浪傳

　마음에 꼭 맞는 득의의 구절을 얻었더라도 꾹 참고 뱃속에만 간직하고, 흡족한 시를 지었다 해도 세상에 함부로 전하지 말라는 얘기다. 정색의 말이라면 들은 상대가 대단히 불쾌했을 테지만, 글씨도 내용도 장난기가 다분하다. 샘솟듯 마르지 않는 정학연의 시재詩才를 따라갈 수 없어 샘이 나서 이렇게 썼지 싶다. 농담처럼 건네는 말 속에 은근히 뼈도 있다.

　누구의 시인가 궁금해 찾아보니, 소동파와 두보의 시에서 한 구절씩 잘라내 잇댄 것이었다. 소동파는 이렇게 썼다.

시구 얻고 차마 토하지 않음은
옛것 좋아 내 뜻이 빠져서라네.

得句忍不吐　好古意所耽

두보의 구절은 또 이렇다.

술을 보면 서로 생각나겠지마는
시 지어도 함부로 전하지 말게.

見酒須相憶　將詩莫浪傳

　두 시에서 한 구절씩을 따와 나란히 잇대어 붙이니, 전혀 다른 느낌의 한 짝이 되었다. 처음엔 글씨를 보고 획이 눈에 설어 위품偽品일 수도 있겠다 싶었는데, 구절을 찾고 보니 추사 외에 누가 이렇게 맵시 나게 따올 수 있을까 싶어 의심이 걷혔다. 더욱이 소동파의 시는 추사가 늘 곁에 두고 보던 《영련총화楹聯叢話》에 실려 있다.

여보게 유산! 시를 좀 아끼게나. 입이 근질근질해도 꾹 눌러 참을 때의 그 미묘한 맛을 알아야지. 짓는 시마다 세상에 내놓으면 안에 고이는 것이 아무것도 없질 않겠나? 그 시 속에 담긴 자네의 속내까지 다 드러나니, 이건 안 되네.

옛사람의 장난기에 웃다가, 언중유골의 그 서슬에 또 깜짝 놀란다.

득예가우

남의 칭찬에 나를 잃다

得譽可憂

퇴계가 정유일鄭惟一에게 보낸 답장에서 이렇게 말했다.

    세상에서 행하는 바는 매번 남보다 한 걸음 물러서고, 남에게 조금 더 낮추는 것이 가장 중요하다. 후진이 선진의 문하에 오르면, 주인이야 비록 믿을 만하다 해도, 문하에 있는 빈객을 모두 믿을 수 있겠는가. 이 때문에 발 한 번 내딛고 입 한 번 여는 사이에도, 기림을 얻지 못하면 반드시 헐뜯음을 얻고 만다. 헐뜯음을 얻는 것은 진실로 두려워할 만하고, 기림을 얻는 것은 더더욱 근심할 만하다. 옛사람이 후진을 경계한 말은 이렇다. "오늘 임금 앞에 한번 칭찬을 얻고, 내일 재상의 처소에서 기림을 한차례 얻고서, 이로 인해 스스로를 잃은 자가 많다."

    所以行於世者, 則每以退人一步, 低人一頭, 爲第一義. 後進登先進之

門, 主人雖是可信, 其在門賓客, 皆可信耶. 故於一投足一開口之間, 不得
譽則必得毁, 得毁固可畏, 得譽更可憂. 古人戒後進之言曰: "今日人主前
得一獎, 明日宰相處得一譽, 因而自失者多矣."

스스로를 잃었다는 것은 무슨 말인가? 임금과 재상의 칭찬을 한번
듣고 나면 그만 우쭐해서 세상을 다 얻은 듯이 교만하게 굴다가 남의
헐뜯음을 입어 원래보다 더 낮은 자리로 끌려 내려간다는 뜻이다. 남
에게 비난받을 행동을 하는 것은 두렵고, 남이 나를 칭찬하는 것은 더
더욱 겁난다. 비난은 고치면 칭찬으로 바뀌지만, 칭찬에 도취되면 더
올라갈 곳이 없다.

명나라 때 육수성이 《청서필담淸暑筆談》에서 말했다.

사대부가 나아가고 물러남에 있어 우연히 득실이 합치됨은 모두
정해진 운수가 있어서다. 하지만 득실은 살아생전에 그치고, 시비
는 죽은 뒤에 나온다. 대개 몸과 명예의 득실은 한때에 누리고 못
누리는 것과 관계된다. 하지만 공론公論의 옳고 그름은 천년의 역
사 속에서 권면과 징계에 관계된다. 그래서 얻고 잃음은 한때이고,
영예와 욕됨은 천년이라고 말하는 것이다.

士大夫出處遇合得失, 皆有定數. 然得失止于生前, 是非在身後. 盖身
名之得失, 關一時之享否, 而公論之是非, 係千載勸懲. 故得失一時, 榮辱
千載.

한때 떵떵거리고 잘 살아도 천년의 손가락질은 피할 길이 없으니
그것이 무섭다. 잠깐의 득의와 천년의 욕됨을 맞바꿀 것인가?

득조지방

인재를 얻는 그물

得鳥之方

두혁杜赫이 동주군東周君에게 경취景翠를 추천하려고 짐짓 이렇게 말했다.

군君의 나라는 작습니다. 지닌 보옥을 다 쏟아서 제후를 섬기는 방법은 문제가 있군요. 새그물을 치는 사람 얘기를 들려드리지요. 새가 없는 곳에 그물을 치면 종일 한 마리도 못 잡고 맙니다. 새가 많은 데에 그물을 펴면 또 새만 놀라게 하고 말지요. 반드시 새가 있는 듯 없는 그 중간에 그물을 펼쳐야 능히 많은 새를 잡을 수가 있습니다. 이제 군께서 대인大人에게 재물을 베푸시면 대인은 군을 우습게 봅니다. 소인에게 베푸신다 해도 소인 중에는 쓸 만한 사람이 없어서 재물만 낭비하고 말지요. 군께서 지금의 궁한 선비 중에 틀림없이 대인이 될 것 같지는 않은 사람에게 베푸신다면 소망하는 바를 얻을 수 있을 것입니다.

君之國小, 盡君子重寶珠玉, 以事諸侯, 不可不察也. 譬之如張羅者, 張
于無鳥之所, 則終日無所得矣. 張于多鳥處, 則又駭鳥矣. 必張于有鳥無
鳥之際然後, 能多得鳥矣. 今君將施于大人, 大人輕君. 施于小人, 小人無
可以求, 又費財焉. 君必施于今之窮士, 不必且爲大人者, 故能得欲矣.

《전국책戰國策》에 나오는 얘기다. 득조지방得鳥之方, 즉 새를 많이
잡는 방법은 새가 많지도 않고 없지도 않은 중간 지점에 그물을 치는
데 있다. 너무 많은 곳에 그물을 치면 새 떼가 놀라 달아나서 일을 그
르친다. 전혀 없는 곳에 그물을 펼쳐도 헛수고만 하고 만다. 대인은 이
미 아쉬운 것이 없는데 그에게 재물을 쏟아부으면 대인은 씩 웃으며
"저자가 나를 우습게 보는구나" 할 것이다. 그렇다고 소인에게 투자
해서도 안 된다. 애초에 건질 것이 없어서다. 지금은 궁한 처지에 있지
만 손을 내밀면 대인으로 성장할 만한 사람에게 투자하면 그는 크게
감격해서 자신의 능력을 십이분 발휘할 것이다. 이 중간 지점의 공략
이 중요하다. 대인은 움츠리고 소인은 분발해서 그물에 걸려드는 새
가 늘게 된다.

큰일을 하려면 손발이 되어줄 인재가 필요하다. 거물은 좀체 움직
이려 들지 않고 거들먹거리기만 한다. 상전 노릇만 하다가 조금만 소
홀해도 비웃으며 떠나간다. 소인배는 쉬 감격해서 깜냥도 모르고 설
치다 일을 그르친다. 역량은 있으되 그것을 펼 기회를 만나지 못한 이
에게 동기를 부여해줄 때 뜻밖의 성과를 거둘 수 있다. 새그물은 중간
에 쳐라. 하지만 그 중간이 대체 어디란 말인가? 그가 그 사람인 줄을
알아보는 안목이 없다면 이 또한 하나 마나 한 소리다.

등고자비

높이 오르려면 낮은 데서부터

登高自卑

새 학기가 시작되면 졸업생이 떠나 허전하던 교정이 신입생의 풋풋한 생기로 가득하다. 호기심과 기대에 찬 눈빛들이 초롱초롱하다. 작은 꿈을 키워 큰 소망을 일구려면 차근차근 한발 한발 내딛는 꾸준한 노력과 실패를 두려워하지 않는 용기가 필요하다. 해방감에 들떠 우왕좌왕하다가는 자칫 다산 선생이 〈자소自笑〉에서 노래했듯 다음의 형국이 되기 쉽다.

> 답답하고 고달프게 스무 해를 지내다가
> 꿈속에서 조금 얻고 깨고 보니 간데없네
> 圄圄纍纍二十秋　夢中微獲覺來收

공부는 끝난 것이 아니라 이제부터 겨우 시작인 것이다.

주자가 말했다.

사람들은 흔히 높은 곳에 이르려 한다. 하지만 낮은 데로부터 시작할 줄은 모른다.

人多要至高處, 不知自底處.

누구나 최고의 자리에 오르고는 싶어 하면서, 막상 가장 낮은 데서부터 차근차근 밟아서 올라갈 생각은 하지 않는다는 얘기다. 《중용》에서는 "먼 길을 가는 것은 가까운 데로부터 비롯되고, 높은 곳에 오르는 것은 낮은 데로부터 출발한다(行遠自邇, 登高自卑)"고 했다. 2009년 안중근 의사 순국 100주년을 기념해 열린 예술의전당 기념전에서 안 의사가 친필로 쓴 이 구절을 본 기억이 새롭다.

박영朴英(1471~1540)은 《대학大學》의 뜻을 풀이하면서 이렇게 말했다.

얕은 데로 말미암아 깊은 데에 이르고, 성근 데서 출발해 촘촘하게 된다. 작은 것부터 시작해 큰 것에 도달하고, 거친 데서 나아가 정밀함에 다다른다. 한 걸음 더 나아가야 한 등급 더 올라간다.

由淺而至深, 由疏而至密, 由小而至大, 由粗而至精, 進一步則升一級.

작은 성취에 만족해 몸을 함부로 굴리면 뜻만 거칠어져 거둘 보람이 없다.

다산의 시 한 수 더. 제목은 〈우래憂來〉다.

태양은 빠르기 새가 나는 듯
탄환도 따라갈 수가 없다네.
붙들어 멈추게 할 방법이 없어
생각하자니 내 속만 구슬프구나.

太陽疾飛霍　銃丸不能追
無緣得攀駐　念此腸內悲

    시간은 쏜살같이 흐른다. 보석 같은 시간은 손에 쥔 모래처럼 스르르 빠져나간다. 도취의 꿈에서 깨어 정상을 향해 가는 신발 끈을 고쳐 매야 할 때다. 공부는 부족함의 자각에서 시작된다.

만이불일

차되 넘치지 않는다

滿而不溢

이조판서 이문원李文源(1740~1794)의 세 아들이 가평에서 아버지를 뵈러 상경했다. 아버지는 아들들이 말을 타고 온 것을 알고 크게 화를 냈다. "아직 젊은데 고작 100여리 걷는 것이 싫어 말을 타다니. 힘쓰는 것을 이렇듯 싫어해서야 무슨 일을 하겠느냐?" 세 아들에게 즉시 걸어 가평으로 돌아갔다가 이튿날 다시 도보로 올 것을 명령했다.

그 세 아들 중 한 사람이 이존수李存秀(1772~1829)다. 조부는 영의정을 지낸 이천보李天輔였다. 영의정의 손자요 현임 이조판서의 아들들이 말 타고 왔다가 불호령을 받고 걸어갔다가 걸어왔다. 엄한 교육을 받고 자란 이존수 또한 뒤에 벼슬이 좌의정에 이르렀다. 그는 나아가고 물러나고 말하고 침묵함이 법도에 맞았고, 지휘하고 일을 살피는 것이 민첩하고 명민해서 간교하고 교활한 무리들이 속일 수 없었다는 평가를 받았다. 홍석주洪奭周(1774~1842)가 《학강산필鶴岡散筆》

에서 기록한 내용이다.

《효경 孝經》은 이렇게 말한다.

　　윗자리에 있으면서 교만하지 않으면 지위가 높아도 위태롭지 않
다. 절제하고 아껴 법도를 삼가면 가득 차도 넘치지 않는다.
　　在上不驕, 高而不危. 制節謹度, 滿而不溢.

다음은 《서경》의 말이다.

　　네가 다만 뽐내지 않으면 천하가 너와 더불어 공을 다투지 않고,
네가 남을 치지 않으면 천하가 너와 더불어 능함을 다투지 않는다.
　　爾唯不矜, 天下莫與汝爭功, 爾唯不伐, 天下莫與汝爭能.

　　성대중은 《청성잡기 靑城雜記》에서 한신 韓信이 큰 공을 세우고도 끝
내 패망의 길을 걷게 된 까닭을 열거한 뒤 "뜻을 얻자 기운이 높아져,
도량은 좁아지고 지혜는 어두워졌다", 의득기항意得氣亢 양협지혼量狹
知昏의 여덟 자로 그의 생애를 요약했다. 득의의 순간에 기세를 낮추
고, 도량을 넓혀 겸양으로 처신하는 것, 이것이 부귀의 자리를 오래 지
키는 비결이다. 그렇지 않고 기운을 뽐내고 재주를 자랑하면 끝내 화
를 면치 못한다.
　　높아지고 가득 채우고 싶어 하는 욕심은 누구나 같다. 하지만 그
끝이 자주 위태롭고, 넘쳐흘러 제풀에 무너지고 마는 것은 슬픈 일이
다. 걸어서 다시 오라고 아들들을 돌려세우던 이조판서 이문원의 매
서운 가르침이 자꾸 생각난다.

매독환주

본질을 버려두고 말단만을 쫓는 풍조

買櫝還珠

신지도薪智島에 귀양 갔던 명필 이광사李匡師가 《해동악부海東樂府》
란 책을 짓고 직접 글씨를 썼다. 정약용이 그 책을 빌려 보았다. 이광
사 자신이 득의작으로 여겼으리만치 글씨가 훌륭했다. 다산은 내용만
한 벌 베껴 쓰고는 원본은 돌려주었다. 사람들이 말했다. "상자만 사
고 구슬은 돌려준 셈이로군요." 다산이 대답했다. "그렇지 않네. 구슬
이 상자만 못해도 나는 구슬을 사는 사람일세." 글씨가 값져도 내용이
더 중요하다는 말이다. 〈해동악부 발문〉에 나온다.

홍담洪曇이 자제들에게 말했다. "학문의 요체는 집에 들어가면 효
도하고 밖에서는 공손하게 행동하며, 말을 삼가고 행실을 바로 하는
것일 뿐이다. 오늘날 학자들은 실질은 버려두고 화려함에만 힘을 쏟
으니, 상자만 사고 구슬은 돌려주는 격이다. 깊이 경계하도록 해라."
폼으로 공부하지 말고 내실을 다지라는 당부다.

두 글에 보이는 매독환주買櫝還珠, 즉 상자만 사고 구슬은 돌려준다는 말은 《한비자》에 나온다. 초나라 사람이 정나라로 진주를 팔러 갔다. 값을 높게 받으려고, 목란木蘭으로 상자를 만들어 좋은 향기가 나도록 한 다음, 온갖 주옥으로 화려하게 꾸며 장식했다. 길 가던 사람이 걸음을 멈추고 물었다. "얼마요?" 초나라 사람은 의기양양해서 이 진주가 얼마나 귀한 것인지를 한참 설명한 후 가격을 말했다. "내가 사겠소." 정나라 사람은 돈을 한 푼도 깎지 않고 제값을 다 치렀다. 물건을 건네받자 뚜껑을 열더니 안에 든 진주를 꺼내 초나라 사람에게 돌려주었다. "이건 내게 필요 없으니 가지시오. 음, 상자가 참 아름답소." 그는 뒤도 돌아보지 않고 뚜벅뚜벅 가버렸다.

결과적으로 둘 다 흡족한 거래를 했지만, 뒷맛이 영 개운찮다. 사본축말捨本逐末, 본질은 버려두고 지엽말단만 쫓아갔다. 초나라 사람은 구슬을 돋보이게 하려고 상자를 꾸며, 상자만 팔고 구슬은 돌려받았다. 그는 남는 장사를 한 걸까? 정나라 사람은 멋진 상자가 욕심났을 뿐, 구슬은 애초에 관심도 없었다. 그는 겉치레를 중시하는 어리석은 소비자일까? 겉포장에 눈이 팔려 알맹이가 아예 눈에 들어오지 않는 것은 큰 문제다. 하지만 싸구려 구슬을 상자만 그럴싸하게 만들어 파는 일이 세상에는 훨씬 더 많다.

맹봉할갈

소리만 질러대며 몽둥이로 때리다

盲棒瞎喝

추사 김정희는 불교에 조예가 깊었다. 초의草衣에게 보낸 편지에는
중국의 선맥禪脈과 선리禪理에 대해 전문적 식견을 피력한 내용이 적
지 않다. 100권에 달하는《법원주림法苑珠林》과《종경전부宗鏡全部》를
구해 모조리 독파하기까지 했다.

선운사의 백파白坡 긍선亘璇(1767~1852)에게 보낸〈백파망증15조
白坡妄證十五條〉와 이에 이은 서한은 선禪에 대한 추사의 독선과 기고
만장으로 가득하다.《완당집阮堂集》중 초의에게 보낸 일곱 번째 편지
에 이런 내용이 있다.

근래《안반수의경安般守意經》을 얻었소. 이는 선가의 장서 중에
서도 드물게 있는 것이오. 선가禪家에서는 매번 맹봉할갈盲棒瞎喝
로 흑산귀굴黑山鬼窟을 만들어가면서도 이러한 무상無上의 묘체妙

諦를 알지 못해 사람으로 하여금 슬프고 민망하게 하는구려.

近得安般守意經, 是禪藏之所希有. 禪家每以盲捧瞎喝, 做去黑山鬼窟, 不知此無上妙諦, 令人悲憫.

《안반수의경》은 들숨과 날숨을 살피는 수행법으로 소승불교의 초기 경전이다. 당시 선가에서 화두 중심의 선수행만을 고집해서, 깨달음을 묻는 제자들에게 진정한 각성 없이 덕산의 몽둥이(棒)와 임제의 할(喝)을 퍼부어, 맹목적인 봉(盲棒)과 눈먼 할(瞎喝)이 되고 말았다는 탄식이다. 깨달음이 없는 스승이 깨달음을 구하는 문하에게 우격다짐으로 몽둥이질과 고함만 질러댄다. 제자는 그 몽둥이를 맞고도 길을 몰라 답답하니, 그 결과 산중은 캄캄한 산에 귀신만 날뛰는 흑산귀굴이 되어 선풍禪風이 나날이 황폐해지고 있다고 일갈했다.

추사는 이 표현을 백파에게 보내는 편지에서 두 번이나 더 썼다. 여기서는 화두로 사람을 가르치는 것이 하나의 맹갈할봉盲喝瞎棒에 불과하다고 주장했다. 화두가 나오기 전에 깨달은 자가 이후보다 훨씬 더 많은 것이 그 증거가 아니냐고도 했다.

깨달음을 묻는데 몽둥이로 때리고 할을 내지른다. 화두만 들면 깨달음이 오는가? 몽둥이와 고함으로 깨닫게 될까? 봉과 할은 방편인데 이것이 목적이 되니, 습관적이고 상투적인 행위가 되고 만다. 추사가 스무 살 위인 대선백大禪伯 백파에게 던진 말버릇은 고약하고 일방적이지만, 종종 수단과 목적을 혼동하는 우리에게 하나의 경계가 된다.

명계양지

하늘은 스스로 돕는 자를 돕는다
冥契陽贄

《송천필담》에 나오는 얘기다. 과거에 응시했던 수험생이 낙방하자 투덜대며 말했다. "시험장에서 좋은 글은 뽑히질 않고, 뽑힌 글은 좋지가 않더군."

듣던 사람이 대답했다.

자네가 조화옹의 저울질을 범하려는 겐가? 시험관이란 두 눈을 갖춘 자라 글이 좋고 나쁜지는 한 번만 봐도 대번에 알아 속일 수가 없다네. 그래서 문형文衡이라 하지. 대개 동시에 합격한 사람 중에는 그 자신이 덕을 쌓아 저승에 미리 기록되어 있는 경우도 있고, 조상이 덕을 지녀 후세에 보답을 받는 수도 있네. 그 사람의 글이 다 훌륭한 것은 아니지만 진실로 귀신이 도움을 더해주고자 하는 바일세. 이에 시관試官이 덩달아 이를 거두게 되지. 이것은 조화의 저울질이니 남을 위해 전부 쓰지 않고 자신에게 쓰이게 되는 법이라네. 그래서 선비 된 사람은 글을 닦아 양지陽贄로 삼고, 마음을 닦아 명계冥契로 삼는다네.

爾欲盡侵造化之權乎? 未試官具雙眼者, 文之好醜, 一見立決, 其誰能欺此之謂文衡. 盖一榜之內, 盖有其身積德, 預錄於冥可, 或祖父累仁, 食報於後世, 而其人之文, 不盡佳, 固鬼神所欲加佑者. 於是, 試官從而收之, 此則造化之權, 不盡爲人用於自爲用. 乃爲士者, 修文爲陽贄, 修心爲冥契.

양지陽贄는 겉으로 드러난 보답을 말하고, 명계冥契는 안으로 감춰진 인연이다. 그러니까 명계양지는 음덕양보陰德陽報와 같은 말이다. 내가 보이지 않게 덕업을 쌓으면 하늘은 드러난 보답으로 되돌려준다는 의미다. 당나라 때 당구唐衢는 불우한 시인이었다. 시험을 보는 족족 떨어졌다. 그는 낙담하지 않고 다음과 같은 시를 남겼다.

읽으면 읽을수록 합격 못하니
낸들 천명을 어찌하겠나.
떨어지면 질수록 더욱 읽으니
천명인들 나를 어찌하리오.
讀讀愈不中　唐衢如命何
愈不中愈讀　命如唐衢何

운명아 비켜라, 내가 간다! 그는 끝내 급제의 기쁨을 누리지는 못했지만 백거이가 그의 불운을 슬퍼하는 시를 남기고 있을 정도로 당대에 이름이 높았다. 청나라 왕지부의 《언행휘찬》에 나온다.

《송천필담》에는 위 일화와 함께 뜻하지 않게 급제의 행운을 연거푸 거머쥔 박홍원朴興源 등의 예화를 들었다. 세상은 원래 공평치가 않다. 납득 못할 불운 앞에 투덜대지 말고 명계, 즉 음덕을 쌓으려는 도타운 마음가짐이 필요하다. 예기치 않은 행운 같은 양지의 보답은 내 소관이 아닌 하늘에 달린 일이다. 하늘은 스스로 돕는 자를 돕는다. 습관적으로 징징대는 버릇부터 다잡아야겠다.

명창정궤

햇살은 환하고 책상은 깨끗하다
明窓淨几

추사의 글씨 중에 개인적으로 가장 마음에 드는 글귀는 예서로 쓴 "작은 창에 볕이 많아, 나로 하여금 오래 앉아 있게 한다(小窗多明, 使我久坐)"는 구절이다. 작은 들창으로 햇살이 쏟아진다. 그는 방 안에서 미동微動 없이 앉아 있다.

명창정궤明窓淨几, 창문은 햇살로 환하고, 책상 위는 먼지 하나 없이 깨끗하다. 이 네 글자는 선비의 공부방을 묘사하는 최상의 찬사다. 서거정은 〈명창明窓〉에서 이렇게 노래했다.

> 밝은 창 정갈한 책상에 앉아 향을 사르니
> 한가한 중 취미가 거나함을 깨닫네.
>
> 明窓淨几坐焚香　頗覺閑中趣味長

오장吳長(1565~1617)은 〈서실소기 書室小記〉에서 또 이렇게 썼다.

고인의 책이 수십 질이 있어서 밝은 창 깨끗한 책상에서 혹 손길
따라 뽑아서 보고, 혹 무릎을 꿇고 소리 내서 읽으면, 문득 생각이
전일하고 간절해지는 것을 느낀다.

有古人書數十帙, 明窓靜几, 或隨手抽檢, 或斂膝誦讀, 頗覺意思專切.

유원지柳元之(1598~1674)의 〈병을 앓은 뒤[病起]〉란 시도 있다.

따뜻한 방 병이 나아 뜻이 조금 맑기에
시원한 곳 찾아 앉자 기운 절로 편안하다.
인간 세상 으뜸가는 쾌활한 일이라면
밝은 창 깨끗한 책상에서 《시경 詩經》을 읽는 걸세.

溫房病起意差淸　坐趁輕涼氣自平
多少人間快活事　明窓靜几讀詩經

오랜 병치레 끝에 모처럼 책상을 깨끗이 닦고 볕 드는 창가에 앉아
《시경》을 소리 내어 읽으니, 세상에 아무 부러울 것이 없더라는 얘기다.
한국고전번역원 데이터베이스에서 '명창정궤'를 쳐보니 무려
198회의 용례가 나온다. 이 말에 이어진 아래 구절들 중 몇 가지를 뽑
아보면 다음과 같다. "옛 책을 소리 내어 읽는다[諷誦古書]" "손을 모
으고 무릎을 여민다[拱手斂膝]" "조촐해서 잡스러움이 없다[蕭然無雜]"
"종일 단정히 앉아 있다[端坐終日]" "한 심지의 향을 사른다[焚一炷香]"
"고요히 시서와 마주한다[靜對詩書]" "오도카니 단정히 앉는다[兀然端

坐)""도서가 벽에 가득하다〔圖書滿壁〕".

　우리는 너무 말이 많고 심히 부산스럽다. 볕 잘 드는 창 아래 앉아 책상을 말끔히 치우고 차분히 마음을 가라앉힌다. 자세를 바로 하고 앉아 생각을 지우고 침묵을 깃들인다.

명철보신

시비를 분별하여 붙들어서 지킨다

明哲保身

《논어》〈공야장公冶長〉 편에 나오는 한 대목.

영무자甯武子는 나라에 도가 있으면 지혜로웠고, 나라에 도가 없으면 어리석은 듯이 했다. 지혜로운 것은 미칠 수 있지만, 어리석은 듯함은 미칠 수가 없다.

甯武子, 邦有道則知, 邦無道則愚. 其知可及也, 其愚不可及也.

알아주는 임금 앞에서 마음껏 역량을 펼치다가, 세상이 어지러워지면 어리석은 체 숨어 자신을 지킨다. 후세는 영무자를 명철보신明哲保身의 지혜자로 높였다. 하지만 좀 얄밉다. 누릴 것만 누리고, 손해는 안 보겠다는 심보가 아닌가? 공자께서는 어째서 이를 대단하다 하신 걸까?

《춘추春秋》에 보이는 전후 사정은 이렇다. 처음에 영무자는 위성 공衛成公을 따라 여러 해 갖은 고초를 겪으며 충성을 다했다. 덕분에 사지에서 돌아온 성공은 영무자 아닌 공달孔達에게 정치를 맡겼다. 영무자의 서운함과 배신감이야 말할 수 없었겠는데, 그는 원망하는 대신 바보처럼 자신을 감추고 숨어 끝내 공달과 권력을 다투지 않았다. 공자는 처지를 떠난 영무자의 한결같은 충성을 높이 산 것이다. 나라는 어찌 되건 제 한 몸만 보전하려는 꾀를 칭찬한 말씀이 결코 아니었다. 하지만 세상 사람들은 이를 박수칠 때 떠나라는 식의 처세훈으로 오독했다.

명철보신이란 말은 《시경》〈대아大雅〉〈증민蒸民〉 편에 나온다.

> 현명하고 또 밝아서
> 그 몸을 붙들어,
> 온종일 쉬지 않고
> 한 임금만 섬기누나.
> 旣明且哲　以保其身
> 夙夜匪解　以事一人

주나라 선왕宣王 때의 재상 중산보仲山甫의 덕망을 칭송한 내용이다. 이것도 흔히 좋은 세상에서 누리며 잘 살다가, 재앙의 기미가 보이면 재빨리 물러나 제 몸과 제 집안을 잘 보전하는 것을 가리키는 뜻으로 잘못 쓴다. 실제의 쓰임과는 정반대의 풀이다.

명철明哲은 원래 선악과 시비를 잘 분별한다는 뜻이다. 사람들은 이익과 손해를 잘 판별하고, 나설 때와 침묵할 때를 잘 아는 것으로 풀이한다. 어리고 약한 것을 붙들어 잡아주는 것이 보保이니, 유약한 임금을 곁에서 잘 보필한다는 뜻이다. 사람들은 제 몸을 붙들어 지켜 재앙을 면한다는 뜻으로 이해한다. 다산은 세상에서 명철보신이란 말을 제 몸과 제 집안을 보전하는 비결로 여기면서부터, 저마다 일신의 안위만 추구할 뿐 나랏일은 뒷전이 되어, 임금이 장차 국가를 다스릴 수조차 없게 되었다고 통탄했다. 경전을 제대로 읽지 못한 오독의 폐해가 참으로 크다.

모란공작

운치가 있어도 해서는 안 될 일

牡丹孔雀

유득공柳得恭(1748~1807)의 〈이십일도회고시二十一都懷古詩〉에서 고려의 개성을 읊은 9수 중 제5수는 이렇다.

고려 때 재상이 살았던 집 가리키니
황폐하다 비바람에 흙담마저 기울었네.
모란과 공작은 모두 다 스러지고
노랑나비 쌍쌍이 장다리꽃 위를 난다.

指點前朝宰相家　廢園風雨土墻斜

牡丹孔雀凋零盡　黃蝶雙雙飛菜花

예전 고려 때 재상이 살던 집은 흙담마저 기울어 금세 무너져 내릴 판이다. 옛날 권력에 취해 거리낄 것 없던 시절에는 모란이 활짝 핀

정원에 공작새가 놀았을 것이다. 지금은 누군가 빈터에 일군 채마밭에 노랑나비만 난다.

고려 신종 때 일이다. 참지정사參知政事 차약송車若松이 특진관 기홍수奇洪壽와 함께 중서성中書省에 들어갔다. 차약송이 물었다. "공작은 잘 있소?" 기홍수가 대답했다. "고기를 먹다 가시가 목에 걸려 죽었습니다." 이번에는 기홍수가 물었다. "모란을 잘 기르려면 어찌해야 하는지요?" 차약송이 그 방법을 자세히 일러주었다.

이 이야기를 들은 사람이 말했다. "재상의 직책은 도를 논하고 나라를 경륜함에 있거늘, 다만 꽃과 새만 논하고 있으니 어찌 백관의 본보기가 되겠는가?" 유득공의 위 시는 이 고사를 가지고 지었다.

명나라 중종이 화미조畵眉鳥를 몹시 사랑했다. 수많은 조롱 속에 한 마리씩 따로 넣어 길렀다. 누가 말했다. "화미조에게 갓 까고 나온 새끼 거위의 골을 먹이면 더 기막히게 운다고 합니다." 천자가 즉시 광록시光祿寺에 명해, 날마다 새끼 거위 300마리를 잡아 그 골만 빼서 화미조에게 먹이게 했다. 과연 새의 목소리가 더욱 아름다워져서, 궁궐의 깊은 정원이 화미조의 맑은 울음소리로 가득했다.

평자가 말했다. "운치야 있겠지만, 천하 일을 살펴야 할 천자가 어찌 이 같은 일을 한단 말인가?"《오주연문장전산고》〈공작변증설孔雀辨證說〉에 나온다. 재상은 모란과 공작에 취해 나랏일은 뒷전이었고, 천자는 새 울음소리에 빠져 하루 300마리나 되는 새끼 거위의 골을 파냈다. 모란이 탐스럽고 공작이 화려하며 화미조의 소리가 사랑스러워도 무엇을 먼저 해야 할지를 살피지 않았다. 차례가 틀렸다.

모릉구용

은근슬쩍 양다리를 걸친다

摸稜苟容

이기가《간옹우묵》에서 한 말이다. 사람을 판단하는 방법을 논했다.

사람을 살피는 것은 어렵지 않다. 그 형상을 살피지 않고 그림자
만 살피면 된다. 겉모습에 힘을 쏟는 것이 형상이고, 참된 정에서
드러난 것이 그림자다. 능히 만종萬鍾의 녹을 사양하다가도 콩국
앞에 낯빛을 잃는다. 입으로는 백이伯夷를 말하지만 마음속에는 도
척盜跖이 들어앉았다. 공손히 꿇어 충성을 바치면서도 속으로는 속
임수를 쓴다. 겉보기엔 어진 이를 좋아하는 듯하나 속에는 독사를
품었다. 이 밖에 모서리를 어루만지며 구차하게 용납되려는 술책,
뜻에 영합해서 총애를 취하려는 자취, 겉으로 칭찬하고 속으로는
배척하는 형상, 간악하고 교묘하게 은혜와 원한을 되갚는 것 등등,
일상의 사이나 사물과 접촉하는 즈음에 드러나는 그림자는 한두

가지가 아니다. 그림자가 이와 같다면 형상은 굳이 볼 것도 없다. 이것이 군자가 사람을 살피는 방법이다.

觀人不難, 不觀其形, 但觀其影而已. 勉强於外貌者其形, 而發露於眞情者其影也. 能讓萬鍾, 而失色豆羹, 口談伯夷, 而心懷盜跖. 敬踞納忠, 而內實欺罔, 外示好賢, 而中藏虺蝛. 其他摸稜苟容之術, 逢迎取寵之迹, 陽譽陰擠之狀, 奸巧恩怨之報, 其影於日用之間接物之際者不一. 而足其影如此, 則其形不必觀也. 此君子觀人之法也.

이 가운데 모서리를 어루만지며 구차하게 용납되려는 모릉구용·摸稜苟容의 술책은 당나라 때 재상 소미도蘇味道에게서 나온 말이다. 그는 측천무후則天武后의 섭정기에 전후로 세 차례에 걸쳐 7년간 재상의 지위에 있었다. 그는 뛰어난 시인이었고 해박한 식견을 지녔다. 하지만 어쩐 일인지 나랏일을 처리하는 데 있어서는 위의 눈치나 보고 아첨이나 하면서 특별히 한 일이 없었다.

《구당서舊唐書》의 〈소미도열전蘇味道列傳〉에는 그가 누군가에게 했다는 충고가 실려 있다.

일처리는 명백하게 결단하려 하지 말게. 만약 착오라도 있게 되면 반드시 견책을 입어 쫓겨나게 되지. 그저 모서리를 문지르며 양쪽을 다 붙들고 있는 것이 좋다네.

處事不欲決斷明白. 若有錯誤, 必貽咎譴. 但摸稜以持兩端可矣.

분명하게 자신의 견해를 밝혀 스스로 입지를 좁히지 말고, 양다리를 걸쳐놓고 상황에 따라 유리한 쪽을 잡는 것이 처세의 묘방이라고 스스로 밝힌 내용이다. 이 말을 전해 들은 당시 사람들이 이를 비꼬아 그에게 '소모릉蘇摸稜'이란 별명을 붙여주었다.

　이 밖에 사람을 판단할 때 살펴 따져야 할 일이 많다. 인기에 영합해서 점수나 벌려는 행동, 겉과 속이 다른 처신, 말과 어긋나는 몸가짐 같은 데서 그림자의 실체가 언뜻언뜻 드러난다. 겉만 보면 안 된다. 모서리를 어루만지며 양다리 걸치는 사람을 경계하라.

몽롱춘추

분별을 잃자 분간이 어렵다

朦朧春秋

박지원이 《열하일기》 〈피서록 避暑錄〉에서 최성대 崔成大(1691~?)의
〈이화암노승가 梨花菴老僧歌〉의 두 구절을 인용했다.

오왕 吳王이 연극 보다 상투 보고 울었고
전수 錢曳는 머리 깎고 사필 史筆에 의탁했지.
吳王看戲泣椎結　錢曳爲僧托麟筆

오왕은 오삼계 吳三桂다. 청에 투항해 명 멸망에 조력한 후 제 욕심
을 채우려고 다시 난을 일으켰던 인물이다. 전수는 전겸익 錢謙益이다.
청조에 투항해서 자청해 머리를 깎았던 훼절의 아이콘이다. 최성대는
절의로 말할 가치조차 없는 두 인물을 두고, 오삼계가 명대의 상투머
리를 한 연극 무대 위 인물을 보고 감개에 젖어 눈물을 흘리고, 전겸

익은 머리는 비록 깎았지만 속으로는 춘추의 사필史筆을 휘둘러 명나라 역사를 서술했다고 추켜세웠다. 무슨 대단한 인물이라도 되는 듯이 높였다.

명을 배반해 오랑캐에게 나라를 팔아넘긴 자가 연극배우의 상투를 보고 울었다니 그런 코미디가 없다. 제 머리 깎아 절의를 꺾은 자가 춘추의 필법을 말한다는 것이 당키나 한가. 박지원은 "우리 속담에 사물에 어두운 것을 '몽롱춘추朦朧春秋'라 한다. 이는 우리나라 사람들이 《춘추》 얘기 하는 것을 좋아하나 몽롱하기가 이러한 종류와 같은 것이 많으니, 어찌 만인滿人들의 조소를 입지 않겠는가?" 하며 답답해했다. 제법 그럴 법해 보여도 따져보면 전혀 동이 닿지 않는 말이다. 제 딴에는 제법 유식한 체한 소리가 앞뒤 맥락이 없어 우습다.

춘추의 필법은 엄정했다. 허투루 보이는 동사 하나도 상황에 따라서 가려 썼다. 한 예로 군대의 싸움도 세력이 비등하면 공攻, 강자가 약자를 치면 벌伐, 잘못을 응징함은 토討, 천자가 나선 전쟁은 정征으로 구분하는 식이다. 정벌과 토벌, 공벌, 정토의 뜻도 낱글자의 의미가 반영되어 가리키는 의미가 제가끔 다르다. 그저 풀이하면 모두 '친다'는 뜻이지만 표현만 봐도 전쟁의 성격이 분명히 드러났다.

기준은 명분이다. 명분이 무너져 분간이 흐려지면 그게 바로 몽롱춘추다. 꼭 해야 할 일과 해서는 안 될 일을 구분 못하면 세상이 그 틈에 어지러워진다. 해야 할 일은 안 하고 안 해야 할 일을 하면 망조가 든다. 분간을 세우는 것이 먼저다.

묘계질서

순간의 깨달음을 놓치지 말고 메모하라

妙契疾書

영남대학교 동빈문고에 다산 선생의 손때가 묻은 《독례통고讀禮通考》란 책이 있다. 청나라 때 학자 서건학徐乾學의 방대한 저술이다. 아래위 여백에는 그때그때 적어둔 다산의 친필 메모가 빼곡하다. 선생은 메모를 적은 날짜와 상황까지 꼼꼼하게 기록해두었다. 병중에도 썼고, 우중에도 썼다. 이 메모의 방식과 그것이 자신의 저작에 반영되는 과정에 대해 한 편의 글로 써볼까 전부터 궁리 중이다. 다산 선생의 놀라운 작업의 바탕에는 수사차록隨思箚錄, 즉 생각을 놓치지 않고 적어두는 끊임없는 메모의 습관이 있었다.

묘계질서妙契疾書란 말이 있다. 묘계妙契는 번쩍 떠오른 깨달음이다. 질서疾書는 빨리 쓴다는 뜻이다. 주자가 〈장횡거찬張橫渠贊〉에서 한 말에서 나왔다.

생각을 정밀하게 하고 실천에 힘쓰며, 깨달음이 있으면 재빨리
썼다.

精思力踐, 妙契疾書.

장횡거는 《정몽正蒙》을 지을 적에, 거처의 곳곳에 붓과 벼루를 놓
아두었다가, 자다가도 생각이 떠오르면 곧장 촛불을 켜고 그것을 메
모해두곤 했다.

이익 선생도 이러한 묘계질서의 방법을 평생 실천했다. 경전을 읽
다가 스쳐 간 생각들을 메모로 붙들어 두었다. 이것이 모여 《시경질
서詩經疾書》《맹자질서孟子疾書》《가례질서家禮疾書》《역경질서易經疾書》
같은 일련의 책이 되었다. 이수광의 《지봉유설芝峯類說》 역시 책을 읽
을 때마다 자신의 생각을 기록으로 남긴 메모벽의 결과다. 《열하일기》
는 애초에 연행 도중에 쓴 글이 아니다. 귀국 후 여러 해 동안 노정 도
중 적어둔 거친 비망록을 바탕으로 생각을 키워나가 완성시켰다. 메모
가 없었다면 《열하일기》도 없었다. 이덕무의 《이목구심서耳目口心書》는
귀로 듣고 눈으로 보고 입으로 말하고 마음으로 새긴 풍경들을 붙들
어 둔 기록이다. 사소한 일상의 스쳐 지나가는 생각들이 서말 구슬로
꿰어져 보석처럼 영롱하다. 그 또한 못 말리는 메모광이었다.

메모의 습관은 경쟁력을 강화시켜 준다. 모든 위대성의 바탕에는
예외 없이 메모의 힘이 있다. 생각은 미꾸라지처럼 손가락 사이로 빠
져나간다. 달아나기 전에 붙들어 두어야 내 것이 된다. 들을 때는 끄덕
끄덕해도 돌아서면 남는 것이 없다. 하지만 메모가 있으면 끄떡없다.
머리는 믿을 것이 못 된다. 손을 믿어라. 그저 지나치지 말고 기록으로
남겨라. 그래야 내 것이 된다.

무구지보

허물을 비춰주는 입 없는 보좌관
無口之輔

옛사람은 자기 얼굴 보기가 쉽지 않았다. 박물관 구석에 놓인 거무 튀튀한 구리거울은 아무리 광이 나게 닦아도 선명한 모습을 보여줄 것 같지 않다. 지금이야 도처에 거울이라 거울 귀한 줄을 모른다.

연암 박지원은 자기 형님이 세상을 뜨자 이런 시를 남겼다.

형님의 모습이 누구와 닮았던고.
아버님 생각날 땐 우리 형님 보았었네.
오늘 형님 그리워도 어데서 본단 말가.
의관을 갖춰 입고 시냇가로 나가보네.
我兄顔髮曾誰似　每憶先君看我兄
今日思兄何處見　自將巾袂映溪行

세상을 뜬 형님이 보고 싶어 의관을 갖춰 입고 냇가로 가는 뜻은 내 모습 속에 형님의 얼굴이 있기 때문이다. 그는 물가에 서서 수면 위를 굽어본다. 거기에 돌아가신 형님이 서 계시다. 그보다 훨씬 전에 세상을 뜨신 아버님도 계시다.

성호 이익 선생은 〈경명鏡銘〉에서 이렇게 썼다.

얼굴에 때 묻어도
사람은 혹 말 안 하지.
그래서 거울은 말없이
모습 비춰 허물을 보여준다네.
입 없는 보좌관과 한가지거니
입 있는 사람보다 한결 낫구나.
마음 두어 살핌이
무심히 다 드러냄만 어이 같으리.
面有汙　人或不告　以故鏡不言　寫影以示咎
無口之輔　勝似有口　有心之察　豈若無心之皆露

내가 잘못해도 옆에서 잘 지적하지 못한다. 가까우면 가까워 말 못하고, 어려우면 어려워 입을 다문다. 잘못은 바로잡히지 않은 채 몸집을 불리다가 아차 싶었을 땐 이미 늦어 소용이 없다. 얼굴에 묻은 때처럼 알기 쉬운 것이 없지만 남들이 얘기를 안 해주면 나는 잘 모른다. 곁에 거울이 있으면 굳이 남의 눈에 기댈 일이 없다. 내가 내 모습을 직접 비춰 보고 수시로 점검하면 된다. 그래서 성호는 거울을 무구지보無口之輔, 즉 '입 없는 보좌관'이라고 명명했다.

얼굴에 묻은 때는 거울로 확인이 가능하지만 마음에 앉은 허물은 어떤 거울에 비춰야 하나? 종이거울, 즉 책에 비춰 살피면 된다. 주나라 무왕武王은 〈경명〉에서 이렇게 썼다.

거울에 비추어
모습을 보고,
사람에 비추어
길흉을 아네.
以鏡自照　見形容
以人自照　知吉凶

이것은 또 사람거울 이야기다. 어느 거울에든 자주 비춰 밝게 보자.

무덕부귀

갖춘 덕 없는 부귀는 재앙이다

無德富貴

한나라 때 하간왕河間王 유덕劉德은 귀한 신분이었음에도 높은 인품과 학문으로 모든 이의 존경을 받았다. 그가 죽자 헌왕獻王의 시호가 내렸다. 헌獻은 총명예지聰明叡智를 갖춘 사람에게 내리는 이름이다. 반고班固가 찬문贊文에 썼다.

예전 노나라 애공이 이런 말을 했다. "과인은 깊은 궁중에서 태어나 아녀자의 손에서 자랐다. 근심을 몰랐고 두려움도 겪어보지 못했다." 이 말이 맞다. 비록 망하지 않으려 한들 얻을 수가 있겠는가. 이 때문에 옛사람은 편안한 것을 짐독鴆毒처럼 여겼고, 덕 없이 부귀한 것을 일러 불행이라고 했다(無德而富貴, 謂之不幸). 한나라가 일어나 효평제孝平帝 때 이르러 제후왕이 100명을 헤아렸다. 대부분 교만하고 음탕하여 도리를 잃은 경우가 많았다. 왜 그랬을까?

방자함에 빠져서 세력을 누리다 보니 그렇게 된 것이다.

昔魯哀公有言:"寡人生於深宮之中, 長於婦人之手. 未嘗知憂, 未嘗知懼." 信哉斯言也. 雖欲不危亡, 不可得已. 是故古人以宴安爲鴆毒, 無德而富貴, 謂之不幸. 漢興, 至於孝平, 諸侯王以百數, 率多驕淫失道. 何則? 沈溺放恣之中, 居勢使然也.

"덕이 박한데 지위가 높고, 아는 것이 적으면서 꾀하는 것은 크며, 힘이 부족한데 직임이 무거우면 재앙이 미치지 않는 경우가 드물다〔德薄而位尊, 知小而謀大, 力小而任重, 鮮不及矣〕."《주역》〈계사繫辭〉하下에 공자의 말씀으로 나온다. 송나라 때 호굉胡宏이 말했다.

덕이 있으면서 부귀한 사람은 부귀의 권세를 이용해 세상을 이롭게 하고, 덕이 없으면서 부귀한 사람은 부귀의 권세에 올라타 제 몸을 해친다.

有德而富貴者, 乘富貴之勢以利物. 無德而富貴者, 乘富貴之勢以殘身.

《회남자淮南子》〈인간훈人間訓〉의 말은 또 이렇다.

천하에 세 가지 위태로운 것이 있다. 덕이 부족한데 총애를 많이 입는 것이 첫 번째 위태로움이요, 재주는 낮은데 지위가 높은 것이 두 번째 위태로움이며, 몸에 큰 공이 없는데 두터운 녹을 받는 것이 세 번째 위태로움이다.

天下有三危. 少德而多寵一危也, 才下而位高二危也, 身無大功而受厚祿三危也.

귀하게 나서 오냐오냐 자라서, 하고 싶은 대로 누리다 보니 교음실 도驕淫失道, 즉 교만방자해져서 도리를 벗어나게 되는 것은 고금에 차이가 없다. 쌓은 덕이 없이 부귀의 지위에 있는 것은 큰 불행이다.

무료불평

불평을 돌려 창조적 에너지로

無聊不平

'료聊'는 부사로 쓸 때는 '애오라지'로 새기고, 보통은 힘입다, 즐긴 다는 의미로 쓴다. 무료無聊하다는 말은 즐길 만한 일이 아무것도 없다는 뜻이다. 옛글에서는 흔히 무료불평無聊不平이라고 썼다. 회재불우懷才不遇! 재주를 품고도 세상과 만나지 못했다. 꿈이 있고 할 수 있는 의지와 능력이 있는데 세상은 나를 외면하고 쓸모없는 사람 취급을 한다. 이때 생기는 마음이 무료불평이다. 마음에 맞는 일이 없어 무료하고, 그 끝에 남는 것이 불평이다. 불평은 마음이 들쭉날쭉 일정하지 않아 울근불근하는 상태다.

유성룡이 우성전禹性傳에게 쓴 짧은 편지에서 "그의 글은 앞서 보았는데, 그 말에 무료불평의 뜻이 조금도 없어 깊이 경복할 만합니다"라고 했다. 충분히 무료불평을 품을 만한 상황임에도 그가 의연한 태도를 견지하는 것이 인상적이라는 내용이다. 사람이 뜻대로 되는 것이 없으면 무료불평에 빠지게 마련이다. 무료불평을 꾹 눌러 이것을 창조적 에너지로 쏟아부을 때, 예상을 뛰어넘는 성과를 거둘 수 있다.

당나라 한유韓愈는 〈고한상인을 전송하는 글(送高閑上人序)〉에서 이렇게 썼다.

> 장욱張旭은 초서를 잘 써 다른 기예는 익히지 않았다. 기쁨과 노여움, 곤궁함과 즐거움, 원한이나 사모하는 마음이 일어나거나, 술에 취해 무료불평이 마음에 격동됨이 있으면 반드시 초서에다가 이를 폈다.
>
> 張旭善草書, 不治他技. 喜怒窘窮, 憂悲愉佚, 怨恨思慕, 酣醉, 無聊不平, 有動于心, 必于草書焉發之.

그의 초서가 위대한 것은 손재주로 쓴 글씨가 아니라 그 안에 무료불평의 기운이 녹아들었기 때문이다. 이정귀李廷龜(1564~1635)도 권벽權擘의 시집에 쓴 서문에서 "희로애락과 무료불평을 반드시 시에다 펼쳐서 밖으로 영욕榮辱을 사모하는 마음으로 시에 대한 몰입과 맞바꾸지 않았다"고 썼다. 이럴 때 무료불평은 건강한 창작 활동의 원천이 된다.

젊음은 본능적으로 무료불평의 상태다. 무언가 하고 싶은데 세상은 기회를 주지 않는다. 할 수 있는데 인정하지 않는다. 때로는 자기가 무엇을 할 수 있는지 잘 몰라서 무료불평에 빠지기도 한다. 한 사회의 건강성은 구성원의 무료불평을 어떻게 창조적 에너지의 동력으로 삼도록 해주느냐에 달려 있다. 무료불평을 술 먹고 부리는 행패로 풀게 만들면 안 된다. 자신에게 나는 분忿을 남에게 퍼부으면 못쓴다. 시스템의 마련만 아니라, 개인의 자발적 의지가 중요하다.

무소유위

일 없이 빈둥거리는 일

無所猷爲

윤기가 〈소일설消日說〉에서 말했다.

사람들은 긴 날을 보낼 길이 없어 낮잠이라도 자지 않을 수 없다고 한다. 성인께서 '배불리 먹고 날을 마치도록 아무 하는 일이 없다[飽食終日, 無所猷爲]'고 한 것은 이를 두고 하는 말이다. 사람이 세상을 살면서 저마다 하는 일이 있어 종일 부지런히 애를 써도 부족할까 걱정인데, 어찌 도리어 세월을 못 보내 근심한단 말인가?

每見人必稱無以送永日, 不得不晝眠. 此眞聖人所謂飽食終日, 無所猷爲者也. 人生世間, 各有所事, 雖終日矻矻, 猶恐不足, 焉得反憂日月之消遣乎?

《소학小學》〈가언嘉言〉에서는 장횡거의 말을 인용해서 이렇게 말했다.

배우는 자가 예의를 버린다면 배불리 먹고 날을 보내면서 아무 하는 일이 없어 백성과 똑같게 된다. 하는 일이라곤 입고 먹는 사이에 잔치하며 노니는 즐거움을 넘어서지 않는다.

學者捨禮義, 則飽食終日, 無所猷爲, 與下民一致, 所事不踰衣食之間, 燕遊之樂耳.

시간 여유도 있고, 돈도 있는데, 할 수 있는 일이 없고, 하고 싶은 일도 없다. 이렇게 되면 맛있는 음식 사 먹고, 좋은 옷으로 치장하면서, 더 신나게 놀며 시간 때울 궁리밖에 할 것이 없다.

윤기의 말이 이어진다.

내가 세상 사람들을 보니, 시서詩書를 일삼지 않고, 밭 갈고 김매는 일도 하지 않는다. 그저 날마다 허랑방탕하게 한 해가 다 가도록 멋대로 놀면서, 먹는 것은 입에 달고 맛난 것만 찾고, 의복은 화려하고 새로운 것만 구한다. 친지를 찾아가거나 고만고만한 부류와 어울려 지낸다. 유행하는 말을 모르면 고루하다 하고, 바둑 장기 못 두는 것을 수치로 안다. 집에서는 도대체 마음 둘 데가 없는 듯이 굴고, 남과 만나면 시답잖은 우스갯소리나 일삼는다. 조정 소식은 제가 먼저 들은 것을 뽐내며 널리 퍼뜨리고, 남의 집안 궂은 일은 굳이 보태서 떠들어댄다. 화류계와 노름판에는 끼지 않는 데가 없고, 씨름판이나 꼭두놀음은 언제나 앞자리를 다툰다. 스스로 이것을 극락세계라 하면서 토방에서 형설螢雪의 노력을 하는 사람을 도리어 비웃는다. 세월은 물같이 흘러가니 어쩌겠는가? 어느새 늙어 집안 살림은 거덜이 나고 오두막에서 비쩍 말라 몰락하고 나면, 어찌 소일하는 근심이 없기를 면하겠는가?

余觀世之人不事詩書, 不業耕耘, 不治家事, 而逐日浮浪, 終歲遊蕩, 食求甘美, 衣欲華新, 尋訪親知, 追逐儕類. 以俚諺之不習爲固陋, 以博奕之不聖爲羞恥, 在家則如無所依倚, 見人則惟事乎諧謔. 朝廷信息, 則自詫先聞而遍傳, 人家事故, 則必欲增衍而播揚. 花柳賭釀之場, 無所不與, 角抵傀儡之翫, 動輒爭先. 自謂極樂世界, 却笑圭竇螢雪. 其柰流水光陰? 居然老至, 家計板蕩, 窮廬枯落, 惡得免無以消日之憂哉?

소일은 다 늙어 정말 아무것도 할 수 없을 때 눈물을 흘리면서 하는 것이다. 남아도는 시간을 주체 못해 무위도식하는 것은 재앙이요 형벌이다.

무연설설

그렇게 답답하게 하지 말라

無然泄泄

1689년 12월은 기상 재변이 잇따랐다. 흰 기운이 하늘로 뻗치고, 무지개가 해를 꿰뚫었다. 섣달인데도 봄 날씨가 이어졌다. 《사기》〈천관서天官書〉에 따르면, 이는 병란이 일어나거나 간신이 임금을 덮어가리는 불길한 조짐이었다. 봄 같은 겨울은, 임금이 살피는 것이 분명치 않아 나라의 기강이 풀어져서 느슨해진 것을 경고하는 것으로 해석했다. 《서경》에 나온다.

잇따른 재변에 불안해진 숙종이 신하들에게 직접 글을 내려 직언을 청했다. 이현일李玄逸이〈사직겸진소회소辭職兼陳所懷疏〉를 올렸다.

아! 변괴는 그저 생기지 않고, 반드시 인사人事에 감응하는 것입니다. 삼가 신이 보건대, 전하께서는 지려智慮는 우뚝하시나 결단은 부족하신 듯하고, 영명英明함은 특출하신데 식견과 도량은 조금 미치지 못하십니다. 마음에 간직하고 말로 펴시는 바가 가끔 사사로움에 치우치고 얽매이심이 있습니다.

嗚呼! 變不虛生, 必由人事之感. 臣竊覬殿下, 智慮超卓, 而雄斷似不足. 英銳特出, 而識量微不及. 所存所發, 或不免有拘牽偏係之私.

거침없는 쓴소리로 말문을 연 뒤, 그는 죄가 있으면 벌을 받고, 문제가 있으면 바로잡으며, 재주가 있으면 쓰는 것이 마땅한데도, 밑에서 이를 고하면 '이미 알고 있다. 생각해보고 처결하겠다'고만 하면서 끝내 세월만 끌며 아무 처분도 내리지 않으시니, "하늘이 나라를 장차 쓰러뜨리려 하니, 그렇게 답답하게 하지 말라(天之方蹶, 無然泄泄)"고 한 《시경》〈판板〉의 구절이 떠오른다고 했다. 설설泄泄은 답답沓沓과 같은 뜻이다. 나라가 엎어질 지경인데 답답하게 고식적姑息的 태도를 벗어나지 못하니 안타깝다는 말이다.

그는 또 나라의 흥폐가 임금이 마음을 한번 돌리는 사이에 달려 있다고 했다. 기강을 세워, 어진 이를 쓰면 전적으로 맡기고, 부족한 사람을 내칠 때는 빨리 하지 못할까를 염려하여, 그 과정에 간사한 기운이 끼어들지 못하게 해야 한다고 강조했다. 끝은 "온 나라가 전하께 바라는 바는 고식적인 어짊(姑息之仁)과 구차한 정치(苟且之治)를 하는 것이 아닙니다"로 맺었다. 제스처만의 구언求言이나 고집불통의 정치 말고, 하늘의 경고에 답하고 신민臣民의 바람을 위로해주기를 청했다.

무익십사

득 될게 없는 열 가지 일

無益十事

청매靑梅 인오印悟(1548~1623) 스님의 문집에서 〈십무익十無益〉이란 글을 보았다. 수행자가 해서는 안 될 열 가지 일을 나열했다. 알려진 글이 들쭉날쭉해서 문집에 따라 보이면 다음과 같다.

마음을 안 돌보면 경전 봐도 소용없고,
본성 공空함 모르고는 좌선이 부질없다.
심지 않고 열매 바람도 구함에 무익하고,
바른 법을 안 믿고는 고행이 쓸데없다.
아만我慢을 안 꺾으매 법 배워도 쓸모없고,
실다운 덕 없고 보니 겉꾸밈이 보람 없다.
스승의 덕 못 갖추곤 중생제도 허망하고,
신실한 맘 아니고는 교묘한 말 허랑하다.

일생에 교활하매 무리 처함 쓸모없고,
뱃속 가득 무식하니 교만도 부질없네.

心不返照　看經無益　不達性空　坐禪無益
輕因望果　求道無益　不信正法　苦行無益
不折我慢　學法無益　內無實德　外儀無益
欠人師德　濟衆無益　心非信實　巧言無益
一生乖角　處衆無益　滿腹無識　憍慢無益

종일 염불을 외고 불경을 읽어도 마음거울을 닦지 않으면 하나 마나다. 일체가 공空임을 깨닫지 못한다면 좌선한다고 앉아 있을 이유가 없다. 선업은 닦지 않으면서 선과善果만 얻으려 드니 구도求道란 말을 입에 담기가 부끄럽다. 정법正法에 대한 확신 없는 고행은 수행이 아니라 제 몸을 학대하는 것과 같다. 저만 옳다는 아만만 키우려면 법은 배워 무엇에 쓰나. 알찬 내면의 덕은 기르지 않고 겉꾸밈으로 젠체하기 바쁘니 그 인생이 불쌍하다. 남이 우러를 덕을 갖추지 못하고 무슨 중생제도를 입에 담는가? 신실함은 없고 교언영색뿐이니 낯빛마저 가증스러워진다. 잔머리만 굴리고 앞뒤 안 맞는 행동을 하면서 수행자의 길을 갈 수는 없다. 아무 든 것 없는데 교만까지 얹히면 천하에 못할 짓이 없게 된다.

열심히 죽어라고 하는 것은 중요하지 않다. 고행하고 참선하는 것이 다가 아니다. 낮춤과 베풂, 진실함과 깨달음 없이 우리는 아무것도 아니다. 자기를 괴롭히고 남을 괴롭혀서 아만과 독선에 빠져 바른길을 벗어나는 인생이 너무도 많다. 게을러 아무것도 하려 들지 않는 삶은 더 말할 것도 못 된다.

문슬침서

말만 하면 어긋나는 세상

捫蝨枕書

송나라 왕안석은 두보의 시 중,

주렴 걷자 잠자던 백로가 깨고
환약을 빚는데 꾀꼬리 우네.

鉤簾宿鷺起　丸藥流鶯囀

라는 구절을 아껴, 뜻이 고상하고 묘해 오언시의 모범이 된다고 말
하곤 했다. 그러다가 스스로,

청산에서 이 잡으며 앉아 있다가
꾀꼬리 울음소리에 책 베고 자네.

靑山捫蝨坐　黃鳥枕書眠

라는 구절을 얻고는, 자신의 시도 두보만 못지않다며 자부했다고 한다. 섭몽득葉夢得의《석림시화石林詩話》에 나온다.

방 안의 공기가 갑갑해서 주렴을 걷었다. 마당가 방죽에서 외다리로 졸던 백로가 그 소리에 놀라 깨서 저편으로 날아간다. 미안하다. 약가루를 반죽해 손가락끝으로 굴려 환약을 짓는데, 그 리듬에 맞춰서 꾀꼬리가 운다. 손가락끝에서 꾀꼬리 울음이 데굴데굴 굴러간다(囀). 간지럽다. 시격은 두보가 두어 수 위다.

남명南冥 조식曹植(1501~1572)이 시에 이렇게 썼다.

이나 잡지 어이해 세상일 얘기하리
산 이야기 물 이야기 또한 할 말 많다네.
捫虱何須談世事　談山談水亦多談

그의 벗, 대곡大谷 성운成運(1497~1579)이 이렇게 받았다.

사람 만나 산속 일도 얘기하기 싫으니
산의 일도 말만 하면 또한 남과 어긋나네.
逢人不喜談山事　山事談來亦忤人

조식은 답답한 세상일 얘기하다 더 답답해지지 말고, 그 시간에 이나 잡든지, 그도 아니면 산수 이야기나 하라고 말했다. 성운은 산수 이야기조차 걸핏하면 말꼬리를 잡아 기분만 상하게 되니, 아예 아무 말도 않겠다고 썼다. 이수광은《지봉유설》에 이 이야기를 적고 나서 "말에 담긴 뜻이 성운이 더욱 높다"고 평했다.

왕안석과 조식의 시에 나오는 '문슬捫蝨'은 이를 잡는다는 말이다. 전진前秦의 소년 왕맹王猛이 대장군 환온桓溫을 찾아가 알현하고, 천하의 일을 유창하게 담론하는 한편으로 이를 잡으며 여유만만하고 거침없는 태도를 보였다는 데서 처음 나왔다.

　　세상이 온통 무더위 찜통 속이다. 그래도 입추가 지나고 나서는 교앙驕昂하던 매미 울음소리의 기세가 꺾였다. 피곤한 세상일 잠시 잊고 바람 드는 마루에서 태고의 적막 속으로 들어가 보는 것은 어떨까?

문심혜두

글의 마음을 얻고 슬기구멍이 활짝 열려야
文心慧竇

다산은 어린이 교육에 특별히 관심이 많았다. 특히《천자문千字文》
과《사략史略》같은 책을 동몽童蒙을 위한 학습 교재로 쓰는 것에 대
해 반대의 뜻을 분명히 했다.

《천자문》은 비슷한 것끼리 묶어 계통적으로 세계를 인식하게 만드
는 짜임새 있는 책이 아니다. 천지天地를 가르쳤으면 일월日月과 성
신星辰, 산천山川과 구릉丘陵을 익히게 해야 한다. 그런데 대뜸 현황玄
黃으로 넘어간다. 현황을 배웠으면 청적靑赤과 흑백黑白, 홍자紅紫와
치록緇綠의 색채어를 마저 익혀야 옳다. 하지만 다시 우주宇宙로 건너
뛴다. 이런 방식으로는 아이들의 오성悟性을 열어줄 수 없다. 또 현
황玄黃을 가르치고, 조수鳥獸를 배운 후, 비주飛走를 익히고 나서, '황
조우비黃鳥于飛', 즉 노란 새가 난다는 구절을 가르치면 아이들은 문장
의 구성 원리를 저절로 터득한다. 단계와 계통을 밟아 가르쳐야 문심

혜두文心慧竇가 열려 공부에 재미를 붙이게 된다고 말했다.

《사략》을 평한 글에서는 이렇게 말했다.

어린이를 가르치는 방법은 그 지식을 열어주는 데 달렸다. 지식이 미치면 한 글자 한 구절도 모두 문심혜두의 열쇠가 되기에 충분하다. 하지만 지식이 미치지 못하면 다섯 수레의 책을 기울여 만권을 독파한다 해도 읽지 않은 것과 같다.

牖蒙之法, 在乎啓發其知識. 知識之所及, 卽一字一句, 皆足以爲文心慧竇之鑰. 知識之所不及, 雖傾五車而破萬卷, 猶無讀也.

역사책도 합리적 사고가 가능한 내용이라야지 황당한 신화 전설부터 가르치면 아이들이 어리둥절해서 공부에 흥미를 잃고 만다고 보았다.

다산은 반복해서 문심혜두를 강조했다. 문심은 글자 속에 깃든 뜻과 정신이다. 혜두는 '슬기구멍'이다. 문심을 알고 혜두가 열려야 공부머리가 깬다. 문심혜두를 열어주는 것이야말로 어린이 교육의 가장 큰 목표다. 그러려면 어떻게 해야 할까? 다산은 촉류방통觸類旁通의 방법을 제시했다. 비슷한 부류끼리 접촉하여 곁가지로 지식을 확장시키는 방법이다. 계통을 갖춰 정보를 집적해나가면 세계를 인지하고 사물을 이해하는 안목이 점차 단계적으로 열린다. 주입식으로 그저 암기만 시키면 아이들은 금방 싫증을 내며 끝내 공부를 멀리한다. 슬기구멍이 열리기는커녕 꽉 닫혀버린다. 하나를 배워 열로 증폭되는 공부를 해야지, 열을 가르쳐 한둘을 건지는 공부를 시키면 안 된다. 무작정 학원 많이 보낸다고 문심혜두가 열리는 법이 없다.

문유삼등

문장의 세 가지 등급

文有三等

표현이 멋지거나 화려하다고 좋은 글은 아니다. 내용이 알차다고 해서 글에 힘이 붙지도 않는다. 세상을 보는 자기만의 눈길이 깃들어야 한다. 송나라 때 장자張鎡(1153~1221)가 엮은《사학규범仕學規範》중 작문에 관한 글 두 단락을 읽어본다.

문장을 지을 때는 문자 너머로 따로 한 물건의 주관함이 있어야만 높고 훌륭한 글이 된다. 한유의 문장은 경술經術로 글을 끌고 나갔고, 두보의 시는 충의忠義에 바탕을 두었다. 이백李白 시의 묘처는 천하를 우습게 보는 기상에 있다. 이는 보통 사람들이 미치지 못하는 지점이다.

凡爲文章, 須是文字外別有一物主之, 方爲高勝. 韓愈之文, 濟以經術. 杜甫之詩, 本於忠義. 太白妙處, 有輕天下之氣. 此衆人所不及也.

글을 읽고 그 사람이 보여야 좋은 글이다. 이백 시의 후광은 술이 얼큰해서 바라보는 호방한 시선에서 빚어진다. 어떤 권력이나 권위도 그 앞에서는 아무 소용이 없다. 두보의 시를 읽을 때 글자마다 맺힌 그의 성실한 진심과 위국애민의 마음을 어찌 느끼지 않을 수 있겠는가. 글 너머로 작동하고 있는 한 가지 물건이 있어야, 어떤 글을 써도 그 사람의 빛깔이 나온다. 수사가 뛰어나고 주장이 제아무리 훌륭해도 이 한 가지 물건이 없이는 그저 그런 글이 되고 만다. 어찌해야 이 물건을 얻을 수 있나? 우리가 공부를 계속해야 하는 이유다.

글에는 세 가지 등급이 있다. 상등은 예봉을 감춰 드러내지 않았는데도, 읽고 나면 절로 맛이 있는 글이다. 중등은 마음껏 내달려 모래가 날리고 돌멩이가 튀는 글이다. 하등은 담긴 뜻이 용렬해서 온통 말을 쥐어짜 내기만 일삼는 글이다.

文字有三等. 上焉藏鋒不露, 讀之自有滋味. 中焉步驟馳騁, 飛沙走石. 下焉用意庸庸, 專事造語.

덤덤하게 말했는데 뒷맛이 남는다. 고수의 솜씨다. 온갖 재주와 기량을 뽐내며 내달리니 모래가 날리고 돌멩이가 튄다. 잠깐 사람의 눈을 놀라게 할 수는 있지만 오래가지 못한다. 별 내용도 없이 미사여구를 동원해 겉꾸미기에 바쁜 글은 억지 글이다. 자기만 감동하고 독자는 거들떠보지 않는다. 생각의 힘을 길러야 글에 힘이 붙는다. 절제를 알 때 여운이 깃든다. 여기에 나만의 빛깔을 입혀야 글이 산다.

문유십의

문장이 갖춰야 할 열 가지

文有十宜

명나라 때 설응기薛應旂가 말한 '문장이 반드시 갖춰야 할 열 가지〔文有十宜〕'를 소개한다. 《독서보讀書譜》에 나온다.

첫 번째는 진眞이다. 글은 참된 진실을 담아야지 거짓을 희롱해서는 안 된다. 다만 해서는 안 될 말까지 다 드러내서는 안 되니, 경계의 분간이 중요하다.

두 번째는 실實이다. 사실을 적어야지 헛소리를 늘어놓아서는 안 된다. 이때 다 까발리는 것과 사실을 말하는 것을 구별해야 한다.

세 번째는 아雅다. 글은 우아해야지 속기俗氣를 띠면 안 된다. 겉만 꾸미고 속이 속되고 추하면 가증스럽다.

네 번째는 청淸이다. 글은 맑아야지 혼탁해서는 못쓴다. 그래도 무미건조해서는 곤란하다.

다섯 번째는 창暢이다. 글은 시원스러워야지 움츠러들어서는 안 된다. 이때도 시원스레 활달한 것과 제멋대로 구는 것의 구별이 필요하다.

여섯 번째는 현顯이다. 의미가 분명하게 드러나야지 감춰지면 안 된다. 하지만 뜻이 천근淺近해서 여운이 없는 글은 못쓴다.

일곱 번째는 적확的確이다. 꼭 맞게 핵심을 찔러야지 변죽만 울리면 못쓴다. 그러자면 글이 한층 상쾌해야 한다.

여덟 번째는 경발警拔이다. 글은 시원스러워야지 낮고 더러워서는 안 된다. 그래도 그 안에 화평스러운 기운이 깃들어야 한다. 이게 참 어렵다.

아홉 번째는 남이 하지 않은 말을 하는 것[作不經人道語]이다. 제 말을 해야지 남의 말을 주워 모아서는 안 된다. 다만 문장의 구법句法과 자법字法은 모두 바탕이 있어야 한다. 억지로 지어내면 못쓴다.

마지막 열 번째는 간簡이다. 글은 간결해야지 너절해서는 안 된다. 할 말만 해서 자기 뜻을 전달할 수 있어야 한다.

이어서 그는 통탄한다. 요즘 사람은 공부도 없고 문장의 법도도 모르면서 남의 말을 끌어와 그럴듯한 흉내로 남의 이목을 속이기만 좋아한다. 한번 보면 속이 훤히 들여다보여서 가증스럽기까지 하다. 제목과 관계도 없는 내용을 늘어놓아 대중을 현혹하고 법도도 지키지 않는다. 이런 글은 모두 문마필요文魔筆妖, 즉 문장의 마귀요 글의 요괴에 해당한다. 이를 범하는 자는 당장 몰아내어 경계로 삼아야 한다.

물경소사

일의 성패가 사소한 데서 갈린다

勿輕小事

한나라 진평陳平이 음식을 조리할 때 고기를 모두에게 균등하게 나눠줘 눈길을 끌었다. 끝내는 천하를 요리하는 지위에 올랐다. 임안任安이 사냥을 나가 함께 잡은 사슴과 고라니, 꿩과 토끼를 분배하는데, 사람들이 모두 임안이 공평하게 나눈다고 입을 모았다. 뒤에 그 또한 기절氣節 있는 인물로 이름이 났다. 사현謝玄이 환사마桓司馬 아래서 일할 때였다. 그는 신발을 신을 때조차 흐트러짐 없이 반듯했다. 사람들이 그가 장수의 역량이 있음을 그것을 보고 알았다. 사람은 사소한 일조차 소홀하게 대충해서는 안 된다. 사소한 한 가지 일에서 그 사람의 바탕이 훤히 드러난다. 《문해피사文海披沙》에 나온다.

작은 일을 건성으로 하면서 큰일을 촘촘히 살필 수 없다. 집에서 새는 바가지가 밖에서 안 샐 리 없다. 개인의 일일 때는 문제가 없지만, 나랏일이면 그 피해를 헤아리기 어렵다. 《관윤자關尹子》에 실려 있다.

작은 일을 가볍게 보지 말라. 작은 틈이 배를 가라앉힌다. 작은 물건을 우습게 보아서는 안 된다. 작은 벌레가 독을 품고 있다. 소인을 그저 보아 넘겨서는 안 된다. 소인이 나라를 해친다.

勿輕小事, 小隙沈舟. 勿輕小物, 小蟲毒身. 勿輕小人, 小人賊國.

윤기가 〈정상한화井上閑話〉에서 말했다.

세상에 공정한 말이 없다. 비난하고 기리는 것, 거짓과 진실이 모두 뒤집혀 잘못되었다. 시시비비란 것이 애증愛憎을 따르지 않으면 염량炎涼에 인할 뿐이다. 옳고 그름이 명백한데도 시비하는 자들은 언제나 옳은 것을 그르다고 하고, 그른 것을 옳다고 한다. 실상을 알면서도 명백하게 판별하지 않는 것은 피차간에 두텁고 각박함이 있어 일부러 이편과 저편이 되는 것이다. 개중에는 주견 없이 남의 말만 믿는 자가 있고, 선입견을 고수해서 다시 살펴볼 생각을 않는 경우도 있다. 서로 전하고 번갈아 호응해서 잘못을 답습하고 오류를 더한다.

世無公言. 毀譽虛實, 皆顚錯謬戾. 其所謂是是非非者, 若非徇愛憎, 則乃是因炎涼耳. 有事於此, 其是非不翅黑白之易辨, 而人之是非之者, 每非是而是非. 有心知其實, 而不欲別白者, 有厚薄彼此, 而故爲左右者. 有中無所主, 而徒信人口者, 有固守先入, 而不復究覈者. 互傳交應, 襲謬增訛.

작은 구멍 하나가 제방을 무너뜨린다. 사소한 틈 때문에 배가 침몰한다. 소인 한 사람이 전체 조직에 균열을 가져온다. "그 정도는 봐줘야지, 뭐 별일이 있겠어?" 하다가 정신을 차리고 나면 때가 이미 늦었다.

물기태성

지나친 성대함은 재앙의 출발이다
物忌太盛

사치벽이 심한 재상이 있었다. 그가 새집을 지었다. 집이 완성되었지만 기둥이나 대들보, 처마와 서까래에 작은 흠집만 있어도 헐어 새것으로 교체했다. 그 바람에 멀쩡한 집을 세 번이나 다시 지어야 했다. 벽과 창문은 최고급품으로 한결같이 지극한 묘를 다했다. 관과 수의도 최고급으로 직접 골라 미리 마련해두었다. 바느질까지 꼼꼼히 제 눈으로 살폈다. 모든 준비가 끝나 새집에 입주하기 직전 다른 일로 지방에 내려갔다가 공주의 여관방에서 갑자기 객사했다. 도백道伯으로 있던 친구가 호상護喪이 되어 필요한 물품을 서둘러 준비해 운구해서 돌아왔다.

그는 자신이 공들여 마련한 화려한 집에서 하루도 살아보지 못했다. 격식 갖춘 축문조차 없었다. 시신은 미리 갖추어둔 비단 수의 대신 허름한 베옷으로 서둘러 염습했다. 상례의 절차도 대충대충 진행되었다. 그는 마침내 객지에서 구한 초라한 널에 담겨 돌아왔다. 평소에 좋아하던 것과는 하나같이 정반대로 되고 말았다. 심재의《송천필담》에 나온다. 이야기 끝에 글쓴이는 이렇게 덧붙였다. "사물은 크게 성대한 것을 꺼리고〔物忌太盛〕, 귀신은 지나치게 아름다운 것을 싫어한다〔神厭至美〕."

송대의 학자 정이程頤가 말했다.

외물로 몸을 받드는 사람은 모든 일을 다 좋게 하려 하나 정작 자신의 몸과 마음만은 도리어 좋게 하려 하지 않는다. 진실로 바깥 사물이 좋을 때 자신의 몸과 마음이 이미 나쁘게 되는 줄은 알지 못한다.

人之外物奉身者, 事事要好, 只有自家一箇身與心, 却不要好. 苟得外面物好時, 却不知道, 自家身與心, 却已先不好了也.

사람들은 제 몸과 마음을 딴 데 놓아두고 외물봉신外物奉身, 즉 바깥 사물에 온통 눈이 팔려 거기에 우선순위를 둔다. 일단 주체가 허물어지고 보니 외물은 아무짝에도 쓸데가 없다.

부귀에 취하고 권력에 맛이 들면 옳고 그름의 판단은 어느새 물 건너가고 만다. 뜻을 잃은 몸과 마음은 살아도 산 것이 아닌 허깨비 인생이다. 재물과 위세는 움켜쥔 모래처럼 손가락 사이로 솔솔 빠져나간다. 살았을 때 고심해 갖춰둔 마련마저 제가 누리지 못하고 고스란히 엉뚱한 사람의 차지가 된다.

미견여금

나라가 곧 망할 것입니다

未見如今

이대순李大醇은 서얼이었지만 경학에 정통했고 예문禮文도 많이 알아, 어린이를 가르치는 동몽훈도童蒙訓導 노릇을 하며 살았다. 제자 중에 과거에 급제해서 조정에 선 사람이 적지 않았다. 임진왜란 이후 금천衿川 땅에 유락해 먹고살 길이 없었다. 한 대신이 딱하게 보아 다시 훈도 노릇을 하게 해주었다.

이대순은 상경해서 남대문 안쪽 길가에 서당을 열었다. 원근에서 배우러 온 자들이 많았다. 그의 학습법은 엄격했다. 전날 읽은 것을 못외우면 종아리를 때렸다. 도착한 순서대로 가르쳤다. 교과과정은 엄격했고, 나이 순서로 앉혔다.

학생들이 성을 내며 대들었다. "아니 저 자식은 서얼인데 내가 그 아래에 앉으라고요?" "내가 조금 늦게 왔지만, 저 녀석이 감히 나보다 먼저 배워요?" 툭하면 으르렁대고 번번이 싸웠다. 이대순이 견디다 못해 조금 나무라기라도 하면 반드시 면전에서 스승에게 욕을 보였다.

이대순이 대신의 집을 찾아와 작별 인사를 했다. 대신이 연유를 묻자 그의 대답이 이랬다. "제 나이가 60여 세인데, 지금 같은 꼴은 처음 봅니다(未見如今日之風敎). 젖비린내 나는 아이들이 벌써 당색을 나누고, 글자도 모르는 녀석들이 시정時政을 평가합니다. 길에 '물렀거라' 소리가 나기만 하면 공부하다 말고 앞다퉈 뛰어나가 '재상 아무개로군. 아무 쪽의 당색이야. 사람이 크게 간악하지'라 하고, 또 '아무개 어르신을 뵙는군. 아무 쪽의 당색인데, 아주 어지신 분이야'라고 합니다. 제가 속한 당색이 아니면 아무리 고관대작이라도 이름을 마구 부르며 업신여겨 욕합니다. 또 귀천을 가리지 않고 모두 비단옷만 입습니다. 너무도 한심합니다. 이런데도 안 고치면 나라가 곧 망할 것입니다. 하찮은 녹 때문에 서울에 오래 머물다가는 틀림없이 큰 화를 입을 것입니다. 그래서 떠납니다."

1622년 겨울의 일이었다. 이듬해 바로 인조반정이 일어나 세상이 뒤집어졌다. 사람들이 그의 선견지명에 크게 놀랐다. 이덕형李德泂 (1566~1645)의 《죽창한화竹窓閑話》에 나온다. 지금은 중학교 1학년 교실에서 돈 2만 원 준다는 장난 소리에 학생이 수업 중인 선생의 머리를 다짜고짜 때리는 세상이다.

2부

ㅂ _____

ㅅ _____

뜻이 독실한 벗과 함께 빨리 책 상자를 지고 절로 올라가 부지런히 애써 독서하거라. 지금 부지런히 공부하지 않으면 세월은 쏜살같이 지나가고, 한번 가면 뒤쫓기가 어려운 법이니라.

須速與篤志之友, 負上寺, 勤苦讀書. 今不勤做, 隙駟光陰, 一去難追.

접점

반어구십

100리 길에서는 90리가 절반이다
半於九十

당나라 때 안진경顏眞卿의《쟁좌위첩爭座位帖》은 정양왕定襄王 곽영의郭英義에게 보낸 글의 초고다. 행서의 절품絶品으로 꼽는다. 조정의 연회에서 백관들이 자리 문제로 다투는 일을 간쟁했다. 곽영의는 환관 어조은魚朝恩에게 아첨하려고 그의 자리를 상서尙書의 앞에 배치하려 했다. 안진경은 붓을 들어 곽영의의 이런 행동을 준절히 나무라며 청주확금淸晝攫金, 즉 벌건 대낮에 황금을 낚아채는 처신이라고 격렬히 비난했다.

그중의 한 대목이다.

가득 차도 넘치지 않는 것이 부富를 길이 지키는 까닭이요, 높지만 위태롭지 않음이 귀함을 길이 지키는 까닭입니다. 어찌 경계하여 두려워하지 않겠습니까?《서경》에는 '네가 뽐내지 않으면 천하가 너와 더불어 공을 다투지 않고, 네가 남을 치지 않으면 천하가 너와 더불어 능함을 다투지 않는다'고 하였지요. 이 때문에 '100리 길을 가는 사람은 90리를 절반으로 여긴다'고 했던 것이니, 만년과 마무리가 어려움을 말한 것입니다.

滿而不溢, 所以長守富也, 高而不危, 所以長守貴也. 可不儆懼乎? 書曰: '爾唯不矜, 天下莫與汝爭功, 爾唯不伐, 天下莫與汝爭能.' 故曰: '行百里者半九十里', 言晚節末路之難也.

"100리 길을 가는 사람은 90리를 절반으로 친다(行百里者, 半於九十)." 이 말은 원래 《전국책》〈진책秦策〉에 나온다. 진무왕秦武王이 이웃 나라와의 전쟁에서 승승장구하며 교만한 기색을 보이자 이를 경계하여 한 말이다. 시작의 중요성을 강조해 '시작이 반'이라고들 하나, 100리의 절반은 50리가 아닌 90리 지점으로 잡아야 한다는 뜻이다.

금세 뜻대로 잘될 것 같아도, 세상일이 그리 만만치가 않다. 근거 없는 낙관과 자만에 취해 있다 보면 작은 일에서 삐끗하고 예상치 않은 데에 발목이 붙들려 결국 큰일을 그르치고 만다. 끝까지 최선을 다해 마무리해야만 일을 잘 마칠 수가 있다. 그러자면 90리를 오고서도 이제 겨우 절반쯤 왔다는 각오로 임하지 않으면 안 된다. 《시경》〈탕지습湯之什〉에서 "모두 처음은 있었지만 능히 끝이 있기는 드물었다(靡不有初, 鮮克有終)"고 말한 까닭이 여기에 있다. 이제 됐다 싶을 때 더욱 살펴야 한다.

발초첨풍

풀을 뽑아 길을 낸 후 풍모를 우러른다

撥草瞻風

1년 동안 인터넷 카페에 인문학 강의 연재를 진행했다. 다산과 제자 황상과의 만남이 그 주제였다. 매번 글을 올릴 때마다 달리는 댓글에 긴장을 놓을 수가 없었다. 인용한 다산 선생의 글 중에 발초첨풍撥草瞻風이란 말이 나오길래, 무심코 '풀을 뽑고, 바람을 우러른다'고 풀이했다. 대뜸 댓글로 이런저런 전거가 올라왔다. 다른 역자의 번역과 비교한 글도 있었다. 덩달아 궁금해져서 찾아보았다. 뜻밖에 불가佛家에서 자주 쓰는 비유였다.

원래 발초첨풍은 《오등회원五燈會元》 중 〈동산록洞山錄〉에 처음 나온다. 동산 선사가 위산 선사를 찾아가니, 그가 말했다. "이번에 가는 풍릉澧陵의 유현攸縣에는 석실石室이 잇달아 있다. 그중에 운암도인雲巖道人이란 분이 계시다. 능히 풀을 뽑아 풍도를 우러를 수 있다면 반드시 그대가 중히 여기는 바가 될 것이다." 정성을 쏟아 예를 다하라는 뜻으로 썼다.

《무문관無門關》에도 보인다. 열화상悅和尙이 삼관三關을 베풀어, 배움의 길을 묻는 사람은 풀을 뽑아 깊은 이치를 참구하여, 다만 견성見性하기를 도모해야 한다고 했다. 벽암碧巖이 이를 평하여 말했다. "옛사람은 행각을 떠날 때, 사귐을 맺되 벗을 가려서 동행과 동반으로 삼아, 풀을 뽑고 바람을 우러른다." 그 풀이에는 "험한 길을 거쳐서 선지식의 덕스런 풍모를 우러른다"는 뜻이라고 나와 있다.

사람들이 다니지 않은 숲길은 잡초와 잡목이 무성하다. 새로운 경지를 열려면 막힌 길을 뚫어 새 길을 내야 한다. 먼저 잡초를 걷어내지 않으면 한 걸음도 더 나갈 수가 없다. 이처럼 학인學人도 두 눈을 똑바로 떠서 자기 앞을 가로막는 미망迷妄을 걷어내 던져버려야 한다. 큰 스승의 덕풍德風을 사모하려 해도 가시덤불을 헤쳐나가는 고초가 먼저다. 두 발을 꽉 딛지 않으면 허공만 보다가 걸려 넘어진다.

풀을 뽑아야 길이 생긴다. 발초의 성실함 위에 첨풍의 겸손을 보태야지 비로소 깨달음의 단계로 진입할 수 있다. 제 노력 없이 거저먹는 수는 없다. 준비 없이는 어림없다. 대뜸 떠먹여 주는 스승은 스승이 아니다. 이런 질문과 대답의 과정에서 정보화 시대, 쌍방향 소통의 위력을 새삼 느낀다. 가르치려다 늘 한 수 배운다.

방무여지

여지가 없으면 행실이 각박하다

旁無餘地

사람이 발을 딛는 것은 몇 치의 땅에 지나지 않는다. 하지만 짧은 거리인데도 벼랑에서는 엎어지거나 자빠지고 만다. 좁은 다리에서는 번번이 시내에 빠지곤 한다. 어째서 그럴까? 곁에 여지餘地가 없었기 때문이다. 군자가 자기를 세우는 것 또한 이와 다를 게 없다. 지성스런 말인데도 사람들이 믿지 않고, 지극히 고결한 행동도 혹 의심을 부른다. 이는 모두 그 언행과 명성에 여지가 없는 까닭이다.

人足所履, 不過數寸. 然而咫尺之途, 必顚蹶於崖岸, 拱把之梁, 每沈溺於川谷者, 何哉? 爲其旁無餘地故也. 君子之立己, 抑亦如之. 至誠之言, 人未能信, 至潔之行, 物或致疑, 皆由言行聲名, 無餘地也.

중국 남북조 시대 안지추顔之推가 지은 《안씨가훈顔氏家訓》 중 〈명실名實)에 나오는 말이다. 여지의 유무에서 군자와 소인이 갈린다. 사람은 여지가 있어야지, 여지가 없으면 못쓴다. 신흠이 〈휘언彙言〉에서 말했다.

군자는 늘 소인을 느슨하게 다스린다. 그래서 소인은 틈을 엿보아 다시 일어난다. 소인이 군자를 해치는 것은 무자비하다. 그래서 남김없이 일망타진한다. 쇠미한 세상에서는 소인을 제거하는 자도 소인이다. 한 소인이 물러나면 다른 소인이 나온다. 이기고 지는 것이 모두 소인들뿐이다.

君子之治小人也, 常緩. 故小人得以伺隙而復起. 小人之害君子也, 常慘. 故一網無遺. 及夫衰世, 則除小人者乃小人也. 一小人退, 一小人進. 勝負者, 小人而已.

군자의 행동에는 늘 여지가 있고, 소인들은 여지없이 각박하다. 성대중이 말한다.

지나치게 청렴한 사람은 그 후손이 반드시 탐욕으로 몸을 망친다. 너무 조용히 물러나 지내는 사람은 그 자손이 반드시 조급하게 나아가려다가 몸을 망친다.

過於淸白者, 其後必有以貪墨亡身, 過於恬退者, 其後必有以躁競亡身.

역시 지나친 것을 경계한 말씀이다. 청렴이 지나쳐 적빈赤貧이 되면 청빈淸貧과는 거리가 멀어진다. 자기 앞가림도 못하는 터수에 가족의 희생만 강요하면 후손이 뻗간다. 세속을 떠난 삶이 보기에 아름다워도, 자식은 제가 선택한 길이 아니어서 자꾸 바깥세상을 기웃대다 제 몸을 망치고, 집안의 명성을 깎는다.

내가 옳고 바른데도 다른 사람이 받아들이지 않는다면, 내 행동이 너무 각박했기 때문이다. 제 입으로 하늘을 우러러 한 점 부끄러움이 없다고 말하는 사람을 늘 조심해야 한다. 그는 자신에 대한 확신이 지나쳐 주변 사람을 들볶는다. 왜 이렇게 하지 않느냐고 야단치고, 어째서 이렇게 하느냐고 닦달한다. 여지가 없는 사람은 남의 말에 귀를 기울이지 않는다. 자기 말만 한다. 궁지에 몰린 쥐는 고양이에게 대들고, 사람을 문다. 이렇게 되면 뒷감당이 어렵다. 하물며 그 확신이 잘못된 생각에서 나온 것이라면 그 폐해를 말로 다 할 수가 없다.

방무운인

적막한 그리움

傍無韻人

책꽂이를 정리하는데 해묵은 복사물 하나가 튀어나온다. 오래전
한상봉 선생이 복사해준 자료다. 다산의 간찰簡札과 증언贈言을 누군
가 베껴둔 것인데, 상태가 희미하고 글씨도 난필이어서 도저히 못 읽
고 덮어두었었다. 확대 복사해서 확대경까지 들이대니 안 보이던 글
자들이 조금씩 보인다. 여러 날 걸려 하나하나 붓으로 필사했다. 20여
통 모두 짤막한 단간短簡이다. 유배지의 적막한 나날 속에 사람 그리
운 심사가 애틋하다. 세 통만 소개한다.

편지 받고 부인의 병환이 이미 회복된 줄은 알았으나 그래도 몹
시 놀라 탄식하였습니다. 제 병증은 전과 같습니다. 제생들이 과거
시험을 함께 보러 가서 거처가 텅 비어 적막하군요. 매일 밤 달빛
을 함께 나눌 사람이 없는 것이 아쉽습니다. 이만 줄입니다.

奉書審有閤憂, 雖已平復, 驚歎猶深. 弟病狀如昔. 諸生並作科行, 齋居淸寂. 每夜月色, 無與共之者, 爲可恨也. 不具.

지각池閣에 밤이 깊어 산달이 점점 올라오면 텅 빈 섬돌은 마름풀이 떠다니는 듯 너울너울 춤을 추며 옷깃을 당기지요. 홀로 정신을 내달려 복희씨와 신농씨의 세상으로 가곤 합니다. 다만 곁에 더불어 이야기를 나눌 만한 운치 있는 사람이 없는 것이〔傍無韻人〕 안타깝습니다.

池閣夜深, 山月漸高. 空階藻荇, 飜舞攬衣. 獨往馳神羲農之世, 但恨傍無韻人, 與之談論也.

꽃이 한창 흐드러지게 피었는데 형께서는 건강이 어떠신지요. 보고 싶습니다. 저는 별일 없이 그럭저럭 지냅니다. 봄 동산의 붉고 푸른 빛깔이 날마다 사랑스럽군요. 이러한 때 한번 들르셔서 노년에 봄을 보내며 드는 이런저런 생각들을 달래보는 것이 어떠실는지요. 진작 하인을 시켜 평상을 닦아놓고 기다리고 있으니 혼자 있게 하지 않으시면 고맙겠습니다. 어떠십니까. 이만 줄입니다.

花事方暢, 未審兄體益勝, 慰仰慰仰. 弟省事姑依, 餘無聞. 春園紅綠, 日漸可愛, 際玆一顧, 慰此暮年送春之餘思如何. 早使山丁, 掃榻以待, 幸勿孤如何. 餘不宣.

풍증으로 팔에 마비가 온 상태로 공부에 몰입하면서도 그는 늘 마음을 나눌 수 있는 그 한 사람이 그리웠던 것이다. 편지를 필사하는 사이 다산의 한 시절이 주마등처럼 스쳐 내 안에 단단하게 새겨졌다.

방유일순

비방은 한 사람의 입을 통해 나온다

謗由一脣

말하기 좋다 하고 남의 말 말을 것이,

남의 말 내 하면 남도 내 말 하는 것이,

말로써 말이 많으니 말 말을까 하노라.

말이 말을 만든다. 옛 시인이 이렇게 노래한 것은 다 이유가 있다. 말 만들기 좋아하는 사람은 어디나 있게 마련이다.

아암兒菴 혜장惠藏은 대단한 학승이었다. 사람이 거만하고 뻣뻣해 좀체 남에게 고개 숙일 줄 몰랐다. 다산은 그를 위해 5언 140구 700자에 달하는 긴 시를 써주었다. 몇 구절씩 건너뛰며 읽어본다.

이름 얻기 진실로 쉽지 않지만

이름 속에 처하기란 더욱 어렵지.

명예가 한 등급 더 올라가면
비방은 열 곱이나 높아진다네.
(중략)
정색하면 건방지다 의심을 하고
우스개 얘기하면 얕본다 하지.
눈이 나빠 옛 벗을 못 알아봐도
모두들 교만하여 뻗댄다 하네.

成名固未易　處名尤難能

名臺進一級　謗屋高十層

(중략)

色莊必疑亢　語詼期云陵

眼鈍不記舊　皆謂志驕矜

　덕을 기르고 스스로를 낮춰 내실을 기할 뿐 교만한 태도로 공연한
비방을 부르지 말 것을 혜장에게 당부했다.
　다산은 또 〈고시 古詩〉에서 이렇게 노래했다.

들리는 명성이야 태산 같은데
가서 보면 진짜 아닌 경우가 많네.
소문은 도올 檮杌(사람을 해치는 흉악한 짐승)처럼 흉악했지만
가만 보면 도리어 친할 만하지.
칭찬은 만 사람 입 필요로 해도
헐뜯음은 한 입에서 말미암는 법.

聞名若泰山　逼視多非眞

聞名若檮杌　徐察還可親
讚誦待萬口　毀謗由一脣

　세상에는 혹세무민惑世誣民하는 가짜들이 워낙 많아 자칫 속기가
쉽다. 선입견으로 겉만 보고 남을 속단해도 안 된다. 칭찬은 만 사람의
입이 모여 이뤄지지만, 비방과 헐뜯음은 한 사람의 입만으로도 순식
간에 번져나간다(謗由一脣). 걷잡을 수가 없다.

　비방을 하는 쪽이나 당하는 쪽이나 말을 줄이는 것이 좋다. 그런데
사람의 감정이 어디 그런가? 말꼬리를 잡고 가지를 쳐서 끝까지 간다.
다 피를 흘려야 끝이 난다. 잘못은 누구나 할 수가 있다. 하지만 그다
음 처리 과정에서 그 그릇이 드러난다. 가장 못난 소인은 제 잘못을
알고도 과감히 인정하여 정면 돌파하지 않고, 마치 아무 일도 없던 것
처럼 미봉彌縫으로 넘어가려는 자다. 두 손으로야 어이 하늘을 가리겠
는가?

백재고잠

잣은 높은 산꼭대기에 있습니다

柏在高岑

강현姜鋧(1650~1733)의 벗 중에 청송 수령이 되어 나가는 사람이 있었다. 전별의 자리에서 강현이 그를 위해 시 한 수를 써주었다.

한강 어귀 봄바람이 흔들려 나부끼니
지는 볕에 이별 근심 무엇으로 달래보나.
정 사또의 고지식함 웃을 만하거니와
잣과 벌꿀 보내줌을 괴이타 하지 마소.

春風搖落大江頭　暮景那抛遠別愁
堪笑鄭侯多固滯　海松蜂蜜莫怪投

정 사또의 고지식함 운운은 고사가 있다. 예전 정붕鄭鵬(1467~1512)이 청송부사로 내려갔다. 영의정 성희안成希顔(1461~1513)이 편지를 보내 그 고장에서 나는 잣과 꿀을 보내줄 것을 부탁했다. 잣과 꿀 없이 돌아온 답장이 이러했다.

잣은 높은 산꼭대기에 있고, 꿀은 민간의 벌통 속에 있습니다. 태수가 어찌 이를 얻겠습니까?

栢在高岑山頂上, 蜜在民間蜂桶中. 太守何由得?

정붕은 무오사화와 갑자사화 때 유배되었다가 중종반정 이후 성희안의 추천으로 왕의 부름을 받았다. 성희안과는 젊어서부터 친교가 있었다. 하지만 상경 중 간신배가 조정에 있음을 보고 병으로 사퇴하고 낙향했다. 그런 그를 붙들어 청송부사로 제수한 것도 성희안의 주선이었다. 성희안은 친밀한 마음에 안부 겸해 보낸 편지에서 허물없이 부탁했던 것인데, 무색하게도 이런 답장을 받았다. 하지만 성희안은 화내지 않고 깨끗하게 사과했다. 그의 대쪽 같은 성정을 너무도 잘 알았기 때문이다. 정붕은 뒤탈 없이 3년간 청송부사로 재임하다가 그곳에서 세상을 떴다.

그러니까 강현의 시는 예전 정붕은 잣과 꿀을 보내달라는 성희안의 부탁을 고지식하게 거절했지만, 너는 가서 제발 그러지 말고 잣과 꿀 좀 보내주는 것이 어떠냐고 농담한 것이다. 정붕의 이야기가 청송 고을 원이 되어 가는 사람에게는 늘 하나의 귀감처럼 전해진 일화가 되었음을 알 수 있다. 한 사람의 바른 처신은 이렇게 긴 그림자를 남긴다. 길이 아니면 가지를 않는다. 원칙이 아니면 행하지 않는다. 거기에 더해 안부 겸해 보낸 편지에 매몰찬 답장을 받았던 성희안도 잘못을 시원스레 인정하고 사과했다. 주고받음에 피차 일말의 구차함이 없었다.

법자천토

칭찬하는 자를 곁에 두려면 화를 내라

法者天討

명나라 호찬종胡纘宗이 엮은 《설문청공종정명언薛文淸公從政名言》의 몇 대목.

내가 감찰어사로 있을 때 위응물韋應物의 '높은 지위에 있으면서, 백성이 편안한 것을 보지 못함이 스스로 부끄럽다'고 한 구절을 생각하면, 두려워 경계하는 마음이 생기곤 했다.

吾居察院中, 每念韋蘇州 '自慙居處崇, 未覩斯民康' 之句, 惕然有警心云.

자세를 바로잡게 만든다.

남이 자기를 비방하는 말을 듣고 성을 내면, 자기를 칭찬하는 자가 온다.

聞人毁己而怒, 則譽己者至矣.

매사에 칭찬만 듣고 싶은가? 바른말을 듣고 불같이 화를 내면 된다. 그러면 바른말하는 사람은 떠나가고, 듣기 좋은 말만 골라서 하는 자들이 꼬여든다.

법이란 천리를 바탕으로 인정을 따르게 하는 것이다. 이를 위해 제도를 세워 막고 금한다. 마땅히 공평하고 정대한 마음으로 경중輕重을 합당하게 해야지, 한때의 희로喜怒로 법을 만들어서는 안 된다. 그렇게 하면 공평함을 얻지 못하는 사람이 많아진다.

法者因天理循人情. 而爲之防範禁制也. 當以公平正大之心, 制其輕重之宜, 不可因一時之喜怒而立法. 若然則不得其平者多矣.

의도를 가지고 만든 법은 반드시 공평함을 해친다.

법은 하늘이 내리는 벌이다. 공정함으로 지키고 어짊으로 행해야 한다.

法者天討也. 以公守之, 以仁行之.

이 말을 반복해서 강조했다.

법은 하늘이 내리는 벌이다. 법을 가지고 장난치면 하늘을 가지고 노는 것이니, 감히 공경스럽게 해야 하지 않겠는가?

法者天討也. 翫法所以翫天也. 敢不敬乎?

법은 하늘이 내리는 벌이다. 무겁거나 가볍거나 한결같이 무심하게 처리하는 것이 옳다. 간악한 자를 다스리면서 너그럽게 놓아주기를 힘쓰거나, 작은 은혜를 보여 남에게 자기의 은혜에 감사하게 하려 한다면, 하늘의 토벌을 몹시 업신여기는 것이다.

法者天討也. 或重或輕, 一付之無心可也. 或治奸頑, 而務爲寬縱, 暴其小慈, 欲使人感己之惠, 其慢天討也甚矣.

법 집행에 사감이 끼어들면 안 된다. 이 말을 더 보탰다.

한쪽에 치우치지 않는 것이 입법의 기본이고, 믿음성 있는 것은 법을 행하는 핵심이다.

中者立法之本, 信者行法之要.

사람이 답을 몰라 못하겠는가?

병동지한

잔머리 얕은꾀로는 안 된다

瓶凍知寒

변계량卞季良(1369~1430)의 〈이재와 김대언의 시운을 차운함(次頤齋及金代言詩韻)〉 일곱 수 중 마지막 수.

내 생애 다행히 후한 은혜 입었건만
여린 시내 물결 보탬 얻지 못해 부끄럽네.
산보山甫가 임금 곁서 진작 보필했더라면
두보가 어이 굳이 유관儒冠 탄식하였으리.
김을 매자 마침내 소반 위 밥이 되고
물병 얼어 천하가 추워짐을 알 수 있네.
교화에 참여하여 지치至治를 이룰진대
여자는 베가 남고 남자는 곡식 남을 텐데.

吾生幸沐睿恩寬　愧乏微涓得助瀾

山甫早能陪袞職　少陵何必歎儒冠

鋤禾竟是盤中粒　瓶凍可知天下寒

參贊會須登至治　女多餘布士餘餐

　의미는 이렇다. 은혜를 입어 벼슬길에 올랐지만 정작 나라 위해 내세울 만한 일을 한 게 없어 부끄럽다. 주나라 선왕 때 중산보는 제齊나라에 성城을 쌓고 오라는 명을 받아 떠나면서 곁에서 임금을 보좌하지 못하게 된 것을 안타까워했다. 그는 위태롭던 나라를 중흥시킨 명재상이다. 《시경》〈증민〉에 보인다. 두보는 "유관儒冠이 몸을 망친 일이 많다네〔儒冠多誤身〕"라 해서 올곧은 선비가 임금의 알아줌을 얻지 못해 일생을 궁하게 사는 것을 탄식했다.

　여름내 부지런히 김을 매서 추수를 한다. 물병에 물이 언 것을 보고 날씨가 추워짐을 안다. 모든 일이 순리대로 이루어진다면 좀 좋으련만, 뜻 높은 그들에게 지극한 다스림에 참여할 기회는 오지 않고, 불우를 곱씹으며 먼 곳을 떠도니 안쓰럽다는 얘기다.

　서화반립鋤禾盤粒, 부지런히 김을 매서 소반 위의 밥을 얻는다. 정직한 땀방울의 의미를 알겠다. 병동지한瓶凍知寒! 물병의 물이 언 것을 보고 날씨가 추워진 것을 안다. 연찬硏鑽의 몰두 속에서 계절이 바뀌는 줄도 몰랐다. 물을 마시려 물병을 기울이자 얼음이 서걱거려서 겨울이 온 줄을 비로소 알았다. 이렇게 올곧게 노력해도 세상의 득의는 만나기가 어렵다. 그렇다고 잔머리 굴리고 얕은꾀를 써서 수단만 부리려 들면, 성취에 가까울수록 파멸의 재앙이 그만큼 빨리 다가선다.

보과위교

아슬아슬 위태로운 다리를 건너는 인생길

步過危橋

인생길 걷기가 참 어렵다. 2014년 동계 올림픽 기간 내내 예기치 않게 발목을 잡아채는 돌발변수에 대한 생각이 참 많았다. 잘 달리던 선수가 다른 선수의 스케이트 날에 채어 함께 넘어지는가 하면, 멋지게 잘하고도 석연찮은 판정에서 희비가 엇갈렸다. 슬쩍 속임수로 승리를 따내기도 하고, 운 좋은 어부지리의 금메달도 있었다. 불운은 우리에게만 오는 것 같이 보였다.

그 한순간을 위해 몇 년간 흘린 피땀이 납득할 수 없는 이유로 물거품이 되었을 때 원망과 한숨이 어찌 없겠는가? 또다시 그 긴 고통의 시간 앞에 설 생각에 그때 가서 다시 이 같은 일이 일어나면 어쩌나 하는 마음까지 더해지면 원망은 공포를 수반한다. 판정을 번복할 수 없다면 결과를 어떻게 받아들이느냐는 결국 마음공부의 문제다.

예전 국립중앙도서관에서 펴낸 안정복安鼎福(1712~1791) 수택본手

澤本 해제집을 살펴보니 《과위교過危橋》란 제목의 책이 있다. 송대 철학자 장재張載와 주돈이周敦頤 등의 저술을 초록한 내용으로, 표제가 흥미를 끈다. 위태로운 다리를 지난다니, 무슨 뜻으로 책에 이런 제목을 붙였을까? 실은 글의 취지로 보아 마음 다스리기의 어려움이 출렁대는 아슬아슬한 다리를 건너는 것보다 더 위태롭다는 뜻으로 보인다.

윤현尹鉉(1514~1578)의 시에 〈위태로운 다리를 걸어서 지나다(步過危橋)〉란 작품이 있다.

백보 길이 위태론 다리 높이가 백척인데
기운 판이 흔들흔들 굽어보니 아찔하다.
말을 타고 건너려도 어찌해볼 길 없어
부축하게 하려 하나 오히려 할 수 없네.
어지런 눈 어쩔타가 눈앞이 캄캄하고
온몸이 덜덜 떨려 후회가 밀려온다.
지나고야 비로소 살아 있음 깨달으니
출렁대는 인간 세상 이것과 다름없네.

百步危橋高百尺　搖搖欹板俯難憑
將乘馬度旣無奈　欲倩人扶猶不能
亂眼昏花方黯黯　遍肌寒粟悔淩淩
過來始覺吾身在　灧澦人間果有徵

느닷없는 위기 앞에 오금이 떨리고 공포가 밀려온다. 나아갈 수도, 돌아가지도 못한다. 그래도 그 다리를 건너야 다음 목표를 향해 갈 수가 있다. 다친 마음들 보듬어 굳은 땅을 딛고 용기백배 일어서서 가야겠다.

북원적월

북으로 가려던 수레가 남쪽으로 가다

北轅適越

동서남북은 일정한 방위지만, 전후좌우는 일정함이 없다.

南北東西, 一定之位也, 前後左右, 無定之位也.

청나라 때 장조張潮가 《유몽영幽夢影》에서 한 말이다. 해는 동쪽에서 떠서 서쪽으로 진다. 북두칠성은 항상 북쪽 하늘에 뜬다. 사람들이 이것으로 방향을 가늠한다. 어디서나 그렇고 언제나 그렇다. 전후좌우는 좀 다르다. 내 앞은 마주 선 사람의 뒤이고, 내 왼편은 그의 오른편이다. 수시로 바뀐다. 문제는 이 둘을 착각할 때 생긴다.

다산은 귀양 가있던 벗, 김기서金基舒에게 보낸 편지에서 이렇게 말했다.

군자가 택선고집擇善固執함은 그 선택함이 본래 정밀하기 때문이

오. 만약 애초에 선택이 잘못되었는데도 굳게 지키는 것만 덕으로 여긴다면 북원적월北轅適越하지 않음이 없을 것이오.

택선고집은 좋은 것을 가려 굳게 지킨다는 뜻이다. 굳게 지키는 것은 자신의 선택에 확신이 있기 때문이다. 이게 잘못되면 지킬수록 헤매게 되고 마침내 영 딴 곳에 도착하게 된다. 북원적월은 북쪽으로 수레를 몰면서 정작 남쪽 월나라로 가려 하는 어리석음을 가리켜 하는 말이다.

정개청鄭介淸은 선조 임금에게 올린 상소문에서 이렇게 말했다.

전하께옵서 오늘날 하시는 바를 가지고 오늘날 하고자 하는 바를 구하려는 것은 참으로 이른바 북쪽으로 수레를 몰면서 남쪽 월나라로 가려는 격입니다. 결단코 뜻을 이룰 이치가 없으리이다.

若以今日之所爲, 求今日之所欲, 正所謂北轅適越, 決無可致之理.

동서남북과 전후좌우를 혼동했다는 지적이다. 플랫폼의 방향을 착각하면 서울을 가려다 부산에 가닿는 수가 있다. 뒤돌아보지 않고 달렸는데 목표에서 딱 그만큼 더 멀어진다. 열심히 하느냐가 중요하지 않고, 제대로 하느냐가 중요하다. 몸이 부서져라 일해도 되는 일이 없다고 탄식하지 말라. 지금 가는 방향이 바른지부터 점검하는 것이 먼저다. 기차를 잘못 탔으면 머뭇대며 고집을 부리지 말고 즉시 내려 갈아타야 한다.

세상이 워낙 빠르게 변하는지라 적응이 쉽지 않다. 마누라 빼고 다 바꾸라고 한다. 그런데 막상 바꿔야 할 것과 바뀌어서는 안 될 것을 자주 혼동하니 문제다. 바꿀 것은 바꾸고, 바꿔서 안 될 것은 지켜야 한다. 사람들은 반대로 한다. 바꿀 것은 안 바꾸고, 바꾸지 말아야 할 것만 바꾼다. 바꿨으니 좋은 결과가 나오겠지 하다가 엉뚱한 곳에 도착해서 고개를 갸웃댄다. 덩달아 남 따라 하지 말라. 제대로 똑바로 나름대로 해야 한다.

불무구전

다 이루고 모두 흥할 수는 없다

不務求全

명나라 서정직徐禎稷이《치언恥言》에서 한 말이다.

일은 온전하게 이루어지는 경우가 없고, 사물은 양쪽 모두 흥하
는 법이 없다. 그래서 하늘과 땅 사이의 일은 반드시 결함이 있게
마련이다. 현명한 사람은 결함이 있을 수 있는 일에서 온전함을 구
하기에 힘쓰지 않고, 결함이 있을 수 없는 일에서 덜어냄이 생길까
염려한다.

事無全遂, 物不兩興. 故天地之間, 必有缺陷. 夫明者, 不務求全其所可
缺者, 恐致損其所不可缺者.

세상일은 전수양흥全遂兩興, 즉 모두 이루고 다 흥하는 법이 없다.
살짝 아쉽고, 조금 부족해야 맞다. 불무구전不務求全, 온전함을 추구하

려 애쓸 것 없다. 다 쥐려다 있던 것마저 잃고 만다. 그가 다시 말한다.

처리하기 어려운 일을 처리해야 식견이 자랄 수 있고, 다루기 어려운 사람을 다뤄봐야 성품을 단련할 수가 있다. 배움이 그 가운데 있다.

處難處之事, 可以長識. 調難調之人, 可以煉性. 學在其中矣.

난처한 일을 겪어봐야 식견이 깊어지고, 예측하기 어려운 사람을 겪는 동안 마음공부가 단단해진다. 인생이 어찌 순풍에 돛 달고만 갈 수 있겠는가?

한번은 그가 초가을에 농부와 들판에 나갔다. 벼 이삭이 유난히 많이 달린 것을 보고 풍년이 들겠다고 하자, 농부가 말했다. "그렇지 않아요. 촘촘하게 심어 거름을 많이 주면 금세 자라지만 거둘 때 보면 쭉정이가 많고 알곡이 적지요." 또 논이 말라 갈라진 것을 보고 걱정하니, 농부는 "괜찮아요, 가을이 되면 바람이 매워집니다. 벼가 물을 너무 많이 먹으면 이들이들해서 보기에는 좋아도 물러져요. 수분을 적당히 뺏어줘야 야물어지죠".

농부의 대답을 들은 서정직이 한마디를 보탠다.

사물의 이치에는 곱셈과 나눗셈이 있고, 사람의 도리에는 덧셈과 뺄셈이 있다. 그래서 큰일을 이루려는 사람은 정화精華가 너무 일찍 새어나가는 것을 경계한다. 멀리 보는 안목을 지닌 사람은 편히 쉬는 시간이 너무 지나쳐서는 안 된다.

物之道其有乘除乎, 人之道其有補損乎. 故圖大成者, 精華戒其早泄,存遠慮者, 休養無宜太過.

거름을 너무 많이 주면 쭉정이가 많아진다. 수분이 조금 부족한 듯
해야 밑동이 튼튼해져서 알곡이 잘 야문다.

불수고방

법도를 뛰어넘어 법도를 지키다

不守古方

송나라 때 진법의 도형을 인쇄해서 변방의 장수에게 내려주었다. 왕덕용王德用이 간했다. "병법의 기미는 일정치가 않은데 진도陣圖는 일정합니다. 만약 옛 법식에 얽매여 지금의 군대를 쓴다면 일을 그르치는 자가 있게 될까 걱정입니다." 또 전을錢乙은 훌륭한 의사였는데, 옛 처방을 지키지 않았고〔不守古方〕 때때로 이를 뛰어넘어 무시하기까지 했다. 하지만 끝내는 법에 어긋나지 않았다.

청나라 때 원매는《수원시화隨園詩話》에서 두 예화를 통해 시문 짓는 법을 깨달을 수 있다고 썼다. 고식적으로 정해진 법식에만 집착하면 그것은 활법活法이 아닌 사법死法이 되고 만다.

유득공이 〈추실음서秋室吟序〉에서 한 말은 이렇다.

옛날의 의사는 질병에 한 가지 약초나 약재藥材를 투약하면 병이 잘 나았다. 본초本草가 날로 늘어나고 의학이 점점 발전하자, 어쩔 수 없이 맵고 단 것을 섞고 순하고 독한 것을 합하여, 군君과 신臣이 있고, 돕는 것과 부리는 것이 있게 되었다. 그런 뒤에야 훌륭한 약제藥劑로 여긴다. 한 가지 약초나 약재로 지금 사람의 병에 투약하여 스스로 옛 처방임을 뽐낸다면 바보가 아니면 망령된 사람이다.

古之醫者, 以一艸一石投病, 病良已. 本艸日增, 而醫學浸備, 則又不得不參辛甘合平毒, 有君有臣, 有佐有使. 然後方成其爲美劑. 此欲以一艸一石, 投今人之病, 而自詡古方, 非愚則妄.

약에 대한 내성이 달라지고 식생활 환경이 바뀌면 예전의 신통한 처방도 아무 효과가 없게 된다. 통변通變의 정신이 필요한 까닭이다.

정약용은 〈복암이기양묘지명茯菴李基讓墓誌銘〉에서 또 이렇게 말했다.

옛사람은 의학을 배울 때 본초를 위주로 해서, 이따금 직접 맛을 보아 그 성질과 맛, 기분 등을 시험해서 하나하나 분명하게 안 뒤에 조제하여 약을 지었다. 그래서 약을 잘못 쓰는 일이 없었다. 지금 사람은 만들어진 처방만 배우기 때문에 의술이 날로 못쓰게 되어간다.

古人學醫主本草, 種種嘗試, 其性味氣分, 各自了了然後, 乃劑爲藥. 故藥無誤用. 今人學之以成方, 則醫術日拙.

약재의 개별 성질을 파악한 뒤 원리를 적용하면 그 안의 변화가 무

궁하다. 약재의 성질은 모른 채 처방만 외우려 들면 발전이 없을 뿐
아니라 사람을 잡는 수가 있다. 같은 질병도 환자의 상황이 다 다르니
고식적으로 외워 적용할 수가 없다. 변화에 적절하게 응하려면 역시
기본기를 잘 닦는 것이 먼저다.

불여류적

잡은 적을 놓아주어 쓸모를 남겨둔다

不如留賊

천하를 통일한 뒤 한 고조는 일등 공신 한신을 권력에서 밀어내고 역모로 몰아 죽였다. 죽기 전 그가 한 말이 이렇다. "과연 그렇구나. 교활한 토끼가 죽고 나면 사냥개를 삶고, 새를 다 잡으면 활을 넣어 둔다더니, 적국을 깨뜨리고 나자 모신謀臣을 죽이는구나." 잡을 토끼가 모두 사라지면 사냥개는 삶아지는 신세를 면치 못한다. 일 없어진 사냥개가 주인을 물까 염려해서다.

당나라 말엽, 황소黃巢가 반란을 일으켰다. 초토사招討使 유거용劉巨容이 거짓으로 패한 체 달아나자 황소가 속아 추격했다. 매복을 두어 역습하니 황소가 대패하여 강동으로 달아났다. 여러 장수가 승세를 몰아 추격해서 이참에 궤멸시키자고 했다. 유거용이 제지했다. "조정에 어려운 일이 많고 사람에게 힘든 일이 있으면 관리에게 상 주는 것을 아끼지 않는다. 일이 끝나면 바로 잊고 마니, 적을 남겨둠만 못하

343

다(不如留賊)." 그는 한신의 교훈을 깊이 새겨두었던 것 같다. 하지만 곧이어 황소가 다시 세력을 크게 일으키는 바람에, 그 또한 죽음을 면치 못했다.

명나라 말, 이자성李自成이 반란을 꾀했다가 거상협車箱峽 협곡에 갇혀 궤멸 위기에 처했다. 이자성이 큰 뇌물로 거짓 항복을 청했다. 토벌 책임자 진기유陳奇瑜는 사태를 낙관하여 뇌물을 받고 짐짓 퇴로를 열어주었다. 이자성은 간신히 살아나와 약속을 저버리고 군사를 정돈한 뒤 파죽지세로 북경까지 쳐들어갔다. 진기유는 제 잘못을 남에게 뒤집어씌웠다가 결국 죄를 입어 탄핵당했다. 이 일로 명나라는 재기 불능 상태에 빠졌다. 숭정제崇禎帝는 결국 황궁 뒷산에 올라가 나무에 목매달아 자살했다.

다 잡은 적을 일부러 놓아주는 것은 쓸모를 과시하려는 마음 때문이다. 쓸모를 남겨야 자리를 지킬 수 있다. 하지만 놓아줄 때는 분명히 토끼 한 마리였는데, 어느새 범이 되어 사냥개를 물어죽이기도 한다. 토끼를 다 잡아 힘을 뽐낼 것인가? 상대를 남겨두어 내 값을 올릴 것인가? 자칫 다 잡았다간 삶아질 것이 두렵고, 남겨두어 값을 올리려니 뒤통수를 맞을까 걱정이다. 이 사이의 가늠이 또한 미묘하다.

불위선악

선의의 훈계가 앙갚음으로 되돌아오는 세상

不爲善惡

을사사화 때 임형수林亨秀(1514~1547)가 나주에서 사약을 받았다. 열 살이 못 된 아들에게 말했다. "글을 배우지 말거라." 아들이 울며 나가니 다시 불러 말했다. "글을 안 배우면 무식하게 되어 남의 업신여김을 받을 테니, 글은 배우되 과거는 보지 말라."《연려실기술燃藜室記述》에 나온다.

후한 때 범방范滂(137~169)은 만인의 존경을 한 몸에 받던 인물이었다. 영제 때 자청해서 형을 받으러 나가면서 아들에게 말했다. "네게 악을 행하라 권하고 싶구나. 하지만 악은 할 수가 없는 법. 그래서 네게 선을 권하려 한다만, 나는 악이나 행하지 않으련다." 씁쓸하다.

송나라 때 송첨宋詹도 유담劉湛을 섬기다가 당인黨人으로 몰려 잡혀가면서 아우에게 말했다. "악을 서로 권하려니 악은 할 수가 없고, 선을 서로 권하다 보니 오늘 이런 꼴을 보는구나." 다 맺힌 것이 있어서 한 말이다.

초나라 소왕昭王의 첩 조희趙姬가 시집가는 딸에게 당부했다. "조심해서 선은 행하지를 말아라. 공연히 남의 질시만 받게 된다." "악하게 행동할까요?" "선도 하지 말랬는데, 하물며 악을 해서야 되겠느냐?" 명나라 때 사조제謝肇淛의 《문해피사》에 나온다. 네 이야기에 모두 난세를 살아가는 슬픈 표정이 담겼다. 이들은 모두 심지가 굳었던 사람들인데도 그랬다.

옳고 그른 판단이야 누구나 한다. 하지만 세상길의 시비는 선악에 따르지 않고 뒤집어지는 경우가 더 많다. 착한 일을 하면 질시를 받고 모함을 받아 해를 입는다. 악한 일을 거리낌 없이 해야 권세를 잡고 지위가 높아진다. 배운 대로 해서는 손해만 본다. 어찌할까? 아예 배우지를 말거나, 선은 고개 돌려 외면하고 악이나 행하지 않고 사는 것이 험한 세상에서 그럭저럭 제 몸을 지키는 방법일지도 모른다.

버스 정류장에서 담배꽁초 버린다고 20대 청년을 훈계한 60대 할머니가 그가 때린 벽돌에 맞아 숨졌다. 자식 사랑에 눈먼 부모들은 이틀이 멀다 하고 학교로 달려가 선생을 폭행한다. 욕을 보지 않고 봉변을 면하려면 엔간한 일에는 못 본 척 눈감고 부아가 끓어도 눌러야 한다. 선의의 훈계가 앙갚음으로 되돌아오는 세상이다. 그렇지만 그런가?

불인미군

꽃으로 임금께 아첨할 수는 없다

不忍媚君

이시백은 이귀의 아들로, 젊어 가난할 때 땔감과 숯을 직접 내다 팔아 부모를 봉양했다. 인조반정에 성공한 후 세 부자가 나란히 정사공신 靖社功臣에 봉해졌다. 나이 차가 많은 아우 이시방 李時昉(1594~1660)은 나무 팔아 고생하던 시절을 모르고 자랐다. 그 이시방이 회갑을 맞았다. 이시백이 아우의 집에 가니 장막과 잔치 도구가 몹시 사치스러웠다. 여종조차 비단옷을 입고 있었다. 수십 가지 좋은 음식이 상에 가득 담겨 나왔다.

이시백이 벌떡 일어나 눈물을 흘리며 말했다. "아우는 부모님이 겪으신 가난을 모르겠지. 내가 종일 나무해서 내다 팔아 그것으로 겨우 먹고살았네. 부모님이 입으신 옷도 하도 꿰매 누더기에 가까웠지. 옛 시절을 생각한다면 어찌 이리할 수 있겠는가? 이런 사치는 내가 차마 볼 수가 없으이." 이시방이 따라 울고 잔치를 그 자리에서 파했다.

1646년 나라에서 이시백에게 집 한 채를 하사했다. 그 집 섬돌 곁에 금사낙양홍金絲洛陽紅이란 이름난 꽃이 있었다. 중국에서 온 것이라고들 했다. 하루는 어떤 사람이 일꾼들을 이끌고 왔다. 공이 연유를 묻자 명을 받들어 그 꽃을 대궐로 옮기려 한다는 것이었다. 이시백은 의복을 갖춰 입고 직접 뜨락으로 내려가 뿌리까지 파내더니 꺾어 부러뜨려버렸다. 그러고는 말했다. "지금의 나라 형세가 아침저녁을 보전하지 못할 지경인데 주상께서 어진 이를 구하지 아니하고 이 같은 꽃을 구하는 것이 웬 말인가? 내가 차마 꽃을 가지고 임금에게 아첨하여 나라 망하는 꼴을 보지 못하겠네(不忍媚君). 너는 이 뜻으로 가서 아뢰거라."《해동속소학》에 나온다.

같은 얘기가 《좌계부담左溪裒譚》에도 실려 있다. 꺾은 꽃이 왜철쭉이라 한 것이 다르고, "주상께서 와신상담臥薪嘗膽해야 할 때에 어느 겨를에 기화이초奇花異草를 기르신단 말이냐? 내가 중임을 맡고서 감히 잡초로 주상의 뜻에 영합할 수는 없다"며 꽃을 짓밟아버렸다고 적었다. 임금이 "내 잘못이다" 하고는 뉘우쳐 마지않았다는 말이 덧붙어 있다.

비극태래

꽉 막혀 답답하다 시원스레 통하다

否極泰來

1202년 이규보李奎報(1168~1241)가 개성 남쪽의 한갓진 동네로 이사를 했다. 깊숙이 들어앉은 마을은 맑고 깨끗해 산촌의 풍미가 있었다. 다만 동네 이름이 색동塞洞인 것만은 마음에 걸렸다. 색은 비색否塞, 즉 꽉 막혀 풀리지 않는 모양이다.

동네 이름과 달리 이규보는 이 마을에 이사 와 20년을 사는 동안 관운이 순조롭게 풀려 4품관의 지위에까지 올랐다. 벼슬아치들이 이웃에 이사 오면서 마을의 분위기도 일신했다. 이규보는 이웃의 권유로 동네 이름을 바꾸기로 마음먹었다. 그래서 이렇게 썼다.

대저 비否가 극도에 이르면 태泰가 되고, 색이 오래되면 통하게 된다. 이는 음양의 변치 않는 이치다. 동네가 장차 열리려 하니, 내가 그 이름을 새로 지어 하늘의 뜻에 보답하지 않을 수 없다. 그래서 천개동天開洞이라 이름 짓는다.

夫否極則泰, 塞久則通. 是陰陽常數. 洞之將啓也, 予不可以不新其名,
以答天意. 於是乃名之曰天開.

앞뒤로 꽉 막힌 색동이 하늘이 활짝 열어준 동네 천개동으로 바뀌
게 된 연유다. 이규보의 〈천개동기天開洞記〉에 나온다.

이규보의 말은 《주역》의 비괘否卦와 태괘泰卦에서 나왔다. 비괘는
임금을 상징하는 건乾이 위에서 누르고 신하를 뜻하는 곤坤이 아래에
놓여 "천지가 교접하지 못해 만물이 형통하지 못하며, 상하가 교접하
지 못해 천하에 나라가 없는(天地不交而萬物不通也, 上下不交而天下無邦
也)" 상태다. 내유외강內柔外剛, 즉 속은 물러 터졌으면서 겉만 멀쩡한
형상이다. 태괘는 이와 반대로 임금을 상징하는 건乾이 아래에 있고,
땅을 나타내는 곤坤이 위에 있는 괘상이다. 임금의 도가 바탕에서 시
행되고 신하의 도가 위로 전달되는 태평시대의 형상이다.

이 비괘와 태괘는 서로 맞물려 있다. 비극태래否極泰來! 천지의 기
운이 꽉 막혀 쇠퇴하는 비괘의 운세가 극에 달하면 만물이 형통하는
치세治世인 태괘의 시대가 온다. 새해에는 꽉 막힌 불통과 불신을 버
리고 태평의 기상이 누리에 가득하길 기원한다.

비대목소

수습의 여지는 남겨둔다

鼻大目小

　　우우翩翩라는 새는 머리가 무겁고 꽁지는 굽어 있다. 냇가에서 물을 마시려 고개를 숙이면 무게를 못 이겨 앞으로 고꾸라진다. 다른 놈이 뒤에서 그 꽁지를 물어주어야 물을 마신다.《한비자》〈설림說林〉하下에 나온다. 다음 말이 덧붙어 있다. "사람도 제힘으로 마시기 힘든 사람은 그 깃털을 물어줄 사람을 찾아야 한다〔人之所有飲不足者, 不可不索其羽也〕."

　　백락伯樂은 말 감별에 능했다. 척 보고 천리마를 알아보았다. 미워하는 자가 말에 대해 물으면 천리마 감별법을 가르쳐주었다. 아끼는 자에게는 노둔한 말을 구별하는 법을 일러주었다. 일생에 한두 번 만날까 말까 한 천리마 감별법은 알아봤자 써먹을 기회가 거의 없다. 노둔한 말은 날마다 거래되는지라 간단한 요령 몇 가지만 알아도 잠깐만에 큰돈을 벌 수가 있다. 한비자는 이야기 끝에 다시 이렇게 보탰다.

"말은 천하나 쓰임새가 높은 것은 헷갈린다[下言而上用者惑也]." 표현이 천근淺近해 보여도 알찬 말이니 새겨들으란 얘기다.

다시 이어지는 한 단락. 환혁桓赫은 조각을 잘했다. 그가 말했다.

새기고 깎는 방법은 코는 크게 하고 눈은 작게 해야 한다. 코가 크면 작게 할 수가 있지만 작게 해놓고 크게 만들 수는 없다. 눈이 작으면 키울 수 있지만, 크게 새긴 것을 작게 고칠 방법은 없다.

刻削之道, 鼻莫如大, 目莫如小. 鼻大可小, 小不可大也. 目小可大, 大不可小也.

일단 나무에 새기고 돌에 깎으면 다시 붙일 방법이 없다. 코는 애초에 조금 크게 해놓고 조금씩 깎아서 알맞게 고친다. 눈은 반대로 작은 듯이 파서 조금씩 키우는 것이 맞다. 코를 납작하게 깎아 시작하면 균형이 깨질 때 수정할 방도가 없다. 눈을 애초에 통방울로 새겨놓으면 줄이려 해도 도리가 없다. 그는 또 설명을 보탠다. "일처리도 마찬가지다. 나중에 돌이킬 수 있게 해야 실패하는 일이 적다[擧事亦然, 爲其後可復者也, 則事寡敗矣]."

단순명쾌한 것이 시원하다고 돌이킬 수 없는 지경으로 상황을 자꾸 내몰면, 물 한 모금 마시려다 머리 박고 고꾸라지는 수가 있다.

비서십원

꼭 그렇게 되었으면 하는 열 가지 소원

悲誓十願

이번에 소개하는 글은 《선을 권유하는 글》의 〈초연거사육법도〉 중 '비서십원悲誓十願'이다. 꼭 그렇게 되었으면 하고 다짐한 열 가지 바람이다.

첫째, "모든 사람이 편하고 즐거웠으면 좋겠다〔願一切人安樂〕". 나만 좋고 나만 잘 살면 무슨 재미인가? 다 같이 기쁘고 행복하기를 바란다.

둘째, "모든 사람이 고통에서 벗어났으면 한다〔願一切人離苦〕". 자잘한 근심과 큰 괴로움에서 벗어나 웃으며 함께 한세상을 건너갔으면 싶다.

셋째, "행하기 어려운 것을 능히 행할 수 있기를 원한다〔願難行能行〕". 진실을 위해 낸 용기가 짓밟히지 않는 세상을 꿈꾼다.

넷째, "버리기 어려운 것을 능히 버릴 수 있었으면 한다〔願難捨能捨〕". 아깝지만 버려야 할 것들을 잘 가려내는 지혜를 갖출 수 있기를 바란다.

다섯째, "참기 어려운 것을 능히 참아낼 수 있었으면 좋겠다(願難忍能忍)". 불의와 타협하거나 굴종하지 않고 내가 옳다고 믿는 가치에 헌신할 수 있기를…….

여섯째, "믿기 어려운 것을 능히 믿을 수 있기를 바란다(願難信能信)". 얄팍한 지식으로 지혜와 초월의 세계를 함부로 재단하지 않는 신중함을 갖추고 싶다.

일곱째, "증오와 집착을 없앨 수 있었으면 한다(願除憎愛)". 사랑이 넘쳐 증오가 된다. 증오는 집착을 부르고 나를 태운다. 사람 사이에 적당한 거리가 유지되었으면 좋겠다.

여덟째, "속임이 없기를 원한다(願無欺誑)". 속지 않으려 속이고, 속고 나서 속인다. 서로 속여 함께 지옥에 빠진다. 그 빗장을 풀자.

아홉째, "언제나 다른 사람의 뜻에 차는 사람이 되면 좋겠다(願常滿人意)". 사람들이 나를 생각할 때 미소가 떠오른다면 얼마나 좋을까?

열째, "늘 본분에 따라 살고 싶다(願常依本分)". 넘치는 것 바라지 않고, 내가 있어야 할 자리를 지키며 사는 삶이라야 하지 않을까?

한마디 덧붙인다. "이 열 가지 바람을 지킨다면 어진 행실이 반드시 이루어질 것이다(守此十願, 賢行必成)." 거창하고 대단한 꿈 말고, 소박하고 따뜻한 소망이 정신을 높이 들어올려 우리를 뜨겁게 한다.

비조시석

잠깐의 기쁨과 만고의 비방

非朝是夕

1813년 8월, 늦장마 속에 다산은 제자들에게 주는 당부의 글을 썼다. 사람들이 진일도인眞一道人을 찾아와 화복을 물었다. 그의 대답이 이랬다.

> 다만 일등의 자리에 있는 사람은
> 얼마 못 가 꺾이고 만다는 사실을 알아야 한다.
> 그것은 아침이 아니면 저녁일 것이니
> 굳이 애써서 점칠 것이 없다.
> 但道第一人　須知不久折
> 非朝卽是夕　蓍策何勞揲

말뜻은 이렇다. 비싼 돈 들여가며 점을 치고 무당을 불러 굿할 것

355

없다. 정답은 얼마 못 간다는 것뿐이다. 오래 머물 궁리를 버리고 내려
설 준비를 해라. 천년만년 누리려다 나락에 떨어져서는 세상을 저주
하고 사람을 원망하니 슬프고 딱하다.

다산은 또 이렇게 썼다.

즐거움은 비방의 빌미가 되고 괴로움은 기림의 근원이 된다. 관
유안管幼安은 책상의 무릎 닿은 곳에 구멍이 났고, 정이천程伊川은
진흙으로 빚은 것처럼 앉아서 공부했다. 이는 천하의 괴로운 공부
였으므로 천하 사람들이 이를 기린다. 진후주陳後主의 임춘루臨春
樓와 결기각結綺閣, 당명황唐明皇의 침향전沈香殿과 연창궁連昌宮은
천하의 즐거운 일이었기에 천하 사람들이 이를 헐뜯는다. 이후로
도 모든 일이 다 그러했다. 안연顏淵은 누추한 골목에서 표주박의
물과 대소쿠리의 밥을 먹으며 지냈고, 문천상文天祥은 시시柴市에
서 참혹하게 죽었으나 사람들은 모두 이를 기린다. 부자 석숭의 산
호 장식 및 비단 장막과 풍도馮道가 평생 재상으로 지냈던 것은 사
람들이 모두 헐뜯는다. 기림이란 나를 괴롭게 함을 통해 생겨나고,
헐뜯음은 나를 즐겁게 함으로 말미암아 생겨나는 것이다. 너희는
모름지기 깊이 명심하여 잠시도 잊어서는 안 된다.

樂者毀之酶, 苦者譽之根. 管幼安榻穿當膝, 程伊川坐如泥塑, 是天下
之苦功. 故天下譽之. 陳後主臨春結綺, 唐明皇沈香連昌, 是天下之樂事.
故天下毀之. 推是以往, 萬事悉然. 顏淵簞瓢陋巷, 天祥塗腦柴市, 人皆譽
之. 季倫珊瑚錦帳, 馮道都身相府, 人皆毀之. 譽由苦我生, 毀由樂我生.
汝等切須銘記, 跬步勿諼.

누구나 갖고 싶지만 가져서 부끄러운 것이 있다. 이제껏 누리고도 더 갖고 다 갖겠다고 쥐고 놓지 않으면 한때 나를 기쁘게 했던 것들로 인해 만고의 비방을 감내해야 한다.

사간의심

말은 간결해도 뜻은 깊어야

辭間意深

사복蛇福은 《삼국유사三國遺事》에 나오는 고승이다. 어머니가 돌아가시자 그는 원효를 찾아가 포살계布薩戒를 지으라고 요구한다. 원효가 시신 앞에 서서 빌었다.

    태어나지 말지니 죽는 것이 괴롭나니,
    죽지 말 것을 태어남이 괴롭거늘.
    莫生兮其死也苦　莫死兮其生也苦

사복이 일갈했다. "말이 너무 많다." 원효가 다시 짧게 고쳤다.

    죽고 남이 괴롭구나.
    死生苦兮

처음엔 14자였는데, 4자만 남겨 할 말을 다 했다.

다음은 《논어》 〈위령공 衛靈公〉의 한 구절이다.

악사 사면 師冕이 공자를 뵈러 왔다. 계단에 이르자 공자께서 "계단입니다" 하시고, 자리에 이르자 공자께서 "자리입니다" 하셨다. 모두 앉자 공자께서 일러주셨다. "아무개는 여기 있고, 아무개는 여기 있습니다."

師冕見, 及階. 子曰:"階也." 及席, 子曰:"席也." 皆坐, 子告之曰: "某在斯, 某在斯."

옛날 궁정의 악사는 장님이었다. 앞이 안 보이는 그가 찾아오자 공자께서 친히 나가 맞이하는 장면이다. 원문으로 27자밖에 안 되는 짧은 글인데, 시각장애인을 배려하는 공자의 자상함과 그 자리의 광경이 눈에 선하다.

홍석주는 《학강산필》에서 그 문장의 간결하고 근엄함에 대해 감탄했다. 그는 먼저 '모두 앉았다'고 한 표현에 주목했다. 공자와 다른 사람들이 앉아 얘기하는 중에 사면이 온 것이다. 이미 앉아 있던 사람들을 '모두 앉았다'고 한 것에서 다들 일어선 것을 알 수 있다. 고작 악사하나가 왔는데 왜 일어났을까? 스승인 공자께서 일어나시는 바람에 다른 사람들이 일어나지 않을 수 없었던 것이다. 공자께서 일어나신 것은 어찌 아는가? 공자께서는 관복 입은 사람과 맹인을 보면 나이가 아무리 어려도 반드시 일어나셨다는 다른 기록이 남아 있다. 이 장면을 우리더러 쓰라고 했다면 서사가 몇 배는 길어졌을 것이다.

당나라의 문장가 한유가 말한 글쓰기의 비법은 이러하다.

풍부하나 한 마디도 남기지 않고

간략하되 한 글자도 빠뜨리지 않는다.

豊而不餘一言　約而不失一辭

　한 글자만 보태거나 빼도 와르르 무너지는 그런 맵짠 글을 쓰라는
말씀이다. '사간의심辭簡意深', 말은 간결해도 담긴 뜻이 깊어야 좋은
글이다. 말의 값어치가 땅에 떨어진 세상이다. 다변多辯과 밀어蜜語가
난무해도 믿을 말이 없다. 사복이 원효에게 던진 '말이 많다'는 일갈이
자주 생각난다.

사기만지

'남이 알까 봐'와 '남들이 모를까 봐'

死氣滿紙

청나라 때 시학은 당대 고증학의 영향을 받았다. 구절마다 전거典據가 있어 풀이를 달아야만 그 구절을 이해할 수 있었다. 시에서 정서는 사라지고 책을 그대로 베끼는 것이 시 짓기에서 중요한 요소가 되었다. 원매가 이 같은 풍조를 혐오해 이렇게 썼다.

근래 시 짓는 사람을 보니 온통 지게미에만 기대어 잗달고 성글기 짝이 없다. 마치 머리 깎은 승려의 돋은 터럭이나 솔기 터진 버선의 실밥처럼 구절마다 주석을 달았다.

近見作詩者, 全杖糟粕, 瑣碎零星, 如剃僧髮, 如圻襪線, 句句加註.

제 말은 하나도 없고 남의 말을 이리저리 얽어, 그것도 풀이를 주렁주렁 달아야만 겨우 이해가 되는 내용을 시라고 쓰고 있으니 시 짓기를 마치 무슨 학문하듯 한다고 했다.《수원시화》에 나온다.

〈답이소학서答李少鶴書〉에서는 또 이렇게 썼다.

근래 시학이 무너진 것은 주석과 풀이로 고상함을 뽐내고 수사
를 동원해 해박함을 자랑하는 것이 문제다. 자질구레한 것을 주워
모아 죽은 기운이 종이에 가득하니, 한 구절 일곱 글자에도 반드시
작은 주석이 십여 줄이나 된다.

近來詩敎之壞, 莫甚於以注疏誇高, 以塡砌矜博. 捃摭瑣碎, 死氣滿紙,
一句七字, 必小注十餘行.

〈여양난파명부與楊蘭坡明府〉에서는 "대개 옛사람은 전거를 사용할
때 오직 남이 알까 염려했는데, 지금 사람은 전거를 쓰면서 다만 남이
알지 못할까 봐 걱정한다〔大抵古人用典, 惟恐人知. 今人用典, 惟恐人不知〕"고
도 썼다.

반대로 옹방강翁方綱(1733~1818)은 시에서 고증의 한계를 극복하
여, 시인과 학인學人이 하나가 되어야 한다는 '이학위시以學爲詩'의 주
장을 펼쳐 원매와 정면에서 대립했다. 그의 영향을 받은 김정희와 자
하紫霞 신위申緯(1769~1845) 등의 시에는 주석이 으레 주렁주렁 달렸
다. 승려 초의는 《동다송東茶頌》 한 수에 무려 31개의 각주를 달았다.
수십 권의 다른 출처에서 뽑은 인용문으로 자신의 식견을 뽐냈다. 막
상 그가 인용한 글은 명나라 왕상진이 엮은 《군방보郡芳譜》 중 〈다
보茶譜〉에 수록된 내용의 범위를 크게 벗어나지 않았다. 제 말은 거의
없었던 셈이다.

원매가 또 말했다. "전거를 쓰는 것은 마치 물속에 소금이 녹은 것

같이 하여 다만 짠맛으로 알 뿐 소금의 모양은 보이지 않아야 한다〔用典如水中著鹽, 但知鹽味, 不見鹽質〕." 제 소리, 제 말을 하자는 말씀!

사대사병

몸에 생기는 네 종류의 질병

四大四病

경흥憬興은 신라 신문왕 때 국사國師였다. 경주 삼랑사三郎寺에 머물렀다. 병을 오래 앓았는데 잘 낫지 않았다. 한 비구니가 찾아와 뵙기를 청했다. 자리에 누운 경흥에게 그녀가 말했다.

스님께서 큰 법을 깨달았다고는 하나, 사대四大를 합쳐 몸이 된 것이니 어찌 병이 없겠습니까? 병에는 네 종류가 있는데 지수화풍地水火風의 사대에서 생겨납니다. 첫째는 신병身病입니다. 풍황담열風黃痰熱, 즉 풍이나 황달, 담과 열이 나는 것입니다. 둘째는 심병心病으로 전광혼란顚狂昏亂, 즉 미치거나 정신이 혼란스러워지는 것이지요. 셋째는 객병客病입니다. 칼이나 몽둥이에 다치는 것이니, 동작으로 과로하여 생깁니다. 넷째는 구유병俱有病으로, 기갈한서飢渴寒暑와 고락우희苦樂憂喜가 그것이지요. 그 나머지는 서로 맞물려 어느 하나가 조화를 잃으면 온갖 병이 한꺼번에 일어납니다. 지금 스님의 병은 약으로는 치료할 수가 없고, 재미나고 우스운 일을 구경해야만 나을 것입니다.

師雖悟大法, 合四大爲身, 豈能無病? 病有四種, 從四大生. 一曰身病, 風黃痰熱爲主, 二曰心病, 顚狂昏亂爲主. 三曰客病, 刀杖斫傷, 動作過勞爲主. 四曰俱有病, 飢渴寒暑, 苦樂憂喜爲主. 其餘品類, 展轉相因, 一大不調, 百病俱起. 今師之病, 非藥石所療, 若觀戲謔事則理矣.

그러더니 11가지 탈을 번갈아 쓰며 희한한 춤을 췄다. 그 우스꽝스러운 광경에 경흥을 포함해 다들 턱이 빠져라 웃는 사이 병이 거짓말처럼 나았다. 경흥이 따라가 보게 하니, 그녀는 삼랑사 남쪽의 남화사南花寺 불전으로 들어가고는 홀연 사라졌다. 그녀가 짚었던 대지팡이가 절의 11면 관음상 앞에 얌전히 놓여 있었다.《해동고승전海東高僧傳》에 나온다.

'사대'란 불교에서 만물을 구성하는 네 가지 원소로 꼽는 지수화풍을 가리킨다. 이중 어느 하나에 문제가 발생하면 신병, 심병, 객병, 구유병의 '사병四病'이 생긴다. 신체가 조화를 잃어 신병이 들고, 마음이 균형을 놓치면 심병이 된다. 몸 밖의 물건에 다쳐서 객병이 되고, 모든 것이 뒤섞여 복합적으로 작용할 때 구유병이 온다.

도를 깨달은 경흥국사 같은 큰스님도 육신의 질병만은 어쩌지 못했다. 이를 딱히 본 관음보살이 비구니로 변신해 11면 탈춤으로 묵은 병을 말끔히 낫게 해주었다.

중생이 다 아프다. 정신없이 웃다 보면 병이 낫는 해원解冤의 탈춤을 어디서 다시 만나볼까?

사벌등안

언덕을 오르려면 뗏목을 버려라
捨筏登岸

시골 아전의 자식이었던 황상은 만년에 서울로 올라와 시로 추사 형제와 권돈인, 정학연 형제 등 당대 쟁쟁한 문사들의 높은 인정을 받았다. 그들이 차례로 세상을 뜨자 그는 막막해진 심경을 벗에게 보낸 편지에서 이렇게 적었다.

종유했던 여러 분이 차례로 세상을 뜨매, 비유컨대 다락에 올라 갔는데 사다리가 치워지고(登樓而梯去), 산에 들어가자 다리가 끊어진 격(入山而橋斷)이라 하겠습니다. 저 많은 물과 산에 지팡이와 신발을 어디로 향해야 하리까.

從遊諸公次第千古, 譬夫登樓而梯去, 入山而橋斷. 千水萬山, 筇屐從何.

다락에 올라간 사람은 그 사다리로 다시 내려와야 하고, 산에 든 사람은 다리를 되건너야 속세로 돌아올 수가 있다. 하지만 진리를 향한 걸음에는 다시 내려오는 길이 없다. "지붕에 올라간 다음에는 누가 쫓아오지 못하게 사다리를 치워야 한다. 유용한 진리는 언젠가는 버려야 할 연장과 같다." 이것은 움베르토 에코Umberto Eco가 한 말이다.

불가에서는 '사벌등안捨筏登岸'을 말한다. 언덕을 오르려면 뗏목을 버려라. 장자莊子는 '득어망전得魚忘筌'이라고 썼다. 고기를 얻었거든 통발은 잊어라. 사다리가 없이는 언덕에 못 오르고, 통발을 써야만 고기를 잡는다. 언덕에 오른 뒤에 사다리를 끌고 다닐 수는 없다. 통발은 고기를 잡을 때나 필요하지 먹을 때는 쓸모가 없다. 뜻을 얻었거든 말을 잊어라(得意忘言).

다음은 함석헌 선생이 〈열두 바구니〉란 글에서 한 말이다.

골리앗을 때려 넘겼기로서 조약돌을 비단에 싸서 제단에 둘 거야 없지 않은가? 위대한 것은 다윗이지 돌이 아니다. 그것쯤은 다 알면서 또 다윗은 하나님의 손이 역사의 냇가에서 되는 대로 주워 든 한 개 조약돌임을 왜 모르나. 세상에 조약돌 섬기는 자 어찌 그리 많은고! 골리앗 죽었거든 돌을 집어 내던져라! 다음 싸움은 그것으론 못 한다.

세상이 어지럽다 보니 산꼭대기까지 사다리 들고 가겠다는 사람이 많다. 도구일 뿐인 언어에 집착해 본질을 자꾸 망각한다. 아파 우는 자식을 마귀 들렸다고 매질해서 셋씩이나 굶겨 죽인 사이비 목사 부부의 사건에서 한 극단을 본다. 제 눈에 들린 마귀가 헛마귀를 지어낸

참극이다. 보라는 달빛은 안 보고 손가락끝만 바라보는 광신의 광기가 잊을 만하면 되풀이된다. 사다리는 치워졌다. 통발을 던져라. 다윗의 조약돌은 잊어라. 손가락에서 눈을 거두고 저 환한 달빛을 보라.

사상념려

생각 관리가 경쟁력이다

思想念慮

사람은 생각 관리를 잘해야 한다. 생각에도 종류가 참 많다. 념念은 머리에 들어와 박혀 떠나지 않는 생각이다. 잡념雜念이니 염원念願이니 하는 말에 그런 뜻이 담겼다. 상想은 이미지(相)로 떠오른 생각이다. 연상聯想이니 상상想像이니 하는 말에서 알 수 있다. 사思는 곰곰이 따져하는 생각이다. 사유思惟나 사색思索이 그 말이다. 려慮는 호랑이가 올라탄 듯 짓누르는 생각이다. 우려憂慮와 염려念慮가 그것이다. 생각은 종류에 따라 성질이 다르므로 어휘에서도 뒤섞이지 않는다. 사려思慮는 깊어야 하나 염려念慮나 상념想念은 깊으면 못쓴다. 사상思想은 따져서 한 생각이 어떤 꼴을 갖게 된 것이다. 곰곰 생각이 머리를 떠나지 않을 때는 사념思念이라 한다.

사람의 경쟁력은 생각 관리의 능력에서 나온다. 불교의 가르침은 무념무상無念無想이 목표다. 마음 위에 얼룩진 상념을 깨끗이 닦아내야 참나(眞我)의 실체와 만난다. 깨달음은 텅 빈 마음이 세계와 만나 이루는 작용이다. 기독교에서는 묵상黙想과 명상瞑想을 권한다. 조용히 생각하고, 눈 감고 생각하는 것이 아니라, 생각을 침묵시키고 잠재우자는 것이다. 그래야 지혜와 명철이 생겨난다. "자네는 도무지 생각이 없군!"이라고 할 때 생각은 사려 쪽이지 상념 쪽은 아니다. 상념이 너무 많으면 꿈자리가 늘 어지럽다. 요컨대 좋은 생각을 키우고 쓸데없는 생각을 몰아내는 것이 공부의 관건이다.

사람의 눈은 종일 바깥 사물을 보므로 마음도 덩달아 밖으로 내달린다. 사람의 마음은 종일 바깥일과 접하므로 눈도 따라서 바깥을 내다본다. 눈을 감으면 자신의 눈이 보이고, 마음을 거두면 자신의 마음이 보인다. 마음과 눈이 모두 내 몸에서 떠나지 않고 내 정신을 손상치 않음을 일러 '존상存想'이라고 한다.

凡人之目, 終日視外事, 故心亦逐外走. 凡人之心, 終日接他事, 故目亦逐外瞻. 閉目卽見自己之目, 收心卽見自己之心. 心與目, 皆不離我身, 不傷我神. 謂之存想.

청나라 사람 진성서陳星瑞가 《집고우록集古偶錄》에서 한 말이다. 눈을 감으면 상념이 떠올라 사념이 끝이 없다. 존상存想은 떠다니는 생각이 함부로 날뛰지 못하게 잘 붙들어 두는 것이다. 생각이 미쳐 날뛰면 마음이 못 견딘다. 마음이 생각에 부림을 당하면 얼빠지고 넋 나간 얼간이가 된다. 놀러나가기 쉬운 마음을 잘 간수하는 것을 유가에서는 구방심救放心 공부라 했다.

사소팔다

줄일 것을 줄이고 늘릴 것은 늘려야

四少八多

줄여야 할 것을 줄이고, 늘려야 할 것을 늘리는 것이 양생의 기본이다. 반대로 하면 망한다. 먼저 네 가지 줄여야 할 것의 목록.

　　배 속에는 밥이 적고
　　입속에는 말이 적다.
　　마음속에는 일이 적고
　　밤중에는 잠이 적다.
　　이 네 가지 적음에 기댄다면
　　신선이 될 수가 있다.
　　肚中食少　口中言少
　　心頭事少　夜間睡少
　　依此四少　神仙可了

사람들은 반대로 한다. 배가 터지게 먹고, 쉴 새 없이 떠든다. 온갖 궁리가 머릿속을 떠나지 않고, 잠만 쿨쿨 잔다. 쓸데없는 생각이 많고 이런저런 궁리에 머리가 맑지 않다. 실컷 잠을 자고 일어나도 몸이 늘 찌뿌둥하다. 그러는 사이에 몸속엔 나쁜 찌꺼기가 쌓이고, 맑은 기운은 금세 흩어진다. 밥은 조금 부족한 듯 먹고, 입을 여는 대신 귀를 열어라. 생각은 단순하게, 잠은 조금 부족한 듯 잔다. 정신이 늘 깨어 있어야 마음이 활발해진다. 음식 섭취를 줄여야 속이 가뜬하고 몸도 개운하다. 《수진신록修眞神祿》에 나온다. 이번에는 늘려야 할 것의 항목이다.

앉아 있는 것이 다니는 것보다 많고
침묵이 말하는 것보다 많아야 한다.
질박함이 꾸미는 것보다 많고
은혜가 위엄보다 많아야 한다.
양보가 다툼보다 많고
개결함이 들뜸보다 많아야 한다.
문을 닫고 있는 것이 문밖에 나가는 것보다 많으며
기뻐함이 성냄보다 많아야 한다.
이 같은 것을 늘상 늘리려 애쓰면
복을 얻음이 절로 한없게 되리라.
坐多於行　默多於語
質多於文　恩多於威
讓多於爭　介多於泛
閉門多於出戶　懽喜多於嗔怒

如此常貪多　獲福自無量

두 글 모두 《복수전서》에 나온다.

엉덩이를 딱 붙이고 앉아 있어야 진기眞氣가 쌓인다. 입을 다물면 기운이 흩어지지 않는다. 화려하게 꾸미는 것은 질박함만 못하다. 따뜻이 베푸는 은혜가 무게를 잡는 위엄보다 낫다. 당장 손해로 보여도 양보가 더 많은 것을 가져다준다. 설렁설렁 덜렁대는 것은 개결하고 야무진 단속을 당할 수 없다. 문을 닫아걸고 자신과 마주하는 시간을 많이 갖는 것이 좋다. 안을 비우고 밖을 덜어낸다. 안으로 향하는 시간을 늘리면 밖으로 나돌던 정신이 수습된다. 사람이 차분해지고 내면이 충실해진다.

사지삼혹

몸가짐의 바른 태도

四知三惑

한나라 때 양진楊震(54?~124)이 동래태수로 부임하는 길에 창읍昌
邑 현령 왕밀王密을 만났다. 그는 예전 양진의 추천을 받아 벼슬을 시
작했으므로 은혜로 여겨 밤중에 찾아와 황금 10근을 바쳤다. "나는
그대를 알아보았는데, 그대는 어째서 나를 모르는가?" 왕밀이 말했다.
"어두운 밤이라 아무도 모릅니다." 양진이 대답했다. "하늘이 알고 귀
신이 알고 내가 알고 자네가 아네(四知). 어찌 아는 사람이 없다 하는
가?" 왕밀이 부끄러워하며 나갔다.

양진은 청렴해서 자식들이 거친 음식을 먹고 외출할 때도 걸어 다
녔다. 벗들이 먹고살 도리를 하라고 하면 고개를 저으며 말했다. "후
세에 청백리의 자손으로 일컬어지게 하려네. 이것만 남겨줘도 충분하
지 않겠는가?"

그의 둘째 아들 양병楊秉(92~165)은 아버지를 이어 환제 때 태위

벼슬에 올랐다. 정치가 잘못되면 그는 늘 성의를 다해 임금에게 간언했다. 양병은 술을 입에 대지 않았고, 젊어서 아내가 세상을 뜨자 다시 장가들지 않았다. 아버지를 이어 그 또한 청렴으로 사람들의 기림을 받았다. 그가 말했다. "나는 술과 여색, 재물 이 세 가지에 흔들리지 않았다." 잘나가다가도 늘 삼혹三惑에 발이 걸려 넘어진다. 군자가 사소한 것조차 삼가지 않을 수 없는 까닭이다. 《몽구蒙求》에 보인다.

남송의 진덕수眞德秀가 말했다.

사군자의 처세에서 십분 청렴함은 하나의 작은 선에 지나지 않는다. 사소한 탐욕으로 더럽혀지면 평생의 큰 죄악이다.

士君子處世, 十分廉潔, 不過一端小善. 一點貪汚, 是乃終身大惡.

이 말을 받아 이기는 《간웅우묵》에서 이렇게 적었다.

청렴이란 작은 선일뿐이어서 군자에게 있어 일컬을 만한 것이 못된다. 하지만 청렴이 무너지면 비록 다른 훌륭한 점이 있더라도 미녀 서시西施가 오물을 뒤집어쓴 것 같아 코를 막지 않을 사람이 드물다. 어두운 밤이라고 말하면 안 되니 사지四知를 속이기 어렵다.

廉之一節, 特小善而已. 在君子固不足稱也. 然廉節或虧, 則雖有他美, 有如西施而蒙不潔之物, 人之不掩鼻者寡矣. 莫謂暮夜, 四知難欺.

사이가 좋고 서로 배짱이 맞을 때야 뇌물을 받아도 뒤탈이 없겠지만, 잠깐 만에 관계가 틀어지면 아무도 보지 못한 데서 동티가 난다. 그때 가서 증거를 대라고 우겨도 이미 이름은 더럽혀진 뒤다.

사후칭미

죽여놓고 칭찬하는 세상

死後稱美

윤봉구尹鳳九(1683~1768)가 〈충현서원忠賢書院〉이라는 시에서 공주의 충현서원에 배향된 중봉重峯 조헌趙憲(1544~1592)의 절의를 이렇게 기렸다.

중봉은 아득히 드높으시니
배운 바가 바르고 곧았었다네.
사문斯文의 시비가 크게 일 적에
조금도 굽히는 법이 없었지.
강개하여 시절 근심 얘기했지만
요망한 말이라며 배척받았네.
의리로 똘똘 뭉친 칠백의 의사義士
세운 자취 마침내 우뚝하였지.

참으로 호피虎皮의 시와 같으니
죽은 뒤에 그제야 혀를 차누나.

重峯律律高　所學元正直
斯文大是非　一毫無屈曲
憂時慷慨說　反被妖言斥
義結七百人　樹立終卓卓
眞同虎皮詩　死後方嘖嘖

호피의 시란 조식의 〈우음偶吟〉을 가리킨다. 그 시는 이렇다.

사람들 바른 선비 아끼는 것이
범 가죽 좋아함과 비슷하구나.
살았을 젠 못 죽여 안달하다가
죽은 뒤에 비로소 칭찬을 하네.

人之愛正士　好虎皮相似
生前欲殺之　死後方稱美

　살아 바른말할 때는 못 잡아먹어 난리더니, 죽은 뒤에 그제야 그는
참으로 훌륭한 선비였구나 한다는 것이다. 윤봉구는 중봉이 진작에
〈만언소萬言疏〉를 올려 폐정弊政의 개혁과 왜적의 방비를 그토록 간했
건만 요망한 말로 임금의 뜻을 어지럽히고 민심을 교란시킨다는 모함
만 받았던 일과, 그럼에도 임진왜란 때 그가 분연히 일어나 왜적을 맞
아 싸우다 700명의 의사와 함께 장렬히 전사한 충용을 기리며 조식의
이 시를 거론했다.

이형상李衡祥(1653~1733)도 〈영양우거서 永陽寓居序〉에서 같은 취지로 은거의 변을 남긴 것이 있다.

세상길은 양의 내장 같고 공명은 개미굴 같다. 호피를 좋아하는 것과 비슷하니, 살아서는 죽이려 들다가 죽어서야 칭찬을 한다.
世路羊腸, 功名蟻穴, 好虎皮相似, 生欲殺而死方稱.

다음은 《학산당인보》의 말이다.

남의 선함을 들으면 의심부터 하고 남의 악함을 들으면 덮어놓고 믿는다. 이는 마음속에 가득한 살기이다.
聞人善則疑, 聞人惡則信, 此滿腔殺機也.

'그럴 리가 있나'와 '그러면 그렇지' 사이에서 얼마나 많은 호랑이의 가죽이 벗겨졌던가?

산사일등

산사의 푸른 등불

山寺一燈

퇴계 선생이 비봉산飛峰山 월란암月瀾菴의 승려 응관應寬에게 써준 시다.

소년 시절 산사의 즐거움 가장 아끼느니
푸른 창 깊은 곳에 등불 하나 밝았었지.
평생의 허다한 그 모든 사업들이
이 한 등불 아래에서 발원하여 나왔다네.

最愛少年山寺樂　碧窓深處一燈明
平生許多事業盡　自此一燈下發源

삼동三冬의 산사에 푸른 등불 하나가 켜져 있고 창밖에는 계곡에서 몰려오는 바람 소리뿐이다. 이따금 제 무게를 못 견딘 고드름이 툭 소

리를 내며 처마 밑으로 떨어진다. 소년은 눈 내리는 소리를 들으며 꼿
꼿이 등을 곧추세워 낭랑한 소리로 경전을 읽고 또 읽었다. 이렇게 산
사에서 삼동 공부를 마치고 내려오면 여드름투성이 소년의 가슴속에
뜨겁고 듬직한 생각들이 하나씩 자리를 잡고 있곤 했다.

집을 떠나 산사에서 한겨울을 나는 공부는 일종의 집중학습이었
다. 퇴계는 자식을 훈계하는 편지에서도 산사 독서의 중요성을 다음
과 같이 강조했다.

집에 있으면 늘어져서 공부를 더욱 폐하게 된다. 뜻이 독실한 벗
과 함께 빨리 책 상자를 지고 절로 올라가 부지런히 애써 독서하거
라. 지금 부지런히 공부하지 않으면 세월은 쏜살같이 지나가고, 한
번 가면 뒤쫓기가 어려운 법이니라.

在家悠悠, 尤爲廢學. 須速與篤志之友, 負上寺, 勤苦讀書. 今不勤做,
隙駟光陰, 一去難追.

권두경 權斗經(1654~1725)도 승방僧房으로 공부하러 들어가는 자
질子姪들에게 이 뜻으로 시 두 수를 써주었다.

소년 시절 산사에 등불 하나 깊었으니
도산 노인 면학하던 그 마음을 기억하라.
이룸 없이 나는 늙어 늦은 후회뿐이라
헛되이 좋은 시절 푸른 살쩍 내던졌네.

少年山寺一燈深 記取陶翁勉學心
老我無成空晚悔 虛抛靑鬢好光陰

승방에 나란한 책상 골짝은 깊었으니
책 속의 공부 일정 맘 다잡기 딱 좋아라.
늙마의 책 읽기는 새는 그릇 한가지라
청춘 시절 진중하게 시간을 아껴 쓰라.

僧房聯榻洞天深　卷裏工程好攝心

遲暮看書如漏器　靑春珍重惜分陰

청춘의 공부는 보석같이 빛난다. 눈빛은 맑고 머리는 얼음같이 찬데 가슴은 뜨겁다. 이제 곧 수능이다. 그간 갈고닦은 공부가 반짝반짝 빛나기를.

산산가애

쟁글쟁글 울리는 인생의 소리

珊珊可愛

'산산珊珊'은 형용사다. 원래는 사람이 허리에 패옥을 차고 걸을 때 가볍게 부딪쳐 나는 소리를 말한다. 사뿐사뿐 부드럽고 아름다운 모습을 형용하는 표현으로도 자주 쓴다. 당나라 원진元稹은 〈비파가琵琶歌〉에서 이렇게 노래했다.

한 연주 막 끝나고 또 한 차례 연주하니
고요한 밤 구슬주렴 바람에 쟁글쟁글.
一彈既罷又一彈　珠幢夜靜風珊珊

미인이 주렴 안쪽에서 비파를 연주한다. 그녀가 뜯는 비파의 울림이 고요한 밤중에 구슬주렴을 진동시켜 가볍고 은은한 소리를 낸다는 뜻이다.

송나라 시인 신기질 辛棄疾(1140~1207)의 〈임강선 臨江仙〉도 있다.

남쪽 연못 밤비가 새 기와를 울리니
삼경이라 소낙비 쟁글쟁글 들리네.

夜雨南塘新瓦響　三更急雨珊珊

새로 얹은 기왓장을 빗방울이 때리고, 그것이 튕겨 오르면서 내는
해맑고 여린 공명음을 '산산'으로 포착했다.

명나라 귀유광 歸有光의 대표작 〈항척헌지 項脊軒志〉는 애잔한 글이
다. 항척헌은 고향집의 서실 이름이다. 한 사람이 겨우 거처할 만한 공
간인데, 100년이나 묵어 비만 오면 천장에서 빗물이 새고 진흙이 떨
어졌다. 북향으로 해를 받지 못해, 오후면 이미 어두워지는 그런 방이
었다.

이 방을 물려받은 그는 수리부터 했다. 지붕을 새로 이어 비가 새
지 않게 하고, 창을 네 개나 두어 환하게 했다. 뜨락엔 꽃나무를 심고
난간을 둘러 눈을 기쁘게 했다. 책을 시렁 가득 꽂아두고, 누워 휘파람
불다가 고요히 앉아 책을 읽었다. 온갖 자연의 소리가 들려왔다. 정원
은 적막해서 작은 새가 이따금 와서 모이를 쪼고 갔다.

나는 특히 이 대목이 좋다.

보름밤 밝은 달이 담장에 반쯤 걸리면 계수나무 그림자가 어른
댄다. 바람이 흔들어 그림자가 움직이면 쟁글쟁글 그 소리가 사랑
스러웠다.

三五之夜, 明月半墙, 桂影斑駁, 風移影動, 珊珊可愛.

귀유광이 이곳을 특별히 아낀 것은 어머니와 일찍 세상을 뜬 아내와의 추억이 깃들어서다. 〈항척헌지〉는 이렇게 끝난다. "마당에는 비파나무가 있는데, 내 아내가 세상을 뜬 해에 손수 심은 것이다. 지금은 이미 높이 자라 일산日傘만 하다." 마음이 애틋해진다.

산인오조

산사람이 갖춰야 할 다섯 조목
山人五條

1538년 소주苏州 사람 황면지黃勉之는 과거시험을 보려고 상경하던 중이었다. 길에서 《서호유람지西湖遊覽志》를 지은 전여성田汝成과 만나 화제가 서호西湖의 아름다운 풍광에 미쳤다. 황홀해진 그는 시험도 잊고 그길로 서호로 달려가 여러 달을 구경하고서야 그쳤다. 전여성이 감탄하여 말했다. "그대는 진실로 산사람(山人)이오." 그러고는 산사람이 갖춰야 할 다섯 가지 조목을 다음과 같이 나열했다.

첫째는 산흥山興이다. 산사나이는 "산수에만 탐닉하여 공명功名을 돌아보지 않는다(癖耽山水, 不顧功名)". 산에 미쳐 산에만 가면 없던 기운이 펄펄 난다.

둘째는 산족山足이다. "깡마른 골격에 가벼운 몸으로 위태로운 곳을 오르고 험지를 건너간다. 번거롭게 지팡이와 채찍을 쓰지 않고도 오르내리는 것이 마치 나는 것 같다(瘦骨輕軀, 乘危涉險. 不煩筇策, 上下如飛)."

산을 타는 기본 체력을 갖췄다.

셋째는 산복山腹이다. "맑은 풍광을 목격하면 문득 취한 듯 배가 불러, 밥은 하루에 한 끼면 그만이고 물은 하루 열 번만 마시면 된다〔目擊淸輝, 便覺醉飽. 飯才一溢, 飮可曠旬〕." 체질 자체가 산행에 최적화되어 있다.

넷째는 산설山舌이다. "산의 형세를 말할라치면 형상의 오묘함을 낱낱이 묘사하고, 산수의 빼어난 곳을 깊이 음미하여 시로 읊으니 마치 역아易牙의 요리에 입에 침이 흐르는 것과 같다〔談說形勝, 窮狀奧妙. 含腴咀雋, 歌咏隨之, 若易牙調味, 口欲流涎〕." 유람한 산수를 꼼꼼한 기록으로 남기는 근면함을 갖췄다.

다섯째는 산복山僕이다. 복僕은 하인을 말한다. "뜻이 통하는 하인이 싫다 않고 따라오며 기이한 경치를 찾아내고 숨겨진 곳을 들춰내어 주인에게 알려준다〔解意蒼頭, 追隨不倦. 搜奇剔隱, 以報主人〕." 표정만 보고도 뜻이 통하는 조력자가 있다.

산에 대한 흥취, 산을 타는 체력, 산행에 최적화된 체질, 기록으로 남기는 성실성, 훌륭한 조력자, 이 다섯 가지가 산행에서 요구되는 산사람의 조건이다. 특히 네 번째가 중요하다. 명나라 주국정朱國楨(1558~1632)이 지은 〈황산인소전黃山人小傳〉에 나온다.

삼년지애

7년 묵은 병에 3년 묵은 쑥 찾기

三年之艾

목은 이색을 찾아온 젊은이가 있었다. 공부는 않으면서 자신의 글솜씨로 과거 합격이 어려운 것을 근심하며 방도를 물었다. 목은이 시한 수를 써주었다. 앞 네 구절만 보면 이렇다.

과거공부 저절로 방법 있나니
뉘 함부로 문형 文衡이 되려 하는가?
병중에 약쑥 찾기 너무 급하고
목마른 뒤 샘 파기는 어렵다마다.
擧業自有法　文衡誰妄干
病中求艾急　渴後掘泉難

평소에 공부를 해야지 시험에 닥쳐서 그런 걱정을 하면 무슨 소용이 있냐는 나무람이다.

　목은은 또 〈자영 自詠〉에서 이렇게 읊었다.

　　근심과 병 잇달아서 어느덧 일곱 해라

　　남은 목숨 여태도 이어지니 가련하다.

　　종신토록 약쑥을 못 구할 줄 잘 알기에

　　《맹자》나 읽으면서 호연지기 강구하리.

　　憂病相仍已七年　自憐殘喘尙綿綿

　　端知不蓄終身艾　爲讀鄒書講浩然

　두 시 속의 쑥 얘기는 《맹자》 〈이루〉 상上에 나온다. 맹자가 말한
다. "오늘날 왕 노릇 하려는 자는 7년 된 병에 3년 묵은 약쑥을 구하
려는 것과 같다. 진실로 미리 마련해두지 않는다면 죽을 때까지 얻지
못할 것이다〔今之欲王者, 猶七年之病求三年之艾也. 苟爲不畜, 終身不得〕." 무
슨 말인가? 묵은 병을 낫게 하려면 3년 묵은 약쑥이 필요하다. 처음
아팠을 때 약쑥을 뜯어 마련해두었더라면 3년 뒤에는 그 약쑥을 먹어
병을 치료할 수 있었다. 하지만 당장에 먹을 해묵은 약쑥이 없다고, 바
깥에서 3년 묵은 약쑥만 찾아다니느라 7년이 지나도록 쑥은 못 찾고
병만 깊어졌다.

　송나라 장재가 말했다.

　부지런히 배우지 않는 자는 바로 7년 묵은 병에 3년 묵은 쑥을
마련해두지 않는 것과 같다. 지금의 배움에서 몇 년의 공부를 더하
면 절로 이를 누림이 무궁하리라.

學之不勤者, 正猶七年之病, 不畜三年之艾. 今之於學, 加工數年, 自是
享之無窮.

어떡하지 어떡하지, 발만 동동 구르면서 그에 맞갖은 준비는 하지
않는다. 효험 있는 해묵은 약쑥은 내가 마련해야지 남이 주는 법이 없
다. 맹자는 이 말을 인정仁政의 비유로 썼다. 병이 중한데 약쑥이 없다.
단번에, 준비 없이는 안 된다. 이제부터 시작해도 늦지 않다. 늦었다고
생각할 때가 바로 시작해야 할 때다.

삼복사온

세 번 반복하고 네 번 익힌다

三復四溫

마오쩌둥毛澤東은 평생 손에서 책을 놓지 않았던 독서광이었다. 그가 머무는 곳에는 언제나 책이 있었다. 타지로 시찰을 나갈 때나 회담차 모스크바로 갈 때도 도중에 읽을 도서 목록부터 챙겼다. 그는 임종하기 직전 의사의 응급처치를 받으면서도 송나라 때 홍매洪邁의 《용재수필容齋隨筆》을 읽었다.

그의 독서법은 그 자신이 '삼복사온三復四溫'이라 명명한 방식이었다. 세 번 반복해 읽고 네 번 되풀이해 온축하는 독서 방법을 가리킨다. 이와 함께 마오는 '붓을 들지 않고는 책을 읽지 않는다[不動筆墨不讀書]'는 원칙을 지켰다. 그는 책을 읽고 나면 표지 위에 동그라미 하나를 표시했다. 두 번째 읽으면 동그라미 하나를 더 추가했다. 그는 기본이 되는 고전을 수도 없이 되풀이해 읽고 또 읽었다. 그가 아껴 읽은 책의 표지에는 으레 4, 5개씩의 동그라미가 그려져 있었다. 본문 중에도 직선과 곡선의 밑줄, 동그라미와 점, 삼각형이나 의문부호 등 각종 표시들로 어지러웠다.

책의 여백에 메모도 부지런히 했다. 필기구가 그때마다 달랐으므로 여러 차례 읽은 책은 한 책 속에 다양한 색깔의 부호와 메모가 남았다. 특별히 중요한 대목은 별도의 공책에 초록했다. 독서 일기도 썼다. 책 속 내용에 동의할 수 없거나 잘못된 내용은 바로잡아 두었다. 그는《홍루몽紅樓夢》을 특히 아꼈다. 측근에게 다양한 판본을 구해줄 것을 부탁해 10종이 넘는 같은 책을 읽어치웠다.《루쉰魯迅 전집》도 판본을 바꿔가며 평생 애독했다. 나중에 시력이 나빠지자 그를 위해 판형을 크게 한 전집을 특별히 간행했을 정도였다. 청대 판본의《이십사사二十四史》는 모두 850책의 거질인데, 매 책마다 어김없이 권점과 표시들이 남아 있다. 식사를 기다리는 짧은 시간에 독서삼매에 빠져들면 밥 먹는 것도 잊고 읽던 대목을 마치고서야 수저를 들었다. 이런 삼복사온 독서로 온축된 지성이 그의 연설이나 일상적 대화 속에서 불쑥불쑥 튀어나와 상대방을 압도했다. 지도자의 경륜이 반복적 고전 독서에서 모두 나왔다.

삼심양합

독서의 마음가짐과 태도

三心兩合

근세 중국의 기재奇才 서석린徐錫麟(1873~1907)은 독서에서 삼심양
합三心兩合의 태도를 중시했다. 먼저 삼심은 독서할 때 지녀야 할 세
가지 마음가짐이다. 전심專心과 세심細心, 항심恒心을 꼽았다. 전심은
일체의 잡념을 배제하고 마음을 오롯이 모아 책에 몰두하는 것이다.
세심은 말 그대로 꼼꼼히 놓치지 않고 세밀하게 훑는 자세다. 그는 책
을 읽다가 중요한 대목이나 좋은 구절과 만나면 표시해두고, 이해되
지 않는 부분은 부친에게 나아가 물어 완전히 안 뒤에야 그만두었다.
항심은 기복 없는 꾸준한 마음이다. 그는 이렇게 말했다. "나는 매일
밥을 먹어야 하고 나는 날마다 책을 읽어야 한다. 하루만 굶으면 배가
고프고 하루만 안 읽으면 머리가 고프다." 안중근 의사가 "하루라도
책을 읽지 않으면 입속에 가시가 돋는다(一日不讀書, 口中生荊棘)"고 한
뜻과 같다.

양합은 두 가지의 결합과 연계를 말한다. 첫 번째는 독서와 수신양덕修身養德의 결합을 강조했다. 그는 책상 위에 직접 제갈량諸葛亮의 〈계자서誡子書〉 중 다음 대목을 써놓았다.

군자의 배움은 고요함으로 몸을 닦고 검소함으로 덕을 길러야 한다. 담박함이 아니고는 뜻을 밝게 할 수가 없고, 고요함이 아니고는 먼 데까지 다다를 수가 없다.
夫君子之學, 靜以修身, 儉以養德. 非澹泊無以明志, 非寧靜無以致遠.

고요함과 검소함으로 자신의 몸가짐과 마음가짐을 향상시킬 때 독서의 진정한 보람이 있다. 내면의 성찰 없는 독서는 교만과 독선을 낳기 쉽다. 머리와 가슴이 따로 놀면 못쓴다. 두 번째로 그는 독서와 신체 단련의 결합을 중시했다. 공부로 잔뜩 긴장한 머리는 산책과 체조 등의 활동으로 한 번씩 풀어주어 독서에 리듬과 탄력을 불어넣어야 한다. 그렇지 않고 욱여넣기만 하면 효율도 떨어지고 무엇보다 오래 지속할 수가 없다.

그저 읽고 건성으로 읽으면 안 읽느니만 못하다. 성호 이익 식으로 말하면 흑백을 말하면서 희고 검은 것은 모르고 말을 하지만 귀로 들어갔다가 입으로 나오는 데 지나지 않아 실컷 먹고 토하는 것과 같게 된다. 건강을 해치고 뜻마저 사납게 된다.

삼일공사

나랏일이 고작 사흘도 못 간다

三日公事

유성룡이 재상으로 있으면서 임진년 당시 신립申砬의 실패를 뼈아프게 여겨, 조령과 죽령 고개에 요새를 설치하고, 탄금대에 성을 쌓게 했다. 또 황해도의 생선과 소금을 강을 따라 산중 고을에 나눠주고, 값을 쌀로 받아 그 이익으로 군량을 비축하는 제도를 시행케 했다. 막 시행하려는 참에 그가 견책을 받아 조정을 떠났다. 제도의 시행도 없던 일이 되었다. 훗날 탄금대를 지나다가, 당시 어염魚鹽을 저장하던 작은 초가집 두어 칸이 그대로 남은 것을 보고 지은 시가 문집에 남아 있다.

유성룡이 도체찰사都體察使로 있을 때 일이다. 역리에게 공문을 보내라는 명을 내렸다. 며칠 뒤 공문이 잘못된 것을 알아 고쳐 보내려 했더니, 역리가 며칠 전 보내라고 준 공문을 그대로 들고 왔다. 어째서 여태 안 보냈느냐 묻자, 으레 고칠 줄 알고 안 보내고 들고 있었노라고 했다. 유성룡이 더 나무라지 못했다.

고려공사삼일高麗公事三日이란 말은 원칙 없이 이랬다저랬다 하는 고려의 정령政令이 사흘을 못 간다고 중국 사람들이 비꼬아 한 말이다. 세종도 평안도 절제사에게 봉수대 설치를 명하고는 "처음엔 부지런하다가 나중에 태만해지는 것이 사람의 상정이나, 특히 우리 동인東人의 고질이다. 속담에 고려공사삼일이라고 하는데 이 말이 헛말이 아니다"라고 한 바 있다.

사흘이 아니라 아침에 변경한 것을 저녁에 다시 고치는 조변석개朝變夕改도 다반사다. 조삼모사朝三暮四의 화술로 그럴듯한 핑계를 대지만, 결국은 용두사미龍頭蛇尾로 끝난다. 늘 시작은 거창하였으되 끝이 미미한 것이 문제다. 계획만 잔뜩 세워놓고 실행이 없다. 그다음 계획 세우기가 더 바쁘기 때문이다.

박지원은 인순고식因循姑息과 구차미봉苟且彌縫을 말했다. 인순因循은 하던 대로 하는 것이요, 고식姑息은 변화를 모르는 융통성 없는 태도다. 여태 문제가 없었으니 앞으로도 괜찮겠지 하는 마음이다. 구차미봉은 그러다가 막상 문제가 생기면 정면 돌파할 생각은 않고, 없던 일로 넘어가거나, 어찌어찌해서 모면해볼 궁리만 하는 것이다. 실패를 해도 반성은커녕 재수가 없고 운이 나빠 그렇다며 남 탓만 한다. 대학이나 회사 할 것 없이 실행 없는 발전 계획만 무성하다.

삼환사실

세 가지 근심과 네 가지 잃음

三患四失

강필효姜必孝(1764~1848)가 남긴 〈어록語錄〉의 한 대목이다.

배움에는 삼환사실三患四失, 즉 세 가지 근심과 네 가지 잃음이 있다. 미처 알지 못할 때는 듣지 못함을 근심하고, 듣고 나서는 배우지 못함을 근심하며, 배운 뒤에는 행하지 못함을 근심한다. 이것을 일러 세 가지 근심이라 한다. 혹 너무 많은 데서 잃고, 혹 너무 적은 데서 잃으며, 혹 너무 쉬운 데서 잃고, 혹 중도에 그만두는 바람에 잃는다. 이를 두고 네 가지 잃음이라 한다.

學有三患四失, 未聞患弗聞, 旣聞患弗學, 旣學患弗行, 斯謂之三患. 或失之多, 或失之寡, 或失之易, 或失之止, 斯謂之四失.

공부하는 사람이 놓지 말아야 할 점검처와 놓치기 쉬운 지점을 쉽

게 말했다. 몰라 안타깝고, 알면 배워 익히며, 익힌 뒤엔 실행에 옮긴
다. 배우고도 실천에 옮길 뜻이 없다면 애초에 안 배우는 것이 낫다.
알고도 배울 마음이 없다면 아예 안 듣느니만 못하다. 몰라도 아쉬울
게 없으면 무지렁이 밥벌레로 살면 된다.

  깨달아 알고, 배워 행할 뜻을 품었거든 다음 네 가지 문제에 걸려
들지 않게 조심한다. 아는 게 너무 많으면 공부가 잡다해져 몰입을 방
해한다. 든 게 너무 없어도 실마리를 못 잡고 헤맨다. 쉽다고 우습게
보면 거기에 걸려 넘어진다. 공부는 일상의 손쉽고 가까운 의리에서
출발해서 끝난다. 이만하면 됐지 하는 순간 그간의 공부가 와르르 무
너진다.

  다시 덧붙인다.

  군자는 사요四要, 즉 네 가지 요점을 붙들어야 한다. 마음은 맹렬
  히 살펴야 하고, 뜻은 굳게 붙들어야 한다. 몸은 진득이 무거워야
  하고, 기운은 떨쳐 펼 수 있어야 한다.
    君子有四要, 心要猛省, 志要堅持, 體要凝重, 氣要振發.

  반성 없이 발전 없고, 굳셈이 아니고는 뜻을 못 세운다. 몸가짐은
묵직하게, 하지만 기상은 높아야 한다. 한 번 더 쐐기를 박았다.

  오늘 안 하고 내일도 안 하니 마흔에도 한 것이 없다. 쉰부터
쇠약해진다. 쇠약이 쌓여 늙고, 늙음이 누적되면 죽는다. 그래서
군자는 죽을 때까지 이름이 일컬어지지 않음을 미워한다고 하는
것이다.

今日不做, 明日不做, 四十無聞, 五十始衰. 積衰成老, 積老成死, 故曰
君子疾沒世而名不稱.

아! 답답하다.

상동구이

같음을 숭상하되 다름을 추구한다

尙同求異

한신의 배수진背水陣은 말도 안 되는 병법이었다. 그런데 이겼다. 심지어 부하 장수들은 이기고도 어째서 이겼는지 몰라 얼떨떨했다. 임진왜란 때 신립이 그대로 따라 했다. 그런데 졌다. 왜 그랬을까? 같되 달라야 한다는 상동구이尙同求異의 정신을 몰랐기 때문이다. 같음을 숭상하되 다름을 추구한다. 결과가 같아도 과정마저 같을 수는 없다. 남이 돈 번 주식은 내가 사는 순간 빠지기 시작한다. 같아지려면 다르게 해라. 달라야 같다.

손빈孫臏이 방연龐涓의 계략에 말려 발뒤꿈치를 베였다. 불구자가 된 그는 제나라로 달아났다. 방연의 위나라가 한韓나라를 공격했다. 한나라는 합종의 약속에 따라 제나라에게 구원을 청했다. 손빈은 제나라 군사를 이끌고 곧장 위나라로 쳐들어갔다. 방연은 황급히 군대를 돌려 자기 땅으로 들어간 제나라 군사를 뒤쫓았다.

손빈은 첫날 밥 짓는 부뚜막 숫자를 10만 개로 했다. 이튿날은 5만 개, 다음 날은 2만 개로 줄였다. 추격하던 방연이 웃었다. "겁쟁이 녀석들! 사흘 만에 5분의 4가 달아났구나. 기병만으로 쫓아가 쓸어버리겠다." 방심하고 달려든 방연은 손빈의 매복에 걸려, 2만 대의 화살에 고슴도치가 되어 죽었다. 이것이 유명한 손빈의 부뚜막 줄이기 작전이다. 위나라는 평소 제나라 알기를 우습게 알았다. 손빈은 위나라 군사의 이런 생각을 역이용했다.

후한 때 우후虞詡가 많지 않은 군사로 강족羌族의 반란을 진압하러 갔다. 적군의 수가 엄청나 후퇴하자 추격이 거셌다. 상황이 위험했다. 후퇴하면서 그는 손빈의 작전을 썼다. "우리도 부뚜막 작전으로 간다. 대신 숫자를 늘려라." 매일 후퇴하면서 부뚜막의 숫자를 배로 늘렸다. 뒤쫓아 오던 강족이 고개를 갸우뚱했다. "후방에서 지원군이 오고 있다. 함정이다." 우후는 겁을 먹고 위축된 그들을 적은 군대로 허를 찔러 무찔렀다.

한 사람은 부뚜막 숫자를 줄였다. 한 사람은 반대로 늘렸다. 왜 그랬을까? 상황이 달랐다. 하나는 추격을 받으며 적진을 향해 들어가는 길이었고, 하나는 쫓기면서 후방을 향해 나오는 길이었다. 반대로 했지만 결과는 같았다. 부뚜막 숫자를 조작해서 적의 방심과 의심을 샀다. 부뚜막 숫자를 줄이고 늘리고가 중요치 않다. 상황을 장악하는 힘이 중요하다. 배수진은 잘못 치면 더 빨리 망한다. 상동구이!

상생패신

삶을 손상시키고 몸을 망치는 길

傷生敗身

정내교鄭來僑(1681~1757)가 〈용존와기用存窩記〉에서 말했다.

명아주잎과 콩잎 같은 거친 음식은 정신을 편안하게 하고 병을
적게 한다. 그런데도 사람들은 반드시 기름진 음식만 즐긴다. 바른
길은 걷기도 편하고 엎어질 일이 없다. 하지만 사람들은 굳이 지름
길로만 가려든다. 끝내 삶을 손상시키고 몸이 망가지는 데 이르는
것은 모두 이것 때문이다.

藜藿可以寧神少病, 而必嗜膏腴. 正路可以安步無躓, 而必之捷徑. 卒
至於傷生敗身者皆是.

남보다 앞서가려니까 지름길만 골라 간다. 기름진 음식만 찾다가
각종 성인병에 시달린다. 삶을 망가뜨리고 몸을 망치는 주범은 기름

진 음식과 지름길만 찾는 버릇이다. 단계를 밟아 차근차근하지 않고 위험을 무릅쓴다. 균형 잡힌 식단을 버리고 입에 당기는 것만 먹는다. 더 빨리 더 맛있는 것만 외치다가 삶을 그르치고 건강을 잃는다.

유언호兪彦鎬(1730~1796)도 〈몽연蒙演〉이란 글에서 이렇게 적었다.

빈천한 뒤에 부귀의 즐거움을 안다. 명아주잎과 콩잎을 먹은 뒤라야 기름진 기장밥의 맛이 단 줄을 안다. 누더기 옷을 기워 입은 뒤에 여우 털과 담비 갖옷의 아름다움을 안다. 병이 든 후에 병들지 않은 것이 편안한 줄을 안다. 근심을 겪은 뒤에 근심 없는 것이 좋은 일임을 안다. 모르는 것은 늘 곁에 있고, 아는 것은 늘 곁에 없다.

貧賤而後, 知富貴之樂. 藜藿而後, 知膏粱之甘. 鶉結而後, 知狐貉之美. 病而後, 知不病之安. 憂而後, 知無憂之適. 不知者常有也, 知者不常有也.

없었으면 몰랐으면 싶은 것은 늘 곁에 있고, 가졌으면 누렸으면 하는 것은 저 멀리에 있다. 이것으로 저것과 맞바꾸면 좋을 텐데 뜻대로 안 된다. 따지고 보면 빈천과 거친 음식의 시간이 있어야 부귀의 흐뭇함과 맛있는 음식의 진미를 안다. 누더기 옷과 병마에 시달려본 사람이 좋은 옷과 건강의 소중함을 안다. 부귀한 사람은 빈천의 고통을 모른다. 건강한 사람은 아픈 사람의 심정을 모른다. 둘은 맞물려 있는데 사람들은 늘 제가 지니지 않은 것만 바라본다. 노력 없이 일확천금을 노려 인생 역전을 꿈꾸려니 로또에 인생을 건다. 지름길에는 늘 위험이 도사리고 있다. 기름진 음식은 혈관을 막는다. 거친 음식, 바른길이 양생의 묘방이다. 성취만 바라고 입만 위하면 그때만 좋고 끝이 안 좋다.

색은행괴

은미한 것만 찾고 괴상한 일을 행하다

索隱行怪

정조가 묻는다.

어이해 세상의 격은 점점 낮아지고, 학술은 밝아지지 않는가? 색은행괴索隱行怪, 즉 은미한 것을 찾고 괴상한 일을 행하는 자가 있고, 한데 휩쓸려 같이 더러워지는 자도 있다. 천인성명天人性命의 근원에 대해 말은 하늘 꽃처럼 어지러이 쏟아지지만, 행동을 살펴보면 책 속의 의리와 맞아떨어지는 것이 하나도 없다. 일이 생기기 전에는 존양存養할 줄 모르고, 숨어 혼자 지낼 때는 성찰할 줄 모른다. 고요할 때는 어두워져서 단단한 돌처럼 되고, 움직였다 하면 제멋대로 굴어 고삐 풀린 사나운 말의 기세가 된다. 심지어 아무 거리낌 없는 소인이 되기도 한다. 이제 옛 습관을 통렬히 버려, 실다운 마음으로 보고 읽어 마침내 좋은 것을 가려 굳게 붙들고, 덕을 닦아 도가 응축되게 하려면 어찌해야 하는가?

다산이 대답한다.

어찌된 셈인지, 후세의 배우는 자들은 지知만 서두르고 행行은
힘 쏟지 않습니다. 자취만 찾을 뿐 마음은 구하려 들지 않습니다.
《중용》의 가장 중요한 핵심인 '성誠' 자의 공부는 계신공구戒愼恐
懼, 즉 경계하고 삼가고 두려워하고 위태로이 여기는 것을 벗어나
지 않습니다. 마음속에 감춰진 허물과 그윽한 곳에서의 어둡고 사
특한 짓은 밝은 임금도 살피지 못하고, 어진 관리도 밝혀낼 수가
없습니다. 형법으로도 징벌하지 못하고, 훼방으로도 공격하지 못
합니다. 몰래 자라고 가만히 싹터서 은밀히 퍼지고 야물게 결속되
어, 금하거나 막을 사람이 없습니다. 어째서입니까? 사람의 마음
이 어리석고 완악해서, 천지에서 이치를 환히 밝힐 능력이 없다고
여겨, 방자하게 아무 거리낌 없이 겉으로 선한 체하면서 속으로 간
악하기 때문입니다.

다산의 〈중용책中庸策〉에 보이는 질문과 대답이다. 발췌해서 간추
려 읽었으므로 원문은 생략한다. 다산은 이어 삼가고 두려워하는 마
음을 품어 안일하고 방자함이 없고, 어리석고 조급함을 버려 인욕의
사私를 막고 천리의 공公을 보존하는 방법과 단계에 대해 더 길게 설
명했다.
'색은행괴索隱行怪'는 《중용》의 말이다. 다른 목적을 위해 구석진
것을 찾고 괴상한 짓을 행하는 것을 말한다. 사람들은 멋모르고 그들

을 칭찬한다. 하지만 공자는 "나는 이런 짓을 하지 않는다"고 단호하게 못 박았다. 당시 임금과 신하 사이에 오간 문답을 눈앞의 일에 겹쳐본다. 나는 인간이 발전한다는 말을 믿지 않는다.

생사사생

일 만들기와 일 줄이기

省事事省

홍석주는 동시다발로 여러 권의 책을 읽었다. 빡빡한 일정 속에 다양한 독서를 배치해 조금씩 야금야금 읽었다. 아침에 머리 빗을 때 읽는 책과 안채 자리 곁에 두는 책이 달랐다. 머리맡에 두고 잠자기 전에 읽을 책은 또 달랐다. 진도는 더뎠지만 잊어버리고 읽다 보면 어느새 마지막 장을 덮게 되곤 했다.

이 같은 독서 습관은 공직에 나가 정신없이 바쁠 때도 한결같았다. 그때는 주로 《한서》를 읽었다. 임금과 신하 사이에 일어난 일들에 대한 기록이어서 생각해볼 거리가 많았다. 공무에 지쳐 귀가한 후에도 반드시 몇 줄이라도 읽고서야 잠자리에 들었다.

너무 피곤하면 눈을 감고 전에 읽은 글을 암송했다. 외우다 잠이 들곤 했는데 입은 그대로 글을 외우고 있었고 글자도 틀리지 않았다. 그는 또 날마다 일과를 정해 읽었다.

그가 말했다.

일과는 하나라도 빠뜨리면 안 된다. 사정이 있다고 거르면 일이
없을 때도 게을러진다.
課不可闕一, 以故而廢, 則無故時亦怠矣.

또 말했다.

한 권의 책을 다 읽을 만큼 길게 한가한 때를 기다린 뒤에야 책을
편다면 평생 가도 책을 읽을 만한 날은 없다. 비록 아주 바쁜 중에
도 한 글자를 읽을 만한 틈이 생기면 한 글자라도 읽는 것이 옳다.
必欲待長久之暇, 可了一部書然後, 開卷則平生無可讀書之日. 雖於劇
奔忙中, 有可讀一字暇, 便宜讀一字.

아우 홍길주가 쓴 《수여연필》에 나온다.
이삼환李森煥(1729~1814)이 종조부인 성호 이익 선생을 찾아뵙자
선생이 물었다. "무슨 책을 읽느냐?" "《상서尚書》를 읽는데 개인적으
로 번다한 일에 휘둘려 온전히 집중하지 못하고 있습니다."
선생이 말했다.

몸이 한가해서 일이 없을 때를 기다려 독서한다면 죽을 때까지
독서할 여가는 없다. 일을 만들면 일이 생기고(生事事生), 일을 줄이
면 일이 주는 법(省事事省)이다. 유념하도록 해라.
待身閑無事時讀書, 則終身無讀書之暇. 生事事生, 省事事省, 小子念之哉.

이삼환이 정리한 《성호선생언행록 星湖先生言行錄》에 보인다. 너무 바빠 시간이 없어 책을 못 읽는다는 것처럼 슬픈 말이 없다. 마음이 일을 만든다. 쓸데없는 일은 끊임없이 궁리해내면서 나를 반듯하게 세워줄 책은 멀리하니 마음밭이 날로 황폐해진다. 오가는 지하철에서만 책을 읽어도 삶이 문득 바뀐다. 휴대전화를 잠깐 내려놓는다고 낙오되는 법이 없다. 휴대전화 내려놓기가 아무래도 불안하다면 그것으로 전자책이라도 읽는다면 얼마나 좋을까?

생사요법

일을 줄이는 방법

省事要法

해도 해도 일은 끝없고 가도 가도 길은 멀다. 속도만 숨 가쁘지, 손에 쥐어지는 것이 없다. 불안해서 더 하고, 그럴수록 더 불안하다. 한 가지 일을 마치면 다른 일이 줄지어 밀려온다. 일생에 편할 날은 없을 것만 같다. 산적한 일 앞에 비명만 질러대느니, 일을 덜어 마음의 평화를 구하는 처방이 절실하다.

홍길주가 《수여연필》에서 말했다.

일 중에 오늘 해도 되고 열흘 뒤에 해도 되는 것이 있다면 오늘 즉시 해치운다. 오늘 해도 괜찮고 1년이나 반년 뒤에 해도 괜찮은 것이라면 한쪽으로 치워둔다. 이것이 일을 더는 중요한 방법(省事要法)이다.

事有今日做亦可, 旬日後做亦可者, 便於今日做了. 其有今日做亦可,一年半年後做亦可者, 便擱過一邊. 此省事之要法.

　욕심 사납게 다 붙들지 말고, 먼저 할 것과 나중 할 것의 교통정리
만 잘해도 일이 확 준다. 꽉 막혀 답답하면 일의 우선순위부터 점검하
라는 얘기다.

　율곡 이이가 궁리窮理 공부에 대해 묻자 퇴계 이황이 편지로 건넨
처방은 이렇다.

　궁리에는 단서가 많습니다. 궁리하는 일이 혹 얽히고설켜 단단
히 뭉쳐 있어 애쓴다고 방법을 찾을 수 있는 것이 아니거나, 내가
그 문제에 대해 잘 알지 못해 억지로 밝혀 해결하기 어렵다고 칩시
다. 그러면 마땅히 이 일을 버려두고 따로 다른 일을 궁리하는 데
로 나아가야 합니다. 이렇게 궁리해서 오래 누적되어 아주 익숙해
지면 저절로 마음이 밝아져서 의리의 실지가 점차 눈앞에 드러나
게 됩니다. 그때 다시 앞서 궁리하다 만 것을 가져다가 꼼꼼하게
따져 살펴 이미 알게 된 내용과 견주어 징험해보고 비추어본다면
자기도 모르는 사이에 앞서 처리하지 못했던 것까지 일시에 깨닫
게 됩니다. 이것이 바로 궁리의 활법입니다.

　窮理多端, 所窮之事, 或値盤錯肯綮, 非力索可通, 或吾性偶暗於此, 強
以燭破, 且當置此一事, 別就他事上窮得. 如是窮來窮去, 積累深熟, 自然
心地漸明, 義理之實, 漸著目前. 時復拈起向之窮不得底, 細意紬繹, 與已
窮得底道理, 參驗照勘, 不知不覺地, 竝前未窮底, 一時相發悟解. 是乃窮
理之活法.

너무 복잡하게 얽힌 문제나 내 능력 밖의 일은 일단 밀쳐두고, 역량이 미치는 다른 일부터 시작한다. 그렇게 할 수 있는 일을 조금씩 쌓아가다 보면 어느 순간 식견이 열려 앞서 난감하던 문제도 해결의 실마리가 잡힌다. 안 되는 것을 억지로 하려 들면 답답한 기운이 쌓여 스트레스가 되고 마음이 병든다. 노력을 게을리하지 않되, 일의 경중과 선후를 잘 분별하는 것이 관건이다. 속도는 중요치 않다. 방향이 늘 문제다.

생처교숙

생소함과 익숙함의 사이

生處教熟

송나라 때 승려 선본善本이 가르침을 청하는 항주杭州 절도사 여혜경呂惠卿에게 들려준 말이다. "나는 단지 그대에게 생소한 곳은 익숙하게 만들고, 익숙한 곳은 생소하게 만들라고 권하고 싶다(我只勸你生處放教熟, 熟處放教生)." 명나라 오지경吳之鯨이 지은 《무림범지武林梵志》에 나온다.

생소한 것 앞에 당황하지 않고, 익숙한 곳에서 타성에 젖지 말라는 말이다. 보통은 반대로 한다. 낯선 일, 생소한 장소에서 번번이 허둥대고, 날마다 하는 일은 그러려니 한다. 변화를 싫어하고 관성대로 움직여 일상에 좀체 기쁨이 고이지 않는다. 늘 하던 일이 문득 낯설어지고, 낯선 공간이 도리어 편안할 때 하루하루가 새롭고, 나날은 경이로 꽉 찬다.

이 말을 받아 조익이 이렇게 부연했다.

생소한 곳은 마땅히 익혀 익숙하게 만들고, 익숙한 곳은 마땅히 연습해 생소하게 만들어야 한다. 이것이 마음공부에서 가장 중요한 방법이다. 쉬지 말고 익혀서 생소한 곳이 날로 익숙해지고, 익숙한 곳이 날로 생소해지게 되어야 공부가 바야흐로 효험이 있게 된다.

生處宜習之使熟, 熟處宜習之使生, 此心術工夫切要之法也. 至於習之不已, 生處日見其熟, 熟處日見其生. 到此, 工夫方始有效矣.

타성에 젖기 쉬운 일상에서 새로운 의미를 찾아내고, 처음 접하는 생소한 일을 손에 익은 일처럼 처리할 수 있어야 한다는 주문이다. 그 단계까지 가려면 쌓아야 할 내공이 만만치가 않다. 〈도촌잡록道村雜錄〉에 나온다.

최한기崔漢綺(1803~1877)도 《추측록推測錄》에서 이렇게 말했다.

사물의 이치를 고요히 관찰해서 추측의 바탕으로 삼고, 사물의 이치를 익숙히 꿰어 추측의 범위로 삼는다. 또 반대로 추측을 가지고 사물의 이치에 징험해보아, 지나친 것은 물리고, 미치지 못하는 것은 나아가게 하며, 생소한 곳은 익숙하게 하고, 지나간 일은 뒷일에서 징험한다.

靜觀物理, 以爲推測之資, 貫熟物理, 以爲推測之範圍. 反將推測, 符驗于物理, 過者抑退, 不及者企就, 生處敎熟, 往事懲後.

인생은 결국 생소함과 익숙함 사이의 줄다리기란 말씀!

서소묵장

독서광의 집 이름

書巢墨莊

송나라 때 육유가 자신의 서재를 서소書巢, 즉 책 둥지로 불렀다. 어떤 손님이 와서 물었다. "아니 멀쩡한 집에 살면서 둥지라니 웬 말입니까?" 육유가 대답했다. "당신이 내 방에 들어와 보지 못해서 그럴게요. 내 방에는 책들이 책궤에 담겼거나 눈앞에 쌓였고, 또 책상 위에 가득 얹혀 있어 온통 책뿐이라오. 내가 일상의 기거는 물론 아파 신음하거나 근심, 한탄할 때에도 책과는 떨어져본 적이 없소. 손님도 안 오고 처자는 아예 얼씬도 않지. 바깥에서 천둥 번개가 쳐도 모른다네. 간혹 일어나려면 어지러이 쌓인 책이 에워싸고 있어서 움직일 수가 없소. 그러니 서소라 할밖에. 내 직접 보여드리리다." 손님을 끌고 서소로 가니 처음엔 들어갈 수가 없었고, 들어간 뒤에는 나올 수가 없었다. 손님이 껄껄 웃고는 "책 둥지가 맞소"라며 수긍했다. 육유의 〈서소기書巢記〉에 보인다.

오대五代의 맹경익孟景翊은 일생 책만 읽었다. 문을 나설 때는 책 실은 수레를 따라오게 하면서 종일 손에서 책을 놓지 않았다. 당시 사람들이 그의 서재를 서굴書窟, 즉 책 동굴이라고 말했다. 노나라 사람 조평曹平도 집에 책이 많았는데, 없어질까 걱정해 돌을 쌓아 창고를 만들어서 책을 보관했다. 세상에서 이를 조씨의 서창書倉, 곧 책 창고라고 불렀다.

송나라 때 유식劉式이 세상을 뜨자 그 아내가 남편이 읽던 책 1,000여 권을 한자리에 모아놓고 아들들에게 말했다. "이것을 네 아버지는 묵장墨莊이라고 했다. 이제 너희에게 배움을 증식시키는 도구로 준다." 묵장은 먹글씨로 이루어진 집이란 의미다. 서책은 그 자체로 한 채의 집이다. 청나라 때 이정원李鼎元과 호승공胡承珙 등도 여기서 뜻을 취해 자신의 호를 묵장이라 했다.

서재가 새 둥지나 짐승의 굴 같대서 서소와 서굴이다. 책 창고와 먹물로 지었대서 서창과 묵장이다. 책 속에 묻혀 그들은 부지런히 읽고 또 읽어 큰 학자가 되었다. 남들 하는 걱정 다하고, 남 놀 때 놀면서 이룰 수 있는 큰일은 어디에도 없다. 공부는 단순 무식해야 한다. 문밖의 천둥 번개 소리가 들리지 않아야 한다.

서중사치

책과 관련된 네 가지 바보

書中四痴

"빌리는 놈 바보, 빌려주는 놈 바보, 돌려달라는 놈 바보, 돌려주는 놈 바보〔借一痴, 借二痴, 索三痴, 還四痴〕." 책 빌리기와 관련해 늘 우스개 삼아 오가는 네 가지 바보 이야기다. 당나라 때 이광문李匡文이《자가집資暇集》에서 처음 한 말이다. 송나라 때 여희철呂希哲도《여씨잡기呂氏雜記》에서 "책을 빌려주는 것과 남의 책을 빌려와서 돌려주는 것은 둘 다 바보다〔借書而與之, 借人書而歸之, 二者皆痴也〕"라고 했다. 한번 이 말이 유행한 뒤로 천하에 남에게 책을 빌려주려 들지 않는 나쁜 풍조가 싹텄다. 공연히 귀한 책을 빌려주고 나서 책 잃고 사람 잃고 바보 소리까지 듣고 싶지 않아서다.

명나라 때 육용陸容이 격분해서 말했다. "책을 남에게 빌려줌은 인현仁賢의 덕이다. 책을 빌려가서 돌려주지 않음은 도적의 행실이다. 어찌 바보로 지목할 수 있는가?" 백번 지당한 말이다. 남의 귀한 책을 빌려다가 떼어먹은 것을 자랑삼아 말하는 것은 빌려준 사람의 후의를 짓밟는 파렴치한 짓이다. 책 빌려준 것은 생각나는데 정작 당사자가 생각나지 않을 때, 빌려줄 당시 바로 돌려줘야 한다고 당부까지 한 기억마저 생생하면 신의를 저버린 데 대한 분노는 물론, 당장에 찾고 싶은 내용을 볼 수 없는 답답함에 화가 난다. 이광문의 한마디 말이 책 안 돌려주는 자에 대한 면죄부가 된 셈이니, 그 말의 해독이 더 없이 크다.

실은 이 네 가지 바보 이야기는 원래 뜻과는 정반대로 오해된 표현이다. 남송 때 엄유익嚴有翼은 "옛날에는 책을 빌릴 때 술병[甀]에 술을 채워서 갔다. 책 빌릴 때 나오는 두 '치痴' 자는 '치甀' 자로 써야 맞다"고 했다. 고대에는 책을 빌리러 갈 때 부탁의 뜻으로 술 한 병을 들고 가고, 책을 돌려줄 때 감사의 표시로 다시 술 한 병을 가져갔다는 것이다. 그런데 술병을 뜻하는 '치甀' 자가 누군가의 장난으로 음이 같은 바보란 뜻의 '치痴'로 바뀌었고, 이 말이 퍼지면서 이런 경박한 풍조를 양산하게 되었다는 뜻이다. 입증할 용례가 옛 문헌에 많이 나온다.

망문생의望文生意! 글자만 보고 제멋대로 풀이한 해독의 여파가 자못 크다. 빌린 책은 술 한 병 들고 가서 예를 갖춰 돌려주는 것이 맞다. 술은 없어도 좋으니 좋은 말 할 때 빌려간 내 책도 돌려주기 바란다.

서해맹산

어룡과 초목이 알아들은 뜻

誓海盟山

충무공忠武公의 《난중일기亂中日記》 중 1595년 7월 1일의 기록이다.

혼자 다락 위에 기대 나라의 형세를 생각하니 위태롭기가 아침
이슬 같다. 안에는 계책을 결단할 동량의 인재가 없고, 밖으로는
나라를 바로잡을 주춧돌 같은 인물이 없다. 종묘사직이 끝내 어디
에 이를지, 심사가 번잡하고 어지러워 온종일 엎치락뒤치락했다.

獨依樓上, 念國勢危如朝露. 內無決策之棟樑, 外無匡國之柱石. 未知
宗社之終至如何, 心思煩亂, 日反側.

그는 자주 악몽에 시달리고 불면에 괴로워했다. 소화기가 안 좋았
던 듯 토사곽란을 달고 살았다. 네 수 남은 시 속에서도 그는 늘 잠을
못 이룬다. 다음은 〈한산도야음閑山島夜吟〉의 두 구절이다.

근심겨운 마음에 뒤척이는 밤
새벽 달빛 활과 칼을 비추는구나.

憂心輾轉夜　殘月照弓刀

〈무제육운無題六韻〉에서는 다음과 같이 깊은 탄식을 삼켰다.

우수수 비바람 몰아치는 밤
또랑또랑 잠조차 이루지 못해.
아픔 품어 마치 간담 꺾인 듯
상심하니 칼로 살을 가르는 듯해.
산하는 참담한 빛을 띠었고
물고기와 새마저도 슬픈 노래뿐.
나라엔 창황한 형세 있건만
이 위기 돌이킬 인재가 없다.
회복함 제갈량을 그리워하고
내달림 곽자의를 사모하노라.
여러 해 방비의 계책 세워도
이제 와 성군을 속이었구나.

蕭蕭風雨夜　耿耿不寐時
懷痛如摧膽　傷心似割肌
山河猶帶慘　魚鳥亦吟悲
國有蒼黃勢　人無任轉危
恢復思諸葛　長驅慕子儀
經年防備策　今作聖君欺

조경남 趙慶男(1570~1641)이 《난중잡록 亂中雜錄》에서 충무공이 한산
도에서 읊은 스무 운의 시 중 단지 하나 남은 연으로 소개한 구절은
이렇다.

바다에 맹세하니 어룡 魚龍이 꿈틀대고
산에 다짐하자 초목이 알아듣네.
誓海魚龍動 盟山草木知

대체 무엇을 맹세했기에 초목과 어룡조차 격동되어 대답했던가?
공이 자신의 칼에 새긴 검명 劍銘에 "석 자 칼로 하늘에 맹세를 하니,
산하조차 낯빛이 움직이누나〔三尺誓天, 山河動色〕"라 했고, 그 맹세의 내
용은 다른 칼에 새긴 "한번 휘둘러 쓸어버리매, 산하가 그 피로 물들
리〔一揮掃蕩, 血染山河〕"에 담겨 있다. 충무공은 우리에게 피 끓는 이름
이다. 공에게 부끄럽지 않을 날을 기다린다.

석복겸공

비우고 내려놓아 복을 아낀다

惜福謙恭

새해가 되면 만나는 사람마다 복 많이 받으시라는 인사말을 주고받는다. 한때 '부자 되세요'가 새해 덕담일 때도 있었다. 복은 많이 받아서 좋고 돈은 많이 벌어야 신나지만 너무 욕심 사납다 싶어 신년 연하장에 '새해 복 많이 지으세요'라고 쓴 것이 몇 해쯤 된다.

엮은이를 알 수 없는 《속복수전서》의 첫 장은 제목이 '석복惜福'이다. 복을 다 누리려 들지 말고 아끼라는 뜻이다. 여러 예를 들었는데 광릉 부원군 이극배李克培(1422~1495)의 이야기가 첫머리에 나온다. 그는 자제들을 경계하여 이렇게 말했다. "사물은 성대하면 반드시 쇠하게 되어 있다. 너희는 자만해서는 안 된다〔物盛則必衰 若等無或自滿〕." 그러고는 두 손자의 이름을 수겸守謙과 수공守恭으로 지어주었다. 석복의 처방으로 겸손과 공손함을 제시한 것이다. 다시 말했다. "처세의 방법은 이 두 글자를 넘는 법이 없다." 자만을 멀리해 겸공謙恭으로 석

421

복하라고 이른 것이다.

홍언필洪彦弼(1476~1549)은 가법이 몹시 엄했다. 아들 홍섬洪暹은 벼슬이 판서에 올랐어도 겉옷까지 제대로 차려입지 않고는 감히 들어가 문안을 여쭙지 못했다. 홍언필이 몸이 안 좋을 때는 아들에게 손님을 접대케 했는데, 검소한 복장에 말과 태도가 겸손했으므로 처음 보는 사람은 그가 한 나라의 판서라고는 생각할 수가 없었다.

판서는 평소에 초헌軺軒을 타지 않았다. 하루는 어쩌다 타고 나갔다가 그길로 부친을 찾아뵈었다. 그때 마침 홍언필이 밖에서 돌아오다가 아들이 타고 온 초헌이 문 앞에 세워져 있는 것을 보았다. 아버지는 즉시 사람을 불러 그 초헌을 대문 위에 매달아두게 했다. 오랜 뒤에 그 초헌을 내려서 보내주며 말했다. "아비가 가마를 타는데 자식이 초헌을 타니, 그러고도 네가 편안하더냐?"

소동파가 말했다. "입과 배의 욕망이 어찌 끝이 있겠는가? 매양 절약하고 검소함을 더함이 또한 복을 아끼고 수명을 늘리는 방법이다〔口腹之欲, 何窮之有? 每加節儉, 亦是惜福延壽之道〕." 이제는 '새해 복 많이 지으세요'를 '새해 복 많이 아끼세요'로 바꿔 말하고 싶다. 부족함보다 넘치는 것이 더 문제다. 채우지 말고 비우고, 움켜쥐는 대신 내려놓는 것이 어떤가?

석복수행

다 누리려 들지 말고 아껴서 남겨두라

惜福修行

이덕무의 《입연기入燕記》에 각로閣老 부항傅恒이 죽자 그 아들 부 융안傅隆安이 석복을 하려고 집안의 엄청난 보물을 팔았는데, 그 값이 은 80만 냥이었다는 얘기가 나온다. 석복은 더 넘칠 수 없는 사치의 극에서 그것을 덜어냄으로써 적어도 그만큼 자신의 복을 남겨 아껴두려는 행위였다.

송나라 여혜경이 항주 절도사로 있을 때 일이다. 대통선사大通禪師 선본을 찾아가 가르침을 청했다. 선사가 말했다. "나는 그대에게 출가해서 불법을 배우라고 권하지는 않겠다. 단지 복을 아끼는 수행을 하라고 권하겠다(我不勸你出家學佛, 只勸你惜福修行)." 석복수행惜福修行! 즉 복을 아끼는 수행이란 현재 누리고 있는 복을 소중히 여겨 더욱 낮추어 검소하게 생활하는 태도를 말한다.

여기에는 단단한 각오와 연습이 필요하다. 구체적 지침을 몇 가지

423

들어본다. 송나라 때 승상 장상영張商英이 말했다.

일은 끝장을 보아서는 안 되고, 세력은 온전히 기대면 곤란하다. 말은 다 해서는 안 되고, 복은 끝까지 누리면 못쓴다.

事不可使盡, 勢不可倚盡. 言不可道盡, 福不可享盡.

《공여일록 公餘日錄》에 나온다. 송나라 때 진단陳搏도 《사우재총설四友齋叢說》에서 말했다.

마음에 드는 곳은 오래 마음에 두지 말고, 뜻에 맞는 장소는 두 번 가지 말라.

優好之所勿久戀, 得志之地勿再往.

비슷한 취지다. 한껏 다 누려 끝장을 보려 들지 말고 한 자락 여운을 아껴 남겨두라는 뜻이다.

명나라 진계유의 말은 이렇다.

나는 본래 박복薄福한 사람이니 마땅히 후덕厚德한 일을 행해야 하리. 나는 본시 박덕薄德한 사람이라 의당 석복惜福의 일을 행해야겠다.

吾本薄福人, 宜行厚德事. 吾本薄德人, 宜行惜福事.

《미공십부집 眉公十部集》에 나온다.

일은 통쾌할 때 그만두어야 한다. 그래야 인생이 적막함을 면할 수 있을 뿐 아니라 조화를 능히 부릴 수 있다. 말은 뜻에 찰 때 멈추어야 한다. 몸을 마치도록 허물과 후회가 적을뿐더러 취미가 무궁함을 느낄 수 있다.

事當快意處能轉, 不特此生可免寂廖, 且能駕馭造化. 言當快意處能住. 不特終身自少尤悔, 且覺趣味無窮.

《소창청기 小窓淸記》의 말이다. 끝장을 보아야 직성이 풀리는 세상에서, 멈추고 덜어내는 석복의 뜻이 깊다.

석원이평

원망을 풀어 평온을 찾자

釋怨而平

동네 영감 둘이 심심풀이로 내기 장기를 두었다. 한 수를 물리자고 실랑이를 하던 통에 뿔이 나 밀었는데, 상대가 눈을 허옇게 뒤집더니 사지를 쭉 뻗고 말았다. 온 동네가 발칵 뒤집어졌다. 졸지에 살인자가 된 영감은 기가 막혀 넋을 놓았다. 집에 있던 두 아들도 얼이 빠져 어찌할 바를 몰랐다.

밖에서 소식을 듣고 셋째가 달려왔다. "이 일을 어찌하면 좋으냐?" 셋째는 제 아비를 나오래서 기둥에다 동여 묶더니 휑하니 나갔다. 잠시 후 죽은 이의 큰아들을 끌고 와 묶인 제 아비 앞에 세웠다. "자, 죽여라." "?!" "네 아비를 죽인 원수가 아니냐? 어서 죽여라." "그럼 어떻게 되는데?" "어떻게 되긴? 우리 아버지가 네 아버질 죽였으니, 너는 우리 아버질 죽이고, 그러면 네가 우리 아버질 죽였으니까 너 세 발자국 떼기 전에 내가 너를 죽이고. 너는 장가들어 아들이 있지? 그

놈이 자라면 나를 죽이고, 그러는 거지 뭐." "아저씨, 들어가세요. 우리 아버지가 돌아가실 분이어서 그랬지 아저씨가 뭘 어떻게 하셨다고요." 그래서 이 사건은 없던 일로 처리되었다. 이훈종 선생의《오사리잡놈들》(한길사, 1994)에 나오는 이야기다.

"임금과 아비의 원수는 함께 하늘을 이고 살 수가 없다(君父之讐, 不共戴天)"는 말을 두고 풀이하는 사람이 복수는 5대까지 다해야 한다고 하자, 5대 아니라 100대까지도 원수는 갚아야 한다고 했다. 이익은《성호사설 星湖僿說》의〈백세보구 百世報仇〉조에서 이렇게 풀이했다. "비록 어버이와 자식 사이가 분명해도 그의 죄가 아니라면 군자가 혹 이것을 되갚지 아니하는 것인데, 하물며 백세의 뒤에 문득 그 선조의 선악이 어떠하였는지도 잘 알지 못하면서 졸지에 찾아가 죽이는 이 같은 이치는 없을 듯하다." 호씨 胡氏는《춘추》에 단 주석에서 앞서의 논의에 대해 "세대가 바뀐 뒤에는 원망을 풀어 화평함이 옳다(易世之後, 釋怨而平可也)"고 주를 달았다.

털고 보니 참 어처구니없는 세상을 살아왔다 싶다. 큰 잘못은 원래 자리로 돌려놓는 것이 백번 옳다. 시시콜콜한 지난 잘못까지 일일이 다 꺼내 바로잡자면 문제가 더 꼬인다. 뒤만 돌아보느라 정작 발등에 떨어진 불을 못 보면 어쩌는가?

석체소옹

체증을 뚫어주나 정기를 삭게 한다
釋滯消壅

옛사람은 차의 여러 효능만큼이나 그 강한 성질을 경계했다. 당나라 때 기모경某母㷡은 〈다음서茶飲序〉에서 "체한 것을 풀어주고 막힌 것을 없애주는(釋滯消壅) 것은 하루 잠깐의 이로움이고, 정기를 수척케 하고 기운을 소모시키는(瘠氣耗精) 것은 평생의 큰 해로움이다"라고 말했다. 차가 답답한 체증을 뚫어주지만 정기를 갉아먹으니 조심해야 한다는 말이다. 소동파도 《구지필기仇池筆記》 중 차를 논한 대목에서 "번열을 없애고 기름기를 제거함(除煩去膩)은 차를 빼고는 안 된다. 하지만 은연중 사람을 손상시킴이 적지 않다"고 썼다.

당나라 때 재상을 지낸 이덕유李德裕(787~849)는 차에 벽癖이 들었단 말을 들은 사람이었다. 한번은 촉 땅에서 몽산蒙山의 떡차를 얻고는 이를 떼어 고깃국에 넣었다. 이튿날 보니 밤새 국 속의 고깃덩어리가 다 녹아 있었다. 이것으로 그는 차가 지닌 소옹消壅, 즉 체기를 내리는 효과를 증명해 사람들을 놀라게 했다. 하지만 하룻밤에 고깃덩어리를 흐물흐물 녹일 정도라면 여린 위벽인들 어찌 견뎌내겠는가?

다산은 유배지에서 스트레스와 운동 부족으로 체증을 달고 살았다. 1805년 백련사 승려 아암 혜장에게 차를 청하며 보낸 〈차를 청하는 글[乞茗疏]〉에서 "비록 정기를 고갈시킨다는 기모경의 말을 잊지는 않았으나, 마침내 막힌 것을 뚫고 고질을 없앤다고 한 이찬황李贊皇의 벽벽癖을 얻었다 하겠소[雖浸精瘠氣, 不忘基母㷱之言, 而消壅破癥, 終有李贊皇之癖]"라 한 것은 차의 성질을 너무도 정확하게 꿰뚫어 본 말이다. 글속의 이찬황은 이덕유다. 김명희金命喜는 초의 스님에게 차를 받고 보낸 답시에서 역시 차가 지닌 체증을 뚫어주고 번열을 씻어내는 소옹척번消壅滌煩의 효능에 주목했다.

다산이 차의 독성을 눅이려 구증구포九蒸九曝의 제다법을 마련한 것은 당시 조선인의 채식 위주 식단을 고려한 때문이다. 막힌 체증을 뚫어주니 속이 다 후련하다. 하지만 시원한 것만 찾다 보면 정기가 삭아 몸에 해롭다. 어찌 차만 그렇겠는가? 세상일이 다 그렇다.

선담후농

장사꾼의 흥정법에서 배우는 처세

先淡後濃

연암 박지원의 〈마장전馬駔傳〉은 송욱과 조탑타, 장덕홍 등 세 사람
이 광통교 위에서 나누는 우정에 대한 토론으로 시작된다. 탑타가 말
했다. "아침에 밥 동냥을 다니다가 포목전에 들어갔었지. 베를 끊으러
온 자가 있었네. 베를 고르더니 핥아도 보고 허공에 비춰 살피기까지
하더군. 그러고는 값은 말 안 하고 주인더러 먼저 불러보라는 게야. 그
러더니 둘 다 베는 까맣게 잊었는지 포목장수가 갑자기 먼 산을 보며
구름이 나온다고 흥얼대더군. 사려던 사람은 뒷짐 진 채 왔다 갔다 벽
에 걸린 그림 구경을 하고 있지 뭐야." 송욱이 대답한다. "네 말이 교
태交態, 즉 사귐의 태도는 알았다고 할 만하다. 하지만 사귐의 도를 깨
닫기는 아직 멀었어." 덕홍이 나선다. "꼭두각시놀음에서 장막을 치는
건 줄을 당기기 위해서라네." 송욱이 또 대답한다. "네가 교면交面, 곧
사귐의 겉모습을 알았구나. 그렇지만 도는 멀었어." 이런 식의 종잡을

수 없는 대화가 쭉 이어진다.

홍정을 시작해야 할 판에 서로 딴전만 부린다. 그 얘길 듣고 송욱이 사귐의 태도를 안 것이라고 평가했다. 둘 사이에 홍정이 붙어 거래를 이루는 것을 두 사람이 만나 우정을 맺는 것에 견줬다. 먼저 값을 안 부르는 것은 탐색전을 벌이는 것이다. 카드를 먼저 내밀었다간 기선을 제압당하기 쉽다.

명말 육소형의《취고당검소》에 이런 말이 나온다.

처음엔 담담하다 뒤에는 진하게, 앞서는 소원한 듯 나중엔 친하게, 먼저는 멀리하다 끝에는 가까워지는 것이 벗을 사귀는 도리이다.

先淡後濃, 先疎後親, 先遠後近, 交友道也.

덤덤하게 시작해서 차츰 가까워진다. 처음엔 데면데면하다가 조금씩 친밀해진다. 그런 사귐이라야 오래간다. 만나자마자 죽고 못 살 듯이 가까워졌다가 얼마 못 가 나쁜 놈 하며 등을 돌린다. 급속도로 친해져서 그보다 빨리 멀어진다. 금세 죽이 맞았다가 대뜸 시들해진다. 꼭두각시놀음의 트릭을 뻔히 알아도 커튼으로 줄을 가려주는 예의는 필요한 법이다. 교도交道, 즉 사귐의 도리까지는 기대하지 않는다 해도, 이 간단한 이치를 몰라 세상의 싸움질이 그칠 날이 없다. 장사치의 홍정만도 못하다.

선성만수

매미 울음소리에 옛사람을 그리네

蟬聲滿樹

퇴계 선생이 주자의 편지를 간추려 《회암서절요晦菴書節要》란 책을 엮었다. 책에 실린, 주자가 여백공呂伯恭에게 답장한 편지는 서두가 이랬다.

수일 이래로 매미 소리가 더욱 맑습니다. 매번 들을 때마다 그대의 높은 풍도를 그리워하지 않은 적이 없습니다.

數日來, 蟬聲益淸. 每聽之, 未嘗不懷高風也.

제자 남언경南彦經과 이담李湛 등이 퇴계에게 따져 물었다. 요점을 간추린다고 해놓고 공부에 요긴하지도 않은 이런 표현은 왜 남겨두었느냐고.

퇴계가 대답했다.

생각하기 따라 다르다. 이런 표현을 통해 두 사람의 정이 얼마나 깊었는지 알 수 있다. 단지 의리의 무거움만 취하고 나머지는 다 빼면 사우師友 간의 도리가 이처럼 중요한 것인 줄 어찌 알겠는가. 나는 여름날 나무 그늘에서 매미 울음소리가 들릴 때마다 주자와 여백공 두 분 선생의 풍모를 그리워하곤 한다.

긴 글을 짧게 간추렸다. 나무의 높은 가지에서 우는 매미 소리를 들으면서, 주자는 여백공의 높은 인격을 그렸다. 퇴계는 그 소리를 듣고 두 사람 사이에 오간 그 마음을 떠올렸다. 남언경과 이담은 공부하는 사람의 엄정함을 들어 편지 서두의 의례적 인사말을 왜 삭제하지 않았느냐고 따졌다. 같은 표현에서 읽은 지점이 달랐다. 퇴계에게 매미 소리는 높은 인격을 사모하는 촉매였지만, 두 사람에게는 시끄러운 소음이었을 뿐이다. 의리의 무거움만 알아 깊은 정을 배제하는 데서 독선獨善이 싹튼다. 뼈대가 중요하지만 살이 없으면 죽은 해골이다. 살을 다 발라 뼈만 남겨놓고 이것만 중요하다고 하면 인간의 체취가 사라진다. 명분만 붙들고 사람 사이의 살가운 마음이 없어지고 보니 세상은 제 주장만 앞세우는 살벌한 싸움터로 변한다. 퇴계 선생의 이 말씀이 더욱 고마운 까닭이다. 윤증도 이 뜻을 새겨, 그의 〈청선聽蟬〉 시에서 이렇게 노래했다.

며칠 새 매미 소리 귀에 가득 해맑아
고개 돌려 높은 풍도 그리워하게 하네.
數日蟬聲淸滿耳　令人回首溯高風

매미 울음소리가 도처에 낭자하다. 새벽 아파트 베란다 창에 한 마리가 붙어 울면 온 식구 잠이 다 깬다. 학교 숲길은 종일 아이들 합창대회 연습장 같다. 이언진李彦瑱의 다음 구절을 붓글씨로 써서 문 위에 써 붙인다.

저녁 볕 들창에 환하고
매미 소리 나무에 가득타.
斜陽明窓　蟬聲滿樹

무더위에 찌들었던 마음이 비로소 환하게 펴진다.

설니홍조

눈 진흙 위에 난 기러기의 발자국

雪泥鴻爪

송나라 때 소식蘇軾이 지은 〈아우 소철蘇轍이 민지澠池에서의 옛일을 회상하며 쓴 시에 화답하여〔和子由澠池懷舊〕〉란 시다.

인생길 이르는 곳 무엇과 비슷한가
기러기가 눈 진흙을 밟는 것과 흡사하네.
진흙 위에 우연히 발자국 남았어도
날아가면 어이 다시 동서를 헤아리랴.
노승은 이미 죽어 새 탑이 되어 섰고
벽 무너져 전에 쓴 시 찾아 볼 길 없네.
지난날 험하던 길 여태 기억나는가?
길은 멀고 사람 지쳐 노새마저 울어댔지.
人生到處知何似　應似飛鴻踏雪泥

泥上偶然留指爪　鴻飛那復計東西
老僧已死成新塔　壞壁無由見舊題
往日崎嶇君記否　路長人困蹇驢嘶

　시의 뜻은 이렇다. 사람의 한생은 기러기가 눈 쌓인 진흙밭에 잠깐 내려앉아 발자국을 남기는 것과 같다. 기러기는 다시금 후루룩 날아 갔다. 어디로 갔는가? 알 수가 없다. 예전 우리 형제가 이곳을 지나다가 함께 묵은 일이 있었다. 그때 우리를 맞아주던 노승은 그 사이에 세상을 떠나 새 탑에 그의 이름이 새겨져 있다. 예전 절집 벽에 적어둔 시는 벽이 다 무너져 이제 와 찾을 길이 없다. 분명히 내 손으로 적었건만 무너진 벽과 함께 흙으로 돌아갔다. 노승은 육신을 허물고 탑 속으로 들어갔다. 틀림없이 있었지만 어디에도 없다. 여보게 아우님! 그 가파르던 산길을 기억하는가? 길은 끝없이 길고, 사람은 지쳤는데, 절룩거리는 노새마저 배가 고프다며 울어대던 그 길 말일세. 이제 그 기억만 남았네. 그 안타깝던 마음만 이렇게 남았네.

　설니홍조雪泥鴻爪란 말이 이 시에서 나왔다. 눈 진흙 위의 기러기 발자국이란 말이다. 분명히 있지만 어디에도 없다. 자취만 남고 실체는 없다. 한 해를 바쁘게 달려왔다. 일생을 숨 가쁘게 살아왔다. 여기 저기 어지러이 뒤섞인 발자국 속에는 내 것도 있겠지. 아웅다웅 옥신 각신 다투며 살았다. 한번 밀리면 큰일 나는 줄 알았다. 사생결단 수단 방법을 가리지 않았다. 하지만 돌아보니 덧없다. 발자국만 남기고 기러기는 어디 갔나? 한 치 앞을 내다보지 못하는 인간들이 오늘도 '사는 해 백년을 못 채우면서, 언제나 천년 근심 지닌 채 산다〔生年不滿百, 常懷千歲憂〕.'

90대 노부부는 세밑의 구세군 냄비에 2억 원을 넣고 자취를 감췄다. 천년만년 절대 권력을 누릴 것 같던 북한의 독재자는 심근경색으로 돌연히 세상을 떴다. 누구나 죽는데 그것을 모른다. 자취가 남은들 어디서 찾는가? 눈이 녹으면 그 자취마저 찾을 길이 없으리.

성문과정

과도한 명성을 경계하라

聲聞過情

소식蘇軾의 시다.

선비가 시골에 있을 때에는
강태공姜太公과 이윤伊尹에다 저를 비기지.
시험 삼아 써보면 엉망이어서
추구芻狗를 다시 쓰기 어려움 같네.
士方在田里　自比渭與莘
出試乃大謬　芻狗難重陳

추구는 짚으로 엮어 만든 개다. 예전 중국에서 제사 때마다 만들어
쓰고는 태우곤 했기 때문에 나온 말이다. 재야에 있을 때는 하도 고결
하고 식견이 높은 듯 보여 맡기면 안 될 일이 없을 것 같았다. 막상 써

보니 일회용도 못 되는 알량한 그릇이었다는 말이다.

소식이 〈증전도인贈錢道人〉이란 시에서 또 말했다.

> 서생들 몹시도 책만 믿고서
> 세상일을 억탁으로 가늠한다네.
> 견딜 만한 역량도 못 헤아리고
> 무거운 약속조차 가볍게 하지.
> 그때야 뜻에 마냥 통쾌했어도
> 일 지나면 후회가 남음이 있네.
> 몇 고을의 무쇠를 모두 모아야
> 이 큰 쇠줄 만들런지 모르겠구나.
>
> 書生苦信書　世事仍臆度
> 不量力所負　輕出千勾諾
> 當時一快意　事過有餘作
> 不知幾州鐵　鑄此一大錯

입으로 하는 고담준론이야 누구든 다 한다. 세상일은 책에 나오는 대로 되는 법이 없다. 큰소리 뻥뻥 쳐놓고 뒷감당 못해 민망한 꼴은 지금도 날마다 본다.

한유가 〈지명잠知名箴〉에서 말했다.

> 내면이 부족한 사람은 남이 알아주는 것을 조급해한다. 넉넉하게 남음이 있으면 그 소문이 사방으로 퍼져나간다.
>
> 內不足者, 急於人知. 沛然有餘, 厥聞四馳.

저를 알아달라고 설쳐대는 것은 내실이 없다는 틀림없는 증거다. 내면이 충만한 사람은 가만히 있어도 사람들이 먼저 알아 소문이 퍼진다. 그래서 공자는 "소문이 실정보다 지나침〔聲聞過情〕을 군자가 부끄러워한다"고 말씀하셨다.

이 말을 받아 홍석주는 그의《학강산필》에서 이렇게 적었다.

군자가 본래 남이 나를 알아주는 것을 싫어하지는 않는다. 하지만 실지가 없는데도 남이 알아주는 것은 싫어한다. 실제보다 넘치는 이름은 사람을 해침이 창보다 날카롭다. 실지가 없으면서 남들이 알아주느니, 차라리 실지가 있으면서 남이 알아주지 않는 것이 더 낫다. 사람들은 세상에 알려지기를 구하느라 정신이 없다. 알아줌을 얻지 못해 근심하고 미워하며 성내는 자는 반드시 실지가 부족한 사람이다.

君子固未嘗惡人之知我也, 然又惡夫無其實而爲人之所知也. 過實之名, 其害人也, 憯於矛戟, 與其無實而爲人所知也, 毋寧有其實而人不知之爲愈也. 雖然, 人之汲汲焉求知於世, 不見獲, 則戚戚焉惡且慍者, 必其實之不足者也.

성사원방

찬찬히 일을 살펴 비방을 멀리하라

省事遠謗

진미공陳眉公이 엮은《독서경讀書鏡》의 한 단락이다. 송나라 때 조변이 물러나 한가로이 지낼 때 한 선비가 책과 폐백을 들고 찾아와 가르침을 청했다. 그는 말없이 읽던 책을 끝까지 다 마치고 나서 정색을 하고 말했다. "조정에 학교가 있고 과거시험도 있거늘 어찌 거기서 학업을 마치지 않고 한가로이 물러나 지내는 사람에게 조정의 이해에 대해 말하라 하는가?" 선비가 황망하게 물러났다.

당나라 때 산인山人 범지선范知璿이 승상 송경宋璟을 찾아와 자기가 지은 글을 바쳤다. 글로 그의 마음을 얻어 한자리 얻어볼 속셈이었다. 송경이 말했다. "당신의 〈양재론良宰論〉을 보니 아첨의 뜻이 있소. 문장에 자신이 있거든 내게 따로 보여주지 말고 과거에 응시하시오." 범지선이 진땀을 흘리며 물러났다.

이 두 예화를 소개한 후 그는 옛사람의 말을 다시 인용했다.

관직에 있는 사람은 기색이 다른 사람과는 만나지 않아야 한다. 무당이나 여승은 말할 것도 없다. 마땅히 멀리하고 딱 끊어야 한다. 공예에 뛰어난 사람도 집에 오래 머물게 하면 안 된다. 이들과 허물없이 가까이 지내다 보면 바깥에서 들은 얘기를 멋대로 바꿔 전해 시비를 농단한다.

當官不接異色人. 不止巫祝尼媼, 禮當疏絕. 至于工藝之人, 亦不可久留于家, 與之親狎. 此輩皆能變易聽聞, 簸弄是非.

큰일을 하려면 멀리해야 할 것을 따져 가늠하고〔審察疎遠〕, 일을 살펴 비방을 멀리하여〔省事遠謗〕 몸가짐을 무겁게 하고 자리와 사람을 잘 가려야 한다.

선초의 왕자 사부 민백형閔伯亨이 분매盆梅를 길렀다. 그가 외직으로 나가게 되자 왕자가 임금께 바치고 싶다며 그에게 기르던 분매를 달라고 했다. 민백형이 바로 거절했다. 왕자가 이유를 묻자 바깥사람들이 왕자께서 바친 것인 줄 모르고 자신이 임금의 총애를 얻으려 아첨하는 것이라 비웃을 테니 드릴 수가 없다고 했다. 그는 일을 살펴 비방을 멀리하는 성사원방省事遠謗의 이치를 잘 알았다고 할 만하다. 《효빈잡기效顰雜記》에 나온다.

성일역취

술 마시는 일을 경계함

醒日亦醉

예전 한 원님이 늘 술에 절어 지냈다. 감사가 인사고과에 이렇게 썼다. "술 깬 날도 취해 있다(醒日亦醉)." 맨정신일 때가 없다는 말이었다. 해마다 6월과 12월에 팔도의 감사가 산하 고을 원의 성적을 글로 지어 보고하는데, 술로 인한 실정이 유독 많았다. "세금 징수는 공평한데, 술 마시는 것은 경계해야 마땅하다(斛濫雖平, 觴政宜戒)." "잘 다스리길 원하지 않는 것은 아니나, 이 술버릇을 어이하리(非不願治, 奈此引滿)." 정약용이 《다산필담茶山筆談》에서 한 말이다.

《상산록象山錄》에서는 또 이렇게 썼다.

술을 즐기는 것은 모두 객기다. 세상 사람들이 잘못 알아 맑은 운치로 여긴다. 이것이 다시 객기를 낳고, 오래 버릇을 들이다 보면 술 미치광이가 되고 만다. 끊으려 해도 끊을 수가 없으니 진실

로 슬퍼할 만하다. 술을 마시고 주정을 하는 자가 있고, 마시면 말
이 많아지는 자가 있고, 마시면 쿨쿨 자는 자도 있다. 주정을 부리
지 않는 사람은 스스로 폐해가 없다고 생각하겠지만, 잔소리나 군
소리를 아전이 괴롭게 여기고, 길게 누워 깊이 잠들면 백성이 원망
한다. 어찌 미친 듯이 소리치고 어지러이 고함지르며, 과도한 형벌
과 지나친 매질을 해야만 정사에 해롭겠는가? 고을을 맡은 자는
술을 끊지 않으면 안 된다.

嗜酒皆客氣也. 世人誤以爲淸趣. 轉生客氣, 習之旣久, 乃成饕狂. 欲罷
不能, 誠可哀也. 有飮而酗者, 有飮而談者, 有飮而睡者. 其不酗者, 自以
爲無弊, 然細談贅語, 吏則苦之, 熟睡長臥, 民則怨之. 何待狂叫亂嚷, 淫
刑濫杖而後, 害於政哉? 爲牧者, 不可不斷酒.

명나라 정선鄭瑄이 말했다.

인간의 총명은 유한하고, 살펴야 할 일은 한이 없다. 한 사람의
정신을 쏟아 뭇사람의 농간을 막는 것은 쉬운 일이 아니다. 술에
빠지고 여색을 탐하며, 시 짓고 바둑이나 두면서, 마침내 옥사나
송사는 해를 넘기고 시비가 뒤바뀌어, 소송은 갈수록 많아지고 일
거리는 날마다 늘어난다. 어찌 탄식하지 않겠는가?

聰明有限, 事機無窮. 竭一精神, 以防衆奸, 已非易事. 而耽延含杯, 恣
情漁色, 賦詩品奕, 遂致獄訟經年, 是非易位, 詞訴愈多, 事機愈夥. 豈不
嗟哉?

모두 《목민심서》 〈율기律己〉 중 '칙궁飭躬'에 실려 있는 예화다. 어

찌 목민관만의 일이겠는가? 과도한 음주는 끝내 문제를 일으킨다. 그런데도 술로 인한 사건 사고가 끊이지 않는다. 한 번의 실수로 치러야 할 대가가 너무 크다.

세간지락

세간의 지극한 즐거움

世間至樂

《아고수집雅古搜輯》은 추사 김정희와 다산 정약용 등의 친필 필첩
과 화론畫論을 옮겨 적은 소책자다. 소치小癡 허련許鍊의 인장이 찍혀
있다. 읽다가 다음 글에서 눈길이 멎었다.

빈천이 부귀만 못하다는 것은 속된 말이다. 부귀보다 빈천이 낫
다는 것은 교만한 말이다. 가난하고 천하면 입고 먹는 마련에 분주
하고, 아내와 자식이 번갈아 원망한다. 어버이를 봉양하지도 못하
고, 자식을 가르칠 수도 없다. 무슨 즐거움이 있겠는가? 다만 전원
이 그나마 넉넉하고, 언덕과 골짜기가 기뻐할 만하다. 물에서는 고
기와 새우를 벗 삼고, 산에서는 고라니와 사슴을 동무 삼는다. 구
름을 밭 갈며 달을 노래하고, 눈을 낚시질하며 꽃을 읊조린다. 뜻
맞는 벗과 짝지어 어울리고, 소 먹이는 아이는 장난치며 무릎 사이

로 붙는다. 어떤 때는 단칸방에 오도카니 앉아 고요함을 익히며 아무 일도 작위하지 않는다. 혹은 수레를 타거나 지팡이를 짚고 여러 날 머물며 돌아옴을 잊는다. 즐겁기가 진짜 신선만 못지않아도, 어찌 늘 족하기야 하겠는가?

貧賤不如富貴, 俗語也. 富貴不如貧賤, 驕語也. 貧賤則奔走衣食, 妻孥交謗. 親不及養, 子不能敎, 何樂之有. 唯是田園粗足, 丘壑可怡, 水侶魚蝦, 山友麋鹿. 耕雲誦月, 釣雪吟花. 同調之友, 兩兩相命, 食牛之兒, 戱着膝間. 或兀坐一室, 習靜無營, 或命駕杖藜, 留連忘返. 爲樂不減眞仙, 何尋常足云.

글쓴이가 밝혀져 있지 않아 찾아보니 명나라 때 사조제가 《오잡조》에서 한 말이었다. 이 글을 베껴 쓴 추사의 마음을 짐작할 수 있을 것 같다. 부귀를 가벼이 보는 것은 몰라도, 빈천을 자랑함은 건방진 말이라는 대목이 마음에 와닿는다. 중간에 '습정무영習靜無營', 즉 고요함을 익혀 작위하지 않는다는 표현에 밑줄을 그었다. 이 바쁜 세상에 무슨 무위도식의 잠꼬대 같은 소리냐는 빈정거림이 들릴 법하다. 그때도 이런 생활은 꿈에서나 가능한 일이었다.

잇대어 쓴 다음 문장은 《송사宋史》 〈소순흠열전蘇舜欽列傳〉에 나오는 글이다.

초저녁에 잠들어 대낮에야 일어난다. 뜨락은 고요하고 창문은 환하다. 그림과 책을 펼쳐놓고 거문고와 술잔으로 날마다 즐긴다. 흥이 일면 작은 배를 띄워 읊조리며 강과 산의 사이에서 옛일을 돌아본다. 좋은 차와 막걸리는 근심을 녹여주기에 충분하고, 미나리

와 게는 입맛을 돋우기에 알맞다. 이야말로 세간의 지극한 즐거움
이다.

三商而眠, 高春而起, 靜院明窓, 羅列圖史, 琴樽以日娛. 有興則汎小
舟, 吟嘯覽古於江山之間. 渚茶野釀, 足以消憂, 蓴菜稻蟹, 足以適口. 是
爲世間至樂.

부귀가 무작정 자랑이 아니듯, 빈천도 부끄럽기만 할 일은 아니다.
부귀에 취하고, 빈천에 짓눌려 황폐해진 삶은 보기에 민망하다. 부족
해도 부자로 사는 방법이 있다. 세간의 지극한 즐거움(世間至樂)은 마
음으로 누리는 것이지 재물로는 안 된다. 작위함을 버려야 내면에 고
요가 깃든다. 어디서 세간의 지락을 누려볼까? 세상이 너무 시끄러워
자꾸 마음자리를 돌아보게 된다.

세구색반

보이지 않는 것까지 들춰내기

洗垢索瘢

박세채朴世采가 조카 박태초朴泰初에게 보낸 글의 일부다.

예로부터 자기는 바르고 남은 그르다고 여기면서 만세의 공론을 이룬 적이 어찌 있었던가? 대개 저마다 자기와 같게 하려 하여 상대방은 잘못이라 하고 저만 옳다고 하니, 이 때문에 양측의 성냄과 비방이 산과 같다. 계교하기를 반드시 때를 벗겨내서라도 흉터를 찾으려고 하여, 함께 벌거벗고 목욕하는 지경에 이르니, 이 일이 어디까지 갈지 모르겠다.

自古安有自以爲正而指人爲邪, 因成萬世公論者耶? 蓋欲各使同已, 指彼爲邪, 措己爲正, 以故兩邊怒謗如山. 計必洗垢索瘢, 以至同浴裸裎之域, 未知此事稅駕於何地也.

글 속의 세구색반洗垢索瘢은 때를 벗겨내서라도 잘 보이지 않는 남의 흠결을 찾아내 시비한다는 의미다. 위징이 당 태종에게 올린 글에 나온다. 그 말은 이렇다.

오늘날 형벌과 상을 내림이 다 바르지 못하다. 혹 호오好惡에 따라 펴거나 굽히고, 희로喜怒에 말미암아 경중輕重을 가른다. 마음에 드는 사람이면 법에 걸려 형벌을 받아도 불쌍타 하고, 마음에 안 들면 상관도 없는 일에서 죄를 찾는다. 좋아하는 사람은 가죽을 뚫어 터럭을 꺼내 보이고, 미워하는 사람은 때를 씻어서라도 그 흠집을 찾아내려 든다.

今之刑賞, 未必盡然. 或申屈在乎好惡, 輕重由乎喜怒. 遇喜則矜其刑于法中, 逢怒則求其罪于事外. 所好則鑽皮出其毛羽, 所惡則洗垢求其瘢痕.

백사 이항복은 당시 사림의 분파주의와 상호 비방을 근심해 올린 차자箚子에서 이렇게 썼다. "지금은 오히려 치우친 분파만 고집해서 도리로 구하지 않고 그저 이기려고만 든다. 장차 선배를 다 끌어와 때를 씻어내서라도 흠결을 찾아, 아주 작아 보이지 않는 것까지 들춰내서 서로 다투어 공격한다〔今乃猶執偏係, 不求諸道, 一向求勝. 盡將前輩, 洗垢索瘢, 抉摘微隱, 爭相攻發〕."

오도일吳道一도 형조참의를 사직하며 올린 상소에서, "터럭을 불어 흠집을 찾고, 때를 씻어 흉터를 구해, 술자리에서 일어난 사소한 일까지 주워모아 덧대어 붙여서, 한 사람이 떠들면 열 사람이 화답한다〔吹毛覓疵, 洗垢索瘢, 雖酒場微細之事, 捃摭增衍, 一唱十和〕"고 적었다.

여러 사람이 같은 말을 했다. 세상이 나아지지 않는다는 증거다.

세척진장

위로와 기쁨이 되는 풍경

洗滌塵腸

내가 다산초당의 달밤을 오래 마음에 품게 된 것은 다산이 친필로 남긴 다음 글을 읽고 나서다.

9월 12일 밤, 나는 다산의 동암東菴에 있었다. 우러러 하늘을 보니 아득히 툭 트였고, 조각달만 외로이 맑았다. 남은 별은 여덟아홉을 넘지 않고, 뜨락은 물속에서 물풀이 춤추는 듯하였다. 옷을 입고 일어나 나가 동자에게 퉁소를 불게 하자 그 소리가 구름 끝까지 울려 퍼졌다. 이때에는 티끌세상의 찌든 내장이 말끔하게 씻겨 나가 인간 세상의 광경이 아니었다.

九月十二之夜, 余在茶山東菴. 仰見玉宇寥廓, 月片孤淸, 天星存者, 不逾八九. 中庭藻荇漪舞. 振衣起行, 令童子吹簫, 響徹雲際. 當此之時, 塵土腸胃, 洗滌得盡. 非復人世之光景也.

눈썹달이 떠오른 초당의 어느 날 밤 풍경이다. 맑은 하늘에 조각달만 걸렸다. 별도 몇 개 뜨지 않은 밤, 바람에 살랑대는 나뭇가지 사이를 달빛이 통과하면서 만드는 그림자가 마치 물속에서 물풀이 흔들리는 듯한 정취를 자아낸다. 다산은 공부를 하다가 찬 공기를 쐬려고 문을 벌컥 열었던 모양이다. 이때 문득 맞닥뜨린 광경에 저도 몰래 마당에 내려서니, 마치 물속을 유영하는 느낌이다. 동자의 통소 소리는 하늘 끝에 사무친다. 세상의 이런저런 근심마저 흔적 없이 사라져 티끌에 찌든 내장을 헹궈낸 듯 깨끗하다.

해남의 천경문千敬文에게 준 편지에도 비슷한 내용이 있다.

지각池閣에 밤이 깊었는데 산에 달이 점차 오르더니, 빈 섬돌에 물풀이 흔들리며 춤을 춥니다. 옷을 걸쳐 입고 홀로 서자 정신이 복희伏犧와 신농神農의 세상으로 내닫는군요. 다만 운치 있는 사람과 함께 곁에서 담론하지 못하는 것이 유감입니다.

池閣夜深, 山月漸高. 空階藻荇翻舞. 攬衣獨往, 馳神犧農之世. 但恨傍無韻人, 與之談論也.

다산이 적막한 귀양지의 삶을 형형한 정신으로 버텨낼 수 있었던 것은, 이따금 우연히 맞닥뜨린 이 같은 순간이 준 위로 때문이었을 게다. 누구에게든 마음속의 다산초당은 있다. 먹고사느라 바빠 등 떠밀려 허겁지겁 살아온 세월 속에서, 생각만으로도 마음에 위로가 되고 떠올리면 기쁨이 되는 풍경들이 있다. 티끌세상의 욕심에 찌든 내장을 깨끗이 세척해줄 나의 다산초당은 어디인가?

소객택인

사람을 잘 가려야 욕 당하지 않는다

召客擇人

측천무후 원년(692)의 일이다. 흉년으로 사람들이 굶어 죽자 온 나라에 도살과 어류 포획을 금지시켰다. 우습유右拾遺 장덕張德이 귀한 아들을 얻어 사사로이 양을 잡아 잔치했다. 보궐補闕 두숙杜肅이 고기 전병 하나를 몰래 품고 나와 글을 올려 장덕을 고발했다. 이튿날 태후가 조회할 때 장덕에게 말했다. "아들 얻은 것을 축하하오." 장덕이 절을 올리며 사례했다. "고기는 어디서 났소?" 장덕이 고개를 조아려 사죄했다. 태후가 말했다. "내가 도살을 금했지만 길한 일과 흉한 일의 경우는 예외요. 경은 이제부터 손님을 청할 때 사람을 가려서 하는 것이 좋겠소." 그러면서 두숙이 올린 글을 꺼내서 보여주었다. 두숙은 크게 무참했다. 온 조정이 그 얼굴에 침을 뱉으려 했다. 소객택인召客擇人, 즉 손님을 부를 때 사람을 가려서 하라는 말이 여기서 나왔다.

누사덕婁師德은 어진 사람이었다. 40년간 지방관으로 있는 동안 관

453

대하고 근면해서 백성들이 편안했다. 당시 적인걸狄仁杰이 재상에 올랐다. 누사덕이 그를 추천했다. 적인걸은 그 사실을 모른 채 평소 누사덕을 가볍게 보아, 여러 번 그를 변방으로 보낼 것을 청했다. 듣다 못한 태후가 물었다. "누사덕은 현명한가?" "장군으로 변방을 지킬 수는 있겠지만 현명한지는 모르겠습니다." "그는 인재를 잘 알아보는가?" "신이 전부터 그와 동료였지만 그런 말은 못 들었습니다." 태후가 말했다. "짐이 경을 알게 된 것은 누사덕이 추천했기 때문이다. 그렇다면 그는 사람을 알아보는 사람이라 할 수 있다[可謂知人]." 적인걸이 진땀을 흘리며 물러나와 부끄러워하며 말했다. "내가 누사덕의 성대한 덕의 그늘에 있었구나. 나는 그를 넘볼 수가 없겠다."

나라에 큰일을 앞두면, 저마다 자기가 그 사람이라며 남을 헐어 제 잇속을 차리기 바쁘다. 윗자리에 있는 사람이 중심을 잡지 않고 이리저리 휘둘리면 사람도 잃고 큰일을 그르친다. 난무하는 말의 잔치 속에서 본질을 꿰뚫어 핵심을 잡기가 쉽지 않다. 소객택인! 사람을 잘 가려야 욕을 당하지 않는다. 가위지인! 큰일을 하려면 사람을 알아보는 안목이 중요하다. 말년에 독선에 흐르기 전까지 무측천의 용인술用人術은 이처럼 통 크고 시원스러웠다.

소구적신

묵은 것을 없애고 새것을 쌓자

消舊積新

《칠극七克》은 예수회 신부 판토하Didace de Pantoja(1571~1618)가 북경에서 1614년 출판한 책이다. 한문으로 천주교 교리를 쉽게 설명했다. 정약용을 비롯해 조선 지식인들이 이 책을 통해 천주교인이 되었다.

서문에서 말했다. "대저 마음의 병이 일곱 가지요, 마음을 치료하는 약이 일곱 가지다. 핵심은 모두 묵은 것을 없애고 새것을 쌓는 것〔消舊積新〕에 불과하다." 이어 그는 교만함〔傲〕은 겸손으로 이기고, 질투〔妬〕는 어짊과 사랑으로 극복하며, 탐욕〔貪〕은 베풂으로 풀고, 분노〔忿〕는 인내로 가라앉히며, 욕심〔饕〕은 절제로 막고, 음란함〔淫〕은 정결로 차단하며, 게으름〔怠〕은 부지런함으로 넘어서야 한다면서, 7장으로 나눠 그 방법을 구체화했다.

제1장은 교만을 누르는 방법이다. 그중의 몇 단락.

색욕은 젊어서는 즐겨도 늙으면 식는다. 분노는 참으면 없어지고 고요하면 물러난다. 하지만 교만은 한번 마음에 들어오면 언제 어디서고 붙어다닌다. 몸이 늙어도 교만은 시들지 않는다.

如色慾少則, 老則息. 如忿怒, 忍則去, 靜則却. 惟傲一納於心, 時處附着焉. 身能老而傲不衰.

때가 되지 않았는데 드러나 칭찬을 받는 것은 길가의 과일과 같다. 사람마다 따지만 누가 익었는지를 묻겠는가? 수많은 열매 중에 마침내 하나도 익지 못한다.

非時而露, 使人見稱, 路旁果也. 人人取之, 安問者熟? 百千萬果, 竟無一成.

서양의 여러 현자의 일화를 적고,《논어》같은 유가 경전도 인용하다가,《성경》말씀 한 단락을 슬쩍 끼워넣는다.

쇠를 시험하려면 붉게 달궈진 화로에 넣고, 사람을 시험하려면 칭찬하는 말속에 넣는다. 가짜 쇠는 불에 들어가면 연기를 따라 흩어지지만, 진짜 쇠는 불에 들어가면 단련할수록 정금精金이 된다.

經曰: '試金, 納之紅爐. 試人, 納諸譽口.' 僞金入火, 隨烟而散. 眞金入火, 彌煉彌精.

《성경》〈잠언〉제27장 제21절의 "도가니에서 금이나 은을 제련하듯, 칭찬해보아야 사람됨을 안다"는 말을 한문투로 풀어썼다.
예화가 신선하고 설명이 알기 쉬워, 심신수양서로 알고 읽다 보면 그 안에서 어느새 신앙이 싹터 있곤 했다.

소년등과

젊은 날의 출세는 큰 불행의 시작

少年登科

옛사람은 사람의 세 가지 불행을 이렇게 꼽았다. 첫째가 소년등과少年登科다. 너무 일찍 최고의 자리에 오르는 것이다. 이제 내려올 일만 남았는데 남은 날이 길다. 소년등과가 나쁘다기보다, 이른 성취로 학업을 폐하여 더 이상의 진취가 없게 됨을 경계한 말이다. 둘째는 부형父兄의 형세에 기대 좋은 벼슬에 오름이다. 애쓰지 않고 남이 못 가진 것을 누리다 보니, 그 위치가 얼마나 귀하고 어려운 자리인지 몰라 함부로 굴다가 제풀에 무너진다. 셋째는 재주가 높고 문장마저 능한 것이다. 거칠 것이 없고 꿀릴 데가 없다. 실패를 모르고 득의양양하다가 한순간에 나락에 굴러 떨어진다. 어찌 살피고 삼가지 않겠는가?

이 세 가지는 누구나 선망하는 것인데 선인들은 오히려 이를 경계했다. 차도 넘치지 않고, 높아도 위태롭지 않으려면 자신을 낮추고 숙이는 겸손이 필요하다.

김일손金馹孫(1464~1498)은 잘나가던 이조좌랑을 사직하고 사가독서賜暇讀書를 청하는 상소문을 올렸다. 그는 옛사람이 경계한 '소년등과일불행少年登科一不幸'이 바로 자신을 두고 한 말이라며, 너무 젊은 나이에 요직을 두루 거쳐 큰 은총을 입었으니, 이쯤에서 그치고 독서로 자신을 충전하겠다고 사직을 간청했다.

화복은 문이 따로 없고 다만 그 사람이 불러들이는 것입니다. 사람의 재앙이 없다 해도 반드시 하늘의 형벌이 있을 것이니, 매양이 생각만 하면 오싹하여 떨릴 뿐입니다. 다만 성상께서 보전해주소서.

禍福無門, 唯人所召. 不有人殃, 必有天刑. 每一念至, 不寒亦慄, 惟聖上保全之.

1878년 민영환閔泳煥(1861~1905)이 규장각 대교에 임명되자 역량이 안 되니 취소해달라는 상소를 올렸다.

직임이 화려할수록 졸렬함이 더 드러나고, 돌아보심이 두터울수록 송구함만 늘어갑니다. 주제넘게 차지하고서도 당연히 온 것으로 여기고, 잠시 받든 것을 본래 있던 것처럼 할 수는 없어 진심으로 우러러 성상께 아룁니다. 바라옵건대 굽어살펴 속히 신에게 제수하신 직책을 거두어주소서.

職愈華而拙愈著, 眷益厚而悚益滋. 不能以濫叨作倘來, 暫膺若固有, 瀝暴衷私, 仰干聰聽, 伏乞聖慈. 俯垂鑑諒, 亟遞臣新授職名.

가득 참을 경계하는 선인들의 마음이 이러했다. 젊은 날의 빠른 성취는 부러워할 일이 못 된다. 살얼음을 밟듯 전전긍긍해야 할 일이다. 한때의 환호가 차디찬 조소로 돌아오는 시간은 뜻밖에 짧다. 돌아보고 낮추고 숙여서 내실을 기르는 것이 옳다. 입은 하나고 귀가 둘인 까닭은 듣기를 말하기보다 두 배로 하라는 뜻이다.

소년청우

인생의 빛깔이 나이 따라 변한다

少年聽雨

세모歲暮라 스쳐 가는 생각이 참 많다. 중국 시 두 수를 읽어본다.
먼저 남송의 시인 신기질의 〈채상자采桑子〉란 작품.

젊어선 근심 재미 알지도 못한 채
새로 시를 지어서 굳이 근심 얘기했지.
층층 누각 즐겨 오르며
층층 누각 즐겨 오르며.
지금 와선 근심 재미 다했음을 알아서
말하려다 그만두고
말하려다 그만두고,
"좋은 가을, 날씨도 시원쿠나!" 말하네.

少年不識愁滋味　爲賦新詞强說愁

460

愛上層樓　愛上層樓　而今識盡愁滋味
欲說還休　欲說還休　却道天凉好箇秋

　　세상 근심 혼자 짊어진 듯 인상 쓰는 것을 멋으로 알던 젊은 시절
이 있었다. 화려한 층층누각 위에서 장안의 미희를 옆에 끼고 세상을
다 가진 듯 호기도 부려보았다. 나이 드니 근심의 자미滋味는 덧정도
없다. 삶의 찌든 근심을 말하려 해도 어디서부터 시작해야 할지 가늠
이 안 된다. 그래서 딴청 삼아 고작 한다는 말이 이렇다. "거 날씨 한
번 참 좋다!"
　　송나라 때 장첩蔣捷의 〈우미인虞美人〉.

　　젊어선 가루歌樓에서 빗소리를 들었지
　　붉은 등불 비단 휘장 어스름했네.
　　장년엔 나그네 배 위에서 빗소리를 들었네.
　　강은 넓고 구름 낮은데
　　갈바람에 기러기는 우짖어대고.
　　지금은 절집에서 빗소리를 듣노니
　　터럭은 어느새 성성해졌네.
　　슬픔 기쁨과 만나고 헤어짐에 아무런 느낌 없고
　　그저 섬돌 앞 물시계 소리 새벽 되길 기다릴 뿐.
　　少年聽雨歌樓上　紅燭昏羅帳
　　壯年聽雨客舟中　江闊雲低　斷雁叫西風
　　而今聽雨僧廬下　鬢已星星也
　　悲歡離合總無情　一任階前　點滴到天明

소년 시절 희미한 등불이 비단 휘장을 비출 때 술집에서 듣던 빗소리는 낭만의 소리다. 장년에 이리저리 떠돌며 나그네 배 위에서 듣던 빗소리에는 뼈저린 신산辛酸이 서렸다. 노년에 절집에 몸을 의탁해 지낸다. 서리 앉은 터럭 따라 슬픔과 기쁨의 일렁임은 없다. 헤어짐이 안타깝지도, 만남이 설레지도 않는다. 깊은 밤 정신은 점점 또랑또랑해져서 새벽 오기만 기다린다. 소년의 환락과 장년의 우수, 노년의 무심이 빗소리 따라 변해간다.

인생의 빛깔도 나이 따라 변한다. 안타깝고 발만 동동 구르던 시절도 지나보면 왜 그랬나 싶다. 사납던 욕심이 세월 앞에 자꾸 머쓱하다. 지난 일과 묵은해는 기억 속에 묻어두자. 마음 자주 들레지 말고, 터오는 새해의 희망만을 말하자.

소림황엽

잎 진 숲의 누런 잎

疎林黃葉

비 묻은 바람이 지나자 노랗게 물든 은행잎이 허물어지듯 땅 위로 쏟아진다. 길 위에 노란 카펫이 깔리고 길가에 선 차도 온통 노란 잎에 덮였다. 좀체 속내를 보이지 않던 나뭇가지 사이가 휑하다. 낙목한 천의 때가 가까워진 것이다.

김하라 씨가 유만주의 일기 《흠영》을 엮어 옮긴 《일기를 쓰다》(돌베개, 2015)를 읽었다. 그중 낙엽에 대해 말한 1785년 9월 19일 일기의 한 대목이다.

안개는 자욱하고 구름은 어두운데 누런 잎이 어지러이 진다. 가랑비에 바람이 빗겨 불자 푸른 못에 잔물결이 인다. 계절의 사물은 쓸쓸해도 생각만은 번화하다.

烟沉雲晦, 黃葉亂下. 雨細風斜, 碧沼微瀾. 時物蕭條, 意想繁華.

눈앞의 풍광은 쓸쓸한데 마음속 생각은 번화하다. 낙엽은 존재의 근원을 돌아보게 한다.

이튿날인 9월 20일의 일기에도 낙엽에 대한 사념이 이어진다.

짙은 서리에 잎이 물들어 푸른빛이 자꾸 줄어드는데 여기에도 또한 품격의 차이가 있다. 붉은 잎은 신분 높은 미녀와 비슷하고, 누런 잎은 고승이나 마음이 시원스러운 선비와 같다. 뜻이 몹시 진한 곳과 뜻이 담백한 곳이 있다.

葉染深霜, 青減分數, 亦有品格之別. 紅葉似貴遊美女, 黃葉如高僧曠士. 極意濃處, 却極意淡.

붉은 단풍잎은 도도한 미녀 같고 누런 잎은 법력 높은 고승이나 뜻 높은 선비 같다. 가을 숲 낙엽의 빛깔에서 농담濃淡의 차이를 읽었다. 그의 눈길은 화려한 미녀 쪽이 아닌 광달曠達한 선비에게로 향한다. 다시 생각이 이어진다.

소림황엽疎林黃葉이란 네 글자는 한번 생각만 해도 비록 지극한 처지의 번화한 사람조차 문득 저도 모르게 쓸쓸해져서 맑고 고요하게 만든다. 이 네 글자야말로 번잡함을 틔워주는 신령스러운 부적이 되기에 충분하다.

疎林黃葉四字, 一念到令人雖極地繁華者, 忽不覺寥然淸寂. 是四字足爲曠闊之神符與.

소림은 성근 가지만 남은 숲이다. 황엽은 그 아래 떨어진 누런 잎이다. 여린 신록이 짙은 초록을 거쳐 붉고 누런 잎으로 땅에 진다. 번화하던 시절은 전생에 꾼 꿈같다. 꽃 시절이 좋아도 사람은 안에 소림 황엽의 풍경을 지녀야 세속의 번잡함을 걷어낼 수 있다.

소심방담

대담한 가설에 꼼꼼한 논증

小心放膽

몇 해 전 대만 중앙연구원의 후쓰胡適 기념관을 찾았다. 그곳 기념
품점에서 후쓰의 친필 엽서를 몇 장 구입했다. 그중 한 장은 그 뒤 내
책장 앞쪽에 줄곧 세워져 있다.

　대담한 가설, 꼼꼼한 구증.

　大膽的假設, 小心的求證.

　'假說'이라 하지 않고 '假設'이라 쓴 것이 인상적이다. 학술적 글쓰
기의 핵심을 관통했다.

　공부는 '假設', 즉 허구적 설정에 바탕을 둔 '假說'에서 출발한다. 혹
이런 것은 아닐까? 이렇게 볼 수는 없나? 그런데 그 가설이 대담해야
한다. 모험적이다 못해 다소 위험해 보여도 가설은 가설이니까 상식

에 안주하면 안 된다. 새로운 가설에서 새로운 관점, 나만의 시선이 나온다. 보던 대로 보고 가던 길로 가서는 늘 보던 풍경뿐이다. 볼 것을 못 보면 못 볼 것만 보고 만다.

그런데 이보다 중요한 것이 소심한 구증이다. 소심하다는 말은 꼼꼼하고 조심스럽다는 뜻이다. 가설은 통 크게 대담해야 하지만, 참으로 세밀한 논증이 뒷받침되지 않으면 내가 본 것을 입증할 길이 없다. 소심한 구증 없는 대담한 가설은 황당한 소리가 되고 만다.

명나라 구곤호瞿昆湖가 쓴 〈작문요결作文要訣〉을 보니 이런 대목이 있다.

글쓰기의 방법은 다만 소심小心과 방담放膽이란 두 가지 실마리에 달려 있다. 이때 소심은 꼭 붙들어 놓지 않는 것이 아니다. 만약 아등바등 붙드는 것이라면 솔개가 날고 물고기가 뛰는 활발한 의사를 얻는 데 방해가 된다. 방담은 제멋대로 함부로 구는 것이 아니다. 만약 멋대로 아무렇게나 하는 것이라면 절도가 없고 방탕해서 못하는 짓이 없게 된다. 본 것이 광대한 뒤라야 능히 세세한 데로 들어갈 수가 있다. 소심은 방담한 곳을 통해 수습되고, 방담은 소심한 곳을 통해 확충된다. 선배의 글은 대충 보면 우주를 포괄한 듯 드넓어도 찬찬히 점검해보면 글자마다 하나도 어김없이 꼭 맞아떨어진다.

作文之法, 只有小心放膽二端. 小心非矜持把捉之謂也. 若以爲矜持把捉, 則便與鳶飛魚躍, 意思相妨矣. 放膽非任情恣肆之謂也. 若以爲任情恣肆, 則踰閑蕩檢, 無所不至矣. 所見廣大而後, 能入細也, 小心只從放膽處收拾, 放膽只從小心處擴充. 前輩文字, 縱觀之, 則包籠宇宙, 細檢之,則字字對針.

시원스런 생각을 꼼꼼한 논증을 통해 입증하려면 소심방담해야 한다. 꼼꼼함 없이 통만 커도 안 되고, 따지기만 할 뿐 큰 시야가 없어도 못쓴다.

소인난거

궁한 선비와 젊은 과부

小人難去

숙종이 말했다.

나이 오십의 궁한 선비와 젊은 과부는 나 또한 두렵다.

五十窮儒, 靑年寡婦, 余亦畏之.

뭔가 맥락이 있어 한 말이겠는데, 앞뒤 정황은 분명치 않다. 나이 오십 줄에 접어들도록 이룬 것 없이 선비의 이름만 꿰차고 있으면 못 하는 짓이 없다. 울뚝밸만 늘고, 작은 유혹에도 금세 뜻을 꺾어 물불을 가리지 않는다. 청상과부의 젊은 육체는 늘 불안하다. 작은 일렁임 앞에서도 속절없이 무너지기 쉽다. 성대중은 《청성잡기》에 이 말을 적고 "훌륭하다, 임금의 말씀이여! 두려워할 바를 아셨도다"라고 썼다.

평균 수명은 잔뜩 길어졌는데 대오에서 한번 이탈하면 재진입이 어렵다. 세상에 대해 원망과 분노가 시간 속에 쌓여간다. 이런 궁유窮儒의 분이 한꺼번에 터지면 감당키 어려운 극단적 행동으로 나타난다. 반대로 그는 누가 조금만 알아줘도 옳고 그름을 떠나 속을 다 내줄 준비가 되어 있다. 어찌 두려워하지 않을 도리가 있겠는가?

심하도다, 소인을 없애기 어려움이〔小人難去〕! 급히 서두르면 무리 지어 모여 하나 되기를 도모한다. 이는 마치 궁지에 몰린 짐승을 기필코 잡으려 들면 화가 금세 닥치고, 칼에 잘린 뱀이 독을 뿜으면 그 독이 더욱 참혹한 것과 한가지다. 공의公議를 펼치려다 도리어 물리고 만다. 그렇다고 느슨하게 풀어주면 술수를 부려 권세를 훔친다. 나무뿌리와 풀이 덩굴져 퍼져나가면 도끼로도 막기가 어렵고, 꺼진 재에 불이 다시 붙으면 들판을 다 태워도 막지 못한다. 소홀한 데서 재앙이 생겨나 나중에는 도리어 모함을 당한다.

甚矣, 小人之難去也! 急之則黨聚謀合, 有如窮獸之必搏, 禍不旋踵, 斷蛇之致螫, 其毒尤慘. 欲張公議, 旋爲被噬. 緩之則植謀竊權, 有如根草之將蔓, 斧斤難禦, 死灰之復然, 燎原莫遏. 禍生所忽, 後反見誣.

이기가《간옹우묵》에서 한 말이다.

칼에 잘린 뱀이 마지막 독기를 뿜어 사람을 물면 독랄毒辣함이 더할 나위가 없다. 하물며 이들이 무리를 지으면 뒷감당이 안 된다. 급히 제거하자니 보복이 매섭고, 함께 가자, 하면 어느새 뒤에서 작당해 해코지를 한다. 소인은 못된 짓을 하면서도 겉으로는 늘 명분을 앞세우니 그것이 가증스럽다. 아! 무섭다.

소지유모

못난 자가 잔머리를 굴린다

小智惟謀

수나라 때 왕통王通(584~617)은 《지학止學》에서 인간의 승패와 영욕에 있어 평범과 비범의 엇갈림이 '지止'란 한 글자에 달려 있다고 보았다. 무엇을 멈추고, 어디서 그칠까가 늘 문제다. 멈춰야 할 때 내닫고, 그쳐야 할 때 뻗대면 삶은 그 순간 나락으로 떨어진다. 책 속의 몇 구절을 읽어본다.

군자는 먼저 가리고 나서 사귀고, 소인은 우선 사귄 뒤에 택한다. 그래서 군자는 허물이 적고, 소인은 원망이 많다.

君子先擇而後交, 小人先交而後擇. 故君子寡尤, 小人多怨.

내가 저에게 어떻게 해줬는데 나한테 이럴 수가 있나? 사귐의 순서가 잘못되었기 때문이다.

재주가 높은 것은 지혜가 아니다. 지혜로운 사람은 드러나지 않는다. 지위가 높으면 실로 위험하다. 지혜로운 사람은 그리로 나아가지 않는다. 큰 지혜는 멈춤을 알지만, 작은 지혜는 꾀하기만 한다.

才高非智, 智者弗顯也. 位尊實危, 智者不就也. 大智知止, 小智惟謀.

큰 지혜는 난관에 처했을 때 멈출 줄 알아 파멸로 내닫는 법이 없다. 스스로 똑똑하다 믿는 소지小智는 문제 앞에서 끊임없이 잔머리를 굴리고 일을 꾸미다 제풀에 엎어진다.

지혜가 미치지 못하면서 큰일을 도모하는 자는 무너진다. 지혜를 멈춤 없이 아득한 것만 꾀하는 자는 엎어진다.

智不及而謀大者毁, 智無歇而謀遠者逆.

멈춤을 모르고 기세를 돋워 벼랑 끝을 향해 돌진한다.

권세는 무상한지라 어진 이는 믿지 않는다. 권세에는 흉함이 깃든 까닭에 지혜로운 자는 뽐내지 않는다.

勢無常也, 仁者勿恃. 勢伏凶也, 智者不矜.

얼마 못 갈 권세를 믿고 멋대로 굴면 파멸이 코앞에 있다.

왕 노릇 하는 사람은 쟁변爭辯하지 않는다. 말로 다투면 위엄이 줄어든다. 지혜로운 자는 말이 어눌하다. 어눌하면 적을 미혹케 한다. 용감한 사람은 말이 없다. 말을 하면 행함에 멈칫대게 된다.

王者不辯. 辯則少威焉. 智者訥言. 訥則惑敵焉. 勇者無語. 語則怯行焉.

말로 싸워 이기고 달변으로 상대를 꺾는 것은 잠깐은 통쾌해도 제
위엄을 깎고 상대가 나를 만만히 보게 만든다. 어눌한 듯 아예 말을
멈출 때 가늠할 수 없는 깊이와 힘이 생긴다. 그침의 미학!

손이익난

덜기는 쉽고 보태기는 어렵다

損易益難

홍만선 洪萬選(1643~1715)의 《산림경제 山林經濟》〈섭생 攝生〉의 두 항목을 읽는다. 원출전은 《지비록 知非錄》이다.

덜어냄은 알기 쉽고 빠르다. 보탬은 알기 어렵고 더디다. 덜어냄은 등잔에 기름이 줄어듦과 같아 보이지 않는 사이에 없어진다. 보탬은 벼의 싹이 자라는 것과 한가지라 깨닫지 못하는 틈에 홀연 무성해진다. 그래서 몸을 닦고 성품을 기름은 세세한 것을 부지런히 하기에 힘써야 한다. 작은 이익이라 별 보탬이 안 된다고 닦지 않아서는 안 되고, 작은 손해라 상관없다며 막지 않아서도 안 된다.

損易知而速焉, 益難知而遲焉. 損之者, 如燈火之消脂, 莫之見也, 而忽盡矣. 益之者, 如禾苗之播殖, 莫之覺也, 而忽茂矣. 故治身養性, 務勤其細, 不可以小益爲無補而不修, 不可以小損爲無傷而不防也.

쑥쑥 줄고 좀체 늘지는 않는다. 빠져나가는 것은 잘 보여도 들어오는 것은 표시가 안 난다. 오랜 시간 차근차근 쌓아 무너지듯 한꺼번에 잃는다. 지켜야 할 것을 놓치면 우습게 본 일에 발목이 걸려 넘어진다. 기본을 지켜 천천히 쌓아가야 큰 힘이 생긴다. 건강도 국가 운영도 다를 게 없다.

사람이 너무 한가하면 딴생각이 몰래 생겨난다. 너무 바쁘면 참된 성품이 드러나지 않는다. 이 때문에 사군자는 헛사는 것은 아닌지 하는 근심을 품지 않을 수 없고, 살아 있는 기쁨을 몰라서도 안 된다. 시비의 마당 속을 드나들며 소요하고, 순역順逆의 처지 안에서 종횡으로 자재自在해야 한다. 대나무가 아무리 촘촘해도 물이 지나가는 데는 문제가 없고, 산이 제아무리 높아도 구름이 날아가는 데는 지장이 없다.

人生太閑則別念竊生, 太忙則眞性不見. 故士君子, 不可不抱虛生之憂, 亦不可不知有生之樂. 是非場裡, 出入逍遙, 順逆境中, 縱橫自在. 竹密何妨水過, 山高不礙雲飛.

《복수전서》에서 인용했다. 일 없다가 바쁘고, 잘나가다 시비에 휘말려 역경을 만나는 것이 인생이다. 그때마다 주저앉아 세상 탓을 하면 답이 없다. 대숲이 빽빽해도 물을 막지 못한다. 구름은 높은 산을 탓하는 법이 없다. 하루하루를 허투루 살지 않아야 삶의 기쁨이 내 안에 고인다.

송무백열

벗이 잘되니 나도 기쁘다

松茂柏悅

송광사 성보박물관에 《백열록柏悅錄》이란 책이 있다. 금명錦溟 보정寶鼎(1861~1930) 스님이 대둔사에 머물면서 본 귀한 글을 필사해 묶은 것이다. 모두 74쪽의 분량에 다산의 글만 해도 〈산거잡영山居雜詠〉 스물네 수와 〈선문답禪問答〉, 그 밖에 승려들에게 준 제문과 게송 등 모두 열 편의 글이 실려 있다. 대부분 문집에 빠지고 없는 글들이다. 초의의 《동다송》도 수록되었다.

책 제목인 '백열柏悅'의 뜻이 퍽 궁금했다. 찾아보니 육기陸機 (260~303)가 〈탄서부歎逝賦〉에서 "참으로 소나무가 무성하매 잣나무가 기뻐하고, 아! 지초가 불타자 혜초가 탄식하네[信松茂而柏悅 嗟芝焚而蕙歎]"라 한 데서 따온 말이었다. 송무백열松茂柏悅은 뜻을 같이하는 벗이 잘되는 것을 기뻐해 함께 축하해주는 뜻으로 쓰고, 지분혜탄芝焚蕙歎은 동류의 불행을 같이 슬퍼한다는 의미로 쓰인다. 보정 스님은 대둔사에서 좋은 글을 보고 너무 기뻐 같이 보려고《백열록》으로 묶었다. 이를 통해 다산의 불교계와의 깊은 인연 한 자락이 새롭게 드러나게 되었다.

우리 옛글에서도 이 말은 자주 쓰이던 표현이다. 예를 들어《고대일록孤臺日錄》에서 "박공간朴公幹이 헌납獻納으로 승진되었다는 소식을 들었다. 잣나무의 기쁨〔栢悅〕이 어떠하겠는가?"나 "사간司諫 문자선文子善이 형벌을 몇 차례 받았다는 소식을 들었다. 혜탄蕙歎의 지극함을 차마 못 견디겠다"고 쓴 것이 그 좋은 예다. 다산도《우세화시집又細和詩集》에서 벗이 쫓겨났다가 다시 교리校理에 기용되었다는 소식을 듣고 그의 시에 화답하는 시를 지어 그것으로 백열의 기쁨을 표현했다.

지금은 남이 잘되면 눈꼴이 시어 험담을 하고, 남이 못되면 그것 봐라 하고 고소해한다. 우리는 사람을 너무 아낄 줄 모른다. 남의 경사에 순수하게 기뻐 얼굴이 환해지고, 남의 불행에 내가 안타까워 슬픔을 나누던 그 도탑고 아름답던 송무백열의 심성은 다 어디로 갔나?

송영변어

소나무 그림자를 무늬로 지닌 물고기
松影變魚

이덕무의 《이목구심서》에 가사어袈裟魚란 물고기 이야기가 나온다.

지리산 속에 연못이 있다. 그 위에 소나무가 죽 늘어서 있어 그
그림자가 언제나 연못에 쌓인다. 못에는 물고기가 있는데 무늬가
몹시 아롱져서 마치 스님의 가사와 같으므로 이름 하여 가사어라
고 한다. 대개 소나무의 그림자가 변화한 것이다. 잡기가 매우 어
렵다. 삶아 먹으면 능히 병 없이 오래 살 수 있다고 한다.

智異山中有湫. 湫上松樹森列. 其影恒積于湫, 有魚文甚斑爛若袈裟,
名爲袈裟魚. 盖松影所化也. 得之甚難, 烹食則能無病長年云.

묘한 여운이 남는 얘기다.

김종직은 운봉 사는 벗이 귀한 가사어 한 마리를 보내오자 고마운

뜻을 담아 시 한 수를 지었다.

　　달공사 아래쪽에 물고기가 있는데
　　자줏빛 갈기 얼룩 비늘 맛은 더욱 좋다네.
　　진중한 광문廣文께서 맛보지도 않고서
　　천령 땅 병부病夫 집에 문득 가져왔구려.
　　達空寺下水梭花　紫鬣斑鱗味更嘉
　　珍重廣文嘗不得　却來天嶺病夫家

　　이 가사어가 산다는 연못은 지리산 반야봉 아래 용유담龍遊潭이다.
지금의 함양군 마천면 송전리다.《신증동국여지승람新增東國輿地勝覽》
함양군 조 용유담 기사를 보면, 가사어는 지리산 서북쪽 달공사達空寺
옆 돝못〔猪淵〕에 살다가, 가을에 물길 따라 용유담으로 내려온다. 그리
고 봄에 다시 돝못으로 돌아간다고 했다. 고기가 오르내릴 때를 기다
려 바위 폭포 사이에 그물을 쳐놓으면 고기가 뛰어오르다가 그물 속
에 떨어진다고 잡는 방법까지 적어놓았다. 달공사는 전북 운봉 지역
에 있던 절이다.
　　유몽인의 〈유두류산록遊頭流山錄〉에는 가사어가 오직 용유담에서
만 난다는 언급이 있고, 이수광은《지봉유설》에서 색이 송어와 같이
빨갛고 맛이 매우 좋다고 적었다. 최기철 선생은《민물고기를 찾아서》
(한길사, 1991)란 책에서 가사가 탐貪·진瞋·치痴의 욕심을 버렸다는
표시로 승려들이 빨간색의 세 띠를 어깨에 걸치는 의복이라 하고, 물
고기에 빨간 줄 셋이 있고 상류로 회유하는 물고기는 황어뿐이라며
가사어의 정체를 황어의 일종으로 추정한 바 있다.

연못 위로 쌓이는 소나무 그림자를 제 무늬로 만들었다는 가사어. 잡기도 어렵지만 삶아 먹으면 병 없이 오래 살 수 있다는 전설적인 물고기. 다른 곳은 절대로 가지 않고 용유담과 돝못 사이에서만 산다. 지금은 없어진 지 오래되었지만.

수도동귀

길은 달라도 도착점은 같다

殊塗同歸

배울 것을 배우고 배워서 안 될 것을 안 배워야 잘 배운 것이다. 송나라 진후산陳后山이 《담총 談叢》에서 말했다.

> 법은 사람에 달린 것이라 반드시 배워야 하고, 교묘함은 자신에게 달린 것이니 반드시 깨달아야 한다.
>
> 法在人故必學, 巧在己故必悟.

나가노 호잔이 《송음쾌담》에서 이렇게 부연한다.

> 법法과 교巧, 이 두 가지 공부는 어느 하나도 빠져서는 안 된다. 대개 법은 사우師友가 곁에서 탁마琢磨하지 않으면 법도를 얻어 알 수가 없다. 이 때문에 반드시 배워야 한다. 하지만 운용의 묘는 나

의 한 마음에 달린 것이므로 스스로 얻어야지 남을 믿어서는 안 된다. 이 때문에 반드시 깨달아야 한다.

兩箇工夫, 不可闕一也. 蓋無師友琢磨, 則規矩準繩, 不可得而知也. 故必學焉. 夫運用之妙, 存於一心, 在我自得, 不可恃他人也. 故必悟焉.

배울 것은 배우고 깨달을 것은 깨달아야 경지에 도달할 수 있다. 따라 하기만 해서는 깨달음은 요원하다. 송나라 사람 장무구張無垢가 말했다.

칼자루를 쥐고서 앞길을 열어 인도할 때 머리를 고치고 얼굴을 바꿔서 그때그때 상황에 맞춰 설법하여 사람들로 하여금 길은 달라도 돌아갈 곳은 같게끔 해야 한다.

欛柄入手, 開導之際, 改頭換面, 隨宜說法, 使殊道同歸.

내가 깨달음을 얻어, 이것으로 남을 이끌려 할 때는 개두환면改頭換面이 필요하다. 해온 대로 해서는 안 되고 방식을 상황에 맞게 고쳐 면모를 일신해야 한다. 근량斤兩을 헤아리고 성정을 살펴 그에게 꼭 맞는 방법을 택한다. 가르치는 대상마다 방법이 다르고 가는 길이 같지 않지만 끝내 도달할 지점은 한곳이 되게 하는 것이 훌륭한 스승이다.

제자를 자기와 비슷한 '짝퉁'으로 만드는 스승은 가짜다. 따라 하는 공부는 법法에서 그친다. 교巧나 묘妙는 혼자 도달할 수밖에 없으니, 반드시 스스로 깨달아야 한다. 원숭이와 앵무새 흉내로는 결코 자기 목소리를 못 낸다. 저마다의 개성에 따라 다양한 빛깔을 만들어 제 목소리, 제 태깔을 갖게 만드는 스승이 진짜다. 시키는 대로 하고 체본體

本만 따라 하느라 저 혼자 아무것도 할 수 없다면 헛공부를 한 셈이다. 스승의 역량이 뛰어나도 그 밑에 따라쟁이 흉내쟁이 제자만 줄 서있다면 그는 가짜다.

수상포덕

나날에 충실한 것이 장수의 비결

守常抱德

명나라 진무인陳懋仁의 《수자전壽者傳》을 읽었다. 역대 제왕과 국로國老, 그리고 일반 백성 중 장수자의 전기를 모은 책이다.

두공竇公은 위나라 문후 때의 악사로, 나이가 280세였다. 문후가 두공을 불러 물었다. "무엇을 먹었기에 이렇게 오래 살았는가?" 그가 대답했다. "신은 나이 열세 살에 눈이 멀었습니다. 부모님께서 이를 슬피 여겨 제게 금琴을 타도록 하셨지요. 날마다 연습하여 익히는 것을 일상으로 삼았습니다. 신은 따로 먹은 것이 없어 달리 말씀드릴 만한 것이 없습니다." 그의 장수 비결은 장님이 된 뒤 마음을 온전히 쏟아 평생 악기 연주 연습을 게을리 하지 않은 것뿐이었다.

이야기 끝에 붙은 찬은 이렇다.

훌륭하다 두공이여!

눈과 마음 적막하다.
오현을 퉁기면서
별다른 것 안 먹었네.
임금께서 무엇으로
장수했나 물었건만,
마음에서 나온 대답
수상포덕 그것일세.

良哉寶公　目與心寂　手揮五絃　無所服食
帝曰何道　而蹐此域　對出由衷　守常抱德

수상포덕守常抱德이란 항상됨을 지키고 덕을 품었다는 뜻이다. 그는 나날의 일상에 충실했고, 덕스러운 마음으로 자기 일에 임했다. 특별히 보양식을 먹은 적이 없고, 불로의 비방을 실천한 것도 아니었다.

헌원집軒轅集이라는 노인은 나부산羅浮山에 숨어 살았다. 수백 살이 넘었어도 낯빛이 붉었다. 침상 위에서 머리카락을 드리우면 땅에 닿았다. 어두운 방에 앉아 있을 때는 눈빛이 몇 척 거리까지 형형했다. 당나라 선종宣宗이 그를 불러 장생의 비법을 물었다.

그가 대답했다.

성색聲色을 끊고 맛이 진한 음식을 멀리하십시오. 상황에 관계없이 한결같이 하시고, 덕을 베풀 때 치우침이 없게 하십시오.

輟聲色, 去滋味, 衰樂一如, 德施無偏.

찬에서는 이를 '흔척여일欣戚如一'이라는 네 글자로 압축했다. 성색을 멀리하고 기름진 음식을 먹지 않으며, 기쁠 때나 슬플 때나 일렁임 없이 평정심을 유지한 것이 그의 불로 비법이었다.

근사한 대답을 기대했던 두 임금은 실망했겠지만, 두 사람의 오랜 수명의 비결은 욕망의 절제와 한결같은 꾸준함에 있었을 뿐 불로초의 신비한 약효 때문이 아니었다.

수서낭고

요리조리 돌아보고 잡힐 듯 안 잡힌다

首鼠狼顧

《삼국지三國志》〈제갈각전諸葛恪傳〉에 다음 대목이 나온다.

산월山越은 지형이 험한 것을 믿고서 여러 대 동안 조공도 바치
지 않았다. 느슨하면 쥐처럼 머리를 내밀고, 다급해지면 이리처럼
돌아본다.

山越恃阻, 不賓歷世, 緩則首鼠, 急則狼顧.

'수서首鼠'는 쥐가 쥐구멍을 나설 때 머리만 내밀고 좌우를 번갈아
돌아보며 멈칫대는 모양을 가리키는 표현이다. 혹여 고양이가 기다리
지는 않을까, 다른 함정이 있는 것은 아닐까 싶어 살피는 행동이다. 머
뭇대며 결단하지 못하는 태도를 지적할 때 자주 쓴다. 이러지도 저러
지도 못하는 상황을 '수서양단首鼠兩端'이라고도 한다.

이리는 의심이 많은 동물이다. 몸은 앞을 향해 가도 고개는 자주 뒤를 돌아본다. 다른 동물이 습격이라도 할까 겁이 나서다. '낭고狼顧'는 어떤 일을 하다가 두려운 생각이 들어 고개를 돌려 돌아보는 행동을 지적하는 표현으로 자주 쓴다.

《사기》에서 소진蘇秦이 제왕齊王에게 유세하면서 이렇게 말한 예가 보인다.

진秦나라가 비록 깊이 들어오고자 해도 이리처럼 뒤돌아보면서 한韓나라와 위魏나라가 그 후방을 의논할까 염려합니다. 이 때문에 두려워 의심하여 공연히 으르렁대며 뻗대면서도 감히 진공하지는 못합니다.

秦雖欲深入, 則狼顧, 恐韓魏之議其後也. 是故恫疑虛喝, 驕矜而不敢進.

관상 중에 낭고상狼顧相이란 것이 있는데, 몸은 안 움직이면서 머리만 돌려 보는 상이다. 이런 상을 지닌 사람은 야심이 있고 흉험하다고 했다. 삼국시대 위나라 사마의司馬懿가 낭고의 상이란 말을 듣고, 위무제가 뒤에서 그를 불렀다. 그러자 얼굴은 즉시 뒤편을 향해 돌아보는데 몸은 전혀 움직임이 없었다. 이를 보고 그가 남의 신하로 있을 사람이 아니니 조심하라고 태자에게 주의를 주었다는 내용이 《진서晉書》〈선제기宣帝紀〉에 나온다.

쥐는 물건을 훔치고, 이리는 살금살금 기어와 가축을 물어죽인다. 워낙 조심성이 많아서 좀체 잡기가 어렵고 야행성이란 점도 같다. 속에 든 것은 남의 것을 훔치고 해치려는 흉험한 생각뿐이다. 요리 보고 조리 보고 나아갈 듯 돌아보니 잡힐 듯 안 잡힌다.

수오탄비

인생에 부끄럽고 미워하고 탄식하며 슬퍼할 일

羞惡歎悲

어떤 사람이 강백년姜栢年(1603~1681)에게 제 빈한한 처지를 투덜 댔다. "자네! 춥거든 추운 겨울밤 순찰 도는 야경꾼을 생각하게. 춥지 않게 될 걸세. 배가 고픈가? 길가에서 밥을 구걸하는 아이를 떠올리게. 배가 고프지 않을 것이네." 옛말에도 "뜻 같지 않은 일을 만나거든 그보다 더 심한 일에 견주어보라. 마음이 차차 절로 시원해지리라"고 했다.

《언행휘찬》에 수오탄비羞惡歎悲, 즉 인생에 부끄럽고 미워하고 탄식하며 슬퍼해야 할 네 가지 일을 꼽은 대목이 있다. 그 글은 이렇다.

가난은 부끄러울 것이 없다. 부끄러운 것은 가난하면서도 뜻이 없는 것이다. 천함은 미워할 만한 것이 못된다. 미워할 만한 것은 천하면서도 무능한 것이다. 늙는 것은 탄식할 일이 아니다. 탄식할 일은 늙어서 부끄러움을 모르는 것이다. 죽는 것이야 슬퍼할 것이 못된다. 슬퍼할 것은 죽은 뒤에 아무 일컬음이 없는 것이다.

貧不足羞, 可羞是貧而無志; 賤不足惡, 可惡是賤而無能; 老不足歎, 可歎是老而無恥; 死不足悲, 可悲是死而無稱.

다시 네 가지 경우마다 한 구절씩을 꼽았다.

선비 절개 가난에서 굳세어지고
고인高人의 뜻 병중에 자라나누나.
貧堅志士節　病長高人情

이것은 백거이의 시다. 가난과 질병은 뜻 높은 선비의 정신마저 꺾지는 못한다.

주머니 비자 배움 더욱 넉넉해지고
집 가난해 사람 더욱 우뚝해지네.
囊空學愈富　屋陋人更傑

소식의 작품이다. 빈천 속에 학문이 깊어지고 의기가 더욱 솟아난다. 박차고 일어서야지.

늙을수록 더욱 씩씩하고
궁할수록 굳세야 한다.
老當益壯　窮當益堅

마원의 말이다. 노익장老益壯이란 말이 여기서 나왔다. 늙어 주눅
든 모습처럼 보기 민망한 것이 없다.

살아서는 뜻을 빼앗을 수가 없고
죽어서는 이름을 빼앗을 수가 없다.
生則不可奪志 死則不可奪名

《예기禮記》의 구절이다. 남이 뺏지 못할 뜻과 이름이 없는 것을 부
끄러워해야지, 남이 안 알아주는 것을 탄식하지 말라는 얘기다.
우리가 부끄러워하고 미워할 것[羞惡]은 빈천이 아니다. 그 앞에 기
가 꺾여 제풀에 허물어지고 마는 것이다. 탄식하고 슬퍼할 일[歎悲]은
늙고 병들어 죽는 것이 아니다. 부끄러운 줄 모르고 망령 떨고 이룬
것 없이 큰소리치다가 죽자마자 잊혀지는 일이다.

수이불실

싸가지는 있어야 하고 싹수는 노라면 안 된다

秀而不實

모를 심어 싹이 웃자라면 이윽고 이삭 대가 올라와 눈을 내고 꽃을 피운다. 그 이삭이 양분을 받아 알곡으로 채워져 고개를 수그릴 때 추수의 보람이 있다. 처음 올라오는 이삭 대 중에는 아예 싹의 모가지조차 내지 못하는 것이 있고, 대를 올려도 끝이 노랗게 되어 종내 결실을 맺지 못하는 것도 있다. 이런 것은 농부의 손길에 솎아져서 뽑히고 만다. 싹의 모가지가 싹아지, 즉 싸가지다. 이삭 대의 이삭 패는 자리가 싹수(穗)다. 싸가지는 있어야 하고, 싹수가 노래서는 안 되는 이유다. 사람도 마찬가지다. 공자는 《논어》〈자한子罕〉에서 이렇게 말했다.

> 싹만 트고 꽃이 피지 않는 것이 있고,
> 꽃은 피었어도 결실을 맺지 못하는 것이 있다.
>
> 苗而不秀者有矣夫, 秀而不實者有矣夫!

묘이불수苗而不秀는 싸가지가 없다는 말이다. 수이불실秀而不實은 싹수가 노랗다는 뜻이다. 싹이 파릇해 기대했는데 대를 올려 꽃을 못 피우거나, 꽃핀 것을 보고 알곡을 바랐지만 결실 없는 쭉정이가 되고 말았다는 얘기다. 결과는 같다.

모판에서 옮겨져 모심기를 할 때는 모두가 푸릇한 청춘이었다. 들판의 꿈은 푸르고 농부의 기대도 컸다. 애초에 싸가지가 없어 솎아지는 것은 어쩔 수 없다. 고만고만한 중에 싹수가 쭉쭉 올라오면 눈길을 끌지만 웃자라 양분을 제대로 못 받고 병충해를 입고 나면 그저 뽑히고 만다. 탐스런 결실을 기대했는데 참 애석하다.

한나라 때 양웅揚雄의 아들 자오子烏는 나이 아홉 살에 어렵기로 소문난 아버지의 책《태현경太玄經》의 저술 작업을 곁에서 도왔다. 두보의 아들 종무宗武도 시를 잘 써서 완병조阮兵曹가 칭찬한 글이 남아 있다. 중추中樞 벼슬을 지낸 곽희태郭希泰는 다섯 살에《이소경離騷經》을 다섯 번 읽고 다 외웠다는 전설적인 천재다. 권민權愍은 그 난해한 〈우공禹貢〉을 배운 즉시 책을 덮고 다 암송했다. 하지만 이들은 후세에 아무 전하는 것이 없다.

천재가 꾸준한 노력을 못 이긴다. 대기만성大器晩成이 맞는 얘기다. 네 시작은 미약하였으되 네 끝은 창대하리라. 이것은 성경의 말씀이다. 시작만 잔뜩 요란하다가 용두사미龍頭蛇尾로 흔적 없이 사라지는 것들이 더 많다. 재주를 못 이겨 제풀에 고꾸라진다. 꾸준함이 재주를 이긴다. 노력 앞에 장사가 없다.

수정장점

정해진 것에 따라 꾸며 보탠다
隨定粧點

원균이 살았더라면 할 말이 아주 많았을 것 같다. 드라마든 영화든 그는 늘 술주정뱅이에 폭력적 상관으로 나온다. 이순신을 덮어놓고 괴롭히는 악역이다. 백전백승의 무적 수군을 회복 불능의 상태로 몰아넣은 원흉도 그다. 그렇게 못됐고 무능력하며 권위만 내세우다 수군을 다 말아먹은 그를 국가는 어쩐 일인지 이순신과 나란히 1등 공신에 책봉했다. 가당키나 한가?

이익의 《성호사설》 중 〈고사선악古史善惡〉이란 항목을 읽었다.

평소 역사책을 읽을 때마다 늘 의심이 생기곤 한다. 착한 사람은 너무 착하고 악한 자는 너무 못됐다. 그 당시에는 꼭 그렇지만은 않았을 터. 역사책을 쓸 때 악을 징계하고 선을 권면하려는 지극한 뜻으로 인해 그렇게 된 것이다. 지금 사람이 그저 보아 넘길 때는 착한 사람이야 진실로 그렇다 쳐도 저 악한 사람이 어찌 그토록 지독했겠는가?

常時讀史, 每疑. 善者偏善, 惡者偏惡. 在當時, 未必然. 作史, 雖因懲惡勸善之至意. 今人平地上看過, 以爲善者固當, 彼惡者, 胡此至極.

시시비비는 다 옳은 것이 없고 무조건 나쁜 것도 없다. 역사가 악인으로 낙인찍은 사람도 당대에는 썩 괜찮은 사람이었다. 선인으로 추앙되는 사람이 반대로 무능한 사람이었을 수도 있다. 성패에 따라 선악과 시비가 뒤바뀐 경우가 적지 않다는 얘기다.

〈독사료성패讀史料成敗〉란 항목에서는 이렇게 말한다.

역사는 성패가 이미 정해진 뒤에 쓴다. 성공과 실패에 따라 꾸미게 마련이니 이를 보면 마치 맞는 얘기 같다. 착한 사람의 허물은 모두 남의 탓으로 돌리고, 악한 사람은 반드시 그 장점을 지워버린다. 그런 까닭에 어리석고 지혜로움에 대한 판단과 착하고 악함에 대한 보답을 징험해볼 수 있을 것 같아도 전혀 알 수가 없다.

史者作於成敗已定之後. 故隨其成與敗而粧點, 就之若固當然者. 且善多諉過, 惡必棄長. 故愚智之判, 善惡之報, 疑若有可徵, 殊不知.

수정장점隨定粧點은 정해진 바에 따라 꾸며 보탠다는 말이다. 역사는 승자의 기록이다. 이긴 자는 미화되고 진 자는 악하거나 무능하게 그려진다. 결과만으로 선악과 시비를 단정해서 판단하면 안 된다. 이긴 자가 늘 선하거나 옳은 것은 아니었다. 졌다 해서 그가 악했거나 옳지 않았기 때문도 아니다. 글 끝에서 성호는 담백하게 말한다. "천하의 일은 놓인 형세가 가장 중요하고, 운의 좋고 나쁨은 그다음이며, 옳고 그름은 가장 아래가 된다." 우리는 너무 함부로 말하고 멋대로 판단한다. 그래서 실수를 반복하고 화를 자초한다. 나는 자기 말만 옳다고 우기는 사람이 제일 무섭다.

숙살수렴

사람에게 닥치는 서리

肅殺收斂

성대중이 《청성잡기》에서 말했다.

초목을 시들어 죽게 하는 것은 서리다. 시들어 죽게 하는 것은 거두어들이려는 것이다. 사물이 어찌 언제나 왕성할 수만 있겠는가. 그런 까닭에 초목에만 서리가 있지 않고 사람에게도 있다. 전염병은 일반 백성에게 내리는 서리다. 옥사로 국문하는 것은 사대부의 서리다. 흉년은 나라 절반에 해당하는 서리이고, 전쟁은 온나라에 내린 서리다. 사람에게 서리가 있음은 거두어들이려는 것일 뿐 아니라, 하늘이 경고하여 위엄을 보이는 것인데, 교만하고 방종한 자는 이를 재촉한다.

草木之肅殺者, 霜也. 然肅殺所以收斂也. 物豈能長旺哉. 故非惟草木之有霜, 人亦有之. 癘疫編氓之霜也, 鞫獄搢紳之霜也, 凶荒半國之霜也,兵燹擧國之霜也. 人之有霜, 匪惟收斂, 天以警威之也. 驕溢者, 速之.

푸른 잎에 서리가 내려 단풍이 된다. 뻗쳐오르던 기운을 거두어 원
래의 자리로 돌아간다. 나날이 꽃 시절이요 단풍철일 수는 없다. 인간
에게 내리는 서리는 그간 너무 지나쳤으니 낮추고 돌아보라는 일종의
경고음이다. 하지만 교만하고 방종한 사람들은 이 소리를 무시한다.
여전히 오뉴월로 알고 설치다가 하루아침 된서리에 준비 없이 얼어
죽는다.

김수항은 〈늦가을 유감〔秋晚有感〕〉이란 시에서 이렇게 노래했다.

서리 이슬 풀덤불에 내리더니만
정자 언덕 나뭇잎 떨어지누나.
기러기는 물가 추위 깜짝 놀라고
벌레는 산창의 밤 조문을 하네.
유인幽人은 소슬한 새벽 느낌에
홀로 앉아 길게 탄식하노라.
젊은 시절 간대야 얼마나 되리
세월의 빠름은 믿기 어렵네.
근심은 배움에 진전 없는 것
성하고 쇠함은 불변의 이치.
힘써서 촌음조차 아껴 쓰면서
자포자기하지는 말아야겠다.

霜露塗草莽　亭皐木葉下
鴻驚水國寒　蟲弔山窓夜

幽人感蕭晨　獨坐長歔欷
少壯能幾何　光陰疾難恃
所憂學不進　盛衰固恒理
勉勉惜分陰　毋爲自暴棄

　선득한 추위에 깬 새벽잠이 다시 들지 않는다. 나는 너무 늦어버린 느낌이다. 공부에 아무 진전 없이 이렇게 끝나는 건가? 그래도 그는 다짐한다. 이제부터라도 더 시간을 아껴 쓰고, 몸을 함부로 굴리지 말아야지.

순물신경

욕심만 따르다가 몸을 망친다

徇物身輕

명나라 왕달이《필주》에서 한 말이다.

재앙은 많은 탐욕보다 큰 것이 없고, 부유함은 족함을 아는 것보다 더함이 없다. 욕심이 강하면 물질을 따르게 되니, 이를 따르면 몸은 가볍고 물질만 중하게 된다. 물질이 중하게 되면 어두움이 끝이 없어, 몸을 망치기 전에는 그만두지 않는다. 저 물질만을 따르는 자는 족함을 알지 못해서다. 진실로 족함을 알면 마음이 편안하고, 마음이 편안하면 일이 줄어들며, 일이 줄어들면 집안의 도리가 화목해지고, 집안의 도리가 화목해지면 남들이 모두 알게 된다. 이때문에 부유함은 족함을 아는 데 달려 있다고 하는 것이다.

禍莫大于多貪, 富莫富于知足. 欲心勝則徇物, 徇物則身輕而物重矣. 物重則瞀然無窮, 不喪其身不止矣. 彼徇物者, 由不知足之故也. 苟知足, 則心安, 心安則事少, 事少則家道和, 家道和則人無不知矣. 故曰富于知足.

부자는 재물이 이만하면 됐다 싶은 사람이다. 세상에 부자가 없는 이유다. 족함을 아는 사람이 진짜 부자다. 그는 현재의 삶을 기뻐하므로 그 이상을 바라지 않는다. 탐욕은 크기에 비례해 재앙을 부른다. 탐욕이 물질에 대한 집착을 낳고, 그 집착으로 인해 몸을 함부로 굴리며 못하는 일이 없게 된다. 그 결과 어리석음으로 제 몸을 잃고 파멸의 나락으로 떨어진다. 현재의 삶에 만족해 마음이 편하면 딴 데 마음 둘 일이 없다.

유경종柳慶種(1714~1784)은 〈의원지意園誌〉에서 또 이렇게 말했다.

아! 백년 인생은 한정이 있고, 뜻과 일은 어긋나게 마련이다. 빈손으로 태어나 죽을 때는 가져가지도 못한다. 몸이 바쁜 사람은 누리기가 쉽지 않고, 늙어 힘이 다한 자는 아쉬움을 늘 품는다. 미래를 망상하느니, 방외에다 마음을 노니는 것만 못하다. 경영하려 애쓸 바엔 차라리 글을 쓰는 것이 낫다. 마침내 결단하면 힘들고 편안함이 드러날 것이요, 애오라지 즐거움에 뜻을 부칠진대 얻고 잃음을 볼 수가 있으리라.

嗟乎! 百年有涯, 志事互違. 生無帶來, 死不將去. 身忙者未易消受, 力匱者每懷歉恨. 與其妄想於未來, 孰若游心於方外. 有彈經理, 毋寧就成于筆端. 畢竟斷置, 勞逸顯矣. 聊復寄娛, 得失可見矣.

젊어서는 바빠서 다 놓치고, 늙어서는 힘이 빠져 할 수가 없다. 이누구의 허물인고!

순안첩공

예쁜 노을도 잠깐 만에 사라진다
瞬眼輒空

번잡한 일상에서 조촐한 삶을 꿈꾼다. 명나라 사람 도륭屠隆의《청언淸言》몇 칙을 골라 읽는다.

늙어가며 온갖 인연이 모두 부질없음을 자각하게 되니, 인간의 옳고 그름을 어이 상관하겠는가? 봄이 오매 그래도 한 가지 일에 마음이 끌리니, 다만 꽃이 피고 시드는 것이라네.

老去自覺萬緣都盡, 那管人是人非? 春來尙有一事關心, 只在花開花謝.

부지런히 인맥을 관리하고 사람 사이의 관계를 소중히 하며 살았어도 문득 돌아보면 덧없다. 제 한 몸 옳게 간수하기도 버겁다. 내가 옳다 해도 옳은 것이 아니요, 내가 그르다 해도 남들은 수긍하지 않는다. 세상일에 옳다 그르다 말하고 싶지 않다. 그래도 봄이 오면 자꾸

화단의 꽃 소식에 마음이 이끌린다. 오늘 막 핀 꽃이 밤사이 비바람에 꺾여 땅에 떨어지지나 않았을까 자꾸 신경이 쓰인다. 세상을 향한 관심을 조금씩 거두면서 주변의 소소한 것들에 자꾸 눈길이 간다.

달고 쓴 맛을 다 보고 나서 그저 손을 놓자, 세상맛은 밀랍을 씹는 것과 한가지고, 살고 죽는 일이 중요해도 급히 고개를 돌리니, 세월은 총알보다 빠르다.

話苦備嘗好丟手, 世味渾如嚼蠟, 生死事大急回頭, 年光疾于跳丸.

단맛 쓴맛 다 보고 나니 아무 맛도 없다. 한때는 죽고 살 것처럼 매달렸던 일도 지나고 나니 허망하다. 일희일비하던 그 마음이 머쓱하다.

밝은 노을이 어여뻐도 잠깐 사이에 문득 사라진다. 흐르는 물소리가 듣기 좋아도 스쳐 지나고 나면 그뿐이다. 사람이 밝은 노을빛으로 어여쁜 여인을 볼진대 업장業障이 절로 가벼워질 것이다. 사람이 능히 흐르는 물소리로 음악과 노랫소리를 듣는다면 성령性靈에 무슨 해로움이 있겠는가?

明霞可愛, 瞬眼而輒空. 流水堪聽, 過耳而不戀. 人能以明霞視美色, 則業障自輕. 人能以流水聽絃歌, 則性靈何害?

오래 못 갈 것을 영원할 줄 알았다. 지금 좋으니 나중에도 좋을 줄로 여겼다. 저녁노을은 잠깐 만에 어둠으로 변하고, 마음을 차분히 씻어주던 물소리도 자리에서 일어서자 사라져 버렸다. 아름다운 사랑도 노을처럼 보고, 듣기 좋은 노래도 물소리같이 들으리라. 마음만 투명히 닦고.

순인자시

허물을 못 고치면 비웃음만 남는다
詢人者是

제나라 왕이 활쏘기를 좋아했다. 왕은 신하들이 강궁强弓을 잘 쏜다고 말해주면 아주 흡족해했다. 실제 그가 쏜 활은 3석石에 불과했지만, 좌우에서 아첨하느라 굉장히 센 9석짜리 강궁이라고 칭찬했다. 왕은 그 말을 믿고 자기가 진짜 9석의 강궁을 잘 쏘는 줄로 믿었다. 윗사람이 칭찬만 원하는지라 신하들은 거짓말로 칭찬해주었다. 그것이 끝내 거짓인 줄 모르니 허물을 고칠 기회가 없고 종내 남의 비웃음만 사고 만다.

안동 사람 이시선李時善이 멀리 남쪽 바닷가로 갔다. 돌아오는 길에 날은 저물고 비까지 내리는 바람에 왔던 길을 놓치고 말았다. 길 가던 이에게 묻자 왼쪽으로 가라고 했다. 자기 생각에는 암만해도 오른쪽이 맞는 것 같았다. 고개를 갸웃하며 왼쪽 길로 가니 마침내 바른 길이 나왔다. 한번은 북쪽으로 여행을 갔다가 돌아오는 길이었다. 어두운 새벽에 고개를 넘는데, 틀림없지 싶어 묻지도 않고 성큼성큼 갔다. 막상 가보니 엉뚱한 방향이었다. 그가 말했다.

> 스스로 옳다고 여긴 것은 잘못되었고(自是者非), 남에게 물은 것은 올발랐다(詢人者是). 땅은 정해진 방향이 있는데 내가 시비의 의혹이 있었다. 의혹이 나로 말미암아 일어났으니 땅의 잘못이 아니다.
>
> 自是者非, 而詢人者是. 地有定一之方, 而我有是非之惑. 惑由我作, 非地之罪也.

지혜로운 사람은 자신의 졸렬함을 쓰지 않고 어리석은 사람의 능한 바를 쓴다고 했다. 요순은 남에게 묻기를 잘했다. 그렇다고 그들이 요순보다 훌륭했던 것은 아니다. 능력을 과신해서 자기가 하는 일은 문제가 없다고 여기는 순간 독선에 빠져 실수가 생긴다.

난리가 나서 사람들이 피난길에 올랐다. 장님이 절름발이를 등에 업고, 그가 일러주는 길을 따라 달아나 둘 다 목숨을 건졌다. 장님은 두 다리가 성하고 절름발이는 두 눈이 멀쩡했다. 둘은 서로의 장점을 취해 위기를 벗어날 수 있었다. 이시선이 쓴 〈행명行銘〉이란 글에 나오는 내용이다. 《성호사설》에 실려 있다.

그는 이렇게 덧붙인다. "스스로 고명하다 자처하여 아랫사람에게 묻는 것을 부끄러워하면서 늘 남을 이기려고만 들면, 어찌 능히 모르는 것을 제대로 알 수 있겠는가?" 리더의 귀가 얇아 이리저리 휘둘리는 것은 큰 문제지만, 쇠귀에 경 읽듯 남의 말을 도무지 안 듣는 것은 더 큰 문제다. 툭 터져 시원스러워야 리더십이 발휘된다. 내가 못나 남의 말 듣는 것이 아니다.

습인책노

인내와 용서로 분노를 끄자

習忍責怒

《칠극》의 제4권은 〈식분熄忿〉이다. 분노를 잠재우는 방법을 적었다. 분노는 불길처럼 타올라 순식간에 모든 것을 태워버린다. 어떻게 해야 가슴속에 수시로 일렁이는 분노의 불길을 끌 수 있을까?

성 스테파노가 말했다.

> 분노로 남을 해치는 것은 벌과 같다. 벌은 성이 나면 다른 것을 쏜다. 쏘인 것은 약간 아프고 말지만, 벌은 목숨을 잃는다.
>
> 以怒害人如蜂. 蜂以怒螫物, 物得微痛, 而自失命.

한때의 분풀이를 위해 목숨을 내던지는 어리석음을 막으려면 무엇보다 인내를 배워야 한다. 인내의 방법은 이렇다.

분노는 잠깐 동안 미쳐버리는 것이다. 술에 취하는 것과 분노에 취하는 것은 한가지다. 분노했을 때 한 행동은 분노가 풀리고 나면 반드시 후회한다. 그러므로 분노했을 때는 마땅히 스스로를 꽉 눌러서 생각하지도 말고 말하지도 말아야 한다. 또 성낼 일을 행해서도 안 되고, 성나게 만든 사람을 나무라서도 안 된다.

怒暫狂也. 以酒醉, 以怒醉等也. 怒時所行, 怒解必悔. 故怒時宜自禁, 且勿思, 且勿言. 且勿行所以怒事, 且勿責所以怒人.

이런 말도 했다.

나와 똑같은 사람과 싸우는 것은 위태롭고, 나보다 강한 이와 다투는 것은 미친 짓이며, 나보다 약한 이와 싸우는 것은 부끄러운 일이다. 그러므로 너를 해친 사람이 너보다 약하다면 상대를 용서해주는 것이 옳고, 너보다 강하다면 너 자신을 용서하는 것이 맞다. 비슷할 경우는 서로를 용서해주어야 한다.

與平等鬪險, 與強鬪狂, 與弱鬪辱. 故人之傷爾者, 弱於爾, 宜恕彼. 強於爾, 宜恕爾. 與爾等, 宜恕彼與爾.

앞서는 인내를 말하고, 여기서는 용서를 꼽았다.
마카리오스Makarios의 예화도 흥미롭다. 파리 한 마리가 음식 앞에서 왔다 갔다 하자 화가 난 그가 그 파리를 죽였다. 그러고 나서 스스로를 자책하며 말했다. "파리가 먹는 것조차 참지 못하였으니, 어찌 큰 괴로움을 참겠는가?" 그는 마침내 옷을 벗고 들판으로 나가, 모기와 등에게 제 살을 물게 했다. 사람들이 연유를 묻자 그가 대답했다.

"인내를 익히고 성낸 것을 꾸짖기 위해서입니다(習忍責怒)."

분노를 종식시키려면 무엇보다 인내와 용서를 배워야 한다.

습정양졸

고요함을 익히고 졸렬함을 기르다

習靜養拙

우왕좌왕 분주했고 일은 많았다. 부지런히 달려왔지만 손에 쥔 것은 별로 없다. 세밑의 언덕에 서니, 이게 뭔가 싶어 허망하다. 신흠의 시 〈우감偶感〉의 첫 수는 이렇다.

고요 익혀 따지는 일 잊어버리고
인연 따라 성령性靈을 길러보누나.
손님의 농담에 답할 맘 없어
대낮에도 산집 빗장 닫아둔다네.
習靜忘機事　隨緣養性靈
無心答賓戲　白晝掩山扃

고요함에 익숙해지자 헤아려 살피는 일도 심드렁하다. 마음밭은 인연따라 흘러가도록 놓아둔다. 작위하지 않는다. 실없는 농담과 공연한 말이 싫다. 산자락 집 사립문은 대낮에도 굳게 잠겼다. 나는 나와의 대면이 더 기쁘다. 나는 더 고요해지고 편안해지겠다.

이수광도 〈무제無題〉에서 이렇게 노래했다.

온종일 말도 없이 좌망坐忘에 들었자니
이렇게 지내는 일 홀로 즐김 넉넉하다.
몸을 움직이면서도 고요함을 익히니
담백하게 어디서건 참나가 드러나네.
坐忘終日一言無　這裏工程足自娛
身在動時猶習靜　澹然隨地見眞吾

좌망은 나를 잊은 경계다. 말을 잊고 욕심을 거두자, 부지런히 움직여도 마음이 고요하다. 담담하게 때 없이 참나와 만난다. 이게 나고 이래야 나다.

이정귀가 쓴 〈해海 스님의 시축에 적힌 시에 차운하다〔次題海師軸上韻〕〉를 읽어본다.

고요 익혀 지내자니 온갖 생각 재가 되고
찾아오는 사람 보면 문득 놀라 꺼려지네.
산 스님 지팡이 짚고 어디서 오는 게요
사립문 밖 길 위 이끼 망가지게 생겼네.
習靜郊居萬念灰　若逢人到便驚猜
山僧杖錫從何處　破我柴門一逕苔

찾는 사람 아예 없어 문 앞길에 이끼가 곱게 앉았다. 스님 오신 것이야 환영하오만, 지팡이 눌러 짚어 이끼 망가질까 겁이 납니다. 살살 오시지요.

정약용이 이승훈李承薰(1756~1801)에게 보낸 답장에서 말했다.

요즘 고요함을 익히고 졸렬함을 기르니[習靜養拙], 세간의 천만 가지 즐겁고 득의한 일들이 모두 내 몸에 '안심하기安心下氣' 네 글자가 있음만 못한 줄을 알겠습니다. 마음이 진실로 편안하고, 기운이 차분히 내려가자, 눈앞에 부딪히는 일들이 내 분수에 속한 일이 아님이 없더군요. 분하고 시기하며 강퍅하고 흉포하던 감정도 점점 사그라듭니다. 눈은 이 때문에 밝아지고, 눈썹이 펴지며, 입술에 미소가 머금어집니다. 피가 잘 돌고 사지도 편안하지요. 이른바 여의치 않은 일이 있더라도 모두 기뻐서 즐거워할 만합니다.

近日習靜養拙, 覺世間百千萬快樂如意事, 總不如自己上有安心下氣四字. 心苟安矣, 氣苟下矣, 方知眼前櫻觸, 無非吾分內事. 忿嫉愊戾之情, 漸漸消滅. 目爲之瞭, 眉爲之展, 脣爲之齦, 血脈爲之和暢, 四肢爲之舒泰. 而凡有所謂不如意事, 皆怡然可樂.

네 사람이 모두 습정習靜을 말했다. 마음을 더 차분히 내려놓아야겠다.

습정투한

고요함을 익히고 한가로움을 훔쳐라

習靜偸閑

하는 일 없이 마음만 부산하다. 정신없이 바쁜데 한 일은 없다. 울리지도 않은 휴대폰의 벨소리가 귀에 자꾸 들린다. 갑자기 일이 생기면 그제야 정신이 돌아온다. 혼자 있는 시간은 왠지 불안하다. 너나 할 것 없이 정신 사납다. 고요히 자신과 맞대면하는 시간을 가져본 것이 언제인가?

세상맛에 푹 빠지면 바쁨을 구하지 않아도 바쁨이 절로 이르고, 세상맛에 덤덤하면 한가로움에 힘쓰지 않아도 한가로움이 절로 온다.

世味濃, 不求忙而忙自至; 世味淡, 不偸閑而閑自來.

육소형이 《취고당검소》에서 한 말이다. 관심이 밖으로 향해 있으면 바쁘단 말을 입에 달고 산다. 마음이 안쪽으로 향해야 비로소 한가로울 수 있다. 바쁘기를 구하는 것〔求忙〕과 한가로움에 힘쓰는 일〔偸閑〕의 선택은 세상일에 대한 관심 정도에 달린 것이지, 내가 도시와 시골 중 어디에 있느냐는 그다지 중요하지 않다.

이덕무는 〈원한原閑〉, 즉 한가로움의 의미를 풀이한 글에서 이렇게 썼다.

저 작은 마음이 소란스럽지 않은 자가 드물다. 그 마음에 저마다 영위하는 바가 있기 때문이다. 장사꾼은 이문을 따지고, 벼슬아치는 영욕을 다툰다. 농부는 밭 갈고 김매느라 여념이 없다. 부지런히 애쓰면서 날마다 궁리하는 것이 있다. 이런 사람은 비록 풍광 좋은 영릉零陵의 남쪽이나 소상강瀟湘江 사이에 두더라도 반드시 팔짱을 끼고 앉아 졸면서 제가 바라는 것을 꿈꿀 테니, 대체 어느 겨를에 한가하겠는가? 그래서 나는 말한다. "마음이 한가로우면 몸이 절로 한가롭다고."

彼方寸不擾擾者鮮矣, 其心各有營爲. 商賈者缺錙銖, 仕宦者爭榮辱, 田農者缺耕鋤, 營營焉, 日有所思, 如此之人, 雖寘諸零陵之南, 瀟湘之間, 必叉手坐睡而夢其所思, 奚閑爲? 余故曰:"心閑身自閑."

청나라 사람 주석수朱錫綬가 말했다.

고요에 익숙해지면 하루가 길게 느껴진다. 바쁨만 쫓다 보니 하루가 너무 짧다. 책을 읽으면 하루가 아깝게 여겨진다.

習靜覺日長, 逐忙覺日短, 讀書覺日可惜.

《유몽속영幽夢續影》에 나온다. 거품처럼 허망한 바쁨을 쫓지 말고, 내면에 평온한 고요를 깃들이라는 말씀이다. 그 여백의 시간 위에 독서로 충실을 더하면, 자칫 심심해지기 쉬운 한가로움의 시간들이 더없이 소중하고 아깝기만 하다. 노산 이은상 선생의 시조 한 수.

백년도 잠깐이요 천년이라도 꿈이라건만
여름날 하루해가 그리도 길더구나.
인생은 유유히 살자 바쁠 것이 없나니.

요컨대 마음이 문제란 말씀!

승영시식

쉬파리처럼 분주하고 돼지처럼 씩씩대다

蠅營豕息

귀양 살던 다산에게 이웃에 사는 황군黃君이 찾아왔다. 그는 술꾼이었다. 술 냄새를 풍기며 그가 말했다. "선생님! 저는 취해 살다 꿈속에 죽을랍니다(醉生夢死). 욕심부려 뭣합니까? 그리 살다 가는 게지요. 집 이름을 아예 취몽재醉夢齋로 지을까 합니다. 글 하나 써주십시오."

다산의 성정에 마땅할 리 없었겠지만 꾹 참고 말했다. "자네, 제 입으로 술 취했다고 하는 걸 보니 아직 취하지 않은 것일세. 진짜 취한 사람은 절대로 제가 취했단 말을 안 하는 법이지. 꿈꾸는 사람이 꿈인 줄 아는 것은 꿈 깬 뒤의 일이라네. 제가 취한 줄을 알면 오히려 술에서 깨어날 기미가 있는 것이지. 세상 사람들을 보게. 파리처럼 분주하고(蠅營) 돼지처럼 씩씩대질 않는가(豕息)? 단물만 보면 달라붙고, 먹을 것만 보면 주둥이부터 들이민다네. 그래도 자네는 아직 제정신일세그려."

515

청나라 왕간王侃(1795~?)이 말했다.

청정하던 땅에 갑자기 똥을 버리면 파리 떼가 몰려들어 내쫓아
도 다시 달라붙지만, 하루만 지나면 적막히 어디로 갔는지 알 수가
없다. 세상 사람들이 권세와 이익을 따르는 것도 이와 같다.
淸淨地忽有遺矢, 蠅蚋營營, 驅之復集. 一旦旣盡, 寂不知其何往矣. 世
人之于勢利如此.

《강주필담江州筆談》에 나온다. 권세와 이욕을 향한 집착은 똥덩이
를 향해 달라붙는 파리 떼와 같다. 먹이를 향해 꿀꿀대며 달려드는 돼
지야 천성이 그런 것을 어찌 나무라겠는가?

다산은 〈간리론奸吏論〉에서 간사함이 일어나는 까닭을 여럿 꼽았
다. 몇 가지 들어보면 이렇다. 직책이 낮으면서 재주가 넘치면 간사해
진다. 적은 노력을 들이고도 효과가 신속하면 간사해진다. 윗사람이
바르지 않으면 간사해진다. 밑에 둔 패거리가 많은데 윗사람이 혼자
어두우면 간사해진다. 나를 미워하는 자가 나보다 약해 두려워 고발
하지 못하면 간사해진다. 형벌에 원칙이 없고 염치가 서지 않으면 간
사해진다. 어떤 이는 간사해서 망하고, 어떤 이는 간사한데도 망하지
않으며, 어떤 이는 간사하지 않은데도 간사하다 하여 망하게 되면 간
사해진다.

대체로 간사한 자일수록 혼자 깨끗한 척한다. 남까지 깨끗하라고
닦달한다. 실상이 드러났을 때는 이미 단물이 모두 빠지고 난 다음이
다. 차라리 취생몽사로 건너가는 삶이 깨끗하지 않겠는가?

시비이해

시비와 이해라는 두 가지 저울

是非利害

다산이 아들 정학연에게 준 편지 중 한 대목.

　천하에는 두 가지 큰 저울이 있다. 하나는 시비是非, 즉 옳고 그름의 저울이고, 또 다른 하나는 이해利害, 곧 이로움과 해로움의 저울이다. 이 두 가지 큰 저울에서 네 가지 큰 등급이 생겨난다. 옳은 것을 지켜 이로움을 얻는 것이 가장 으뜸이다. 그다음은 옳은 것을 지키다가 해로움을 입는 것이다. 그다음은 그릇됨을 따라가서 이로움을 얻는 것이다. 가장 낮은 것은 그릇됨을 따르다가 해로움을 불러들이는 것이다.

　天下有兩大衡. 一是非之衡, 一利害之衡也. 於此兩大衡, 生出四大級. 凡守是而獲利者太上也, 其次守是而取害也, 其次趨非而獲利也, 最下者趨非而取害也.

시비是非의 축과 이해利害의 축이 만나 네 가지 경우를 낳는다. 첫 번째는 시이리是而利다. 좋은 일을 했는데 결과도 이롭다. 더 바랄 것이 없다. 두 번째는 시이해是而害다. 옳은 일을 하고 손해만 본 경우다. 세 번째는 비이리非而利다. 나쁜 짓 해서 이득을 보는 것이다. 수단이 조금 잘못되어도 결과만 좋으면 좋은 게 아닌가? 네 번째는 비이해非而害다. 나쁜 짓 하다가 손해를 본 경우다.

첫 번째는 드물고, 두 번째는 싫어서, 세 번째라도 하려다가 꼭 네 번째가 되고 마는 것이 세상일이다. 질서를 지키면 좋으련만, 아침마다 얌체처럼 길 끝에서 끼어들기 하는 차를 볼 때마다 줄 서서 기다린 나는 뭔가 하는 생각이 든다. 혼자만 손해 볼 수 없어 나도 끼어들기를 시작한다. 그러다가 교통경찰의 단속에 걸린다. 교통체증은 이래저래 더 심해져서 결국 모두가 손해를 본다.

문제는 늘 두 번째와 세 번째의 사이에서 생긴다. 당장 손해를 보더라도 옳은 길을 가야 하는가? 이익을 위해 시비쯤은 잠깐 외면해도 좋은가? 두 번째와 세 번째가 부딪칠 때 세상은 늘 두 번째를 바보로 비웃고 세 번째를 현명하다고 칭찬한다. 교육 현장도 마찬가지다. 성적만 높으면 인간성은 나빠도 괜찮다. 대학도 취업률이 중요하지, 인성교육은 늘 뒷전이다. 결과가 좋으면 수단은 문제 삼지 않는다. 모로 가도 서울만 가면 된다. 하지만 과정과 절차가 잘못되면 당장 결과가 좋아도 오래가지 못한다. 거쳐야 할 단계를 건너뛰면 성과만능주의에 빠지고, 승자독식勝者獨食의 세상이 되고 만다. 두 기준이 부딪칠 때 시비의 잣대를 들이대는 사회라야 건강하다. 그런 확신을 개인의 도덕성에 내맡길 수는 없다. 공정한 규칙과 시스템으로 보장하는 것이 마땅하다.

시아비아

나를 간수하는 것이 급선무다

是我非我

이만영 李晩榮(1604~1672)이 사신 갔다가 중국 화가 호병 胡炳에게
초상화를 그려 왔다. 꼭 닮은 모습에 사람들이 감탄했고 자신도 흡족
했다. 18년 뒤 예전 초상화를 꺼내 거울 속의 내 모습과 견줘보니 조
금도 같은 구석이 없었다. 거울 속의 나도 분명히 나이고 그림 속의
나도 틀림없는 나인데 두 나는 전혀 달랐다. 그는 느낌이 있어 초상화
속의 나를 위해 〈화상찬병서 畵像贊幷序〉를 썼다.

그대가 지금의 나란 말인가? 내가 그래도 젊었네그려. 내가 예
전의 자네였던가? 나 홀로 늙고 말았군그래. 18년 자네가 내 참모
습인 줄 몰랐으니, 수십 년 뒤에야 누가 내 모습이 자네인 줄 알겠
나? 다만 마땅히 각자 신체발부 身體髮膚를 잘 지켜 남에게 더럽힘
이나 당하지 마세나. 명산에 간직할 테니 자네는 자네의 장소를 얻

으시게. 나는 몸을 삼가 세상을 살아가겠네. 내 어찌 자네를 부러
워하리?

爾今我贬我尙少. 我昔爾贬我獨老. 十八年間, 我不知爾之爲我眞, 後
數十年, 誰知我之影是爾身. 惟當各保身體髮膚, 毋忝爲人而已. 藏之名
山, 爾得爾所. 敬身行世, 吾何羨乎汝.

이렇게 해서 그림 속의 나와 거울 속의 나는 겨우 화해를 했다.
추사 김정희도 〈자제소조自題小照〉, 즉 자기 초상화에 쓴 글에서 이
렇게 적었다.

여기 있는 나도 나요 그림 속의 나도 나다. 여기 있는 나도 좋고
그림 속의 나도 좋다. 이 나와 저 나 사이 진정한 나는 없네. 조화
구슬 겹겹인데 그 뉘라 큰 마니 구슬 속에서 실상을 잡아낼까? 하
하하.

是我亦我, 非我亦我. 是我亦可, 非我亦可. 是非之間, 無以爲我. 帝珠
重重, 誰能執相於大摩尼中. 呵呵!

둘 다 분명 나는 나인데, 어느 나도 진짜 나는 아니니, 그렇다면 나
는 어디 있느냐는 얘기다.
노산 이은상의 시조 〈자화상〉 세 수가 또 있다.

너를 나라 하니 내가 그래 너란 말인가
네가 나라면 나는 그럼 어디 있나
나 아닌 너를 데리고 나인 줄만 여겼다.

내가 참이라면 너는 분명 거짓 것이

네가 참이라면 내가 도로 거짓 것이

어느 게 참이요 거짓인지 분간하지 못할네

내가 없었더면 너는 본시 없으련만

나는 없어져도 너는 혹시 남을런가

저 뒷날 너를 나로만 속아볼 게 우습다

    나는 나인가? 내가 맞는가? 그림 속의 나는 그대로인데, 현실의 나는 매일 변한다. 변치 않는 나와 늘 변하는 나 중에 어느 나가 진정한 나인가? '너'나 '그'가 아닌 '나'가 늘 문제다. 내게서 내가 달아나지 않도록 나를 잘 간수하는 것이 급선무다.

시유삼건

아랫사람이 삼가야 할 세 가지 허물

侍有三愆

영조 원년인 1725년 3월 13일에 시민당時敏堂에서 《논어》 진강進講이 있었다. 군신이 번갈아 〈계씨季氏〉 편을 읽고 토론이 이어졌다.

〈예악유도禮樂有道〉 장의 "천하에 도가 있으면 예악禮樂과 정벌征伐이 천자로부터 나오고, 천하에 도가 없으면 예악과 정벌이 제후에게서 나온다"는 대목을 두고 강관講官 신사철申思喆이 말했다. "상하의 명분에 대해 말한 것입니다. 천자는 천하를 다스림에 예악과 정벌로 운용합니다. 아랫사람이 윗사람을 얕잡아 보고 윗사람이 권위를 지키지 못해 제후가 월권해서 천자의 일을 하고, 대부가 월권해서 제후의 일을 하면, 이는 이치를 대단히 거스르는 것이어서 망하지 않는 경우가 없습니다."

〈서인불의庶人不議〉 장에서 "천하에 도가 있으면 서인은 논의하지 않는다"고 한 대목을 두고는 이렇게 풀이했다.

"윗사람이 치도를 이루면 아랫사람은 자기들끼리 왈가왈부하지 않습니다. 그러지 못할 때 항간의 의론이 들끓게 됩니다. 임금이 덕을 닦아 정사를 펼침에 마땅치 않은 것이 없어야만 인심을 복종시킬 수 있으니, 그러지 않으면 위세로 제압하려 하여도 그렇게 할 수 있겠습니까?" 영조가 대답했다. "어찌 덕을 닦지 않고 위세로 그들의 의론을 막을 수 있겠는가?"

글이 〈삼건三愆〉 장으로 넘어갔다.

"군자를 모심에 세 가지 잘못이 있다. 말씀이 아직 이르지 않았는데 말하는 것을 조급함이라 한다. 말씀이 이르렀는데 말하지 않는 것을 감춤이라 한다. 안색을 살피지 않고 말하는 것을 눈이 멀었다고 한다[孔子曰: 侍於君子有三愆, 言未及之而言, 謂之躁, 言及之而不言, 謂之隱, 未見顏色而言, 謂之瞽]." 시독관侍讀官 이기진李箕鎭이 아뢰었다. "젊은이가 어른을 모실 때는 이처럼 신중해야 하나, 윗사람이 굳이 이것으로 꾸짖으려 한다면 이 또한 너무 속 좁은 행동입니다."

안 해야 할 말을 하고, 해야 할 말은 안 하며, 눈치 없이 아무 때나 말하는 것이 아랫사람의 세 가지 허물이다. 이때 덕이 아닌 위세로 입을 막아 꾸짖는 것은 윗사람의 잘못이다. 임금은 그대들의 말대로 하겠다며 이날의 공부를 마쳤다.

시지인길

부족해야 넉넉하다

尸至人吉

김정국金正國(1485~1541)이 여럿이 모인 자리에서 말했다. "세상 사람 중에 집을 크고 화려하게 짓고 거처가 사치스러워 분수에 넘치는 자는 머지않아 화를 당하지 않음이 없다. 작은 집에 거친 옷으로 검소하게 사는 사람이라야 마침내 이름과 지위를 누린다."

그 자리에 있던 종실 이종李鍾이 이 말을 듣고 말했다.

내 들으니 큰 집을 옥屋이라 하고, 작은 집은 사舍라 한답니다. 옥屋이란 글자를 파자하면 시지尸至, 즉 송장이 이른다는 뜻이 되고, 사舍 자는 쪼개서 읽으면 인길人吉, 곧 사람이 길하다는 뜻이 되지요. 큰 집에 사는 자가 화를 받고, 작은 집에 사는 자가 복을 받는 것이야 괴이할 것이 없습니다.

聞大家曰屋, 小家曰舍. 屋者尸至也, 舍者人吉也. 大家者受禍, 小家者受福, 無怪也.

《사재척언思齋摭言》에 나온다.
위魏나라 범저范雎가 말했다.

　욕심을 부려 그칠 줄 모르므로 원하던 것을 잃고, 지닌 뒤에도
족함을 모르니 가진 것마저 잃는다.
　欲而不知止, 失其所欲, 已有而不知足, 失其所已有.

이런 말도 있다.

　대저 뜻 같지 않은 일을 만나면 그보다 더 심한 경우에 비춰 견
주어본다. 그러면 마음이 점차 저절로 시원스럽고 상쾌해진다.
　凡遇不得意事, 試取其更深者譬之, 心次自然涼爽.

오대의 상유한桑維翰은 자신의 지위를 부러워하는 사람에게 이런
말을 해주었다.

　내 비록 귀하게 되어 재상의 자리에 올랐네만, 흡사 새 가죽신에
버선을 신은 것과 비슷하다네. 겉보기에 비록 멋있어도 속으로는
불편하기 짝이 없는 법이지.
　吾雖爲貴爲宰相, 有似著新鞋襪. 外望雖美, 其中甚不快活.

《문해피사》에 보인다.

부자가 일생의 심력을 다 쏟아 지닌 재물을 자손에게 물려주지만, 그 재물은 마침내 다른 사람의 손에 들어가고 마니 안타깝다. 시지인 길ㄷ또ㅅ흠! 큰 집에는 시체가 이르고 작은 집에 살면 사람이 길하다. 부족해야 넉넉하고 분수에 넘치면 제 몸을 망친다.

식졸무망

못났다는 말을 듣고 기뻐하다

識拙無妄

선조 때 박숭원朴崇元(1532~1593)이 강원도 관찰사가 되었다. 대간臺諫들이 그가 오활迂闊하고 졸렬하다 하여 교체해야 한다며 탄핵했다. 임금의 대답이 이랬다. "세상 사람들이 온통 교묘한데 숭원이 홀로 졸렬하니 이것이 그에게서 취할 만한 점이다." 한번은 연석筵席에서 대신들의 능하고 못하고에 대해 논했다. 임금이 말했다. "신식申湜(1551~1623)은 졸렬하고 허성許筬(1548~1612)은 고집스럽다." 신식은 꾸밀 줄 모르고, 허성은 원칙을 지킨다는 칭찬이었다. 신식은 임금께서 알아주심에 감격해서 자신의 호를 '용졸재用拙齋'로 지었다. 졸렬함으로 임금에게 쓰임을 받은 사람이란 의미다.

최립崔岦(1539~1612)이 〈용졸재기用拙齋記〉에서 말했다.

교巧는 그럴싸하게 꾸며 장난치는 데서 나오니 마침내 거짓이다. 졸拙은 비록 부족한 데서 나오는 듯해도 스스로 천기天機를 벗어나지 않는다.

巧起於繕飾作弄, 畢竟是人僞. 而拙雖若起於不足, 却自不離天機耳.

허목은 〈백졸장설百拙藏說〉에서 자신에 대해 이렇게 썼다.

노인은 재주가 졸렬하고 학문이 졸렬하다. 마음이 졸렬하고 뜻이 졸렬하다. 말이 졸렬하고 행동이 졸렬하다. 하는 모든 일이 다 졸렬하다. 그래서 내 거처를 백졸장百拙藏이라고 부른다. 이름은 밖에서 구해서는 안 되니, 성품에서 나오는 것이라 그렇다. 이 때문에 졸렬함을 아는 것은 망령되이 행동하지 말라는 경계다.

老人才拙學拙, 心拙志拙, 言拙行拙. 百試而百拙. 故名吾居曰百拙藏. 名不可外求, 出於性者然也. 所以識拙, 毌妄動之戒也.

송나라 주돈이는 남들이 자신을 졸렬하다고 말하자 기뻐하며 이런 글을 지었다.

교묘한 자는 말하고 졸렬한 사람은 침묵한다. 교묘한 자는 수고롭지만 졸렬한 자는 편안하다. 교묘한 자는 남을 해치나 졸렬한 자는 덕스럽다. 교묘한 자는 흉하나 졸렬한 자는 길하다.

巧者言, 拙者默. 巧者勞, 拙者逸. 巧者賊, 拙者德. 巧者凶, 拙者吉.

세상은 온통 인정받고 남을 꺾기 위해 교묘해지려 난리인데 못났다, 졸렬하다는 말을 듣고 오히려 즐거워하고 기뻐한 사람들의 이야기다.

식진관명

쾌적한 삶을 얻기 위한 여덟 단계

植眞觀命

삶이 쾌적해지기 위해 지켜야 할 여덟 단계를 제시한 이덕무의 〈적언찬適言讚〉이란 글이 있다. 첫 단계는 식진植眞이다. 참됨을 심어야 한다. 사물은 참됨을 잃는 순간 가짜 껍데기가 된다. 아무리 닮아도 가짜는 가짜다. 본질을 깊숙이 응시해야 가짜에 현혹되지 않는다. 그다음은 관명觀命이다. 운명을 살핀다 함은 오늘 할 일 오늘 하고 어제 할 일 어제 하여, 처음부터 끝까지 한결같은 마음을 갖는 태도를 말한다. 점치는 것과는 아무 상관이 없다.

다음은 병효病殽다. 마음을 다스려 잡다한 것에 현혹됨을 경계하지 않으면 안 된다. 여색과 재물, 능변과 모략, 이런 것에 휘둘리면 방법이 없다. 네 번째가 둔훼遁毁다. 헐뜯음으로부터 멀리 달아나는 것이다. 재주는 이름을 낳고, 이름은 비방을 부른다. 재주를 뽐내면 해코지를 당하고, 그저 감수하자니 바보 같아 못 견디겠다. 그러니 멀지도 가깝지도 않게 거리를 유지하여 타고난 본바탕을 지키는 자세가 중요하다. 비방이 얼씬도 하지 못하게 빌미를 주지 말아야 한다.

다섯 번째는 이령怡靈이다. 정신에 좋은 기운을 불어넣어 주는 작용이 필요하다. 자연에서 정신은 편안해지고, 정은 경계에 따라 옮겨간다. 가을 물과 봄 구름을 보면 마음의 눈이 활짝 열려 생각이 영롱해진다. 여섯 번째는 누진耨陳이다. 열린 마음 위에 낡아 진부해진 것들을 끊임없이 덜어내야 한다. 그 빈자리는 새로움으로 가득 채운다. 신진대사新陳代謝, 즉 진부한 것을 새것으로 교체하고, 시든 것(謝)을 새것으로 대신하는 작용이 활발할 때 정신과 육체가 건강해진다.

일곱 번째는 간유簡遊다. 교유하는 벗을 잘 가릴 필요가 있다. 혼자 사는 세상이 아니니 배움을 북돋워주고 재주를 장려해주며 잘못은 따끔하게 꾸짖고 가난은 함께 도와 건너갈 그런 동심의 벗이 필요하다. 기생충 같은 무리는 뱃속에 시기심으로 가득 차서 등 뒤에서 헐뜯는다. 마지막 여덟 번째는 희환戱寰이다. 말 그대로 우주 안에서 즐기며 노니는 것이다. 내 앞에 내가 없고 내 뒤에도 나는 없다. 조급해할 것도 성낼 일도 없이 하늘을 따라 즐길 뿐이다.

여덟 단계를 한마디로 요약하면 '내 삶을 즐기고, 내 분수에 만족한다'는 것이다. 조심조심 지켜 여유롭게 노닐며 한세상을 건너가자.

신기위괴

혼동하기 쉬운 것들

新奇爲怪

성대중이 〈질언質言〉에서 말했다.

나약함은 어진 것처럼 보이고 잔인함은 의로움과 혼동된다. 욕심은 성실함과 헷갈리고 망령됨은 곧음과 비슷하다.

懦疑於仁, 忍疑於義. 慾疑於誠, 妄疑於直.

나약함은 어짊과 거리가 먼데 사람들이 자칫 헷갈린다. 잔인한 행동이 의로움으로 포장되는 수가 많다. 욕심 사나운 것과 성실한 것을 혼동하면 주변이 힘들다. 망령된 행동을 강직함으로 착각하면 안 된다.

또 말했다.

청렴하되 각박하지 않고, 화합하되 휩쓸리지 않는다. 엄격하나

잔인하지 않고, 너그러워도 느슨하지 않다.

清而不刻, 和而不蕩. 嚴而不殘, 寬而不弛.

청렴의 이름으로 각박한 짓을 한다. 화합한다더니 한통속이 된다. 엄격함과 잔인함은 구분이 필요하다. 너그러운 것과 물러터진 것은 다르다.

명나라 장홍양張洪陽이 〈담문수어談文粹語〉에서 말했다.

지금 사람들은 글을 지을 때 어렵고 난해한 구절을 두고 스스로 새롭고 기이하다고 하나 사실은 괴상망측한 줄 잘 모른다. 배배 꼬아둔 뜻을 스스로 정밀하게 통하였다고 하지만 사실은 어그러진 것인 줄 모른다. 잔뜩 늘어놓은 가락을 제 딴에는 창대하다고 하지만 붕 뜬 것인 줄은 모른다. 생경하고 껄끄러운 말을 스스로 웅장하고 건실하다 하나 비쩍 마른 것인 줄 알지 못한다. 경박하고 들뜬 얘기를 원만하고 빼어나다고 하나 조잡한 것인 줄 알지 못한다. 흔해빠져 속된 말을 제 딴에는 평탄하고 바르다고 하지만 실제로 진부한 것인 줄은 알지 못한다.

今人作文, 多爲艱險之句, 自謂新奇, 而不知其爲怪. 多爲鉤深之意, 自謂精透, 而不知其爲詭. 多爲蔓衍之調, 自謂昌大, 而不知其爲浮. 多爲生澁之語, 自謂莊健, 而不知其爲枯. 多爲輕佻之談, 自謂員逸, 而不知其爲野. 多爲庸俗之詞, 自謂平正, 而不知其爲腐.

저는 신기한 표현이라 뽐내는데 사람들은 괴상망측하다고 본다. 말을 비비 꼬아놓고 꼼꼼하게 썼다고 하나 정작 무슨 말인지 알 수 없다. 만연체로 늘어놓고 스케일이 큰 것으로 착각하면 오산이다. 알아먹지 못할 말과 웅장한 글도 헷갈리기 쉽다. 속스러운 말을 평이한 말과 구분 못하면 글이 진부해진다.

사람은 엇비슷해 보이는 것을 제대로 분간해야 한다. 그저 보면 비슷해도 살펴보면 하늘과 땅 차이다.

신신신야

믿을 것을 믿고 의심할 것은 의심한다

信信信也

《순자》〈비십이자非十二子〉 편에 나오는 구절이다.

믿을 것을 믿는 것이 믿음이고, 의심할 것을 의심하는 것도 믿음이다. 어진 이를 귀하게 여기는 것이 어짊이고, 못난 자를 천하게 보는 것도 어짊이다. 말하여 바로잡는 것도 앎이고, 침묵하여 바로잡는 것도 앎이다. 이 때문에 침묵을 안다 함은 말할 줄 아는 것과 같다.

信信信也, 疑疑亦信也. 貴賢仁也, 賤不肖亦仁也. 言而當知也, 默而當亦知也. 故知默猶知言也.

신실함은 어디서 나오는가? 덮어놓고 믿지 않고 살피고 따져보아 믿을 만한 것을 믿는 데서 생긴다. 의심할 만한 일을 덩달아 믿어 부화뇌동하면 뒤에 꼭 후회하고 책임질 일이 생긴다. 다 잘해주고 무조건 베푸는 것이 인仁이 아니다. 그의 언행을 보아 그가 받을 만한 대접만큼 해주는 것이 인이다. 가리지 않고 잘해주면 그가 달라질 기회를 빼앗는 것이나 한가지다. 문제가 생겼을 때 바른말로 상황을 바로잡아주는 것이 지혜다. 때로는 입을 꾹 다문 침묵이 더 무서울 때도 있다. 침묵이 언어의 힘을 넘어서는 것은 아주 가끔이다.

이어지는 말.

알면서 모르는 체하고, 나쁜데 고상한 듯 굴며, 속임수를 쓰면서 교묘하고, 쓸모없는 말을 하지만 번드르르하며, 도움이 안 되는 주장을 펴면서 꼼꼼한 것은 다스림의 큰 재앙이다. 편벽되게 행동하면서 고집을 부리고, 그른 것을 꾸며서 그럴듯하게 보이며, 간악한 자를 아껴서 은혜를 베풀고, 반지르르한 말로 이치를 거스르는 것은 옛날에 크게 금한 것이다.

知而險, 賊而神, 爲詐而巧, 言無用而辯, 辯不惠而察, 治之大殃也. 行辟而堅, 飾非而好, 玩奸而澤, 言辯而逆, 古之大禁也.

잘못인 줄 알면서도 음험하게 속내를 숨긴다. 못된 심보를 안 들키려고 겉꾸민다. 속임수는 항상 그럴싸해 보이고, 쓸데없는 말이 더 현란하다. 희한한 짓을 하면서 고집을 부린다. 잘못을 해놓고도 인정하지 않고 자꾸 꾸며서 좋다고 우긴다. 간사한 자를 곁에 두고 총애한다. 말은 청산유수인데 막상 이치에 맞지 않는다.

이런 현상이 자꾸 벌어지면 그 사회나 조직에 문제가 커지고 있다는 증좌다. 믿을 것을 믿고 의심할 것은 의심한다. 좋은 게 좋은 것이 아니다. 불편해도 진실을 따르는 것이 맞다.

신언불미

번드르르한 말을 믿지 마라

信言不美

화려한 말잔치로 한 해가 다 갔다. 저마다 제가 옳고 남이 틀렸다고 하니, 옳고 그름의 판단이 갈수록 어렵다. 이 말 들으면 이 말이 맞고, 저 말 들으면 그게 더 그럴 법하다. 한쪽이 옳으면 다른 쪽은 그른 것일 터. 하지만 세상에 전부 옳고 완전히 그른 일이 없다 보니, 옳고 그름이 겹쳐지는 대목에서 자꾸 착시 현상이 생기는 일이다. 맥락을 외면한 채 아전인수 격으로 저 보고 싶은 쪽만 바라보고 높이는 목청은 이제 조금 가라앉혀야겠다.

《도덕경》 제81장에서 노자가 말했다.

믿음성 있는 말은 아름답지 않고, 아름다운 말은 믿음성이 없다. 착한 사람은 말을 잘 못하고, 말 잘하는 자는 착하지가 않다. 지혜로운 자는 해박하지 않은데, 해박한 자는 지혜롭지 못하다. 성인은 쌓아두는 법이 없다. 남을 위했는데 자기가 더 갖게 되고, 남에게 주었건만 자기는 더 많아진다. 하늘의 도는 이롭게 하지 해되는 법이 없고, 성인의 도는 위할 뿐 다투지 않는다.

信言不美, 美言不信. 善者不辯, 辯者不善. 知者不博, 博者不知. 聖人不積, 旣以爲人, 己愈有, 旣以與人, 己愈多. 天之道, 利而不害. 聖人之道, 爲而不爭.

참 간명한 대비다. 그럴싸한 말은 무책임하다. 번드르르한 말에는 속임수가 깃들어 있다. 떠벌릴수록 속 빈 강정이 대부분이다. 그런데도 자꾸 그럴싸한 말에 솔깃하고 번드르르한 말에 귀가 쫑긋해져서 우리는 진실을 못 보고 종종 핵심을 놓친다. 말이 많아지는 것은 상대를 현혹시키기 위해서다. 진리는 단순한 데 있다. 이 때문에 진실은 자주 불편하다. 자기 판단이 없이는 우왕좌왕 떠드는 대로 몰려다니게 된다. 이로움이 있을 뿐 해됨이 없는 하늘의 도리, 서로를 위하기만 하고 다툴 줄 모르는 성인의 마음은 난무하는 교언영색巧言令色 앞에 바보 취급을 당하기나 딱 좋다.

밝아오는 새해는 말의 신뢰성을 회복하는 데서 시작하면 어떨까? 달콤하고 그럴싸한 말 말고 투박하고 질박한 말, 빙빙 돌려 얘기하지 않고 찔러서 하는 얘기, 곁가지를 걷어내서 허심탄회해지는 그런 대화법이 더 멀리 퍼져갔으면 싶다. 믿음성 있는 말은 번드르르하지 않다. 번드르르한 말은 믿음성이 없다.

심동신피

제 한 몸을 잘 간수하려면

心動神疲

당나라 때 중준仲俊은 나이가 86세인데도 너무나 건강했다. 비결을 묻자 그가 말했다. "어려《천자문》을 읽다가 '심동신피心動神疲'라는 네 글자에서 깨달은 바가 있었지. 이후 평생 무슨 일을 하든지 마음을 차분히 가졌을 뿐이라네." 그는 《천자문》의 "성품이 고요하니 정서가 편안하고, 마음이 움직이자 정신이 피곤하다[性靜情逸, 心動神疲]"는 구절에서 일생 공부의 화두를 들었던 셈이다.

우강旴江의 구도인丘道人은 90여 세로 온통 흰머리뿐이었지만 얼굴엔 늘 화색이 돌았다. 겨울 여름 할 것 없이 한 벌 홑옷으로 났고, 비와 눈을 막지 않았다. 그는 바구니 하나를 늘 지니고 다녔는데, 뒤편에 작은 패쪽 하나를 매달아놓았다. 거기에는 네 구절의 시가 적혀 있었다.

늙어 더딤 성품이 게을러서고
병 없는 건 마음이 넉넉해서지.
살구꽃은 지나는 비 감당 못해도
푸른 솔은 겨울 추위 능히 견디네.

老遲因性慢　無病爲心寬
紅杏難經雨　靑松耐歲寒

　나이가 들어 행동이 굼뜬 것은 노쇠해서가 아니라 젊었을 때보다
성품이 느긋해져서다. 병 없이 건강한 비결은 마음가짐을 늘 너그럽
게 하려고 애쓴 덕분이다. 붉게 핀 살구꽃은 지나가는 비를 맞고도 땅
에 떨어진다. 푸른 솔은 혹한 속에서도 그 푸른 기상을 잃지 않는다.
살구꽃이 한때의 화려함으로 눈길을 끌지만, 나는 추운 겨울에도 시
들지 않는 소나무의 푸름을 간직하겠다. 이것이 그가 바구니에 매단
글귀에 담은 생각이다.
　송나라 소강절邵康節도 이런 시를 남겼다.

　늙은이의 몸뚱이는 따뜻해야 하느니
　안락와安樂窩 가운데에 별도의 봄이 있네.
　선옹이 쓸모없다 다들 얘기하지만
　그래도 제 한 몸은 건강하게 지킨다오.

老年軀體素溫存　安樂窩中別有春
盡道仙翁拙于用　也能康濟自家身

안락와는 그의 거처 이름이다. 몸을 따뜻하게 간수하며 집 안에서

편안하게 지내니 1년 내내 봄날이다. 사람들은 나를 두고 이제 별 쓸모가 없다고들 얘기하지만, 내 몸 하나만은 건강하게 잘 지키며 산다. 그거면 됐다. 더 욕심부리지 않겠다.

세 글 모두 명나라 왕상진의《일성격언록》에 나온다.

심원의마

원숭이와 말처럼 날뛰는 생각

心猿意馬

사도세자의 문집 《능허관만고淩虛關漫稿》를 읽다가 〈심心〉이란 제목의 시에 눈이 멎었다.

날뛰는 맘 억누르기 어려워 괴롭거니
들판 비워 기旗를 들면 적이 침범 못하리.
묵은 거울 다시 갊도 원래 방법 있나니
경재잠敬齋箴을 장중하게 일백 번 외움일세.

心猿意馬苦難禁　淸野搴旗敵不侵
古鏡重磨元有術　百回莊誦敬齋箴

그는 마음이 괴로운 사람이었다. 가눌 길 없는 마음을 추스르기에 힘이 겨웠던 모양이다. 먼저 제1, 2구. '날뛰는 맘'의 원문은 '심원의 마心猿意馬'다. 마음은 원숭이처럼 제멋대로 돌아다니고, 생각은 미친 말인 양 길길이 날뛴다. 꽉 붙들어 지수굿이 눌러두려 해도 잠시도 가만있지 못한다. 청야淸野, 즉 들판을 깨끗이 비운다는 것은 전쟁에 앞서 들판의 곡식을 베고 집을 헐어, 적이 양식을 구하지 못하고 쉴 곳을 얻지 못하게 하는 것이다. 즉 마음을 비운다는 의미다. 깃발을 높이 든다는 것은 보통은 적 지휘부의 깃발을 빼앗는다는 뜻이지만, 여기서는 깃발을 높이 들어 일사불란한 명령 체계를 적에게 보여준다는 의미로 썼다. 날뛰는 마음은 비워서 가라앉히고, 들레는 마음은 추슬러 진정시킨다. 그러면 적이 쳐들어와도 끄떡없다.

다시 제3, 4구. 고경古鏡은 낡아 녹슨 구리거울이다. 거울도 마음의 비유다. 녹슨 거울은 사물을 못 비춘다. 때가 낀 마음은 외물을 받아들이지 못한다. 어찌해야 하나. 정성껏 다시 갈아서 본래의 제 빛을 찾아주어야 한다. 거울을 가는 방법은 주희가 지은 〈경재잠敬齋箴〉을 100번쯤 장중하게 소리 내서 외우며 천천히 갈면 된다. 마음이 급해 성급하게 갈면 표면이 긁히고 상해 아예 못 쓰게 되기 쉽다.

주희는 〈경재잠〉에서 이렇게 말했다.

문 나서면 손님같이
일할 때는 제사 지내듯.
전전긍긍 조심하여
감히 쉽게 하지 말라.
입 지킴은 물병 막듯
뜻 막음은 성채인 양.
조심조심 살피어서

감히 가벼이 하지 말라.

出門如賓　承事如祭

戰戰兢兢　罔敢或易

守口如瓶　防意如城

洞洞屬屬　毋敢或輕

이렇게 조심조심 힘을 빼고 되풀이해서 마음밭을 갈면 잃었던 빛이 다시 환하게 돌아온다. 영대靈臺가 맑아진다. 사람들은 원숭이나 말처럼 제멋대로 날뛰는 제 마음은 안 돌아보고, 저마다 아무 일 없는 세상을 구하고 말겠다며 온통 난리다.

심유이병

공부는 달아난 마음을 되찾는 일

心有二病

바른 몸가짐은 바른 마음에서 나온다. 마음이 비뚤어진 상태에서 몸가짐이 바로 될 리가 없다. 다산은 《대학공의大學公議》에서 "몸을 닦는 것은 그 마음을 바르게 함에 달렸다〔修身在正其心〕"는 대목을 풀이하면서 자신의 생각을 덧붙였다.

마음에는 두 가지 병이 있다. 하나는 마음이 있는 데서 오는 병〔有心之病〕이고, 하나는 마음이 없는 데서 오는 병〔無心之病〕이다. 마음이 있다는 것은 인심人心을 주인으로 삼는 것이고, 마음이 없다는 것은 도심道心이 주인이 될 수 없는 것을 말한다. 이 두 가지는 다른 것 같지만 병통이 생기는 근원은 실제로 같다. 경敬으로써 내면을 바르게 하고, 공과 사를 구분해서 이를 살핀다면 이 같은 병통이 없어진다.

心有二病, 一是有心之病, 一是無心之病. 有心者, 人心爲之主也, 無心者, 道心不能爲之主也. 二者似異, 而其受病之源實同. 敬以直內, 察之以公私之分, 則無此病矣.

유심지병 有心之病이 있고, 무심지병 無心之病이 있다. 마음은 있어도 문제고 없어도 문제다. 하지만 따지고 보면 마음의 유무가 문제가 아니고, 어떤 마음을 지니느냐가 더 문제다. "자넨 생각이 너무 많아!" 안 해도 될 쓸데없는 생각이 너무 많다는 말이다. 유심지병이다. 그의 마음은 인심, 즉 계교하고 따지느라 바쁜 마음이다. "도대체 생각이 있나 없나?" 이런 소리를 듣는다면 그는 무심지병에 걸린 사람이다. 그저 몸을 따라 마음이 간다. 아무 생각이 없다.

해야 할 생각은 안 하고 쓸데없는 생각만 많다. 그러니 늘 몸과 마음이 따로 논다. 마음에 노여움과 원망이 있고 보니 말투가 모질고 사나워진다. 일을 열심히 해도 앞뒤가 바뀌어 늘 결과가 어긋난다.

두려움은 재난 앞에 흔들리고 위력 앞에 꼼짝 못하게 만든다. 돈 문제로 인한 걱정 근심은 사람을 무력하게 해서, 옳고 그름을 떠나 계산기를 두드리게 만든다.

허튼 마음을 닦아내고, 실다운 마음을 깃들이는 방법으로 다산은 '경이직내敬以直內'를 꼽았다. 공적인 일인지 사적인 욕심인지를 살펴 마음의 균형을 유지할 때 두 가지 마음의 병이 사라진다고 했다.

맹자는 "사람이 닭이나 개가 달아나면 찾을 줄 알면서, 마음은 놓치고도 찾을 줄을 모른다. 공부란 별것이 아니다. 달아난 마음을 찾는 것일 뿐이다"라고 했다.

마음이 주인 노릇을 못하면 몸은 그대로 허깨비가 된다.

심입천출

세계 공부해서 쉽게 풀어낸다

深入淺出

안정복이 권철신權哲身에게 보낸 편지의 한 대목.

독서는 모름지기 의심이 있어야 합니다. 의심이 있은 뒤라야 학
업에 나아갈 수가 있지요. 주자께서는 "책을 읽으면서 크게 의심하
면 크게 진보한다"고 하셨고, 또 "처음 읽을 때는 의심이 없다가
그다음에 점점 의심이 생기고, 중간에는 구절마다 의심이 들게 된
다. 이런 것을 한차례 거친 뒤에야 의심이 점차 풀어지고 두루 꿰
어 하나로 통하게 된다. 이것이 바로 배움이다"라고 했습니다. 이
것은 독서의 일대 단안斷案이니 다른 방법이 없습니다. 대저 성현
의 말씀은 모두 평이명백平易明白하므로, 깊이 탐구하려다 스스로
의심과 혼란 속에 얽혀 들어가서는 안 됩니다. 퇴계 선생께서도 말
씀하셨지요. "책을 읽을 때는 별다른 뜻을 깊이 구할 필요 없이 마

땅히 본문에서 드러나 있는 뜻을 구해야 한다"고요.

讀書須要有疑, 有疑而後, 可以進業. 朱子曰: "讀書大疑則大進." 又曰: "始讀未始有疑, 其次漸漸有疑, 中則節節是疑. 過了這一番後, 疑漸釋, 以至融貫會通, 方是學." 此爲讀書之一大斷案也, 更無別法. 而大抵聖賢言語, 皆平易明白, 不可探曲以求, 自致纏繞于疑亂之中矣. 退溪李子曰 : "讀書不必深求異意, 當於本文上, 求見在之義."

성현의 말씀이 '평이명백'한 것은 공부가 크기 때문이다. 소인의 말은 배배 꼬여 있다. 아무것도 아닌 것을 거창하게 말하는 버릇과, 어려운 것을 쉽게 설명하는 능력은 다르다. 모르면 말이 꼬여 어려워지고, 알면 명백해서 석연하다. 논문도 그렇다. 초짜들은 각주가 많고 사설이 길다. 읽고 나도 무슨 말인지 알 수가 없다. 고수는 다르다. 포정庖丁이 관절과 관절 사이로 칼을 찌르듯 힘들이지 않고 핵심을 찌른다. 그도 처음부터 그랬겠는가? 자꾸 보고 오래 겪어 모호하던 것이 분명해질 때까지 따지고 살피다 보니 평이명백해진 것이다. 안 보일 때는 걸음마다 망설여지고 오리무중五里霧中이더니, 보이기 시작하자 100리 밖의 일도 손바닥 위에 있다. 아직 일어나지 않은 일도 어제 일처럼 분명하다. 명명백백하다. 모를 일이 없다.

심입천출深入淺出이란 이를 두고 하는 말이다. 깊이 들어가 얕게 나온다. 어려울수록 쉽고, 모를수록 어렵다. 세게 공부해서 쉽게 풀어낸다. 공부가 깊어야 설명이 간결하다. 자기가 잘 알아야 남도 쉽게 이해한다. 말이 현란한 것은 모르기 때문이다. 한 번 들어 알기 어려운 말은 옳은 말이 아니다. 제 속이 빈 것을 남들이 알아차릴까 봐 말이 많아진다. 남이 나를 업신여기지 못하게 하려고 허세를 부린다. 하지만 두드려보면 빈 깡통이요 알곡 없는 쭉정이다. 마음으로 읽고 뜻으로 보면 진짜와 가짜는 금세 구별된다. 속임수로 쓴 글과 진정이 담긴 글은 금방 알 수가 있다.

심자양등

깊이에도 차원이 있다

深者兩等

《언행휘찬》에 깊이의 두 종류를 논한 글이 있어 소개한다.

사람의 깊이는 두 종류가 있다. 하나는 심침深沈이다. 마치 말이 어눌하여 스스로를 지키는 듯한데 남을 포용하고 사물을 인내한다. 속에 든 자기 생각이 분명해도 겉으로는 심후深厚하다. 모난 구석을 드러내지 않고, 재주를 뽐내는 법이 없다. 이것은 덕 중에서도 상등 가는 것이다. 다른 하나는 간심奸深이다. 입을 꽉 닫아 마음을 감춰두고 기미를 감추고서 속임수를 쓴다. 움직임을 좋아하고 고요함을 미워하며, 드러난 자취는 어그러지고 비밀스럽다. 두 눈으로 곁눈질하고 한마디 말에도 가시가 있다. 이는 악 중에서도 특히 심한 것이다. 이 두 등급의 사람이 비록 겉모습은 비슷해 보여도 찬찬히 살펴보면 큰 차이가 있다. 근래에는 심침한 군자를 간심한 것과 한가지로 본다. 어찌 경박하게 움직이고 얕고 조급한 자에게서 훌륭한 선비를 찾는 격이 아니겠는가?

人之深者有兩等焉. 一曰深沈, 如訥言自守, 容人忍物. 內裏分明, 外邊深厚. 不露圭角, 不逞才華. 此德之上者也. 一曰奸深. 如閉口存心, 藏機挾詐, 喜動惡靜, 形迹詭秘. 兩目斜視, 片語針鋒. 此惡之尤者也. 此兩等人, 雖若相似, 細察之, 大相徑庭也. 近日以深沈君子, 與奸深並觀, 豈非以浮動淺躁者, 覓善士哉?

심침은 묵직한 무게감에서 오는 깊이다. 간심은 간악한 마음을 감추려고 속내를 드러내지 않는 음험함이다. 한 사람은 어눌한 듯 자신을 지키고, 한 사람은 입을 닫아 자기 깐을 따로 둔다. 이쪽은 분명한 자기 주견이 있어도 남을 포용하는 도량이 있다. 저쪽은 매 순간 눈빛을 번득이며 무심코 뱉는 한마디 말로도 남을 찌른다.

속 깊은 것과 의뭉한 것은 다르다. 자신을 낮추느라 생긴 깊이와, 틈을 엿보려 만든 깊이가 같을 수 없다. 세상이 어지러울수록 이 둘의 구분이 흐려진다. 그리하여 간악한 자가 속내를 숨겨 대인군자 행세를 하고, 상대의 묵직한 깊이를 무능함으로 매도해 이용하고 업신여긴다. 심침과 간심! 이 둘을 잘 분간해 그에 걸맞은 대접을 해주는 사회라야 건강한 사회다. 가짜들이 설쳐대면 희망이 없다.

심장불로

깊이 감춰 드러내지 않는다

深藏不露

초나라 장왕莊王이 즉위했다. 첫마디가 이랬다. "간언은 용서치 않는다." 즉시 국정은 내팽개치고 3년 넘게 주색잡기에 빠졌다. 보다 못한 오거伍擧가 돌려 물었다. "초나라 서울에 새 한 마리가 있습니다. 3년을 울지도 않고 날지도 않습니다. 무슨 새일까요?" "보통 새가 아니로구나. 3년을 안 날고 안 울었으니 한번 날면 하늘로 솟고, 한번 울면 사람을 놀라게 하리라." 오거가 빙긋 웃고 물러났다. 왕은 그 뒤로도 계속 방탕했다. 이번엔 대부 소종蘇從이 직간했다. 왕은 화를 내며 죽고 싶으냐고 소리 질렀다. 소종은 초나라가 이대로 멸망의 길로 가는 것을 볼 수 없으니 차라리 죽어 충신의 이름을 얻고자 한다고 대들었다. 초장왕은 그를 물끄러미 보다가 즉시 주연을 파하고, 그날로 난행亂行을 그쳤다. 소종과 오거를 중용했다. 지난 3년간 곁에서 방탕을 부추겼던 자들을 일거에 내쫓았다. 얼마 후 그는 춘추오패春秋五覇의

한 사람으로 이름을 올렸다. 《사기》에 나온다.

매가 서있을 때는 마치 조는 것 같고 범이 다닐 때는 병든 것 같다.
鷹立如睡, 虎行似病.

《육도삼략六韜三略》의 한 구절이다. 나무 꼭대기에 앉은 매는 졸음을 못 이겨 꾸벅꾸벅 조는 것만 같다. 눈앞에 사냥감이 나타나면 순식간에 박차고 올라 전광석화와 같이 낚아챈다. 어슬렁거리는 범은 병들고 굶주려 비실비실 쓰러질 것만 같다. 하지만 먹잇감을 향해 포효하며 돌진할 때는 그 서슬에 산천초목의 혼이 다 빠진다.

고수들은 한번에 자기 수를 다 보여주지 않는다. 깊이 감춰 좀체 드러내는 법이 없다(深藏不露). 하수들이나 얄팍한 재주를 믿고 쨀고 까분다. 잠깐은 두드러져도 이내 흔적도 없다.

처음에 처녀처럼 얌전히 있으면 적이 문을 연다. 나중엔 달아나는 토끼같이 하니 적이 막을 수가 없다.
始如處女, 敵人開戶; 後如脫兔, 敵不及拒.

《손자孫子》〈구지九地〉에 나온다. 상대가 만만히 보도록 유도한 뒤 방심을 틈타 단번에 무찌르는 책략이다.

훌륭한 장사치는 깊이 감춰두어 아무것도 없는 듯이 한다. 군자는 덕이 가득해도 겉보기에는 바보 같다.
良賈深藏若虛, 君子盛德若愚.

《사기》〈노자한비열전老子韓非列傳〉의 말이다. 얄팍함을 버리고 깊이를 지녀라.

심한신왕

마음이 한가하면 정신이 활발하다

心閒神旺

청淸 말의 전각가 등석여鄧石如의 인보印譜를 뒤적이는데 '심한신
왕心閒神旺'이란 네 글자를 새긴 것이 보인다. 마음이 한가하니 정신의
활동이 오히려 왕성해진다는 말이다. 묘한 맛이 있다. 내가《천자문》
중에서 제일 좋아하는 네 구절은 이렇다.

성품이 고요하면 정서가 편안하고
마음이 움직이면 정신은 피곤하다.
참됨을 지켜야만 뜻이 온통 가득 차고
외물을 따라가자 뜻이 함께 옮겨간다.
性靜情逸 心動神疲
守眞志滿 逐物意移

고요해야 평화가 깃든다. 마음이 이리저리 휘둘리면 정신이 쉬 지친다. 참됨을 간직하니 뜻이 충만해진다. 바깥 사물에 정신이 팔리면 뜻을 가누기가 힘들다. 고요해야 활발하다. 흔들리면 어지럽다.

잡다한 속사에 치어 이리저리 끌려다니다 보면 뜻도 덩달아 미친 널을 뛴다. 답답해 깊은 산속을 찾아서도 머릿속엔 온통 딴 궁리만 가득하다. 정신이 왕성한 것과 마음이 바쁜 것을 혼동하면 안 된다. 고이기가 무섭게 퍼가기 바빠 마음은 이내 바닥을 드러낸다. 정신은 늘 피폐해 있다. 왜 이러고 사나 싶은 생각이 하루에도 몇 번씩 불쑥불쑥 솟는다.

송나라 때 이종이李宗易가 〈정거靜居〉란 시를 지었다.

마음이 넉넉하면 몸도 따라 넉넉하니
몸 한가한데 마음만 바쁨 다만 걱정 이것일세.
마음이 한가로워 어디서건 즐긴다면
조시朝市와 구름 산을 따질 것 굳이 없네.
大都心足身還足　只恐身閑心未閑
但得心閑隨處樂　不須朝市與雲山

문제는 마음이다. 마음이 여유로워 한갓지면 일거수일투족에 유유자적이 절로 밴다. 걱정할 일은 몸은 한가로운데 마음이 한가롭지 못한 상태다. 갑자기 일에서 놓여나 몸이 근질근질해지면, 공연히 쓸데없는 생각이 많아진다. 몸뚱이는 편한데 마음은 더없이 불편하다. 관건은 몸을 어디 두느냐가 아니라 마음을 어디에 두느냐에 달려 있다. 사람은 마음이 넉넉해 몸도 따라 넉넉해야지(心足身還足), 몸은 한가한

데 마음은 한가롭지 못한(身閑心未閑) 지경이 되면 안 된다.

일 없는 사람이 마음만 바쁘면 공연한 일을 벌인다. 마음이 한가로우면 정신의 작용이 활발해져서 건강한 생각이 샘솟듯 솟아난다. 내 마음의 상태를 어떻게 유지할까? 나는 마음이 한가로운 사람인가? 몸만 한가롭고 마음은 한가롭지 못한 사람인가? 그도 아니면 몸이 하도 바빠 마음을 잃어버린 사람인가?

십년독서

무목적의 온축 속에 큰 안목이 열린다
十年讀書

밤낮 책만 읽는 허생許生을 보던 아내는 부아가 끓었다. 꽁한 표정으로 한마디 던진다. "그깟 책은 읽어 뭐하우. 밥이 나와, 쌀이 나와." 허생은 책에서 눈도 떼지 않고 건성으로 대답한다. "공부가 아직 부족해." "식구들 쫄쫄 굶기면서 책을 읽고 있으면 배가 부른가 부지? 물건을 만들던가, 장사라도 하든지." "기술도 밑천도 없는 걸 어찌하나." 하는 말마다 염장을 지른다. "밤낮 글 읽더니 못한다는 말만 배웠소? 차라리 도둑질이라도 배우든지." 견디다 못한 허생이 책을 탁 덮고 자리에서 벌떡 일어난다. "안타깝다. 내 십년독서十年讀書가 이제 겨우 7년인데 나머지를 못 채우는구나."

그는 뭐가 애석했을까? 그 10년이란 연한만은 길게 여운이 남는다. 십년독서는 옛 선비들의 꿈이다. 눈앞에 만권의 책을 쌓아놓고 틀어박혀 한 10년 책만 읽으면 그것으로 세상 보는 안목이 훤히 열린다고 믿었다.

송나라 때 심유지沈攸之가 만년에 독서에 빠져 손에서 책을 놓은 적이 없었다. 그가 늘 입에 달고 했다는 말이 있다.

진작에 궁달窮達에 정한 운명 있음 알아 십년독서를 못한 것이 안타깝다.

早知窮達有命, 恨不十年讀書.

젊어 십년독서를 했더라면 인생을 안타깝게 허비하지는 않았으리란 말이다. 산전수전 다 겪고 세상풍파 다 건너면서도 늘 길을 몰라 우왕좌왕했었다. 그러다 나이 들어 독서에 몰입하고 나니, 몰라 헤매던 길이 그 속에 다 있더라는 얘기다. 이걸 왜 더 일찍 몰랐을꼬.

10년의 시간은 물리적으로 정한 시간이기보다 이불리를 따지지 않은 채 조급한 마음을 내려놓고 몰두하는 상징적 시간이다. 이걸 배워 어디 써먹고 저걸 익혀 돈 벌 궁리를 하지 않는, 오직 독서를 위한 독서의 시간이다. 그 무목적의 온축 속에서 세상을 보는 안목이 터진다.

정범조丁範祖는 신석상申奭相이 독서에 뜻을 세우면서 "내가 책을 읽지 않는다면 무엇으로 그분을 만나보겠는가?"라고 했다는 말을 듣고 써준 편지에서 이렇게 말했다. "그대가 진실로 3년간 독서하면 반드시 천 사람의 위가 될 것이요, 5년간 독서하면 만 사람의 위가 될 것이다. 10년간 독서하면 반드시 더 높은 사람이 없게 되리라. 독서의 이로움이 이와 같다. 그런데도 사람들은 그다지 급하지 않은 명성만 다급하게 여긴다."

십년유성

10년은 몰두해야 성취를 이룰 수 있다

十年有成

남계우南啓宇(1811~1890)는 나비 그림을 잘 그려 '남나비'라는 별명
으로 더 알려졌다. 그의 집은 도성 안 당가지골(현 한국은행 뒤편)에 있
었다. 집에 날아든 나비를 평상복 차림으로 동대문 밖까지 쫓아가 기
어이 잡아서 돌아왔다는 일화도 있다.

그는 수백 수천 마리의 나비를 잡아 책갈피에 끼워놓고 그림을 그
렸다. 실물을 유리에 대고, 그 위에 종이를 얹어 유지탄柳枝炭으로 윤
곽을 그린 후, 채색을 했다. 노란색은 금가루로 쓰고, 흰색은 진주가루
를 사용했다. 그의 그림은 워낙 정확해서 나비학자 석주명은 무려
37종의 나비를 암수까지 구분해낼 수 있었다.

그의 그림 속에는 당시 조선에 없는 줄 알았던 '남방공작나비'란
열대종까지 있었다. 석주명은 나중에 남쪽 지방에서 이 나비를 잡아,
남나비의 그림이 실물을 보고 그린 것이었음을 훌륭히 입증했다. 석

주명은 남계우의 나비 그림이야말로 일본의 국보로 지정된 마루야마 오쿄圓山應擧(1733~1795)의《곤충도보昆蟲圖譜》보다 훨씬 훌륭하다고 극찬했다.

위당 정인보 선생이 석주명이 소장하고 있던 남계우의 나비 그림 10폭 병풍을 감상한 후, 역시 10폭 병풍에 시로 써준〈일호화접도행一濠花蝶圖行〉이란 작품을 보았다. 일호一濠는 남계우의 호다. 석주명 선생의 따님이신 석윤희 교수가 보관해왔던 귀한 작품이다. 위당은 자신보다 열다섯 살이나 아래인 석주명의 나비 연구에 깊이 감동하여 진작에 그를 위해 장편 한시를 써준 것이《담원문록》에 전한다. 이 장시는 문집에도 빠진 것이어서 더욱 귀하다.

위당은 이 작품에서 남계우의 10폭 그림을 한 폭 한 폭 꼼꼼히 묘사한 뒤에, 그의 그림이 혜환惠寰 이용휴와 임연臨淵 이양연李亮淵의 시문과 다산 정약용의 총서로 이어진 남인과 소론의 박학樸學, 즉 실학을 잇는 가치 있는 작품임을 밝혔다. 석주명에게 써준 다른 시에서는 남들이 거들떠도 보지 않는 나비 연구에 한눈팔지 않고 몰두하여 세계적인 학자가 된 석주명의 노력에 깊은 경의를 표했다. 석주명은 제자들에게 늘 남들이 관심 없는 분야에 10년 이상 꾸준히 몰입하면 세계제일이 될 수 있다는 말을 들려주곤 했다. 그의《조선산 접류분포도A Synonymic List of Butterflies of Korea》는 영국왕립학회의 의뢰를 받아 1940년에 뉴욕에서 인쇄되었고, 지금까지 생물지리학의 최고 걸작 중 하나로 꼽힌다. 십년유성十年有成! 10년은 한 우물을 파야 뭐든 이룰 수가 있다.

십무낭자

앞날을 묻지 않는다

十無浪子

오대의 풍도馮道(882~954)는 젊은 시절 자신을 '십무낭자十無浪子'
로 자처했다. 그가 꼽은 열 가지는 이렇다.

좋은 운을 타고나지 못했고, 외모도 별 볼일 없다. 이렇다 할 재
주도 없고, 문장 솜씨도 없다. 특별한 능력과 재물도 없다. 지위나
말재주도 없고, 글씨도 못 쓰고, 품은 뜻도 없다.

無星, 無貌, 無才, 無文, 無能, 無財, 無地, 無辯, 無筆, 無志.

한마디로 아무짝에 쓸모없는 허랑한 인간이란 뜻이다.

그래도 그는 자포자기하는 대신 긍정적 에너지를 잃지 않았다. 그
의 시는 이렇다.

궁달은 운명에 말미암는 걸
어이 굳이 탄식하는 소리를 내리.
다만 그저 좋은 일을 행할 뿐이니
앞길이 어떠냐고 묻지를 말라.
겨울 가면 얼음은 녹아내리고
봄 오자 풀은 절로 돋아나누나.
그대여 이 이치 살펴보게나
천도는 너무도 분명하고나.

窮達皆由命　何勞發歎聲

但知行好事　莫要問前程

冬去氷須泮　春來草自生

請公觀此理　天道甚分明

힘들어도 죽는소리를 하지 않는다. 오직 옳고 바른 길을 가며 최선을 다한다. 한 수 더.

위험한 때 정신을 어지러이 갖지 말라
앞길에도 종종 기회가 있으리니.
해악海嶽이 명주明主께로 돌아감을 아나니
건곤은 길인吉人을 반드시 건져내리.
도덕이 어느 때고 세상을 떠났던가
배와 수레 어디서든 나루에 안 닿을까.
마음속에 온갖 악이 없게끔 해야지만
호랑虎狼의 무리 속에서도 몸 세울 수 있으리라.

莫爲危時便愴神　前程往往有期因
須知海嶽歸明主　未必乾坤陷吉人
道德幾時曾去世　舟車何處不通津
但敎方寸無諸惡　狼虎叢中也立身

　하늘은 길인을 위기 속에 빠뜨리지 않는다는 믿음으로 마음을 닦
으며, 한 치 앞을 내다볼 수 없는 역사의 각축장에서 장차 주어질 기
회의 순간을 참고 기다렸다.

　그는 십무十無의 밑바닥에서 출발해 네 왕조의 열 임금을 섬기며
20여 년간 재상의 지위에 있었다. 세상 사람들은 그를 '부도옹不倒翁',
즉 고꾸라지지 않는 노인이라 불렀다. 스스로는 '장락로長樂老'라고
자호自號했다. 그는 중국 역사상 처음으로 오경五經을 판각하여 출판
했다. 그는 자신을 아꼈고, 세상을 원망하지 않았다.

쌍미양상

둘 다 잘되거나 함께 망하거나

雙美兩傷

당나라 때 배광정裵光庭은 염린지閻麟之를 심복으로 여겨 무슨 일이든 그의 판단과 감수를 받고서야 글로 썼다. 당시 사람들이 "염린지의 입에 배광정의 손"이라고 말했다. 아이디어는 염린지에게서 나왔고 이를 구체화한 것은 배광정이라는 뜻이었다. 둘이 합쳐 하나가 되자 최고의 조합을 이루었다.

진晉나라 때 태숙太叔 광廣은 변론에 능했고, 지우摯虞는 글쓰기가 뛰어났다. 조정에서 공론을 펼칠 때 광이 말솜씨를 뽐내며 주장을 세우면 지우는 아무 대꾸도 못했다. 하지만 물러 나와서는 글로 지어 광을 비난했다. 그러면 그 글에 대해 광은 또 아무 반박도 할 수 없었다. 틈만 나면 상대를 헐뜯느라 조용할 날이 없고 할 수 있는 일이 없었다. 《문해피사》에 나온다.

김육金堉(1580~1658)이 만년에 사치하여 생일이 아닌데도 큰 잔치를 벌였다. 사돈인 신익성이 잔치가 파하기를 기다려 질그릇으로 만든 투박한 술통에 보리술을 채우고 버들고리에 삶은 개를 담아 종을 시켜 보냈다. 김육이 내당에 들어가 자녀를 다 모아놓고 며느리를 돌아보며 말했다. "이것은 네 아비가 보낸 것이다. 옛날 내가 빈천하여 시골에 묻혀 지낼 때는 보리술 한 잔과 삶은 개 다리 하나도 먹기가 어려웠다. 지금은 내가 재상의 지위에 있으면서 처음부터 부귀했던 사람처럼 지내고 있다. 이제 이렇게 보내온 음식을 보니 옛 벗이 나를 권면하고 경계하는 뜻이로구나." 그러고 나서 부인과 두 아들과 함께 보내온 보리술과 개고기를 먹고 자리를 파했다. 잘못을 은근히 꾸짖은 신익성의 강직함과 대범하게 잘못을 인정하고 받아들인 김육의 도량을 당시에 양미兩美로 일컬었다. 《송천필담》에 나온다.

사람의 능력은 저마다 다르다. 둘이 환상적 조합을 이뤄 부족한 점을 보태 시너지를 내면 함께 아름다운 쌍미雙美가 되고, 따로 놀며 비난만 하면 같이 망하는 양상兩傷이 된다. 저마다 잘났다고 으르렁대니 될 일도 안 되고, 부족함을 서로 붙들어 뜻을 모으자 안 될 일도 문제없이 해결된다. 되는 나라와 안되는 집안의 차이가 여기서 엇갈린다.

3부

ㅇ _____

ㅈ _____

풍류롭고 득의로운 일은
한번 지나가면 슬프고 처량해도,
맑고 참되고 적막한 곳은
오랠수록 점점 의미가 더해진다.

風流得意之事 一過輒生悲凉
淸眞寂寞之鄕 愈久轉增意味

절
정

안동답답

앞뒤가 꼭 막힌 답답함

安東沓沓

인사동 공화랑에서 2009년 6월 10일부터 열린 조선시대 서화 감상 전 〈안목과 안복〉 전에 정약용 선생의 친필 서화 다섯 점이 처음 공개 되었다. 전시에 앞서 이들 작품을 검토하는 안복을 누렸다. 이 중 16장 32쪽에 달하는 〈송이익위논남북학술설送李翊衛論南北學術說〉이란 글이 흥미로웠다. 옷감과 종이를 잘라 써내려간 다산 특유의 필치도 압권 이지만, 내용이 더 인상적이었다. 1822년, 다산이 61세 때 쓴 글이다.

세자익위사世子翊衛司의 관원을 지낸 이인행은 영남의 남인이었다. 그는 65세 때 낙향하는 길에 두릉의 여유당으로 다산을 불쑥 찾았다. 두 사람은 22년 만에 감격적으로 재회했다. 반가운 해후 끝에 화제가 공부 이야기로 옮아갔다. 포문은 이인행이 먼저 열었다. 그는 서울의 학 자들이 이 책 저 책 잡다하게 엮고 편집하여 장황하게 꾸미기만 할 뿐 마음의 실지 공부에는 등한한 것이 문제라며 은근히 다산을 겨냥했다.

다산도 이를 맞받아 '안동답답安東沓沓'이란 표현으로 당시 영남의 앞뒤가 꽉 막힌 학풍을 매섭게 비판했다. 자기 생각과 조금만 다르면 무조건 배척한다. 기세를 돋우지만 어거지가 많고, 따져보면 같은 애기다. 든 것도 없이 선배를 우습게 본다. 오가는 말은 날카롭고 마음씀은 험하다. 한편이면 어울리고 다른 편이면 함정에 빠뜨린다. 번번이 자신만 옳다며 남을 꺾으려 든다. 결국은 한집안끼리도 서로 물고 뜯고 싸우는 지경이 되었다. 모두 젊은이들의 객기 탓이다. 이를 해결하려면 덕 높은 선생이 단 위로 올라가 꽹과리를 치면서 한 번만 더 남을 헐뜯고 비방하면 아녀자와 같이 취급하기로 약속하고, 양측 대표가 도산서원을 찾아가 퇴계 선생의 위패 앞에 나란히 배알하고 다시는 싸우지 않겠다고 맹서하는 수밖에 없으리라고 했다.

다산은 이런 신랄한 비판을 글로 써주며 영남의 가까운 벗들과 토론해볼 것을 제안했다. 서첩 끝에는 이인행이 쓴 발문이 붙어 있다. 그는 발끈하는 대신 다산의 비판을 조목조목 짚고 나서, 서로 더욱 힘써서 노력하자는 말로 글을 맺었다. 당당히 제 주장을 펴고 남의 비판을 쿨하게 받는 두 사람의 구김 없는 태도가 흔쾌했다. 막상 다산이 지적한 병통들은 지금도 우리 사회 전반에 팽배한 문제점이 아닌가. 생각이 여기에 미치자 다시 마음이 답답해진다.

압승득길

압승의 바른 방법

壓勝得吉

선거나 운동 경기에서 상대를 큰 점수 차로 눌러 이겼을 때 압승壓
勝했다고 말한다. 원래는 술수가術數家들이 주문呪文이나 부적 등을
써서 재앙을 없애고 해로운 기운이 날뛰지 못하게 눌러 길함을 얻는
압승득길壓勝得吉의 술법을 가리키는 말이다.

이익은《성호사설》의〈주정상물鑄鼎象物〉조에서 고대의 압승에 대
해 자세히 설명했다. 또《세종실록》에는 심한 가뭄이 들자 북을 치지
못하게 하고 범의 머리를 한강 양화나루에 내던지는 압승술을 행한
기록이 보인다. 북을 못 치게 한 것은 비를 부르는 용을 놀라게 하지
않으려는 행동이고, 범의 머리를 던져준 것은 바람을 부르는 범을 삼
켜 용이 그 기운으로 하늘로 솟아 비를 뿌리게 하겠다는 뜻이다. 서
긍徐兢의《고려도경高麗圖經》에도 고려의 뱃사람들이 나무로 깎은 작
은 배를 만들어 불경과 말린 양식, 배에 탄 사람의 성명을 써서 넣은

뒤 바다에 던지는 압승 의식을 행한 일을 적었다.

고대의 압승은 삿된 기운이 날뛰지 못하도록 꽉 눌러 제압해 해를 제거하려는 마음에서 나왔다. 모두 예방과 조화를 통해 나쁜 기운이 틈타지 못하도록 하는 데 중점을 두었다. 이것이 후대로 오면서 제 자신의 이익을 위해 남을 저주하여 해코지도 서슴지 않는 요사한 술법으로 변했다. 마른 뼈를 무덤에 묻거나 고기 조각에 임금의 이름을 써서 짐승에게 먹이는 일, 화상을 그려 바늘을 꽂고 화살을 쏘는 방자 따위의 행동이 궁중에서까지 버젓이 벌어졌다. 저 잘 살자고 남 못되게 하는 사악한 짓들을 서슴지 않았다.

이규보는 〈압화신초례문壓火神醮禮文〉의 서두에서 이렇게 썼다.

요망한 변괴가 일어나는 것은 모두 과도한 처사 때문이니, 압승의 술법이란 다만 종묘에 기도하는 데 달렸을 뿐입니다.

妖異之興, 各因過擧. 壓勝之術, 唯在宗祈.

큰 변괴를 물리치려면 특단의 조치보다 조용히 그간의 지나쳤던 행동을 반성하고 기도하는 마음으로 본래의 자리를 돌아보는 것이 먼저라는 뜻이 되겠다.

앙급지어

요행 속의 삶이라도 반듯함이 필요하다

殃及池魚

"초나라가 원숭이를 잃자 화가 숲 나무에 이르렀고, 성 북쪽에 불이 나니 재앙이 연못 물고기에 미쳤다〔楚國亡猿, 禍延林木. 城北失火, 殃及池魚〕"는 말이 있다. 명나라 사람 고염무顧炎武가 쓴《일지록日知錄》에 보인다. 고사가 있다.

초나라 임금이 애지중지 아끼던 원숭이가 있었다. 어느 날 요 녀석이 묶인 줄을 풀고 달아났다. 임금은 원숭이를 잡아오라며 펄펄 뛰었다. 숲으로 달아난 원숭이는 나무 위를 뛰며 도망다녀 잡을 방법이 없었다. 임금의 노여움은 더 커졌다. 하는 수 없어 이들은 원숭이가 달아나지 못하도록 온 숲을 에워싼 뒤 나무를 베기 시작했다. 결국 원숭이도 못 잡고 그 좋던 숲만 결딴이 났다.《회남자》에 나오는 이야기다.

이번엔 성 북쪽에 불이 났다. 불의 기세가 워낙 다급해서 불길을 잡기가 어려웠다. 성안의 모든 사람이 다 나와서 연못의 물을 퍼날라

간신히 불을 껐다. 불을 끄고 나니 연못물이 바닥이 나서 애꿎은 물고기만 맨바닥에서 퍼덕거렸다. 명나라 진정陳霆의 《양산묵담兩山墨談》에 보인다.

뒤의 것은 비슷한 이야기가 하나 더 있다. 송나라 환퇴桓魋에게 값비싼 구슬이 있었다. 그가 죄를 입고 도망을 가려 할 때 왕이 사람을 보내 구슬이 어디 있느냐고 물었다. 그가 대답했다. "연못 가운데다 던져버렸소." 왕은 그 구슬을 차지하려고 사람을 시켜 넓은 연못의 물을 다 빼고, 진흙바닥까지 온통 헤집었다. 애초에 버린 적이 없는 구슬이라 끝내 찾지 못했다. 그 와중에 연못의 물고기만 공연히 떼죽음을 당했다. 《여씨춘추呂氏春秋》〈필기必己〉 편에 보인다.

원숭이 한 마리의 우연한 탈출이 온 숲의 나무를 결딴냈고, 성안에서 어쩌다 난 실화失火에 전체 연못의 물고기가 다 죽었다. 앙급지어殃及池魚는 자신과는 아무 상관이 없는 일로 뜻하지 않는 횡액을 만나는 것을 비유하는 말로 쓴다. 나무와 물고기는 엉뚱하게 튄 불똥을 맞았다. 자신이 잘못한 것도 없고, 선택의 여지도 없었다. 세상일은 복잡하게 얽히고설켜 화복을 알기가 어렵다. 우리는 하루하루를 요행 속에 산다. 그럴수록 늘 반듯한 삶의 자세를 가다듬어야 한다.

애여불공

융통성 없는 것과 제멋대로 하는 것

隘與不恭

병자호란 당시 15만의 청나라 군대는 동아시아 최강의 정예였다. 조선의 오합지졸 1만이 군량미도 없는 상태에서 버틸 수 있는 상대가 아니었다. 도탄에 빠진 백성의 삶은 또 어찌하는가? 최명길이 항복문서를 썼다. 항복은 절대로 안 된다며 왕이 보는 앞에서 김상헌이 이를 찢었다. 최명길이 찢긴 문서를 이어 붙이며 말했다. "찢는 것도 옳고, 줍는 것도 옳다." 최명길은 온갖 욕을 다 먹었고, 김상헌은 일약 영웅이 되었다.

두 사람은 훗날 심양瀋陽의 감옥에서 다시 만났다. 김상헌은 최명길에게 다음과 같은 시를 건네며 긴 오해를 풀었다.

양대에 걸친 우호를 다시 찾아서
백년간의 의심을 문득 풀었네.

從尋兩世好　頓釋百年疑

방법이 달랐을 뿐 위국애민의 마음만은 같았음을 인정했다. 한편 김상헌은 혼자만 깨끗한 척하면서 임금을 팔아 명예를 구한다는 비난을 받았다. 하지만 4년간 청나라 감옥에 갇혀서도 끝까지 강직한 뜻을 굽히지 않았다. 최명길의 합리적 지성과 툭 터진 금도襟度도 위기의 상황에서 빛을 발했다. 두 사람은 모두 승자였다.

백이는 바른 임금이 아니면 섬기지 않았고, 악인과는 아예 상종조차 않았다. 무왕武王이 아버지 문왕文王의 상이 끝나기도 전에 포학한 임금 주紂를 치는 의로운 군대를 일으키자, 그 말고삐를 붙잡고 안 된다며 길을 막았다. 끝내 수양산에 들어가 고사리를 캐 먹다가 굶어 죽었다. 유하혜는 더러운 임금도 섬기고, 낮은 관직도 사양하지 않았다. 오로지 맡은 직분에 힘써 백성을 기르는 데 마음을 쏟았다. 사람들이 자리에 연연하는 것으로 여겨 다른 곳에 가서 벼슬하는 것이 어떻겠냐며 민망해하자 그가 말했다. "너는 너고, 나는 나다. 부끄러움 없기를 구할 뿐이다." 그는 끝내 부모의 나라를 떠나지 않았다.

맹자는 둘 다 성인聖人으로 높이면서도 둘을 이렇게 구분했다.

백이는 속이 좁고, 유하혜는 공손하지 못하다. 속이 좁은 것과 공손하지 못한 것은 군자가 따르지 않는다.
伯夷隘, 柳下惠不恭. 隘與不恭, 君子不由也.

강경한 원칙론은 속이 후련하지만 무책임하다. 온건한 타협론은 불가피해도 욕먹기 딱 좋다. 백이도 옳고 유하혜도 옳다. 김상헌도 필요하고 최명길도 있어야 한다. 싸울 때 싸워도 위국애민의 진심이 들어 있어야 모두 승자가 된다. 허심탄회 없이는 함께 망한다.

애이불교

자식을 아껴 짐승으로 기르다

愛而不敎

윤기가 〈잡기雜記〉에서 "사랑하기만 하고 가르치지 않으면 짐승으로 기르는 것이다(愛而不敎, 獸畜之也)"라고 했다. 이어 《주자가례朱子家禮》에 실린 다음 글을 인용했다.

처음 지각이 있을 때 높고 낮음과 어른과 아이의 예법을 알게 하지 않으면 안 된다. 만약 부모에게 함부로 욕하고 형과 누이를 때리는데도 부모가 야단쳐 금하지 않고 도리어 웃으면서 잘한다고 하면 저가 이미 좋고 나쁨을 가늠하지 못하는지라 그래도 되는 줄로 여긴다. 이미 자라 습성을 이룬 뒤에는 화를 내며 못하게 해도 막을 수가 없다. 결국 부모는 자식을 미워하고, 자식은 부모를 원망해, 잔인하고 패역함에 이르게 된다. 이는 부모가 깊은 식견과 먼 염려가 없어서 작은 싹이 자라남을 막지 못하고, 작은 사랑에 빠져 그의 악행을 길러주었기 때문이다.

於其始有知, 不可不使之知尊卑長幼之禮. 若侮詈父母, 歐擊兄姊, 父母不加訶禁, 反笑而獎之, 彼旣未辨好惡, 謂禮當然. 及其旣長, 習以成性, 乃怒而禁之, 不可復制. 於是父疾其子, 子怨其父, 殘忍悖逆, 無所不至. 蓋父母無深識遠慮, 不能防微杜漸, 溺於小慈, 養成其惡故也.

자식을 기이한 보물이라도 얻은 듯이 여겨 제멋대로 굴게 놓아둔다. 사람을 때리거나 남의 물건을 망가뜨리면 기개가 있다고 자랑하고, 패악스러운 말과 해괴한 행동을 해도 졸렬하지 않다고 칭찬한다. 남이 제 자식을 잘못 건드리면 갖은 욕설과 사나운 낯빛으로 두둔한다. 상스러운 욕설을 해도 크면 자연히 나아지겠지 하고 내버려둔다.

조금 자라 성질을 못 이겨 집안을 뒤집거나, 이웃에 해를 끼치면 그때는 막지도 못하고 야단칠 수도 없다. 아이는 속으로 '누가 감히 나를 대항하랴' 하며, 마음에 들면 제가 먼저 차지해 무턱대고 빼앗고, 부형이 시키는 일은 동쪽으로 가려다가도 서쪽으로 간다. 교만방자해져서 눈을 부라리며 멋대로 날뛴다. 마침내 부모를 속이고 미움을 품어 도둑질까지 하기에 이른다. 어울리는 자는 부랑배요, 즐기는 것은 도박과 술자리다. 그제야 막으려 드니 번번이 충돌만 심해진다. 모른 체하자니 내 자식이요, 말을 하자니 제 얼굴에 침 뱉기라 숨겨 참고 지내다 보면 속이 다 썩어 문드러진다.

윤기는 이렇게 글을 맺었다.

이는 모두 지난날 사랑하기만 하고 가르치지 않아 짐승으로 기른 탓이다. 하지만 사람마다 다 그러해서 일찍이 이 같은 투식을 벗어난 자가 없다. 인재가 일어나지 않고, 세상의 도리가 날로 무너지는 것을 또 어이 괴이타 하랴.

此皆前日愛而不敎, 獸畜之過也. 然而人人皆然. 曾無免得此套者. 人材之不興, 世道之日壞, 又何足怪乎.

야행조창

밤중에 행한 일이 아침에 드러난다

夜行朝昌

아전이 밤중에 수령을 찾아와 소곤댄다. "이 일은 아무도 모르는 비밀입니다. 소문이 나면 자기만 손해인데 누가 퍼뜨리려 하겠습니까?" 수령은 그 말을 믿고 뇌물을 받아 챙긴다. 아전은 문을 나서자마자 관장이 뇌물 먹은 사실을 떠들고 다닌다. 경쟁자를 막기 위해서다. 소문은 금세 쫙 퍼져, 깊이 들어앉은 수령만 모르고 다 안다. 《목민심서》〈율기〉에 나오는 이야기다. 글의 제목은 '뇌물을 줄 때 비밀로 하지만, 한밤중에 준 것이 아침이면 이미 드러난다〔貨賂之行, 誰不秘密, 中夜所行, 朝已昌矣〕'이다.

한나라 때 양진이 형주자사가 되었다. 창읍태수 왕밀이 밤중에 황금 10근을 품고 와서 주며 말했다. "어두운 밤이라 아는 사람이 없습니다." 양진이 대답했다. "하늘이 알고, 귀신이 알고, 내가 알고, 그대가 아는데 어찌 아는 사람이 없다 하는가〔天知神知我知子知, 何謂無知〕?"

《후한서》에 나온다.

명나라 여곤呂坤이 《신음어呻吟語》에서 말한다.

어두운 밤이라 아는 이가 없다[暮夜無知]는 네 글자는 온갖 악행의 뿌리다. 큰 간사함과 큰 도적이 모두 아는 사람이 없다는 마음에서부터 커져나간 것이다. 천하의 큰 악행에는 단지 두 종류가 있다. 속여서 아는 이가 없게 하는 것과 아는 이가 있어도 거리끼지 않는 것이 그것이다. 속여서 아는 이가 없게 함은 그래도 꺼리는 마음이 있는 것이니, 이것은 진실과 거짓의 관문이다. 남이 아는 것을 두려워하지 않음은 거리끼는 마음조차 없는 것이어서, 이는 삶과 죽음의 관문이다. 오히려 두려움이 있음을 아는 것은 양심이 아직 죽지 않은 것이다.

暮夜無知此四字, 百惡之總根也. 大奸大盜皆自無知之念充之. 天下大惡只有二種. 欺無知, 不畏有知. 欺無知, 還是有所忌憚心, 此是誠僞關. 不畏有知, 是个無所忌憚心, 此是死生關. 猶知有畏, 良心尙未死也.

'아무도 본 사람이 없는데, 누가 알겠어?' 이 생각이 간악한 큰 도둑을 만든다. 여기에도 남이 알까 봐 속임수를 쓰는 기무지欺無知와, 남이 알아도 겁날 것 없다는 불외유지不畏有知의 두 등급이 있다. 전자는 그래도 양심이 조금은 남았지만, 후자로 넘어가면 눈에 뵈는 게 없어 물불을 가리지 않다가 패망으로 끝이 난다.

약교지도

말과 낯빛으로 그 마음을 헤아린다

約交之道

유비의 처소에 손님이 왔다. 거침없는 담론이 시원시원해서 유비가 넋을 놓고 들었다. 제갈량이 불쑥 들어서자, 손님은 화장실을 다녀오겠다며 일어섰다. 유비가 제갈량에게 객에 대한 칭찬을 잔뜩 늘어놓았다. 제갈량이 대답했다. "제가 손님을 잠깐 살펴보니, 낯빛이 흔들리고 마음에 두려워하는 기색이 있었습니다. 시선을 내리깔고 곁눈질도 자주 하더군요. 삿된 마음을 안으로 감추고는 있지만 간사한 형상이 이미 밖으로 새어나옵니다. 틀림없이 조조가 보낸 자객일 것입니다." 정신이 번쩍 든 유비가 급히 사람을 보내 그를 잡아오게 했다. 그는 벌써 담장을 뛰어넘어 달아난 뒤였다. 《언행휘찬》에 나온다.

명나라 왕달은 《필주》에서 약교지도約交之道, 즉 교유를 맺는 방법에 대해 설명했다. 그 방법은, 첫째 그 말을 살피고〔察其言〕, 둘째 그 낯빛을 관찰하며〔觀其色〕, 셋째 그 마음을 헤아려본다〔究其心〕는 것이다.

어떤 사람이 있다고 치자. 그 말이 몹시 달콤할 경우 덜컥 믿으면 안
된다. 그 낯빛이 지나치게 온화해도 그것만으로는 믿기가 어렵다. 그
마음을 살펴서 그 낯빛과 같고 언어와 합치하는지를 살펴야 한다. 이
세 가지가 일치하면 그는 정직하고 충후한 사람이다. 이런 사람과는
교유해도 후회할 일이 없다.

그 반대는 어떠한가?

말을 할 듯하다가 말하지 않고, 갈고리나 차꼬 같은 노림수를 감
춘다. 웃으려다가 웃지 않고 꾹 참아 멈추는 뜻을 머금는다. 이런
사람은 틀림없이 간사한 사람이다. 이를 통해 그 마음을 알 수 있
으니, 나와 사귀고자 한들 되겠는가? 멀리하는 것이 옳고 거리를
두는 것이 옳다. 마음으로 사귀어서는 안 된다.

其有欲言不言, 而藏鉤鉗之機. 欲笑不笑, 而含押闔之意. 此必奸人也. 由
是而知其心矣. 欲與我交其可哉? 遠之可也, 敬之可也. 交乎心則不可也.

말할 듯 머금거나 웃으려다 정색을 하는 것은 속셈을 감추려는 행
동이다. 꿍꿍이가 있으면 말과 행동이 부자연스럽다. 상대의 눈을 바
로 보지 못하고 흔들린다. 몸짓과 표정을 과장한다. 듣기 좋은 말만 하
는 사람은 위험하다. 온화한 표정과 사람 좋은 웃음도 그 마음에 비추
어 잘 살펴야 한다.

약상불귀

제자리를 떠난 마음

弱喪不歸

변방 관리의 딸 여희麗姬가 진晉나라로 시집가게 되자 슬피 울어 눈이 퉁퉁 부었다. 막상 궁궐로 들어가 왕과 한 침대를 쓰고 맛난 고기로 매 끼니를 먹게 되니 시집올 때 엉엉 울던 일을 금세 후회했다. 《장자》〈제물론〉에 나온다. 장자가 덧붙인다.

죽음을 싫어하는 것이 어려서 고향을 떠나와(弱喪) 돌아갈 줄 모르는 것이 아닌 줄 내가 어찌 알겠는가?

予惡乎知惡死之非弱喪而不知歸者耶?

누구나 한 번은 죽는다. 죽고 나서 내가 어째서 그렇게 살려고만 발버둥 쳤을까 하고 후회하게 될지 누가 알겠느냐는 뜻이다.

승지 유광천柳匡天(1732~1799)이 자신의 집에 귀락와歸樂窩란 편액을 걸고 위백규에게 글을 청했다. 위백규가 말했다.

　우리 유가의 법문法門은 방심放心, 즉 제멋대로 달아난 마음을 거두는 것을 비결로 삼는다네. 장자는 어려 고향을 떠나 돌아갈 줄 모르는 것을 슬퍼할 만한 일로 보았지. 마음을 풀어놓고 거두지 않는 것을 '상喪'이라 하고, 거두어 제자리로 되돌리는 것을 '귀歸'라고 한다네. 사람이 슬퍼할 만한 일로 마음을 풀어놓는 것보다 더한 것이 없고, 즐거워할 만한 일에 본래 자리로 돌아가는 것만큼 큰 것은 없네. 마음이 진실로 제자리로 돌아온다면 천지간의 만물이 능히 그 마음을 흔들지 못하게 되지.

　吾儒法門, 以收放心爲摯訣. 外傳以弱喪不知歸爲可哀. 盖放而不收則爲喪, 收而反之則爲歸. 是以人之可哀莫甚於放, 可樂莫大於歸. 心苟歸矣, 天地間萬物, 不能動其心.

그는 다시 이렇게 덧붙인다.

　마음이 제자리로 돌아오지 않으면 부귀한 데로 가면 교만해지고, 명리에 나아가면 넘쳐흐르게 된다네. 내 여덟 자의 몸뚱이를 끼고도 그 큰 것을 견딜 수가 없게 되지. 늘 발돋움해도 서있을 수조차 없고, 타고 넘어가려 하나 걸을 수도 없게 되네. 천지간에 잔뜩 움츠러들어 밤낮없이 캄캄한 밤중일세. 이 어찌 대단히 슬퍼할 만한 일이 아니겠는가? 슬프기만 하고 즐겁지가 않으니 무엇으로 백년 인생을 살아갈 것인가?

　心苟不歸, 則之富貴而驕之, 之名利而溢之. 挾吾八尺之軀, 不勝其大,

恒企而不得立, 常跨而不能步. 蹋蹟於天地, 長夜於日月, 斯豈非可哀之
甚者乎. 哀而不樂, 何以生百年爲哉.

귀락와는 돌아옴이 즐거운 집이다. 멀리 달아났던 마음을 거두어
서 본래 제자리로 되돌려놓으니 그제야 마음이 기쁘다. 마음이 달아
나면 명예가 즐겁지 않고 부귀도 괴롭다. 허깨비 쭉정이의 삶이다. 그
런데도 사람이 마음은 버려두고 부귀와 권세만 붙좇느라 고향으로 돌
아갈 날이 영영 없다.

약이불로

부족해도 안 되고 넘쳐도 못쓴다

略而不露

이덕무가 집안 조카 이광석의 글을 받았다. 제 글솜씨를 뽐내려고 한껏 기교를 부려, 예닐곱 번을 되풀이해 읽어도 대체 무슨 말인지 알 수가 없었다. 이덕무가 이광석에게 답장을 썼다. 간추리면 이렇다.

옛날 수양제隋煬帝가 큰 누각을 지어 상상할 수 없을 정도로 화려하게 꾸며놓고, 그 건물의 이름을 미루迷樓라고 했다더군. 자네 글이 꼭 그 짝일세. 참 멋있기는 하네만 뜻을 알 수가 없네. 얘기 하나 더 해줄까? 어떤 이가 왕희지王羲之의 필법을 배워 초서를 아주 잘 썼다네. 양식이 떨어져 아침을 굶은 채 친구에게 쌀을 구걸하는 편지를 보냈다지. 그런데 그 친구가 초서를 못 읽어 저녁때까지 쌀을 얻지 못했다네. 왕희지의 초서가 훌륭하긴 해도 알아보지 못한다면 무슨 소용이 있겠는가?

그러고 나서 글쓰기의 요령을 다음 네 구절로 압축해서 설명했다.

엄정하나 막히지 않게 하고, 시원해도 넘치지 않게 한다. 간략해도 뼈가 드러나지는 않고, 상세하나 살집이 너무 많아서는 안 된다.

嚴欲其不阻, 暢欲其不流. 略而骨不露, 詳而肉不滿.

엄嚴은 글이 허튼 구석 없이 삼엄한 것이다. 하지만 너무 지나치면 뜻이 꺾이고 말이 막혀 의미 전달이 잘 안 된다. 할 말만 하더라도 이해를 방해해선 곤란하다. 창暢은 시원스럽게 할 말을 다 하는 것이다. 친절해서 모를 것이 없지만, 자칫 과하면 글이 번지수를 잃고 딴 데로 떠내려가기 쉽다. 너무 삼엄해도 안 되고, 너무 자세해도 곤란하다. 그 사이를 잘 잡아야 한다.

제3, 4구에서 한 번 더 반복했다. 약略은 군더더기 없이 간략한 것이다. 할 말만 남기면 짜임새가 야물지만, 뼈만 남아 글의 그늘과 여운이 사라진다. 뼈대가 단단해도 피골이 상접한 해골바가지에 눈길이 가겠는가? 상詳은 꼼꼼하고 상세한 것이다. 꼼꼼하고 자세히 쓰면 속은 시원하겠으나, 볼살이 미어터지고 똥배가 출렁출렁해서 보기에 밉고 거동이 불편하다. 맵시가 나려면 뼈가 다 보이는 갈비씨도 안 되고 살이 흘러넘치는 뚱보도 곤란하다.

부족해도 안 되고 넘쳐도 못쓴다. 중간은 어디인가?

양묘회신

가라지를 솎아내고 좋은 싹을 북돋우자

良苗懷新

도연명의 〈계묘년 초봄 옛집을 그리며(癸卯歲始春懷古田舍)〉란 시는
이렇다.

스승께서 가르침 남기셨으니
도를 근심할 뿐 가난은 근심 말라 하셨네.
우러러도 아마득해 못 미치지만
뜻만은 늘 부지런히 하려 한다네.
쟁기 잡고 시절 일을 즐거워하며
환한 낯으로 농부들을 권면하누나.
너른 들엔 먼 바람이 엇갈려 불고
좋은 싹은 새 기운을 머금었구나.
한 해의 소출은 가늠 못해도

일마다 즐거움이 많기도 하다.
밭 갈고 씨 뿌리다 이따금 쉬나
길 가던 이 나루터를 묻지를 않네.
저물어 서로 함께 돌아와서는
술 마시며 이웃을 위로하누나.
길게 읊조리며 사립 닫으니
애오라지 밭두둑의 백성 되리라.

先師有遺訓　憂道不憂貧
瞻望邈難逮　轉欲志長勤
秉耒歡時務　解顔勸農人
平疇交遠風　良苗亦懷新
雖未量歲功　卽事多所欣
耕種有時歇　行者無問津
日入相與歸　壺漿勞近隣
長吟掩柴門　聊爲隴畝民

이 중 제7, 8구는 천고의 절창으로 꼽는 아름다운 구절이다. 드넓게 펼쳐진 들판에 먼 데서 불어온 바람이 엇갈려 분다. 새싹들이 초록 물결을 이루며 바람의 궤적을 그대로 보여준다. 바람은 이쪽에서도 불어오고 저쪽에서도 불어와서 새싹들의 춤사위를 경쾌하게 부추긴다. 일하다 말고 잠시 허리를 펴며 그 광경을 바라보는 마음이 더없이 흐뭇하다.

양묘회신良苗懷新! 새싹에 새 기운이 가득하다. "가난이야 족히 근심할 것이 못된다. 가슴속에 도를 지니지 못한 것이 부끄러울 뿐." 스승의 가르침을 되새기며 큰 숨을 들이쉬면 알지 못할 생기가 가슴에 가득하다.

막상 세상은 어떤가? 이광정李光庭은 그의 〈충암집을 읽다가[讀沖庵集]〉의 제9수에서 이렇게 노래한다.

지난 일 감개함 가눌 길 없고
뜬생각 마음 빈틈 파고드누나.
시름겹게 숨어 사는 근심을 안고
하릴없이 긴 밤을 지새는도다.
좋은 싹은 김맬 때를 하마 놓쳐서
가을엔 가라지만 무성하겠지.
도를 추구했건만 뜻은 약했고
생계를 꾸림조차 외려 아득타.

往事多感慨　浮念乘情縛
悄悄抱隱憂　曼曼度長夜
良苗失時耘　秋莠萋已荒
謀道志不強　爲生計轉茫

김창협金昌協(1651~1708)도 해인사에 놀러 가서 지은 시에서 말했다.

교만한 가라지가 좋은 싹 가려
김맬 시기 놓친 지 오래되었네.

驕莠掩良苗　久矣失芸籽

현실은 늘 이렇다. 뜻 같지가 않다.

봄이 왔다. 새싹들이 땅을 밀고 올라온다. 청신한 기운이 대지에 편만遍滿하다. 어이 가난을 근심하랴. 쭉정이 가라지가 좋은 싹을 뒤덮지 않도록 부지런히 김매고 밭 갈아야 할 때다.

양비근산

이쪽 말이 맞지만 저쪽 말도 틀리지 않다

兩非近訕

홍문관에서 학을 길렀다. 숙직하던 관원이 학의 꼬리가 검다 하자, 다른 이가 날개가 검다고 하는 통에 말싸움이 났다. 늙은 아전을 심판으로 불렀다. "저편의 말씀이 진실로 옳습니다. 하지만 이편도 틀린 것은 아닙니다〔彼固是, 此亦不非〕." 무슨 답이 그런가 하고 더 시끄러워졌다. 대답이 이랬다. "학이 날면 날개가 검고, 서있으면 꼬리가 검지요." 학의 검은 꼬리는 실제로는 날개의 끝자락이 가지런히 모인 것이었다. 그의 설명을 듣고 다들 우스워서 데굴데굴 굴렀다.

후한 말기 사마휘司馬徽가 형주에 살 때 이야기다. 유표劉表가 어리석어 천하가 어지러워지겠으므로, 그는 물러나 움츠려 지내며 스스로를 지킬 생각을 했다. 남들과 얘기할 때 자기 생각을 말하지 않고 '좋다'는 말만 했다. 그의 아내가 퉁을 주었다. "어째 따져보지도 않고 다 좋다고만 하우?" 사마휘가 대답했다. "자네 말이 또한 대단히 좋네."

황희黃喜(1363~1452) 정승도 이와 비슷한 일화가 전한다. 이런 얘기도 있다. 한번은 누가 와서 "삼각산이 무너졌답니다"라고 했다. 황희가 "너무 높고 뾰족해서 그랬겠지" 하고 대답했다. 잠시 뒤 "아니랍니다"라고 하자, 그가 또 심드렁하게 말했다. "그 기세가 좀 완전하고 굳세던가?" 더 따지지도 않았다.

이익이 《성호사설》 〈어묵語默〉에서 위 이야기를 제시하며 말했다.

어떤 일을 의논할 때 둘 다 그르다고 하는 것은 비난에 가깝고, 둘 다 옳다고 하면 아첨에 가깝다. 시비를 바르게 분간하기 어렵거든 아첨하느니 차라리 비난하는 것이 낫다. 하지만 어지러운 나라에 살면서 일에 대해 판단할 때 꼼꼼히 헤아리지 않는다면 재앙을 불러들이고 만다. 이 때문에 침묵이 귀한 것이다.

言議, 兩非近乎, 兩是近乎訕. 如不得是非之正, 與其訕也寧訕. 然居亂邦, 應接事物, 樞機不密, 禍之招也. 故嘿之爲貴也.

침묵하면 비겁하다 하고, 의견을 내면 그 즉시 비난한다. 이쪽 말이 맞지만 저쪽 말도 틀리지 않다. 그렇다고 두루뭉수리로 구렁이 담 넘어가듯 해서야 되겠는가마는, 일마다 시시비비를 갈라 끝장을 봐야 직성이 풀리니, 세상에 싸움 잘 날이 없다.

양생칠결

건강한 삶을 가꾸는 일곱 가지 비결

養生七訣

원나라 추현鄒鉉의 《수친양로신서壽親養老新書》에 노년의 양생을 위한 일곱 가지 비결이 보인다.

첫째, "말을 적게 해서 진기眞氣를 기른다(少言語養眞氣)". 말수를 줄여야 내면에 참다운 기운이 길러진다. 쉴 새 없이 떠들면 폐의 기운이 소모되어 안에 쌓여야 할 기운이 밖으로 흩어진다. 그 틈을 타 나쁜 기운이 밀려든다.

둘째, "색욕을 경계하여 정기를 기른다(戒色慾養精氣)". 당나라의 손사막孫思邈이 말했다. "정욕을 함부로 하면 목숨은 아침 이슬과 같다(姿其情欲, 則命同朝露也)." 정기를 함부로 쓰는 것은 생명의 뿌리를 흔드는 행위다. 과도한 음양의 접촉을 삼간다.

셋째, "맛을 담박하게 해서 혈기를 기른다(薄滋味養血氣)". 기름진 음식은 피를 탁하게 해서 혈관을 막는다. 입에 단 음식이 몸에 해를 끼친다. 채식 위주의 식단이 피를 맑게 하고 정신을 상쾌하게 깨어나게 해준다.

넷째, "침을 삼켜 내장의 기운을 기른다〔嚥津液養臟氣〕". 입천장 위로 혀끝을 천천히 돌리면 진액이 혀뿌리로 고인다. 한참 뒤에 이를 삼킨다. 퇴계 이황 선생이 열심히 했던 맨손체조 중에도 이 연진嚥津이 있다. 침은 소화액을 분비시켜 장의 운동을 활성화시킨다.

다섯째, "성을 내지 않아 간의 기운을 기른다〔莫嗔怒養肝氣〕". 간은 감정과 긴밀하게 접촉한다. 놀라면 간이 철렁하고, 겁 없으면 간이 부었다고 한다. 분노의 감정은 간의 기운을 치솟게 해 생체 리듬에 심각한 해를 끼친다.

여섯째, "음식을 알맞게 해서 위장의 기운을 기른다〔美飲食養胃氣〕". 미美는 좋은 음식을 먹으란 말이 아니라 조화로운 균형을 취하라는 뜻이다. 건강에 필요한 영양소를 골고루 섭취해서 위장의 부담을 덜어주고 조화를 유지해야 한다.

일곱째, "생각을 적게 해서 심장의 기운을 기른다〔少思慮養心氣〕". 쓸데없는 뜬생각, 짓누르는 생각을 버려야 한다. 지나친 생각은 건강을 해친다.

건강은 균형과 조화에서 나온다. 말은 줄이고 감정은 가라앉힌다. 욕망을 억제하고 생각은 아낀다. 치우침 없이 균형을 잡고, 넘치는 것을 덜어 조금 부족한 듯이.

양장음소

귓것들이 날뛰는 세상

陽長陰消

명대 화가 심주沈周의 그림 화제畫題에서 홍소록장紅消綠長이란 네 글자를 보았다. 붉은 꽃이 스러지자 초록이 짙어온다는 것이다. "꽃 지자 새잎 나니 녹음이 깔렸는데"로 시작되는 옛 노래가 생각난다. 꽃 시절이 가면 초록의 계절이 돌아온다. 여린 새잎은 어느새 낙엽으로 져서 뿌리로 돌아간다. 맞물려 돌아가는 순환의 이치 속에 영원한 것은 없다. 하지만 그런가?

일본의 요괴화 앞에는 양장음소陽長陰消란 네 글자가 적혀 있다. 양의 기운이 강해지면 음의 어두운 기운은 제풀에 소멸된다는 말이다. 음양이 조화를 잃으면 이매망량魑魅魍魎의 귓것들이 판을 친다. 음의 기운이 호시탐탐 기회를 엿보아도 양의 건강한 기운 앞에서는 힘을 못 쓴다. 일껏 요괴를 잔뜩 그려놓고 무슨 마음으로 이런 글귀를 써놓았을까? 우리 주변에 요괴는 얼마든지 있다. 내 영혼이 건강하고 이 사회가 건강하면 이런 것들은 결코 준동하지 못한다. 하지만 잠시 빈틈을 보이면 이것들이 날뛴다. 그러니 요괴를 두려워 말고 내 정신의 기운이 시드는 것을 경계하라. 이런 뜻이었지 싶다.

괜찮은 세상에 살고 있다고 믿었더니 눈길 주는 곳마다 귓것들이 날뛰고 있는 줄 몰랐다. 이만하면 자부심을 가져도 좋겠다는 생각했는데 턱도 없다. 이익이 된다면 불법이 대수며 속임수, 거짓말이 문제겠는가? 나쁜 줄 알고 안 되는 줄 알지만 한다. 나뿐 아니라 다 그렇다는 것처럼 마음 놓이는 면죄부가 없다. 잘못은 되풀이되는 동안 타성으로 자리 잡는다. 나쁜 짓 하다 걸리면 반성하지 않고 재수 없다고 생각하는 세상에 우리는 산다. 혼자의 떳떳한 기운이 세상의 사악을 이기지 못한다. 이런 것이 우리를 절망케 한다.

귓것은 눈 하나에 뿔 달린 괴물이 아니다. 너무 멀쩡해서 분간이 안 된다. 어찌해야 양의 에너지를 끌어올려 음의 기운이 제풀에 스러지게 하나? 꽃 지면 새잎 돋는 물리의 순환이 피가 돌 듯 제자리를 찾을 수 있을까?

양질호피

양의 바탕에 범의 껍질

羊質虎皮

한여유韓汝愈(1642~1709)는 〈양절반씨자치통감총론陽節潘氏資治通鑑總論〉에서 이렇게 썼다.

겉은 은인데 속은 쇠이거나(外銀裏鐵), 바탕은 양인데 껍데기만 범인 자(羊質虎皮)들은 평소에도 착하지 않아 못 하는 짓이 없고 제멋대로 굴며 사치하여 거리끼는 바가 없다. 이를 두고 소인이라고 한다. 이 같은 자들에게 높은 지위를 맡기면 충신과 어진 이를 배척하여 몰아내고 백성을 벗겨서 제 이익만을 취한다. 아래에서 사람이 원망하고 위에서 하늘이 노해 해침이 동시에 이르고 세상은 탁해져 어지럽게 된다.

若夫外銀裏鐵, 羊質虎皮, 閒居不善, 無所不至. 放僻奢侈, 無所忌憚, 是所謂小人也. 如是者當路, 則斥逐忠賢, 剝民興利. 人怨於下, 天怒於上, 菑害並至, 海內濁亂.

김조순金祖淳(1765~1832)이 자기 아들들에게 보낸 편지에서 "애초에 의리義利의 공교로움을 따져 살피지 않고 그저 듣기 좋은 소리와 웃는 모습으로 공손하고 삼가며 바르고 중도에 맞는 듯한 태도를 짓는 자는 또한 양질호피의 부류일 뿐"이라며 "큰 바탕이 서지 않았는데 스스로 세속과 다르다고 여기는 자는 망령된 사람"이라고 적었다.

위 두 글에 나오는 양질호피란 말은 한나라 때 양웅의 《법언法言》 중 〈오자吾子〉에 처음 보인다. 그 말은 이렇다. 어떤 사람이 말했다. "여기 제 입으로 성이 공孔 씨이고 자는 중니仲尼라는 사람이 있다 칩시다. 그 문에 들어가고 그 집 마루에 올라 그 책상에 앉아 그의 옷을 입는다면 중니라 할 수 있겠습니까?" "겉만 그렇지 바탕[質]은 아니다." "바탕이란 게 뭔데요?" "양의 바탕에 범의 껍질을 쓰니, 풀을 보면 기뻐하고 승냥이를 보면 벌벌 떤다. 제가 범의 껍질을 뒤집어쓴 것을 잊은 게지."

중니를 자로 쓰고 성이 공 씨라 해서 다 공자가 아니다. 보통 때는 겉만 보고 대단하게 여겼다. 막상 하는 짓을 보니 고작 승냥이 앞에서 두려워 납작 엎드리고 풀만 보면 침을 흘리며 달려가더란 얘기다. 그 모습을 보고도 여전히 벌벌 떨며 그 앞에서 꼼짝 못 하는 여우, 토끼도 딱하기는 한가지다.

양탕지비

펄펄 끓는 물은 국자로 퍼서 식힐 수가 없다

揚湯止沸

정조 22년(1798) 7월 27일, 충청도 관찰사 이태영李泰永이 정조에게 장계를 올려, 매년 가을 실시해온 마병馬兵 선발시험의 폐지를 청원했다. 혹심한 재해로 농사를 망쳐 생계가 어려운데 시험장 설치 비용도 만만치 않고, 응시하는 백성들이 양식을 싸오기도 힘든 상황이라, 올해에 한해 시험을 폐지해달라는 것이었다.

정조가 하교했다.

흉년에 백성을 살피는 일은 크고 작은 것 따질 것 없이 성가시게 하지 않는 것이 가장 좋다. 백성을 귀찮게 할 일은 일절 하지 말라. 그래야 '끓는 물을 퍼냈다가 다시 부어 끓는 것을 멈추려 한다(揚湯止沸)'는 나무람을 면할 수 있을 것이다. 백성을 성가시게 하지 않는 것이 부역을 면제해주는 것보다 훨씬 낫다.

602

荒歲民事, 無論巨細, 莫過於不撓. 凡涉於撓民者, 一切勿爲. 然後可免
於揚湯止沸之譏, 而勝似蠲役停賦, 似此諸條之除.

가뜩이나 먹고살기 힘든 판에, 도와준다면서 일이나 제도를 만들
어 나라가 백성을 더 괴롭히는 일이 있어서는 안 된다고 말한 것이다.
글 속의 '양탕지비'는 한나라 매승이 〈오왕에게 간하여 올린 글(上
書諫吳王)〉에서 다음과 같이 말한 데서 나왔다.

끓는 물을 식히려 할 때 한 사람이 불을 때는데 백 사람이 물을
퍼냈다가 다시 담더라도 소용이 없습니다. 장작을 빼서 불을 그치
게 하는 것만 못합니다.
欲湯之滄, 一人炊之, 百人揚之, 無益也. 不如絶薪止火而已.

《역대사선 歷代史選》〈동한東漢 효령황제 孝靈皇帝〉 조에서 "끓는 물
을 퍼냈다가 다시 부어 끓는 것을 그치게 하는 것은 땔나무를 치우는
것만 못하다(揚湯止沸, 莫若去薪)"하고, 이와 나란히 "종기를 터뜨리는
것이 아프기는 해도, 안으로 곪는 것보다 낫다(潰癰雖痛, 勝於內食)"라는
말을 인용한 것도 같은 뜻이다. 문제가 있으면 발본색원해서 근원적
으로 해결해야지, 임시방편으로 돌려막기해서는 안 된다는 의미다.
숙종 33년(1707) 11월 9일, 지평持平 이대성李大成이 상소를 올려,
임금이 붕당을 미워한다면서 막아 끊지 못하고 도리어 조장하니, 이
러면서 당쟁의 폐해를 막겠다는 것은 양탕지비요, 포신구화抱薪救火
즉 섶을 들고 불을 끄겠다는 것과 다를 바 없다고 간언했다. 펄펄 끓
는 물은 장작을 빼야지, 국자로 퍼서는 식힐 수가 없다.

어묵찬금

말해야 할 때와 침묵해야 할 때

語嘿贊嘿

세상사 복잡하다 보니 말과 침묵 사이가 궁금하다. 침묵하자니 속에서 열불이 나고, 말해봤자 소용이 없다. 신흠이 말한다.

마땅히 말해야 할 때 침묵하는 것은 잘못이다. 의당 침묵해야 할 자리에서 말하는 것도 잘못이다. 반드시 말해야 할 때 말하고, 침묵해야 할 때 침묵해야만 군자일 것이다.

當語而嘿者非也, 當嘿而語者非也. 必也當語而語, 當嘿而嘿, 其惟君子乎.

군자란 말할 때와 침묵할 때를 잘 분간할 줄 아는 사람이다. 말해야 할 자리에서는 꿀 먹은 벙어리로 있다가, 나와서 이러쿵저러쿵 말이 많으면 소인이다.

이항로가 말했다.

말해야 할 때 말하는 것은 진실로 굳센 자만이 능히 한다. 침묵
해야 할 때 침묵하는 것은 대단히 굳센 자가 아니면 능히 하지 못
한다.

當言而言, 固强者能之. 當默而默, 非至强不能也.

굳이 말한다면 침묵 쪽이 더 어렵다는 얘기다. 조현기趙顯期(1634~
1685)가 말한다.

말해야 할 때 말하면 그 말이 옥으로 만든 홀笏과 같고, 침묵해
야 할 때 침묵하면 그 침묵이 아득한 하늘과 같다.

當語而語, 其語如圭璋. 當嘿而嘿, 其嘿如玄天.

공자가 말했다.

함께 말할 만한데 말하지 않으면 사람을 잃고, 더불어 말할 만하
지 않은데 말하면 말을 잃는다.

可與言而不與之言, 失人. 不可與言而與之言, 失言.

할 말만 하고, 공연한 말은 말라는 뜻이다.《맹자》〈진심盡心〉하下
에는 이렇게 적었다.

선비가 말해서는 안 될 때 말하는 것은 말로 무언가를 취하려는

것이다. 말해야 할 때 말하지 않는 것은 말하지 않음으로써 낚으려
는 것이다.

士未可以言而言, 是以言餂之也. 可以言而不言, 是以不言餂之也.

꿍꿍이속이 있을 때 사람들은 말과 침묵을 반대로 한다.
김매순金邁淳(1776~1840)의 말이다.

물었는데 대답을 다하지 않는 것을 함구(噤)라 하고, 묻지 않았
는데도 내 말을 다해주는 것은 수다(嘖)라 한다. 함구하면 세상과
끊어지고, 말이 많으면 자신을 잃고 만다.

問而不盡吾辭, 其名曰噤, 不問而惟吾辭之盡, 其名曰嘖. 噤則絶物, 嘖
則失己.

정경세는 호를 일묵一默으로 썼다. 쓸데없는 말 만 마디를 하느니
차라리 내처 침묵하겠다는 뜻에서였다. 하지만 침묵만 능사는 아니다.
바른 처신이 어렵다. 말과 침묵, 둘 사이의 엇갈림이 참 미묘하다.

어후반고

두려운 듯 삼간다

馭朽攀枯

옛사람이 마음을 살핀 명銘 두 편을 읽는다. 먼저 이규보의 〈면잠 面箴〉.

마음이 부끄럽자
얼굴 먼저 부끄럽다.
낯빛이 빨개지고
땀방울 물 흐르듯.
사람 대해 낯 못 들고
고개 돌려 피한다네.
마음이 하는 것이
너에게로 옮아간다.
무릇 여러 군자들아

의義 행하고 위의威儀 갖춰

속에서 활발케 해

부끄럼 없게 하라.

有愧于心　汝必先耻

色赬若朱　泚滴如水

對人莫擡　斜回低避

以心之爲　迺移於爾.

凡百君子　行義且儀

能肆于中　毋使汝愧

　　얼굴은 마음의 거울이다. 마음의 일이 얼굴 위로 고스란히 떠오른다. 부끄러운 짓을 하면 저도 몰래 얼굴이 빨개져서 고개를 못 든다. 그러니 의로운 길을 가서 얼굴에 부끄러움을 안기는 일이 없도록 하겠다는 다짐이다. 다음은 이달충의 〈척약재잠惕若齋箴〉.

공경치 않음 없고

자기를 안 속여야.

썩은 고삐 말 몰듯이

마른 가지 더위잡듯

나아갈 땐 물러섬을

편안할 땐 위기 생각.

힘들어도 허물없네

늘 염두에 두어두라.

毋不敬　毋自欺

馭朽索　攀枯枝

進知退　安思危

厲無咎　念在玆

제3, 4구는 고사가 있다. 3구는《서경》〈오자지가五子之歌〉에 "나는 백성을 대할 때면 썩은 동아줄로 여섯 마리 말을 모는 듯이 겁이 난다. 남의 윗사람이 되어 어찌 조심하지 않겠는가〔予臨兆民, 凜乎若朽索之馭六馬. 爲人上者, 奈何不敬〕"라고 한 데서 나왔다. 4구는 동진 때 은중감殷仲堪이 위태로운 상황으로 "백세 노인이 마른 나뭇가지를 더위잡고 오른다〔百歲老翁攀枯枝〕"고 한 말이 있다.

매사 두려운 듯〔惕若〕 마음을 삼간다. 늘 조심하고 스스로를 속이지 않는다. 썩은 고삐로 수레를 모는 것처럼〔馭朽索〕, 마른 가지를 붙들고 높은 데로 오르는 사람처럼〔攀枯枝〕 전전긍긍한다. 잘나갈 때는 물러설 때를 염두에 두고, 편안하다 싶으면 곧 위기가 닥칠 듯이 살피고 또 살핀다. 그래야 어려운 때를 당해도 문제없이 건너갈 수가 있다.

마음을 몸 밖에 둔 사람이 너무도 많다. 정호程顥가 "마음은 몸 안에 두어야 한다〔心要在腔子裏〕"고 한 까닭이다.

억양개합

글에는 파란과 곡절이 담겨야

抑揚開闔

옛 수사법에 억양개합抑揚開闔이 있다. 억양은 한 번 누르고 한 번 추어주는 것이고, 개합은 한 차례 열었다가 다시 닫는 것이다. 말문을 열어 궁금증을 돋운 뒤 갑자기 닫아 여운을 남긴다. 평탄하게 흐르던 글이 억양개합을 만나 파란이 일고 곡절이 생긴다.

김삿갓이 떠돌다 회갑잔치를 만났다. 목도 컬컬하고 시장하던 터라 슬며시 엉덩이를 걸쳤다. 주인은 그 행색을 보고 축하시를 지어야 앉을 수 있다고 심통이다. 과객이 지필묵을 청한다. 제까짓 게, 하는데 쓴 글이 이렇다.

저기 앉은 노인네 사람 같지 않으니
彼坐老人不似人

자식들의 눈초리가 쑥 올라갔다.

아마도 하늘 위 진짜 신선 내려온 듯
疑是天上降眞仙

금세 좋아 표정이 풀어진다. 일억일양一抑一揚, 한 번 깎고 한 번 올렸다. 다시 제3구.

이 가운데 일곱 자식 모두 다 도둑이라
其中七子皆爲盜

다시 눈썹이 바짝 올라갔다. 화낼 틈도 없이,

복숭아를 훔쳐다가 수연에 바치누나
偸得碧桃獻壽宴

하고 쐐기를 콱 박는다. 한 알만 먹으면 3,000년을 산다는 천도복숭아를 천상에서 훔쳐와 아버지께 바치니, 천상 신선이 부럽지 않다. 일개일합一開一闔, 한 번 문을 열었다가 도로 꽝 하고 닫았다.

안대회 교수가 펴낸 정만조鄭萬朝(1858~1936)의 《용등시화榕燈詩話》를 보니, 여기에도 비슷한 이야기가 실렸다. 상황은 앞서와 같다. 주인이 운자를 불러 시를 청한다. 거지 손님이 저도 짓겠노라 나서자 다들 같잖다는 표정이다. 붓을 들어 적는다.

높이 올라 바닷가 바라보자니
10리에 백사장이 이어졌구나.

登高望海邊　十里平沙連

　주인이 욕을 하며 "대체 무슨 소리요? 축하시를 써달랬더니". 객은
씩 웃는다. "마저 보시구려" 하더니,

하나하나 사람 시켜 줍게 해서는
그대 부모 나이를 헤아려보세.

箇箇令人拾　算君父母年

　순간 풍경놀음이 10리 해변의 모래알 수만큼 오래 사시란 덕담으
로 변했다. 주인은 사람 못 알아본 사죄를 하고, 거지 손님을 끌어 윗
자리로 앉혔다.
　억양개합, 한 번 누른 뒤 다시 올리고, 여는 척 어느새 슬며시 닫는
다. 밋밋하면 파란이 생길 리 없다. 꺾고 뒤틀어야 곡절이 나온다. 시
내가 평지를 흐르다 여울이 되고 폭포와 만나는 격이다. 글쓰기의 한
묘수가 여기에 달렸다.

엄이투령

제 귀 막아 남 못 듣게 하기

掩耳偸鈴

춘추시대 진晉나라에서 범씨范氏가 쫓겨났다. 한 백성이 그 집안의 종을 훔쳐 달아나려 했다. 종이 너무 커서 운반할 수가 없자 그는 종을 깨부숴 옮기려고 망치로 쳤다. 큰 소리가 났다. 그는 남이 이 소리를 듣고 제 것을 빼앗아갈까 봐 황급히 제 귀를 막았다. 귀를 막고 종을 훔친다는 엄이도종掩耳盜鐘 또는 엄이투령掩耳偸鈴의 고사가 여기서 나왔다. 《여씨춘추》 〈자지自知〉 편에 나온다.

큰 소리가 나니 엉겁결에 제 귀를 막았다. 제 귀에 안 들리면 남도 못 들을 줄 안 것이다. 《여씨춘추》는 글 끝에 "남이 듣는 것을 싫어한 것은 그렇다 쳐도, 자기에게 들리는 것조차 싫어한 것은 고약하다"는 평어를 덧붙였다. 자신의 도둑질을 남이 알게 하고 싶지 않은 심정은 알겠으나 사실 자체를 아예 인정치 않으려는 태도는 나쁘다는 지적이다.

이규보는 〈전이지에게 준 문장에 대해 논한 답장(答全履之論文書)〉에는 지적이다. 이렇게 말했다.

옛사람의 글을 본뜨는 자는 반드시 먼저 그 시를 익히 읽은 뒤에 본받아야 도달할 수가 있다. 그저 하면 훔쳐 쓰기도 어렵다. 비유컨대 도둑이 먼저 부잣집을 엿보아 대문과 담장의 위치를 익숙히 파악한 뒤에 그 집에 들어가 남의 물건을 빼앗아 자기 것으로 만들고도 남이 알지 못하게 하는 것과 같다. 그렇지 않으면 주머니를 더듬고 상자를 들추기도 전에 반드시 붙들리고 만다. 이러고서야 재물을 훔칠 수 있겠는가?

凡効古人之體者, 必先習讀其詩, 然後効而能至也. 否則剽掠猶難. 譬之盜者, 先窺諜富人之家, 習熟其門戶牆籬, 然後善入其室, 奪人所有, 爲己之有, 而使人不知也. 不爾未及探囊胠篋, 必見捕捉矣. 財可奪乎?

또 〈시 속에 숨겨진 뜻을 논한 글[論詩中微旨略言]〉에서는 글 쓰는 사람이 해서는 안 될 아홉 가지 적절치 않은 행동을 구불의체九不宜體로 꼽았다. 그중 하나가 옛사람의 뜻을 훔쳐 가져오다 그나마 제대로 못해 금세 들통이 나고 마는, '못난 도적이 쉬 붙들리는' 졸도이금拙盜易擒이다.

하늘 아래 새것이 어디 있는가? 남의 좋은 점을 본받아 자기 것으로 만들려는 노력은 귀하다. 누구나 공부는 이렇게 시작한다. 다만 남의 것을 배워와 온전히 내 것으로 녹이지 못해 훔친 것이 들통나니 내 부족한 공부가 더없이 부끄럽다. 이때 정면 돌파가 아니라 제 귀를 꽉 막고 아무 소리도 못 들었다며 넘어가려는 태도는 피차간에 민망함만 더할 뿐이다.

연서조저

인재 선발의 기준

燃犀照渚

김종직의 시 〈술회 述懷〉를 읽는다.

인사고과 핵심은 전형 銓衡에 달렸으니
어진 이가 어이해 안팎 천거 혐의하랴.
열에 다섯 얻는대도 나라 보답 충분커늘
임금이 귀히 여김 어이해 헤아리랴.
열 손가락 가리킴을 삼가지 아니하면
남이 다시 물소 뿔 태워 우저 牛渚 물가 비추리라.
천군 天君은 지엄하고 여론은 공변되니
대오 臺烏가 입 다물고 말 없다고 하지 마소.

庶績之凝在銓敍　哲人何嫌內外擧
拔十得五足報國　寧用計校王玉女

十手所指苟不愼　人更燃犀照牛渚
天君有嚴輿論公　莫謂臺烏噤無語

시 속에 고사가 많다. 조정의 인재 선발은 전형을 잘해 적임자를 발탁하는 데 달렸다. 춘추시대 대부 기해祁奚가 늙어 사직하며 원수 해호解狐를 천거했다가 그가 죽자 아들 오午를 천거한 일이 있다. 나 랏일에는 원수도 없고 아들도 없다. 적임자만 있다.

제4구는 《시경》〈대아大雅 민로民勞〉에 "왕이 너를 옥으로 여기시 니, 내가 크게 간하노라[王欲玉女, 是用大諫]"에서 따왔다. 못된 소인들 이 왕의 총애를 믿고 권세를 도둑질함을 꾸짖은 내용이다. 인재 선발 의 기준이 임금의 총애 여부여서는 안 된다.

제6구도 고사다. 진晉나라 때 온교溫嶠가 우저 물가에 이르니, 깊 이를 모를 물속에서 이상한 음악소리가 들려왔다. 그가 물소 뿔에 불 을 붙여 비추자 온갖 형상의 괴물들이 모습을 드러냈다. 열 사람이 손 가락질하는 인사를 강행하면 나중에 물소 뿔에 붙인 불로 비춰보아야 할 일이 생긴다.

제7구의 천군은 양심이다. 제8구도 고사. 한나라 때 어사대御史臺 앞 나무에 까마귀가 모여들어 오대烏臺라 불렀다. 송나라 때에 시인이 바른말하지 않는 어사를 두고 "까마귀가 입 다물고 소리가 없네"라고 조롱한 일이 있다. 임금에게 바른말로 아뢰어야 할 대간이 도리어 입 을 굳게 닫아도, 지엄한 양심과 공정한 여론의 힘을 끝내 이겨낼 수는 없다는 의미로 썼다.

깊은 물속에서 괴물들이 날뛴다. 물소 뿔에 불을 붙여 물속 귀신의 온 갖 형상을 낱낱이 드러낼 사람은 누구인가? 시 한 수에 담긴 뜻이 깊다.

열복청복

복에도 온도 차가 있다

熱福淸福

다산 정약용은 사람이 누리는 복을 열복熱福과 청복淸福 둘로 나눴다. 열복은 누구나 원하는 그야말로 화끈한 복이다. 높은 지위에 올라 부귀를 누리며 떵떵거리고 사는 것이 열복이다. 모두가 그 앞에 허리를 굽히고, 눈짓 하나에 다들 알아서 긴다. 청복은 욕심 없이 맑고 소박하게 한세상을 건너가는 것이다. 가진 것이야 넉넉지 않아도 만족할 줄 아니 부족함이 없다.

조선 중기 송익필은 〈족부족足不足〉이란 시에서 이렇게 노래했다.

군자는 어찌하여 늘 스스로 만족하고
소인은 어이하여 언제나 부족한가.
부족해도 만족하면 남음이 늘상 있고
족한데도 부족타 하면 언제나 부족하네.

넉넉함을 즐긴다면 부족함이 없겠지만

부족함을 근심하면 언제나 만족할까?

(중략)

부족함과 만족함이 모두 내게 달렸으니

외물外物이 어이 족함과 부족함이 되겠는가.

내 나이 일흔에 궁곡窮谷에 누웠자니

남들야 부족타 해도 나는야 족하도다.

아침에 만봉萬峰에서 흰 구름 피어남 보노라면

절로 갔다 절로 오는 높은 운치가 족하고,

저녁에 푸른 바다 밝은 달 토함 보면

가없는 금물결에 안계眼界가 족하도다.

(하략)

君子如何長自足　小人如何長不足

不足之足每有餘　足而不足常不足

樂在有餘無不足　憂在不足何時足

(중략)

不足與足皆在己　外物焉爲足不足

吾年七十臥窮谷　人謂不足吾則足

朝看萬峯生白雲　自去自來高致足

暮看滄海吐明月　浩浩金波眼界足

(하략)

　매 구절마다 '족足' 자로 운자를 단 장시의 일부분이다. 청복을 누리는 지족知足의 삶을 예찬했다.

다산은 여러 글에서 되풀이해 말했다. "세상에 열복을 얻은 사람은 아주 많지만 청복을 누리는 사람은 몇 되지 않는다. 하늘이 참으로 청복을 아끼는 것을 알겠다." 그런데도 사람들은 청복은 거들떠보지 않고, 열복만 누리겠다고 아우성을 친다. 남들 위에 군림해서 더 잘 먹고 더 많이 갖고, 그것으로도 모자라 아예 다 가지려고 한다. 열복은 항상 중간에 좌절하거나 끝이 안 좋은 것이 문제다. 요행히 자신이 열복을 누려도 자식 대까지 가는 경우란 흔치가 않다.

모든 사람이 우러르고, 아름다운 미녀가 추파를 던진다. 마음대로 못할 일이 없고, 뜻대로 안 될 일이 없다. 어느새 마음이 둥둥 떠서 안하무인眼下無人이 된다. 후끈 달아오른 욕망은 제 발등을 찍기 전에는 식을 줄을 모른다. 잠깐 만에 형편이 뒤바뀌어 경멸과 질시와 손가락질만 남는다. 그때 가서도 자신을 겸허히 돌아보기는커녕, 주먹을 부르쥐고 두고 보자고 가만두지 않겠다고 이를 갈기만 하니, 끝내 청복을 누려볼 희망이 없다.

염취박향

일마다 뜻대로 되는 것은 위태롭다

廉取薄享

광성 부원군 김만기金萬基(1633~1687)의 집안은 부귀가 대단하고
자손이 많았다. 입춘첩立春帖에 '만사여의萬事如意'란 글이 나붙었다.
김진규金鎭圭(1658~1716)가 이를 보고 말했다. "이 입춘첩을 쓴 것이
누구냐? 사람이 세상에 나서 한두 가지도 마음먹은 대로 하기가 어려
운데, 모든 일을 마음먹은 대로 이루게 해달라니, 조물주가 꺼릴 일이
아니겠는가? 우리 집안이 장차 쇠망하겠구나!" 얼마 후 수난을 당하
고 유배를 가서 그 말대로 되었다.

송나라 호안국胡安國이 말했다.

집안에서 가장 해서는 안 될 것이 일마다 뜻대로 되는 것이다. 일
은 늘 부족한 곳이 있어야 좋다. 일마다 뜻에 흡족하면 문득 좋지 않
은 일이 생겨나는 것을 여러 번 시험해보았다. 소강절의 시에 '좋은

꽃은 절반쯤 피었을 때 본다'고 했는데, 가장 친절하고 맛이 있다.

人家最不要事事足意. 常有事不足處方好. 才事事足意, 便有不好事出來, 歷試歷驗. 邵康節詩云: '好花看到半開時.' 最爲親切有味.

좋은 꽃은 반쯤 피었을 때 보아야 좋다. 활짝 피어 흐드러진 뒤에는 추하게 질 일만 남았다. 뭐든 조금 부족한 듯할 때 그치는 것이 맞다. 목표했던 것에 약간 미치지 못한 상태가 좋다. 음식도 배가 조금 덜 찬 상태에서 수저를 놓는다. 그런데 그게 참 어렵다. 한껏 하고 양껏 하면 당장은 후련하겠지만, 꼭 탈이 난다. 끝까지 가면 안 가느니만 못하게 된다.

명나라 사람 육수성이 지은 《청서필담》의 다음 말도 같은 취지다.

문장과 공업에 뜻을 둔 선비가 세상에서 원하던 것이 충족되면 종종 약을 구해 먹으면서까지 불로장생하기를 바라게 된다. 그러나 세상 사는 방법 중에, 취해 가진 운수가 이미 많으면 조물주가 빼앗을 것을 염려하여, 오직 아끼면서 태연하게 처신하고, 검소하게 가져 적게 누리면서, 그 나머지를 조금씩 이어나가는 것이 옳다.

文章功業之士, 於世願已足, 則往往求服餌, 以希慕長生. 然於世法中, 取數已多, 恐造物者所靳. 惟以嗇處泰, 廉取而薄享, 以迓續其餘可也.

더 가지고 다 가져도 욕망은 충족되는 법이 없다. 아끼고 나누고 함께 하면 부족해도 마음이 충만해진다. 어느 쪽을 택할까? 어느 길로 갈까?

영상조파

세상의 칭찬과 비방

影上爪爬

이덕무의 《이목구심서》 중 한 단락을 소개한다.

지극한 사람은 헐뜯음과 기림에 대처할 때 사실과 거짓에 관계 없이 모두 배불러하지도 않고 목말라하지도 않으며, 가려워하지도 않고 아파하지도 않는다. 보통 사람은 진짜로 하는 칭찬과 진짜로 하는 비방에도 잘 대처하지 못한다. 그러니 근거 없이 해대는 칭찬이나 잘못이 없는데 퍼붓는 비방에 있어서이겠는가. 사실이 아닌데 받는 칭찬은 꿈속에 밥을 더 먹는 것이나, 그림자를 손톱으로 긁는 것과 다를 게 없다. 잘못이 없는데 받는 비방은 꿈속에 목마른 것이나, 그림자 위에 몽둥이로 맞는 것과 한가지다. 어리석은 사람은 다만 꿈에서 밥을 더 먹는 것을 다행으로 여기고, 강퍅한 인간은 그림자를 몽둥이로 때려도 유감으로 여긴다.

至人之處毀譽也, 無論眞與假, 皆不飽不渴, 不癢不痛. 平人不能善處眞譽眞毀, 況無宗之譽, 無過之毀乎. 無宗之譽, 何異乎夢中飧加, 影上爪爬, 無過之毀, 何異乎夢中漿乏, 影上棒打. 痴人惟幸飧加於夢, 愎人猶恨棒打其影.

세상의 칭찬과 비방은 네 가지 중 하나다. 좋은 일을 해서 칭찬받는 경우와, 야단맞을 짓을 해서 비방을 부르는 경우가 처음 두 가지다. 나머지 둘은 잘한 일 없이 얼떨결에 받는 칭찬과, 잘못한 것도 없는데 난데없이 쏟아지는 비난이다. 처음 둘은 당연한데, 나중 둘은 불편하다. 사람의 그릇은 나중 둘의 상황에 처했을 때 드러난다. 제가 받을 칭찬이 아니면 부끄러워 사양해야 마땅한데 모르는 체 업혀간다. 비난받을 일을 하지 않았으면 떳떳해야 하건만 눈치를 보며 주눅이 든다.

공연한 칭찬은 그림자 위를 손톱으로 긁기(影上爪爬)다. 가려운 발을 안 긁고 그림자를 긁으니 시원할 리가 없다. 근거 없는 비방은 그림자를 몽둥이로 때리기(影上棒打)다. 때리는 손만 아프지 나는 아무렇지도 않다. 못난 인간은 꿈속에 밥 한 그릇 더 먹었다고 배부르다 하고, 강퍅한 인간은 몽둥이가 제 그림자에 스치기만 해도 두고보자 한다. 사실에 관계없이 칭찬에 우쭐대고 비난에 쩔쩔매다 제풀에 제가 넘어간다. 훼예(毀譽)에 일희일비하지 않는 정신의 힘이 필요하다.

영영구구

구차하게 먹을 것만 찾으면

營營苟苟

새를 노래한 김안로金安老(1481~1537)의 연작 중에 〈해오라기[鷺]〉란 작품이 있다.

> 여뀌 물가 서성이다 이끼 바위 옮겨와선
> 물고기 노리느라 서서 날아가지 않네.
> 눈 같은 옷 깨끗해서 모습 몹시 한가하니
> 옆에 사람 누군들 망기忘機라 하지 않겠는가.
> 蓼灣容與更苔磯　意在窺魚立不飛
> 刷得雪衣容甚暇　傍人誰不導忘機

눈처럼 흰 깃털을 한 해오라기가 고결한 자태로 물가에 꼼짝 않고 서있다. 선 채로 입정入定에 든 고승의 자태다. 망기는 기심, 즉 따지고 계교하는 마음을 잊었다는 뜻이다. 사실은 어떤가? 녀석은 아까부터 배가 고파 제 발밑을 무심코 지나가는 물고기를 잔뜩 벼르고 있는 중이다. 속으로는 물고기 잡아먹을 궁리뿐인데 겉모습은 고결한 군자요, 한가로운 상념에 빠진 고독자다. 사람들은 그 속내를 간파하지 못한 채 고결한 군자의 상징으로 떠받든다. 그 덕에 "까마귀 싸우는 골에 백로야 가지 마라" 하고 애꿎은 까마귀만 구박이 늘었다.

해오라기는 음흉한 속내를 지녔을망정 욕심 사납게 설쳐대지 않고 오래 서서 먹잇감이 다가올 때까지 기다릴 줄 안다. 겉모습만으로는 군자의 기림을 받을 만하다.

성대중은 《청성잡기》에서 말했다.

아등바등 구차하게 먹는 것만 추구하는 자는 금수와 다를 것이 없다. 눈을 부릅뜬 채 내달아 이익만을 좇는 자는 도적과 다름없다. 잗달고 악착같아서 사사로운 일에 힘쓰는 자는 거간꾼과 똑같다. 패거리 지어 남을 헐뜯으며 삿된 자와 어울리는 것은 도깨비나 마찬가지다. 기세가 등등해서 미친 듯이 굴며 기운을 숭상하는 자는 오랑캐일 뿐이다. 수다스럽게 재잘대며 권세에 빌붙는 자는 종이나 첩에 지나지 않는다.

營營苟苟, 惟食是求者, 未離乎禽獸也. 盱盱奔奔, 惟利是趨者, 未離乎盜賊也. 瑣瑣齪齪, 惟私是務者, 未離乎駔儈也. 翕翕訿訿, 惟邪是比者, 未離乎鬼魅也. 炎炎顚顚, 惟氣是尙者, 未離乎夷狄也. 詹詹喋喋, 惟勢是附者, 離乎僕妾也.

세상에 짐승이나 도적 같고, 거간꾼이나 도깨비 같은 사람이 너무 많다. 아랫사람에게는 오랑캐처럼 굴다가 윗사람에게는 종이나 첩처럼 군다. 이익이 될 것 같으면 안 하는 짓이 없고, 못하는 짓이 없다. 해오라기를 타박할 겨를이 없다.

오과지자

법을 집행하는 관리가 살펴야 할 다섯 가지

五過之疵

《서경》〈여형呂刑〉 편에 법을 집행하는 관리가 살펴야 할 다섯 가지를 콕 짚어 이렇게 얘기했다.

"다섯 가지 과실의 잘못은 관官과 반反과 내內와 화貨와 래來에서 말미암는다. 그 죄가 똑같으니 살펴서 잘 처리하라〔五過之疵, 惟官惟反惟內惟貨惟來, 其罪惟均, 其審克之〕." 주周나라 때 목왕穆王이 한 말이다.

공정한 법 집행을 왜곡하는 다섯 가지 요인 중 첫 번째는 '관'이다. 관의 위세에 눌려 법 집행에 눈치를 본다. 위의 생각이 저러하니 내가 어쩌겠는가, 하며 알아서 눈감아준다.

두 번째는 '반'이니, 받은 대로 대갚음한다는 말이다. 법 집행을 핑계삼아 은혜와 원한을 갚는 것이다. 내게 잘해준 사람의 잘못은 덮어주고, 미운 놈은 없는 죄도 뒤집어씌워 대갚음한다.

세 번째 '내'는 안의 청탁이다. 아녀자의 청탁 앞에 마음이 흔들려

냉정을 잃고 만다.

네 번째는 '화'다. 뇌물을 받아먹고 속임수를 써서 죄 없는 사람을 얽어매고, 죄지은 자를 풀어준다.

다섯 번째는 '래'이니, 찾아와 간청한다는 의미다. 이리저리 갖은 인연을 걸어 이권으로 희롱하고 권력으로 회유한다.

윤기가 〈정상한화〉에서 이 말을 이렇게 부연했다.

오늘날 재판을 맡은 자들은 그저 이 다섯 가지를 마음의 기준으로 삼아 사실을 따져보려고도 하지 않는다. 소송만 그런 것이 아니다. 과거와 벼슬도 다 똑같다. 과거를 주관하는 사람이나 관리를 뽑는 위치에 있는 사람은 상대가 위세가 있으면 두려워하고, 뇌물을 주면 사랑하며, 여자가 찾아오면 사사로운 정에 끌리고, 청탁을 받으면 안면에 구애되며, 덕을 입었으면 갚을 생각을 하고, 원한이 있으면 해칠 궁리를 한다.

今之聽訟者, 只以五者爲方寸之低仰, 不待索言. 而不特訟獄爲然, 科與宦皆然. 科人官人者, 威勢則畏之, 賄賂則愛之, 女謁則牽於偏私, 干請則拘於顏面, 德則思所以酬之, 怨則思所以極之.

윤기가 다시 말한다.

이 다섯 가지 가운데서도 위세와 뇌물이 특히 심하다. 뇌물의 경우 위세보다 더욱 심하다. 이 때문에 또 '옥사를 맡은 자는 위세를 부린 자에게 그치지 말고 뇌물을 준 부자에게도 끝까지 법을 적용해야 한다'고 했다. 이는 부자에게 법을 끝까지 적용하는 것이 가장 어렵다는 말이다.

五者之中, 威勢與賄賂爲甚. 而賄賂又尤甚於威勢. 故又曰: '典獄非訖于威, 惟訖于富.' 此言其訖于富之最難也.

주나라 때 하던 걱정이 이제껏 이어지는 것은 놀랍지도 않다.

오괴오합

섬광 같은 한순간을 기다리고 또 기다린다

五乖五合

조희룡趙熙龍(1789~1866)이《한와헌제화잡존漢瓦軒題畵雜存》에 쓴
짧은 글이다.

어제도 할 수 없고 오늘도 할 수 없었습니다. 삼가 마음이 열리
는 길한 날을 가려 선생의 축수를 위해 바칠까 합니다. 난 하나 바
위 하나 그리기가 별 따기보다 어렵군요. 참담하게 애를 써보았으
나 허망함을 느낍니다. 비록 아직 못 그리긴 했지만 그린 것과 다
름없습니다.

昨日不可, 今日不可. 謹擇開心吉日, 擬爲先生壽供. 一蘭一石, 難於摘
星. 慘憺經營, 從覺索然. 雖未畵, 猶畵耳.

부탁받은 그림을 그리긴 해야겠는데, 붓이 뜻대로 움직여주지 않

는다는 얘기다. 서화가의 그림이나 글씨가 붓과 종이만 주면 공장에 게 물건 찍듯 나오는 줄 알면 오산이다.

당나라 때 서예가 손과정孫過庭은 《서보書譜》에서 글씨가 뜻대로 될 때와 뜻 같지 않을 때를 다섯 가지씩 논한 오괴오합五乖五合의 논의를 남겼다.

먼저 오괴五乖다. 첫째, 심거체류心遽體留다. 마음은 급한데 몸이 따로 논다. 둘째, 의위세굴意違勢屈이다. 뜻이 어긋나고 형세가 꺾인 엇박자의 상태다. 셋째는 풍조일염風燥日炎이다. 바람이 너무 건조하고 햇살이 따갑다. 공기 중에 습도가 알맞고 햇살도 적당해야 먹발이 좋다. 넷째는 지묵불칭紙墨不稱이다. 종이와 먹이 걸맞지 않아도 안 된다. 다섯째는 정태수란情怠手闌이다. 마음이 내키지 않고 손이 헛논다. 이럴 때는 애를 써봤자 소용이 없다.

오합五合은 이렇다. 첫째가 신이무한神怡務閑이다. 정신이 가뜬하고 일이 한가할 때 좋은 작품이 나온다. 둘째는 감혜순지感惠徇知다. 고마움을 느끼고 알아주어 통할 때다. 대상과의 일치가 중요하다. 셋째는 시화기윤時和氣潤, 즉 시절이 화창하고 기운이 윤택한 것이다. 넷째는 지묵상발紙墨相發이니, 종이와 먹의 조합이 최상이다. 다섯째는 우연욕서偶然欲書다. 우연히 쓰고 싶어 쓴 글씨다.

그림 글씨만 그렇겠는가. 글쓰기도 다를 게 없다. 원고 마감을 진작 넘기고도 글을 못 쓰고 있을 때는 중증의 변비 환자가 따로 없다. 바짝바짝 피가 마를수록 어쩌자고 생각은 꽉 막혀 진도가 나가지 않는다. 예술과 학문과 인생의 만남이 다르지 않다. 섬광 같은 한순간의 접점을 위해 우리는 오래 준비하고 또 기다린다.

오근독서

독서에서 유념해야 할 다섯 가지

五勤讀書

명나라 오정한吳廷翰(1491~1559)의 책상 옆에는 나무로 짠 궤 하나와 옹기 하나가 놓여 있었다. 책을 읽다가 의혹이 생기거나 생각이 떠오르면 얼른 적어 그 안에 담아두었다. 역사책을 읽다가 일어난 의문은 항아리 속에 넣고, 경서를 읽다가 떠올린 생각은 궤에 담았다. 각각 상당한 분량이 되자 그는 이를 따로 엮어 한 권의 책으로 묶었다. 옹기에 담긴 메모는《옹기甕記》란 책이 되고, 궤에 든 쪽지는《독기櫝記》란 책이 되었다.

중국의 역사학자 리핑신李平心(1907~1966)은 오근독서법五勤讀書法을 강조했다. 독서에서 다섯 가지를 부지런히 해야 한다는 것인데, 그가 꼽은 다섯 가지는 부지런히 읽고(勤閱讀), 부지런히 초록해 베껴 쓰며(勤摘錄), 부지런히 외우고(勤記心得), 부지런히 분류해서(勤分類), 부지런히 편집해 정리해두는 것(勤編寫)이다. 그는 서재와 안방뿐 아니라 부엌과 화장실에까지 메모지가 담긴 작은 그릇을 놓아두었다. 책에서 마음에 와닿는 구절이나 활용할 만한 가치가 있는 내용과 만나면 즉시 적어 그릇에 담아두었다. 그는 이 그릇에 취보합聚寶盒이란 이름을 붙였다. 보물을 모아둔 그릇이란 의미다. 일정한 기간마다 그는 이 메모들을 꺼내 분류하고 정리해서 연구의 자료로 삼았다. 갑골문과 고대 역사에 관한 수많은 저서들이 모두 취보합의 메모를 바탕으로 이루어졌다.

옛사람은 농사를 짓다가도 문득 공부나 문사에 관한 생각이 떠오르면 감나무 잎을 따서 거기에 얼른 적은 뒤 밭두둑 가에 묻어둔 항아리 속에 이를 담아두곤 했다. 이덕무와 박지원은 이 일을 본떠 자신들의 평소 메모를 묶은 후 그 비망록의 제목을 '앙엽기盎葉記'로 달았다. 동이(盎) 속 잎사귀에 적은 메모라는 뜻이다.

생각은 원래 책상 앞보다 화장실이나 침상 위에서 더 활발해진다. 떠오를 때 즉시 잡아두지 않으면 안개처럼 흩어진다. 부지런히 읽는 것도 좋지만 느닷없이 왔다가 섬광처럼 사라지는 생각을 붙들자면 손 닿는 곳에 메모지와 필기구가 준비되어 있어야 한다. 기억보다 메모가 한결 든든하다.

오로칠상

질병을 부르는 잘못된 행동과 나쁜 습관

五勞七傷

유만주의 일기《흠영》을 읽는데 이런 대목이 나온다.

어떤 이가 말했다. "사람이 세간을 살아가면서 '오로칠상五勞七傷'을 면할 길이 없다. 좋은 음식을 복용하는 꾀는 결단코 황당한 말이 아니다. 음식이나 여색처럼 삶을 해치는 것 외에도, 나랏일로 고민하고 백성을 위해 근심하거나, 헐뜯음을 염려하고 미워함을 두려워하는 것, 얻음을 기뻐하고 잃음을 걱정하는 것 따위가 모두 수고와 손상을 부르는 원인이다. 하지만 수련하고 섭양하는 것은 늘 산이나 물가에 숨어야만 한다. 왕공王公이나 귀인은 자녀와 재물에다 언제나 진한 술에 취해 사는 것을 근심한다. 마음을 맑게 하고 욕심을 줄일 처방을 펼 방법이 없다." 내 생각은 이렇다. 경옥고瓊玉膏는 진실로 좋은 약이다. 쇠약한 데 아주 그만이다. 젊은 사

람에게도 잘 듣는다. 이제 전체 약재의 값을 따져보니 상평통보로
1,000여 냥이나 든다.

或言人生世間, 五勞七傷, 所不得免. 服餌之術, 斷非謊語. 盖其食色
傷生者外, 如國計民憂, 憂譖畏忌, 惠得患失, 皆致勞傷. 然修鍊攝養, 每
宜於山澤之邀, 而王公貴人, 子女玉帛, 常患醲酣, 淸心寡欲之方, 無處
可施也. 議瓊玉洶大藥也. 衰固聖矣, 少壯亦无不可. 今計全劑之直, 爲
通寶千餘兩.

'오로칠상'은 질병의 원인이 되는 행동들을 나열한 의학 용어다. 먼
저 오로五勞는 질병을 부르는 다섯 가지 피로다. 《소문素問》이란 의서
에서는 이렇게 설명한다. 한곳만 뚫어져라 보는 구시久視는 상혈傷血
을 부른다. 누워만 있는 구와久臥는 상기傷氣가 문제다. 계속 앉아 있
는 구좌久坐는 상육傷肉으로 나타난다. 오래 서있는 구립久立은 상
골傷骨, 즉 관절을 상하게 한다. 계속 다녀야 하는 구행久行은 상근傷
筋, 즉 근육을 손상시킨다. 공부하는 학생이나 사무직은 구시와 구좌
를 면할 수 없고, 노인은 구와나 구좌가 문제다. 다니며 물건 파는 사
람은 구행에서 탈이 난다.

칠상七傷, 즉 손상을 가져오는 일곱 가지 행동은 어떤 것이 있나?
지나친 포식은 비장을 손상시킨다. 과도한 노여움은 기운을 역류시켜
간을 상하게 만든다. 용을 써서 무거운 것을 들거나, 습한 곳에 오래
앉아 있으면 신장이 망가진다. 추운 곳에 있거나 찬 음료를 마시면 폐
가 상한다. 육신을 힘들게 하고 뜻을 손상시키면 정신이 무너진다. 비
바람과 추위 및 더위는 육신을 망가뜨린다. 두려움과 절제 없는 행동
은 뜻을 꺾어버린다.

경옥고의 보양 효과가 대단해도 너무 비싸니 그림의 떡이다. 산속으로 들어갈 수도 없다면 절제 있는 생활 습관과 규칙적인 운동밖에는 방법이 없겠다.

오서오능

균형 잡힌 안목으로 핵심 역량을 길러라

鼫鼠五能

여러 가지를 조금씩 잘하는 것은 한 가지에 집중하느니만 못하다. 날다람쥐는 다섯 가지 재주가 있어도 기술을 이루지는 못한다.

多爲少善, 不如執一. 鼫鼠五能, 不成伎術.

《안씨가훈》에 인용된 말이다. 공영달孔穎達은 이렇게 풀이한다.

날 줄 알지만 지붕은 못 넘고, 나무를 올라도 타 넘지는 못한다. 수영은 해도 골짜기는 못 건너고, 굴을 파지만 제 몸은 못 감춘다. 달릴 줄 알아도 사람을 앞지를 수는 없다.

能飛不能過屋, 能緣不能窮木, 能游不能度谷, 能穴不能掩身, 能走不能先人.

오서오능鼯鼠五能! 즉 날다람쥐의 다섯 가지 재주는 이것저것 하기는 해도 뭐 하나 제대로 하는 것이 없다는 뜻으로 쓰는 말이다. 팔방미인八方美人과 비슷하다. 누고재螻蛄才란 말도 쓴다. 누고螻蛄는 땅강아지다. 땅강아지도 날다람쥐의 다섯 가지 재주를 갖추었다. 제법 날 줄도 알고 타 오르기도 하며 건너가고 땅을 파고 달려가는 재주가 있다. 그런데 요놈도 다 시원찮다. 재주를 갖추었으나 미숙한 상태를 가리킬 때 쓴다.

말을 많이 하지 말라. 말이 많으면 낭패가 많다. 일을 많이 벌이지 말라. 일이 많으면 근심이 많다.

無多言, 多言多敗. 無多事, 多事多患.

《공자가어》에 나온다. 이런 말도 했다. "잘 달리는 놈은 날개를 뺏고, 잘 나는 것은 발가락을 줄이며, 뿔이 있는 녀석은 윗니가 없고, 뒷다리가 강한 것은 앞발이 없다. 하늘의 도리는 사물로 하여금 겸하게 하는 법이 없다." 발이 네 개인 짐승에게는 날개가 없다. 새는 날개가 달린 대신 발이 두 개요, 발가락이 세 개다. 소는 윗니가 없다. 토끼는 앞발이 시원찮다. 발 네 개에 날개까지 달리고, 뿔에다 윗니까지 갖춘 동물은 세상에 없다.

공부면 공부, 운동이면 운동 못하는 게 없다. 모두들 선망하는 부러움의 대상이다. 하지만 다재다능도 전공이 있어야 공연히 이것저것 집적대면 마침내 큰일은 이룰 수가 없다. 두루춘풍으로 "못하는 게 없어" 하는 소리를 듣는 것은 무능하다는 말과 같다. 이것저것 잘하는 팔방미인보다 한 분야를 제대로 하는 역량이 더 나은 대접을 받는 시대다. 대도무문大道無門이라 했다. 한 문으로 들어가 깊이 파면 모든 문이 다 열린다. 공연히 여기저기 이 대문 저 대문 앞을 기웃대기만 해서는 끝내 아무것도 이룰 수가 없다. 균형 잡힌 안목으로 핵심 역량을 길러야 한다. 깊게 파야 가뭄에도 마르지 않는 우물을 얻는다. 지금은 바야흐로 전문가 시대다.

오자칠사

내가 미워하는 일곱 가지

惡者七事

어느 날 공자와 제자 자공이 한가한 대화를 나눴던 모양이다.

"선생님께서도 미워하는 게 있으실까요?" "있다마다. 남의 잘못에 대해 떠들어대는 사람〔稱人之惡者〕, 아래에 있으면서 윗사람을 헐뜯는 자〔居下流而訕上者〕, 용감하지만 무례한 사람〔勇而無禮者〕, 과감하나 앞뒤가 꼭 막힌 자〔果敢而窒者〕를 나는 미워한다."

"너는 어떠냐?" 자공이 대답한다. "저도 있습니다. 남의 말을 가로채 알고 있던 것처럼 하는 자〔徼以爲知者〕, 불손한 것을 용맹으로 여기는 자〔不孫以爲勇者〕, 남의 잘못 들추는 것을 정직하다고 생각하는 자〔訐以爲直者〕가 밉습니다."

스승은, 제 잘못이 하늘 같은데 입만 열면 남을 헐뜯는 사람, 제 행실은 형편없으면서 윗사람을 욕하는 사람을 밉다고 했다. 또 무례하게 용감하고, 앞뒤 없이 과감한 자도 싫다고 했다. 압축하면 남 욕하는 사람, 뭣도 모르고 날뛰는 사람이 싫다고 말씀하신 것이다. 제자는, 약 삭빠르고 잘난체하는 사람, 건방진 것과 용기를 구분 못하는 자, 고자 질을 정직과 혼동하는 자가 가장 밉다고 대답했다. 스승이 네 가지, 제 자가 세 가지, 합쳐서 일곱 종류의 미워할 만한 인간형이 나열되었다.

홍석주가 아우 홍길주와 이야기를 나누다가《논어》〈양화陽貨〉편 에 나오는 이 대목을 화제에 올렸던 모양이다. 홍석주가 말했다. "이 일곱 가지 중에는 종종 후세의 군자들이 스스로 명예와 절개가 된다 고 뽐내는 것들이 있지." 또 말했다. "이 일곱 가지 미운 일은 하나하 나가 예전 어떤 사람과 꼭 판박이 같군그래."《수여난필》에 나온다.

다산은《논어고금주論語古今註》에서 원문의 '거하류居下流'를 "덕과 재주도 없으면서 몸이 비천하기가 마치 시궁창 같은 것을 말한다〔謂無 德藝, 身卑如汚渠〕"고 풀이했다. 또 "남의 악에 대해 말하는 것은 마음이 험한 것이고, 하류에 있으면서 윗사람을 헐뜯는 것은 질투다〔稱人之惡 者, 險也. 居下流而訕上者, 妬也〕"라고 덧붙였다.

제 허물은 못 보고 남 말하는 것이 늘 문제다. 비방과 솔직을 착각 하는 사람이 의외로 많다. 무식한데 용감하기까지 하면 답이 없다. 입 단속이 먼저다.

오자탈주

가짜가 진짜의 자리를 차지하다

惡紫奪朱

《논어》〈양화〉편에 나오는 말이다.

자주색이 붉은색을 빼앗는 것을 미워하고, 정나라의 음악이 아
악을 어지럽히는 것을 미워하며, 말 잘하는 입이 나라를 뒤엎는 것
을 미워한다.

惡紫之奪朱也, 惡鄭聲之亂雅樂也, 惡利口之覆邦家者.

잡색인 자주색이 원색인 붉은색의 자리를 차지했다. 정나라의 자
극적인 음악이 유행하자 정격의 아악은 퇴물 취급을 받는다. 더 큰 문
제는 번드르르한 말로 세상을 어지럽히는 것이다.

한국 가톨릭교회의 창설 주역 이벽 李檗(1754~1785)이 지은 것으로
알려진 《성교요지 聖教要旨》를 둘러싼 논란이 시끄러웠다. 김양선 목사

가 1930년대에 《만천유고蔓川遺稿》 등 여러 초기 천주교 서적을 구입하여 1960년대에 숭실대 기독교박물관에 기증했다. 여기 실린 《성교요지》는 시경체의 사언시로 천주교 교리의 핵심을 설명한 내용이다. 이 책으로 이제껏 박사만 여럿 나왔다.

하지만 책 속의 성경 용어가 19세기 말 이후 기독교에서 쓰던 표현 투성이여서 위작설이 꾸준히 제기되어왔다. 최근 장신대 김현우, 김석주 두 분이 《성교요지》가 1897년 미국 선교사 윌리엄 마틴이 지은 《쌍천자문雙千字文》과 본문은 물론 주석까지 똑같다는 사실을 밝혔다. 《성교요지》는 이름만 바꿔치기한 가짜였다. 《만천유고》에 실린 이승훈의 시집 《만천시고》도 전부 가짜였다. 이벽이 죽고 15년 뒤에 태어난 양헌수 장군의 시가 무려 30여 수나 절취되어 끼어들어 있었다.

자주색이 붉은색의 자리를 차지하고, 가짜가 진짜를 내몰았다. 그간의 공부와 노력이 허망하고 허탈하다. 이제라도 사실을 깨끗이 인정하면 그만일 일인데, 슬그머니 윌리엄 마틴 선교사가 이벽의 글을 베낀 것일 수도 있다는 주장이 나오기 시작한다. 끝까지 우겨보자는 심산이다. 로마 교황청에서 이벽과 이승훈에 대한 시복시성諡福諡聖 재판이 한창 진행 중인데 다 된 밥에 코를 빠뜨릴 셈이냐고 한다. 진실은 중요하지 않다는 얘기다. 《포박자》가 이렇게 말한다.

진실과 허위가 뒤바뀌고, 보옥과 돌멩이가 뒤섞인다. 그래서 이 때문에 슬퍼한다.

眞僞顚倒, 玉石混淆, 故是以悲.

나도 슬퍼한다.

오형오락

노인의 다섯 가지 형벌과 즐거움

五刑五樂

안대회 교수 팀이 펴낸 심노숭沈魯崇(1762~1837)의 《자저실기自著
實紀》(휴머니스트, 2014)를 읽는데 노인의 다섯 가지 형벌[五刑]과 다섯
가지 즐거움[五樂]에 대해 논한 대목이 흥미를 끈다. 먼저 다섯 가지
형벌에 관한 설명이다.

사람이 늙으면 다섯 가지 형벌이 두루 닥쳐온다. 보이는 것이 분
명하지 않으니 목형目刑이요, 단단한 것을 씹을 힘이 없으니 치
형齒刑이며, 다리에 걸어갈 힘이 없으니 각형脚刑이요, 들어도 정
확하지 않으니 이형耳刑이요, 그리고 또 궁형宮刑이다.

人老五刑逼具. 視不分明曰目刑也, 嚼無強硬曰齒刑也, 行輒柔軟曰脚
刑也, 聽失的確曰耳刑也, 曰宮刑也.

눈은 흐려져 책을 못 읽고, 이는 빠져 잇몸으로 호물호물한다. 걸을 힘이 없어 집에만 박혀 있고, 보청기의 도움 없이는 자꾸 딴소리만 한다. 마지막 궁형은 여색을 보고도 아무 일렁임이 없다는 뜻이다. 승지 여선덕呂善德의 이 말을 듣고 심노숭이 즉각 반격에 나선다. 이른바 노인의 다섯 가지 즐거움〔五樂〕이다.

보이는 것이 또렷하지 않으니 눈을 감고 정신을 수양할 수 있고, 단단한 것을 씹을 힘이 없으니 연한 것을 삼켜 위를 편안하게 할 수 있고, 다리에 걸어갈 힘이 없으니 편안히 앉아 힘을 아낄 수 있고, 나쁜 소문을 듣지 않아 마음이 절로 흔들리지 않으며, 반드시 죽을 땅에서 절로 멀어져 목숨을 오래 이어갈 수가 있다. 이것을 다섯 가지 즐거움이라고 하리라.

視不分明, 閉目而養神; 嚼無强硬, 唅軟而安胃; 行輒柔軟, 安坐而息力; 不聞惡聞之言, 心自不動, 自離必死之地, 命有可續. 此謂五樂.

생각을 한번 돌리자 그 많던 내 몸의 불행과 좌절이 더없는 행운과 기쁨으로 변한다. 눈을 감아 정신을 기르고, 가벼운 식사로 위장을 편안케 한다. 힘을 아껴 고요히 앉아 있고, 귀에 허튼소리를 들이지 않으며, 정욕을 거두어 장수의 기틀을 마련한다. 편안하여 기쁘다.

멀쩡한 육신을 믿고 오형의 처지를 되돌리려 드는 사람이 너무 많다. 덮어놓고 큰소리치고, 치아가 부실한데 고기만 찾으며, 건강을 과신해 위험을 마다 않는다. 쓸데없는 세상일에 정신을 소모하고, 늙마에 색을 밝히다 패가망신한다. 작은 일에도 낙심천만해서 세상을 원망하고 자식을 탓한다. 괴롭고 슬프다.

645

옥촉서풍

아만을 버리고 참나를 돌아보다

玉蜀西風

추사는 좀체 남을 인정하는 법이 없었다. 남이 한 것은 헐고, 제 것만 최고로 쳤다. 아집과 독선에 찬 언행으로 남에게 많은 상처를 입혔다. 그가 단골로 꺼내든 카드는 "내가 중국에 갔을 때 실물을 봤는데"였다. 보지 못한 사람들은 그 한마디에 그만 꼬리를 내렸다. 조선에서는 그의 경지를 넘볼 사람이 없었다. 중국 학자들도 그를 호들갑스레 높였다. 재료도 중국제의 최고급만 골라 썼다.

그런 그가 만년에 제주와 북청 유배를 거듭 다녀온 뒤 결이 조금 뉘어졌다. 북청 유배에서 풀려 돌아오다 강원도 지역을 지날 때였다. 길을 가는데 옥수수밭에 둘린 초가집이 한 채 있었다. 흘깃 보니 늙은 내외가 마루에 나와 앉아 웃으며 이야기꽃이 한창이었다.

내외는 길 가던 손이 불쑥 마당으로 들어서는 모습을 보았다. 손은 물 한 잔을 달래 마시더니 잠시 쉬어가겠다는 듯 마루에 슬쩍 엉덩이를 걸친다. "여보 노인! 올해 나이가 몇이우?" "일흔입지요." "서울은 가보았소?" "웬걸인겁쇼. 관청에도 못 들어가 보았습니다." "그래 이 산골에서 무얼 자시고 사우?" "옥수수를 먹고 삽니다."

추사는 순간 마음이 아스라해졌다. 삶의 천진한 기쁨은 어디서 오는가? 세상을 발아래 둔 득의의 나날도 있었다. 세상이 알아주는 이조차 반눈에도 차지 않았다. 하지만 갖은 신산辛酸을 다 겪고, 제주 유배지에서 아내마저 떠나보낸 뒤, 다시 북청까지 쫓겨 갔다. 이제 늙고 병들어 가을바람에 지친 발걸음을 재촉한다. 타관의 꿈자리는 늘 뒤숭숭하다. 흰머리의 내외가 볕바라기로 앉은 툇마루의 대화, 서울 구경한번 못 하고 관청 문 앞에도 못 가봤지만, 옥수수 세 끼니로도 그들의 얼굴엔 시름의 그늘이 없었다. 아주 행복해 보였다.

그가 쓴 시는 이렇다.

두어 칸 초가집에 대머리 버들 한 그루
노부부의 흰 머리털 둘 다 쓸쓸하구나.
석 자도 되지 않는 시냇가 길가에서
옥수수로 갈바람에 70년을 보냈네.
禿柳一株屋數椽　翁婆白髮兩蕭然
不過三尺溪邊路　玉薥西風七十年

시를 지은 뒤 앞서의 문답을 적고, 그는 이렇게 썼다. "나는 남북을 부평처럼 떠돌고, 비바람에 휘날렸다. 노인을 보고 노인의 말을 듣고 나니, 나도 몰래 망연자실해졌다." 이 말에 놀라 문득 나를 돌아본다.

요동백시

요동 땅의 흰 돼지

遼東白豕

　에도 시대 일본의 유학자 라이 산요賴山陽(1781~1832)의 전집을 살펴보는데《춘추요시록春秋遼豕錄》이라는 재미난 책 이름이 나온다. 라이 산요가《춘추》에 대해 강의한 것을 문하 제자들이 정리한 내용이다. 책 말미에 붙은 그의 발문을 보니, 당시 경학 공부의 네 가지 병통을 지적했다.

　첫 번째는 빙주憑注로, 경서의 본문은 안 읽고 주석부터 읽는 폐단이다. 두 번째는 영주佞注니, 주석에 아첨해서 내용이 어긋나면 도리어 경전 본문을 뜯어고치려 드는 폐단이다. 세 번째는 구주仇注로, 남의 주석을 따져보지도 않고 원수 삼아 다퉈볼 궁리뿐인 태도다. 네 번째는 역어주役於注니, 뭔가 새로운 주장을 내세워 보려고 예전의 온갖 주석을 다 끌어모아 늘어놓는 수작이다. 이런 폐단은 그때나 지금이나 한가지다.

라이 산요는 옛사람이 이미 다 말했겠지만 내가 미처 못 보았을 수가 있고, 생각이 같은 것을 알게 되는 것도 의미가 있으므로 중복을 무릅쓰고 이 책을 짓노라고 썼다. 그래서 붙인 제목이 요시록遼豕錄, 즉 요동 돼지의 기록이란 요상한 제목이다.

물론 요동 돼지는 연원이 있다. 옛날에 요동에서 멧돼지가 새끼를 낳았는데 머리가 흰 놈이 나왔다. 특별한 종자라고 여긴 야인이 조정에 진상하려고 이것을 안고 하동河東으로 달려갔다. 그런데 가다 보니 하동 땅의 돼지는 온통 흰 놈뿐이지 않은가? 고작 머리 흰 것을 신기하게 여긴 자신이 부끄러워 기운이 빠진 그는 그만 되돌아오고 말았다. 이것이 유명한 요동백시遼東白豕의 사연이다.《문선》에 실린 주부朱浮의 〈여팽총서與彭寵書〉에 나온다.

라이 산요가 책 제목을 이렇게 붙인 것은 남이 보면 요동 돼지 꼴이라 우스울 테지만, 나는 그래도 본문에 충실하고 다른 사람의 주석을 곱씹은 바탕 위에서 종내 내 말을 하려고 애썼다는 의미다. 이것도 안 읽었느냐는 식의 비방을 막는 동시에, 은근히 자기 식 독법의 자부를 드러낸 절묘한 표제였다. 학문은 제 말 하자고 하는 것인데, 이 눈치 저 눈치 보느라 죽도록 내 말은 한마디도 못하고 마는 것은 안쓰럽다.

요생행면

삶은 요행의 연속

僥生倖免

박제가의 처남 이몽직李夢直은 충무공 이순신의 후예였다. 하루는 남산에 활을 쏘러 갔다가 잘못 날아든 화살에 맞아 절명했다. 박지원은 〈이몽직애사李夢直哀辭〉에서 "대저 사람이 하루를 살아간다는 것은 요행이라고 말할 수 있다(夫人一日之生, 可謂倖矣)"고 썼다.

한 관상가가 어느 여자에게 말했다. "당신은 쇠뿔에 받혀 죽을 상이오. 외양간 근처도 가지 마시오." 그 뒤 여자가 방안에서 귀이개로 귀지를 파고 있는데 갑자기 밖에서 방문을 확 밀치는 통에 귀이개가 귀를 찔러 죽었다. 살펴보니 귀이개는 쇠뿔을 깎아 만든 것이었다. 같은 글에 나온다. 해괴하고 알 수 없는 일들이 아침저녁으로 일어난다. 정상 운항하던 여객기가 미사일에 격추되고, 하늘에서 강철 화살이 비 오듯 쏟아진다. 세상 사는 일이 내 의지가 아니다. 내게 그런 일이 일어나지 말란 보장이 없다.

박지원은 또 〈이존당기以存堂記〉에서 술로 인한 잦은 말실수로 비방이 높아지자 방에 들어가 나오지 않겠다고 선언한 장중거張仲擧란 인물의 일화를 소개하며 이렇게 썼다. "사해가 저처럼 크다 해도 뭇사람의 입장에서 보면 거의 발 들일 데조차 없다. 하루 중에도 그 보고 듣고 말하고 행동하는 것을 증험해보니 요행으로 살고 요행으로 면하지[僥生倖免] 않음이 없다." 방에 틀어박혀 있다고 쇠뿔의 횡액을 면할 수는 없다는 얘기다.

그렇다면 어찌할까? 계속 요행수만 바라며 살 수도 없고, 삼가고 조심한다고 될 문제도 아니다. 이규보의 〈이불 속에서 웃다[衾中笑]〉 여섯 수 연작은 밤중에 이불 속에서 세상의 웃을 만한 일들을 떠올리며 혼자 낄낄댄 사연이다. 그중 네 번째는 이렇다.

> 웃는 중에 네 번째는 바로 나 자신이니
> 세상살이 잘못 없음 요행일 뿐이라네.
> 곧고 모나 모자란 것 모르는 이 없건만
> 원만해서 이 자리에 올랐다고 말하누나.
> 笑中第四是予身　涉世無差僥倖耳
> 直方迂闊人皆知　自謂能圓登此位

세상이 험해 요행 아닌 것이 없지만, 어찌하겠는가? 밖에서 오는 환난이야 어찌해볼 도리가 없으니, 그래도 우직하게 내 마음자리를 돌아보며 뚜벅뚜벅 걸어갈밖에.

용서성학

베껴 쓰기 품을 팔아 세운 금자탑

傭書成學

이덕무가 이서구李書九(1754~1825)에게 쓴 편지에 이런 내용이 나
온다.

옛날에 용서傭書로 책을 읽은 사람이 있다길래 내가 너무 부지런
하다고 비웃은 적이 있었소. 이제 갑자기 내가 그 꼴이라 거의 눈
이 침침하고 손에 굳은살이 박힐 지경이구려. 아! 사람이 진실로
스스로를 요량하지 못하는 법이오.

古有傭書而仍讀之者. 僕嘗笑其太勄. 今忽自蹈, 幾至眼眵手胝, 嗟乎
人固不自量也.

이때 '용서傭書'는 책을 빌려 읽는 것이 아니라 돈을 받고 남을 위
해 책을 베껴 써주는 것을 말한다. 용傭은 품팔이의 뜻이다. 이덕무가

이서구에게 보낸 다른 편지에서 "그대가 내게 장서藏書를 맡겨 베껴
쓰고 교정보고 평점까지 맡기려 한다는 말을 듣고 기뻐서 잠을 이루
지 못하였소"라고 쓴 것을 보면 그가 젊은 시절 용서 아르바이트로 생
계를 꾸려나갔던 딱한 형편이 짐작된다. 이런 내용도 있다.

새해인데 사람은 점점 묵어지니 군자는 마땅히 명덕明德에 힘써
야 할 것이오. 창문의 해가 따스해 벼루의 얼음이 녹으니〔窓日暄而研
氷釋〕예전 일과를 되찾고자 하오.《전당시全唐詩》를 차례대로 보내
주면 좋겠소.

歲新人漸舊, 君子宜崇明德. 窓日暄而研氷釋, 欲尋舊課. 全唐詩替送
爲妙.

글씨 쓸 거리를 달라는 얘기다. 벼루에 얼음 녹는 소리가 눈물겹다.
이덕무의 손자 이규경은《오주연문장전산고》중〈초서변증설鈔書
辨證說〉에서 이렇게 썼다.

내 할아버지 되시는 청장공靑莊公(이덕무의 호)께서는 직접 몇천
권의 책을 베껴 쓰셨다. 파리 대가리만 한 가느다란 해서로 육서六
書의 서법에 따라 써서 한 글자도 속된 모양새가 없었다. 정조 임금
시절 왕명을 받들어 책을 편집할 때 내부內府에 남은 조부의 필적
또한 100여 책 분량이 더 될 것 같다. 우리나라에서 책을 베껴 쓰
기 시작한 이래로 이처럼 대단한 예는 없었다.

恭惟我王考靑莊公, 手抄書幾千餘卷. 垃蠅頭細楷, 書法六書, 故一無
俚俗字樣. 其他雜抄成軸者, 又爲屢十圍. 若以卷數計之, 不下爲百許卷.

殆古今所罕有也.

갑자기 규장각 책장 어딘가에 끼어 있을 이덕무가 베껴 쓴 책이 궁금해진다.

용서 도중 자신을 위해 한 부씩 더 옮겨 적어가며 이덕무는 공부를 했다. 겨울엔 동상으로 열 손가락끝이 밤톨만하게 부어올라서도 벼루의 얼음을 호호 녹여가며 계속 베껴 썼다. 용서성학傭書成學! 그는 베껴 쓰기로 학문을 이루어 남이 넘보지 못할 우뚝한 금자탑을 세웠다. 자꾸 투덜거리지 말아야지.

용지허실

쓸모없는 것의 쓸모

用之虛實

다산이 제자 황상에게 준 증언첩贈言帖을 보았다. 다산이 1815년 5월에 황상을 위해 써준 열한 조목의 친필이다. 내용이 다 아름다운데, 그중 다음 한 단락이 특히 마음에 와닿았다.

연꽃을 심는 것은 빌려 감상하는 데 지나지 않으나, 벼를 심는 것은 먹거리를 제공해줄 수가 있다. 그 쓰임새의 허실(用之虛實)이 서로 현격하다. 하지만 논을 넓혀 연 심는 못으로 만드는 사람은 그 집안이 반드시 번창하고, 연 심은 못을 돌워 논으로 만드는 사람은 그 집안이 반드시 쇠미해진다. 이는 무엇 때문일까? 이는 큰 형세가 쇠하고 일어나는 것이 인품의 빼어나고 잔약함과 연계되어 있기 때문이다. 송곳이나 칼끝 같은 소소한 이해쯤은 깊이 따질 것이 못된다.

種蓮不過借玩賞, 種稻可以給餼餉. 其用之虛實相懸也. 然廓稻田以爲
蓮沼者, 其家必昌, 夷蓮沼以爲稻田者, 其家必衰. 斯何故也. 是知大勢衰
旺, 繫乎人品之俊屌, 小小錐刀之利害, 未足深爭也.

　연을 심는 것은 감상을 위해서요, 벼를 심음은 먹거리의 실용을 위
한 것이다. 당연히 벼를 심으라고 할 줄 알았는데 다산은 반대로 말했
다. 벼 심을 논을 넓혀 연을 심는 집안은 번창하고, 연 심었던 못을 돋
워 벼 심는 집안은 쇠미해진다. 왜 그럴까? 인품의 차이 때문이다. 벼
몇 포기 더 심어 얻는 몇 말 쌀보다 연꽃을 감상하며 얻는 정신의 여
유가 더 소중하다는 말씀이다.
　다산은 서울 시절 마당에 국화 화분 수십 개를 길렀다. 길 가던 사
람이 열매 있는 유실수를 심지 않고 어찌 아무짝에 쓸모없는 국화만
기르느냐고 타박했다. 다산은 형체만 기르려 들면 정신이 굶주리게
된다며, 실용이란 입에 넣어 목구멍을 넘기는 것만 가리키지 않는다
고 대답했다. 실용만 따진다면 농사나 열심히 짓지 시는 무엇 하러 짓
고 책은 어째서 읽느냐고 반박했다. 이 글 또한 다산이 초의에게 준
필첩에 나온다.
　세상은 온통 실용만 외치고 쓸모만 찾는다. 쓸모없는 것의 쓸모 있
음을 지속적으로 갈파한 다산의 가르침에서 인문 정신의 한 희망을
읽는다. 연을 심고 국화도 길러야 정신이 살찐다. 돈만 따지는 것은 시
정잡배들이나 하는 짓이다.

용형삼등

법 집행의 세 단계

用刑三等

1814년 3월 4일 문산 이재의가 강진 귤동으로 다산을 찾아왔다. 다산초당은 이때 이미 인근에 아름다운 정원으로 소문이 나있었다. 당시 그는 영암군수로 내려온 아들의 임지에 머물다가 봄을 맞아 바람도 쐴 겸 해서 유람을 나섰던 길이었다. 고작 스물네 살에 고을 수령이 된 아들이 못 미더웠던 이재의는 다산에게 아들이 지방관으로 지녀야 할 마음가짐에 대해 몇 마디 적어줄 것을 부탁했다. 이에 다산은 〈영암군수 이종영을 위해 써준 증언(爲靈巖郡守李鍾英贈言)〉 7항목을 써주었다.

이 가운데 고을 관리가 법 집행에 있어 염두에 두어야 할 단계를 논한 내용이 있어 소개한다. 글은 이렇다.

관직에 있으면서 형벌을 쓰는 데는 마땅히 세 등급이 있다. 무릇 민사民事에는 상형上刑을 쓰고, 공사公事에는 중형中刑을 쓰며, 관사官事에는 하형下刑을 쓴다. 사사私事는 무형無刑, 즉 형벌을 주면 안 된다.

居官用刑, 宜有三等. 凡民事用上刑, 凡公事用中刑, 凡官事用下刑. 私事無刑可也.

민사는 공무원이 백성을 등치거나 포학하게 굴어 이익을 구한 경우다. 가차 없이 엄하게 처리한다. 공사는 공무 수행상 실수를 범하거나 소홀히 한 경우다. 직분 태만의 벌이 없을 수 없다. 관사는 관장의 수행 인력이 보좌를 제대로 못한 상황이다. 직무 소홀의 견책이 없을 수 없지만 징계 수준은 가볍다. 사사는 사사로운 영역에서 발생하는 문제다. 이때는 형벌을 쓸 수 없다. 화가 나도 참아야 한다.

민사상형民事上刑, 공사중형公事中刑, 관사하형官事下刑, 사사무형私事無刑의 네 가지 단계가 있다. 못난 인간들은 꼭 반대로 한다. 비서진을 제 몸종 부리듯 하고, 집안일과 공적인 일을 분간하지 못한다. 나랏일 그르치고 백성 등쳐먹는 일에는 눈감아주다 못해 같이 나눠 먹자며 추파를 던질망정, 체모에 손상이 오거나 챙길 수 있는 이익을 놓치는 것은 절대로 못 참는다. 여기에 무슨 위엄이 서며, 말을 한들 어떤 신뢰가 실리겠는가? 앞에서 '예예' 하고는 돌아서서 '에이, 도둑놈!' 한다.

우작경탄

소가 되새김질하고, 고래가 한입에 삼키듯이

牛嚼鯨呑

정독精讀과 다독多讀 중 어느 것이 독서의 바른 태도일까? 정독할 책은 정독하고, 다독할 책은 다독하면 된다. 정독해야 할 책을 대충 읽어 넘어가면 읽으나 마나다. 그저 쉽게 읽어도 괜찮을 소설책을 심각하게 밑줄 그으며 읽는 것도 곤란하다. 꼼꼼히 읽어야 할 책은 새겨서 되풀이해 읽고, 견문을 넓히기에 좋은 책은 스치듯 읽어치워도 문제될 게 없다.

한편 다독도 다독 나름이다. 옛사람들이 말하는 다독은 이 책 저 책 많이 읽는 다독이 아니라, 한 번 읽은 책을 읽고 또 읽는 다독이었다.《논어》와《맹자》같은 기본 경전은 몇백 번 몇천 번씩 숫자를 헤아가며 읽었다. 김득신金得臣 같은 사람은 〈백이열전伯夷列傳〉을 1억 1만 2,000번이나 읽어, 당호를 아예 억만재億萬齋라고 지었을 정도다. 이쯤 되면 다독은 정독의 다른 말이 된다.

소는 여물을 대충 씹어 삼킨 뒤, 여러 차례 되새김질을 해서 완전히 소화시킨다. 우작牛嚼, 즉 소가 되새김질하듯 읽는 독서법은 한 번 읽어 전체 얼개를 파악한 후, 다시 하나하나 차근차근 음미하며 읽는 정독이다. 처음엔 잘 몰라도 반복해 읽는 과정에서 의미가 선명해진다. 인내심이 요구되나 보람은 크다.

고래는 바닷속에서 그 큰 입을 쩍 벌려서 물고기와 새우를 바닷물과 함께 삼켜버린다. 입을 닫으면 바닷물은 이빨 사이로 빠져나가고 물고기와 새우는 체에 걸러져 뱃속으로 꿀꺽 들어간다. 소화를 시키고 말고 할 게 없다. 씹지도 않은 채 그대로 뱃속으로 직행한다. 그것도 부지런히 해야 그 큰 위장을 간신히 채운다. 경탄鯨呑, 즉 고래의 삼키기 독서법은 강렬한 탐구욕에 불타는 젊은이의 독서법이다. 그들은 고래가 닥치는 대로 먹이를 먹어치우듯 폭넓은 지식을 갈구한다. 자칫 욕심만 사나운 수박 겉핥기가 되는 것이 문제다. 우작과 경탄은 근세 중국의 진목秦牧이 제시한 독서법이다.

씹지 않고 삼키기만 계속하면 결국 소화불량에 걸린다. 되새김질만 하고 있으면 편협해지기 쉽다. 소의 되새김질과 고래의 한입에 삼키기는 서로 보완의 관계다. 책 읽기만 그렇겠는가? 주식 투자도 다를 게 없다. 결단이 필요한 시점에 마냥 궁리만 하고 있으면 안 된다. 생각 없이 덮어놓고 저지르기만 하는 것은 더 위험하다. 정독과 다독, 궁리와 결단의 줄타기가 바로 인생이다.

위학삼요

공부에 필요한 세 덕목

爲學三要

승려 초의는 다산이 특별히 아꼈던 제자다. 다산은 처음에 그의 적
극적이지 않은 태도가 성에 차지 않았던 듯 수십 항목으로 적어준 증
언贈言에서 진취적인 학습 자세를 반복하여 강조했다. 이들 증언은 다
산의 문집에는 모두 빠졌고, 신헌申櫶(1810~1884)이 초의에게 들렸다
가 다산이 그에게 써준 증언을 보고 베껴둔《금당기주琴堂記珠》란 기
록 속에 남아 전해진다. 다음은 그중 학문의 바탕을 갖추기 위해 지녀
야 할 덕목을 말한 한 대목이다.

배우는 사람은 반드시 혜慧와 근勤과 적寂 세 가지를 갖추어야
만 성취함이 있다. 지혜롭지 않으면 굳센 것을 뚫지 못한다. 부지
런하지 않으면 힘을 쌓을 수가 없다. 고요하지 않으면 오로지 정밀
하게 하지 못한다. 이 세 가지가 학문을 하는 요체다.

學者必具慧勤寂三者, 乃有成就. 不慧則無以鑽堅; 不勤則無以積力; 不寂則無以顯精. 此三者, 爲學之要也.

위학삼요爲學三要, 즉 학문에 필요한 세 가지 핵심 덕목으로 혜慧·근勤·적寂을 꼽았다. 굳이 불가의 표현을 쓴 것은 초의의 신분이 승려임을 배려해서다. 첫 번째 덕목은 지혜다. 지혜로 찬견鑽堅, 즉 나를 가로막는 굳센 장벽을 뚫어야 한다. 두 번째는 근면이다. 밥 먹고 숨 쉬듯 기복 없는 노력이 보태져야 적력積力, 곧 힘이 비축된다. 세 번째로 꼽은 것은 뜻밖에 적寂이다. 공부에는 고요와 침묵으로 함축하는 시간이 필요하다. 전정顯精, 즉 정수精粹와 정화精華를 내 안에 깃들이려면 외부의 변화로부터 나를 차단하는 적묵寂默의 시간과 공간이 필요하다.

지혜로 속도를 내고 근면으로 기초 체력을 다져도 침묵 속에 방향을 가다듬지 않으면 노력이 헛되고 슬기가 보람 없다. 방향을 잃은 지혜, 목표를 놓친 노력은 뼈에 새겨지지 않고 오히려 독毒이 된다. 제 재주를 못 이겨 발등을 찍고, 제 노력만 믿고 남을 우습게 보는 교만을 심는다. 적寂을 가늠자 삼아 자칫 무너지기 쉬운 균형을 끊임없이 바로잡아야 한다고 일깨워준 것이 특히 절실하게 들린다.

유구기미

좋아야 훌륭하다

唯求其美

글을 어떻게 써야 할까? 이 물음에 대해 명나라 양신楊愼(1488~1559)이 건네는 대답은 다음과 같다.

번다해도 안 되고 간결해도 안 된다. 번다하지 않고 간결하지 않아도 안 된다. 어려워도 안 되고 쉬워도 안 된다. 어렵지 않고 쉽지 않아서도 안 된다. 번다함에는 좋고 나쁨이 있고, 간결함에도 좋고 나쁨이 있다. 어려움에도 좋고 나쁨이 있고, 쉬움에도 좋고 나쁨이 있다. 오직 그 좋은 것만 추구할 뿐이다.

繁非也, 簡非也, 不繁不簡亦非也. 難非也, 易非也, 不難不易亦非也. 繁有美惡, 簡有美惡, 難有美惡, 易有美惡, 唯求其美而已.

간결하게 쓴다고 좋은 글이 아니고 장황하게 쓴다고 나쁘지도 않다. 쉽고 편해서 훌륭하지 않고, 어렵고 난삽해서 좋은 법도 없다. 이렇게 말하면 사람들은 간결하지도 번다하지도 않은 중간을 취하면 되겠느냐며 되묻는다. 그래도 안 된다. 그러면 어떻게 써야 좋은 글이 될까? 알맞아야 한다. 마침맞으면 된다. 간결해야 할 때 간결하고, 어려워야 할 때 어렵게 쓴다. 길고 자세히 써야 할 대목을 간결하게 넘어가고, 쉽게 쓸 수 있는 것을 굳이 어렵게 쓰면 글이 망한다. 글에는 꼭 이래야 한다는 일정한 법칙이란 없다. 다만 그 상황에 꼭 맞게 쓰면 된다. 그런데 그게 참 쉽지가 않다.

일본의 나가노 호잔은 《송음쾌담》에서 앞서 양신이 한 말을 인용한 뒤에 다음의 설명을 덧붙였다.

문장을 논할 때 좋고 나쁨은 묻지 않고, 그저 간결하고 짧아야만 된다고 한다면, 붓을 먹에 흠뻑 적셔 하루아침에 구양수와 소동파의 위로 내달릴 수 있을 것이다. 다만 번다하고 길게 써야 한다고 하면, 종이 가득 글자를 늘어세워 모두 맹자와 한유를 압도할 수가 있다. 글자의 많고 적음을 살펴 문장의 높고 낮음을 판단한다면, 세 살 먹은 어린아이도 모두 고금의 문장에 대해 논할 수 있을 것이다.

論文不問其美惡, 唯簡短而後可, 則濡墨吮筆, 可一朝駕歐蘇之上. 唯繁長而後可, 則綴字滿紙, 皆可厭倒孟韓. 視字之多少, 以爲文之高下, 則三歲童子, 皆可以論定古今文章矣.

상황에 맞고 안 맞고가 있을 뿐 정해진 법칙은 없다. 쓰기만이 아니라 읽기도 같다. 정독할 책은 정독하고 다독할 책은 다독해야지 반대로 하면 안 읽느니만 못하다.

유민가외

위정자가 정말 두려워해야 할 일

唯民可畏

당나라 명종明宗 때 강징康澄이 시사時事로 상소하여 말했다.

나라를 다스리는 사람이 두려워할 필요가 없는 일이 다섯 가지
요, 깊이 두려워할 만한 일이 여섯 가지입니다. 해와 달과 별의 운
행이 질서를 잃고, 천상天象에 변화가 생기며, 소인이 유언비어를
퍼뜨리고, 산이 무너지고 하천이 마르며, 홍수와 가뭄이나 병충해
같은 다섯 가지의 일은 두려워할 만한 것이 못 됩니다. 어진 선비
가 몸을 감추어 숨고, 사방 백성이 생업을 옮기며, 염치가 무너지
고 도리가 사라지고, 상하가 서로 사적인 이익만 따르며, 비방과
칭찬이 진실을 어지럽히고, 바른말을 해도 듣지 않는 여섯 가지의
일만은 깊이 두려워할 만합니다.

爲國家者, 有不足懼者五, 深可畏者六. 三辰失行, 不足懼. 天象變見,不足懼. 小人訛言, 不足懼. 山崩川渴, 不足懼. 水旱蟲蝗, 不足懼. 賢士藏匿, 深可畏. 四民遷業, 深可畏. 廉恥道喪, 深可畏. 上下相徇, 深可畏. 毀譽亂眞, 深可畏. 直言不聞, 深可畏.

두려운 것은 천재지변이나 기상재해가 아니다. 뜻 높은 지식인이 세상을 등지고, 백성들이 생업을 잃고서 유리걸식하며, 염치와 도덕이 무너져 못하는 짓이 없고, 위에서 이익에 눈이 멀자 아래에서 덩달아 설쳐대며, 소인을 군자라고 천거하고 군자를 소인이라 내치게 만드는 상황, 보다 못해 직언을 해도 들은 체도 하지 않는 것이야말로 정말 두려운 일이다. 소인의 와언訛言쯤은 두려워할 것이 못 된다. 하지만 여기에 임금의 독선과 무능이 없히면 나라를 말아먹고 만다.

허균이 〈호민론豪民論〉에서 말했다. "천하에 두려워할 만한 것은 오직 백성뿐이다. 백성을 두려워할 만함이 물이나 불, 범이나 표범보다 더하건만, 윗자리에 있는 자는 함부로 눌러 길들여서 포학하게 부려먹으려고만 드니 어찌 된 셈인가[天下之所可畏者, 唯民而已. 民之可畏, 甚於水火虎豹, 上者方且狎馴而虐使之, 抑獨何哉]." 또 "하늘이 그를 임금으로 세운 것은 백성을 기르기 위함이지, 한 사람이 위에서 제멋대로 눈을 부라리며 계곡을 메울 만한 욕심을 채우라고 한 것이 아니다. 저 진나라와 한나라 이래의 재앙은 당연한 것이지 불행이 아니다[夫天之立司牧, 爲養民也, 非欲使一人恣睢於上, 以逞溪壑之慾矣. 彼秦漢以下之禍, 宜矣, 非不幸也]"라고 썼다. 여섯 가지 두려워할 만한 일이 겹치면 백성이 일어난다.

유산오계

등산할 때 지켜야 할 다섯 가지
遊山五戒

조선시대에는 천하의 해먹기 어려운 일에 '금강산 중노릇'을 꼽았다. 양반들이 시도 때도 없이 기생을 끼고 절집에 들어와 술판을 벌이는가 하면, 승려를 가마꾼으로 앞세워 험한 산속까지 유람했다. 폭포에서는 승려가 나체로 폭포 물길을 타고 내려와 연못에 떨어지는 스트립쇼까지 했다. 그들은 도대체 한 발짝도 걸으려 들지 않았다. 술 먹고 놀기 바빴다. 접대가 조금만 부실하면 매질까지 했다.

홍백창洪百昌(1702~1742)이 〈유산보인遊山譜引〉에서 산을 유람할 때 경계해야 할 다섯 가지를 꼽았다.

첫째, 관원과 동행하지 말라. 공연히 관의 음식이나 물품에 기대게 되고, 관장이 욕심 사납게 높은 곳까지 말 타고 오를 때 덩달아 따라가다 보면 유람의 흥취가 사라지고 만다.

둘째, 동반자가 많으면 안 된다. 마음이 다르고 체력도 같지 않아 혼자 마음대로 가고 쉬는 것만 못하다.

셋째, 바쁜 마음을 버려야 한다. 일정에 너무 욕심을 내면 거쳐간 지명만 주마간산走馬看山 격으로 적어와 다른 사람에게 뽐내는 꼴이 된다. 시일을 한정하지 말고 멀고 가까움도 따지지 말며, 마음으로 감상하고 흥취를 얻는 것을 기쁨으로 삼아야 한다.

넷째, 승려를 재촉하거나 나무라면 안 된다. 승려들은 산속의 주인인데 그들을 소와 말처럼 부리고, 작은 허물에도 매질까지 해대니 우선 점잖지 못하다. 또 그들이 괴로움을 견디지 못해 일부러 아름다운 경관을 감춰두고 보여주지 않으면 결국 내 손해다.

다섯째, 힘을 헤아려 일정을 가늠한 뒤에 움직여라. 힘을 삼분해서 일분은 가는 데 쓰고 이분은 돌아오는 데 쓴다. 가는 데 힘을 다 쓰면 돌아올 때 반드시 큰 근심이 생긴다. 근력을 헤아려 노정을 따져가며 가고 머묾을 정해야 한다.

박제가는 묘향산 유람을 마친 후 쓴 〈묘향산소기妙香山小記〉 끝에 이렇게 적었다. "대저 속된 자는 선방禪房에서 기생을 끼고서 물소리 옆에다 풍악을 펴니 꽃 아래서 향을 사르고, 차 마시며 과일을 놓는 격이다." 누가 산속에서 풍악 잡히고 논 기분이 어떻더냐고 묻자, "내 귀에는 다만 물소리와 승려가 낙엽 밟는 소리만 들립디다"라고 대답했다. 어이 산행뿐이랴. 세상 사는 마음가짐도 다를 게 없다.

유언혹중

무리는 헛소리에 혹한다

流言惑衆

말이 많아 탈도 많다. 쉽게 말하고 함부로 말한다. 재미로 뜻 없이 남을 할퀸다. 할큄을 당한 본인은 선혈이 낭자한데, 아무도 책임지지 않는다. 죽어야 끝이 날까? 요즘 악플은 죽은 사람조차 놓아주지 않는다. 이유가 없다. 그냥 재미있으니까.

송나라 때 이방헌이 엮은 《성심잡언》을 읽었다. 몇 구절에 밑줄을 긋는다.

말로 남을 다치게 함은 예리하기가 칼이나 도끼와 같다. 꾀로 남을 해치는 것은 독랄하기가 범이나 이리와 한가지다. 말은 가려 하지 않을 수 없고, 꾀도 가려 하지 않을 수 없다.

以言傷人者, 利如刀斧. 以術害人者, 毒如虎狼, 言不可不擇, 術不可不擇也.

남을 다치게 하고 남을 해코지하는 말이 너무 많다. 처지가 바뀌면 고스란히 자기에게 돌아온다.

강변하는 자는 잘못을 가려 꾸미느라고 허물을 고칠 수 있다는 사실을 모른다. 겸손하고 공손한 사람은 다툴 일이 없어 선함으로 옮겨갈 수 있음을 안다.

強辯者飾非, 不知過之可改. 謙恭者無諍, 知善之可遷.

잘못을 해놓고 깨끗이 인정하는 대신 변명하는 말만 늘어놓으면 허물을 고칠 기회마저 영영 놓치고 만다.

사람이 과실이 있으면 자기가 반드시 알게 되어 있다. 제게 과실이 있는데 어찌 스스로 모르겠는가? 시비를 좋아하는 자는 남을 검속하고, 우환을 두려워하는 자는 자신을 검속한다.

人有過失, 己必知之. 己有過失, 豈不自知. 喜是非者, 檢人, 畏憂患者, 檢身.

잘못해놓고 저만 알고 남은 모를 줄 안다. 알고도 모른체해주는 것이다. 남의 시비를 자꾸 따지지 마라. 쌓여가는 제 근심이 보이지 않는가?

귀로 들었어도 눈으로 직접 보지 않은 것은 덩달아 말해서는 안된다. 유언비어는 대중을 미혹시킬 수 있다[流言惑衆]. 만약 그 말만 듣고 후세에 전한다면 옳고 그름과 삿됨과 바름이 실지를 잃게 될까 걱정이다.

耳雖聞, 目不親見者, 不可從而言之. 流言可以惑衆. 若聞其言, 而貽後世, 恐是非邪正失實.

스쳐 들은 말을 진실인 양 옮기고 다니지 마라. 시비와 사정邪正이 실다움을 잃을까 겁난다. 글로 쓰면 그 죄가 더 크다. 걷잡을 수가 없다. 마지막 한마디.

말을 많이 해서 이득을 얻음은 침묵하여 해가 없음만 못하다.
多言獲利, 不如黙而無害.

다변이 늘 문제다. 말이 말을 낳는다.

유재시거

큰일에 작은 흠은 따지지 않는다

唯才是擧

승상 조조曹操에게 수하의 화흡和洽이 말했다.

 천하 사람은 재주와 덕이 저마다 다릅니다. 한 가지만 보고 취해서는 안 됩니다. 검소함이 지나친 경우 혼자 처신하기는 괜찮아도 이것으로 사물을 살펴 따지게 하면 잃는 바가 많습니다. 오늘날 조정의 의논은 관리 중에 새 옷을 입거나 좋은 수레를 타는 사람이 있으면 청렴하지 않다고 말합니다. 모습을 꾸미지 않고 의복은 낡아 헤진 것을 입어야 개결介潔하다고 말하지요. 그러다 보니 사대부가 일부러 옷을 더럽히거나 수레와 복식을 감추기에 이르고, 조정 대신이 밥을 싸들고 관청에 들어오기까지 합니다. 가르침을 세우고 풍속을 살핌은 중용을 중히 여깁니다. 오래 계속할 수가 있기 때문입니다. 이제 한몫으로 감당키 어려운 행실만을 높여 다른 길을 단속하니, 힘써 이를 행하느라 반드시 지치고 피곤할 것입니다. 옛날의 큰 가르침은 인정을 통하게 하는 데 힘썼을 뿐입니다. 무릇 과격하고 괴이함을 행하면 감추고 속이는 짓이 용납될 것입니다.

조조가 옳다 여기고 영을 내렸다.

맹공작 孟公綽은 조나라나 위나라같이 큰 나라의 원로가 되기는 충분하나, 등나라나 설나라 같은 작은 나라의 대부가 될 수는 없다. 반드시 청렴한 뒤라야 쓸 수 있다고 한다면 제나라 환공이 무엇으로 세상을 제패하였겠는가? 너희는 나를 도와 다소 부족해도 고명한 이를 드러내어 역량만으로 천거하라(唯才是擧). 내가 이를 쓰리라!

《통감 通鑑》에 나온다. 큰 사람을 뽑을 때 작은 흠을 따지기 시작하면 온전할 사람이 하나도 없다. 청렴이 훌륭해도 무능과 맞바꾸면 안된다. 욕먹을까 봐 명품 가방 감춰두고 싸구려 들고 다니거나 외제 차 놓아두고 국산 중고차 타고 다니는 것은 검소가 아니라 속임수다. 방법이 바르고 정도가 넘치지 않는다면 비싼 물건을 살 수도 있고 외제 차를 몰 수도 있다. 청백리 정신을 지킨다는 것이 가식과 위선을 부르면 가증스럽다.

어느 일본학 전공학자가 학술 모임에서 툭 던지던 말이 생각난다. "일본의 경우 막부의 번주 藩主가 꾸미지 않고 허름하게 다니면 쇼군을 욕보이는 행동으로 간주하여 처벌됩니다. 사무라이의 입성이 초라하면 주군의 명예를 실추시키는 일로 여기지요. 일국의 재상이 낡은 옷 입고 비 새는 집에서 사는 것만 미덕으로 알면 나라의 체면은 뭐가 됩니까?"

유천입농

깊이는 여러 차례의 붓질이 쌓여야 생긴다
由淺入濃

명나라 당지계唐志契가《회사미언繪事微言》의 〈적묵積墨〉 조에서 먹 쓰는 법을 이렇게 설명했다.

화가는 먹물을 포갤 줄 알아야 한다. 먹물을 진하게도 묽게도 쓴다. 어떤 경우는 처음엔 묽게 쓰고 뒤로 가면서 진하게 한다(先淡後濃). 어떤 때는 먼저 진하게 쓰고 나서 나중에 묽게 쓴다. 비단이나 종이 또는 부채에 그림을 그릴 때 먹색은 옅은 것에서 진한 것으로 들어가야 한다(由淺入濃). 두세 차례 붓을 써서 먹물을 쌓아 나무와 바위를 그려야 좋은 그림이 된다. 단번에 완성한 것은 마르고 팍팍하고 얇고 엷다. 송나라와 원나라 사람의 화법은 모두 먹물을 쌓아서 그렸다. 지금 송·원대의 그림을 보면 착색을 오히려 일고여덟 번씩 해서 깊고 얇음이 화폭 위로 드러난다. 하물며 어찌 먹을 그저 떨구었겠는가? 지금 사람은 붓을 떨궈 그 자리에서 나무와 바위를 완성하려고 혹 마른 먹으로 그린 뒤 단지 한 차례 엷은 먹으로 칠하고 만다. 심한 경우 먹물을 포개야 할 곳에도 그저 마른 붓으로 문지르고 마니, 참 우습다.

畫家要積墨水, 墨水或濃或淡. 或先淡後濃, 或先濃後淡, 凡畫或絹或紙或扇, 必須墨色由淺人濃, 兩次三番用筆, 意積成樹石乃佳. 若以一次而完者, 使枯澁淺薄. 如宋元人畫法, 皆積水爲之. 迄今看宋元畫, 著色尚且有七八次, 深淺在上. 何況落墨乎? 今人落筆, 即欲成樹石, 或焦墨後只用一次淡墨染之. 甚有水積還用干筆拭之, 殊可笑也.

선담후농 先淡後濃, 유천입농 由淺入濃! 그림은 여러 차례 붓질로 농담이 쌓여야 깊이가 생긴다. 일필휘지로 그린 그림에는 그늘이 없다. 사람의 교유도 다르지 않다.

명나라 왕달은《필주》에서 이 말을 벗 사귀는 도리로 설명했다.

처음엔 담백하다가 나중에 진해지고, 처음엔 데면데면하다가 뒤에 친해지며, 먼저는 조금 거리를 두다가 후에 가까워지는 것이 벗을 사귀는 방법이다. 세상 사람들은 눈앞만 기뻐하여 뒷날에 대해서는 염려하지 않는다. 한마디에 기분이 맞으면 어린 양을 삶고 훌륭한 술을 차려 처자를 나오게 해서 간담을 내어줄 듯이 한다. 그러다가 한마디만 마음에 맞지 않거나 한 차례 이익을 고르게 나누지 않고 또 한 끼의 밥만 주지 않아도, 성내는 마음이 생겨나 각자서로 미워한다. 군자의 사귐은 담담하기가 물과 같고, 소인의 사귐은 농밀하기가 단술과 같다. 물은 비록 담백하나 오래되어도 그 맛이 길게 가고, 단술은 비록 진해도 오래되면 원망이 일어난다.

先淡後濃, 先疏後親, 先遠後近, 交朋友之道也. 世之人喜於目前, 而不慮於日後. 一言稍合, 殺羔羊, 具美酒, 出妻子, 傾肝膽. 及乎片言不合, 一利不均, 一食不至, 則怒心斯生, 各相厭斁. 君子之交淡如水, 小人之交濃如醴. 水雖淡, 久而味長, 醴雖濃, 久而怨起.

쇠뿔도 단김에 빼야 직성이 풀리고, 뭐든 화끈한 것만 좋아한다. 차곡차곡 쌓아 켜를 앉힌 것이라야 깊이가 생겨 오래간다. 그림도 그렇고 사람도 그렇다.

육회불추

돌이킬 수 없는 여섯 가지 후회

六悔不追

송나라 때 구준寇準이 살아가면서 돌이킬 수 없는[不追] 여섯 가지 후회를 〈육회명六悔銘〉에 담아 말했다.

관직에 있을 때 나쁜 짓 하면 실세해서 후회하고, 부자가 검소하지 않으면 가난해진 뒤 후회한다. 젊어 부지런히 안 배우면 때 넘겨서 후회하고, 일을 보고 안 배우면 필요할 때 후회한다. 취한 뒤의 미친 말은 술 깬 뒤에 후회하고, 편안할 때 안 쉬다가 병든 뒤에 후회한다.

官行私曲失時悔, 富不儉用貧時悔. 學不少勤過時悔, 見事不學用時悔. 醉後狂言醒時悔, 安不將息病時悔.

성호 이익 선생이 여기에 다시 자신의 여섯 가지 후회를 덧붙였다.

행동이 때에 못 미치면 지난 뒤에 후회하고, 이익 앞에서 의를 잊으면 깨달은 뒤 후회한다. 등 뒤에서 남의 단점 말하면 마주해서 후회하고, 애초에 일을 안 살피면 실패한 후 후회한다. 분을 못 참아 몸을 잊으면 어려울 때 후회하고, 농사에 부지런히 힘쓰지 않으면 추수할 때 후회한다.

行不及時後時悔, 見利忘義覺時悔. 背人論短面時悔, 事不始審償時悔. 因憤忘身難時悔, 農不務勤穡時悔.

사소한 부주의에서 뒤탈이 생기고, 잘나갈 때 생각 없이 행한 잘못이 뜻하지 않은 순간 뼈아프게 내 발목을 낚아챈다. 조금만 대비를 했어도 충분히 막을 수 있는 일이 작은 방심을 틈타 걷잡을 수 없이 커진다. 그때 가서 후회해도 이미 소용이 없다. 그렇다면 어찌할까?

다산 정약용은 〈매심재기每心齋記〉에서 그 방법을 이렇게 적었다.

작은 허물은 고치고 나서 잊어버려도 괜찮다. 하지만 큰 허물은 고친 뒤에 하루도 뉘우침을 잊어서는 안 된다. 뉘우침이 마음을 길러주는 것은 똥이 싹을 북돋우는 것과 같다. 똥은 썩고 더러운 것이지만 싹을 북돋아 좋은 곡식으로 만든다. 뉘우침은 허물에서 나왔지만 이를 길러 덕성으로 삼는다. 그 이치가 같다.

有小過焉, 苟改之, 雖忘之可也. 有大過焉, 雖改之, 不可一日而忘其悔也. 悔之養心, 如糞之壅苗. 糞以腐穢, 而壅之爲嘉穀. 悔由罪過, 而養之爲德性. 其理一也.

똥은 더럽지만 거름으로 새싹을 북돋운다. 뉘우침은 나쁘지만 행

실을 닦는 바탕이 된다. '매심每心'을 합쳐 '회悔'가 된다. 매번 마음을
점검해서 일이 닥친 뒤에 후회가 없도록 해야겠다.

윤물무성

물건을 적셔도 소리 하나 없다

潤物無聲

며칠 봄비에 꽃들이 다투어 피어난다. 두보의 〈봄밤의 기쁜 비(春夜喜雨)〉를 읽는다.

좋은 비 시절 알아
봄을 맞아 내리누나.
바람 따라 밤에 들어
소리 없이 적시네.
들길 구름 어둡고
강 배 불빛 홀로 밝다.
새벽 젖은 곳을 보니
금관성에 꽃이 가득.

好雨知時節　當春乃發生

隨風潛入夜　潤物細無聲
野徑雲俱黑　江船火獨明
曉看紅濕處　花重錦官城

봄비가 시절을 제 먼저 알아 때맞춰 내린다. 바람을 따라 살금살금 밤중에 스며들어 대지 위의 잠든 사물을 적신다〔潤物〕. 하도 가늘어 소리조차 없다〔無聲〕. 세상길은 구름에 가려 캄캄한데, 강물 위 한 척 배에 등불이 외롭다. 모두 잠들어 혼자 깨어 있다.

시인은 늦도록 잠을 이루지 못하다가 세상을 적시는 소리 없는 소리를 들었다. 들창을 열고 캄캄한 천지에 가물대는 불빛 하나를 보았다. 시인의 눈빛이 고깃배의 불빛과 만나 깊은 어둠 속을 응시한다. 어둠의 권세는 여전히 강고해서 밝은 날이 과연 오려나 싶다. 깜빡 잠이 들었던 걸까? 창밖이 환하기에 밖을 내다보았다. 세상에나! 산이고 강이고 할 것 없이 천지에 촉촉이 젖은 붉은빛뿐이다. 밤사이에 그 비를 맞고 금관성 일대의 꽃이란 꽃이 일제히 꽃망울을 터뜨렸던 것이다. 기적이 따로 없다. 간밤 강 위에서 가물대던 등불 하나. 그를 안쓰러이 바라보던 나. 봄비는 잠든 사물을 깨우고, 뒤척이던 꽃들을 깨웠다.

정몽주鄭夢周는 〈춘흥 春興〉이란 시에서 두보의 시상을 이렇게 잇는다.

가는 봄비 방울조차 못 짓더니만
밤중에 가느다란 소리를 낸다.
눈 녹아 남쪽 시내 물이 불어서
풀싹들 많이도 돋아났겠네.

春雨細不滴　夜中微有聲

雪盡南溪漲　草芽多小生

　속옷 젖는 줄도 모르게 사분사분 봄비가 내렸다. 밤중에 빈방에 누웠는데 무슨 소리가 조곤조곤 들린다. 뭐라는 겐가? 그것은 언 땅이 풀리는 소리. 눈 녹은 시내에 처음으로 물 흐르는 소리. 새싹들이 땅을 밀고 올라오는 소리. 기지개를 펴고 그만 나와라. 잔뜩 움츠렸던 팔과 발을 쭉쭉 뻗어보자. 봄이 왔다. 깨어나라. 봄이 왔다. 피어나라.

　그간 우리는 너무 소음에 시달렸다. 추위와 어둠에 주눅 들어 지냈다. 소리 없이 적시는 봄비의 혜택을 누리고 싶다. 어둠이 떠난 자리, 여기저기서 폭죽 터지듯 터져 나오는 봄꽃의 함성, 새싹들의 기운찬 합창을 들려다오.

은산철벽

기필코 넘어서야 할 장벽

銀山鐵壁

은산銀山은 중국 북경 외곽에 위치한 산 이름이다. 봉우리가 워낙 높고 험준한 데다 겨울이면 흰 눈에 늘 덮여 있어 이 이름을 얻었다. 기슭은 온통 검은 석벽으로 둘러싸여 이를 철벽이라 부른다. 그래서 은산철벽은 사람의 의지가 굳고 기상이 높아 범접할 수 없음을 비유하는 말로 많이 쓴다.

권상하權尙夏(1641~1721)가 정황丁熿의 신도비명에서 "대개 공은 실지 공부가 이미 깊어 대의를 환히 보았다. 이 때문에 변고를 만나서도 지조를 잃지 않았다. 비록 옛날에 이른바 은산철벽이라 한들 어찌 이에서 더하겠는가?"라고 썼다. 명銘에서도 다음과 같이 기렸다.

절해에 유배되어

죽음 앞에 더욱 굳세,

곤륜산에 불이 나도
안 타는 건 옥뿐일세.

流移絶海　九死采碓

火炎崑岡　不燼唯玉

월봉月峯 무주無住(1623~?) 스님의 〈시혜사示慧師〉란 시는 이렇다.

푸른 바다 깊이 재기 무에 어렵고
수미산 높다 한들 못 오르리오.
조주 스님 '무無' 자 화두 이것만큼은
철벽에다 더하여 은산이로다.

滄海何難測　須彌豈不攀

趙州無字話　鐵壁又銀山

깊은 바다도 닻줄로 잴 수 있고, 수미산도 작정하면 못 오를 리 없
다. 하지만 조주 스님의 무無 자 화두만큼은 눈앞이 캄캄해 어찌해볼
수가 없다. 시는 자신이 날마다 속절없이 무너지고 있지만 이 화두 하
나를 들고 중노릇의 끝장을 보려 한다는 얘기다.

은으로 깎은 산, 무쇠 절벽은 기대고 비빌 언덕조차 없는 난공불락
이다. 선가禪家에서는 화두를 들 때 마치 은산철벽 앞에 마주 선 것처
럼 어찌해볼 수 없는 극단의 경계까지 자신을 밀어붙여 활구活句로 이
를 타파해야 화두가 비로소 열린다고 본다. 은산철벽을 유가에서는
지향해야 할 대상으로 본 데 반해, 선가에서는 깨달음으로 가는 길에
반드시 넘어야 할 장벽으로 본 것이 다르다.

기필코 넘지 않으면 안 되는 은산철벽은 누구에게나 있다. 백척간두에서 한 걸음 더 내딛는 불퇴전不退轉의 정신만이 끝내 우리를 붙들어준다. 스스로 은산철벽으로 우뚝 설 때까지 물러서면 안 된다.

음주십과

술로 인해 생기는 열 가지 허물

飲酒十過

이수광이 《지봉유설》에 쓴 술에 대한 경계를 읽어본다.

술이 독이 됨이 또한 심하다. 평상시 내섬시內贍寺의 술 만드는
방은 기와가 썩어서 몇 년에 한 번씩 갈아준다. 참새조차 그 위로
는 감히 모여들지 않는다. 술기운이 쪄서 올라오기 때문이다. 내가
세상 사람을 보니, 술에 빠진 사람치고 일찍 죽지 않는 경우가 드
물다. 비록 바로 죽지는 않더라도 또한 고질병이 된다. 그 밖에 재
앙을 부르고 몸을 망치는 것은 일일이 꼽을 수조차 없다. 어떤 이
는 술이 사람을 상하게 하는 것이 여색보다 심하다고 하니, 맞는
말이다.

酒之爲毒亦甚矣. 平時內贍寺造酒之室, 蓋瓦腐朽, 每數年一易. 烏雀
不敢集其上, 以酒氣熏蒸故也. 余見世之人縱飲者, 鮮不夭死. 雖不卽死,

亦成廢病. 其他招禍喪身者, 不可悉數. 或言酒之傷人, 甚於色, 信矣.

내섬시는 대궐에서 필요한 술을 만들어 조달하는 관청이다. 술기운이 어찌나 독한지, 술 만드는 건물의 기와가 몇 년을 못 견뎌 썩어나갈 지경이다. 그 독한 기운을 몸속에 들이붓는데 몸이 어찌 견디겠는가?

《양생기요養生紀要》에서 말했다. "저녁에는 크게 취하면 안 된다〔暮無大醉〕." 또 말했다. "밤중에 취하는 것은 어떻게든 막아야 한다〔再三防夜醉〕." 이수광의 풀이는 이렇다. "술의 독이 머물러 모여 사람의 오장 육부를 해칠까 염려하는 것이다."

불경에서 인용한, 술로 인한 열 가지 허물을 나열한 내용이 특히 흥미롭다. 첫째, 안색이 나빠진다〔顏色惡〕. 둘째, 힘이 없어진다〔少力〕. 셋째, 눈이 어두워진다〔眼不明〕. 넷째, 성내는 꼴을 본다〔見嗔相〕. 다섯째, 농사일을 망친다〔壞田業〕. 여섯째, 질병을 더한다〔增疾病〕. 일곱째, 싸워 소송하는 일을 더한다〔益鬪訟〕. 여덟째, 악명을 퍼뜨린다〔惡名流布〕. 아홉째, 지혜를 줄어들게 만든다〔智慧減〕. 열째, 몸을 망가뜨려 마침내 여러 악의 길로 빠뜨린다〔壞身命, 終墮諸惡道〕.

과음으로 낯빛이 나빠지고 힘이 빠지거나 시력이 떨어지는 것은 남에게 주는 피해는 없다. 술을 오래 마시면 병들어 몸을 망치고 분별력을 잃는다. 술은 광약狂藥이다. 멀쩡하다가도 술만 들어가면 정신줄을 놓고 미쳐 날뛴다. 순하던 사람이 까닭도 없이 주먹질을 하고, 도로를 역주행해 인명을 살상한다. 다음 날 일어나면 내가 무슨 짓을 했는지 도무지 생각이 안 난다. 직장에서 쫓겨나고 재판에 불려다니다가 감옥에 가서 인생을 망치기까지 한다. 술이 안기는 해악이 이러한데도 술에 절어 술기운만으로 기염을 토하니 민망하다.

응작여시

더도 덜도 말고 꼭 요렇게만

應作如是

세밑의 그늘이 깊다. 흔들리며 한 해를 건너왔다. 장유가 제 그림자
를 보며 쓴 시 〈영영詠影〉 한 수를 위로 삼아 건넨다.

등불 앞 홀연히 고개 돌리니
괴이하다 또다시 날 따라하네.
숨었다 나타남에 일정함 없고
때에 따라 드러났다 그늘에 숨지.
홀로 가는 길에 늘 동무가 되고
늙도록 날 떠난 적 한번 없었네.
참으로 몽환夢幻과 한 이치임을
《금강경金剛經》 게송 보고 알게 되었네.

燈前忽回首　怪爾又相隨

隱見元無定　光陰各有時
獨行常作伴　到老不曾離
夢幻眞同理　金剛偈裏知

등불을 뒤에 두고 앉자 내 앞에 내 그림자가 있다. 내가 고개를 돌리니 저도 돌린다. 반대로 돌리자 저도 똑같이 한다. 그는 등불 앞에서만 제 모습을 드러낸다. 달빛 아래 홀로 가는 밤길에 그는 나의 길동무였다. 벗과 가족이 나를 떠나도 그는 늘 내 곁을 지켰다. 그를 잊고 지낸 내가 부끄러워 머리를 긁자 그가 내 머리를 쓰다듬는다. "여보게, 주인공! 나 여기 있네. 자네에겐 내가 잘 안 보여도 나는 자네를 늘 지켜보고 있었지. 한 해 동안 정말 애썼네. 우리 또 한번 기운을 내자고. 자꾸 허망한 것들에 마음두지 말고 실답게 살아야지. 작위하지 말고 순리에 따라 사세나."

제7, 8구는《금강경》에 나오는〈사구게四句偈〉를 두고 한 말이다.

일체의 유위법有爲法은
꿈이나 환영 같고 거품이나 그림자 같은 것.
이슬 같고 번개와도 같나니
응당 이같이 살펴야 하리.
一切有爲法　如夢幻泡影
如露亦如電　應作如是觀

인간의 욕망이란 허깨비 꿈에 지나지 않는다. 그것은 흔적 없는 물거품, 그늘에선 사라지는 그림자와 같다. 풀잎 끝의 아침이슬과 허공의 번개는 금세 사라진다. 사람들은 꿈을 좇아 허깨비를 따라, 물거품 같고 아침이슬 같은 허상을 좇느라 자신을 돌아보지 않는다.

응작여시관應作如是觀! 더도 덜도 말고 똑 요렇게 보아라. 삶이 매뉴얼대로만 된다면 얼마나 좋겠는가. 나름껏 열심히 달려온 인생들이 쥔 것 없는 빈손으로 벽 위 제 그림자를 보고 있다. "그래, 그림자 친구! 자네도 수고가 많았네. 참 고마우이. 내년에도 똑같이 나를 지켜주게나." 내가 고개를 끄덕이자 그도 나를 따라 고개를 끄덕인다.

의관구체

옷을 잘 차려입은 개돼지

衣冠狗彘

명말 장호의 《학산당인보》를 보니 "선비가 염치를 알지 못하면 옷 입고 갓 쓴 개돼지다(士不識廉恥, 衣冠狗彘)"라고 새긴 인장이 있다. 말이 자못 시원스러워 출전을 찾아보았다. 진계유陳繼儒의 《소창유기小窓幽記》에 실린 말로, "사람이 고금에 통하지 않으면 옷을 차려입은 마소다(人不通古今, 襟裾馬牛)"가 안짝으로 대를 이루었다.

말인즉 이렇다. 사람이 식견이 없어 고금의 이치에 무지해, 되는대로 처신하고 편한 대로 움직이면 멀끔하게 잘 차려입어도 마소와 다를 것이 없다. 염치를 모르는 인간은 어찌해볼 도리가 없다. 개돼지에게 갓 씌우고 옷을 해 입힌 꼴이다. 염치를 모르면 못하는 짓이 없다. 앉을 자리 안 앉을 자리를 가릴 줄 모르게 된다. 아무 데서나 꼬리를 흔들고, 어디에나 주둥이를 박아댄다.

《언행휘찬》에서는 이렇게 말했다.

사대부가 벼슬을 탐하지 않고 돈을 아끼지 않더라도, 경제에 보탬이 되어 사람에게 혜택이 미치는 바가 하나도 없다면, 마침내 하늘이 성현을 낸 뜻은 아니다. 대개 제 몸을 깨끗이 지니고 몸을 잘 닦는 것은 덕德이다. 사람을 구제하고 만물을 이롭게 하는 것은 공功이다. 덕만 있고 공은 없다면 되겠는가?

士大夫不貪官, 不愛錢, 一無所利濟以及人, 畢竟非天生聖賢之意. 蓋潔己好修, 德也. 濟人利物, 功也. 有德而無功, 可乎?

제 몸가짐이 제아무리 반듯해도 세상에 보탬이 될 수 없다면 그것조차 쓸모없다고 했다. 그것은 무능한 것이다. 사실 이런 것은 바라지도 않는다. 벼슬 욕심은 버릴 생각이 조금도 없고 재물의 이익도 놓칠수가 없다. 자리만 차고 앉아 세상에는 보탬이 안 되고 제게 보탬이될 궁리만 한다.

남송 때 오불吳芾이 말했다. "백성에게 죄를 얻느니, 차라리 상관에게 죄를 얻겠다(與其得罪於百姓, 不如得罪於上官)." 이형李衡은 "벼슬에 나아가 임금을 저버리느니, 물러나 도에 합당하게 사는 것이 낫다(與其進而負於君, 不若退而合於道)"라며 같은 말을 다르게 했다. 위정자들에게 이런 처신, 이런 몸가짐을 기대하는 것은 정말 사치스러운 꿈인가?

의금상경

비단옷을 입고는 덧옷으로 가린다

衣錦尙絅

국립중앙박물관에서 열린 〈고려불화대전〉의 감동이 오래도록 가시질 않는다. 일본 후도인不動院 소장의 비로자나불도 상단에는 '만오천불萬五千佛'이란 글씨가 적혀 있다. 조명이 어두워 몰랐더니, 집에 와 도록을 살펴보곤 뒤늦게 놀랐다. 세상에! 화면 전체에, 심지어 부처님의 옷 무늬에까지 1만 5,000의 부처님이 빼곡하게 그려져 있었다. 한 폭 그림에 쏟은 정성이 무섭도록 놀라웠다.

고려 불화의 채색은 웅숭깊고 화려하다. 비단 위에 주사朱砂와 석록石綠, 석청石靑 등의 천연 안료를 썼다. 원색임에도 배채법背彩法을 써서 투명하게 쌓아 올린 색채 위에 화려한 금니로 장식성을 더했다. 그중에서도 여러 수월관음도는 예외 없이 모두 보관寶冠 위로부터 전신에 투명한 사라의紗羅衣를 드리운 것이 눈에 띈다. 화려한 비단옷이 그 아래로 은은히 비친다. 불경에서 관음보살이 백의를 걸치고 정병淨

瓶을 들고 연화대좌 위에 앉아 있는 모습으로 묘사한 것을 따른 것이다. 중국인이 그린 수월관음도에는 백의가 투명하지 않다. 우리 것은 다르다. 속이 다 비친다.

그림을 보다가 문득《중용》제33장에 나오는 "비단옷을 입고 엷은 홑옷을 덧입는다(衣錦尙絅)"는 말이 떠올랐다. 비단옷 위에 홑겹의 경의 絅衣를 덧입는 것은 화려한 문채가 겉으로 드러나는 것을 가려주기 위해서다. 화려한 옷을 드러내지 않고 왜 가리는가? 그 대답은 이렇다. "그런 까닭에 군자의 도는 은은해도 날로 빛나고, 소인의 도는 선명하나 나날이 시들해진다." 가려줘야 싫증나지 않고, 덮어줄 때 더 드러난다.《시경》에도 이렇게 노래했다.

비단 저고리 입고는 엷은 덧저고리를 입고
비단 치마를 입으면 엷은 덧치마를 입는다네.
衣錦褧衣　裳錦褧裳

물속에 잠겼으나
또한 또렷이 드러난다.
潛雖伏矣　亦孔之昭

표현은 달라도 담긴 뜻은 같다. 진정한 아름다움은 안으로부터 비쳐 나온다. 한눈에 어지러운 화려함은 잠시 눈을 끌 수는 있어도 오래가지 못한다. 천연 안료를 묽게 덧칠해서 빚어낸 잠착한 색상 위에 금니로 화려한 문양을 얹고, 이를 다시 사라의로 살짝 가린 수월관음도! 삶의 절정의 순간도 인내와 환희, 그리고 절제 속에 빛나는 것인 줄을 짐작하겠다.

의재필선

붓질보다 뜻이 먼저다

意在筆先

청나라 때 문인 왕학호王學浩는 여러 번 과거에 낙방했다. 그는 대
강남북大江南北을 여유롭게 노닐며 그림으로 생계를 이었다. 그림의
격이 워낙 높아 사대부들이 다투어 높은 값에 그의 그림을 사들였다.
남종화의 대가로 기려졌다. 그가 자신의 화첩에 이렇게 썼다.

그림의 여섯 가지 방법과 한 가지 원리는 단지 '사寫'란 한 글자
로 귀결된다. '사', 즉 그림 그리는 일은 뜻이 붓보다 앞선 후, 본
것을 곧장 따르는 데 있다. 비록 헝클어진 머리에 거친 복색이라도
의취意趣가 넉넉해서, 혹 공교로운 아름다움을 지극히 하더라도 기
미氣味는 고아한 것이 이른바 사대부의 그림이다. 그렇지 않다면
속된 화공의 그림과 무슨 차이가 있겠는가?

六法一道, 只一寫字盡之. 寫者意在筆先, 直追所見. 雖亂頭粗服, 而意趣自足, 或極工麗, 而氣味古雅, 所謂士大夫畵也. 否則與俗工何異?

의재필선意在筆先, 붓질보다 뜻이 먼저다. 구상이 선 뒤에야 붓을 드는 법이다. 의욕을 앞세워 덮어놓고 달려들면 아까운 화선지만 버린다. 진晉나라 때 왕희지는 〈위부인의 필진도 끝에 제한 글[題衛夫人筆陣圖後]〉에서 다음과 같이 말했다.

글씨를 쓰려는 사람은 먼저 벼루와 먹을 앞에 두고 정신을 모은 채 생각을 가라앉힌다. 미리 글자 형태와 크기, 기울게 쓸지 곧게 쓸지, 휘갈겨 쓸지를 생각해서 근맥筋脈이 서로 이어지게 하여, 뜻이 붓보다 앞선 뒤에야 글씨를 쓴다.

夫欲書者, 先乾硏墨, 凝神靜思, 預想字形大小偃仰平直振動, 令筋脉相連, 意在筆前, 然後作字.

청나라 때 화가 정섭도 이와 비슷한 취지의 말을 남겼다. 그의 집은 강가에 있었다. 맑은 가을날 새벽에 일어난 그가 대숲을 물끄러미 바라본다. 자욱한 안개 사이로 햇살이 빗겨 들고, 댓잎에는 이슬 기운이 아직 남았다. 이 모든 것이 성근 대나무 가지와 촘촘한 잎 사이에서 아련히 떠돈다. 그 광경을 지켜보던 가슴속에서 고물고물 그림을 그리고 싶은 강렬한 욕구가 일어난다. 억제할 수가 없다. 그의 가슴속에 대나무가 걸어 들어온 것이다. 그는 서둘러 먹을 갈고 종이를 펼친다. 성큼성큼 붓을 재촉해서 온갖 형용을 그려낸다.

그는 의재필선과 함께 취재법외趣在法外를 말했다. 붓질보다 뜻이 먼저다. 하지만 흥취는 정한 틀을 벗어난 자리에서 일어난다. 그림만 그렇겠는가? 세상일이 다 그렇다. 순백의 화선지가 우리 앞에 펼쳐져 있다. 어떤 그림을 그릴까? 의욕을 앞세운 덤벙대는 붓질보다 차분히 생각을 가다듬는 일이 먼저다.

이난삼구

경계하고 두려워해야 할 일
二難三懼

당 태종의 시 〈집계정삼변執契靜三邊〉은 이렇다.

　해 뜨기 전 옷 입어 이난二難 속에 잠들고
　한밤중에 밥 먹고 삼구三懼로 새참 삼네.
　衣宵寢二難　食旰餐三懼

의소衣宵는 해 뜨기 전 일어나 옷을 입는다는 말이고, 식간食旰은
해 진 뒤에 비로소 저녁식사를 한다는 뜻이다. 의소식간衣宵食旰은 임
금이 정사를 돌보느라 불철주야 애쓰는 것을 칭송하는 의미로 쓴다.

시에서 당 태종이 밤낮 바쁜 중에도 잊지 않겠다고 새긴 이난과 삼
구의 내용은 뭘까? 이난은 《좌전左傳》〈양공襄公〉 10년 조에 나온다.
자공子孔이 정나라의 반란을 평정한 뒤 관원들에게 일제히 충성 맹세

를 받으려 했다. 자산子産이 만류하며 말했다.

뭇사람의 분노는 범하기가 어렵고, 전권專權을 휘두르려는 욕심
은 이루기가 힘들다. 이 두 가지 어려움을 한데 합쳐서 나라를 안
정시키려는 것은 위험한 방법이다.
衆怒難犯, 專欲難成, 合二難以安國, 危之道也.

자공이 자산의 충고에 따라 맹서盟書를 불사르자 그제야 정나라가
안정되었다. 이난은 뭇사람의 분노와 전권의 욕망이다. 품고 가는 포
용이 없으면 무리의 분노를 부른다. 혼자 하겠다는 욕심을 거두어야
화합이 생긴다. 그게 참 어렵다.
삼구는 밝은 임금이 나라를 다스림에 응당 경계하고 두려워해야
할 세 가지 일을 말한다.《한시외전韓詩外傳》에 공자의 말로 인용되어
있다.

밝은 임금은 세 가지를 두려워한다. 첫째는 높은 지위에 있으면
서 그 허물을 못 들을까 염려하고, 둘째는 뜻을 얻고 나서 교만해
질까 걱정하며, 셋째는 천하의 지극한 도리를 듣고도 능히 행하지
못할까 근심한다.
明主有三懼. 一曰處尊位而恐不聞其過, 二曰得志而恐驕, 三曰聞天下
之至道, 而恐不能行.

지위가 높아지면 아래에서 듣기 좋은 소리만 하고 잘못은 눈감는
다. 겸손하게 시작해도 자리가 그를 교만하게 만든다. 나중에는 옳은

말을 들어도 하고 싶지 않게 된다. 이렇게 되면 위기가 시작된다. 두 가지 어려움과 세 가지 두려움, 당 태종은 이 마음을 간직해 후대에 정관지치 貞觀之治로 일컬어지는 치세를 이끌었다.

이매망량

조화를 잃지 않아 밝음을 유지하라

魑魅魍魎

이매망량魑魅魍魎은 우리말로 두억시니 또는 도깨비의 지칭이다. 정도전鄭道傳은 〈사이매문謝魑魅文〉에서 이매망량을 "음허陰虛의 기운과 목석木石의 정기가 변화해서 된 사람도 아니고 귀신도 아니며 이승과 저승 어디에도 속하지 않는 존재"로 보았다. 이매망량은 음습한 곳에 숨어 있다가 사람을 홀려서 비정상적 행동을 하게 만든다.

《사기》〈오제본기五帝本紀〉의 풀이에는 "이매魑魅는 사람 얼굴에 짐승의 몸뚱이로 발이 네 개다. 사람을 잘 홀린다〔魑魅人面獸身四足, 好惑人〕"고 했다. 《산해경山海經》에는 "강산剛山에는 귀신이 많다. 그 모습은 사람 얼굴에 짐승의 몸뚱이를 했고 다리가 하나 손도 하나다. 소리는 웅웅거리는데 산림의 이상한 기운이 만들어내는 것이다. 사람을 해치는 것은 목석이 변해서 된 요괴다"라고 했다. 그러니까 이매는 도깨비 중에서도 사람 얼굴에 짐승의 몸뚱이를 하고 팔다리가 하나씩인 채 사람을 꼬이는 존재다.

망량魍魎은 어떤가? 명나라 진계유의 《진주선眞珠船》에서 뜻밖의 설명과 만났다.

신神이 밝지 않은 것을 일러 망魍이라 하고
정精이 밝지 않은 것을 일러 량魎이라 한다.
神不明謂之魍 精不明謂之魎

신명이 흐려져 오락가락하면 망魍이고, 정기가 흩어져 왔다 갔다 하면 량魎이다. 보통 노인네가 망령이 났다고 할 때 망령은 망령妄靈이 아니라 망량의 발음이 와전된 것으로 보인다. 망량이 마음 안에 숨어 있다가 정신의 빈틈을 타서 존재를 드러낸다고 믿은 사람은 망량이 났다고 하고, 바깥에서 호시탐탐 기회를 엿보다가 주인의 자리를 밀치고 들어온다고 보면 망량이 들었다고 한다. 일단 망량이 들거나 나면 그것의 부림을 당한다. 이것을 망량을 부린다고 표현했다. 망량이 사람의 정신을 부리는 것이지 내가 망량을 부리는 것은 아니다.

정신 줄을 놓아 망량이 들거나 나면 멀쩡하던 사람의 판단이 흐려지고 말과 행동이 이상해진다. 사람이 갑자기 비정상이 되는 것은 도깨비의 장난이다. 망량이 내게 들어오거나 나오게 해서는 안 되고, 망량이 나를 제멋대로 부리게 해서는 더더욱 안 된다. 그러자면 기운의 조화로 '밝음'의 상태를 유지하는 것이 관건이다. 욕심과 탐욕이 끼어들면 밝음은 어둠으로 변한다. 어두운 정신은 이매망량의 놀이터다.

이명비한

귀울림과 코골이, 어느 것이 문제일까?

耳鳴鼻鼾

귀에 물이 들어간 아이에게 이명耳鳴 현상이 생겼다. 귀에서 자꾸 피리 소리가 들린다. 아이는 신기해서 제 동무더러 귀를 맞대고 그 소리를 들어보라고 한다. 아무 소리도 안 들린다고 하자, 아이는 남이 알아주지 않는 것을 안타까워했다. 시골 주막에는 한 방에 여럿이 함께 자는 수가 많다. 한 사람이 코를 심하게 골아 다른 사람이 잘 수가 없었다. 견디다 못해 그를 흔들어 깨웠다. 그가 벌떡 일어나더니 내가 언제 코를 골았느냐며 불끈 성을 냈다.

박지원이 〈공작관문고자서孔雀館文稿自序〉에서 들려준 이야기다. 귀울음(耳鳴)과 코 골기(鼻鼾)가 항상 문제다. 이명은 저는 듣고 남은 못 듣는다. 코 골기는 남은 듣지만 저는 못 듣는다. 분명히 있는데 한쪽은 모른다. 내게 있는 것을 남들이 알아주지 않거나, 남들은 다 아는데 저만 몰라 문제다.

연암은 한걸음 더 나아가 이렇게 말한다. 이명은 병인데도 남이 안 알아준다고 난리고, 코 골기는 병이 아닌데도 남이 먼저 안 것에 화를 낸다. 그러니 정말 좋은 것을 지녔는데 남이 안 알아주면 그 성냄이 어떠할까? 진짜 치명적 약점을 남이 지적하면 그 분노를 어찌 감당할까? 문제는 코와 귀에만 이런 병통이 있는 것이 아니다. 공부도 마찬가지다. 별것 아닌 제 것만 대단한 줄 안다. 이명증에 걸린 꼬마다. 남잘한 것은 못 보고 제 잘못은 질끈 눈감는다. 언제 코를 골았느냐고 성내는 시골 사람이다.

연암은 이렇게 결론을 맺는다.

얻고 잃음은 내게 달려 있고
기리고 헐뜯음은 남에게 달려 있다.
得失在我　毁譽在人

내가 성취가 있는데 남이 칭찬해주면 더할 나위 없지만, 사람들은 칭찬에 인색해서, 헐뜯고 비방하기 일쑤다. 내가 아무 잘한 것이 없는데 뜬금없이 붕 띄워 대단하다고 하면 그 자리가 참 불편하다. 그러니 변덕 심한 세상 사람들의 기리고 헐뜯음에는 일희일비一喜一悲할 것이 못된다. 내 자신에게 떳떳한지 돌아보는 일이 먼저다.

좋은 글을 쓰고, 본이 되는 삶을 살려면 어찌 해야 하나? 제 이명에 현혹되지 않고, 내 코 고는 습관을 인정하면 된다. 남을 헐고 비방하는 것은 일종의 못된 버릇이다. 비판과 비난을 구분 못하는 것은 딱한 습성이다. 내 득실이 있을 뿐, 남의 훼예에 휘둘리면 못쓴다.

이백과포

차고 맵게 키워라

以帛裹布

2015년 탄신 100주년을 맞은 박목월 선생의 수필집을 정리하다가 〈명주안감〉이란 글을 읽었다. 아들은 아침저녁 10리씩 걸어서 학교에 갔다. 혹독한 겨울 날씨에 내의를 안 입은 채 광목옷이 빳빳이 얼면 사타구니가 따가웠다. 어머니는 아버지의 헌 명주옷을 뜯어 아들의 바지저고리에 안을 받쳐주었다. 살결에 닿는 감각이 간지러울 정도로 부드럽고 따뜻했다.

우연히 손자의 옷 안자락을 보게 된 할아버지가 불벼락을 안겼다. "당장 벗어라." 그러고는 어린것을 저리 키워 뭐에 써먹느냐고 펄펄 뛰었다. 그날 밤 어머니까지 큰댁으로 불려가 할아버지의 큰 꾸중을 들어야만 했다. 손자는 다시 그 옷을 입지 못했다. 훗날 선생은 그때의 소동에서 한 그루 교목喬木처럼 실팍하고 굳세게 자녀를 기르시려는 할아버지의 준엄한 마음을 읽었고 어머니의 따뜻한 사랑을 기억했다.

김언종 교수가 번역해 실학박물관에서 새로 펴낸 다산의 잡록《혼돈록》을 보니 〈이백과포以帛裹布〉의 항목이 보인다. 당시 우리나라의 조복朝服이 여름엔 모시를 쓰는데 비단으로 안감을 대서 겹옷으로 만들었다. 정조가 이를 금지시켜 겉의 천이 모시이면 안감 또한 모시를 두게 했다. 정조의 이 같은 조처는 《예기》〈옥조玉藻〉에서 "베옷에 비단으로 안감을 두는 것(以帛裹布)은 예가 아니다"라고 한 데서 나왔다.

모시로 옷을 지어놓고 안에다 비단을 대는 것은 겉은 소박한 체하고 속으로는 사치를 부린 것이다. 겉 다르고 속 다른 행동이기에 비례로 여겼다. 겉과 속이 한결같아야 명실상부名實相符가 된다. 표리부동表裏不同은 용납할 수 없다. 조정 대신이 비단으로 된 조복을 입는다 해서 나라의 체통이 깎일 일도 아닌데 비단으로 안감 대는 것조차 임금은 허락하지 않았다. 낡아 못 입게 된 아버지의 명주옷을 재활용해 자식 옷의 안감을 대준 것마저 할아버지는 용서하지 않고 당장 그 옷을 벗겼다. 불편해도 정신의 가치를 붙든다. 겉 다르고 속 다른 행동은 하지 않는다. 아무리 자식이 귀엽고 귀해도 차고 맵게 키운다. 지금은 어떤가?

이입도원

무심코 하는 한마디에 그 사람이 보인다

移入桃源

송나라 때 정위丁謂가 시에서 말했다.

아홉 겹 대궐 문이 활짝 열리니
마침내 팔 저으며 들어가리라.
天門九重開　終當掉臂入

시를 본 왕우칭王禹偁이 말했다. "나라 문에 들어갈 때는 몸을 숙이고 들어가야 하거늘, 대궐 문의 안쪽을 어찌 팔뚝을 휘두르며 들어간단 말인가? 이 사람은 임금을 섬김에 반드시 충성스럽지 못할 것이다." 정위는 당당한 포부로 호기롭게 들어간다는 뜻으로 한 말이었지만, 무심코 한 말 속에 평소의 본심이 드러났다. 그는 재상에 올랐으나 간신으로 이름을 남겼다.《언행휘찬》에 보인다.

지사知事 벼슬을 지낸 김원金鏋이 춘천 살 때 일이다. 살림이 가난해 세금을 날짜에 맞춰 낼 형편이 못 되었다. 춘천부사에게 글을 올려 납기를 늦춰달라고 청했다. 글을 본 부사가 장난으로 답글을 써보냈다. "나라에 내야 할 세금을 못 내겠거든, 무릉도원을 찾아 들어가면 된다〔若欲不納王稅, 移入桃源可也〕."《파적破寂》에 나온다.

한나라 때 어부가 물 위로 떠내려온 복사꽃을 따라 무릉도원에 들어갔다. 그곳에는 진나라의 학정虐政을 피해 숨어든 사람들이 평화롭게 살고 있었다. 그들은 진나라가 오래전에 망한 줄도 모르고 있었다. 이후 무릉도원은 유토피아의 한 상징이 되었다.

부사의 답장을 본 김원은 분노했다. 그는 다시 종의 이름을 빌려 소장을 올렸다. 거기에 이렇게 썼다. "지금은 태평성대라 격양가擊壤歌의 가락이 있으니, 진나라 백성처럼 포학한 정사를 피해 달아날 뜻이 없는데, 성명聖明한 세상에서 무릉도원 이야기가 어찌하여 나온단 말인가?" '부사는 지금이 진시황의 학정에 못 견딘 백성들이 무릉도원을 찾아들던 그 시절과 같다는 얘기인가?' 하고 힐난한 것이다. 자신의 망발을 깨달은 부사가 정신이 번쩍 들어 직접 김원의 집까지 찾아가서 정식으로 사과했다.

아 다르고 어 다른 것이 사람의 말이다. 무심코 하는 말에 그 사람의 값과 무게가 드러난다. 위치가 있는 사람은 더더욱 언행을 삼가지 않아서는 안 된다. 내키는 대로 말하고, 생각 없이 얘기하면 자신이 욕되는 데 그치지 않고, 자신이 속한 조직까지 망신스럽게 된다.

이적초앙

벌보다 나비가 부럽다

以積招殃

얼마 전 심재心齋 조국원趙國元(1905~1988) 선생이 소장했던 다산 선생의 친필첩을 배관拜觀할 기회가 있었다. 그중 짧은 글 한 편을 소개한다.

다산에는 꿀벌 한 통이 있다. 내가 벌이란 놈을 관찰해보니, 장수도 있고 병졸도 있다. 방을 만들어 양식을 비축해두는데, 염려하고 근심함이 깊고도 멀었다. 모두 함께 부지런히 일을 하니, 여타 다른 꿈틀대는 벌레에 견줄 바가 아니었다. 내가 나비란 놈을 보니, 나풀나풀 팔랑팔랑 날아다니며 둥지나 비축해둔 양식도 없는 것이 마치 아무 생각 없는 들까마귀와 같았다. 내가 시를 지어 이를 풍자하려다가 또 생각해보았다. 벌은 비축해둔 것이 있어서 마침내 큰 재앙을 불러들여(蜂以積著之, 故終招大殃), 창고와 곳간이 남김없이 약탈자에게로 돌아가고 무리는 살육자들에게 반쯤 죽는다. 그러니 어찌 저 나비가 얻는 대로 먹으면서 일정한 거처도 없이 하늘 밑을 소요하고 드넓은 들판을 떠돌며 노닐다가 재앙 없이 마치는 것만 같겠는가?

茶山有蜜蜂一箇. 余觀蜂之爲物, 有將有卒. 造房峙糧, 憂深而慮遠, 作齊而事勤, 非諸蟘蛚之比. 余觀蝴蝶爲物, 薆薆然詡詡然, 無窠窟糧餉之貯, 若野鴉之無意緖者. 欲作詩譏之, 旣又思之, 蜂以積著之, 故終招大殃, 倉廒悉歸於搶掠, 族類半損於剿殄, 豈若彼蝴蝶隨得隨食, 無家無室, 逍遙乎太淸之下, 浮游乎廣莫之野, 而卒無殃咎者乎?

당시 다산은 생각이 참 많았던 모양이다. 근면하고 계획성 있는 꿀벌과 놀기 바쁜 나비를 대비했으니 당연히 꿀벌을 칭찬할 줄 알았는데, 자신은 나비가 더 부럽더라고 뒤집어 말했다. 부지런히 애써서 남좋은 일만 시키는 꿀벌보다, 부족하면 부족한 대로 천지를 소요하며 거침없이 살다가 재앙 없이 마치는 나비의 삶이 한결 가볍고 부러웠던 것이다. 나비 이야기로 넘어가기 직전에 두보가 기러기를 노래한 시〈영안詠雁〉의 한 수를 인용했는데, 시는 이렇다.

눈 오려 할 때 오랑캐 땅 떠나와
꽃 피기 전에 초나라와 작별하네.
들까마귀 아무런 생각도 없이
깍깍대며 날마다 시끄럽구나.
欲雪違胡地　先花別楚雲
野鴉無意緖　鳴噪日紛紛

기러기는 생각이 깊다. 겨울이 오기 전에 남쪽으로 내려와 꽃 피기 전에 북쪽으로 이동한다. 그런데 뒤쪽 나비 얘기를 듣고 보니, 사려 깊은 기러기가 까마귀만 못한 셈이 되고 말았다. 작위로 애쓴 일들은 결국 남 좋은 일만 시켜주고, 저 하고 싶은 대로 했더니 재앙과 허물이 없는 삶을 누릴 수 있었다. 배가 조금 고프면 어떤가. 내가 기쁜 삶을 살 때 내 삶의 주인이 된다.

이진지인

진짜와 가짜를 가려 쓰는 법

易進之人

위징은 정치에서 사람 쓰는 일의 요점을 이렇게 말했다.

벼슬길에 나아감을 쉽게 여기는 사람〔易進之人〕은 버리고, 얻기
어려운 재화는 천하게 여겨라. 다스림은 어진 이를 나아가게 하고
부족한 자를 물러나게 하는 데 달렸다.

去易進之人, 賤難得之貨. 治係於進賢退不肖也.

저마다 자기가 적임자라 하고 자기밖에 할 사람이 없다고 하는데,
무엇으로 그 참과 거짓을 분별할까? 공직에 나아감을 우습게 알고 돈
만 아는 사람부터 솎아내면 된다.

명나라 때 설선薛瑄(1389~1464)은 자신의 오랜 관직 체험을 담아
《종정명언從政名言》을 지었다. 그는 당나라 때 시인 위응물의 다음 구

절을 즐겨 외우곤 했다.

거처가 우뚝이 저리 높건만, 백성 편함 못 봄이 부끄럽구나.
自慚居處崇, 未覩斯民康.

지위가 높아 관부의 큰 집에 사는데 그 책임에 걸맞은 다스림으로
백성의 활짝 편 얼굴을 볼 수가 없어 그것이 부끄럽기 짝이 없다는 얘
기다.
이런 말은 참 의미심장하다.

남이 자기를 헐뜯는 말을 듣고 성을 내면 자기를 칭찬하는 자가
이른다.
聞人毀己而怒, 則譽己者至矣.

비판을 비방으로 들으면 칭찬이 들리기 시작한다. 칭찬만 듣고 싶
은가? 남의 비판에 버럭 성을 내면 된다. 그다음부터는 알아서 기는
무리들이 그 주변을 둘러싼다. 그걸 정말 제가 잘해 그런 줄 알면 나
는 지금 잘못되어 가는 중이다.
책에는 이런 말도 보인다.

옛날에 벼슬길에 있던 사람은 사람을 길렀는데, 오늘날 벼슬에
종사하는 자는 제 몸뚱이만 기른다.
古之從仕者養人, 今之從仕者養己.

오늘의 출사표가 양인養人을 위함인지 양기養己의 속셈인지 잘 따져보아야 한다.

성호 이익은 《성호사설》에서 앞서 위징의 말을 인용한 후 이렇게 적었다.

벼슬에 나아감을 어렵게 여기는 사람은 아무리 기대에 어긋나는 일이 많다 해도 마침내 나라를 위해 목숨을 바칠 사람이고, 벼슬에 나아가기를 쉽게 생각하는 자는 아무리 한때 좋은 계책을 낸다 해도 결국은 자기 몸만 이롭게 할 사람이다.

難進者, 雖許多蹉失, 畢竟殉國人也. 易進者, 雖使一時良圖善策, 畢竟利己人也.

이 판단을 바르게 내리지 못하면 그 폐해가 한두 사람에 그치지 않으니 문제다. 문제를 알았을 때는 너무 늦었다.

이택상주

두 개의 연못이 맞닿아 서로 물을 댄다

麗澤相注

1812년 다산이 제자 초의를 시켜 그린 〈다산도茶山圖〉와 〈백운동도白雲洞圖〉가 전한다. 다산도를 보면 지금과 달리 아래위로 연못 두 개가 있다. 월출산 아래 백운동 원림에도 연못이 두 개다. 담양 소쇄원 또한 냇물을 대통으로 이어 두 개의 인공 연못을 파놓았다. 담양 명옥헌鳴玉軒과 대둔사 일지암 역시 어김없이 상하 방지方池가 있었다.

이렇게 보면 상하 두 개의 연못 파기를 호남 원림의 중요한 특징으로 보아도 무리가 없지 싶다. 못에는 연꽃과 물고기를 길러 마음을 닦고 눈을 즐겁게 했다. 뜻하지 않은 화재에 대한 대비의 구실은 부차적이다.

두 개의 잇닿은 연못은 《주역》에 그 연원이 있다. 태괘兌卦의 풀이는 이렇다. "두 개의 못이 잇닿은 것이 태兌다. 군자가 이것을 보고 붕우와 더불어 강습한다." 무슨 말인가? 두 연못이 이어져 있으면 서로 물을 대주어 어느 한쪽만 마르는 일이 없다. 이와 같이 붕우는 늘 서로 절차탁마하여 상대에게 자극과 각성을 주어 함께 발전하고 성장한다. 이렇게 서로 이어진 두 개의 못이 이택麗澤이다. 이때 이麗는 '붙어 있다' 또는 '짝'이란 의미다. 고려시대 국학國學에 이택관麗澤館이 있었고, 조선시대에도 이택당麗澤堂이니 이택계麗澤契니 하는 명칭이 여럿 보인다.

성호학파의 학습법은 그때그때 떠오른 생각을 그 즉시 메모하는 질서법疾書法과 서로 절차탁마하는 이택법을 기반으로 한다. 이익의 제자 안정복은 자신의 거처에 이택재麗澤齋라는 현판을 내걸었다. 이택의 구체적 방법은 토론이었다. 토론에도 얼굴을 맞대고 직접 논쟁하는 대면 토론과, 편지로 의견을 주고받는 서면 토론이 있었다. 성호는 이 둘의 장단점을 상세히 논한 글을 남겼다. 그들은 다양한 방식으로 서로 양보 없는 토론을 벌였다. 옳은 말에는 아래위 없이 깨끗이 승복했다. 이 건강한 토론 문화가 조선 유학과 실학의 뼈대와 힘줄이다.

지금 사람들은 귀를 막고 제 말만 한다. 남의 말은 들을 것 없고 제 주장만 옳다. 토론이 꼭 싸움으로 끝나는 이유다. 그러다 금세 말라 바닥을 드러낸다. 마당의 두 개 연못 곁 초당에서 사제간, 붕우간에 열띤 토론을 벌이던 그들의 그 봄날을 생각한다.

인묵수렴

말의 품위와 격

忍默收斂

난무하는 말이 부쩍 어지럽다. 칼을 숨긴 혀, 꿀을 바른 입술이 계산된 언어로 포장되어 웅성대며 떠다닌다. 무엇을 듣고 어떻게 가릴까?

지금 사람들은 마음에 통쾌한 말을 하고, 마음에 시원한 일을 하느라 온통 마음의 가늠을 다 쏟아붓는다. 있는 대로 정을 다 쏟아부어 조금도 여지를 남겨두지 않고, 터럭 하나조차 남에게 양보하려 들지 않는다. 성에 차야만 하고, 제 뜻대로 되어야만 한다. 옛사람이 말했다. 말은 다 해야 맛이 아니고, 일은 끝장을 보아서는 안 된다. 쑥대에 가득한 바람을 마다하지 말고, 언제나 몸 돌릴 여지는 남겨두어야 한다. 활은 너무 당기면 부러지고, 달은 가득 차면 기울게 마련이다.

今人說快意話, 做快意事, 都用盡心機, 做到十分盡情, 一些不留餘地,一毫不肯讓人, 方才燥脾, 方才如意. 昔人云: 話不可說盡, 事不可做盡, 莫撏滿篷風, 常留轉身地, 弓太滿則折, 月太滿則虧.

청나라 석성금 石成金이《전가보傳家寶》에서 한 말이다. 당장에 상대를 말로 꺾어 기세를 올려도 그 말은 곧바로 부메랑이 되어 돌아온다. 끝장을 보자는 독설, 여지를 남겨두지 않는 독단의 언어는 독이 될 뿐 득이 없다.

청나라 부산傅山(1607~1687)은《잡기雜記》에서 이렇게 썼다.

언어는 정말 통쾌한 뜻에 이르렀을 때 문득 끊어 능히 참아 침묵할 수 있어야 한다. 의기는 한창 피어오를 때 문득 가만히 눌러 거둘 수 있어야 한다. 분노와 욕망은 막 부글부글 끓어오를 때 문득 시원스레 털어버릴 수 있어야 한다. 이는 천하에 큰 용기가 있는 자가 아니고서는 능히 할 수 없는 일이다.

言語正到快意時, 便截然能忍黙得. 意氣正到發揚時, 便龕然能收斂得. 忿怒嗜欲正到騰沸時, 便廓然能消化得. 非天下大勇者不能.

최고의 순간에 멈추기는 쉽지 않다. 절정에서 내려서기란 더 어렵다. 뜨거운 욕망의 도가니에서 훌쩍 뛰쳐나오려면 더 큰 용기가 필요하다. 조금만 더, 한 번만 더, 하다가 굴러떨어지면 그 추락에 날개가 없다. 생각이 깊으면 그 말이 경솔하지 않다. 큰 싸움꾼은 가볍게 싸우지 않는다. 말의 품위와 격을 자꾸 생각하게 되는 요즘이다.

인양념마

양을 팔아 말을 사서 부자가 되는 생각

因羊念馬

이덕무가 꿈을 꾸는데, 천군만마가 소란스럽고 대포 소리가 요란했다. 횃불이 사방을 에워싸며 몰려들었다. 깜짝 놀라 깨어보니, 베갯머리에서 기름이 다 말라 등불 심지가 타닥타닥 타들어 가는 소리였다. 이 소리가 꿈속에 들어와 거창한 한바탕의 싸움판을 꾸몄던 것이다. 《이목구심서》에 나온다.

속담에 "꿈에 중을 보면 부스럼이 난다"는 말이 있다. 스님과 부스럼이 어찌 연관되는가? 박지원의 풀이가 그럴듯하다. "중은 절에 살고, 절은 산에 있고, 산에는 옻나무가 있으며, 옻나무는 부스럼이 나게 하니, 꿈속에서 서로 인因하게 된 것이다." 사물과 사물 사이에 얽히고설킨 인이 있다. 이것들이 서로 갈마들어 작용을 만든다. 착각도 환상도 여기서 다 나온다.

한 목동이 양을 치다가 잠이 들었다. 꿈속에서 생각했다. 이 양을 잘 길러 새끼를 많이 낳으면 내다 팔아 말을 사야지. 말이 또 망아지를 낳겠지? 또 내다 팔아 이번에는 수레를 사야겠다. 물건을 실어주고 돈을 받으면 지금보다 훨씬 부자가 될 거야. 그러면 그 돈으로 덮개가 있는 멋진 수레를 살 테야. 사람들이 더 이상 나를 업신여기지 못하겠지. 목동은 계속 꿈을 이어나갔다. 나중에는 왕공이나 타는 화려한 수레에 올라타 앞뒤로 북과 나팔이 행진곡을 연주하며 나아가는데, 나팔이 갑자기 큰 소리를 내는 바람에 잠을 깼다. 풀 뜯던 양이 심심해서 메에 소리를 냈던 모양이다. 목동과 왕공은 거리가 아득한데 꿈에서는 안 될 것이 없다. 한 단계 한 단계는 그럴 법해도, 마지막엔 턱도 없는 황당한 얘기가 된다. 소동파의 〈몽재명夢齋銘〉에 나온다.

우리 옛 동화에도 비슷한 이야기가 있다. 달걀 한 꾸러미를 들고 장에 가던 소년이 달걀 팔아 염소를 사고, 마침내 소를 사고 집을 사는 황홀한 상상에 젖었다. 너무 행복해서 눈을 감는 순간 돌부리에 넘어져 달걀을 다 깨고 말았다. 꿈은 등불 심지 타는 소리를 대포 소리로 착각하게 만든다. 염소의 메에 하는 울음을 나팔 소리로 듣게 한다. 애초에 문제는 품은 생각에 있었다. 여기에 곁에서 부추기는 인因이 작용해 꿈을 만든다. 꿈은 깨기 마련이고, 깬 뒤에는 허망하다. 목동의 꿈은 말 그대로 일장춘몽이다. 하지만 소년의 깨진 계란은 어찌하는가?

인품훈유

남에 대해 하는 말에 사람의 그릇이 드러난다

人品薰蕕

송나라 때 구양수는 후진들의 좋은 글을 보면 기록해두곤 했다. 나중에 이를 모아 《문림文林》이란 책으로 묶었다. 그는 당대의 문종文宗으로 기림 받는 위치에 있었지만, 후배들의 글을 이렇듯 귀하게 여겼다. 송나라 오자량吳子良은 자신의 《임하우담林下偶譚》에서 이 점이 바로 구양수가 일세의 문종이 될 수 있었던 까닭이라고 썼다. 구양수는 〈여유원보서與劉原父書〉에서 "왕개보王介甫가 새로 쓴 시 수십 편을 얻었는데 모두 기이하고 절묘해서, 시도詩道가 적막하지만은 않음을 기뻐하며 그대에게 알려드리오"라고 썼고, 또 〈답매성유서答梅聖兪書〉에서는 "소식의 글을 읽으니 나도 모르게 식은땀이 나더군요. 통쾌하고 통쾌합니다. 이 늙은이가 마땅히 길을 비켜주어서 그가 두각을 드러내도록 해야겠습니다. 너무 기쁩니다." 구양수는 좋은 글을 보면 이처럼 기뻐했다.

명나라 때 호종헌胡宗憲이 모곤茅坤에게 〈백록표白鹿表〉를 보여주었다. 모곤이 놀라 혀를 차며 말했다. "이것은 우리 당형천唐荊川 공이 아니고는 절대로 지을 수 없는 글일세." 당형천은 자신의 스승이었다. 뒤늦게 이 글을 서문장徐文長이 지었다는 사실을 알게 되자, 말을 이렇게 바꿨다. "애석하구나. 말세의 나약함에 지나지 않는다." 말속에 서문장을 질투하는 마음이 절로 드러났다.

나가노 호잔이 《송음쾌담》에서 두 사람의 다른 태도를 적고 나서 이렇게 썼다.

구양수를 살펴보면 인품의 훈유薰蕕가 다름을 볼 수 있다. 내가 모곤의 문집을 읽어보니 훌륭한 작품이 한 편도 없었다. 서문장의 하인이 되기에도 부족했으니, 질투하는 마음을 막지 못한 것이 당연하다. 옛사람이 말했다. '비방은 질투에서 생겨나고, 질투는 이기지 못하는 데서 생겨난다.' 이 말이 참으로 옳다.

視於歐公, 可以見人品薰蕕之別矣. 余讀茅氏文集, 不得一佳作. 蓋不足爲文長之奴, 宜乎其不堪猜忌也. 古人曰: '毁生於嫉, 嫉生於不勝.' 信哉言也.

훈薰은 향기 나는 풀이고, 유蕕는 고약한 냄새가 나는 풀이다. 남에 대해 말하는 태도에서 그 사람의 그릇이 드러난다. 아랫사람의 좋은 점을 취해 자신을 발전시키는 사람이 있고, 아랫사람을 무시하고 짓밟아 제 권위를 세우려는 사람이 있다.

일기일회

일생에 단 한 번 딱 한 차례의 만남
一期一會

일기一期는 일차一次이니, 단 한 차례. 일회一會는 딱 한 번의 만남이다. 만세일기萬歲一期요, 천재일우千載一遇는 진晉나라 원언백袁彥伯의 말이다. 1만 년에 단 한 번, 1,000년에 단 한 차례뿐인 귀한 만남이다. 이 한 번, 이 한순간을 위해 우리는 몇 겁의 생을 기다려왔다. 단 한 번의 일별一瞥에 우리는 불붙는다. 스쳐 가는 매 순간순간을 어찌 뜻 없이 보낼 수 있겠는가.

소동파의 〈승천사의 밤 나들이〔記承天寺夜遊〕〉란 글이다.

원풍 6년 10월 12일 밤이었다. 옷을 벗고 자려는데 달빛이 창문으로 들어왔다. 기뻐서 일어났다. 생각해보니 함께 즐길 사람이 없었다. 마침내 승천사로 가서 장회민을 찾았다. 회민 또한 아직 잠자리에 들지 않고 있었다. 서로 함께 뜰 가운데를 거닐었다. 뜰 아래는 마치 허공에 물이 잠겼는데, 물속에 물풀이 엇갈려 있는 것만 같았다. 대나무와 잣나무의 그림자였다. 어느 날 밤이고 달이 없었으랴. 어딘들 대나무와 잣나무가 없겠는가? 다만 우리 두 사람처럼 한가한 사람이 적었을 뿐이리라.

元豊六年十月十二日夜, 解衣欲睡, 月色入戶, 欣然起行. 念無與樂者, 遂至承天寺尋張懷民. 懷民亦未寢, 相與步於中庭. 庭下如積水空明, 水中藻荇交橫, 蓋竹柏影也. 何夜無月, 何處無竹柏, 但少閑人如吾兩人耳.

달은 어느 밤이나 뜬다. 나무 그림자는 어디에도 있다. 하지만 그날 밤 내 창문으로 넘어온 달빛, 그 달빛에 이끌려 벗을 찾은 발걸음, 마당에 어린 대나무 그림자, 말없이 바라보던 두 사람이 있어 그 달빛 그 그림자가 일생에 하나뿐이요 단 한 번뿐인 것이 되었다. 만남은 맛남이다. 모든 만남은 첫 만남이다. 매 순간은 최초의 순간이다. 우리는 경이 속에 서있다.

일슬지공

공부는 무릎과 엉덩이로 한다

一膝之工

김간金榦(1646~1732)의 독실한 학행學行은 달리 견줄 만한 이가 없었다. 하루는 한 제자가 물었다. "선생님, 독서에도 일슬지공一膝之工이 있을는지요?" '일슬지공'이란 두 무릎을 한결같이 바닥에 딱 붙이고 하는 공부를 말한다.

스승의 대답은 이랬다. "내가 예전 절에서 책을 읽을 때였지. 3월부터 9월까지 일곱 달 동안 허리띠를 풀지 않고, 갓도 벗지 않았네. 이부자리를 펴고 누워 잔 적도 없었지. 책을 읽다가 밤이 깊어 졸음이 오면, 두 주먹을 포개 이마를 그 위에 받쳤다네. 잠이 깊이 들려 하면 이마가 기울어져 떨어졌겠지. 그러면 잠을 깨어 일어나 다시 책을 읽었네. 날마다 늘 이렇게 했었지. 처음 산에 들어갈 때 막 파종하는 것을 보았는데, 산에서 나올 때 보니 이미 추수가 끝났더군."

세상에나! 그는 목욕 한 번 안 하고 늦봄부터 삼복더위를 지나 초

겨울을 코앞에 두고서야 산에서 내려왔다. 고승대덕의 '앉아 절대 눕지 않는다'는 장좌불와長坐不臥는 들어봤지만, 산사에 공부하러 간 선비가 7개월간 허리띠도 풀지 않고 눕지도 않은 채 공부만 했다는 얘기는 처음 들었다. 신돈복辛敦復(1692~1779)의 《학산한언鶴山閑言》에 실려 있다.

김흥락金興洛(1827~1899)이 사위인 장지구張志求에게 준 편지에도 "산속 집에서 일슬지공을 겨우내 온전히 해냈으니 얻은 바가 반드시 얕지 않겠네〔山齋一膝之工, 穩做三餘, 所得必不淺矣〕"라고 한 말이 나온다. 이런 독공篤工이 있고서야 공부에서 비로소 제 맛이 터져 나온다. 다산은 책상다리로 두 무릎을 딱 붙이고 공부하느라 튀어나온 복사뼈가 세 번이나 구멍이 났다 해서 과골삼천踝骨三穿의 이야기가 전설로 전해진다.

중종 때 양연梁淵(1485~1542)은 공부에 뜻이 없어 놀다가 나이 마흔에 비로소 정신을 차리고 공부를 시작했다. 그는 왼손을 꽉 쥐고서 문장을 이루기 전에는 결단코 이 손을 펴지 않겠노라 다짐했다. 몇 해 뒤 마침내 과거에 급제하여 꽉 쥔 왼손을 펴려 하자 그사이 자란 손톱이 손바닥을 파고들어가 펼 수 없는 지경이 되었다. 이것은 또 조갑천장爪甲穿掌의 고사로 회자된다.

공부는 머리로 하는 것이 아니다. 엉덩이와 무릎으로 한다.

일언방담

한 마디 말의 향기

一言芳談

일본 고전 명수필집 《도연초徒然草》를 읽는데, 고승의 명언을 모은 《일언방담—言芳談》이란 책에서 옮겨 적은 몇 구절이 나온다.

할까 말까 망설이는 일은 대개의 경우 하지 않는 편이 좋다.

우리는 매일 할까 말까 싶은 일을 이번만, 한 번만 하며 해놓고 돌아서서 후회한다.

내세의 안락을 원하는 자는 훌륭한 물건을 지니지 않는 편이 낫다.

실상은 하나라도 더 갖고 다 가지려고 아등바등한다.

속세를 떠난 수도자는 지닌 것 없이도 괜찮다는 마음가짐으로 해나가는 것이 최상의 방법이다.

행여 무시 당할까 봐 남의 것까지 욕심 사납게 그러쥔다.

신분이 높은 사람은 신분이 낮은 사람이 된 기분으로, 유능한 사람은 무능한 사람이 된 기분으로 살아가면 된다.

늘 정반대로 하려 드니 문제다.
같은 책에는 꼴불견의 모습을 적어둔 대목도 있다.

공공연하게 남녀 관계 이야기를 입에 담거나, 남의 신상을 농담 삼아 얘기하는 일. 늙은이가 젊은이 틈에 끼어 남을 웃기려고 지껄이는 꼴. 시시한 신분이면서 점잖은 분들을 친구처럼 허물없이 함부로 대하는 모양. 가난한 집에서 술잔치를 좋아하는 것.

대목마다 주변에서 일상으로 대하는 낯익은 풍경들이다. 대체로 인간이란 변하는 존재가 아니다. 매우 천하게 보이는 일로 꼽은 목록은 이렇다.

앉아 있는 주변에 여러 도구가 즐비하게 놓인 것,
벼루 갑 안에 붓이 많이 들어 있는 것,
남과 만났을 때 수다스러운 것,
불공드릴 때 좋은 공덕을 너무 많이 적어 읽는 일.

공연히 뜨끔해져서 서둘러 책상 정리를 한다. 말도 반으로 줄여야지.

일본의 대표적 고대 수필 《마쿠라노소시 枕草子》에는 낯간지럽고 민망한 순간들을 이렇게 꼽았다.

손님과 얘기하는데 안쪽에서 은밀한 소리가 들려올 때, 사랑하는 남자가 술에 취해 한 얘기를 또 하고 자꾸 할 때, 본인이 듣고 있는 줄도 모르고 그 사람 얘기를 했을 때, 예쁘지도 않은 어린애를 부모가 귀여워 어쩔 줄 모르며 다른 사람에게 어린애 목소리를 흉내 낼 때, 학문이 높은 사람 앞에서 공부가 전혀 없는 사람이 아는 체하며 옛 위인의 이름을 들먹거릴 때.

예나 지금이나 부족한 것이 문제되는 법은 없다. 넘치는 것이 늘 문제다. 우리는 말이 너무 많다. 지나치게 욕심 사납다.

일엽지추

잎 하나 지자 가을이 왔다

一葉知秋

조두순 趙斗淳(1796~1870)이 낙향하는 집안사람을 위해 시를 써주
었다.

오동 한 잎 날리자 천하가 가을이라
가을바람 가을비만 외론 누각 가득하다.
그대 아직 서울 미련 있음을 내 알지만
그저 근심뿐이려니 머물 생각 감히 마소.
　一葉梧飛天下秋　秋風秋雨滿孤樓
　知君更有門閭戀　未敢相留秖自愁

첫 구는 연원이 있다.《회남자》〈설산훈 說山訓〉에 "작은 것을 가지
고 큰 것을 보니, 잎 하나 지는 것을 보고 한 해가 장차 저무는 줄을 안

다〔以小見大, 見一葉落而知歲之暮〕"라 했다. 또 당나라 어느 시인은 다음의 구절을 남겼다.

> 산승이 날짜를 꼽을 줄은 몰라도,
> 한 잎 지면 천하에 가을 옴은 안다네.
> 山僧不解數甲子　一葉落知天下秋

여름철의 비바람을 끄덕 않고 다 견딘 오동잎도 새로 돋는 가을 기운 앞에서는 속수무책이다. 처음 한 잎이 떨어지는 것을 신호로 온 나무의 잎이 일제히 맥을 놓고 낙하한다.

앞서 조두순이 건넨 시의 뜻은 이렇다. "오동잎이 한 잎 지니 곧 낙목한천일세. 서울 생각일랑 이제 접게. 머문들 근심뿐인 것을 어째 모른단 말인가? 훌훌 털고 돌아가겠다니 잘 생각했네. 작은 데서 큰 것을 살펴야지. 더 늦기 전에 안돈해야지."

다음은 이행이 중국에 사신 갔다 돌아오는 길에 쓴 시 중 한 수다.

> 인생은 나그네와 다름이 없어
> 백년 인생 손 한번 뒤집음 같네.
> 가을바람 잎 하나 떨구더니만
> 벌레 소리 어이 이리 소란스럽나.
> 객사가 서늘해짐 기뻐하면서
> 한밤중 말없이 앉아 있노라.
> 어지럽고 시끄러운 명리의 길엔
> 벼슬아치 수레만 분주하다네.

덧없는 한 꿈을 깨고 나면은
스러져 뉘 다시 살아 있으리.
썩지 않을 사업을 보존하여서
달사와 더불어 논하고 싶네.

人生等過旅　百年隨手翻
商飆脫一葉　候蟲亦何喧
客舍喜空涼　夜坐默語言
擾擾利名途　冠蓋日追奔
居然一夢覺　泯沒誰復存
我欲保不朽　可與達士論

잎 하나 지니 가을이 왔다. 아직 떨치지 못한 미망迷妄이 남았거든 더 늦기 전에 털어내야겠다.

일자문결

한 글자의 작문 비결

一字文訣

《독서보》를 읽는데 왕구산王緱山이 쓴 〈일자결一字訣〉이 실려 있다.
함께 읽어본다.

문장에 딱 한 글자로 말할 만한 비결이 있을까? '긴緊'이 그것이
다. 긴이란 장丈을 줄여 척尺으로 만들고, 척을 쥐어짜 촌寸으로
만드는 것을 말함이 아니다. 글이 꽉 짜여 빈틈이 없는 것을 두고
하는 말이다. 옛사람은 글의 포치布置는 느슨해도 결구結構, 즉 짜
임새는 촘촘했다. 지금 사람은 구성은 촘촘하나 짜임새는 엉성하
다. 솜씨가 교묘한 자는 마치 준마가 시내를 단숨에 건너뛰는 것
같고, 재주가 못난 자는 노둔한 소가 산을 오르는 것과 같다.

文章有一字訣乎? 曰緊. 緊非縮丈爲尺, 蹙尺爲寸之謂也. 謂文之接縫
鬪筍處也. 古人布局寬, 結構緊. 今人布局緊, 結構寬. 巧者如駿馬跳澗,

拙者如駑牛登山.

긴緊은 긴밀緊密, 긴요緊要, 긴절緊切 같은 단어에서 보듯 단단히 얽혀 비집고 들어갈 틈이 없는 상태를 설명하는 표현이다. 긴 글을 쥐어짜 줄인 것이 긴緊이 아니다. 좋은 글은 한 글자만 빼거나 더해도 와르르 무너진다. 당나라 한유가 말한 "풍부하나 한 글자도 남지 않고, 간략해도 한 글자도 빠뜨리지 않는다〔豊而不餘一字, 約而不失一辭〕"의 경지다.

글 속에 접봉투순接縫鬪筍이란 표현이 나온다. 접봉은 재봉선裁縫線, 즉 천의 이음새가 보이지 않는 바느질 솜씨다. 투순은 죽순이 다투어 솟아날 때 서로 맞닿아 둘을 갈라낼 수 없을 만큼 붙어 있는 것을 말한다. 빈틈없이 꽉 짜여 하나가 된 상태의 비유다.

다시 포국布局과 결구結構의 긴밀함과 느슨함으로 옛사람과 지금 사람을 구분했다. 포국은 글의 전반적인 배치, 지금 말로 '개요'에 해당한다. 결구는 하나하나의 문장을 서로 얽어 짜여 빚어내는 조직組織이다. 옛글은 그저 읽으면 벙벙해 보여도, 따져 살피면 어느 문장, 어느 글자 하나 허투루 놓인 데가 없다. 지금 글은 군사작전 하듯 개요를 작성하고 예시를 주워 모아 준비를 단단히 해도 막상 실전에 투입하면 여기서 새고 저기서 넘쳐 정신을 못 차리다가 스스로 궤멸되고 만다.

일자지사

한 글자로 하늘과 땅의 차이가 생긴다

一字之師

조선 중기의 시인 이민구李敏求(1589~1670)의 금강산 시 두 구절은
이렇다.

천길 벼랑 말 세우니 몸이 너무 피곤해
나무에 시 쓰려도 글자가 되질 않네.

千崖駐馬身全倦　老樹題詩字未成

김상헌金尙憲(1570~1652)이 이 시를 읽더니, 대뜸 '자미성字未成'을
'자반성字半成'으로 고쳤다. 처음 것은 아예 글자가 써지질 않는다고
한 것인데, 나중 것은 글자를 반쯤 쓰고 나니 너무 지쳐 채워 쓸 기력
조차 없다고 말한 것이다. 한 글자를 고쳤을 뿐이나 작품의 정채가 확
살아났다.

고려 최고의 시인 정지상鄭知常은 묘청의 서경 천도 운동에 연루되어 김부식金富軾(1075~1151)에게 죽었다. 생전에 둘은 라이벌로 유명했다. 김부식이 어느 봄날 시를 지었다.

버들 빛은 천 개 실이 온통 푸르고
복사꽃은 만 점이나 붉게 피었네.
柳色千絲綠　桃花萬點紅

득의의 구절을 얻어 흐뭇해하는 순간, 허공에서 갑자기 정지상의 귀신이 나타나 김부식의 뺨을 후려갈겼다.

천사千絲와 만점萬點이라니, 누가 세어보았더냐? '버들 빛은 실실이 온통 푸르고, 복사꽃은 점점이 붉게 피었네(柳色絲絲綠 桃花點點紅)'라고 해야지.

과연 한 글자를 고치고 나니, 물 오른 봄날의 버들가지와 온 산을 붉게 물들인 복사꽃의 정취가 '천千'과 '만萬'으로 한정지었을 때보다 더 생생해졌다.
송나라 때 장괴애張乖崖가 늙마의 한가로움을 이렇게 읊었다.

홀로 태평하여 일 없음을 한하니
강남땅서 한가로운 늙은 상서尚書로다.
獨恨太平無一事　江南閑殺老尚書

소초재蕭楚材가 보고 못마땅한 기색을 짓더니, 앞 구의 '한恨'을 '행幸'으로 고쳤다. 그리고 말했다. "지금 나라가 통일되고, 그대의 공명과 지위가 높고 무겁거늘, 홀로 태평함을 한스러워 한다니 될 말입니까?" '행幸' 자로 고치면 '홀로 태평하여 일 없음을 기뻐하니'라는 뜻이 된다. 장괴애가 진땀을 흘리며 사과했다.

이렇게 한 글자를 지적하여 시의 차원을 현격하게 높여주는 것을 '일자사一字師'라고 한다. 청나라 때 원매가 말했다.

시는 한 글자만 고쳐도 경계가 하늘과 땅 차이로 판이하다. 겪어 본 사람이 아니면 알 수가 없다.

시만 그런 것이 아니다. 삶의 맥락도 넌지시 한 글자 짚어주는 스승이 있어, 나가 놀던 정신이 화들짝 돌아왔으면 좋겠다.

임거사결

전원 속 삶의 네 가지 비결

林居四訣

정조 때 좌의정을 지냈던 유언호는 기복이 많은 삶을 살았다. 잘나가다 40대에 흑산도로 유배 갔고, 복귀해서 도승지와 대사헌을 지낸 후에 또 제주도로 유배 갔다. 벼슬길의 잦은 부침은 진작부터 그로 하여금 전원의 삶을 꿈꾸게 했다.

한번은 그가 지방에 있다가 임금의 급한 부름을 받았다. 역마를 급히 몰아 서울로 향했다. 장맛비가 주룩주룩 내려 길이 온통 진창이었다. 옷이고 뭐고 엉망이었다. 어느 주막을 지나는데, 한 아낙네가 어린 자식을 무릎에 눕혀놓고 머릿니를 잡아주고 있었다. 아이는 긁어줄 때마다 시원하다고 웃고, 어미는 자식의 이가 줄어드는 것을 기뻐했다. 둘이 천진스레 깔깔대며 즐거워하는 모습에 참다운 정이 가득했다. 그는 진창 속에 비 맞고 말을 달리다가 잠깐 스쳐 본 그 광경에 저도 몰래 망연자실하고 말았다. 나는 지금 어디로 달려가는가? 삶의 천진한 기쁨은 어디에 있는가?

이후로 그는 부산스럽기만 한 벼슬길에 회의를 느껴 어버이 봉양을 핑계대고 사직했다. 한동안 조용히 묻혀 지내며 옛사람의 맑은 이야기를 가려 뽑아 《임거사결林居四訣》이란 책자를 엮었다. 전원에 사는 비결로 그가 꼽은 네 가지는 달達·지止·일逸·적適이다.

달達은 툭 터져 달관하는 마음이다. 견주어 계교하는 마음을 걷어내야 달관의 마음이 열린다. 주막집 아낙의 천진함과 조정 대관의 영화를 비교하는 것이 무슨 의미가 있겠는가? 지止는 있어야 할 곳에 그쳐 멈추는 것이다. 욕심은 늘 끝 간 데를 모르니, 그쳐야 할 데 그칠 줄 아는 지지止止의 자세가 필요하다. 끝장을 보려들면 안 된다. 고요히 비워라. 일逸은 은일隱逸이니 새가 새장을 벗어나 창공을 얻듯 툴툴 털고 숨는 것이다. 달관하여 멈춘 뒤라야 두 손에 움켜쥐었던 것을 내려놓을 수가 있다. 적適은 마음의 소리에 귀를 기울여 편안히 내맡기는 것이다. 물아양망物我兩忘의 경계가 비로소 열려 그제야 깔깔대며 웃을 수가 있다.

도시에 지친 사람들은 늘 전원을 꿈꾼다. 하지만 그마저도 마음의 준비 없이는 견디기가 어렵다. 막상 유언호의 전원생활도 그리 오래 가지는 못했다. 그 마음속에 맑은 바람이 부는 한, 도시와 전원의 구획을 나누는 것은 의미 없는 일이 아닐까?

임기응변

기미를 타서 변화에 부응한다

臨機應變

기機는 목木과 기幾를 합한 글자다. 원래는 복잡한 장치로 된 기계를 말한다. 처음엔 쇠뇌를 발사하는 방아쇠를 뜻했는데, 나중에는 이런저런 기계장치를 가리키는 말로 썼다. 이 글자가 들어간 어휘를 보면 대부분 이것과 저것이 나뉘는 지점과 관련된다. 기계장치에 방아쇠를 당기면 순간적으로 엄청난 변화가 일어난다. 단순한 동작의 전후로 일어나는 변화는 예측이 어렵다. 선택의 기로에서 어떤 판단을 하느냐가 성공과 실패를 가른다.

기機는 미세해서 기미機微요, 비밀스러워서 기밀機密이다. 하늘의 기밀은 천기天機니 이것은 함부로 누설하면 안 된다. 기를 잘못 다루면 위험해서 위기危機가 온다. 하지만 이 기가 모여 있는 지점은 기회機會의 순간이기도 하다. 기지機智가 있는 사람은 위기를 기회로 만들고, 실기失機하면 기회는 금세 위기로 된다. 그래서 사람은 기민機敏

하게 판단해서 임기응변臨機應變을 잘해야 한다. 임기응변은 흔히 쓰듯 그때그때 적당히 임시방편으로 넘어가는 것이 아니다. 잘나가다가 갈림길을 만나 선택을 해야 할 때, 그 상황에서 가장 알맞은 선택을 한다는 의미다.

사람은 때로 진득하니 대기待機할 줄도 알아야 하고, 기의 방향을 돌려 전기轉機를 마련하는 여유도 필요하다. 그러려면 적절한 계기契機에 기선機先을 제압해야 한다. 투기投機는 내 기회를 한꺼번에 던지는 것이다. 특히 기략機略을 발휘할 필요가 있다. 어떻게 하면 내게 이로운 수가 생길까 궁리하는 마음은 기심機心이다. 옛 선비들은 기심 버리는 것을 큰 공부로 알았다. 그것이 망기忘機다. 섣불리 기교機巧만 부리려 들면 제 몸을 망치고 집안을 망친다. 추기樞機는 문을 여닫는 장치인 지도리다. 지도리가 뻑뻑하면 문이 안 열린다. 가톨릭의 추기경樞機卿은 교회의 중요한 일을 열고 닫는 결정권을 지닌 존재다. 군대의 기밀을 담당하는 기관은 기무사機務司다.

뜻밖에 우리 생활 주변에 기가 들어간 한자 어휘가 많다. 어찌 보면 현대인의 경쟁력은 결국 이 기機의 장악 여부에 달려 있다고 해도 과언이 아니다. 한자는 이렇듯 한 글자만 제대로 알아도 파생되는 의미가 무궁하다. 급수를 나누는 한자 검정 시험은 낱글자를 익히는 데만 치중하다 보니, 한자 어휘의 이런 연쇄적 의미 사슬을 흔히 무시해 버린다. 맥락을 놓친 채 무조건 외우라고만 가르친다.

자경팔막

스스로 경계 삼아야 할 여덟 가지 금기

自警八莫

《선유문》의 〈초연거사육법도〉 중 '자경팔막自警八莫'을 소개한다. 스스로 경계 삼아야 할, 여덟 가지 해서는 안 될 일의 목록이다.

첫째, "마음의 생각은 망상을 하지 말라(心念莫妄想)". 념念은 콕 박혀 안 떠나는 생각이고, 상想은 퍼뜩 떠오른 생각이다. 망상은 망령된 생각, 즉 헛생각이나 개꿈이다. 사람은 쓸데없는 상념에 빠져서는 안 된다. 상념은 마음에 찌꺼기와 얼룩을 남긴다. 사려思慮를 깊게 해서 마음을 반짝반짝 빛나게 닦자.

둘째, "세월은 일 없이 보내지 말라(光陰莫閑過)". 아까운 세월을 어찌 빈둥거리랴. 긴 인생의 몇십 년을 하는 일 없이 보낸다면 이보다 더 큰 비극이 없다.

셋째, "명예와 이익은 탐욕스레 구하지 말라(名利莫貪求)". 욕심으로 얻은 명예, 탐욕스레 움켜쥔 이익은 나를 찍는 도끼다. 오래가지 못한다.

넷째, "성내고 분노함을 함부로 멋대로 하지 말라〔嗔怒莫恣縱〕". 한 때의 분노를 못 참아 100일의 근심을 부른다. 잠깐 시원하고 뒤끝이 오래간다.

다섯째, "남을 보고 시샘하지 말라〔見人莫妬忌〕". 나보다 나은 사람을 질투해서 해코지하거나, 상대를 꺼려 못되게 굴면 내 그릇이 드러날 뿐 아니라, 나 자신의 발전도 없다.

여섯째, "세상의 재물은 지키려 들지 말라〔世財莫常守〕". 재물은 돌고 도니, 처음부터 내 것이 아니었다. 잠시 빌려 쓰는 것이려니 해라. 아등바등 붙들고 놓지 않으려 해도 결국 빈손으로 돌아간다.

일곱째, "힘세고 강한 것을 믿지 말라〔强梁莫恃賴〕". 제 힘과 역량을 믿고 멋대로 날뛰면 나중에 힘이 빠졌을 때 몇 배로 되돌아온다.

여덟째, "일을 하면서 남을 해치지 말라〔臨事莫害人〕". 보태주고 도와주고 거들어줘야지, 상대를 해치거나 짓밟으면 어느 순간 내게 똑같이 돌아온다.

끝에 덧붙였다. "이 여덟 가지 해서는 안 될 일을 지킨다면 일생이 편안하고 즐거우리라〔守此八莫, 一生安樂〕."

자만난도

수습할 수 있을 때 김을 매자

滋蔓難圖

윤기가 채마밭에서 잡초를 매다가 〈서채설鋤菜說〉을 썼다. 여러 날
만에 채마밭에 나가보니 밭이 온통 잡초로 뒤덮여 있었다. 채소는 잡
초에 기가 눌려 누렇게 시들었다. "아! 이것은 아름다운 종자인데 어
쩌다가 이 지경이 되었을꼬? 저 남가새나 도꼬마리는 사람에게 아무
유익함이 없건만 누가 저리 무성히 자라게 했더란 말인가?" 깨끗이 김
을 매주자 채소가 겨우 기를 펴서 바람에 잎이 살랑대며 기쁜 빛이 있
었다. 그가 다시 말한다.

앞서 채소가 처음 났을 때 이렇게 시원스레 해주었다면 비와 이
슬을 고루 받아 생기를 타고 잘 자라 아침저녁으로 따서 내 밥상을
도왔을 것이다. 저 나쁜 잡초가 어찌 침범할 수 있었겠는가? 또 채
소가 잡초에게 곤욕을 겪은 것이 어찌 채소의 죄이겠는가? 잡초의

침범을 이기지 못해서였다. 잡초가 채소를 안중에 두지 않았던 것이 어찌 잡초의 잘못이랴? 마구 돋아날 때 김을 매지 않아서였을 뿐이다. 잘못은 사람에게 있으니 어찌 잡초가 밉고 채소가 애처로운 것이겠는가?

向使菜之始生也, 如此其廓如也, 則其被雨露也均, 其乘生意也遂, 朝筐暮襭, 助吾鼎俎, 之惡草安得而凌之哉? 且菜之困於衆草, 豈菜之罪哉? 不勝於衆草之侵駕也. 草之能有無菜之心者, 亦豈草之罪哉? 不見鋤於怒生之時也. 罪在於人, 尙何草之可惡, 菜之可哀也哉?

글 중에 잡초 운운한 대목은《춘추좌씨전》은공隱公 원년 조 기사에서 "넝쿨을 무성하게 번지게 해서는 안 된다. 넝쿨은 없애기가 어렵다(無使滋蔓, 蔓難圖也)"라고 한 데서 나왔다. 잡초를 미연에 막지 않으면 나중엔 넝쿨이 걷잡을 수 없이 번져서 손댈 수 없는 지경에 이르고 만다는 의미다.

윤기는 자신의 글을 이렇게 끝맺었다.

비록 그러나 지난 일은 그뿐이다. 오늘 황폐한 채마밭을 면한 것만도 다행이다. 저도 한때요 이도 한때이니 또 어이 한탄하리. 옛사람은 넝쿨풀은 제거하기가 어렵다고 했다. 지금 넝쿨을 내버려두는 바람에 마침내 캐내고 베어내는 수고가 있게 되었다. 하지만 채소는 이미 병들고 말았다. 세상 사람들아! 넝쿨을 내버려두면 안 된다.

雖然, 往者已矣. 今日之得免於荒園亦幸矣. 彼一時也, 此一時也, 又何恨焉. 古人有言曰: 蔓難圖也. 今任其蔓也, 故卒有芟夷蘊崇之勞. 而菜則已病矣. 世之人! 其毋待蔓也夫.

목은 이색도 이 뜻을 받아 〈제장입성諸將入城〉에서 이렇게 노래했다.

　잡초 넝쿨 도모하기 어렵단 말에 듣더니
　미친 물결 되돌릴 수 있음을 이제 보네.
　昔聞蔓草圖非易　今見狂瀾倒可回

난마처럼 얽혔던 현실이 차츰 정상화되어 가는 정황을 노래한 내
용이다.

자모인모

허물이 있어도 고치면 귀하다

自侮人侮

정온이 50세 되던 해 정초에 〈원조자경잠元朝自警箴〉을 지었다. 서두는 이렇다.

> 어리석은 내 인생
> 기氣 얽매여 외물外物에 빠져,
> 몸을 닦지 못하니
> 하루도 못 마칠 듯.
> 근본 이미 잃고 보매
> 어데 간들 안 막히랴.
> 부모 섬김 건성 하고
> 임금 섬김 의리 없어.
> 나도 남도 업신여겨

소와 말로 대접하네.
나이라도 어리다면
지나갈 수 있다지만,
이제 어언 오십 되니
노쇠함이 시작될 때.
공자는 천명 알고
거백옥蘧伯玉은 잘못 알아.

余生之惷　氣拘物汨　儢焉厥躬　如不終日

本旣失矣　何往不窒　事親不誠　事君無義

自侮人侮　牛已馬已　齒之尙少　容或不思

今焉五十　始衰之時　仲尼知命　伯玉知非

　　공자는 나이 오십을 지천명知天命이라 했고, 거백옥은 쉰 살이 되
자 "지난 49년의 인생이 잘못된 줄을 알았다(年五十而知四十九年非)"고
했다. 쉰 살은 하늘이 나를 왜 세상에 냈는지를 알고, 지난 세월의 잘
못을 깨닫는다는 나이다. 새해 쉰 살이 되어 나를 돌아보니 한심하고
무참하다. 습기習氣를 못 벗어나 먹고사는 일에 골몰해서, 제 몸 수양
은커녕 내가 누군지조차 잊었다. 부모에게 제대로 된 효도도 한 적 없
고, 임금을 의리로 섬기지도 못했다. 내가 나를 업신여겨 함부로 대하
니, 남도 나를 덩달아 업신여긴다(自侮人侮). 나는 나를 소나 말처럼 천
하게 부렸고, 남도 나를 그렇게 함부로 대하게 만들었다. 젊다면 그 핑
계라도 대겠지만, 오십은 지명지비知命知非의 나이가 아닌가?
　　그의 자성自省이 이어진다.

내 비록 못났지만

하늘 내심 받았다네.

이미 이를 알았다면

돌아보지 않을쏜가.

반성은 어이할까?

공경으로 할 뿐이라.

의관은 단정하게

거처함은 공손하게.

행실은 독실하게

말은 꼭 미더웁게.

욕심 막음 성城과 같고

분노 없앰 비로 쓸듯.

余雖下品　亦受天界　旣已知之　胡不顧諟

顧諟伊何　日敬而已　衣冠必整　居處必恭

行必篤實　言必信忠　防慾如城　除忿如篲

　반성은 옷매무새와 몸가짐을 바로 하고, 행실과 언어를 점검하는 것으로부터 시작한다. 과도한 욕심을 성 쌓듯 둘러막고, 마음속 분노는 비로 쓸듯 쓸어낸다.

　그다음은?

동정動靜을 서로 길러

안팎 함께 지킨다면,

영대靈臺가 맑아지고

마음 또한 빛나리라.
참으로 이러해야
사람이라 할 것이라.
이로써 환난에도
평상심 잃지 않고,
이로써 안락에도
교만방자 말아야지.
바로 서기 늦었지만
허물 고침 귀하다네.
성현 또한 사람이라
이리하면 성인 되리.
봄은 한 해 처음이요
정초에서 시작되니,
경계의 말 여기 써서
죽도록 지키리라.

動靜交養　內外夾持　靈臺澄澈　方寸光輝
允若乎是　是曰人而　以之患難　不失素履
以之安樂　不至驕恣　立脚雖晚　改過爲貴
聖賢亦人　爲之則是　春惟歲首　日乃元始
書玆警詞　服之至死

새해를 맞는 내 다짐이기도 하다.

자지자기

제풀에 멈추면 성취가 없다

自止自棄

노수신盧守愼(1515~1590)이 임금에게 뜻을 먼저 세울 것을 청한 〈청선입지소請先立志疏〉의 한 대목.

대저 뜻이란 기운을 통솔하는 장수입니다. 뜻이 있는 곳이면 기운이 반드시 함께 옵니다. 발분하여 용맹을 다하고, 신속하게 떨쳐 일어나는 것은 힘을 쏟아야 할 곳이 있습니다. 산에 오르면서 꼭대기에 뜻을 두지 않는다면, 이것은 스스로 그치는 것(自止)이 됩니다. 우물을 파면서 샘물이 솟는 것에 뜻을 두지 않는다면 이것은 스스로 포기하는 것(自棄)이 됩니다. 하물며 성현과 대덕大德이 되려면서 뜻을 세우지 않고 무엇으로 하겠습니까?

夫志, 氣之帥也. 志之所在, 氣必至焉. 發憤勇猛, 奮迅興起, 乃有用力處. 登山而不志於絶頂, 是爲自止. 掘井而不志於極泉, 是爲自棄. 況爲聖賢大德, 而志不立, 何以哉.

등산은 정상에 오를 목표를 세우고 차근차근 밟아 올라간다. 우물
은 차고 단 물을 얻을 때까지 파고 또 판다. 파다 만 우물은 쓸데가 없
고, 오르다 만 산은 가지 않은 것과 같다. 목표를 정해 큰일을 도모할
때는 심지를 깊게 하고 뜻을 높이 세워야 한다. 뜻이 굳지 않으면 제
풀에 그만두고 제 스스로 포기하고 만다[自止自棄]. 목표를 향해 밀어
붙이는 힘은 굳센 뜻에서 나온다. 굳센 뜻이 없이는 추진하는 에너지
가 생겨날 데가 없다.

하수일河受一(1553~1612)은 젊은 시절 두 동생과 함께 청암사靑巖寺
에서 글을 읽다가 절 뒷산에 올랐다. 정상에서 내려오면서 그 느낌을
이렇게 적었다.

사군자는 몸 둘 곳을 마땅히 가려야 한다. 낮은 곳에 처하면 식
견이 낮아지고, 높은 곳에 처하면 식견이 높아진다. 높지 않은 곳
을 택한데서야 어찌 지혜를 얻으리.

士君子處身宜擇, 處下而見下, 處高而見高. 擇不處高, 焉得智.

꼭대기에서는 시야가 툭 터져서 안 보이는 것이 없었는데, 내려올
수록 시야가 좁아져서 답답해졌기에 한 말이다.

조광조趙光祖(1482~1519)가 말했다.

등산을 하면서 산꼭대기까지 가려고 마음먹은 사람은 비록 꼭대
기까지 못 가더라도 산허리까지는 갈 수가 있다. 만약 산허리까지

만 가려고 작정한다면 산 밑바닥을 채 벗어나지도 않은 채로 반드시 그치고 말 것이다.

登山期至山頂者, 雖不至頂, 可至山腰矣. 若期至山腰, 則不離山底而必止矣.

이정귀도 비슷한 말을 남겼다.

등산할 때는 정상까지 이르러야 한다. 한 발짝이라도 끝까지 가지 못하면 오히려 제2층으로 떨어지고 만다.

登山須到頂上方好, 未盡一步, 猶落第二層也.

정상에 서지 않고는 내려올 생각을 말라는 뜻이다. 차이는 한 발짝일 뿐이지만, 그 차이는 엄청나다.

품은 뜻이 그 사람의 그릇을 가른다. 바라보는 높이에 따라 뿜어져 나오는 에너지의 양도 차이 난다. 제 깜냥도 모르고 날뛰는 것은 문제지만, 해보지도 않고 자포자기하는 것은 더 큰 문제다.

작관십의

공직자가 지녀야 할 열 가지 마음가짐

作官十宜

송나라 진록이 엮은《선을 권유하는 글》에 공직자가 지녀야 할 열 가지 마음가짐을 적은 '작관십의作官十宜'란 글이 있다.

첫 번째는 '백성의안百姓宜安', 즉 백성을 편안하게 해주는 것이다. 위정자는 백성의 삶을 안정시키는 데 최우선 가치를 두어, 다른 생각 없이 생업에 종사할 수 있도록 해야 한다.

두 번째는 '형벌의생刑罰宜省'이다. 법 집행의 엄정함을 보여주되, 형벌은 백성의 편에 서서 덜어줄 것을 생각한다.

세 번째는 '세렴의박稅斂宜薄'이다. 세금은 과도하게 거두지 않아 백성의 부담을 덜어주려는 자세를 가져야 한다.

네 번째는 '원억의찰冤抑宜察'이다. 혹여 백성이 억울하고 원통한 경우를 당하지는 않는지 꼼꼼히 살펴, 세상과 정치에 대해 분노를 품지 않도록 배려한다.

다섯 번째는 '추호의간追呼宜簡'이다. '추호'는 아전이 들이닥쳐 세금을 독촉하고 요역徭役에 응하라고 윽박지르는 것을 말한다. 행정명령은 가급적 간소화하는 것이 좋다.

여섯 번째는 '판결의심判決宜審'이다. 송사 판결은 공정한 잣대로 면밀히 살펴 양측이 모두 납득할 수 있는 판단을 내려야 한다. 편을 가르거나 사정私情이 끼어들면 안 된다.

일곱 번째는 '용도의절用度宜節'이다. 재정은 한 푼이라도 더 절약하고 절제하는 것이 마땅하다. 제 돈 아니라고 흥청망청 쓰거나 공연한 선심을 베풀어도 안 된다.

여덟 번째는 '흥작의근興作宜勤'이다. 기쁘고 좋은 일로 신이 나도, 흥청대기보다 더욱더 조심하고 삼가야 한다.

아홉 번째는 '연회의계살燕會宜戒殺'이다. 잔치모임에서는 살생을 경계하는 것이 마땅하다. 화락한 자리에 살기가 감돌면 화기和氣를 해친다.

열 번째는 '사환의예방思患宜豫防'이다. 우환이 걱정되면 미리 방비하는 것이 옳다. 일이 닥쳐 허둥대면 이미 늦다.

끝에 덧붙인 한마디. "이 열 가지 마땅함을 지키면, 다스림의 도리는 끝난다(守此十宜, 治道盡矣)."

작문오법

좋은 글이 갖추어야 할 다섯 가지

作文五法

명나라 원황袁黃(1533~1606)이 〈간생에게 주는 문장에 대해 논한 글[與干生論文書]〉에서 좋은 글을 쓰기 위해 갖추어야 할 다섯 가지를 꼽았다.

첫째가 존심存心, 즉 마음 간수다. "글은 마음에서 나온다. 마음이 거칠면 글이 조잡하고, 마음이 잔달면 글도 쫀쫀하다. 마음이 답답하면 글이 막히고, 마음이 천박하면 글이 들뜬다. 마음이 어긋나면 글이 허망하고, 마음이 방탕하면 글이 제멋대로다[夫文出于心, 心粗則文粗, 心細則文細. 其心鬱者其文塞, 其心淺者其文浮. 其心詭者其文虛, 其心蕩者其文不檢]." 글은 마음의 거울, 글에 그 사람이 훤히 비친다.

둘째는 양기養氣, 곧 기운 배양이다. "기운이 온화하면 글이 잔잔하고, 기운이 가득 차면 글이 화창하며, 기운이 씩씩하면 글이 웅장하다. 글을 지으려면 먼저 기운을 길러야 한다[盖氣和則文平, 氣充則文暢, 氣壯則

文雄. 凡欲作文, 須先養氣)." 평소에 기른 호연지기浩然之氣가 글에 절로 드러나야 한다.

셋째는 궁리窮理다. "이치가 분명하면 표현이 명확하고, 이치가 촘 촘하면 글이 정밀하며, 이치가 합당하면 글이 정확하다. 이치가 주인 이라면 표현은 하인에 불과하다. 주인이 정밀하고 밝은데 하인이 명 을 따르지 않는 경우란 없다(理明則詞顯, 理密則詞精, 理當則詞確. 理譬則主 人也, 詞譬則奴僕也. 未有主人精明, 而奴僕不從令者)." 어떤 문장력으로도 허 술한 생각을 살릴 수는 없다.

넷째 계고稽古는 옛글을 익혀 자기화하는 과정이다. "정밀하게 골 라 익숙히 익혀 아침저녁으로 아껴 외운다. 틈날 때마다 옛글을 읽으 면 내 글 속에 절로 옛글의 풍격이 스며든다(精擇而熟參之, 朝玩暮諷, 使古 文時在唇吻間, 則出詞吐氣, 自有古風)." 이 노력이 없으면 말투나 흉내 내다 작대기 글로 끝난다.

다섯째 투오透悟는 깨달음이다. "육예六藝의 학문은 익숙하지 않으 면 깨달을 수 없고, 깨닫지 않고는 정밀함이 없다(凡六藝之學, 不熟則不 悟, 不悟則不精)." 끝없는 반복으로 온전히 자기 것이 되면 언제 오는지 도 모르게 깨달음이 내 안에 쏙 들어온다.

이상 다섯 가지의 바탕 위에서 나온 이런 글이라야 천하무적이다.

작문육오

글 쓸 때 쉬 빠지는 여섯 가지 잘못

作文六誤

나라 장홍양이 〈담문수어〉에서 글 쓸 때 빠지기 쉬운 여섯 가지 잘못을 지적했다. 글쓰기뿐 아니라 세상 사는 이치도 다를 게 없어 소개한다.

첫째는 말을 비틀어 어렵고 험벽하게[艱險] 써놓고 제 딴에는 새롭고 기이하지[新奇] 않느냐고 하는 것이다. 사실은 괴상할[怪] 뿐이다. 참신한 시도와 망측한 행동을 잘 구분해야 한다. 기이함은 뜻에서 나오는 것이지 남이 하지 않은 말이나 행동을 하는 데서 생기는 것이 아니다.

둘째는 뜻을 복잡하게 얽어놓고[鉤深] 스스로 정밀하고 투철하다[精透]고 여기는 경우다. 하도 뒤엉켜서 제법 생각도 깊어 보이고, 공부도 많이 한 것 같다. 하나하나 짚어보면 겉보기에 그럴듯해 보인 것일 뿐 속임수인[詭] 경우가 더 많다.

셋째는 만연체로 길게 늘어놓고[蔓衍] 창대하다고 착각하는 것이다. 분량으로 독자의 기를 죽이고 보겠다는 심사다. 내용을 알든 모르든 자신의 문장력에 압도되기만 바란다. 글 쓴 저도 모르는데 남이 어찌 알겠는가? 이런 것은 창대한 것이 아니라 바람이 들어 붕 떠 있는[浮] 글이다.

넷째는 생경하고 껄끄러운[生澁] 표현을 잔뜩 동원해 이만하면 장중하고 웅건[莊健]하지 않느냐고 뽐내는 예다. 읽는 사람의 혀끝에 남는 떫은맛은 고려하는 법이 없다. 이것은 장중도 웅건도 아닌 비쩍 마른[枯] 것일 뿐이다.

다섯째는 경박하고 방정맞은[輕佻] 얘기를 펼쳐놓고 원만하고 부담없다[圓逸]고 자부하는 경우다. 제 딴엔 유머라고 했는데, 제 수준만 단박에 들통난다. 천박한[野] 것에 지나지 않는다.

여섯째는 평범하고 속된[庸俗] 표현을 나열하고는 스스로 평탄하고 정대하다[平正]고 생각하는 경우다. 사실은 진부[腐]하다. 글은 쉽게 써야 하지만 진부한 것과 혼동하면 안 된다.

사람은 비슷한 것을 잘 분간해야 한다. 참신한 것과 괴상한 것, 뒤엉킨 것과 정밀한 것, 잔뜩 늘어놓는 것과 스케일 있는 것, 생경한 것과 웅건한 것, 경박한 것과 둥글둥글한 것, 상스러운 것과 정대한 것은 자주 헷갈린다. 이 분간을 잘못하면 해괴한 짓을 하면서 부끄러운 줄 모르고, 천박하게 굴면서 눈높이를 맞춘다고 착각한다. 남들의 손가락질을 칭찬으로 오해한다. 웃기려 한 것이 울게 만든다.

작비금시

지난 잘못을 걷고 옳은 지금을 간다

昨非今是

몇 해 전 학술회의차 대만에 갔을 때, 묵었던 호텔 로비 벽에 걸린 대련 글씨에 마음이 끌렸다.

고요 속에 언제나 지난 잘못 생각하고
한가할 땐 젊은 날 읽던 책을 다시 읽네.
靜裏每思前日過　閑時補讀少年書

반성 없는 나날은 발전이 없다. 지난 잘못을 돌이켜 오늘의 밑바대로 삼는 자세가 필요하다. 앞으로 나가는 것만 알고, 뒤를 돌아볼 줄 모르면 슬프다. 그래서 젊은 시절 읽었던 책을 먼지 털어 꺼내 읽으며, 한 번씩 오늘 내 삶의 자세를 가다듬어 보는 것이다.

도연명은 〈귀거래사歸去來辭〉에서 이렇게 말했다.

이제껏 마음이 육신의 부림 받았으니

어이 구슬피 홀로 슬퍼하리오.

지나간 일 소용없음 깨달았지만

앞일은 따를 수 있음 알고 있다네.

실로 길 잃음이 아직 멀지 않으니

지금이 옳고 지난날이 그른 줄을 깨닫는다오.

旣自以心爲形役　奚惆悵而獨悲

悟已往之不諫　知來者之可追

實迷塗其未遠　覺今是而昨非

붕 떠있던 허깨비 인생을 걷어내고, 내가 주인 되는 삶을 살겠다는 선언이다.

작비금시昨非今是! 어제가 잘못이고 오늘이 옳다. 사람은 이렇듯 나날이 향상하는 작비금시의 삶을 살아야지, 잘나가다 실족하는 작시금비昨是今非의 길을 가면 안 된다. 춘추시대 위衛나라 대부 거백옥은 50세 때 인생을 돌아보곤 지난 49년간의 삶이 잘못되었음을 알았다. 그래서 지난날의 나와 과감히 결별하고 자신의 삶을 새로 포맷했다. 50세를 '지비知非'라고도 하는데, 여기서 나온 말이다. 《회남자》〈원도훈原道訓〉에 보인다. 명나라 때 정선은 자신의 거처 이름을 아예 '작비암昨非庵'으로 지었다. 그 안에서 날마다 지난 삶을 돌아보며 허물을 걷어냈다. 인생의 성찰을 담은 《작비암일찬昨非庵日纂》이란 귀한 책을 남겼다.

돌아보면 왜 그랬나 싶다. 눈에 뭔가 씌었던 것이 틀림없다. 욕심을 털고, 탐욕을 내려놓고, 내닫기만 하던 마음을 거두자 숨이 잘 쉬어진다. 지금이 옳았다. 그때는 왜 몰랐을까? 사람들은 늘 반대로 한다. "그때가 좋았어"만 되뇌다가 금쪽같은 '지금'을 탕진한다. 한꺼번에 만회하려다 더 큰 수렁에 빠진다. 단박에 뒤집으려다 회복 불능이 된다. 로또로 역전되는 인생은 없다. 벼락같은 행운은 더 큰 비극의 시작일 뿐이다.

작정산밀

병든 매화의 집

斫正刪密

고전명문감상 수업 시간에 청나라 공자진龔自珍(1792~1841)의 〈병매관기病梅館記〉를 함께 읽었다. 그가 쓴 병든 매화의 집에 얽힌 사연은 이렇다.

장사꾼들이 파는 분매盆梅를 보니 하나같이 온전한 것이 없었다. 글 속에서 혹자의 입을 빌린 설명은 이렇다.

매화는 굽어야 어여쁘지, 곧으면 맵시가 없다. 비스듬히 굽어야 볼 만하지, 바르면 볼 것이 없다. 성글어야 고우니 빽빽하면 태가 안 난다.

梅以曲爲美, 直則無姿. 以欹爲美, 正則無景. 梅以疏爲美, 密則無態.

문인화사文人畵士들은 자신들의 이 같은 취향을 돈벌이를 원하는 화훼업자들에게 슬며시 뚱겨주어 "바른 둥치를 찍어 곁가지를 기르고, 촘촘한 것을 솎아내 어린 가지를 죽이며, 곧은 것을 쳐내서 생기를 막아버려 비싼 값을 구한다. 그 결과 강소성과 절강성의 매화가 모두 병들고 말았다(斫其正, 養其旁條; 刪其密, 夭其稚枝; 鋤其直, 遏其生氣, 以求重價, 而江浙之梅皆病)."

멀쩡하게 중심을 잘 잡아 뻗어 오르던 둥치를 도끼로 찍어내서 곁가지를 틔우고, 제 성질에 따라 촘촘히 돋는 잔가지는 솎아내 듬성듬성 남긴다. 곧게 쭉 내지르는 가지는 끈으로 동여매서 휘게 만든다. 건강한 매화나무를 이렇게 병들게 만들어놓고 그제야 운치가 있네, 값이 얼마네 하면서 흐뭇해한다는 것이다.

병든 매화를 300분이나 구입한 공자진은 먼저 화분을 깨고 매화를 땅에 묻어준 뒤, 칭칭 동여맨 결박을 시원스레 풀어주었다. 내가 너희를 모두 온전하게 치료해주마. 든든한 중심도 다시 세우고, 뻗고 싶은 팔도 쭉쭉 뻗고, 여기저기 돋는 잔가지도 생긴 대로 키워보렴.

전체 글의 강독을 마치고 잠깐 딴전을 부리다가 내가 말했다. "글 속의 병든 매화는 바로 너희다. 어려서부터 이것도 안 돼 저것도 안 돼, 이렇게 하면 좋은 점수 못 받고 저렇게 하면 좋은 대학 못 가 하면서 이리 꺾이고 저리 비틀리는 동안 본성을 다 잃고 말았다. 어느새 저도 그걸 맵시로 알아 칭찬받을 짓만 하고 취업에 필요한 스펙 쌓느라 바쁘지. 내가 누군지 어디로 가는지도 모른 채 말이야."

잠린소미

꼬리를 태워야 용이 된다

潛鱗燒尾

세종 때 김반金泮이 서장관이 되어 명나라에 사신으로 갔다. 어룡魚龍을 그린 족자를 내밀며 제시題詩를 청하는 이가 있었다. 그가 붓을 들었다.

가벼운 비단 화폭 그 위에다가
바람 물결 구름안개 누가 그렸나.
비단잉어 푸른 바다 번드치더니
신물神物이 푸른 허공 올라가누나.
숨고 드러난 형상은 비록 달라도
날아 솟는 그 뜻은 한가지일세.
만약에 꼬리 태워 끊는다 하면
하늘 위의 용이 되어 타고 오르리.

誰畵輕綃幅　風濤雲霧濛
錦鱗翻碧海　神物上靑空
潛見形雖異　飛騰志則同
若爲燒斷尾　攀附在天龍

중국 사람이 감탄하고 그를 '소단미선생燒斷尾先生'으로 불렀다.

시 속의 소단미燒斷尾는 고사가 있다. 황하 상류 용문협龍門峽은 가파른 절벽이 버티고 서있다. 거친 물결을 힘겹게 거슬러온 잉어가 이 절벽을 치고 올라가면 용으로 변화하지만 실패하면 이마에 상처만 입고 하류로 밀려 내려간다. 이른바 용문점액龍門點額의 성어가 그것이다. 잉어가 용문협을 힘차게 뛰어올라 꼭대기에 다다르는 순간, 머리부터 눈부신 용으로의 변모가 시작된다. 마지막 순간에 하늘은 우레를 쳐서 아직 남은 물고기의 꼬리를 불태운다. 소미燒尾, 즉 꼬리를 태워 끊어버려야 마침내 잉어는 용이 되어 허공으로 번드쳐 올라갈 수가 있다. 일반적으로는 과거급제의 비유로 쓴다.

고려 때 이규보도 잉어 그림 위에 쓴 〈화이어행畵鯉魚行〉에서 이렇게 노래했다.

염려키는 도화 물결 하늘까지 닿을 적에
용문에서 꼬리 태워 갑자기 날아감일세.
我恐桃花浪拍天　去入龍門燒尾欻飛起

정조 때 이헌경李獻慶(1719~1791)의 시 〈기몽記夢〉은 또 이렇다.

신물이 어이 오래 못 속에서 길러지리

용문협서 꼬리 태운 잉어가 되리라.

神物寧久池中養　會作龍門燒尾鯉

　같은 의미다. 잠린潛鱗, 즉 물에 잠겨 살던 잉어가 가파른 절벽을
타고 올라 제게 달렸던 꼬리를 태워야 비로소 용이 되어 승천한다. 그
리하여 여의주를 입에 물고 신묘한 변화를 일으켜 천지에 새 기운을
불어넣는 영험스러운 존재가 된다.

잠시광경

잠시의 광경에 기억이 담긴다

暫時光景

《독서보》를 읽는데 글 속의 '잠시광경暫時光景'이라는 말이 나를 툭 건드린다. 잠시광경이라, 이 말 때문에 잠시 생각에 빠졌다. 그렇다. 세상만사가 다 잠시광경에 지나지 않는다. 변치 않을 것 같았던 사랑도, 용서할 수 없는 미움도, 눈앞을 스쳐 가면 잠시광경일 뿐이다.

서울대박물관이 소장한 연암 박지원의 친필 서간첩은 안의와 면천 현감 시절에 집으로 보낸 편지들을 묶은 것이다. 읽을 때마다 그가 붙 든 잠시광경 너머로 그가 보인다. 그중 한 대목은 이렇다.

집을 수리할 때 벽 사이에 새로 '외가 익으면 꼭지가 떨어진다(苽 熟蒂落)'는 네 글자를 크게 써 붙여놓았더니, 감사와 다른 수령들이 모두 비록 벽 사이에 써 붙이기는 했지만 꼭지 빠진 자리는 없는 것 같으니 무엇을 말한 게냐고들 하여 집이 떠나가도록 크게 웃었다. 누가 이것을 써놓을 줄 알았겠느냐? 초엿새 아침의 일이다.

修理時壁間新付'苽熟蒂落'四大字, 監司及他守令, 皆以爲雖付書壁間, 其如無棄何云? 仍大唉闔堂, 誰知書此? 乃初六朝也.

과만瓜滿, 즉 임기가 꽉 차 떠날 때가 되었음을 네 글자로 암시하자 이를 보고 한마디씩 주고받으면서 활짝 웃던 광경을 이렇게 멈춰 세웠다.

지난번 보내온 나빙羅聘의 대나무 그림 족자는 솜씨가 기이하더 구나. 온종일 강물 소리가 울부짖어서 마치 몸이 배 가운데 앉은 것처럼 흔들흔들하였다. 대개 고요하고 적막하기 짝이 없어 강물 소리가 그렇게 들렸던 게지. 문을 닫아걸고 숨을 죽이며 이 두루마 리를 때때로 펼쳐 감상하지 않았더라면 무엇으로 이 마음을 위로 했겠느냐? 날마다 열 몇 번씩은 말았다 폈다 하니 작문의 요령을 익히는 데 크게 유익함이 있다.

頃來羅聘竹簇, 奇筆也. 盡日河聲如吼, 身搖搖如坐舟中. 盖靜極寂極, 故河聲然也. 閉戶屛息, 非得此卷時時展玩, 何以慰懷? 盖日十數舒卷, 大有益於作文蹊逕耳.

무료한 장마철이었던 모양이다. 박제가에게서 어렵게 빌려온 나빙 의 대나무 그림을 펼쳐놓고 닫힌 방 안에서 불어난 강물 소리를 듣던 답답한 마음이 그대로 되살아난다. 이걸 보다가 작문의 요령을 익혔 다니, 이 선문답도 풀어야 할 숙제다.

잠시 머물다 간 광경이 기억이 된다. 잠시의 광경도 바라보는 태도

에 따라 득실이 갈린다. 미움과 증오를 털어내고 미쁜 기억만 담기에
도 삶은 늘 벅차다. 인생이 잠시광경의 사이를 스치며 지나간다는 생
각을 했다.

잡채판서

채소 반찬을 올려 판서가 된 사람

雜菜判書

광해군이 외교 수완은 어땠는지 몰라도, 내치內治는 어지러웠다. 폐모살제廢母殺弟는 일반 백성도 죽음을 면치 못할 반인륜적 행위였다. 권력에 눈먼 측근들이 곁에서 이를 부추겼다.

이충李沖은 겨울철이면 집 안에 온실을 지어 채소를 심었다. 맛난 반찬을 만들어 아침저녁으로 임금께 올렸다. 이 일로 총애를 입어 호조판서에 올랐다. 그가 지나가면 사람들이 "잡채판서 납신다"며 침을 뱉었다. 한효순韓孝純은 산삼을 구해 바쳐 재상이 되었다. 사람들은 그를 '산삼각로山參閣老'라고 불렀다. 각로閣老는 정승을 일컫는 말이다. 어떤 이가 시를 지었다.

사람들은 산삼각로 앞다퉈 사모하고
잡채판서 권세는 당할 수가 없다네.

山蔘閣老人爭慕 雜菜判書勢莫當

《국조전모國朝典謨》에 나온다. 역사에 이름을 남기는 법도 여러 가지다.

이이첨은 왕의 총애를 믿고 국정을 마음껏 농단했다. 반대파는 무옥誣獄으로 얽어서라도 반드시 해코지했다. 시관試官을 제 무리로 채워, 미리 표시를 해둔 답안지만 골라서 뽑았다. 이이첨의 둘째 아들 이대엽李大燁은 대필 답안지로 잇달아 장원에 뽑혔다. 그는 '정政' 자와 '공攻' 자를 분간 못할 만큼 무식한 자였다.

왕비 유씨의 오라비 유희분柳希奮은 권세가 하늘을 찔렀다. 일가 다섯이 동시에 급제하기도 했다. 시관의 부채에 '오류五柳'란 글자가 적혀 있었다. 포의 임숙영任叔英이 전시殿試의 대책對策에서 이 같은 권신의 전횡과 외척의 발호를 신랄하게 풍자했다. 광해군이 성을 내며 삭과削科를 명했다. 시인 권필이 격분해서 시를 지었다.

> 대궐 버들 푸르고 꾀꼬리는 어지러이 나는데
> 성 가득 벼슬아치 봄볕에 아양 떠네.
> 조정에선 입 모아 태평세월 하례하나
> 뉘 시켜 포의 입에서 바른말하게 했나.
> 宮柳青青鶯亂飛 滿城官盖媚春暉
> 朝家共賀昇平樂 誰遣危言出布衣

궁류宮柳는 외척 유씨를, 꾀꼬리는 난무하는 황금, 즉 뇌물을 뜻한다. 권필은 임금 앞에 끌려가 죽도록 맞았다. 겨우 목숨을 건져 귀양가

다가 장독杖毒이 솟구쳐 동대문 밖에서 급사했다. 훗날 인조반정의 한 빌미가 되었다.

그들은 나라를 위하고 임금을 받든다는 명분을 앞세워 못하는 짓이 없었다. 잡채판서, 산삼각로란 더러운 이름을 일신의 부귀와 맞바꿨다. 지금에 간신奸臣의 오명만 남았다.

장망록어

중생제도의 큰 서원

張網漉魚

아세아문화사에서 펴낸《범어사지梵魚寺誌》를 읽는데 마지막 면에 인장이 한 과 찍혀 있고 옆에 위창葦滄 오세창吳世昌(1864~1953) 선생의 글이 적혀 있었다. 사연이 자못 흥미로웠다.

범어사 부근에 원효 스님의 유지遺址가 있었다. 1936년 이곳에 공사를 하느라 땅을 파다가 두 길 깊이에서 해묵은 옥인玉印 하나가 출토되었다. 본래 철합鐵盒에 넣었던 것인데 오랜 세월에 합은 다 삭고 옥인만 남은 상태였다. 인장에는 아홉 글자가 새겨져 있었다.

크게 가르침의 그물을 펼쳐 인천人天의 물고기를 낚는다.
張大敎網, 漉人天之魚.

가르침의 그물을 크게 펼쳐 미망迷妄에서 헤어나지 못하는 중생을 모두 제도濟度하라는 뜻이다.

원효의 천년 성지 땅속 깊은 곳에서 쇠로 만든 상자가 다 삭아내려 흔적도 찾기 어려운 시간 속에서도 옥인은 그 모습을 변치 않고 그대로 남아 있었다. 중생제도의 서원은 삭지도 않고 삭을 수도 없었던 것일까?

그해 백용성白龍城(1864~1940) 스님은 동산東山(1890~1965) 스님에게 계맥을 전수하는 정전옥첩正傳玉帖에서 "해동 초조初祖의 보인寶印을 정법안장正法眼藏의 신표로 주노니 잘 지녀 끊어지지 않도록 하라"며 이 옥인을 내렸다. 동산은 이를 허리에 차고 한시도 몸에서 떼지 않았다 한다. 동산 스님이 서울에 왔다가 속가의 고모부인 위창 선생을 찾아가 옥인을 지니게 된 내력을 들려주었다. 위창은 감탄하며 그 옥인에 인주를 듬뿍 묻힌 후 정성스레 자신의 인전지印箋紙에 찍었다. 그리고 전후사연을 적어 두 구절의 시와 함께 써주었다.

옥돌이 삭지 않아 어보魚寶를 받쳐내니
허리에 찬 작은 인장 천년의 고험攷驗일세.
土花不蝕漉魚寶　腰間小鑷千年攷

동산 스님은 옥인을 찬 채 '서리 솔의 맑은 절조, 물 위 달의 텅 빈 마음〔霜松潔操, 水月虛襟〕' 같은 맵고 맑은 정신으로 성철 스님 같은 근세의 선지식들을 무수히 길러냈다.

장수선무

재간 말고 실력으로

長袖善舞

외국에서 터무니없는 학술발표를 듣다가 벌떡 일어나 일갈하고 싶을 때가 있다. 막상 영어 때문에 꿀 먹은 벙어리 모양으로 있다 보면 왜 진작 영어공부를 제대로 안 했나 싶어 자괴감이 든다. 신라 때 최치원崔致遠(857~?)도 그랬던가 보다. 그가 중국에 머물 당시 태위太尉에게 자기추천서로 쓴 〈재헌계再獻啓〉의 말미는 이렇다.

삼가 생각건대 저는 다른 나라의 언어를 통역하고 성대聖代의 장구章句를 배우다 보니, 춤추는 자태는 짧은 소매〔短袖〕로 하기가 어렵고, 변론하는 말은 긴 옷자락〔長裾〕에 견주지 못합니다.

伏以某譯殊方之語言, 學聖代之章句, 舞態則難爲短袖, 辯詞則未比長裾.

자신이 외국인이라 글로 경쟁하면 아무 문제가 없지만 말을 유창하게 하는 것만큼은 저들과 경쟁상대가 되지 않음을 안타까워한 말이다. 글 속의 '단수短袖'와 '장거長裾'에는 고사가 있다.

먼저 단수는 《한비자》 〈오두五蠹〉의 언급에서 끌어왔다. "속담에 '소매가 길어야 춤을 잘 추고, 돈이 많아야 장사를 잘한다'고 하니, 밑천이 넉넉해야 잘하기가 쉽다는 말이다(鄙諺曰: '長袖善舞, 多錢善賈.' 此言多資之易爲工也)." 춤 솜씨가 뛰어나도 긴 소매의 휘늘어진 맵시 없이는 솜씨가 바래고 만다. 장사 수완이 좋아도 밑천이 두둑해야 큰돈을 번다. 최치원은 자신의 부족한 언어 구사력을 '짧은 소매'로 표현했다.

장거, 즉 긴 옷자락은 한나라 추양鄒陽의 고사다. 추양이 옥에 갇혔을 때 오왕吳王 유비劉濞에게 글을 올렸다. "고루한 내 마음을 꾸몄다면 어느 왕의 문이건 긴 옷자락을 끌고 다닐 수 없었겠습니까(飾固陋之心, 則何王之門, 不可曳長裾乎)?" 아첨하는 말로 통치자의 환심을 살 수도 있었지만 일부러 그렇게 하지 않았다는 뜻이다. 여기서 긴 옷자락은 추양의 도도한 변설을 나타내는 의미로 쓰였다. 최치원은 자신이 추양에 견줄 만큼의 웅변은 없어도 실력만큼은 그만 못지않다고 말한 셈이다.

긴 소매가 요긴해도 춤 솜씨 없이는 안 된다. 그런데 사람들은 긴 소매의 현란한 말재간만 멋있다 하니 안타까웠던 게다.

재여부재

쓸모 있음과 쓸모없음의 사이
材與不材

한영규 씨의 《조희룡과 추사파 중인의 시대》(학자원, 2012)에 조희
룡의 《향설관척독초존香雪館尺牘存》이 실려 있다. 운치 있는 짧은 편지
글 모음이다. 그중 한 편인 〈계숙에게[與季叔]〉란 글을 읽어본다.

돌의 무늬나 나무의 옹이는 모두 그 물건의 병든 곳이지요. 하지
만 사람들은 이를 아낍니다. 사람이 재주를 지님은 나무나 돌의 병
과 한가지입니다. 자신은 아끼지 않건만 다른 사람이 아끼는 바가
됩니다. 하지만 오래되면 싫증을 내니, 도리어 평범한 돌이나 보통
의 나무가 편안하게 아무 탈 없는 것만 못하지요. 사람의 처세는
재材와 불재不材의 사이에 처하는 것이 좋습니다.

石有暈, 木之郒, 皆物之病也, 而人愛之. 人之有才, 如木石之病, 不自
愛而爲人所愛. 久則見厭, 反不如凡石閒木之自在無恙矣. 人之處世, 可

將處材不材之間.

햇무리 진 돌은 수석壽石 대접을 받아 좌대 위에 모셔진다. 나무의 울퉁불퉁한 옹이는 사람으로 치면 암세포 같은 종양이다. 이런 것이 많아야 분재盆栽감으로 높이 쳐준다. 그뿐인가. 없는 옹이를 만들려고 철사로 옭죄고, 좌대에 앉히겠다며 멀쩡한 아랫부분을 잘라낸다. 나무나 돌의 입장에서는 재앙을 만난 셈이다. 게다가 사람들은 금방 싫증을 낸다. 얼마 못 가 좀 더 신기한 것이 나오면 거기에 혹해 거들떠보지도 않는다. 재주를 파는 일은 늘 이렇다. 붕 떴다가 급전직하 추락한다. 그때 가서 평범한 돌, 보통의 나무를 부러워해도 늦었다.

재여부재材與不材, 즉 쓸모 있음과 쓸모없음의 사이에 처하란 말은 《장자》〈산목山木〉 편에서 따왔다. 산길 옆 큰 나무를 나무꾼이 거들떠보지도 않고 지나간다. 연유를 묻자 옹이가 많아 재목으로 못 쓴다는 대답이 돌아왔다. 그날 밤 친구 집에 묵었다. 주인이 오리를 잡아오게 했다. 하인이 묻는다. "잘 우는 놈과 못 우는 놈 중 어느 놈을 잡을까요?" "못 우는 놈을 잡아라." 이튿날 길을 나선 제자가 질문한다. "선생님! 어제 나무는 쓸모가 없어 살았고, 오리는 쓸모가 없어 죽었습니다. 선생님은 어디에 처하시렵니까?" "응! 나? 나는 쓸모 있음과 쓸모없음의 중간에 처할란다. 그런데 그 중간은 얼핏 욕먹기 딱 좋은 곳이긴 하지." 재주가 늘 문제다. 중간의 위치 파악이 늘 어렵다.

재재화화

재앙의 빌미, 파멸의 구실

財災貨禍

《미공비급眉公祕笈》의 한 구절이다.

　일찍이 돈 '전錢' 자의 편방偏傍을 살펴보니, 위에도 창 '과戈' 자가 붙었고, 아래에도 붙었다. 돈이란 참으로 사람을 죽이는 물건인데도 사람들이 깨닫지 못한다. 그럴진대, 두 개의 창이 재물(貝)을 다투는 것이 어찌 천賤하지 않겠는가?

　嘗玩錢字傍, 上着一戈字, 下着一戈字, 眞殺人之物, 而人不悟也. 然則兩戈爭貝, 豈非賤乎?

　'잔戔'은 해친다는 뜻이다. 창이 아래위로 부딪치는 모양이니 그 사이에 끼면 안 다칠 수가 없다. '돈 전錢'과 '천할 천賤'에 모두 이 뜻이 들어 있다. 파자 풀이 속에 뜨끔한 교훈을 담았다.

윤기의 글에도 비슷한 얘기가 있다.

대저 재물(財)은 재앙(災)이고, 재화(貨)란 앙화(禍)다. 벼슬(仕)은 죽음(死)이고, 관직(宦)은 근심(患)이다. 세상 사람들은 재화(財貨)를 가지고 재화(災禍)를 당하고, 사환(仕宦) 때문에 사망의 환난(死患)에 걸려든다. 이는 본시 이치가 그런 것이다.

夫財者災也, 貨者禍也. 仕者死也, 宦者患也. 世之人以財貨而取災禍, 以仕宦而罹死亡之患者, 固其理然也.

앞서는 부수 자를 풀어 의미를 끌어냈고, 여기서는 독음으로 글자 풀이를 했다. 재물은 재앙이요, 재화는 화근이다. 사환(仕宦)의 벼슬길 은 사환(死患), 곧 죽음을 부르는 근심의 길이다.

세상 이치가 원래 그렇다니, 정말 그런가? 더할 나위 없이 가깝던 사이가 돈 문제로 한번 틀어지면 원수가 따로 없다. 물불을 안 가리고 천한 짓도 마다하지 않는다. 재재화화(財災貨禍)요, 사사환환(仕死宦患)이 다. 재물로 떵떵거리고 벼슬길에서 득의연할 때는, 이것이 내게 재앙 의 빌미가 되고, 나를 파멸로 몰고 갈 구실이 될 줄은 차마 몰랐다. 구 렁텅이의 나락에 떨어진 뒤에야 그것을 알게 되니 때가 너무 늦었다.

풍류롭고 득의로운 일은
한번 지나가면 슬프고 처량해도,
맑고 참되고 적막한 곳은
오랠수록 점점 의미가 더해진다.
風流得意之事　一過輒生悲凉

清眞寂寞之鄕　愈久轉增意味

《소창청기小窓淸記》의 한 단락이다. 단번에 통쾌한 일 말고, 잔잔히 오래가는 은은한 향기를 생각한다.

쟁신칠인

나를 지켜주는 사람들

諍臣七人

《효경》〈간쟁 諫諍〉에서 증자가 공자에게 묻는다. "아버지 말씀을 잘 따르면 효자라 할 수 있을까요?" 공자의 대답은 뜻밖이다.

그게 무슨 말이냐? 옛날에 천자는 바른말로 간쟁하는 신하가 일곱 명만 있으면 아무리 무도해도 천하를 잃지 않고, 제후는 다섯 명만 있어도 그 나라를 잃지 않는다고 했다. 대부는 그런 신하가 셋만 있어도 제 집안을 잃지 않지. 사士는 바른말로 일깨워주는 벗만 있어도 아름다운 이름을 지켜갈 수가 있고, 아비는 바른말해주는 자식이 있다면 몸이 불의한 일에 빠지지 않게 된다고 했다. 그런 까닭에 불의한 일을 당하면 자식이 아비에게 바른말로 간하지 않을 수가 없고, 신하가 임금에게 바른말을 하지 않을 수가 없는 법이다. 불의함을 보면 바른말로 아뢰야지, 아버지의 분부만 따르는 것을 어찌 효자라 하겠느냐?

是何言與? 是何言與? 昔者天子有爭臣七人, 雖無道不失其天下. 諸侯
有爭臣五人, 雖無道不失其國. 大夫有爭臣三人, 雖無道不失其家. 士有
爭友, 則身不離于令名. 父有爭子, 則身不陷于不義. 故當不義, 則子不可
以不爭于父, 臣不可以不爭于君, 故當不義則爭之, 從父之令, 又焉得爲
孝乎?

이 말을 받아 성호 이익은 《성호사설》에서 〈쟁신칠인諍臣七人〉이란
글을 썼다. 취지는 이렇다. 임금은 바른말하는 신하가 없는 것을 근심
하지 말고, 바른말을 받아들이지 못함을 근심해야 한다. 말로 간하여
행동으로 받아들이니, 말은 쉽고 행동에 옮기기는 어렵다. 어려운데
임금이 이를 행하면 신하가 쉬운 일을 행하지 않을 도리가 없다. 그런
데 간하는 말은 헐뜯음에 가깝다. 이런 말을 듣고 성내지 않을 사람이
없다. 신하가 간하지 않는 것은 노여움을 살까 두려워서다. 쟁신이 없
다고 투덜대는 임금은 밭을 소유하고도 곡식을 심지 않거나, 농사를
지어놓고 추수하지 않는 농부다. 무도한 임금도 곁에 쟁신이 있으면
나라를 잃는 지경에까지 이르지 않는다. 쟁우諍友는 실족을 막아주고
쟁자諍子는 아비를 환난에서 지켜준다. 문제는 아무리 이런 신하, 이
런 벗, 이런 자식이 있어 바른말을 해주어도 성만 내고 들을 마음이
없거나, 기쁘게 듣는 척하면서 끝내 실행에 옮기지 않는다면 국가와
가정과 개인의 흥폐興廢가 그만 여기서 갈리고 만다는 점이다.

자공이 벗에 대해 묻자, 공자의 대답이 이랬다. "충고해서 잘 이끌
어주다가 도저히 안 되겠거든 그만두거라. 자칫 네가 욕보는 일이 없
도록." 벗 사이에 바른말이 잦으면 사이가 멀어진다고도 했다. 제일

슬픈 것은 말을 해도 도저히 안 되니 제 몸이라도 지키려고 아예 입을
닫고 곁을 떠나버리는 일이다.

적이능산

쌓지만 말고 흩을 줄을 알아야

積而能散

《예기》〈곡례曲禮〉편의 서두를 함께 읽는다.

공경하지 않음이 없고, 생각에 잠긴 것처럼 단정하며, 말이 차분하면, 백성이 편안하다.

毋不敬, 儼若思, 安定辭, 安民哉.

상대를 존중하고, 행동거지가 가볍지 않으며, 말씨가 편안하고 안정되니, 지도자에 대해 백성의 신뢰가 쌓인다는 말이다.

오만함을 자라게 해서는 안 되고, 욕심을 마음껏 부려서는 안 된다. 뜻은 한껏 채우려 들지 말고, 즐거움은 끝까지 가서는 안 된다.

敖不可長, 欲不可從, 志不可滿, 樂不可極.

뭐든 절제해야 아름답다.

어진 사람은 가까워도 공경하고, 두려워해도 상대를 아낀다. 아끼더라도 나쁜 점을 알고, 미워하나 좋은 점을 안다. 쌓아둔 것을 능히 나누고, 편안한 곳을 좋아해도 능히 옮긴다.
賢者狎而敬之, 畏而愛之. 愛而知其惡, 憎而知其善. 積而能散, 安安而能遷.

허물없이 지내는 것과 함부로 막 대하는 것은 다르다. 상대가 불편해도 아끼는 마음은 간직한다. 아껴도 속없이 다 내주지 않고 단점을 기억한다. 믿더라도 장점마저 외면하지는 않는다. 쌓아만 두지 말고 나누는 마음이 필요하다. 편하다고 눌러앉아 안주하면 타성에 젖어 변화의 타이밍을 놓친다.

재물은 구차하게 얻으려 말고, 힘든 일과 마주해 구차하게 면하려 해서는 안 된다. 이득을 놓고 이기려 들지 말고, 몫을 나눌 때는 많이 가지려 하지 말라. 의심스러운 일은 묻지를 말고, 곧더라도 고집해서는 안 된다.
臨財毋苟得, 臨難毋苟免. 得毋求勝, 分毋求多. 疑事毋質, 直而勿有.

돈 앞에 천해지면 못쓴다. 역경은 대가를 치르고 넘어가는 것이 맞다. 무조건 이겨야 하고, 제 몫은 많아야 한다는 생각은 금물이다. 분명치 않은 일에 나서지 말고, 내가 옳다고 고집을 부려서는 안 된다.
윤기가 〈집안의 금계(家禁)〉에서 말했다.

재물의 운수가 한정 있음을 깨달아 늘 만족하여 그치는 뜻을 지녀라. 많은 재물로 허물이 많아짐을 경계하여 항상 능히 흩을 줄 알아야 한다는 가르침을 생각하라.

悟財數之有限, 而常存止足之意. 戒多財之益過, 而每思能散之訓.

쌓아두기만 하고 나눌 줄 모르면 인색하고 교만하다는 비난이 바로 따라온다.

전미개오

미혹을 돌이켜 깨달음을 활짝 열자

轉迷開悟

명나라 진계유의 《안득장자언 安得長者言》의 한 대목.

고요히 앉아 본 뒤에야 보통 때의 기운이 들떴음을 알았다.
침묵을 지키고 나니 지난날의 언어가 조급했음을 알았다.
일을 줄이자 평소에 시간을 허비했음을 알았다.
문을 닫아걸고 나서 평일의 사귐이 지나쳤음을 알았다.
욕심을 줄인 뒤에 평소 병통이 많았던 줄을 알았다.
정을 쏟은 후에야 평상시 마음 씀이 각박했음을 알았다.

靜坐然後知平日之氣浮　守黙然後知平日之言躁
省事然後知平日之費閑　閉戶然後知平日之交濫
寡欲然後知平日之病多　近情然後知平日之念刻

마음의 평화는 어디서 오는가? 말이 떨어지기 무섭게 건너오는 경박한 대꾸는 피곤하다. 할 일, 안 할 일 가리지 않고 욕심 사납게 그러쥐는 탐욕은 사람을 지치게 한다. 엉덩이를 가만 붙이지 못하고 여기저기 기웃대는 오지랖, 나 없으면 금세 큰일이라도 날 줄 아는 자만. 이런 것들 때문에 삶의 속도는 자꾸만 빨라지고, 일상은 날로 복잡해진다. 마음은 어느새 저만치 달아나 돌아올 줄 모른다. 마음을 놓친 삶은 허깨비 인생이다. 차분히 가라앉혀, 한마디라도 더 줄인다. 일을 조금 덜어내고, 외부로 향한 시선을 안으로 거둔다. 욕심을 덜어, 따뜻한 마음을 나눈다. 그제야 삶이 조금 편안해진다. 눈빛이 맑아지고 귀가 밝아진다. 마음속에 고이는 것이 있다.

고려 때 혜심慧諶 스님(1178~1234)이 눈 온 날 아침 대중들을 모아놓고 법단에 올랐다. 주장자를 한 번 꽝 내리치더니, 낭랑하게 시 한 수를 읊었다.

> 대지는 은세계로 변하여 버려
> 온몸이 수정궁에 살고 있는 듯.
> 화서華胥의 꿈 뉘 능히 길이 잠기리
> 대숲엔 바람 불고 해는 중천에.
> 大地變成銀世界　渾身住在水精宮
> 誰能久作華胥夢　風撼琅玕日已中

시의 제목이 〈눈 온 뒤 대중에게 보이다[因雪示衆]〉이다. 그는 무엇을 대중들에게 보여주고 싶었던 걸까?

밤사이 온 세상이 은세계로 변했다. 수정 궁궐이 따로 없다. 어제까지 찌든 삶이 눈떠 보니 달라졌다. 하지만 달콤한 꿈은 깨게 마련이다. 내린 눈은 금세 녹는다. 바람은 대숲을 흔들어 쌓인 눈을 털고, 해님은 중천에 높이 솟았다. 대중들아! 이제 그만 꿈에서 깨나라. 전미개오轉迷開悟! 미망迷妄을 돌려 깨달음을 얻자. 눈은 다시 녹아도 어제의 나는 내가 아니다. 새 눈 새 마음으로 새 세상을 맞이하자.

절차탁마

완성에 이르도록 부단히 연마한다

切磋琢磨

"예전 쓴 글을 보면, 어떻게 이렇게 썼나 싶을 만큼 민망할 때가 있어요." 소설가 고故 이청준 선생이 거의 매 문장마다 새카맣게 고쳐놓은 수정본을 보여주며 하시던 말씀이다. 이렇게 고쳐 전집에 실린 것과 처음 발표 당시의 글을 비교해 읽어보면 심할 경우 같은 문장이 거의 하나도 없다. 준엄한 작가 정신의 한 자락을 느꼈다.

이덕무도 예전에 자기가 지은 글을 보면 그토록 가증스러울 수가 없다고 술회한 일이 있다. 그 말을 들은 벗이 "그렇다면 자네의 글이 그만큼 진보했다는 증거일세" 하며 함께 기뻐했다.

단국대학교 연민문고에서 박지원의 초고본이 무더기로 공개됐다. 조선 최고의 문장가가 자신의 글을 어떻게 다듬어나갔는지 그 궤적이 한눈에 들어오는 자료다. 그중 평소 관심을 두었던 누이 묘지명을 찾아 꼼꼼히 읽어보았다. 놀랍게도 최종 문집에 수록된 글과 다른 것이

네 가지나 더 나왔다. 완성작을 내놓기 전에 무려 다섯 번의 수정 과정을 거친 셈인데 그 수정의 단계를 곱씹어보니 대가가 그저 대가가 되는 것이 아님을 단번에 알 수 있었다.

글자 하나의 근량을 달아 비교해보고, 이 글자 저 글자 바꿔 넣어 흔들어보고, 한 단락을 뭉텅이로 빼버리는가 하면, 시시콜콜한 설명을 보태기도 했다. 그런데 빼고 나니 그것이 군더더기였고, 보탠 것은 길게 끌리는 여운이 되었다. 44세로 세상을 뜬 누이의 죽음을 처음엔 향년享年이라 했다가, 나중엔 득년得年으로 고쳤다. '누린 해'라 하기엔 너무 짧아, 겨우 세상에서 '얻어 산' 해라 고친 것이다. 한 글자 한 글자의 머금은 뜻이 깊었다.

다른 작품들을 대조해봐도 연암은 처음 쓴 글을 부단히 단련하고 연마해서 최후의 완성본을 냈다. 걸작은 일기가성一氣呵成으로 단숨에 쓴 글이 아니다. 절차탁마切磋琢磨, 만지고 단련하고 조탁해서 쥐어짤 대로 쥐어짠 글이다. 잡티가 섞여 있던 거친 옥석玉石이 이 과정을 거치면서 미옥美玉으로 변한다.

구한말의 문장가 김택영이 우리나라 5,000년 문장사에서 최고 걸작으로 꼽았던 《삼국사기》〈온달전〉은 문장 단련의 한 극치를 보여준다. 시집간다는 말이 다섯 번 나와도, 표현이 그때마다 다 달랐다. '내 아들'이란 말도 '오자吾子', '아식我息', '오식吾息'으로 매번 바꿔 쓰고 있었다. 글 한 줄 바로 쓰기가 이리 어렵다. 내 목소리는 그저 나오는 것이 아니다.

점수청정

인생의 봄날은 쉬 지나간다

點水蜻蜓

두보의 〈곡강曲江〉 시 제4구는 '인생에 칠십은 옛날에도 드물었네 〔人生七十古來稀〕'란 구절로 유명하다. 70세를 고희古稀라 하는 것이 이 구절에서 나왔다. 그는 퇴근 때마다 칠십도 못 살 인생을 슬퍼하며 봄옷을 저당 잡혀 술이 거나해서야 귀가하곤 했다. 시의 제5, 6구는 이렇다.

> 꽃 사이로 나비는 깊이깊이 보이고
> 물 점 찍는 잠자리 팔랑팔랑 나누나.

穿花蛺蝶深深見　點水蜻蜓款款飛

아름다운 봄날의 풍광을 절묘하게 포착했다. 거나해진 퇴근길에서 눈길을 주는 곳은 만발한 꽃밭 사이를 헤집고 다니는 나비들, 잔잔한 수면 위로 꽁지를 살짝 꼬부려 점 하나를 톡 찍고 날아가는 잠자리들이다. 여기저기 들쑤석거리며 잠시도 가만 못 있고 부산스레 돌아다니는 그들은 봄날의 고운 풍광을 속속들이 들여다보았겠지. 그는 자꾸만 그들이 부러워서 그 꽁무니를 따라 꽃밭 사이와 수면 위를 기웃기웃하곤 했다.

송나라 때 유학자 정이는 자신의 어록에서 나비와 잠자리를 노래한 위 두 구절을 두고 두보가 이런 쓸데없는 말을 도대체 왜 했는지 모르겠다고 투덜댔다. 그 경치나 정감의 묘사에 교훈도 없고 세상에 보탬도 되지 않아 아무 영양가 없다는 뜻으로 한 말이다. 꽃 사이를 이리저리 헤매는 나비나 수면 위로 경쾌하게 점을 찍는 잠자리가 도학의 입장, 실용의 안목에서 보면 확실히 쓸데없기는 하다. 하지만 그런가. 짧지 않은 인생을 건너가게 해주는 힘은 모두 이런 쓸데없는 데에서 나온다.

시詩가 밥을 주나 떡을 주나. 예술이 배를 부르게 하는가. 하지만 인간은 개나 돼지가 아니니 밥 먹고 배불러 행복할 수는 없다. 인생이 푸짐해지고 세상이 아름다워지려면 지금보다 쓸데없는 말, 한가로운 일이 훨씬 더 많아져야 한다. '쓸데'에 대한 생각은 저마다 다른데, 다들 영양가 있고 쓸데 있는 말만 하려다 보니 여기저기서 없어도 될 싸움이 끊이지 않는다.

실용과 쓸모의 잣대만을 가지고 우리는 소중한 것들을 너무 쉽게 폐기해왔다. 고희는커녕 백세百歲도 드물지 않은 세상이다. 수명이 늘어난 것을 마냥 기뻐할 수만 없다. 삶의 질이 뒷받침되지 않은 장수는 오히려 끔찍한 재앙에 가깝다. 올 한 해는 좀 더 쓸데없는 말을 많이 하고, 봄날의 풍광을 더 천천히 기웃거리며 살아보리라 다짐을 둔다. 인생의 봄날은 쉬 지나고 말 테니까.

점철미봉

쓸모로만 따질 수 없는 일

點綴彌縫

서양 정장 차림에서 가장 쓸데없는 것이 넥타이다. 목에 드는 바람을 막자는 것도 아니면서, 여름에도 답답하게 목을 조른다. 해도 그만 안 해도 그만인 넥타이의 색상과 디자인이 양복의 품위를 결정한다.

30년 전쟁(1618~1648) 당시 오스만 제국과의 전투에서 승리한 후 크로아티아 용병들이 파리에서 개선 행진을 했다. 이때 루이 14세에게 충성 맹세의 상징으로 앞가슴에 매단 크라바트Cravate라는 천에서 시작되었다는 넥타이. 오늘도 직장인들은 상사에게 충성하고 고객에게 잘 보이려고 쓸모라곤 전혀 없는 이 물건으로 제 목을 죈다.

쓸모로 치면 얼굴에서 눈썹처럼 쓸데없어 보이는 것이 없다. 속눈썹은 눈에 들어가는 티끌이나 막아준다지만, 눈썹이 하는 일은 대체 무엇이냐? 눈썹 없는 모나리자 그림이 두고두고 얘깃거리가 되는 걸 보면, 눈썹이란 것이 이마에 흐르는 땀을 막는 소용 외에 큰 쓸모는 없어도 없어서는 안 될 물건임을 알겠다. 여성들은 이 눈썹을 다듬고 그리는 데 화장 시간의 적지 않은 부분을 할애한다. 전 여당대표의 문신한 짙은 눈썹은 TV에서 볼 때마다 어색하고 우스웠다. 눈썹의 위상은 쓸모의 잣대로만 논할 일이 아닌 것이다.

꼬리도 군더더기다. 소꼬리는 몸에 들러붙는 파리를 쫓는 데 쓴다지만, 엉덩이 쪽만 쓸모가 있다. 짐승들이 싸움에서 졌다는 표시를 할 때도 꼬리는 쓸모가 있다. 투견은 그 때문에 제 지닌 꼬리마저 잘리고 만다. 인간의 육체에서 꼬리가 퇴화한 것만 봐도 원래 요긴한 부분이 아니었던 것이 분명하다. 인간에게 꼬리가 여전히 붙어 있다면 복식사는 근본부터 달라져야 한다.

이덕무의 관찰이 즐겁다.

눈썹은 두 움큼의 털일 뿐이다. 듣거나 말하는 일을 담당하지 않는다. 그저 사람의 눈 위에 덧붙어 단지 사람을 생색나게 할 뿐이다. 꼬리는 한 줌의 살덩어리일 따름이다. 뛰지도 못하고 씹지도 못한다. 짐승의 꽁무니 뒤에 드리워져 다만 짐승의 부끄러운 곳을 감출 뿐이다. 그러고 보니 조물주에게도 또한 점철법點綴法과 미봉법彌縫法이 있는 게로구나.

眉兩撮毛耳. 不司聽, 不司言. 添於人眼上, 只爲人生色也. 尾一把肉耳. 不司躍, 不司齧. 垂於獸尻後, 只爲獸藏拙也. 然則化翁, 亦有點綴法彌縫法.

점철點綴은 덧대 보탠 것이다. 심심해 덧댄 털이 눈썹이다. 덧대니 생색이 난다. 미봉彌縫은 터진 데를 꿰맨 것이다. 다급한 나머지 한 뼘

질 처방이다. 항문을 가리는 꼬리가 꼭 그 짝이다. 세상에 쓸모만 따져 안 될 것이 어디 한두 가진가?

정수투서

청탁을 막으려면

庭水投書

북위北魏 사람 조염趙琰이 청주자사로 있을 때, 고관이 편지를 보내 청탁을 했다. 그는 마당의 물속에 편지를 던져버리고〔庭水投書〕 이름도 쳐다보지 않았다. 진晉나라 공익孔翊은 낙양령洛陽令으로 있으면서, 뜰에 물그릇을 놓아두고 청탁 편지를 모두 물속에 던졌다. 질도郅都는 제남濟南의 수령이 되어 가서 사사로운 편지는 뜯어보지도 않고, 선물과 청탁을 물리쳤다. 진태陳泰는 병주태수로 있으면서 장안의 귀인들이 보낸 편지를 뜯지도 않고 벽에 걸어두었다. 다시 부름을 받아 올라가자 그 편지를 모두 본인들에게 되돌려 주었다.

마준馬遵이 개봉윤開封尹이 되자 권세가와 호족의 청탁이 끊이지 않았다. 손님이 청탁을 하면 잘 예우하여 면전에서 꺾어 거절하지는 않았다. 하지만 그 후 일처리는 일절 사사로움 없이 법대로만 처결했다. 포성현蒲城縣 주부主簿 진양陳襄도 읍내 세족世族의 청탁 때문에 일을 할 수가 없었다. 청탁하는 자가 있으면 갑작스레 법으로 다스리지 않고 좋게 타일렀다. 송사에는 반드시 몇 사람을 함께 입회케 하여 청탁하는 자가 입을 떼지 못하게 했다.

개봉지부開封知府 포증包拯은 사사로운 청탁이 절대 통하지 않아 사람들이 그를 '염라대왕 포노인包老人'으로 불렀고, 기주자사 왕한王閑도 사사로운 편지를 뜯지 않고, 호족들을 용서치 않아 '왕독좌王獨坐'로 불렀다.

다산 정약용이 금정찰방金井察訪으로 내려가 있을 때, 홍주목사 유의柳誼에게 편지를 보내 공사公事를 의논코자 했다. 그런데 끝내 답장이 없었다. 뒤에 만나 왜 답장을 하지 않았느냐고 따져 물으니, "벼슬에 있을 때는 내가 본래 사적인 편지를 뜯어보지 않소" 하고 대답했다. 심부름하는 아이를 불러 편지 상자를 쏟게 하자, 봉함을 뜯지 않은 편지가 수북했다. 모두 조정의 귀인들이 보낸 것이었다. 다산이 삐쭉 입이 나와 말했다. "그래도 내 편지는 공사였소." "그러면 공문으로 보냈어야지." "비밀스러운 내용이라 그랬소." "그러면 비밀공문이라고 썼어야지." 다산이 아무 말도 못 했다. 《목민심서》〈율기〉 중 〈병객屏客〉에 나온다.

정좌식심

고요히 앉아 마음을 내려놓다

靜坐息心

주자의 '반일정좌半日靜坐 반일독서半日讀書'란 말을 사랑한다. 하루의 절반은 고요히 앉아 내면을 기르고, 나머지 반은 책을 읽는 데 쓴다. 그에게도 이것은 꿈이었을 것이다. 전화벨은 쉴 새 없이 울리고 회의는 끝도 없다. 한 사람을 겨우 보내자 다른 사람이 찾아온다. 이런 나날 속에 내면은 황량하고 피폐해져서 꿈조차 어지럽다.

명나라 탕빈윤湯賓尹의 《독서보》를 읽다가 원황이 쓴 〈정좌공부靜坐工夫〉란 항목에 절로 눈길이 가서 멎는다.

정좌靜坐를 하려면 먼저 식심息心, 즉 마음을 차분히 가라앉혀야 한다. 일상 속에서 그때그때 연습해서 참기 어려운 것을 참아내고 버리기 힘든 것을 버린다. 한 가지를 참아내니 딱 그만큼의 수용受用이 생겨나고, 한 가지를 덜어내자 그것만큼 편하고 즐거워진다.

오래 익혀서 정좌공부가 점차 익숙해지면 저절로 접촉하는 곳마다 유익함이 있다. 하루 중에 틈이 나면 마음이 끌리는 대로 한두 시간 정좌한다. 이를 두고 기식氣息을 조화롭게 해서 몸과 마음을 내려놓는다고 말한다.

凡欲靜坐, 須先息心. 日常隨事鍊習, 難忍處須忍, 難捨處須捨. 忍得一分, 便有一分受用, 捨得一分, 便有一分安樂. 習之久久, 工夫漸熟, 自然觸處有益. 日間有暇, 隨意靜坐一二時, 謂和氣息放下身心.

정좌라 해서 그저 맹탕으로 앉아 있는 것이 아니다. 눈을 감으면 마음이 깨어난다. 잠잠하던 생각이 성성하게 살아난다. 적막 속에 각성이 찾아든다. 둘 사이의 긴장이 팽팽하다. 정좌는 사람을 자칫 몽롱하고 멍한 상태로 빠지게 만든다. 그때마다 점검이 필요하다. 그의 말이 이어진다.

각성[惺]이 고요[寂]와 함께하고, 고요가 각성과 따로 놀지 않아야 한다. 각성 없는 고요를 완공頑空이라 하고, 고요를 벗어난 각성은 광혜狂慧라 한다. 대응법을 말하자면 이렇다. 마음이 산란할 때는 고요함으로 다스리고, 몽롱하고 멍할 때는 각성으로 추스린다.

惺不離寂, 寂不離惺. 離惺而寂, 是謂頑空, 離寂而惺, 是謂狂慧. 但論對治之法, 散亂時須以寂治之, 昏沉時須以惺治之.

완공은 깨달음 없이 멍한 것을, 광혜는 분별을 잃어 독선에 빠진 상태를 가리킨다. 가만히 그저 앉아 있는 것이 정좌가 아니다. 훈련과 연습이 없으면 마음은 통제 불능 상태가 되어 원숭이나 미친 말처럼 날뛴다.

제이지오

제2의 나를 찾아서

第二之吾

18세기 지식인들의 우정론은 자못 호들갑스럽다. 박지원은 벗을 한집에 살지 않는 아내요, 피를 나누지 않은 형제라고 했다. 제이지오第 二吾, 즉 제2의 나라고도 했다.

마테오 리치Matteo Ricci(1552~1610)는 예수회 신부로 1583년에 중국에 와서 1610년 북경에서 세상을 떴다. 놀라운 기억술을 발휘해서 사서삼경을 줄줄 외우고, 심지어 거꾸로 외우기까지 해서 중국인들을 경악시켰다. 그가 명나라 건안왕建安王의 요청에 따라 유럽 신사들의 우도友道, 즉 'Friendship'에 대해 쓴《교우론交友論》이란 책에 '제2의 나'란 표현이 처음 나온다. 몇 구절을 소개하면 이렇다.

내 벗은 남이 아니라 나의 절반이니 제2의 나다. 그러므로 벗을 나와 같이 여겨야 한다.

吾友非他, 卽我之半, 乃第二我也. 故當視友如己焉.

벗은 가난한 자의 재물이요, 약한 자의 힘이며, 병자의 약이다.
友也爲貧之財, 爲弱之力, 爲病之藥焉.

원수의 음식은 벗의 몽둥이만 못하다.
仇之饋, 不如友之棒也.

일화도 소개했다. 줄거리가 이렇다.

알렉산더 대왕이 아직 미약할 적에 나라 창고에 물건이 없었다. 정복으로 얻은 재물을 모두에게 나눠주었기 때문이다. 적국의 왕이 비웃으며 말했다. "그대의 창고는 어디 있는가?" 알렉산더가 대답했다. "내 벗의 마음속에 있소."

이런 글을 보고 중국 지식인들은 큰 감동을 받았다. 이전까지 오륜 중에 붕우유신朋友有信은 다섯 번째 자리에 놓여 있었다. 마테오 리치의 《교우론》을 읽은 뒤로 우정에 대한 예찬론이 쏟아져 나왔다.
이덕무가 지기知己에 대해 쓴 글은 이렇다.

만약 한 사람의 지기를 얻게 된다면 나는 마땅히 10년간 뽕나무를 심고 1년간 누에를 쳐서 손수 오색실로 물을 들이리라. 열흘에 한 빛깔씩 물들인다면, 50일 만에 다섯 가지 빛깔을 이루게 될 것이다. 이를 따뜻한 봄볕에 쬐어 말린 뒤, 아내를 시켜 100번 단련한 금침을 가지고서 내 친구의 얼굴을 수놓게 하리라. 귀한 비단으로 장식하고 고옥으로 축을 달아 아득히 높은 산과 양양히 흘러가는 강물 사이에 펼쳐놓고 마주보며 말없이 있다가, 날이 뉘엿해지면 품에 안고서 돌아오리라.

若得一知己, 我當十年種桑, 一年飼蠶, 手染五絲, 十日成一色, 五十日成五色. 曬之以陽春之煦, 使弱妻, 持百鍊金針, 繡我知己面, 裝以異錦, 軸以古玉, 高山峨峨, 流水洋洋, 張于其間, 相對無言, 薄暮懷而歸也.

살다가 막막해져서 부모도 아니고 처자도 말고 단 한 사람 날 알아줄 지기가 필요한 날이 꼭 있게 마련이다. 그 한 사람의 벗으로 인해 우리는 세상을 다시 건너갈 힘을 추스를 수 있다. 나 아닌 나, 제2의 나가 없는 인생은 차고 시린 밤중이다.

조락공강

쓸쓸하고 적막한 풍경
潮落空江

당나라 때 이영李郢이 쓸쓸한 송강역松江驛 물가에서 저물녘에 배
를 대다가 시 한 수를 썼다.

조각배에 외론 객이 늦도록 머뭇대니
여뀌 꽃이 피어 있는 수역水驛의 가을일세.
세월에 놀라다가 이별마저 다한 뒤
안개 물결 머무느니 고금의 근심일래.
구름 낀 고향 땅엔 산천이 저무는데
조수 진 텅 빈 강서 그물을 거두누나.
여기에 예쁜 아씨 옛 노래가 들려오니
노 젓는 소리만이 채릉주采菱舟로 흩어진다.
片帆孤客晚夷犹　紅蓼花前水驛秋

歲月方驚離別盡　烟波仍駐古今愁

雲陰故國山川暮　潮落空江網罟收

還有吳娃舊歌曲　棹聲遙散采菱舟

　참으로 적막하고 쓸쓸한 광경이다. 조각배를 탄 나그네가 물가를 쉬 떠나지 못하는 것은 강가의 붉은 여뀌 꽃 때문만은 아니다. 둘러보니 지나온 세월은 덧없고 사랑하던 사람들은 내 곁을 다 떠났다. 산천은 자욱한 구름 속에 가뭇없이 저물고, 썰물 진 빈 강에서 어부들은 말없이 낮에 쳐둔 그물을 거둔다. 환청인가 싶게 먼 데 노 젓는 소리가 가냘프게 들리는 것만 같다. 사공은 나를 빈 강가에 내려놓고 찌걱찌걱 노를 저어 저문 강 저편으로 사라진다.

　청나라 때 김성탄金聖嘆이 '산천은 저무는데, 그물을 거둔다'고 한 제5, 6구를 읽고 이런 평을 남겼다. "하루가 끝난 뒤는 이와 같을 뿐이다. 일생이 끝난 뒤도 이와 같을 뿐이고, 한 시대가 끝난 뒤도 이와 같음에 지나지 않는다." 이덕무는 김성탄의 평을 보고 또 평을 남겼다. "내가 이 말을 듣고 망연자실 드러누워 천정을 우러러보며 드넓은 흉금에 감탄하였다."《청비록淸脾錄》에 나온다.

　하루가 이렇게 가고, 한 인생이 이렇게 가고, 한 시대도 이렇게 물러나는 것이다. 목전의 일로 일희일비一喜一悲하며 사생결단하던 다툼이 머쓱해진다. 좀 전의 노랫가락은 환청이었을까? 그는 아주 먼 길을 돌아서 처음 자리에 다시 섰다. 하지만 그런가? 어둠이 곧 찾아들겠지만 금세 새벽은 온다. 사공은 부지런히 노를 저어 물가에 다시 배를 댈 게고 어부는 힘차게 새 그물을 칠 것이다. 고운 아가씨는 간밤의 슬픈 가락을 잊고 새 단장에 분주하리라. 이런 반복 속에서 장강대하 長江大河와 같이 하루가, 일생이, 한 시대가 흘러왔다. 차분하고 담담하게 닫히고 열리는 한 시대를 본다.

조병추달

하나로 꿰어 주르륵 펴다

操柄推達

1553년 김주金澍(1512~1563)가 북경에 갔다. 밤중에 《주역》 읽는 소리가 들려왔다. 깊은 밤 불 밝힌 방 하나가 있었다. 이상한 생각이 들어 그를 불러 연유를 물었다. 그는 절서浙西에서 과거시험을 보기 위해 북경에 온 수험생이었다. 시험에 낙방해 집에 돌아가지 못하고 연관燕館에서 날품을 팔며 다음 과거를 준비한다고 했다.

김주는 그에게 비단을 선물하고 즉석에서 조선 부채에 글을 써주었다.

대나무로 깎은 것은 절개를 취함이요
종이를 바른 것은 깨끗함을 취해설세.
머리 쪽을 묶음은 일이관지一以貫之 그 뜻이고
꼬리 쪽을 펼치는 건 만수萬殊 다름 보임이라.

바람을 일렁이면 더위를 씻어주고
먼지가 자욱할 땐 더러움을 물리치지.
자루를 잡았으니(操柄) 베풂이 내게 있어
필요할 때 쓴다면 미뤄 달함(推達) 문제없다.
오직 저 만물은 태극을 갖췄으니
한 이치 궁구하여 얻음이 있을진저.
아! 날품 팔며 오히려《주역》공부 너끈하니
어이 이 부채로 법도 삼지 않으리.

削以竹　取其節也　塗以紙　取其潔也
束厥頭　一以貫也　廣厥尾　殊所萬也
風飄飄　熱可濯也　塵漠漠　汚可却也
操者柄　施在我也　用必時　推達可也
惟萬物　具太極也　究一理　爰有得也
噫　賣兔猶足以作易　盍於玆扇以爲則

　부채는 살이 하나로 꿰어져 손잡이가 되고, 좌르륵 펴면 가지런히
펼쳐진다. 여기서 그는《주역》의 이일만수理一萬殊를 읽었다. 하나의
이치가 만물 속에 저마다의 모습으로 간직되어 있다. 그러니 조병추
달操柄推達, 즉 자루(柄)를 꽉 잡고서 확장하여 어디든 이를 수가 있으
리라. 그대가 지금은 품을 팔며 고단하나 이렇듯 공부에 힘쓰니 앞날
이 크게 열리리라는 덕담이었다.
　10년 뒤인 1563년에 김주가 변무사辨誣使로 다시 북경에 갔다. 하
루는 한 재상이 사신의 숙소로 김주를 찾아왔다. 살펴보니 예전《주
역》을 외우던 그 품팔이꾼이었다. 김주의 격려에 고무되어 부채를 쥐

고 공부해서 과거에 급제해 예부시랑이 되어 있었다. 그의 주선으로 종계변무宗系辨誣의 해묵은 숙제를 해결할 수 있었다.

조병추달! 자루를 꽉 잡고 필요할 때 미루어 쓴다. 눈앞의 삶이 고단해도 뜻을 꺾지 않는다.

조존사망

붙들어야 남고 놓으면 놓친다

操存舍亡

마음이 늘 문제다. 하루에도 오만 가지 생각이 죽 끓듯 한다. 맹자
는 "붙들면 보존되고 놓아두면 달아난다(操則存 舍則亡)"고 했다. 붙들
어 간직해야지 방심해 놓아두면 마음이 밖에 나가 제멋대로 논다.
《대학》에서는 "마음이 나가면 보아도 보이지 않고, 들어도 들리지 않
고, 먹어도 그 맛을 모른다(心不在焉, 視而不見, 聽而不聞, 食而不知其味)"고
했다. 정자程子가 "나가버린 마음을 붙들어 와서, 되풀이해 몸 안에 들
여놓아야 한다(將已放之心, 反復入身來)"고 말한 것은 이 때문이다.

마음이 달아난 자리에는 잡된 생각이 들어와 논다. 쓸데없는 생각
을 깨끗이 닦아내야 영대靈臺가 거울처럼 빛나, 사물이 그 참모습을
드러낸다. 그래서 옛 선비는 마음을 붙잡아 간직하는 조존操存 공부를
특별히 중시했다. 그것은 계신공구戒愼恐懼, 즉 끊임없이 경계하고 삼
가며 두려워하는 마음가짐을 잃지 않는 것이다.

마음을 붙들면 잡념이 사라진다. 잡념이야 누구나 있지만, 중도에 이것을 걷어내느냐, 아니면 거기에 휘둘리느냐의 차이가 있다. 마음을 붙들어 두려면 응취수렴凝聚收斂해서 보수정정保守靜定해야 한다. 마음을 응집하여 한 지점으로 거두어 모은다. 그 상태를 잘 간수해 고요하게 안정된 상태로 잘 유지하는 것이 보수정정이다.

붙들어 간직하는 조존은 힘이 들고, 놓아버려 없어지는 사망舍亡은 편할 것 같지만, 사실은 그 반대다. 좋은 일은 늘 힘들다. 애써서 이루는 일이라야 가치가 있다. 거저 얻어지고 저절로 되는 것들은 아무 의미가 없다.

오거가 말했다.

사사로운 욕심이 넘치면
덕의德義가 드물어진다.
덕의가 행해지지 않으면,
가깝던 사람은 근심하며 멀어지고,
멀던 사람은 어기며 항거한다.
私欲弘侈　則德義鮮少
德義不行　則邇者騷離　而遠者拒違

가까운 사람이 등을 돌렸는가? 먼 사람이 대놓고 대드는가? 그것으로 사사로운 욕심이 지나쳐, 내게 덕의가 사라졌음을 알 수 있다. 통렬하게 반성할 일이지 원망하고 화낼 일이 아니다. 조익이 〈도촌잡록〉에서 쓴 내용을 정리해보았다.

종풍지료

불난 집에 부채질
縱風止燎

조성기가 김창협에게 보낸 편지에서 당대 지식인들의 통폐를 이렇게 질타했다.

선비의 공부가 어느 한 곳도 실처實處에 맞는 법이 없고, 어느 한 가지 일조차 박자를 맞추지 못한다. 억지로 꾸미다가 어지러이 무너져 온 세상을 하나의 물거품 같은 경계로 만들고 만다. 그런데도 앞서 선왕의 도리와 정주程朱의 학문을 향한다는 자들은 여기에 이르러 물결을 밀쳐 파도를 조장하고(推波助瀾), 바람을 놓아 횃불을 끄려는(縱風止燎) 데로 돌아가는 모습만 보여준다. 아이들이 마당에서 놀고 뭇 맹인이 구덩이 속을 헤매는 것 같다. 캄캄한 길을 가다 진흙탕을 만나 혼미하여 헤매는 모습이 처음 볼 때는 나도 몰래 껄껄 큰 웃음이 나오더니, 웃음을 그치고 나자 어느새 또 근심스레 슬퍼진다.

儒士之工夫, 無一箇撞着實處, 無一事能中節拍. 依違粉飾, 紛亂頹潰, 擧一世而釀成一虛泡之界. 而向所謂先王之道程朱之學者, 到此地頭, 只見其爲推波助瀾, 縱風止燎之歸, 群兒戲場, 衆盲迷坑. 其冥行擿埴, 昏迷顚倒之狀, 初見之不覺呵呵發笑, 笑旣定則又不覺慽然而悲.

우암 송시열은 윤선거尹宣擧(1610~1669)에게 보낸 답장에서 이렇게 적었다.

오늘날 흉흉한 것은 저들이 근심할 만한 것이 아니올시다. 한 무리의 젊은이들이 능히 조용히 기다리지 못하고 바람을 놓아 불을 끄겠다는 식의 거동이 있으니, 이것이 걱정할 만한 일이지요. 하지만 어른이 나서서 누르려 한들 힘을 얻을 이치가 없고 보니 그저 내버려두는 것이 더 나을 것입니다.

今日洶洶, 非彼之可憂. 一番少輩, 不能靜而俟之, 有縱風止燎之擧, 此可憂耳. 然長者雖欲鎭之, 而萬無得力之理, 不如任之之爲愈也.

두 글에 모두 종풍지료縱風止燎란 말이 나온다. 바람을 불어서 횃불을 끈다는 뜻이다. 촛불이야 입으로 불어서 끈다지만, 횃불이나 화톳불에 바람을 놓으면 불길을 걷잡을 수 없다. 불을 끈다는 것은 시늉이고, 불 끈다는 핑계로 불난 집에 부채질을 하는 형국이다. 이 말은 수나라 왕통의 《문중자文中子》에서 처음 나온다. 함께 짝이 되어 쓰이는 말이 추파조란推波助瀾이다. 물결을 밀어 더 큰 물결을 조장한다는 뜻이다.

슬쩍 돕는 척하면서 일을 더 꼬이게 만든다. 겉으로는 대의명분을 앞세워 정의를 가장하지만, 실상은 풍파를 일으키고 문제만 더 키운다.

주옹반낭

걸어 다니는 술독과 밥통

酒甕飯囊

신라 때 최치원이 양양襄陽의 이상공李相公에게 올린 글에서 자신에 대해 이렇게 표현했다. "주옹반낭酒甕飯囊의 꾸짖음을 피할 길 없고, 행시주육行尸走肉의 비웃음을 면할 수가 없다(酒甕飯囊, 莫逃稱誚. 行尸走肉, 豈逭任嗤)."

주옹반낭과 행시주육은 고사가 있다. 주옹반낭은 후한 때 예형禰衡의 말에서 나왔다.《포박자》에 보인다.

순욱은 그래도 억지로라도 함께 얘기할 수 있지만, 그 밖의 사람들은 모두 나무인형이나 흙인형이어서, 사람 같기는 한데 사람 같은 기운이 없으니, 모두 술독이나 밥통일 뿐이다.

荀或猶强可與語, 過此以往, 皆木梗泥偶, 似人而無人氣, 皆酒甕飯囊耳.

먹고 마실 줄만 알고 아무 역량도 없는 무능한 사람을 비유할 때 쓴다. 《논형 論衡》〈별통 別通〉에서는 "배는 밥구덩이〔飯坑〕이고, 장은 술주머니〔酒囊〕이다"라고도 했다. 사람이 허우대만 멀쩡해서 하는 일 없이 밥이나 축내고 술집에서 기염을 토하는 것을 두고 하는 말이다.

행시주육은 후한 사람 임말任末의 고사에서 나왔다. 임말이 스승이 돌아가셨다는 말을 듣고 문상을 위해 급히 달려가다가 길에서 죽게 되었다. 그는 조카에게 자신의 시신을 스승의 집으로 데려다 달라고 부탁하며 이렇게 말했다. 《습유기 拾遺記》에 나온다.

사람이 배우기를 좋아하면 죽더라도 산 것과 같고, 배우지 않는 자는 살았어도 걸어다니는 시체요 달려가는 고깃덩이라고 말할 뿐이다.

夫人好學, 雖死若存. 不學者雖存, 謂之行屍走肉耳.

이경전 李慶全(1567~1644)이 자식들에게 늘 이렇게 훈계했다.

내가 볼 때, 세상에서 득실을 근심하는 자는 행시주육에 지나지 않는다. 이는 불교에서 말하는 중생에 해당하니, 또한 불쌍하지 않겠는가?

余視塵埃中以得失爲患者, 不啻若行屍走肉. 此佛家所謂衆生, 不亦可矜乎哉?

잗단 이익에 일희일비하는 중생의 삶을 버리고, 큰길로 뚜벅뚜벅 걷는 군자의 삶을 살라는 주문이다.

사람들은 밥과 술로 배불리 먹고 신나게 마실 생각뿐, 공부로 나날의 삶을 향상시킬 생각은 않는다. 사람이 배포가 크다는 말을 들을망정, 밥통이나 술독 소리를 듣고, 걸어다니는 고깃덩어리란 말을 듣고 살 수야 있는가?

중봉직필

답답해도 듬직한 정공법

中鋒直筆

처음 붓을 잡을 때부터 중봉직필中鋒直筆이란 말을 수없이 들었다. 중봉은 붓끝 뾰족한 부분이 어느 방향이든 모든 획의 정중앙을 지나야 한다는 뜻이다. 직필은 붓대가 지면과 직각을 이뤄야 한다는 말이다. 손목이나 손가락으로 재주를 부릴 수 없다. 허리를 곧추세우고 붓대를 야물게 잡아야 중봉직필이 된다. 반대로 측필편봉側筆偏鋒은 붓을 좌우로 흔들어 붓끝을 필획의 측면으로 쓸며 재주를 부리는 것이다. 눈을 놀래는 획이 나오겠지만 정공법은 아니다.

상유현尙有鉉(1844~1923)의 〈추사방현기秋史訪見記〉에 중국 사람 탕상헌湯爽軒이 추사의 글씨를 평한 대목이 있다. 중국 사람이 추사의 글씨를 값을 안 따지고 다투어 사 가는데, 예서만 찾지 행서나 초서는 편획偏劃이 있어 높이 치지 않는다는 것이다. 예서는 고기古氣가 넘치고 법식에 맞아 참으로 동방의 대가가 되나, 행초의 획은 편획이 많아 높은 점수를 줄 수 없다고 썼다.

명나라 진계유의《진주선》에도 이런 말이 나온다.

> 강남의 서현徐鉉은 소전小篆체의 글씨를 잘 썼다. 햇빛에 비춰 살펴보면 글자마다 한 줄기 진한 먹이 모든 획의 정중앙을 지나고 있었다. 굽거나 꺾이는 획에서도 한편으로 쏠리는 일이 없었다.
>
> 江南徐鉉善小篆. 映日視之, 書中心有一縷濃墨, 正當其中. 至曲折處, 亦無偏側.

구불구불 이어지는 작은 전서체를 쓰면서도 중봉직필中鋒直筆을 잃지 않았더란 말이다.

나는 이 글을 지도자가 조직을 이끄는 법도를 말한 글로 읽었다. 리더는 중봉직필이라야지 측필편봉은 안 된다. 멋있어 보이려고 손목을 써서 붓대를 누이거나 측필을 쓰면 잠깐은 통해도 오래 못 간다. 답답해도 듬직한 정공법이 맞다. 그러지 않으면 권모술수와 부화뇌동만 는다.

한번은 인사동을 지나다가 서예전을 하길래 들렀다. 전서 병풍의 필획이 아무래도 어색해 가까이 가서 보니 다른 사람이 쓴 글씨 위에 종이를 대고 볼펜으로 획을 그린 후 그 위에 덧칠해 쓴 글씨였다. 철필로 획의 중심을 잡긴 했는데 접골이 되지 않아 근골이 제멋대로 따로 노는 격이라고나 할까? 민망하고 딱해서 혼자 한참을 웃었다.

중정건령

알맞고 바르면 건강하고 영활하다

中正健靈

다도茶道는 차와 물과 불이 최적의 조합으로 만나 이뤄내는 지선至善의 경지를 추구한다. 초의 스님은 차 안의 신령한 기운을 다신茶神이라 하고, 다신을 불러내려면 차와 물과 불이 '중정中正'의 상태로 만나야 함을 강조했다.

먼저 좋은 찻잎을 제때 따서 법대로 덖는다. 찻잎을 딸 때는 계절을 따지고 시간과 날씨도 가린다. 덖을 때는 문화文火와 무화武火, 즉 불기운의 조절이 중요하다. 물은 그다음이다. 좋은 물이라야 차가 제맛을 낸다. 다만 알맞게 끓여야 한다. 물이 덜 끓으면 떫고, 너무 끓으면 쉰다. 이제 차와 물이 만난다. 차를 넣어 우린다. 적당량의 차를 적절한 시점에 넣고, 제때에 따라서 우려낸다. 이러한 여러 과정 중에 하나만 잘못되어도 다신茶神은 결코 제 모습을 보여주지 않는다. 찻잎을 따서 덖고, 찻물을 길어 끓이며, 찻잎을 넣어 우리는 모든 과정에 중정의 원리가 적용된다. 더도 덜도 아닌 꼭 알맞은 상태가 '중정'이다. 다도는 결국 이 각각의 단계를 효율적으로 관리하는 체계를 얻는 데 달렸다.

인간의 삶에 비춰봐도 중정의 원리는 중요하다. 차가 정신이면 물은 육체에 견줄 수 있다. 정신과 육체가 조화를 유지하고, 문무를 겸비하며, 때의 선후를 잘 판단하는 것이 성공의 비결이다. 세상이 나를 알아줘도 내가 그에 걸맞은 자질을 못 갖추었다면 물은 좋은데 차가 나쁜 것이다. 내 준비가 덜 됐는데 세상이 나를 부르거나, 내가 준비되었을 때 세상이 나를 돌아보지 않음은 문무文武가 조화를 잃은 것에 해당한다. 비록 차와 물과 불이 조화를 얻는다 해도, 너무 서두르거나 미적거려 중정을 잃으면 차 맛을 버리고 만다. 과욕을 부려 일을 그르치거나, 상황을 너무 낙관하다가 다 된 밥에 코를 빠뜨리는 경우다.

초의는 《동다송》에서 노래한다.

체體와 신神이 온전해도 중정中正 잃음 염려되니
중정이란 건健과 영靈이 나란함에 불과하네.

體神雖全猶恐過中正　中正不過健靈併

차 좋고 물 좋아도 중정을 잃으면 차가 제맛을 잃고 만다. 중정은 차건수령茶健水靈, 즉 물이 활기를 잃지 않아 건강하고 차가 신령스런 작용을 나타내는 최적의 상태를 뜻한다. 다신은 그제야 정체를 드러낸다. 사람 사는 일도 다를 게 하나 없다. 삶이 중정의 최적 상태를 유지하려면 어찌 잠시인들 경거망동할 수 있겠는가?

즐풍목우

바람으로 머리 빗고 빗물로 목욕하다

櫛風沐雨

우임금이 치수할 때, 강물과 하천을 소통시키느라 손수 삼태기를 들고 삽을 잡았다. 일신의 안위를 잊고 천하를 위해 온몸을 바쳐 노고했다. 그 결과 장딴지에 살점이 안 보이고, 정강이에 털이 다 빠졌다. 바람으로 머리 빗고, 빗물로 목욕했다(櫛風沐雨). 그러니까 즐풍목우는 따로 머리 빗을 시간이 없어서 바람결에 머리를 빗고, 목욕할 짬이 안 나 비가 오면 그것으로 목욕을 대신했다는 얘기다. 묵자는 "우임금은 위대한 성인인데도 천하 사람들을 위해 이처럼 자신의 육신을 수고롭게 했다"며 감동했다.

후세에 묵자를 추종하는 무리들은 이 말을 깊이 새겼다. 우리도 남을 위해 우리의 육신을 아끼지 말자. 그들은 짐승 가죽이나 베로 옷을 해 입고, 나막신과 짚신만 신었다. 밤낮 쉬지 않고 일하면서 극한의 고통 속으로 자신들을 내몰았다. 그러고는 이렇게 말했다. "이렇게 할 수 없다면 우임금의 도리가 아니다. 묵가墨家라고 일컬을 자격도 없다."

위정자가 백성을 위하는 마음이야 즐풍목우의 각오라야 마땅하다. 하지만 그렇지 않은 개인이 남을 위한다는 명분으로 자신을 들들 볶다 못해 남까지 그렇게 해야 한다고 강요하며 괴롭히는 것은 문제다. 장자는 〈천하天下〉 편에서 단언했다. "이것은 천하를 어지럽히는 윗길이고, 다스리는 데는 가장 아랫길이다."

묵자는 사치와 낭비를 줄이고, 규범으로 문제를 바로잡아야 한다고 했다. 서로 나누며 싸우지 말 것을 주장했다. 그는 겉치레에 흐른 예악도 불필요하다고 보았다. 검소와 절용節用을 강조하고 또 강조했다. 이런 묵자의 가르침은 사치가 만연한 그 시대에 약이 되는 처방이었다. 하지만 그의 말을 따르려면 사람들은 기뻐도 노래를 부르지 못하고, 슬퍼도 울 수가 없었다. 즐거워도 즐거운 내색을 하지 못했다. 사람이 죽으면 의식 없이 그냥 매장해버려야 했다. 처음 시작은 사람을 위한 것이었는데, 그것이 오히려 사람을 근심스럽게 하고, 슬프게 만들었다. 장자는 이야말로 성인의 도에서 멀어진 것이라고 비판했다.

처음 순수했던 뜻이 맹목적 추종과 교조적 해석을 거쳐 왜곡되고 극단화된다. 지금 세상에도 이런 일은 얼마나 많은가?

지만계영

차면 덜어내고 가득 참을 경계하라

持滿戒盈

공자께서 노나라 환공桓公의 사당을 구경했다. 사당 안에 의기敧器, 즉 한쪽으로 비스듬히 기운 그릇이 놓여 있었다. 묘지기에게 물었다. "이건 무슨 그릇인가?" "자리 곁에 놓아두었던 그릇(宥坐之器)입니다. 비면 기울고, 중간쯤 차면 바르게 서고, 가득 차면 엎어집니다. 이것으로 경계를 삼으셨습니다." "그렇구려." 제자에게 물을 붓게 하니 과연 그 말과 꼭 같았다. 공자께서 탄식하셨다. "아! 가득 차고도 엎어지지 않을 물건이 어디 있겠느냐?"

제자 자로가 물었다. "지만持滿, 즉 가득 참을 유지하는 데 방법이 있습니까?" "따라내어 덜면 된다." "더는 방법은요?" "높아지면 내려오고 가득 차면 비우며 부유하면 검약하고 귀해지면 낮추는 것이지. 지혜로워도 어리석은 듯이 굴고, 용감하나 겁먹은 듯이 한다. 말을 잘해도 어눌한 듯하고, 많이 알더라도 조금밖에 모르는 듯이 해야지. 이

825

를 두고 덜어내어 끝까지 가지 않는다고 말한다. 이 방법을 행할 수 있는 것은 지덕至德을 갖춘 사람뿐이다."

지만계영持滿戒盈! 가득 찬 상태를 유지하고 싶은가(持滿)? 넘치는 것을 경계하라(戒盈). 더 채우려 들지 말고 더 덜어내라. 의기에 관한 얘기는 《순자》〈유좌宥坐〉 편에 처음 보인다. 한영韓嬰의 《한시외전》에도 나온다. 이 그릇의 실체를 두고 역대로 많은 학설이 있었다. 그릇을 복원하려는 시도도 계속되었다. 원래 이 그릇은 농사에 쓰는 관개용 도구였다. 약간 비스듬하게 앞쪽으로 기울어 물을 받기 좋게 되어 있다. 물을 받아 묵직해지면 기울었던 그릇이 똑바로 선다. 그러다가 물이 그릇에 가득 차면 홀렁 뒤집어지면서 받았던 물을 반대편으로 쏟아낸다. 마치 물레방아의 원리와 비슷하다.

환공은 이 그릇을 좌우座右에 두고 그것이 주는 교훈을 곱씹었다. 고개를 숙여 받을 준비를 하고, 알맞게 받으면 똑바로 섰다가, 정도에 넘치면 엎어진다. 바로 여기서 중도에 맞게 똑바로 서서 바른 판단을 내리라는 상징을 읽었다. 가득 차 엎어지기 직전인데도 사람들은 욕심 사납게 퍼 담기만 한다. 그러다가 한순간에 뒤집어져 몰락한다. 가득참을 경계하라. 차면 덜어내라.

지미무미

지극한 맛은 아무 맛도 없다

至味無味

유명한 냉면 집을 안내하겠다 해서 갔더니 집에서 멀지 않은 곳이었다. 맛을 보곤 실망했다. 좋게 말해 담백하고 바로 말해 밍밍했다. 네 맛도 내 맛도 없었다. 전국에서 다섯 손가락 꼽는다는 냉면 집 맛이 학교 앞 분식집만도 못했다. 나처럼 실망한 사람이 적지 않았던 모양이다. 그 집 벽에 순수한 재료로만 육수를 내서 처음 맛보면 이상해도 이것이 냉면 육수의 참맛이라는 설명이 붙어 있었다. 여러 해 전 일인데도 가끔 생각난다. 감미료로 맛을 낸 육수 국물에 길들여진 입맛들이 얼마나 투덜댔으면 주인이 그런 글을 써 붙일 생각을 했을까? 그래도 사람들이 여전히 줄을 서서 찾는 걸 보면 맛을 아는 사람이 적지 않은 모양이다.

세상 사는 맛은 진한 술과 식초 같지만 지극한 맛은 맛이 없다.

맛없는 것을 음미하는 사람이 일체의 맛에서 담백해질 수 있다. 담백해야 덕을 기르고 담백해야 몸을 기른다. 담백해야 벗을 기르고 담백해야 백성을 기른다.

世味醲釅, 至味無味. 味無味者, 能淡一切味. 淡足養德, 淡足養身, 淡足養交, 淡足養民.

《축자소언祝子小言》에 나온다.

자극적인 맛에 한번 길들면 덤덤한 맛은 맛 같지도 않다. 고대의 제사 때 올리는 고깃국인 대갱大羹은 조미하지 않았다. 현주玄酒는 술이 아니라 맹물의 다른 이름이다. 아무것도 조미하지 않았지만 모든 맛이 그 안에 다 들어 있다. 당장에 달콤한 맛은 결국은 몸을 해치는 독이 된다.

진한 술, 살진 고기, 맵고 단 것은 참맛이 아니다. 참맛은 단지 담백할 뿐이다. 신통하고 기특하며 탁월하고 기이한 것은 지극한 사람이 아니다. 지극한 사람은 다만 평범할 따름이다.

醲肥辛甘非眞味, 眞味只是淡. 神奇卓異非至人, 至人只是常.

《채근담菜根譚》의 한 구절이다. 참맛은 절대 자극적이지 않다. 깨달은 사람은 깨달은 태를 내지 않는다.

사람들은 신기한 것만 대단한 줄 알고, 자극적인 맛만 맛있다고 한다. 담백은 맛없다고 외면당하고, 평범은 한몫에 무능으로 몰아 무시한다. 공자께서 탄식하셨다. "먹고 마시지 않는 사람이 없건만, 능히 맛을 아는 자는 드물다(人莫不飮食也, 鮮能知味也)." 선거철마다 각종

공약이 난무하고 장밋빛 청사진이 황홀하다. 그럴 법해 보이는 것일수록 가짜다. 달콤함에 현혹되면 안 된다. 평범과 담백의 안목이 필요하다.

지미위난

맛 알기의 어려움

知味爲難

명말明末 장대張岱(1597~1689)의 〈민노자차閔老子茶〉는 벗인 주묵
농周墨農이 차의 달인 민문수閔汶水를 입에 침이 마르도록 칭찬하는
말을 듣고 그를 찾아간 이야기다. 민문수는 마침 출타 중이었다. 집 지
키던 노파는 자꾸 딴청을 하며 손님의 기미를 살핀다. 집주인은 한참
이렇게 뜸을 들인 뒤에야 "어째 여태 안 가셨소?" 하며 나타난다. 손
님이 제풀에 지쳐 돌아가기를 기다렸던 것. 장대는 "내가 집주인의 차
를 오래 사모해왔소. 맛보지 않고는 결단코 안 갈 셈이오." 무뚝뚝한
주인은 그제야 손님을 다실로 이끈다.

전설적인 최고급 다기 10여 개가 놓인 방에 안내되어 끓여온 차 맛
을 본 장대가 "무슨 차입니까?" 하자, 낭원차閬苑茶라는 대답이 돌아
온다. 그가 고개를 갸웃한다. "이상하군요. 낭원차의 제법製法이긴 한
데 맛이 다릅니다." 민문수가 씩 웃고 말한다. "그럼 무슨 차 같소?"

"혹시 나개차羅芥茶?" 그 말에 민문수의 표정이 싹 바뀐다. 장대가 다시 묻는다. "물은 어떤 물이오?" "혜천惠泉 것이올시다." "그런가요? 물이 조금 퍼진 느낌인 걸?" "숨길 수가 없군요. 혜천 물이 맞긴 맞소만 한밤중 새 물이 솟을 때 길은 것이 아니라서."

민문수가 혀를 내두르며 나가 새 차를 끓여 장대에게 따랐다. "마셔보시오." "향이 강하고 맛이 혼후하니 봄에 딴 차로군요. 앞의 것은 가을에 딴 것이고요." 민문수가 껄껄 웃으며 말했다. "내 나이 칠십에 손님 같은 분은 처음입니다. 우리 친구 합시다." 글은 이렇게 끝난다.

맛 알기가 참 어렵다. 치수淄水와 민수澠水는 지금의 산둥성을 흐르는 물 이름인데 물맛이 달랐다. 두 물을 섞어두면 보통 사람은 가려내지 못했지만 역아易牙는 틀림없이 구분해냈으므로 공자가 이에 대해 말한 것이 있다. 《여씨춘추》에 나온다. 순욱荀勖은 진무제의 잔칫상에서 죽순 반찬을 맛보더니 "이것은 고생한 나무를 불 때서 요리한 것이로군"이라고 했다. 조용히 사람을 보내 알아보니 과연 오래된 수레바퀴를 쪼개 땔나무로 썼다는 전갈이었다. 《세설신어》에 나온다. 사람 감별도 한입에 알 수 있다면 참 좋을 텐데.

지방지술

변명하지 마라

止謗之術

젊은 시절 다산은 반짝반짝 빛났지만 주머니에 든 송곳 같았다. 1795년 7월 서학 연루 혐의로 금정찰방에 좌천되었다. 이때 쓴 일기가 《금정일록金井日錄》이다. 이삼환이 다산에게 위로를 겸해 보낸 편지 한 통이 이 가운데 실려 있다. 글을 보니 젊은 날의 다산이 훤히 떠오른다. 편지는 이렇게 시작한다.

예전 어떤 사람이 문중자文中子에게 비방을 그치게 하는 방법〔止謗之術〕을 물었다더군. 대답은 '변명하지 말라〔無辯〕'였다네. 이는 다만 비방을 그치게 하는 것뿐 아니라 또한 우리가 바탕을 함양하는 공부에 있어서도 마땅히 더욱 힘을 쏟아야 할 걸세. 어찌 생각하시는가?

昔人問文中子以止謗之術. 答云無辯. 此不但止謗, 亦於吾本源涵養之工, 當益得力. 未知如何?

비방이 일어나 나를 공격할 때 말로 따져 상대를 눌러 이길 생각을 말아야 한다. 설사 내가 그들을 말로 이겨도 그들은 승복하지 않고 더 독랄한 수단을 준비할 것이기 때문이다.

이삼환은 이어 자신이 평생 좋아했다는《명심보감明心寶鑑》에 실린 고시 한 수를 소개했다.

> 못난이들 화가 나 성내는 것은
> 모두 다 이치가 안 통해서지.
> 마음에 이는 불을 가라앉히면
> 귓가를 스쳐 가는 바람이 되리.
> 저마다 장단점은 있는 법이요
> 덥고 추움 어디나 다름없다네.
> 시비는 실상이 없는 것이라
> 따져본들 모두가 헛것인 것을.
> 愚濁生嗔怒　皆因理不通
> 休添心上火　只作耳邊風
> 長短家家有　炎凉處處同
> 是非無實相　相究摠成空

이어 그는 가까이서 여러 날을 지켜보니 다산이 환하고 시원스러워 구차한 구석이 없고 자신의 잘못은 깨끗이 인정하는 진심의 사람이었다고 칭찬했다. 끝에 가서 그가 다산에게 준 충고는 이렇다.

다만 풍성鄭城의 보검은 괴이한 광채가 지나치게 드러나고, 지양地釀의 훌륭한 술은 짙은 향기가 먼저 새나온다네. 매번 송곳 끝이 비어져 나오는 듯한 기운이 많고 끝내 함축의 뜻은 적으니 이것이 굳이 백옥의 작은 흠이라 하겠네. 주자께서 진동보陳同父에게 답장한 글에서 "예로부터 영웅은 전전긍긍하면서 깊은 물가에 임하거나 살얼음을 밟는 듯한 가운데로부터 나오지 않은 법이 없었다"고 하셨는데, 감히 이 말을 그대에게 드리네.

鄭城之劍, 光怪太露, 地釀之酤, 芳烈先洩. 每多穎脫之氣, 終少含蓄之意, 此未必不爲白玉之微瑕矣. 朱子答陳同父書曰: 從古英雄, 莫不從戰戰兢兢, 臨深履薄中出來. 敢以此獻焉.

다산은 자신의 일기에 그의 편지를 또박또박 옮겨 써서 깊이 새겼다.

지상담병

이론만 능하고 실전에 약한 병통

紙上談兵

조趙나라의 명장 조사趙奢는 아들 조괄趙括을 좀체 칭찬하는 법이
없었다. 모두들 병법은 조괄을 당할 사람이 없다고들 하는 터였다. 답
답해진 그의 아내가 연유를 물었다. 조사가 말했다. "군대는 죽는 곳
인데 저 아이는 너무 쉽게 말을 하오. 조나라가 저 아이를 장수로 삼
는다면 조나라 군대를 무너뜨릴 자는 반드시 저 아이일 것이오." 훗날
조나라 왕이 진秦나라와의 전투에서 싸울 생각을 않고 성을 지키고만
있던 노장 염파廉頗를 빼고 젊은 조괄을 투입하려 했다. 그러자 그 어
미가 안 된다며 막고 나섰다.

왕이 이유를 묻자, 대답이 이랬다. 그 아비는 상을 받으면 아랫사람
들에게 모두 나눠주었고, 명을 받으면 집안일을 묻지 않고 떠났는데,
아들은 왕에게 하사금을 받으면 집에 간직해두고 좋은 밭과 집 살 궁
리만 하니, 부자의 마음가짐이 같지 않다고 했다. 그래도 왕이 번복하

지 않자, 그렇다면 아들이 실패하더라도 자신을 연좌시키지 말라고 했다. 어미의 말인데 참 모질고 매섭다. 경솔했던 조괄은 우쭐해서 그날로 진나라 총공격에 나섰다가, 계략에 말려 조나라 40만 대군을 하루아침에 모두 잃었다.

조선시대 어떤 무사가 병서 강독 시험에 응시했다. 시험관이 물었다. "만약 북을 쳤는데도 사졸들이 진격하지 않고, 징을 쳤는데도 퇴각하지 않는다면 어찌하겠는가?" 무사가 물러나와 시험관의 어리석은 질문을 두고 깔깔대며 비웃었다. 그 말을 들은 이가 말했다. "바보같은 질문이긴 하나, 종이 위에서 군대를 논하는 자가 할 수 있는 질문이 아닐세. 분명히 그 사람은 직접 군대 일을 겪어본 사람인 듯하이." 알아보니 그 시험관은 예전에 군대를 이끌고 나갔다가 공을 이루지 못해 파직되었던 경험이 있는 사람이었다. 쓰린 실패의 경험이 그로 하여금 거두절미하고 실제적인 질문을 던지게 했던 것이다. 홍길주의 《수여난필속睡餘瀾筆續》에 나온다.

이른바 지상담병紙上談兵, 즉 종이 위에서 병법을 논한다는 말은 이론만 능하고 실전에 약한 병통을 꼬집어 하는 말이다. 탁상공론卓上空論과 같다. 사람들은 노장 염파의 경륜보다 조괄의 화끈함을 좋아한다. 문제는 늘 이 지점에서 생긴다. 내는 문제마다 거침없이 척척 대답했던 아들 조괄을 아버지 조사가 끝내 인정하지 않았던 까닭이다.

지영수겸

빈천과 부귀는 쳇바퀴 돌 듯 돈다

持盈守謙

청나라 진홍모陳弘謀가 엮은 《오종유규五種遺規》에 나오는 말이다.

빈천은 근검을 낳고, 근검은 부귀를 낳는다. 부귀는 교만과 사치
를 낳고, 교만과 사치는 음란함을 낳으며, 음란함은 빈천을 낳는
다. 여섯 가지 길이 쳇바퀴처럼 돈다.

貧賤生勤儉, 勤儉生富貴, 富貴生驕奢, 驕奢生淫佚, 淫佚生貧賤. 六道
輪回.

빈천에서 근검으로 노력한 결과 부귀를 얻었다. 부귀를 얻고 눈에
뵈는 게 없어 교만과 사치를 일삼았다. 교만과 사치에 취해 방탕에 빠
지니 잠깐 만에 다시 빈천의 자리로 돌아와 있다. 한때의 부귀는 꿈이
었고 앞뒤로 뼈저린 빈천만 남았다.

다음은 당나라 때 유빈劉玭이 자손에게 남긴 경계다.《신당서新唐書》에 나온다.

훌륭한 가문은 조상의 충효와 근검에 말미암아 이루어지지 않음이 없고, 자손의 둔하고 경솔하고 사치하고 오만함에 말미암아 엎어지지 않음이 없다. 세우기가 어려운 것은 하늘을 오르는 것 같고, 뒤집혀 실추하기 쉽기는 터럭이 화톳불에 타는 것과 한가지다.

名門右族, 莫不由祖先忠孝勤儉, 以成立之, 莫不由子孫頑率奢傲, 以覆墜之. 成立之難, 如升天, 覆墜之易, 如燎毛.

명나라 때 육수성이《청서필담》에서 한 말은 이렇다.

부富는 원망의 곳집이요, 귀貴는 위태로움의 기틀이다. 이는 부귀하면서도 도리에 어긋나게 처신하는 사람을 두고 한 말이다. 만약 영리에 처해서도 거기에만 골몰하지 않고, 가득 찬 상태에 있으나 그칠 줄 알아, 가득 참을 유지하면서 겸손을 지킨다면 원망의 곳집이니 위태로움의 기틀이니 하는 말이 어찌 있겠는가?

富者怨之府, 貴者危之機. 此爲富貴而處之不以其道者言之也. 乃若處榮利而不專, 履盛滿而知止, 持盈守謙, 何怨府危机之有哉.

지금 내가 누리는 부귀는 다른 사람의 원망과 한숨에서 나왔다. 발밑에는 위기가 늘 도사리고 있다. 지영수겸持盈守謙, 가득 참을 유지하더라도 겸손의 뜻을 잊지 않아야만 원망도 위기도 없다. 사람이 이 간단한 이치를 자꾸 잊으니까 멀쩡히 잘 가던 비행기를 돌려세우고, 수

억짜리 외제차로 광란의 폭주를 벌여 선대에서 쌓은 것을 실추시키고
나아가 제 몸을 망친다.

지유조심

달아나지 못하게 마음을 꽉 붙들어라

只有操心

이덕무가《이목구심서》에서 말했다.

　사람이 한번 세상에 나면 부귀빈천을 떠나 뜻 같지 않은 일이 열에 여덟아홉이다. 한번 움직이고 멈출 때마다 제지함이 고슴도치가시처럼 일어나, 조그만 몸뚱이 전후좌우에 얽히지 않음이 없다. 얽힌 것을 잘 운용하는 사람은 천번만번 제지를 당해도 얽힌 것을마음에 두지 않는다. 얽힌 것에 끌려다니지도 않는다. 때에 따라굽히고 펴서 각각 꼭 알맞게 처리한다. 그리하면 얽힌 것에 다치지않게 될 뿐 아니라 내 화기和氣를 손상시키지도 않아 저절로 순경順境 속에서 노닐게 된다. 저 머리 깎고 산에 드는 자 중에도 괴롭게 그 제지함을 견디지 못하는 경우가 많다. 피를 뽑아 불경을베끼고 행각하며 쌀을 탁발함을 도리어 괴로워하며 못 견뎌한다.

온몸이 온통 얽매여 부딪치는 곳마다 모두 제지하는 것뿐이다. 이는 조급하고 어지러운 것이 빌미가 된 것일 따름이다. 마치 원숭이가 전갈 떼에게 쏘일 경우 전갈을 잘 처리해 피하거나 없앨 꾀를 낼 줄은 모르고 괴로워하며 온통 긁기만 하는 것과 같다. 이리 긁고 저리 물어뜯으며 잠시도 참지를 못한다. 그럴수록 전갈은 더욱 독하게 쏘아댄다. 죽고 나서야 끝이 난다.

人旣一墮于地, 無論富貴貧賤, 不如意事, 十常八九. 一動一止, 掣者蝟興, 眇然之身, 前後左右, 無非肘也. 善運肘者, 雖千掣萬掣, 不置肘於心. 亦不爲肘所僕役. 時屈時申, 各極其宜, 則不惟不傷肘, 亦不損吾和氣, 可自然遊順境中耳. 彼祝髮入山者, 苦不耐其掣之多也. 然刺血鈔經, 行脚乞米, 反苦不勝. 渾身之肘, 觸處皆掣也, 是躁擾爲祟耳. 如胡孫爲群蝎所螫, 不知或避或除, 善計處蝎之方, 只煩惱騷屑, 左爬右嚼, 不少須臾耐了. 蝎螫愈肆, 斃而後已.

세상살이에 문제가 떠날 날이 없다. 정작 문제는 문제 그 자체가 아니라 문제가 무엇인지 모르는 것에 있다. 전갈에 쏘인 원숭이가 가려운 데를 긁느라 원인을 제거할 생각을 못 하다 결국 죽어서야 끝을 낸다. 고슴도치 가시처럼 들고 일어나는 문제 속에 허우적대다가 몸과 마음을 상하고 인생을 망치는 것을 수없이 본다.

원나라 때 학자 허형許衡(1209~1281)이 말했다.

오만 가지 보양이 모두 다 거짓이니,
다만 마음 붙드는 것 이것이 중요하다.

萬般補養皆虛僞 只有操心是要規

그렇다! 값비싼 보약과 진귀한 보양식은 내 삶을 든든히 붙들어주는 지지대가 못 된다. 마음이 달아난 사람은 그날로 비천해진다. '지유조심只有操心!' 다만 네 마음을 붙들어라. 조심은 두리번거리며 살피는 것이 아니라 내가 내 마음의 주인이 된다는 말이다. 마음을 놓아버려 외물이 그 자리를 차지해버리면 나는 그로부터 얼빠진 허깨비 인생이 된다. 문제에 질질 끌려다니며 문제만 일으키는 문제아가 된다. 조심操心하라!

지인안민

인재를 알아보는 안목
知人安民

청나라 건륭제는 61년간 재위하다가 89세로 세상을 떴다. 그는 재위 기간에 《사고전서四庫全書》를 펴내는 등 중국 문화 선양에 크게 공헌했다. 마상황제馬上皇帝란 말이 있을 만큼 전역을 순행巡幸했고, 평생 공부를 손에서 놓지 않았다. 세상에 남긴 시가 4만 2,000여 수다. 그의 치세治世 경륜을 담은 어록집 《건륭잠언乾隆箴言》을 읽었다.

경험에서 나온 묵직한 말들이 적지 않다. 특별히 사람을 알아보는 안목을 중시했다. "임금 노릇이 무에 어려우랴. 사람 알아보기가 가장 어렵다〔爲君奚難, 難于知人〕." 인재를 알아보는 안목을 임금의 가장 큰 덕목으로 꼽았다.

자식을 잘못 아는 것은 그 해가 오히려 한집안을 넘지 않는다. 신하를 잘못 알아보면, 그 해가 장차 나라와 천하에 미친다.

誤知子者, 其害猶不過一家. 誤知臣者, 其害將及國與天下.

자식을 잘못 알면 패가망신으로 끝나지만, 임금이 신하를 잘못 쓰면 그 해악이 나라를 망치고, 천하를 어지럽게 만든다.
건륭제의 말이 계속 이어진다.

백성을 편안케 하는 것은 반드시 사람을 알아보는 데에 달려 있다. 사람을 알아보는 것이 백성을 편안하게 하기보다 더 어렵다. 사람을 능히 알아볼 수 있다면 불안해하는 백성이 없게 된다.
安民必在于知人, 而知人尤難于安民. 能知人則無不安之民矣.

《서경》〈고요모皐陶謨〉에서 고요皐陶는 우임금에게 임금 노릇의 요체가 "사람을 잘 아는 데에 달려 있고, 백성을 편안히 하는 데에 달려 있다〔在知人, 在安民〕"고 강조한 대목에서 따왔다.
한 단락 더.

공경해도 게으르지 않고, 공정하되 사사로움 없이, 태연하나 교만하지 않고, 부지런해도 조급하진 않게. 이렇게 한 뒤라야 상벌이 분명하고 진퇴가 합당하며, 완급이 적절하고 상황에 알맞게 될 수가 있다.
敬而不懈, 公而無私, 泰而不驕, 勤而非躁. 然後能賞罰明而進退當, 緩急應而機宜合.

큰일 앞에 태연한 것이 '그래봤자'의 교만이어서는 안 되고, 부지런히 애를 쓴다는 것이 조급하게 일을 망치는 것이어서는 안 된다. 말로는 공정을 내세우면서 사욕을 슬쩍 끼워넣고, 위해주는 척하면서 함부로 대하는 것은 윗사람의 그릇이 아니다.

지지지지

그칠 데를 알아서 그쳐야 할 때 그쳐라

知止止止

지지지지知止止止는 그침을 알아 그칠 데 그친다는 말이다. 지지(知止)는 노자의 《도덕경》 제44장에 나온다. "족함 알면 욕되잖코, 그침 알면 위태롭지 않다. 오래갈 수가 있다(知足不辱, 知止不殆, 可以長久)." 제32장에는 "처음 만들어지면 이름이 있다. 이름이 나면 그칠 줄 알아야 한다. 그침을 알면 위태롭지 않다(始制有名, 名亦既有, 夫亦將知止. 知止所以不殆)"고 했다.

고구려 을지문덕이 수나라 장수 우중문에게 보낸 시는 이렇다.

기찬 책략 천문 꿰뚫고
묘한 계산 지리 다했네.
싸움 이겨 공이 높으니
족함 알아 그만두게나.

神策究天文　妙算窮地理
戰勝功旣高　知足願云止

　　제4구는 피차간에 《도덕경》을 읽었다는 전제 아래 꺼낸 말이다. "그만 까불고 돌아가라. 그렇지 않으면 다친다." 을지문덕이 우중문에게 전달한 메시지는 정확하게 이런 것이다. 상대를 추켜세우는 척하면서 은근히 부아를 돋웠다. 우중문은 이러한 심리전에 휘말려 실수에서 돌이킬 수 없는 참담한 패배를 맛보았다.

　　고려 때 이규보는 자신의 당호를 지지헌止止軒으로 지었다. 지지止止는《주역》〈간괘〉〈초일初一〉에서 "그칠 곳에 그치니 속이 밝아 허물이 없다(止于止, 內明無咎)"고 한 데서 나왔다. 이규보는 "'지지'라는 말은 그칠 곳을 알아 그치는 것이다. 그치지 말아야 할 데서 그치면 지지가 아니다"라고 부연했다. 그는 또 말한다. 범이나 이무기는 산속이나 굴속에 있어야 지지다. 범이 도심에 출몰하면 사람들은 재앙으로 여겨 이를 해친다. 엊그제도 도심에 뛰어든 멧돼지가 총에 맞아 죽었다.

　　늘 '이번만', '한 번만', '나만은'이 문제다. 이미 도를 넘었는데 여태 아무 일 없었으니 이번에도 괜찮겠지 방심하다가 큰코다친다. 그침을 아는 지지도 중요하지만, 이를 즉각 실행에 옮기는 지지止止가 더 중요하다. 그칠 수 있을 때 그쳐야지, 나중에는 그치고 싶어도 그칠 수가 없다. 그쳐서는 안 될 때 그쳐도 안 된다. 사람은 자리를 잘 가려야 한다. 꼭 있어야 할 자리에 있는 것이 지지止止다. 떠나야 할 자리에 주저앉아 있으면 결국 추하게 쫓겨난다. 그런데 그 분간이 참 어렵다. 우리가 공부하는 이유는 결국 이 분간을 잘 세우기 위해서다. 있어야 할 자리, 나만의 자리는 어딘가? 지금 선 이 자리는 제자리인가?

4부

ㅊ ──────
ㅌ ──────
ㅍ ──────
ㅎ ──────

파초의 심이 다해 새 가지를 펼치니
새로 말린 새 심이 어느새 뒤따른다.
새 심으로 새 덕 기름 배우길 원하노니
문득 새잎 따라서 새 지식이 생겨나리.

芭蕉心盡展新枝 新卷新心暗已隨
願學新心養新德 旋隨新葉起新知

차납지변

달라는 겁니까?

借納之辨

충무공 이순신이 훈련원에 있을 때 몹시 아름다운 전통箭筒을 지니고 있었다. 이 말을 들은 서애 유성룡이 사람을 보내 빌려달라고 하자, 충무공이 거절하며 말했다. "이것은 빌리자는[借] 것입니까, 달라는[納] 것입니까?" 서애가 이 말을 전해듣고는 기이하게 여겨 비로소 발탁해 쓰려는 뜻이 서게 되었다. 윤기의 〈정상한화〉에 나오는 이야기다.

윤기는 이 일을 적고 나서 이렇게 덧붙였다.

지금의 시속으로 말한다면, 충무공은 반드시 활집을 바쳐서 친해지려 했을 테고, 서애는 틀림없이 유감을 품고 성을 내어 배척해 끊었을 것이다.

今俗言之, 忠武必欲納此而得親, 西厓必恨怒而斥絶矣.

윗사람과 친해질 절호의 기회를 박찬 이순신의 강직함과, 요놈 봐라 하면서 해코지를 하지 않은 유성룡의 도량을 함께 칭찬했다.

같은 이야기가 《충무공전서》에는 다르게 나온다. 정승 유전柳㙉이 활쏘기 시험을 살피다가 이순신의 좋은 활집을 보고는 탐이 나서 이를 자기에게 달라고 했다. 이순신이 말했다.

활집을 드리기는 어렵지 않습니다. 하지만 사람들이 대감께서 받은 것을 어찌 말하고, 소인이 바친 것을 또 어떻다고 하겠습니까? 활집 하나로 대감과 소인이 함께 욕된 이름을 받게 될 테니 몹시 미안한 일입니다.

箭筒則不難進納, 而人謂大監之受何如也, 小人之納, 又何如也? 以一箭筒, 而大監與小人, 俱受汚辱之名, 則深有未安.

유전이 "그대의 말이 옳다"고 하고는 깨끗이 수긍했다. 윤기가 활집 사건을 유성룡과의 사이에서 일어난 일로 본 것은 유전과 혼동한 것인지, 둘 다 눈독을 들였던 것인지 알 수 없다.

《충무공전서》에는 이런 얘기도 있다. 좌수사 성박成鎛이 본포本浦로 사람을 보내 객사 뜰 가운데 선 오동나무를 베어 거문고를 만들겠다고 했다. 이순신이 허락하지 않고 말했다. "이것은 관가의 물건이오. 여러 해 기른 것을 하루아침에 베다니 어찌 된 것이오?" 성박이 크게 노했지만 또한 감히 취해가지는 못했다. 이순신은 상관의 요구에 사리로 따져 거절했다. 이것이 그에게 불이익을 주기도 하고, 주목을 받게도 했다. 하지만 그는 늘 정도와 원칙을 따랐다.

차역인자

그도 사람의 자식이니라
此亦人子

세상 살기가 갈수록 팍팍해져서 앞이 보이지 않는다. 사람들의 마음도 나날이 강퍅해져서 잠깐을 참지 못해 주먹과 욕설부터 튀어나온다. 드라마 속의 풍경은 늘 풍요롭건만 대체 어떻게 가르치고 무엇을 배워 세상이 이런가?

도연명이 자식에게 보낸 짧은 훈계 편지다.

네가 날마다 쓸 비용마저 마련키 어렵다 하니 이번에 이 일손을 보내 나무하고 물 긷는 너의 수고로움을 돕게 하마. 그도 사람의 자식이니라. 잘 대우해야 한다.

汝旦夕之費, 自給爲難. 今遣此力, 助汝薪水之勞. 此亦人子也, 可善遇之.

자식이 행여 아랫사람에게 함부로 대할 것을 염려했다. 선조 때 백광훈白光勳(1537~1582)은 아들에게 쓴 편지에서 이렇게 썼다.

　　듣자니 너희가 자못 남을 업신여기는 태도가 있고, 게다가 남의
허물을 즐겨 말한다더구나. 사람이 배우는 것은 이 같은 병통을 없
애기 위해서이다. 이제 너희가 만약 이와 같다면 비록 책 만권을
배워 문장이 양웅·사마천과 비슷해져서 그날로 과거에 급제한다
한들 이런 사람을 어디다 쓰겠느냐. 놀라고 비통하여 죽고만 싶다.
남에게서 한 번이라도 몸가짐을 잃게 되면 평생 다시 남에게 쓰이
게 되기 어려운 법이다. 하물며 세상의 도리는 나날이 강퍅해지고
풍속은 날로 각박해져서 삼가 입 다물고 도를 지키더라도 오히려
면치 못할까 걱정인데 하물며 입에서 펴고 말로 드러나는 것이야
말해 무엇 하겠느냐? 이후로도 너희가 능히 이 버릇을 통절하게
없애지 않아 혹시라도 이러쿵저러쿵하는 자가 있게 되면 맹세컨대
다시는 너희를 보지 않겠다. 천번만번 경계하고 삼갈 것은 단지 이
것뿐이다.

　　但因人聞, 汝等頗有侮人之態, 且喜言人過云. 人之爲學, 只欲去此等
病痛. 而今汝若果如此, 則雖學書萬卷, 文似楊馬, 卽日登第, 其人何所用
哉. 驚痛欲死也. 一失身於人, 則平生難復見取於人. 況世道日窄, 風俗日
薄, 謹默守道, 猶恐不免, 況發諸口而形諸言乎? 此後汝等不能痛除此習,
尙或有云云者, 則誓不復與汝等相見也. 千萬戒謹戒謹, 只此.

　　자식들이 건방을 떨며 남 말하기 좋아한다는 말을 듣고 못된 버릇
에 쐐기를 박으려고 쓴 글이다.
　　제갈량의 〈계자서〉에 담긴 뜻도 남다르다.

군자의 행실은 고요함으로 몸을 닦고, 검소로써 덕을 길러야 한다. 담박함이 아니고는 뜻을 밝게 할 수가 없고, 차분히 고요해지지 않으면 먼 데까지 이르지 못한다. 배움은 모름지기 고요해야 하고, 재주는 모름지기 배워야만 한다. 배움이 아니고는 재주를 넓힐 수가 없고, 고요함이 아니면 배움을 이룰 길이 없다. 멋대로 게으르면 정밀하게 궁구할 수가 없고, 사납고 조급하면 성품을 다스릴 길이 없다. 나이는 시간과 함께 내달리고 뜻은 세월과 더불어 지나가 버린다. 마침내는 비쩍 말라 영락해서 세상과 만나지 못하는 수가 많다. 궁한 집에서 구슬피 탄식한들 그때 가서 장차 무슨 소용이리.

夫君子之行, 靜以修身, 儉以養德. 非澹泊無以明志, 非寧靜無以致遠. 夫學須靜也, 才須學也. 非學無以廣才, 非靜無以成學. 慆慢則不能硏精, 險躁則不能理性. 年與時馳, 意與歲去, 遂成枯落, 多不接世, 悲嘆窮廬, 將復何及!

여기서 그 유명한 '담박명지澹泊明志', '영정치원寧靜致遠'의 성어가 나왔다. 들뜨는 마음을 가라앉혀 담박함과 고요함으로 몸을 닦고 덕을 길러 세상의 쓰임에 맞갖은 준비를 갖출 것을 당부했다.

박제가도 만년의 유배지에서 아들을 위해 붓을 들었다.

장름이는 필묵이 한결같이 조급하고 경솔하여 조금도 성의가 없으니 문리를 가늠해볼 수 있겠고, 인품도 그다지 나아지지 않았음을 알 수 있겠다. 이것이 걱정이로구나. 장암이는 자획은 조금 낫지만 다만 늘 쓰는 보통 글자도 번번이 잘못 쓰니 이끌어 가르쳐주는 이가 없어 그런가 싶다.

廩也筆墨, 一向忙急艸率, 頓無誠意, 文理可推而知, 人品之不長進亦可知. 此爲可悶. 醣也字畫稍勝, 但尋常行用之字, 每每錯書, 似無提敎而然.

자식이 보내온 편지의 필체에서 자식의 성정과 인품과 학업의 수준을 읽고 다급해진 아버지의 마음이 느껴진다.

이런 어버이의 간절한 당부를 듣고 자란 자식들은 선대의 명성을 실추하지 않고 바른 삶을 걸어갈 수 있었다. 오늘은 어떤가? 가정에서 아버지의 위상은 더 갈데없이 추락했다. 돈이나 벌어오고 그저 잔소리나 안 하면 좋은 존재다. 밖에서는 상사에게 주눅 들고 아랫사람에게 치인다. 집에 오면 아내의 눈치 보고 자식의 원망이나 안 들으면 다행이다. 제 삶이 누추하니 면목이 없어 자식에게 할 말이 있어도 입을 그만 다문다. 직장에서 밀려나 돈까지 못 벌게 되면 이런 천덕꾸러기 애물단지가 따로 없다. 무슨 말을 한들 영이 서겠는가?

할 말 못 하는 아비, 들을 말 못 듣고 자란 자식들 위에 사회의 구조악까지 얹히고 보니 세상에 풍파 잘 날이 없다. 굽신대던 낮은 처지를 벗어나 조금 지위를 갖게 되면 금세 아랫사람을 업신여기고 함부로 대한다. 제가 그의 처지일 때 생각은 간데없다. 오히려 한술 더 뜬다. 마침내 광망하게 굴다가 나락에 떨어지고 나서도 제 탓할 생각은 없고 세상 원망만 한다. 가정교육의 부재가 무한 경쟁의 사회구조와 만나 빚어낸 슬픈 풍경이다.

앞에서 끌고 뒤에서 밀던 아름다운 가족공동체에 갈수록 삭풍만 분다. 빛을 못 본 그늘은 어둠의 기억만 간직한다. 저 도우려고 보내는 하인을 자식이 혹 업신여겨 함부로 대할까 봐 '그도 사람의 자식이니 잘 대우함이 마땅하다'는 편지를 들려 보냈던 도연명의 노파심이 자꾸만 생각난다.

착슬독서

두 무릎을 딱 붙이고 독서하라

著膝讀書

퇴계 선생이 산사일등 山寺一燈을 아꼈다면 이상정 李象靖(1711~1781)은 착슬독서 著膝讀書를 강조했다. 저 著는 '착'으로 읽으면 딱 붙인다는 뜻이다. 착슬독서란 무릎을 방바닥에 딱 붙이고 엉덩이를 묵직하게 가라앉혀 읽는 독서를 말한다. 아들에게 보낸 편지에서 이렇게 썼다.

모름지기 시간을 아껴 무릎을 딱 붙이고 글을 읽도록 해라. 의문이 나거든 선배에게 물어 완전히 이해하고 입에 붙도록 해서 가슴속에 흐르게끔 해야 힘 얻을 곳이 있게 된다. 절대로 대충대충 지나치면서 책 읽었다는 이름만 얻으려 해서는 안 된다.

須惜取光陰, 著膝讀書. 有疑則問諸先進, 使通透爛熟, 流轉胷中, 方有得力處. 切不可草草揭過, 浪得讀書之名也.

또 다른 편지에서도 "모름지기 마음을 누르고 뜻을 안정시켜 착슬독서 해야만 조금이라도 힘을 얻게 될 것이다. 그저 유유히 날이나 보낸다면 읽어도 읽지 않느니만 못하다"고 했다.

이재李栽(1657~1730)는 과거에 낙방하고 상심해 있는 손행원孫行遠에게 부친 편지에서 이렇게 말했다.

> 합격 소식이 끝내 적막하니 탄식할 만하다. 독서하지 않고 과거 급제의 이름을 바라는 것은 연목구어緣木求魚와 다를 게 없다. 네 나이 이제 서른이니 아직 늦지 않았다. 이제부터 다시 시작하거라. 12경사經史를 숙독해서 무릎을 딱 붙이고 배고픔을 참아(著膝忍飢) 익숙해질 때까지 읽어라.
>
> 榜聲終寂可歎. 不讀書冀科名, 實無異於緣木求魚. 年幾三十, 訖可懲矣. 自今爲始. 熟讀一二經史, 著膝忍飢, 以爛熟爲度.

조종경趙宗敬(1495~1535)도 〈우음偶吟〉이란 시에서 다음과 같이 노래했다.

> 긴 세월 무릎 붙여 책상 절로 구멍 나니
> 공부가 그제야 찰찰함을 깨닫겠네.
>
> 著膝長年榻自穿　工夫頓覺始涓涓

역시 착슬독서의 중요성을 강조했다. 시 중에 책상에 구멍이 났다는 말은 후한의 고사高士 관영管寧이 요동 땅에 숨어 살며 50년간 나무 걸상 하나로 공부하자 나중에는 걸상에 무릎 닿는 부분이 깊숙이

패여 구멍이 났다는 고사다.

송나라 때 학자 양시楊時가 호전胡銓과 만나 "내가 이 팔꿈치를 책상에서 떼지 않은 것이 30년이오. 그런 뒤에야 도에 진전이 있더군요"라고 했다. 이것은 '팔꿈치가 책상에서 떨어지지 않았다〔不離案〕'는 또 다른 고사다. 자고로 공부는 엉덩이가 무거워야 하는 법이다. 사람이 노력은 않고 운 탓만 한다.

찬승달초

칭찬이 매질보다 훨씬 더 낫다

讚勝撻楚

백광훈은 아내와 자식들을 고향에 두고 서울에서 혼자 자취 생활을 했다. 그가 자식에게 보낸 편지 24통이 문집에 실려 있다. 편지 중에 특별히 내 눈길을 끈 것은 형남亨南과 진남振南 두 아들에게 막내 흥남興南이의 교육을 당부한 대목이다.

45세 때인 1581년에 쓴 편지에서는 "흥남이도 공부를 권유하되 마구 힐책하지는 마라. 향학의 마음이 절로 일어나도록 해야 한다"고 했고, 다른 편지에서도 "흥남이는 늘 잘 보살피고 북돋워 일깨워서 저절로 배움을 좋아하는 마음이 일어나도록 해야 한다. 절대로 나무라거나 책망해서 분발함이 없게 해서는 안 된다"고 적었다. 또 "흥남이의 글 중에 간간이 기특한 말이 있더구나. 이 아이가 능히 배운다면 내가 다시 무엇을 근심하겠느냐. 기뻐 뛰며 좋아할 게다. 너희는 곁을 떠나지 말고 권면하고 가르쳐서 독서의 즐거움을 알게 하도록 하여 마침내 성취가 있게 한다면 다행이겠다"고 적었다.

서울에서 머무느라 어린 막내에게 사랑과 훈도를 베풀 수 없었던 아버지는 이처럼 형들에게 계속 편지를 썼다. 칭찬을 통해 향학열을 분발시켜야지, 야단과 책망으로 의욕을 꺾으면 안 된다는 것이 일관된 당부였다.

퇴계 선생의 시 〈훈몽 訓蒙〉에 이런 것이 있다.

많은 가르침은 싹을 뽑아 북돋움과 한가지니
큰 칭찬이 회초리보다 훨씬 낫다네.
내 자식 어리석다 말하지 말라
좋은 낯빛 짓는 것만 같지 못하리.
多教等揠苗　大讚勝撻楚
莫謂渠愚迷　不如我顏好

어떤 이가 자기 밭에 심은 곡식이 싹이 잘 안 자라자 싹을 강제로 뽑아 올라오게 했다. 그리고는 자라는 것을 도와주었다고〔助長〕 자랑했다. 다음 날 보니 싹은 다 말라 죽어 있었다.《맹자》에 나오는 이야기다. 덮어놓고 많이 가르치고, 이것저것 배우게 하는 것은, 욕심 때문에 멀쩡한 싹을 뽑아 올려 싹을 죽이고 마는 어리석은 농부의 행동과 같다. 정색을 한 매질보다는 칭찬이, 어리석다는 야단보다는 신뢰를 담은 기쁜 낯빛을 짓는 것이 자식의 바른 성장에 훨씬 낫다는 말씀이다.

아이가 불쑥 영어 한두 마디 한다고 무슨 천재라도 난 줄 알고 영재교육이다 뭐다 해서 호들갑 떨 일이 아니다. 아이에게 정말 필요한 것은 부모의 칭찬과 든든한 신뢰, 그리고 환한 낯빛이다.

채봉채비

작은 재주와 큰 역량이 다 필요하다

采葑采菲

전국시대 맹상군이 초나라로 갔다. 초왕이 상아로 만든 상床을 신하 등도직登徒直을 시켜 선물로 전하게 했다. 등도직이 맹상군의 문인 공손술公孫述을 찾아갔다.

"상아상은 값이 천금이오. 조금만 흠이 가면 처자식을 다 팔아도 변상할 수가 없소. 이 심부름을 하지 않게 해준다면 선대로부터 내려오는 보검을 그대에게 바치겠소."

공손술이 허락하고 들어가 맹상군에게 말했다.

"상아상을 받으시렵니까?"

"무슨 말이냐?"

"작은 나라들이 나으리께 재상의 인印을 바치는 것은 그들의 어려움을 능히 건져줄 수 있기 때문입니다. 그래서 나으리의 의리와 청렴함을 사모해 마지않습니다."

"그렇겠지."

"그런데 처음 온 초나라에서부터 상아상을 받으시면, 다음에 갈 나라에서는 무엇으로 나으리를 대접한답니까?"

"맞는 말이다."

맹상군은 상아상을 사양하고 받지 않았다.

공손술은 신이 나서 밖으로 나왔다. 맹상군이 그를 다시 불러세웠다.

"자네 무슨 기분 좋은 일이 있는 모양일세."

공손술이 하는 수 없어 사실대로 고했다. 맹상군이 글씨 판을 가져오래서 그 위에 크게 썼다.

"내 이름을 날리고, 내 허물을 그치게 할 수 있다면 개인적으로 밖에서 보물을 얻은 자라도 괜찮다. 빨리 들어와 바른말로 간하라."

사마광司馬光은《자치통감資治通鑑》에 이 일을 두고 이런 평을 내렸다.

맹상군은 간언을 받아들일 줄 알았다고 할 만하다. 진실로 그 말이 옳으면 비록 간사한 속임수를 품고 있더라도 오히려 이를 받아들였다. 하물며 삿됨 없이 충성을 다해 윗사람을 섬기는 사람이야 말해 무엇하랴!《시경》에서 '순무를 캐고 무를 캠은 뿌리만 위함이 아니다(采采菲, 無以下體)'라고 했는데, 맹상군이 바로 그렇다.

무슨 말인가? 순무와 무는 뿌리를 먹으려고 기르는 채소다. 뿌리가 부실하다고 무청까지 내다 버리는가? 시래기로 만들면 무만큼은 아니어도 요긴하게 먹을 수 있다. 큰일을 하려면 적재적소에 인재가 필요하다. 작은 재주와 큰 역량이 다 소중하다. 이것 가리고 저것 따지면 할 수 있는 일이 없다. "명주실과 삼실이 있어도 왕골과 기령 풀을 버리지 말라(雖有絲麻無棄菅)"고 한 옛말도 있다. 뿌리가 시원찮아도 잎이 있지 않은가? 저마다 쓰임이 다른 것이다.

처세십당

마땅히 갖춰야 할 열 가지 처세법

處世十當

《선을 권유하는 글》의 〈초연거사육법도〉에 '처세십당處世十當', 즉 처세에 있어 마땅히 갖춰야 할 열 가지 태도를 제시했다.

첫째는 '습기당제習氣當除'다. 습기는 오래도록 되풀이하다 보니 나도 모르게 젖어든 좋지 않은 버릇이다. 무의식중에 되풀이하는 좋지 않은 버릇은 끊어 제거해야 한다.

둘째는 '심행당식心行當息'이다. 마음과 행실은 차분히 내려놓아야 한다. 바쁘게 열심히 살더라도 가라앉혀서 평온한 상태를 유지하는 것이 필요하다.

셋째는 '제악당단諸惡當斷'이다. 나쁜 생각, 악한 행동, 못된 습벽은 단호하게 결단해서 딱 끊어야 한다.

넷째는 '중선당행衆善當行'이다. 좋은 말을 하고 착한 일을 하며 남과 나누는 삶을 산다. 내가 해서 기쁘고 상대가 받아 즐거울 일을 하나씩 실행에 옮긴다.

다섯째는 '오욕당감五慾當減'이다. 오감五感이 부추기는 욕망의 길을 따라가다 절제를 잃어 명예를 잃고 나락에 떨어진다. 식욕과 성욕, 그 밖의 여러 물욕을 줄여나가지 않으면 안 된다.

여섯째는 '삼업당정三業當淨'이다. 삼업은 몸으로 짓는 신업身業, 입으로 짓는 구업口業, 생각으로 짓는 의업意業이다. 이 세 가지로 쌓는 업을 돌아봐 씻어내야 한다.

일곱째는 '영만당외盈滿當畏'다. 가득 차서 넘치는 것을 두려워해야 한다. 분수에 넘치는데도 자제할 줄 모르면 그 끝에 파멸이 기다린다.

여덟째는 '위난당구危難當救'다. 어렵고 힘든 처지에 놓인 사람을 보면 마땅히 구해주어야 한다. 그래야 내게 덕이 쌓이고 누릴 복이 생긴다.

아홉째는 '선사당성취善事當成就'다. 착한 일, 좋은 일에 기꺼이 힘을 보태 성취할 수 있도록 도와주어야 한다.

열째는 '위인당갈력爲人當竭力'이다. 남을 위해서는 마땅히 힘을 다해야 한다. 도와주는 척 시늉이나 하고 마음이 움직이지 않으면 처음의 선의가 무색하다.

끝에 붙인 말. "이 열 가지 마땅함을 지킨다면, 살고 죽음에 부끄러움이 없다(守此十當, 生死無愧)." 나쁜 버릇과 헛된 욕심을 내려놓고, 좋은 일 많이 하고 착한 생각을 하면서 남 도우며 살자.

처정불고

침묵 속에서 나는 깊어진다

處靜不枯

명나라 도륭의 《명료자유冥寥子游》는 관리로 있으면서 세상살이 눈치 보기에 지친 명료자가 상상 속의 유람을 떠나는 이야기다. 그는 익정지담匿情之談과 부전지례不典之禮의 허울뿐인 인간에 대한 환멸과 혐오를 토로하며 글을 시작한다.

익정지담은 정을 숨긴, 즉 속내를 감추고 겉꾸며 하는 대화다. 그설명은 이렇다.

주인과 손님이 큰절로 인사하고 날씨와 안부를 묻는 외에는 한마디도 더 하지 않는다. 이제껏 잠깐의 인연이 없던 사람과도 한번보고는 악수하고 걸핏하면 진심을 일컫다가, 손을 흔들고 헤어지자 원수처럼 흘겨본다. 면전에서 성대한 덕을 칭송할 때는 백이가따로 없더니 발꿈치를 돌리기도 전에 등지는 말을 하자 흉악한 도적인 도척과 한가지다.

主賓長揖, 寒暄而外, 不敢多設一語. 平生無斯須之舊, 一見握手, 動稱
肺腑. 掉臂去之, 轉盼胡越. 面頌盛德, 則夷也, 不旋踵而背語, 蹠也.

부전지례, 즉 전아典雅하지 못한 예법이란 무엇을 말하는가?

손님과 얘기할 때 신분과 관계없이 친한 친구 사이라도 종일 고
개 숙여 머리를 조아린다. 하늘과는 무슨 원수라도 졌는지 날마다
멀어지고, 땅과는 어찌 그리 친한지 날로 가까워진다. 귀인이 한번
입을 열기라도 하면 우레 같은 소리로 '예예' 하고, 손만 한번 들어
도 머리가 먼저 땅에 조아려진다.

賓客酬應, 無論尊貴, 雖其平交, 終日磬折俛首, 何讐于天, 而日與之
遠, 何親于地, 而日與之近. 貴人纔一啓口, 諾聲如雷, 一擧手, 而我頭已
搶地矣.

웃는 얼굴로 입속의 혀처럼 굴어도 속내는 다 다르다. 앞에서 하는
말과 뒤에서 하는 말은 하늘과 땅 차이다. 대화는 철저한 계산 속에서
만 오간다. 이익이 되겠다 싶으면 배알도 없다. 세상 사람이 저 빼놓고
다 속물들이라고 생각하는 그 인간이 정작 남보다 더한 속물이다.
그렇다면 어찌할까?

나는 이렇게 들었다. 도를 깨달은 사람은 고요함 속에 지내면서도
버썩 마르지 않고〔處靜不枯〕, 움직임 속에 있어도 시끄럽지가 않다
〔處動不喧〕. 티끌세상에 살면서도 이를 벗어나 얽맴도 풀림도 없다.

吾聞之. 道士處靜不枯, 處動不喧. 居塵出塵, 無縛無解.

　고요 속에서 깊어지는 대신 무미건조해지고, 활동이 많다 보니 말까지 많은 인간이 된다면 거기에 무슨 깨달음이 깃들겠는가? 속내를 감춘 대화, 굴종을 강제하는 갑을관계, 먹고살기 위해 감내해야만 하는 이 모든 것에서 자유로운 유토피아는 어디에 있는가? 지난 시간들이 문득 부끄럽다.

척확무색

자벌레는 정해진 빛깔이 없다

尺蠖無色

위후衛侯가 틀린 말을 하는데도 신하들이 한입으로 칭송했다. 자사子思가 말했다.

위나라가 임금은 임금답지 못하고, 신하는 신하답지 못하다. 일의 옳고 그름은 살피지 않고 자기를 찬양하는 것만 기뻐하니, 이처럼 어두울 수가 있는가? 이치의 소재는 헤아리지 않고 아첨하여 받아들여지기만을 구하니, 이보다 아첨이 심할 수가 있는가? 임금은 어둡고 신하는 아첨하면서[君闇臣諂] 백성의 위에 군림한다면 백성이 함께하지 않을 것이다.

위후를 만나자 이렇게 쏘아붙였다. "임금께서 자기 말이 옳다고 여기시니, 경대부가 감히 그 잘못을 바로잡지 못합니다. 신하들이 다들

871

훌륭하다고만 하는군요. 훌륭하다고 하면 순조로워 복이 있고, 잘못이라고 하면 뜻을 거슬러 화가 있기 때문이지요."《통감》에 나온다.

제나라 경공景公이 대부들을 불러 놓고 잔치를 벌였다. 경공이 활을 쏘며 으스대느라 손잡이 부분을 떼냈다. 그 자리에 있던 대부들이 모두 멋있다고 난리를 쳤다. 경공이 한숨을 내쉬더니, 활쏘기를 그만두었다. 마침 현장弦章이 들어왔다. 경공이 그를 보며 말했다. "안자晏子가 세상을 뜬 지도 17년이 되었군. 그가 세상을 뜬 뒤로 내 잘못에 대해 말하는 것을 들어보지 못했네. 내가 잘못해도 다 잘했다고만 한다네." 현장이 대답했다.

신하들이 못나 그렇습니다. 지혜가 임금의 잘못을 알아차리기에 부족하고, 용기는 임금의 안색을 범하기에 모자랍니다. 하지만 제가 듣기로, 임금이 좋아하면 신하가 입고, 임금이 즐기면 신하들이 먹는다고 했습니다. 저 자벌레(尺蠖)를 보십시오. 노란 것을 먹으면 그 몸이 노래지고, 푸른 것을 먹으면 그 몸이 푸르게 됩니다. 임금께서 혹 그런 말을 듣기 좋아하셨던 게지요.

경공이 기뻐하며 현장에게 상을 내렸다.《안자춘추晏子春秋》에 보인다. 자벌레는 원래 정해진 색깔이 없다. 먹은 음식의 빛깔에 따라 변한다. 아랫사람은 윗사람 하기에 달렸다. 윗사람의 그릇된 확신이 아랫사람의 맹목적 침묵을 낳는다. 지리멸렬, 아웅다웅하면서 복지부동伏地不動으로 위만 쳐다본다. 야단맞을 때만 잠시 심각한 척하다가, 돌아가 아랫사람을 똑같이 나무란다. 까마귀의 암수는 겉모습만 보고는 구분이 어려운 법. 백성의 마음이 다 떠나면 할 수 있는 일이 없다.

천상다사

밑도 끝도 없는 이야기

天上多事

명나라 진계유는 최고의 편집자였다. 당나라 때 태상은자太上隱者란 이가 적어두었다는 옛 신선들의 믿거나 말거나 하는 이야기를 모아 《향안독 香案牘》이란 책을 엮었다. 몇 가지 소개한다.

백석생白石生이란 이는 신선의 양식이라 하는 백석白石을 구워 먹고 살았다. 사람들이 그에게 물었다. "당신은 어째서 천상으로 올라가지 않는 겁니까?" 그가 웃으며 말했다. "천상에는 옥황상제 받드는 일이 너무 많아 인간 세상보다 더 힘들어요." 당시에 사람들이 그를 은둔선인隱遁仙人이라 불렀다.

황안黃安은 너비가 석 자쯤 되는 신령스러운 거북 등에 앉아 있었다. 이동할 때는 거북을 등에 지고 갔다. 그가 말했다. "복희씨가 처음 그물을 만들어 잡은 거북이인데 내게 주었지요. 하도 앉아 등도 이미 평평해졌어요. 이 거북은 햇빛과 달빛을 두려워해서 3,000년에 한 번만 머리를 내밉니다. 내가 여기 앉은 이래로 그가 머리 내민 것을 다섯 번 보았소."

섭정涉正은 20년간 눈을 감고 살았다. 제자가 눈을 한 번만 떠보시라고 간절히 청하자 섭정이 눈을 떴는데, 우렛소리가 나고 섬광이 번갯불 같았다. 그러자 그는 다시 눈을 감아버렸다.

회남왕 유안劉安이 태청선백太淸仙伯을 뵈었는데, 태도가 공손치 않다면서 유안을 귀양 보내 하늘나라 화장실을 지키게 했다.

조병趙丙이 배를 타고 가다가 어떤 사람을 만났다. 그는 물을 따라 술로 만들더니, 노 하나를 깎자 육포肉脯가 되었다. 둘이 함께 취하도록 마시고 배불리 먹었다.

72인의 이런 터무니없는 이야기들이 밑도 끝도 없이 열거된다. 대낮에도 그림자가 없었다는 현곡玄谷, 귀의 길이가 7촌에 이르는 하나도 없었다는 완구阮丘, 술 취해 바위에 먹물을 뿌리면 모두 복사꽃으로 피어났다는 안기생安期生 같은 이도 있다.

천상에는 일이 많으니 인간 세상에서 그냥 이렇게 살겠다던 은둔 선인부터, 강물 떠서 술 마시고 노를 깎아 안주로 먹던 조병까지, 심란하던 시절 진계유가 꿈꾸었던 그들과 만나 한나절 잘 놀았다.

철망산호

깊은 바다에서 산호 캐기

鐵網珊瑚

　　깊은 바닷속의 산호 캐기는 당나라 때부터다. 어민들은 산호초가 있는 바다로 나가 쇠그물을 드리운 뒤 배의 *끄*는 힘을 이용해 산호를 캤다. 혹은 철사그물을 바닷속에 담가두면 산호의 싹이 그물눈을 뚫고 자란다. 길이가 한 자쯤 되었을 때 그물을 올리면 산호가 뿌리째 뽑혀 나온다는 설도 있다. 철망산호, 즉 쇠그물로 캐낸 산호는 값으로 따질 수 없는 진귀한 보물 대접을 받았다. 명나라 때 주존리朱存理는 고대 서화에 대한 기록을 망라해 정리한 자신의 저술에 '철망산호鐵網珊瑚'란 이름을 붙였다.

　　장유는 시관試官이 되어 영남으로 떠나는 학사 이상보李尙輔에게 준 시에서 이렇게 노래했다.

　　푸른 바다 깊은 곳의 해약*海若*이야 근심해도

산호는 쇠그물로 건져주길 기다리리.
천리마가 소금수레 끄는 일 없게 하고
칼빛이 북두성을 다시 범함 없게 하소.

滄溟深處海若愁　珊瑚正待鐵網搜
鹽車莫遣困驊騮　劍氣不復干斗牛

쇠그물이 바다 밑을 훑으면 바다의 신 해약이야 근심겹겠지만, 산호는 그 쇠그물에 걸려 자신의 진가를 알아줄 세상으로 나가게 되길 기다릴 것이다. 천리마가 소금수레 끄는 일이 없게 하고, 땅속에 묻힌 보검이 공연히 하늘에 제 검기劍氣를 비추는 일이 없도록 유능한 인재를 잘 선발해달라는 바람을 담았다.

신흠은 청강淸江 이제신李濟臣(1536~1583)의 문집 발문에 이렇게 썼다.

아, 아양 떨고 교태를 부리며 대문에 기대 스스로를 파는 자는 수없이 많다. 하지만 공은 충직하고 질박함으로 당시에 배척당했다. 형상에 기대고 그림자로 빌붙어 깜냥도 안 되면서 자리를 차지해 이익을 노리는 자가 한도 없다. 하지만 공은 충실함 때문에 글의 그물에 걸려들었다. 공이 당한 일로 보면 끝내 캄캄하게 인몰되어 뒤에 다시는 보지 못할 듯하였는데, 몸이 죽자 말이 서고, 말이 서자 이름이 전해졌다. 비유하자면, 산호의 보배로운 가지가 철망에 흘러들어 마침내 희대의 보물이 된 것과 한가지다. 어찌 세상의 얕은 의론을 가지고 백세의 사업과 맞바꿀 수 있겠는가?

噫, 巧倩妖睨, 倚門自售者何限. 而公以忠朴, 擠於當時. 躡形附影, 竊

吹射利者何限. 而公以忠實, 罹於文罔. 以公所遭觀之, 則宜若終遂闇智
湮沒, 不復見於後, 而身沒而言立, 言立而名傳, 譬如珊瑚寶柯, 灘淮於鐵
網, 而卒爲希代之珍. 烏可以一世淺論而易百世業哉?

깊은 바닷속 산호가 철망에 건져 올려져 세상이 아끼는 보배가 된
다. 실력을 다져 아름다운 바탕을 간직해 어느 순간 들어올려지자 그
자태가 참으로 눈부시다. 백대의 이름 앞에서 한때의 시련쯤은 아무
것도 아니다.

첨제원건

붓의 네 가지 미덕

尖齊圓健

첨제원건은 붓이 갖춰야 할 네 가지 미덕이다.

첫째는 첨尖이다. 붓끝은 뾰족해야 한다. 끝이 가지런히 모아지지 않으면 버리는 붓이다.

둘째는 제齊다. 마른 붓끝을 눌러 잡았을 때 터럭이 가지런해야 한다.

터럭이 쪽 고르지 않으면 끝이 갈라져 획이 제멋대로 나간다. 붓을 맬 때 빗질을 부지런히 해서 터럭을 가지런히 펴야 한다. 한쪽으로 쏠리거나 뭉치면 쓸 수가 없다.

셋째가 원圓이다. 원윤圓潤, 즉 먹물을 풍부하게 머금어 획에 윤기를 더해줄 수 있어야 한다. 한 획 긋고 먹물이 다해 갈필이 나오거나 먹물을 한꺼번에 쏟아내 번지게 하면 못쓴다. 또 어느 방향으로 운필을 해도 붓이 의도대로 움직여주어야 한다.

넷째는 건健이다. 붓의 생명은 탄력성에 있다. 붓은 가운데 허리 부분을 떠받치는 힘이 중요하다. 종이 위에 붓을 댔을 때 튀어오르지 않고 퍼지면 글씨를 쓸 수가 없다. 탄성이 너무 강하면 획이 튀고, 너무 없으면 붓을 일으켜 세울 수가 없다.

이 네 가지 요소를 갖춘 붓을 만들려고 족제비털 황모와 다람쥐털 청모, 노루 겨드랑이털 장액獐腋, 염소털 양모羊毛, 그 밖에 뻣센 돼지털과 쥐수염 등 다양한 짐승의 털을 동원했다. 뻣뻣한 토끼털로 기둥을 세우고, 청모나 황모로 안을 채우며, 족제비털로 옷을 입힌 붓을 최상으로 쳤다. 털의 산지도 가렸고 채취 시기가 가을인지 봄인지도 꼼꼼히 따졌다.

붓만 그렇겠는가? 사람도 마찬가지다. 물러터져 사람 좋다는 소리만 들어서는 큰일을 못한다. 사람도 끝이 살아 있어야 마무리가 찰지다. 행동에 일관성이 있고, 행보를 예측할 수 있어야지, 이리저리 튀면 뒷감당이 안 된다. 또 원만하고 품이 넓어야 한다. 공연히 팩팩거리기만 하고 머금어 감싸안는 도량이 없으면 아랫사람이 따르지 않는다. 뒷심이 있어 부하의 바람막이가 되어주고, 상관의 부당한 압력에는 튀어오르는 결기도 필요하다. 눈치만 보다 제풀에 푹 퍼져서는 큰일을 맡을 수 없다.

붓만 좋다고 글씨가 덩달아 좋아지는 것은 아니다. 도구를 잘 갖추고 바른 자세로 피나는 연습을 쌓아야 한다.

체수유병

추수 끝난 들판에도 떨어진 나락은 많다

滯穗遺秉

정조는 특이한 임금이었다. 경연經筵에서 신하의 강의를 듣지 않고 자신이 직접 강의를 했다. 《시경》을 강의할 때 전후로 내준 숙제만 800개 문항이 넘었다. 큰 학자라도 대답하기 힘든 질문이 많았다. 신하들은 끊임없는 임금의 숙제 때문에 골머리를 앓았다.

이 강의에서 단연 이채를 발한 학생은 정약용이었다. 질문이 떨어지기 무섭게 척척 대답해서 제출했다. 정조가 다산의 답안지에 어필御筆로 내린 평가가 이랬다.

백가의 말을 두루 인증해 출처가 끝이 없다. 평소의 온축이 깊고 넓지 않고는 이렇게 할 수가 없다.

다산의 작업 비결은 생활화된 메모의 습관에서 나왔다. 옛글을 읽다가 한 구절이라도《시경》을 인용하거나 논한 내용이 나오면 무조건 기록해두었다. 별도의 공책에《시경》편차에 따라 정리해두었다. 오래 계속하자 작품마다 이 책 저 책의 언급 내용들이 한자리에 모였다. 임금의 800개가 넘는 질문이 대부분 이 범위 안에 있었다.

다른 사람들은 달랐다. 숙제가 나오면 그때부터 관련 자료를 찾기 시작했다. 하나를 겨우 찾고 나서 그다음 것은 또 처음부터 찾아야 했다. 한 사람은 서랍 속에 차곡차곡 넣어놓고 필요할 때 꺼내 썼는데, 다른 사람들은 그때마다 물건을 찾아 동네 가게를 온통 헤매고 다녔다. 속도와 효율 면에서 당할 사람이 없었다.

다산은 이때의 문답을 정리해《시경강의보 詩經講義補》를 짓고, 미처 못 쓴 나머지 메모로는《풍아유병 風雅遺秉》이란 책을 엮었다. 유병 遺秉은 추수 끝난 논바닥에 남은 벼이삭이다. 나락 줍기의 뜻이다. 《논어고금주 論語古今注》도 이런 메모 작업의 결과였다. 다산은 둘째 형님에게 보낸 편지에서 사람들이 사서 四書 분야에는 남은 이삭이 없다고 말하지만 자신이 직접 살펴보니 도처에 체수유병 滯穗遺秉이더라고 했다. 체수는 낙수 落穗와 같은 의미다. 여기저기 떨군 벼 이삭과 남은 나락이 너무 많아 이루 다 수습할 수가 없을 정도라고 했다.

논문을 쓰는 대학원생들은 남이 안 쓴 주제는 어려워 못 쓰겠고, 쓰고 싶은 것은 이미 다 써 할 말이 없다고 푸념한다. 추수 끝난 빈 들판에 떨어진 나락이 무수한 줄을 몰라 하는 소리다.

초화계흔

입을 봉해 말을 아껴야 하는 이유

招禍啓釁

윤기가 자신을 경계하여 쓴 〈자경 自警〉이다.

아아, 이내 몸을
묵묵히 돌아보니,
성품 본시 못난 데다
습성마저 게으르다.
속은 텅 비었는데
어느새 늙었구나.
于嗟儂　默反躬　性本憃　習以慵　中空空　奄成翁

입은 아직 뚫려 있고
혀도 따라 움직여서,

아침저녁 밥을 먹고
쉽 없이 말을 한다.
가슴속을 펴보여
되는대로 내뱉는다.
口尚通　舌則從　殄而饜　語不窮　發自胷　出多衝

공부를 버려두고
경계하지 않는다면,
나중엔 두려워서
용납될 곳 없으리니,
어이해 틀어막아
그 끝을 잘 마칠까?
縱着工　罔愼戎　後乃慴　若無容　曷以壅　暨厥終

열린 입이라고 한정 없이 떠들기만 하면 나중엔 아무도 거들떠보지 않는 버린 사람이 된다. 또 〈자식들을 타이르고 또 스스로 반성하다(警兒輩 又以自省)〉에서는 이렇게 썼다.

저기 저 새를 보라
기미 보아 날고 앉네.
하물며 사람인데
화 자초함 생각 않나?
相彼鳥矣　色擧翔集　矧伊人矣　不思自及

탐욕을 부릴 때면
왜 두려워하지 않고,
이익을 붙좇을 젠
어이해 못 깨닫나?
方其貪也　胡不懼兮　方其趍也　胡不悟兮

득의로운 그때에는
저 잘났다 뻐기지만,
엎어진 뒤에는
후회해도 소용없네.
得意之時　謂巧過人　覆敗之後　悔無及焉

입은 회를 부르고
행동은 흠 만드니,
생각하고 잘 간수해
경계하고 삼갈진저.
惟口招禍　惟動啓釁　念玆在玆　必戒必愼

같은 글에서 또 말한다.

　사람이 누군들 말조심을 해야 하는 줄을 모르며, 입을 봉하고 싶
지 않겠는가? 그런데도 끝내 그렇게 하지 못하는 것은 어째서일
까? 그 마음을 능히 간수하지 못하기 때문이다. 진실로 능히 생각
하고 또 생각하여 마음으로 잊지 않고, 말을 할 때는 세 번 따져본

다. 말을 하려다가도 도로 거둔다면, 말을 해야 할 때 말을 하고 말을 하지 말아야 할 때는 말을 하지 않게 된다. 때에 맞춰 누그러뜨린 뒤에 말하면 허물도 없고 후회도 없을 터이니, 어찌 아름답지 않겠는가?

人亦孰不知言之當愼, 孰不欲口之必緘? 而卒不能然者何也? 以此心之不能存故也. 苟能念念不忘, 臨言而三思, 欲發而還收, 則可以當言而言, 不當言而不言, 馴致於時然後言, 无咎无悔矣, 豈不美哉?

한마디 더!

사람에게 말은 물이나 불과 같다. 사람은 물과 불이 없이는 살수가 없다. 홍수나 화재가 나면 너무나 참혹해도, 그 해로움을 삼가면 아무 폐단이 없다.

人之於言猶水火, 人非水火不生, 而罹其禍則甚酷, 愼其害則無弊.

아끼면 보석 같을 말이 함부로 뱉어 오물이 되고 만다.

총욕불경

불잡지 않으면 달아난다

寵辱不驚

자기애自己愛가 강한 사람은 남에게 조금 굽히지 않으려다 큰일을 그르치고 만다. 심화心火를 못 다스려 스스로를 태우기에 이른다. 조익이 〈심법요어心法要語〉에서 말했다.

심법의 요체는 많은 말이 필요 없다. 단지 붙든다는 '조操' 한 글자에 달려 있을 뿐이다. 대개 마음이란 붙잡지 않으면 달아나고, 달아나지 않으면 붙잡게 되니, 단지 붙잡느냐 놓아두느냐에 달렸을 따름이다.

心法之要, 不在多言, 只在操之一字而已. 蓋心不操則舍, 不舍則爲操, 只有操與舍而已.

《금단정리서金丹正理書》는 또 이렇게 말한다.

총애와 치욕에 안 놀라니
간목肝木이 절로 편안하다.
동정動靜을 경敬으로써 하자
심화心火가 절로 안정된다.
먹고 마시기를 절도 있게 하니
비토脾土가 새나가지 않는다.
호흡을 조절하고 말을 적게 하자
폐금肺金이 절로 온전해진다.
고요히 욕망을 없애니
신수腎水가 절로 넉넉하다.
생각이 일어남은 두렵지가 않지만
깨달음이 늦어질까 염려할 뿐이다.
생각이 일어남은 병통이지만
이어지지 않게 하면 그것이 약이다.

寵辱不驚　肝木自寧

動靜以敬　心火自定

飮食有節　脾土不泄

調息寡言　肺金自全

恬靜無慾　腎水自足

不怕念起　惟恐覺遲

念起是病　不續是藥

오장五臟을 오행五行에 견주었다. 총욕불경寵辱不驚은 상황에 따라
일희일비하지 않는 태도다. 득의에 기뻐하지 않고 실의에 근심치 않

으니 간에 무리가 안 간다. 경敬의 태도를 잃으면 심화가 들끓고, 음식을 절제하지 않아 비장이 상한다. 호흡이 가쁘고 말이 많으면 폐에 문제가 생긴다. 마음을 고요히 내려놓으니 신수腎水가 넉넉하다. 잡념이 많아지면 깨달음이 그만큼 늦어진다. 잠시 생각을 끊고 마음을 내려놓는다.

《채근담》에서는 "총욕에 놀라지 않고 뜰 앞에서 피고 지는 꽃들을 한가롭게 본다. 가고 머묾에 뜻이 없어 하늘 밖의 구름이 말렸다 펴졌다 하는 것에 눈길이 따라간다〔寵辱不驚, 閑看庭前花開花落. 去留無意, 漫隨天外雲卷雲舒〕"고 했다. 사람들은 잠시 총애를 받으면 금세 으스대고, 잠깐 욕을 보게 되면 분을 못 참고 파르르 떤다. 경솔함으로 쌓아온 공을 허무느니, 입 다문 만근의 무게를 지님이 마땅하다.

추구목옹

쓸모가 다해 버려지는 물건

芻狗木翁

이규보가 지은 〈이학사의 시에 차운하여 보내다(次韻李學士再和籠字韻詩見寄)〉의 제5, 6구는 이렇다.

옛사람 묵은 자취 추구芻狗로 남아 있고
지난날의 뜬 영화는 목옹木翁을 웃는다네.

古人陳迹遺芻狗　往日浮榮笑木翁

〈하산하라는 데 대해 감사하는 글(謝下山狀)〉에서도 "삼가 생각건대 저는 절집의 쇠잔한 중이요 선대 조정의 묵은 물건으로, 형세는 제사 마친 추구와 같고 모습은 놀다 버린 목옹과 한가지입니다"라고 했다.

두 글에 모두 추구芻狗와 목옹木翁이 대구로 등장한다. 추구는 제사 때 쓰는 풀로 엮어 만든 개다. 《장자》〈천운天運〉에서 "추구는 진설하기 전에는 상자에 담아 수놓은 비단으로 감싸두었다가 제사를 주관하는 사람이 재계할 때 모셔간다. 진설을 마치고 나면 길 가던 자가 그 머리와 등을 밟고 땔감 줍는 자가 가져다가 불을 때기도 한다. 만약 되가져가 상자에 담아 수놓은 비단에 싸두고서 그 아래에서 생활하게 되면, 악몽을 꾸지 않으면 반드시 자주 가위 눌리게 된다"고 한 바로 그 물건이다.

추구는 제사에 없어서는 안 될 중요한 물건이다. 소중하게 간직하다 제사만 끝나면 길에다 던져서 일부러 짓밟고 땔감으로 쓴다. 그렇게 하지 않으면 추구에 붙은 귀신이 방자를 해서 산 사람을 괴롭힌다고 믿었다. 목옹은 나무로 깎은 인형이다. 아이들이 장난감으로 가지고 놀며 애지중지하다가 싫증 나면 길에다 내던져 버린다.

서거정도 〈봄날의 회포를 적다(春日書懷)〉에서 이렇게 노래했다.

공명이야 필경은 추구와 다름없고
신세는 날아 솟는 종이 연에 부끄럽다.

功名畢竟同芻狗　身世飛騰愧紙鳶

여기서는 추구에 지연紙鳶, 즉 종이 연을 대구로 썼다. 종이 연이 허공 높이 솟아 활기차게 난다. 그러다가 연줄이 끊어지면 끝 모른 채 날려가서 자취를 알 수 없다. 이 또한 액막이용이다.

필요할 때는 너밖에 없다며 추켜세우다가 볼일을 다 보고 나면 길에다 내던져서 일부러 짓밟고 땔감으로 태워버린다. 혹시 가위에 눌리거나 동티가 날까 봐 더 못되게 굴어 결국 죽음으로까지 내몬다. 권력이 무섭다. 인간이 참 무섭다.

추삼조사

사는 일은 장애물과의 전쟁
推三阻四

다산 정약용이 제자인 초의 스님에게 준 친필 증언첩에 나오는 한 대목이다.

내가 평생 독서하려는 소원이 있었다. 이 때문에 귀양을 오게 되자 비로소 크게 힘을 쏟았다. 쓸데가 있다고 여겨 그런 것이 아니었다. 승려들은 매번 글을 지어봤자 쓸데가 없다고 하면서 게으르고 산만한 곳에 몸을 내맡기니 자포자기함이 이보다 심한 것이 없다. 독서하기 편한 것은 비구만 한 것이 없다. 절대로 이런저런 장애에 걸리지 말고 힘을 쏟아 나아가야 한다.

余平生有讀書之願. 故及遭流落, 始大肆力, 匪爲有用而然也. 僧徒每云, 績文無用處, 任其懶散, 自暴自棄, 孰甚於此? 讀書之便, 莫如比丘, 切勿推三阻四, 着力前進也.

원문 중에 추삼조사推三阻四란 표현이 나온다. 말 그대로 세 가지 일을 추진하면 네 곳에서 제동이 걸리는 형국을 말한다. 결국 여기서 걸리고 저기서 자빠져서 앞으로 나아갈 수가 없게 된다. 세상 사는 일은 예상할 수 없는 장애물과의 전쟁이다. 장애와 난관은 없는 적이 없다. 시련과 역경이 성취의 기쁨을 배가시킨다. 귀양 왔다고 주눅 들고, 당장에 쓸데가 없다고 자기 성장을 멈추면 진짜 무언가 이뤄보려 할 때 아무것도 할 수가 없다.

다산은 유배지의 척박한 환경을 하늘이 주는 기회로 알고 학문에 몰두했다. 이것으로 재기의 발판을 삼을 생각이 아니었다. 반성문을 쓰려고도 하지 않았다. 벼슬길에서는 결코 꿈꿀 수 없었던 금쪽같은 독서의 시간을 하늘이 특별히 허락해준 것으로 알고 이 시간을 달고 고맙게 받았다.

당시 불문의 제자가 다산의 문하를 들락거리는 것을 두고 절집 내부에서 말들이 많았다. 그 서슬에 움츠러든 초의에게 그게 바로 자포자기라며 나무랐다. 공부는 당장의 쓸모를 보고 하는 것이 아니다. 해야 하고 아니 해서는 안 되기에 하는 것이다. 숨을 생각하고 쉬는 사람이 있는가? 끼니마다 밥을 먹는 이유를 따지기도 하는가? 숨 쉬고 밥 먹듯 우리는 공부를 해야 한다. 어디다 써먹을지는 따질 필요가 없다. 공부는 빠른 법도 늦는 법도 없다. 할 때가 빠른 때고 안 할 때가 늦은 때다.

추연가슬

역량으로 안 쓰면 아첨으로 섬긴다

墜淵加膝

연암 박지원이 면천군수 시절, 충청감사가 연분年分의 등급을 낮게 해줄 것을 청하는 장계를 누차 올렸지만 번번이 가납되지 못했다. 다급해진 감사가 면천군수의 글솜씨를 빌려 다시 장계를 올렸다. 연암이 지은 글이 올라가자 그 즉시 윤허가 떨어졌다. 감사는 연암을 청해 각별히 대접하고 은근한 뜻을 펴보였다.

하루는 감사가 연암에게 도내 수령의 고과 점수를 매기는 종이를 꺼내놓고 함께 논의할 것을 청했다. 채점을 받아야 할 당사자에게 채점을 같이 하자고 한 셈이다. 감사로서는 특별한 후의를 보이려 한 일이었다. 민망해진 연암은 갑자기 아프다는 핑계로 자리를 피해 면천으로 돌아와 버렸다. 감사는 연암의 태도에 모욕감을 느꼈다. 나는 저에게 속마음을 주었건만, 저가 어찌 저리 도도한가? 연암을 따라간 아전을 붙잡아 벌을 주고, 인사고과도 "치적은 구차하지 않지만, 병이 교묘히 발동한다"는 평과 함께 낮은 등급을 주었다. 애정이 바뀌어 미움으로 변한 것이다. 연암은 사직서를 쓰고 휴가를 청한 뒤 서울로 올라와 버렸다.

이때 일을 적은 연암의 글 중에 추연가슬墜淵加膝이란 말이 보인다. 원래는《예기》〈단궁檀弓〉에 나오는 자사子思의 말이다.

지금의 군자가 사람을 쓸 때는 마치 무릎에 앉힐 듯〔加膝〕이 하다가, 물리칠 때는 못에 빠뜨릴 듯〔墜淵〕이 한다.

今之君子, 進人若將加諸膝, 退人若將墜諸淵.

추연가슬은 예쁠 때는 제 무릎 위에라도 앉힐 듯 살뜰하게 굴다가 내칠 때는 깊은 연못에 밀어 넣듯 뒤도 안 돌아본다는 의미다. 사람을 쓸 때 애증이 죽 끓듯 왔다 갔다 하는 것을 가리키는 뜻으로 쓴다.

윗사람의 용인법은 역량을 가지고서라야지 미쁘고 미운 감정을 가지고 해서는 안 된다. 예쁘다고 무릎 위에 척 앉히면 다른 사람들도 역량이 아닌 아첨으로 섬기려 든다. 무릎 위에 앉는 것을 기뻐할 일도 아니다. 언제 못에 빠질지 알 수가 없다.《시경》진풍秦風〈권여權輿〉에도 이런 말이 보인다.

내게 잘 차린 음식이 가득터니
지금은 매 끼니조차 빠듯하네.
아아, 처음과 다르도다.
於我乎　夏屋渠渠
今也每食無餘

于嗟乎　不承權輿

　진秦나라 임금이 선비 대접을 이랬다저랬다 하는 것을 풍자했다는
노래다.

축장요곡

수레가 들어올 수 없는 담장

築墻繞曲

　　윤원형尹元衡은 대비 문정왕후의 오라비였다. 권세가 대단했다. 이 조판서로 있을 때 누에고치 수백 근을 바치며 참봉 자리를 청하는 자가 있었다. 낭관郎官이 붓을 들고 대기하며 이름을 부르기를 기다리는데 윤원형은 꾸벅꾸벅 졸고만 있었다. 기다리다 못한 낭관이 "누구의 이름을 적으리까?" 하고 묻자, 놀라 깬 윤원형이 잠결에 "고치!"라고 대답했다. 앞서 누에고치 바친 자의 이름을 쓰라는 뜻이었다. 그러고는 다시 졸았다. 못 알아들은 낭관이 나가서 고치高致란 이름을 가진 자를 아무리 찾아도 없었다. 먼 지방의 한사寒士 중에 이름이 고치인 자가 있었으므로 그에게 참봉 벼슬을 내렸다. 유몽인의《어우야담》에 나온다.

　　윤원형의 첩 정난정鄭蘭貞은 당시 본처를 독살하고 정실 자리를 차지했다는 소문이 파다했다. 병문안 온 정난정이 앓아누운 본처에게 음식을 바쳤는데 그것을 먹자마자 본처가 가슴을 치며 답답해하다가 바로 죽었다는 풍문이었다. 첩이 정실로 들어앉아 행세해도 사람들은 그 위세에 눌려 아무 소리도 못했다.

정난정의 친오라비에 정담鄭淡이란 사람이 있었다. 그는 제 동생이 하는 짓을 보면서 반드시 큰 재앙을 입게 될 줄을 미리 알았다. 그는 여동생을 멀리했다. 왕래를 간청해도 들은 체도 하지 않았다. 자신이 사는 집의 문 안쪽에 일부러 담장을 구불구불하게 쌓아[築牆繞曲] 가마를 타고는 도저히 출입할 수 없게끔 만들었다. 이 때문에 정난정이 오라비를 찾아가 볼 수도 없었다. 드러내놓고 거절한 것은 아니지만 거부하는 서슬이 사뭇 매서웠다.

윤원형이 실각한 뒤 금부도사가 온다는 말에 저를 죽이러 오는 줄 안 정난정은 제 스스로 목을 매고 죽었다. 윤원형도 엉엉 울며 지내다가 얼마 못 가 죽었다. 하지만 정담은 평소의 처신 때문에 여동생의 죄에 연루되지 않았다. 그는 호를 '물재勿齋'라 했다. 예가 아니면 하지도 않고 보지도 않고 듣지도 않는 집이란 뜻을 담았다. 그는 문장에도 능했고《주역》에도 밝았다. 하지만 자신을 좀체 드러내는 법이 없었으므로 사람들이 그를 어질게 보았다.《공사문견록公私聞見錄》에 보인다.

춘몽수구

봄꿈에 취하고 물거품을 좇던 시간

春夢水漚

대각국사 의천義大(1055~1101)의 시를 찾아 읽었다. 문종의 왕자로 태어나 평생 불법을 위해 동분서주했던 스님도 만년에는 허망하고 허탈했던 모양이다. 〈해인사로 물러나 지내며 짓다[海印寺退居有作]〉의 4수 중 2수를 읽어본다.

여러 해 굴욕 속에 제경帝京서 지냈건만
교문教門도 공업功業도 이룸 없음 부끄럽다.
이때에 도 행함은 헛수고일 뿐이니
임천에서 성정을 즐거워함만 하랴.
屈辱多年寄帝京　教門功業恥無成
此時行道徒勞爾　爭似林泉樂性情

무얼 이뤄보겠다고 멀리 중국 땅까지 가서 여러 해 머물면서 굴욕을 견디며 애를 써보았다. 돌아보면 뜻대로 된 것이 하나도 없다. 다친 마음을 자연에서 쓰다듬어 타고난 본성을 즐기는 것이 옳고도 옳다.

제4수는 이렇다.

> 부귀영화 모두 다 한바탕 봄꿈이요
> 취산聚散과 존망도 다 물거품인 것을.
> 안양安養에 정신을 깃들이는 것 말고는
> 따져본들 어떤 일이 추구할 만하리오.

> 榮華富貴皆春夢　聚散存亡盡水漚
> 除却栖神安養外　算來何事可追求

인간의 부귀와 영화는 봄날 잠깐 들었다 깨는 헛꿈이다. 만나면 좋고 헤어져서 슬프다. 어제 있던 사람이 오늘은 죽고 없는 것은 물거품과 다를 게 없다. '안양'은 극락을 일컫는 말이다. 정신을 서방정토로 향하여 청정한 법신을 닦는 것 외에, 이 세상에서 다시 추구할 만한 일이 무에 더 있겠는가?

〈홍법원에 쓰다(留題洪法院)〉라는 작품은 더 차분히 가라앉았다.

> 옛 절은 티끌 없이 푸른 산을 베고 누워
> 흰 구름 사이에서 사립문 열고 닫네.
> 물병 하나 석장錫杖 하나 내 가진 것 전부라
> 해가 가고 해가 옴은 상관도 않는다네.

> 古院無塵枕碧山　雙扉開閉白雲間

一瓶一錫爲生計　年去年來也等閑

문득 돌아보니 무얼 이뤄보겠다고 동분서주하던 시간들이 부끄럽다. 해묵은 절집은 푸른 산을 베개 삼아 누웠고, 절 문은 흰 구름이 편하게 드나들 수 있도록 열렸다 닫혔다 한다. 물병 하나 지팡이 하나가 내 전 재산이다. 시절이 가고 오는 것은 이제 애탈 것도 없다.

길 위에 잎 구르는 가을이 깊어간다. 본래의 자리는 어디인가? 시를 읽다가 연구실을 나와서 갈대가 서걱대는 청계천변을 길게 산책했다. 봄꿈에 취하고 물거품을 쫓던 시간을 생각했다.

취로적낭

가라앉는 배 위의 탐욕

就艫摘囊

겨울철 장사치의 배가 강진 월고만月姑灣을 건너고 있었다. 갑작스런 회오리바람에 배가 그만 뒤집어졌다. 뱃전에 서있던 사람이 물에 빠지자 뱃고물에 앉아 있던 자가 잽싸게 달려가더니 물에 빠진 사람의 주머니를 낚아챘다. 그 속에 두 꿰미의 돈이 들어 있었기 때문이다. 돈주머니를 챙겼을 때 그 자신도 이미 물에 휩쓸리고 있었다. 결국 둘다 빠져 죽었다.

이 얘기를 들은 다산이 말했다.

아! 천하에 뱃전으로 달려가 주머니를 낚아채지〔就艫摘囊〕 않을 사람이 드물다. 이 세상은 물 새는 배다. 약육강식이라지만 강한 놈과 약한 놈이 함께 죽고, 백성의 재물을 부호가 강탈해도 백성과 부호는 똑같이 죽고 만다.

嗟乎! 天下之不就艫以摘囊者鮮矣. 斯世也, 漏船也. 弱肉强食, 而强與
弱俱斃. 眈財豪奪, 而眈與豪並隕.

다산이 제자인 초의에게 준 증언첩에 나온다.

이덕무가 삼포三浦에 살 때 일이다. 어떤 사람이 허리에 돈 열 꿰미
를 찬 채 얼음이 녹고 있는 강을 건너다가 반을 채 못 가서 물에 빠졌
다. 상반신이 얼음 위에 걸려 버둥대자 강가에 있던 사람이 다급하게
외쳤다. "여보게! 허리에 찬 돈을 어서 풀어버리게. 그래야 살 수가 있
네." 그는 그 와중에도 고개를 세게 저으며 말을 듣지 않았다. 두 손으
로 돈꿰미를 꼭 움켜쥔 채 마침내 물에 빠져 죽었다. 《이목구심서》에
나온다.

남이 찬 멋진 은장도를 옆 사람이 부러워하자 은장도 주인이 장난
으로 큰 고깃덩어리를 주며 말했다. "이 고기를 안 씹고 통째로 삼키
면 은장도를 주지." 곁에 있던 사람이 서슴없이 고기를 꿀꺽 삼켰다.
고깃덩어리가 목구멍에 딱 걸려 두 눈이 튀어나왔다. 그는 손으로 가
슴을 치며 버둥댔다. 고기를 삼키라 한 사람이 놀라서 말했다. "그냥
은장도를 줄 테니 어서 그 고기를 토하게." 그는 고개를 강하게 저으
며 말을 듣지 않았다. 거의 죽을 지경이 되어 겨우 고깃덩이가 내려갔
다. 그가 은장도를 취하며 의기양양하게 말했다. "토하면 자네가 딴소
리할까 봐 참았지." 역시 《이목구심서》에 실려 있다.

침몰하는 배에서 남의 돈을 가로채고, 얼음 구멍에 빠져서도 돈꿰
미를 못 놓는다. 까짓 은장도에 목숨을 걸고도 뉘우침이 없다. 쯧쯧.

취몽환성

취한 꿈에서 깨어나자

醉夢喚醒

취생몽사醉生夢死는 송나라 정자가 《염락관민서濂洛關閩書》에서 처음 한 말이다.

간사하고 허탄하고 요망하고 괴이한 주장이 앞다투어 일어나, 백성의 귀와 눈을 가려 천하를 더럽고 탁한 데로 빠뜨린다. 비록 재주가 높고 지혜가 밝아도, 보고 들은 것에 얽매여 취해 살다가 꿈속에 죽으면서도 스스로 깨닫지 못한다.

邪誕妖異之說競起, 塗生民之耳目, 溺天下於汚濁. 雖高才明智, 膠於見聞, 醉生夢死, 不自覺也.

정구鄭逑(1543~1620)가 〈취생몽사탄醉生夢死嘆〉에서 말했다.

신묘한 변화 잘 알아 참몸을 세워서
바탕을 실천해야 생사가 편안하리.
어찌하여 제멋대로 구는 저 사람은
취몽 중에 늙어가며 끝내 깨지 못하누나.
대낮에 하는 일로 바른길 막아 없애
가엾다 생생한 뜻 싹틀 길이 없구나.
(중략)
탐욕 잔인 거침 오만 사단四端을 방해하고
음식 여색 냄새와 맛 칠정七情을 빠뜨린다.
양심이 일어나면 사심私心 이미 움직이고
바른 마음 일어날 때 삿됨 먼저 생겨나네.
안타깝다 열흘 추위 단 하루도 볕 안 드니
취중과 꿈속에서 언제나 흐리멍덩.

通神知化立人極　踐形然後能順寧
如何放倒一種人　迷老醉夢終不醒
朝晝所爲致牿亡　可憐生意無由萌
(중략)
貪殘暴慢賊四端　食色臭味淪七情
良心發處私已動　正念起時邪先生
堪嗟十寒無一曝　醉邪夢邪長昏瞑

　두 사람이 한 말을 했다. 그때나 지금이나 세상은 여전히 어지럽고, 바른 판단은 어렵다. 횡행하는 거짓 정보 앞에 수시로 판단력이 흐려진다. 여기서 이 말 듣고 저기 가서 딴말한다. 높은 재주와 밝은 지혜로도 사사로운 마음과 삿된 뜻이 끼어들면 취중과 몽중이 따로 없다.

'취몽'의 상태를 되돌리려면, 달아난 정신을 불러내서 번쩍 깨우는 '환성 喚醒'의 노력이 필요하다. 박지원은 〈환성당기 喚醒堂記〉에서 주인 서봉 西峯 이공 李公이 세상 사람들이 무지몽매하여 취생몽사하는 사이에, 아무리 불러도 꿈에서 못 깨어나고 아무리 흔들어도 취기를 벗어나지 못함을 슬피 여겨, '환성당'이란 당호를 지어 아침저녁으로 올려다보며 스스로를 깨우치려 한 것을 옳게 보았다.

부화뇌동 없이 정신의 줏대를 바로 세울 때다.

취우표풍

소나기처럼 왔다가 회오리바람같이 사라진 권세

驟雨飄風

1776년 정조가 보위에 오르자 권력이 모두 홍국영에게서 나왔다. 29세의 그는 도승지와 훈련대장에 금위대장까지 겸직했다. 집에는 거의 들어가지 않고 대궐에서 생활했다. 어쩌다 집에 가는 날에는 만나려는 사람들이 거리에 늘어서고 집안을 가득 메웠다.

홍국영이 물었다. "그대들은 어째서 소낙비〔驟雨〕처럼 몰려오는 겐가?" 한 무변武弁이 대답했다. "나으리께서 회오리바람〔飄風〕처럼 가시기 때문입지요." 홍국영이 껄껄 웃으며 대구를 잘 맞췄다고 칭찬했다. 취우표풍驟雨飄風은 소나기처럼 권력을 휘몰아치다가 회오리바람처럼 사라진 홍국영의 한 시절을 상징하는 말로 회자되었다. 심노숭의《자저실기》에 나온다.

절대권력을 휘두르던 그는 3년 뒤에 실각했다. 정조는 그에게 지금의 연세대학교 뒤편 홍보동紅寶洞에 집을 하사했다. 그는 한겨울에 숯

불을 피워가며 으리으리한 집을 지었다. 낙성식에는 조정 대신이 다 달려가서 축하했다. 집 이름을 취은루醉恩樓라 지었다. 임금의 은혜에 취한다는 의미를 담았다. 숙위소에 보관했던 물건을 새집으로 옮겨올 때 장정 30~40명이 동원되어 10여 일을 날라야만 했다. 돈이 5만 냥에 패도佩刀가 3,000자루, 쥘부채만 1만 자루가 넘었다.

임금에게 내쳐진 뒤 그는 미친 사람처럼 허둥대며 안절부절못했다. 혼잣말로 "아무개는 죽여야 하고, 아무개는 주리를 틀어야 한다"고 중얼댔다. 그 좋은 집에서는 살아보지도 못하고 강릉으로 쫓겨갔다. 서울서 편지가 오면 반가워 뜯었다가 이내 찢고 돌아누워 엉엉 울었다. 길 가던 무지렁이 백성을 붙들고 잘나가던 시절의 이야기를 하는 것이 그의 유일한 낙이었다. 듣던 이가 위로의 말이라도 건네면 손으로 땅을 치면서 통곡을 했다.

1년 만에 죽어 소달구지에 실려와 경기도 고양 땅에 묻혔다. 영정에 은마도사恩麻道士라고 쓰여 있었다. '은마'는 임금이 벼슬을 임명할 때 내리는 조서를 말한다. 그는 권력에 도취하고 은혜에 취해 취은루를 짓고, 은마의 추억을 곱씹다 죽었다.

심노숭은 이 일을 적고 나서, 그의 무덤은 위치조차 알 수 없게 되었다는 한마디를 보탰다.

치모랍언

그럴 법하게 꾸며 세상을 속이는 일

梔貌蠟言

시장에서 말채찍을 파는 자가 있었다. 50전이면 충분할 물건을 5만 전의 값으로 불렀다. 값을 낮춰 부르면 마구 성을 냈다. 지나가던 부자가 장사꾼의 말에 혹해 5만 전에 선뜻 그 채찍을 샀다. 부자가 친구에게 새로 산 채찍 자랑을 했다. 살펴보니 특별할 것도 없고 성능도 시원찮은 하품이었다.

"이런 것을 어찌 5만 전이나 주고 샀소?"

"이 황금빛과 자르르한 광택을 보시구려. 게다가 장사꾼의 말에 따르면 이 채찍은……."

그가 신이 나서 설명했다.

친구는 하인에게 뜨거운 물을 가져오래서 그 채찍을 담갔다. 그러자 금세 말라비틀어지더니 황금빛도 희게 변해버렸다. 노란 빛깔은 치자 물을 들인 것이었고, 광택은 밀랍을 먹인 것이었다. 부자가 불쾌해하며 자리를 떴다. 그러고도 들인 돈이 아까워 그 채찍을 3년이나 더 지니고 다녔다. 한번은 교외에 나갔다가 반대편에서 오던 수레와 길 다툼이 일어나 말이 서로 엉겼다. 부자는 화가 나서 아끼던 채찍을 들어 상대편 말을 후려쳤다. 그러자 채찍은 그만 대여섯 도막이 나서 땅에 떨어지고, 맞은 말은 꿈쩍도 하지 않았다. 안쪽을 살펴보니 텅 비었고, 결은 썩은 흙과 같았다.

유종원柳宗元(773~819)이 말했다.

오늘날 그 외모를 치자로 물들이고 그 말에 번드르르하게 밀랍 칠을 해서(梔貌蠟言) 나라에 자신의 기예를 팔려는 자가 제 분수에 맞게 대접하면 좋았을 것을 한번 잘못해서 분수를 넘게 되면 기뻐한다. 그 분수에 마땅하게 하면 도리어 성을 발칵 내면서 "내가 어찌 공경公卿인들 될 수가 없겠는가?" 한다. 그렇게 해서 공경이 된 자도 실제로 많다. 아무 일 없이 3년이 지나면 괜찮겠는데, 막상 일이 생겨 힘을 쏟아 일처리를 맡기면 속은 텅텅 비고 결은 모두 썩어 문드러져 크게 휘두르는 효과를 보려 해도 어찌 쓸모없이 끊어져 땅에 떨어지고 마는 근심이 있지 않겠는가?

今之梔其貌, 蠟其言, 以求賈技於朝者, 當分則善, 一誤而過其分則喜. 當其分則反怒曰: "余曷不至于公卿?" 然而至焉者亦良多矣. 居無事, 雖過三年不害, 當其有事, 驅之于陳力之列以御乎物, 夫以空空之內, 糞壤之理, 而責其大擊之效, 惡有不折其用而獲墜傷之患者乎?

당나라 때 유종원의 〈편고鞭賈〉에 나오는 이야기다.
황금빛은 치자 물을 들인 것에 불과했고, 반짝반짝하는 광택은 밀랍 칠을 한 것에 지나지 않았다. 장사꾼의 채찍처럼 제 모습을 치장하고, 제 말을 그럴 법하게 꾸며서 교언영색의 감언이설로 세상을 속이는 자가 많다. 장사꾼도 나쁘지만 그 말에 현혹되어 5만 전을 주고 사는 주인이 더 문제다. 세상일은 언제 일어날지 모른다. 채찍을 휘둘러 엉겨 붙었던 말이 놀라 비켜서지 않고, 채찍만 맥없이 동강 난다면 그 민망한 노릇을 어찌한단 말인가?

치옥사요

법 집행의 네 원칙

治獄四要

명나라 설선의《종정명언》은 중국에서보다 일본 막부에서 더 인기가 높아 여러 차례 출간된 책이다. 경험에서 우러난 위정자의 마음가짐을 적은 짧은 경구로 이루어져 있다.

옥사를 다스리는 데는 네 가지 요체가 있다. 공정함과 자애로움, 명백함과 굳셈이 그것이다. 공정하면 치우치지 않고, 자애로우면 모질지가 않다. 명백하면 능히 환히 비출 수 있고, 굳세야만 단안할 수가 있다.
治獄有四要, 公慈明剛. 公則不偏, 慈則不刻, 明則能照, 剛則能斷.

치옥의 네 요소로 꼽은 것이 공자명강公慈明剛이다. 법은 공정하되 자애롭게, 명백하되 굳세어 결단력 있게 집행해야 한다. 공정을 잃은 자애는 봐주기나 편들기가 되고, 명백하지 않은 굳셈은 독선과 아집으로 흐른다. 잣대를 잃고 상황에 영합하면 공정한 법 집행은 물 건너간다.

법이란 천리를 바탕으로 인정에 따르자는 것이니, 이를 위해 법으로 막고 제도로 금한다. 마땅히 공평하고 정대한 마음으로 경중의 마땅함을 가누어야지, 한때의 기쁨과 성냄에 따라 법을 만들어서는 안 된다. 만약 그렇게 하면 공평함을 얻지 못하는 자가 많아진다.

法者因天理順人情, 而爲之防範禁制也. 當以公平正大之心, 制其輕重之宜, 不可因一時之喜怒而立法. 若然則不得其平者多矣.

특례법, 특별법이 많다는 것은 법 집행이 그만큼 공명정대하지 못했다는 증좌다.

중中은 입법의 근본이요 신信은 행법行法의 핵심이다.

中者立法之本, 信者行法之要.

법을 만들었으면 반드시 행하는 것이 중요하다. 만들어놓고 행하지 않으니 그저 있으나 마나 한 헛글이 되어 다만 아랫것들의 나쁜 짓을 부추기기에 족할 뿐이다.

法立貴乎必行, 立而不行, 徒爲虛文, 適足以啓下人之翫而已.

지금 우리가 새겨들어야 할 말이다. 그는 법을 천토天討라고 했다.

법이란 하늘이 내는 토벌이다. 공정함으로 지키고 어짊으로 행해야 한다.

法者天討也, 以公守之, 以仁行之.

입법의 공정성이 중요해도 사법의 바른 집행이 이뤄지지 않으면 소용이 없다.

치이란이

다스림을 바로 세우려면

治已亂易

신흠의 〈치란편治亂篇〉은 이렇게 시작한다.

　장차 어지러워지려는 것을 다스리기는 어렵고, 이미 어지러워진
것을 다스리기는 쉽다〔治將亂難, 治已亂易〕. 장차 어지러워지려 하면
위는 제멋대로 교만하여 경계할 줄 모르고, 아래는 아첨하여 붙좇
느라 바로 잡을 줄 모른다. 비록 성인의 지혜를 지녔어도 감히 그
무너짐을 막지 못하고, 비록 뛰어난 사람이 있어도 산골 물을 막을
수 없다. 일에 앞서 말하면 요망한 얘기라 하고, 일에 닥쳐 얘기하
면 헐뜯는 말이라 한다. 임금이 총애하는 신하에 대해 논하면 속여
기망한다고 배척하고, 감추고 싶은 것을 말하면 강직하다는 명성
을 사려 한다며 밀쳐낸다.

　治將亂難, 治已亂易. 將亂者, 上恣肆而不知戒也. 下阿縱而不知匡也.

漫漫乎其流也, 靡靡乎其趨也. 雖有聖智, 莫敢防其頹也, 雖有英俊, 莫敢塞其隙也. 先事而言, 則以爲妖言, 當事而言, 則以爲謗言. 論其嬖倖, 則以爲誣罔而斥之, 論其隱慝, 則以爲沽直而排之.

그 결과는 이렇다.

가까이 친숙한 자에게 귀가 가려지고, 아첨하는 자에게 눈꺼풀이 씌어져서, 대궐의 섬돌 밖이 천리보다 멀고, 법도는 해이해지며, 벼슬아치는 손발이 안 맞아 나날이 지극히 어지러운 지경으로 빠져든다.

耳蔽於近習, 目蔽於諂佞, 陛級之外, 遠於千里矣, 典常弛易, 官方齟差, 日墊於極亂之域.

우리가 이제껏 보아온 그대로다. 그럼 이미 어지러워진 뒤에는 어떻게 되나?

관청이 피폐해 잔달아지면 아전이 힘들고, 부역이 많아 괴로우면 백성이 탄식한다. 재물이 고갈되어 쪼들리자 도적이 일어나고, 정치가 어긋나 포학해지니 공경과 사대부가 원망한다.

官弊而脞則吏胥苦, 役煩而虐則黎元咨. 財竭而臝則盜賊興, 政舛而暴則卿士怨.

이렇게 되면 원근이 모두 다스려지기를 바라는 마음이 간절해진다. 신흠이 이미 어지러워진 것을 다스리기가 오히려 쉽다고 말한 까

닭이 바로 여기에 있다. 그가 다시 말한다.

국가는 큰 그릇이다. 다스림은 하루아침에 이뤄지지 않고, 어지러움도 하루아침에 생기지 않는다. 선이 쌓이고 나서 다스려지고, 악이 쌓인 뒤에 어지러워진다. 다스려짐과 어지러워짐은 모두 쌓인 뒤에 나타나는 것이다. 이 때문에 그 조짐은 아침저녁 사이에 달려 있지만, 그 징험은 여러 해 뒤에 드러난다. 그 싹은 미미하지만 나중에는 온 세상을 뒤덮고 만다.

夫國家大器也. 其治非一日之成, 其亂亦非一日之作. 善積而後治, 惡積而後亂. 治也亂也, 皆積而後發者也. 故其朕兆於朝夕, 而其徵驗於數世. 其萌蘗於錙銖, 而其末彌乎宇內.

그렇디면 어떻게 해야 하나? 신흠은 다시 다섯 가지 방법을 들었다.

다스리는 법은 다섯 가지이니 이를 함에 갑작스러움을 경계하고, 고침에 믿음성이 있어야 한다. 조정할 때는 방향이 있게 하고, 위엄을 보일 때는 두려워하게 해야 하며, 가라앉힐 때는 안심시켜 안정케 해야 한다. 위는 제멋대로 하지 않고, 아래는 함부로 하지 않는다. 이렇게 하면 다스림이 세워진다.

治法有五, 爲之戒遽也, 革之以孚也. 調之使祈嚮也, 威之使慴戢也, 謐之使綏定也. 上不病其擅也, 下不媚其專也. 如是則治立矣.

'제멋대로'와 '함부로'를 삼가야 질서가 잡힌다. 다시 어려워지는 일이 없도록 쉬운 데서 경계하고 살피는 것이 맞다.

칠등팔갈

얽히고설킨 문제를 풀려면

七藤八葛

칠등팔갈七藤八葛은 다산이 즐겨 쓴 표현이다.《여유당전서與猶堂全書》에만 30회 가까이 나온다. 등덩굴이 일곱인데 칡덩굴은 여덟이다. 이 둘이 겹으로 칭칭 엉켰으니 어찌 풀 수 있겠는가? 뒤죽박죽 손댈 수 없는 갈등葛藤의 상태를 말한다.

같이 붙여 쓴 말도 재미있다.《악서고존樂書孤存》에서는 "꼬리는 머리를 돌아보지 못하고, 왼편은 오른편을 건너보지 못한다. 열 번 고꾸라지고 아홉 번 엎어지며, 일곱이 등덩굴이면 여덟은 칡덩굴인데도 근거 없는 말로 꾸미려든다(尾不顧首, 左不顧右, 十顚九踣, 七藤八葛, 以飾其無稽之言)"고 썼다. 칠등팔갈에 백관천결百綰千結을 붙여 쓰기도 했다. 백 번 얽어매고 천 번 묶었다는 말이다. 해결의 기미가 보이지 않는다.

국가의 여러 폐단에 대해 논한 〈폐책弊策〉에서는 이렇게 논파했다.

사물이 오래되어 폐단이 생기는 것은 이치가 그렇다. 성인으로 성인을 잇게 해도 더하고 덜함이 있게 마련인데 하물며 후세의 법이겠는가? 안으로는 온갖 기관의 폐단이 소털처럼 많고, 밖으로 여러 고을의 폐단은 고슴도치 가시 같다. 백 군데에 구멍이 나고 천 곳에 부스럼이 돋아 도무지 막을 수 없는 것은 폐단의 근원이요, 칠등팔갈을 어찌 해보기 어려운 것은 폐단의 가지이다. 사농공상에 저마다 폐단이 있고, 군전軍田과 전곡錢穀도 폐단 없는 곳이 없다. 이제 분발해 일으켜서 이목을 일신코자 해도 어디로부터 말미암겠는가? 중화中和의 덕을 이루고 임금의 덕을 힘쓰라는 것은 상투적인 말일 뿐이고, 인재를 얻어서 상벌을 밝게 하라는 말은 그저 해보는 소리일 뿐이다.

大抵物久而弊, 物之理也. 以聖承聖, 尙有損益, 況於後世之法乎. 內而百司, 其弊如牛毛, 外而諸路, 其弊如猬刺. 百孔千瘡, 莫遏者弊源也, 七藤八葛, 難理者弊條也. 士農工商, 各有其弊, 軍田錢穀, 無不受弊. 今欲奮發興作, 一新耳目, 則其道何由. 致中和勉君德, 無非套語, 得人材明賞罰, 都是例談.

가파른 산길의 등덩굴과 칡덩굴은 이것으로 더위잡아 오르기도 한다. 반등부갈攀藤附葛이 그것이다. 그런데 저희끼리 얽히고설켜 서로 잡아먹겠다고 으르렁대니 무슨 방법이 있겠는가?

침정신정

차분히 내려놓고 가라앉혀라
沈靜神定

명나라 여곤이 《신음어》에서 이렇게 말했다.

침정沈靜, 즉 고요함에 잠기는 것은 입 다물고 침묵한다는 말이
아니다. 뜻을 깊이 머금어 자태가 한가롭고 단정한 것이야말로 참
된 고요함이다. 비록 온종일 말을 하고, 혹 천군만마千軍萬馬 중에
서 서로를 공격하며, 수많은 사람들 속에서 번잡한 사무에 응하더
라도 침정함에 방해받지 않는 것은, 신정神定 곧 정신이 안정되어
있기 때문이다. 한 번이라도 드날려 뜻이 흔들리면, 종일 단정히
앉아 적막하게 말 한마디 하지 않아도 기색이 절로 들뜨고 만다.
혹 뜻이 드날려 흔들리지 않는다 해도 멍하니 졸린 듯한 상태라면
모두 침정이라고 말할 수는 없다.

沈靜非緘默之謂也. 意淵涵而態閑正, 此謂眞沈靜. 雖終日言語, 或千

軍萬馬中相攻擊, 或稱人廣衆中應繁劇, 不害其爲沈靜, 神定故也. 一有
飛揚動擾之意, 雖端坐終日, 寂無一語, 而色貌自浮, 或意雖不飛揚動擾,
而昏昏欲睡, 皆不得爲沈靜.

침정은 마음에 일렁임이 없이 맑게 가라앉은 상태다. 침정은 신정
에서 나온다. 마음이 차분히 가라앉으면, 번잡한 사무를 보고 말을 많
이 해도 일체의 일렁임이 없다.

이덕무는 〈원한〉에서 이렇게 썼다.

넓은 거리 큰길 속에도 한가로움이 있다. 마음이 진실로 한가롭
다면 어찌 굳이 강호나 산림을 찾겠는가? 내 집은 시장 곁에 있다.
해가 뜨면 마을 사람이 물건을 파느라 시끄럽다. 해가 지면 마을의
개들이 무리지어 짖는다. 하지만 나는 홀로 책을 읽으며 편안하다.
이따금 문밖을 나서면 달리는 사람은 땀을 흘리고, 말 탄 사람은
내닫으며, 수레와 말은 뒤섞여 얽혀 있다. 나만 홀로 천천히 걸음
을 내딛는다. 일찍이 소란함으로 인해 나의 한가로움을 잃지 않으
니, 내 마음이 한가롭기 때문이다.

通衢大道之中, 亦有閒, 心苟能閒, 何必江湖爲, 山林爲? 余舍傍于市, 日
出, 里之人市而鬧, 日入, 里之犬羣而吠, 獨余讀書安安也. 時而出門, 走者
汗, 騎者馳, 車與馬旁午而錯, 獨余行步徐徐. 曾不以擾失余閒, 以吾心閒也.

엉뚱한 데 가서 턱없이 찾으니 마음이 자꾸 들떠 허황해진다. 가만
히 내려놓고 차분히 가라앉히는 것이 먼저다. 고요함은 산속에 있지
않고 내 마음속에 있다.

타장지정

노루 잡던 몽둥이 3년 우린다

打獐之梃

기묘사화를 일으킨 남곤南袞이 〈유자광전柳子光傳〉을 지었다. 글이 대단했다. 사화士禍를 서술한 대목이 특히 압권이었다. 어떤 사람이 끝에 시 한 구절을 써놓았다.

마침내 속내가 그 누구와 비슷하니
그 자신이 전기 속의 사람인 줄 몰랐네.
畢竟肺肝誰得似　不知身作傳中人

자기가 자기 얘기를 쓴 것이 아니냐는 말이다.

또 어떤 이가 다른 사람의 죄상을 신랄하게 논했다. 사람들이 초상화의 찬문 같다고 했다. 결국 그는 장살杖殺을 당해 죽었고, 죄상을 논한 사람은 수십 년 부귀를 누렸다. 뒤에 보니 죄를 논한 사람의 행적이 앞서 죽은 사람보다 훨씬 심했다. 사람들이 또 말했다. "이것은 남의 화상찬이 아니라 제 화상찬을 쓴 게로군." 심노숭의 《자저실기》에 나온다.

심노숭의 이 책에는 정조 서거 이후 노론 벽파辟派와 시파時派 간 권력 투쟁의 장면들이 고스란히 남아 있다. 명분과 시비를 들고 싸웠지만 실상은 이전투구의 사생결단만 있었다. 당시 각 당파의 영수급 인물들은 부득이 한자리에 앉게 될 때면 서로 얼굴을 안 보려고 중간에 병풍을 치기까지 했다. 반대를 위한 반대, 결국은 제 말 하기의 행태는 반복되었다. 기회만 있으면 상대를 비방하고 헐뜯어 치명타를 안기기 위해 부심했다.

책 속의 한마디.

이것이 세상 도리의 진퇴進退나 저들 무리의 득실과 무슨 상관이 있겠는가. 결과적으로는 그저 사람을 마구 죽였다는 헛된 명성만 널리 얻고 애초에 긴요한 실제 이익은 없었다. 저들 또한 어찌 이를 모를까마는, 사방을 둘러봐도 손쓸 데가 없는지라 어쩔 수 없이 노루 잡던 몽둥이를 다시 찾지 않을 수 없었으니, 참으로 천하에 가소로운 일이다.

此何干於世道進退之機, 渠輩得失之關. 則只博取厮殺之虛聲, 了無喫緊之實得, 渠輩亦豈不知, 而四顧無所藉手, 不得不重尋其打獐之梃, 眞是天下可笑之事.

타장지정打獐之梃, 즉 노루 잡던 몽둥이는 속담에 '노루 잡던 몽둥이 3년 우린다'는 말에서 끌어왔다. 옛 속담집 《동언해東言解》를 보니

"한때 어쩌다 얻고는 매번 요행을 바란다(一時偶獲, 每冀僥)"라고 뜻을 매겨놓았다. 운 좋게 노루를 잡더니 그 후 재미를 붙여 툭하면 몽둥이 들고 노루 잡겠다고 설친다는 말이다. 어째 세상은 변할 줄을 모르는가?

탕척비린

마음에서 비루하고 인색함을 말끔히 비워낸다

蕩滌鄙吝

나가노 호잔이《송음쾌담》에 검소함(儉)과 인색함(吝)의 구별을 묻는 객의 질문이 나온다. 그는 두 구절을 인용해 그 차이를 설명했다. 먼저 송나라 진록이 엮은《선을 권유하는 글》의 구절.

검소함으로 자신을 지키는 것을 덕이라 하고, 검소함으로 남을 대접하는 것은 비鄙라고 한다.

處己以儉謂之德, 待人以儉謂之鄙.

검소함이 자신에게 적용되면 덕이 되지만, 남을 향하면 비루하게 된다는 말이다. 자신에게는 마땅히 엄정하고 검소해야 하나, 남에게 베풀 때 그렇게 하면 인색한 짠돌이가 된다.

다시《조씨객어晁氏客語》를 인용했다.

한위공韓魏公은 집안의 재물 쓰기를 나라 물건 쓰듯 해서 인색하지 않았다고 말한다. 증노공曾魯公은 관가의 물건 아끼기를 자기 물건처럼 했으니 진실로 검소하다고 말한다.

韓魏公用家資如國用, 謂不吝也. 曾魯公惜官物如己物, 謂誠儉也.

한위공은 자기 물건을 나라 물건 쓰듯 공변되게 베풀어서 인색하지 않다는 평가를 받았다. 증노공은 나라 물건을 자기 물건처럼 아껴써서 검소하다는 말을 들었다.

안 아낄 데 아끼고 아낄 것을 안 아끼면 인색한 사람이 되고, 아낄데 아끼면서 안 아낄 데 베풀 줄 알면 검소한 사람이라 한다. 제 물건에 발발 떨면 인색하단 소릴 듣지만, 나라 물건이나 회삿돈을 제 것인양 쓰면 비루하고 몹쓸 인간이 된다.

퇴계는 〈도산십이곡발陶山十二曲跋〉에서 우리나라 가곡의 흐름을 짚었다. 〈한림별곡翰林別曲〉 같은 작품은 긍호방탕矜豪放蕩 즉 마구 뽐내고 방탕한 데다, 설만희압褻慢戲狎 곧 제멋대로 장난치고 함부로 굴어서, 군자가 숭상할 만한 것이 못 된다. 이별李鼈의 〈육가六歌〉는 세상을 우습게 보는 완세불공玩世不恭의 뜻이 있어 온유돈후溫柔敦厚의 실지가 부족하다. 그래서 자신이 〈도산십이곡〉을 지었는데, 노래하고 춤추는 사이에 탕척비린蕩滌鄙吝의 마음이 생겨나서, 감발융통感發融通 즉 느낌이 일어나 답답하던 것이 두루 통하게 되기를 희망했다.

답답한 세상이다. 탕척비린! 마음속에서 비루하고 인색함을 말끔히 세척해내자.

태배예치

복어 등의 반점과 고래의 뾰족한 이빨

鮐背鯢齒

나이 많은 노인을 일컫는 표현에 태배鮐背와 예치鯢齒, 그리고 황발黃髮이 있다. '태배'는 복어의 등인데, 반점이 있다. 연세가 대단히 높은 노인은 등에 이 비슷한 반점이 생긴다고 한다. 이의현李宜顯(1669~1745)은 만 70세 이후에 쓴 자신의 시를 모아 제목을 '태배록'이라고 붙였다. 세종이 1439년 5월, 조말생趙末生에게 궤장几杖을 하사하며, "아! 경은 몸을 편히 하고 힘을 북돋워 태배의 수명을 많이 늘리라"고 한 것도 이 뜻이다.

'예치'는 고래 이빨이다. 고래의 이빨은 세모난 송곳니 모양이다. 상노인이 이가 다 빠지고 오래되면 다시 뾰족하고 가는 이가 난다. 어린이의 이와 같다고 해서 아치兒齒라고도 한다. 이남규李南珪(1855~1907)가 〈동신선전董神仙傳〉에서 "동신선은 짙은 머리가 흘러내려 이마를 덮었고, 아래윗니가 단단하고 뾰족해서 고래의 이빨과 같았다"

고 묘사한 바 있다. 이른바 낙치부생落齒復生이라 하는 것이다.

'황발'은 희게 셌던 머리털이 다시 누렇게 변한 것을 말한다. 이제 다시 검어질 일만 남았으니, 인생의 한 사이클을 새로 시작할 준비를 마친 셈이다. 몸에 이런 변화가 일어나면 오래 장수할 조짐으로 여겼다.

1794년 정조는 어머니 혜경궁 홍씨가 곧 회갑의 경사를 맞게 되자, 경축하는 잔치를 크게 베풀었다. 그러고는 이를 기념하여 70세 이상의 관리와 80세가 넘은 백성 등에게 지위를 한 등급씩 올려주고, 100세 이상의 노인에게는 숭정대부의 품계를 내렸다. 그해 정초부터 6월까지 전국적으로 조사하여, 벼슬을 받은 사람이 75,100여 명이나 되었다. 이들의 나이를 모두 합하자 5,898,210세였다.

정조는 이 7만여 명의 노인들이 은혜에 감격하여 자전慈殿을 축수祝壽한다면 그 기쁨이 과연 어떻겠느냐면서, "예치가 조정에 가득하고 학발이 들판을 뒤덮은〔鯢齒盈廷, 鶴髮蔽野〕" 성대의 장관을 회복해 보자고 했다. 국가에 그 상서로운 기운이 가득 퍼지기를 염원해, 그 전후사연을 정리해《인서록人瑞錄》이란 책자를 펴내기까지 했다. 임금의 거룩한 효심에 감격해 온 백성이 환호했다.

토붕와해

구들이 내려앉고 기와가 부서지다

土崩瓦解

1529년, 중종의 정국 운영이 난맥상을 빚자 대사간 원계채元繼蔡 등이 상소문을 올렸다. 요지는 이렇다. 나랏일이 토붕와해土崩瓦解의 상황인데도 임금이 끝내 깨닫지 못하면 큰 근심을 자초한다. 임금이 통치의 근본은 잊은 채 자질구레한 일이나 살피고, 번잡한 형식과 세세한 절목은 따지면서 큰 기강을 잡는 일에 산만하면, 법령이 해이해지고 질서가 비속해진다. 밝은 선비가 바른말로 진언해도 듣지 않다가 큰일이 닥쳐서야 비로소 후회한다. 이는 고금에서 흔히 보는 일이다.

이렇게 일반론으로 운을 뗀 후, 이어 임금에게 직격탄을 날렸다. 전하는 즉위 초에는 정성으로 덕을 닦고, 세운 뜻도 굳었다. 하지만 근년에는 일마다 고식적인 것을 따르고, 구차한 것이 많다. 본원本源이 한번 가려지면 100가지 일이 다 그릇되고 만다. 전하께서 엄하게 다스리려 해도 요행으로 은혜를 얻은 자들이 인척의 힘을 빌어 못된 짓을 한다. 또 간언을 올리면 성내는 뜻을 드러내므로 진언하는 사람이 하고 싶은 말을 다 하지 못한다. 이 틈을 타 인연을 맺은 무리들이 요행을 바라는 버릇을 더욱 제멋대로 행하니, 이래서야 나라꼴이 되겠느냐고 했다.

토붕와해는 흙, 즉 지반이 무너져서 기와가 다 깨진다는 뜻이다. 서락徐樂은 한무제에게 올린 상소문에서 토붕土崩과 와해瓦解를 구분했다. 그는 천하의 근심이 토붕에 있지 와해에 있지 않다고 보았다. 토붕은 백성이 곤궁한데도 임금이 구휼하지 않고, 아래에서 원망하는데도 위에서 이를 모르며, 세상이 어지러운데도 정사가 바로 서지 않아, 나라가 어느 한순간에 와르르 무너지는 것을 말한다. 와해는 권력자가 위엄과 재력을 갖추고도 제힘을 믿고 제 욕심만 채우려다 제풀에 꺾여 자멸하고 마는 것이다. 《사기》〈주보언열전主父偃列傳〉에 나온다.

지반이 무너지거나 구들장이 꺼지면, 지붕마저 내려앉아 기왓장이 산산조각난다. 지반이 탄탄한데 지붕이 주저앉는 경우는 드물다. 근본과 기강이 서고 백성이 제자리를 잡고 있다면 와해는 염려하지 않아도 된다. 하지만 바닥이 통째로 주저앉는 토붕의 경우는 손쓸 방법이 없다. 집이 무너져 가는데 문패나 바꿔 다는 미봉책彌縫策이나, 위기의 본질을 외면한 채 언 발에 오줌 누기 식의 고식지계姑息之計로는 상황을 돌이킬 수가 없다.

파부균분

작은 이끗에 목숨을 거는 세상

破釜均分

한漢나라 때 임회臨淮에 사는 사람이 비단을 팔러 시장에 갔다. 갑자기 소나기가 쏟아지자 얼른 비단을 머리에 얹어 비를 피했다. 뒤늦게 한 사람이 뛰어들더니 자기도 덕분에 비를 피하게 해달라고 했다. 비단 주인은 자신의 비단 한 끝을 그 사람에게 내주었다. 비가 그쳤다. 젖은 비단을 거두어 정돈하려는데, 비를 피하게 해달라던 자가 갑자기 태도를 싹 바꿔 비단이 원래 자기 것이니 내놓으라고 우기기 시작했다. 비단 주인은 기가 턱 막혔다. 마침내 서로 엉겨 붙어 큰 싸움이 되었다.

태수 설선薛瑄이 지나다가 두 사람을 불렀다. 둘은 태수 앞에서도 기세가 등등했다. 설선이 관리를 시켜 비단을 절반으로 잘라 반씩 나눠주었다. 그러고는 두 사람의 반응을 들어보게 했다. 비단 주인은 원통해 죽겠다며 여전히 펄펄 뛰었다. 비를 피하려던 자는 "나리의 은혜입니다" 하며 고마워했다. 설선이 고맙다고 말한 자를 끌어다가 매섭게 고문해 실토를 받고는 죽여버렸다.

어차피 비단은 하나뿐이라 둘 중 하나는 거짓말쟁이다. 비를 피하게 해준 은공도 잊고 남의 비단을 가로채려 한 자는 절반을 거저 얻은 것이 기뻐 저도 몰래 나리의 은혜라고 말해버렸다. 비록 작은 비단 한 쪽이지만 풍속의 문제라 설선은 그를 죽여 고을의 기강을 세웠다. 《태평어람太平御覽》 인사부人事部에 나온다.

세조 때 함우치咸禹治(1408~1479)가 전라감사로 있을 때 일이다. 지체 높은 가문의 형제가 서로 큰 가마솥을 차지하려고 싸우다가 관에 소송을 걸어왔다. 이 말을 들은 함우치가 크게 노해 아전을 시켜 크고 작은 가마솥 두 개를 급히 가져와 때려 부숴서 근량으로 달아 정확하게 반분해 나눠주라고 했다. 그 말을 들은 형제가 정신이 번쩍 들어 소송을 즉각 취하했다. 깨진 솥의 쇳조각을 다 가져봤자 작은 가마솥만도 못했기 때문이다.

배은망덕背恩忘德도 유분수지, 은혜를 원수로 갚는다. 조금 큰 솥을 차지하겠다고 형제간에 송사를 건다. 있어도 그만 없어도 그뿐인 작은 이끗 다툼에 목숨을 걸고 천륜을 등진다. 전부 아니면 전무全無다. 인간의 탐욕이 끝없다.

파초신심

새잎을 펼치자 새 심지가 돋는다

芭蕉新心

이태준의 수필집 《무시록》에 〈파초〉란 글이 있다. 여름날 서재에 누워 파초 잎에 후득이는 빗방울 소리를 들을 때 '가슴에 비가 뿌리되 옷은 젖지 않는 그 서늘함'을 아껴 파초를 가꾸노라고 썼다. 없는 살림에도 소 선지에 생선 씻은 물, 깻묵 같은 것을 거름으로 주어 성북동에서 제일 큰 파초로 길러낸 일을 자랑스러워했다. 앞집에서 비싼 값에 사갈 테니 그 돈으로 새로 지은 서재에 챙이나 해 다는 것이 어떻겠느냐 해도, 챙을 달면 파초에 비 젖는 소리를 못 듣는다며 들은 체도 않았다. 당시까지만 해도 서울에서 파초 기르는 것이 꽤 유행했던 모양이다.

조선시대 선비들의 파초 사랑도 유난했다. 파초는 남국의 식물이다. 겨울을 얼지 않고 나려면 월동 마련이 여간 성가시지 않았다. 하지만 폭염 아래서 파초는 푸르고 싱그러운 그늘로 초록 하늘을 만들어 눈을 시원하게 씻어준다. 그래서 파초의 별명이 녹천綠天이다. 이서구의 당호는 '녹천관綠天館'인데, 집 마당의 파초를 자랑으로 여겨 지은 이름이다.

파초 잎에 시를 쓰며 여름을 나는 일은 선비의 운사韻事로 쳤다. 여린 파초 잎을 따서 그 위에 당나라 왕유王維의 〈망천절구輞川絶句〉 시를 쓴다. 곁에서 먹을 갈고 있던 아이가 갖고 싶어 한다. 냉큼 건네주면서 대신 호랑나비를 잡아오게 한다. 머리와 더듬이, 눈과 날개의 빛깔을 찬찬히 관찰하다가 꽃 사이로 불어오는 산들바람을 향해 날려보낸다. 이덕무의 《선귤당농소》에 나오는 아름다운 광경이다.

이런 운치 말고도 옛 선비들이 파초를 아껴 가꾼 것은 끊임없이 새 잎을 밀고 올라오는 자강불식自彊不息의 정신을 높이 산 까닭이다. 송나라 때 학자 장재는 파초 시에서 이렇게 노래했다.

파초의 심이 다해 새 가지를 펼치니
새로 말린 새 심이 어느새 뒤따른다.
새 심으로 새 덕 기름 배우길 원하노니
문득 새잎 따라서 새 지식이 생겨나리.
芭蕉心盡展新枝　新卷新心暗已隨
願學新心養新德　旋隨新葉起新知

잎이 퍼져 옆으로 누우면 가운데 심지에서 어느새 새잎이 밀고 나온다. 공부하는 사람의 마음가짐도 늘 이렇듯 중단 없는 노력과 정진을 통해 키가 쑥쑥 커나가는 법이다.

팔면수적

팔면에서 적이 쳐들어와도

八面受敵

소동파의 〈왕랑에게 주는 글〔與王郎書〕〉에 다음 내용이 있다.

공부하는 젊은이는 매번 한 가지 책을 모두 여러 차례 읽어야 한다. 바다에 들어가면 온갖 물건이 없는 것이 없다. 이것을 전부 가져올 수는 없는 노릇이니, 다만 구하려는 것만 얻을 뿐이다. 그래서 배우기를 원하는 사람은 매번 한 가지 뜻으로 구해야만 한다. 만약 고금의 흥망치란이나 성현의 작용을 구하려 한다면 다만 이 뜻만 가지고 구해야지 다른 마음을 먹어서는 안 된다. 어떤 일의 자취나 문물의 종류 같은 것도 또한 마찬가지다. 이렇게 해서 배움이 이루어지면 팔면에서 적을 받더라도〔八面受敵〕 섭렵한 사람과 더불어는 한 묶에 말할 수가 없다.

少年爲學者, 每一書皆作數次讀. 當如入海, 百貨皆有. 人之精力, 不能

盡取. 但得其所欲求者耳. 故願學者, 每次作一意求之. 如欲求古今興亡
治亂聖賢作用, 且只作此意求之, 勿生餘念. 求事迹文物之類, 亦如之. 若
學成, 八面受敵, 與涉獵者, 不可同日而語.

공부는 써먹자고 하는 것만은 아니지만, 제대로 하면 쓰지 못할 데
가 없다. 사방팔방에서 날마다 문제들이 쳐들어온다. 일마다 당황스럽
고 그때마다 정신 사납다. 어떤 일과 마주해 허둥지둥 손발을 놀릴 곳
이 없는 것은 내 공부의 내공이 부족하기 때문이다. 공부의 내공은 어
디서 오는가? 전일한 집중에서다. 이것저것 여기저기 기웃대면 오지
랖만 넓어지지 안목은 깊어지지 않는다. 한 번에 한 가지씩 하나하나
쌓아나가야 그 하나하나가 모여 오롯한 전체가 된다. 자꾸 집적대고
쑤석거리기만 해서는 사람만 경망해진다.
《대괴왕씨일성격언록大槐王氏日省格言錄》에는 또 이런 얘기가 실려
있다. 유적劉商은 아들 일곱을 두었는데, 자식마다 한 가지 경전씩 전
공하게 했다. 그래서 한 가문에서 7경의 학문을 모두 갖추었다. 등
우鄧禹는 아들이 열세 명이었는데 저마다 13경을 한 종류씩 집중케
하는 방식으로 자손을 교육시켜 후세의 본보기가 되었다. 이 두 사례
를 소개한 후 이런 말을 덧붙였다.

오늘날의 습속은 흔히 아들을 낳으면 기뻐하며 날마다 한 가지씩
을 바라 날마다 성취하는 바가 없다. 그 원인은 평소 규칙으로 정해
둔 약속이 없기 때문이다. 비록 후회한들 무슨 소용이 있겠는가.
今之習俗, 多以生男爲喜. 日望一, 日無所成就, 其原失於素無繩墨約
束. 雖悔何追.

팔면수적八面受敵의 내공은 꾸준한 전공의 힘에서 나오지, 넓은 오지랖에서 나오지 않는다. 젊은이들은 스펙 쌓기에 팔려 여기저기 기웃대지 말고 전공의 힘을 먼저 길러야 한다.

팔십종수

너무 늦은 때는 없다

八十種樹

박목월 선생의 수필 〈씨 뿌리기〉에, 은행 열매나 호두를 호주머니에 넣고 다니며 학교 빈터나 뒷산에 뿌리는 노교수 이야기가 나온다. 이유를 묻자 빈터에 은행나무가 우거지면 좋을 것 같아서라고 했다. 언제 열매 달리는 것을 보겠느냐고 웃자 "누가 따면 어떤가. 다 사람들이 얻을 열매인데"라고 대답했다. 여러 해 만에 그 학교를 다시 찾았을 때 키만큼 자란 은행나무와 제법 훤칠한 호두나무를 보았다. 홍익대학교 이야기일 텐데, 그때 그 나무가 남아 있다면 지금은 아마도 노거수老巨樹가 되었을 것이다.

"예순에는 나무를 심지 않는다(六十不種樹)"고 말한다. 심어봤자 그 열매나 재목은 못 보겠기에 하는 말이다.

송유宋愈가 70세 때 고희연古稀宴을 했다. 감자柑子 열매 선물을 받고 그 씨를 거두어 심게 했다. 사람들이 속으로 웃었다. 그는 10년 뒤

937

감자 열매를 먹고도 10년을 더 살다 세상을 떴다.

황흠黃欽이 80세에 고향에 물러나 지낼 때 종을 시켜 밤나무를 심게 했다. 이웃 사람이 웃었다. "연세가 여든이 넘으셨는데 너무 늦은 것이 아닐까요?" 황흠이 대답했다. "심심해서 그런 걸세. 자손에게 남겨준대도 나쁠 건 없지 않나?" 10년 뒤에도 황흠은 건강했고, 그때 심은 밤나무에 밤송이가 달렸다. 이웃을 불러 말했다. "자네, 이 밤 맛 좀 보게나. 후손을 위해 한 일이 날 위한 것이 되어버렸군."

홍언필의 부인이 평양에 세 번 갔다. 어려서는 평양감사였던 아버지 송질宋軼을 따라 갔고, 두 번째는 남편을 따라 갔으며, 세 번째는 아들 홍섬을 따라 갔다. 부인이 처음 갔을 때 장난삼아 감영에 배나무를 심었고, 두 번째 갔을 때는 그 열매를 따 먹었다. 세 번째 갔을 때는 재목으로 베어 다리를 만들어놓고 돌아왔다. 세 이야기 모두《송천필담》에 나온다.

너무 늦은 때는 없다. 예순만 넘으면 노인 행세를 하며 공부도 놓고 일도 안 하고 그럭저럭 살며 죽을 날만 기다린다. 100세 시대에 이 같은 조로早老는 좀 너무하다. 씨를 뿌리면 나무는 자란다. 설사 내가 그 열매를 못 딴들 어떠랴.

평생출처

시련과 역경 속에 본바탕이 드러난다

平生出處

다산이 34세 때 우부승지右副承旨의 중앙 요직에서 금정찰방의 한 직으로 몇 단계 밀려 좌천되었다. 준비 없이 내려간 걸음이어서 딱히 볼 만한 책 한 권이 없었다. 어느 날 이웃에서 반쪽짜리《퇴계집退溪集》 한 권을 얻었다. 마침 퇴계가 벗들에게 보낸 편지글이 실린 부분이었다.

다산은 매일 새벽 세수한 후 편지 한 통을 아껴 읽고 하루 일과를 시작했다. 오전 내내 새벽에 읽은 편지 내용을 음미했다. 정오까지 되새기다가 편지에서 만난 가르침에 자신의 생각을 보태서 한 편씩 글을 써나갔다. 33편을 쓰고 났을 때, 정조는 그를 다시 중앙으로 불러올렸다. 그 경계와 성찰의 기록에 다산은《도산사숙록陶山私淑錄》이란 제목을 부쳤다. 남들이 낙담해서 술이나 퍼마실 시간에 그는 이웃에서 얻은 반쪽짜리 선현의 편지 속에서 오롯이 자신과 맞대면했다.

박순朴淳에게 보낸 답장에서 퇴계가 말했다.

어찌 바둑 두는 것을 보지 못했습니까. 한 수를 잘못 두면 온 판을 그르치게 됩니다. 기묘년의 영수領袖 조광조가 도를 배워 완성하기도 전에 갑자기 큰 명성을 얻자, 성급히 경세제민經世濟民을 자임하였습니다.

이 글을 읽고 다산은 퇴계의 평생 출처가 이 한 문단에 다 들어 있다고 적었다. 당시와 같은 성대에도 앞선 실패를 거울삼아 이렇듯이 경계한 것을 보고, 군자의 몸가짐이 어떠해야 하는지 한 수 배웠다고 했다. 자신의 실패 또한 몸가짐을 삼가지 못한 데서 왔음을 맵게 되돌아본 것이다.

퇴계는 이담에게 보낸 답장에서 또 이렇게 적었다.

사람들은 모두 세상이 날 몰라준다고 말하는데, 저 또한 이 같은 탄식이 있습니다. 하지만 남들은 그 포부를 알아주지 않는 것을 탄식하나, 저는 제 공소空疎함을 남들이 알아채지 못하는 것을 탄식합니다.

허명을 얻은 것이 부끄럽다고 하신 말씀인데, 다산은 그 말에 저도 모르게 그만 진땀이 나고 송구스러웠다고 적었다. 이렇게 해서 퇴계의 편지 한 줄 한 줄이 자신을 반성하는 채찍이 되고, 정신을 일깨우는 죽비가 되었다.

시련과 역경 속에서 사람의 본바탕이 드러난다. 좌절의 시간에 그저 주저앉고 마는 사람과 그 시간을 자기 발전의 토대로 삼는 사람이 있다. 평소의 공부에서 나온 마음의 힘이 있고 없고가 이 차이를 낳는다.

평지과협

끊어질 듯 이어지다 다시 불쑥 되솟다

平地過峽

송순이 담양 제월봉 아래 면앙정을 짓고 〈면앙정가俛仰亭歌〉를 남겼다. 첫 부분은 언제 읽어도 흥취가 거나하다. 마치 천지창조의 광경을 시뮬레이션으로 보여주는 것만 같다.

> 무등산 한 활기 뫼히 동쪽으로 뻗어 있어
> 멀리 떨쳐와 제월봉이 되었거늘,
> 무변대야無邊大野에 무슨 짐작 하느라
> 일곱 구비 한데 움쳐 무득무득 벌였는 듯.
> 가운데 구비는 굼긔 든 늙은 용이
> 선잠을 갓 깨어 머리를 앉혔으니,
> 너럭바위 위에 송죽을 헤치고
> 정자를 앉혔으니,

구름 탄 청학이 천리를 가리라
두 나래 벌였는 듯.

　면앙정이 차지하고 앉은 지세를 노래했다. 우뚝 솟은 무등산이 한
줄기를 쭉 내뻗어 한참을 가다가, 넓은 들판 앞에서 심심했던지 지맥
을 불끈 일으켜 일곱 구비의 제월봉을 만들었다. 그중에 가운데 구비
는 구멍에 숨어 잠자던 용이 이제 그만 일어나 볼까 하고 고개를 슬며
시 치켜들었는데, 그 머리에 해당하는 너럭바위를 타고 앉은 정자가
바로 면앙정이란 말씀이다. 그런데 그 형세가 마치 장차 천리를 날려
는 청학이 두 날개를 쭉 뻗은 형국이라고 했다. 장쾌하고 시원스럽다.
　풍수가의 용어에 과협過峽이란 말이 있다. 과협은 높은 데로부터
차츰 낮아져 끊어질 듯하다가 다시 일어선 곳이다. 지관들은 말한다.
산세가 너무 가파르면 그 아래에 좋은 자리가 없다. 구불구불 끊어질
듯 이어지다 평평해진 곳이라야 좋다. 과협 중에서도 가장 으뜸은 평
평하게 낮아졌다가 갑자기 되솟아오른 평지과협平地過峽이다. 면앙정
의 지세가 꼭 이렇다.
　불쑥 솟아 뚝 끊어진 곳은 근사해도 이어질 복이 없다. 기복 없이
곧장 쭉 뻗어내리면 시원스럽기는 하나 생룡生龍 아닌 죽은 뱀이다.
어찌 지세만 그렇겠는가? 사람의 인생도 마찬가지다. 죽을 때까지 안
일과 즐거움 속에서만 살고, 환난과 수고를 멀리하는 삶은 쭉 뻗은 죽
은 뱀이다. 한때 우뚝 솟아 만장의 기염을 토하다 제풀에 꺾여 나자빠
지는 것은 불쑥 솟았다가 뚝 끊어진 혈이다.
　너무 험하기만 해도 안 되고, 내처 순탄해도 못쓴다. 그래도 종내는
평평해진다. 사람이 윗자리로 올라가는 일도, 돈을 많이 버는 것도 어

쩌면 이런 굴곡의 반복에서 힘을 얻어야 가능하다. 단박에 이룬 횡재는 절대로 오래 못 간다. 어쩌다 운이 좋아 성취한 허장성세는 잠깐만에 무너져 버린다.

폐추자진

보배로운 몽당빗자루

敝帚自珍

1806년 다산이 혜장의 주선으로 보은산방寶恩山房에 머물러 있을 때, 그의 제자 미감美鑒이란 승려가 입이 잔뜩 나온 채 다산을 찾아왔다. 제 동무 스님들과 《화엄경華嚴經》을 공부하다가 '등류과等流果'의 해석을 두고 말싸움이 붙었는데, 다툼 끝에 분이 나서 책 상자를 지고 나온 참이라 했다. 등류과는 뿌린 대로 거둔다는 인과론因果論의 주요 개념이다. 선인善因은 선과善果를 낳고, 악인惡因은 악과惡果를 낳는다는 논리다.

다산은 그에게 몽당빗자루 얘기를 들려준다. "선인이 선과로 맺어지면 기쁘고, 악인이 악과를 맺으면 통쾌하겠지? 하지만 세상일이 어찌 다 그렇더냐? 반대로 되는 수도 많다. 그때마다 기뻐하고 슬퍼한다면 사는 66일이 참 고단하다. 따지고 보면 그게 다 제 눈에 몽당빗자〔敝帚〕니라. 깨달음의 눈으로 보면 다 망상일 뿐이지. 꿈에서 곡을 하

944

면 얼마나 슬프냐. 부르짖을 때는 안타깝기 짝이 없지. 하지만 깨고 나면 한바탕 웃고 끝날 일이 아니냐. 너도 그저 껄껄 웃어주지 그랬니. 그만한 일로 짐을 싸들고 나왔더란 말이냐. 딱한 녀석!"

송나라 때 육유가 〈추사秋思〉에서 이렇게 말했다.

> 떨어진 비녀 주어봤자 어디다 쓰겠는가
> 몽당비 볼품없어도 제겐 또한 보배라네.
>
> 遺簪見取終安用　敝帚雖微亦自珍

길 가다 비녀를 주었다. 남이 쓰던 것을 내 머리에 꽂고 싶지 않으니, 주인에겐 아쉬워도 내게는 쓸데없는 물건이다. 폐추자진敝帚自珍은 제 집에서 쓰는 몽당비가 남 보기엔 아무 쓸모가 없어도, 제 손에 알맞게 길이 든지라 보배로 대접을 받는다는 의미로 쓰는 말이다. 다산초당 정착 초기에 지은 시에서 다산은 "궁한 거처 지은 책이 비록 많지만, 몽당비 천금조차 아까움다네〔窮居富述作, 千金惜敝帚〕"라 했다. 남에게는 별 볼일 없는 저술이지만 자기에겐 천금의 값어치가 있다는 얘기다.

다산의 말씀에 정신이 번쩍 든 미감은 그길로 왔던 곳으로 되돌아갔다. 다산학술재단에서 정리한 《정본 여유당전서》에 새롭게 수록된 〈몽당빗자루의 비유로 미감을 전송하다〔敝帚喩送美鑒〕〉란 글에 실린 사연이다. 누구에게나 애지중지하는 몽당빗자루가 있다. 하지만 남은 그 값을 안 쳐주니 문제와 갈등이 생긴다.

풍중낙엽

바람 속의 낙엽

風中落葉

윤원형은 명종 때 권신이었다. 중종의 비, 문정왕후의 동생이다. 명종 즉위 후 문정왕후의 수렴청정을 틈타 권력을 독점했다. 서울에 큰 집만 10여 채였고, 금은보화가 넘쳐났다. 의복과 수레는 임금의 것과 같았다. 본처를 내쫓고 첩 난정蘭貞을 그 자리에 앉혔다. 20년간 권좌에 있으면서 못하는 짓이 없었다.

그가 탄핵을 받아 실각하자 백성들이 돌멩이와 기왓장을 던지며 침을 뱉고 욕을 했다. 그는 원한을 품은 자가 쫓아와 해칠까 봐 이곳 저곳 숨어 다니면서, 분해서 첩을 붙들고 날마다 엉엉 울었다. 난정은 전처 김씨를 독살하기까지 했다. 고발이 있은 후, 금부도사가 왔다는 잘못된 전언을 듣고 난정은 놀라서 약을 먹고 자살했다. 윤원형도 얼마 안 있어 죽었다. 사람들이 박수를 치며 기뻐했다.

명나라 서학모徐學謨가 말했다.

얼굴은 형세에 따라 바뀐다. 올라갔을 때와 내려갔을 때가 완전히 다르다. 기운은 때에 따라 옮겨간다. 성하고 쇠한 것이 그 즉시 드러난다.

顔隨勢改, 升降頓殊. 氣逐時移, 盛衰立見.

《귀유원주담歸有園塵談》에 나온다. 돈 좀 벌면 금세 으스대다가, 망하면 주눅 들어 힐끔힐끔 눈치를 본다. 잘나갈 때는 그 기고만장하는 꼴을 봐줄 수가 없더니, 꺾이자 금세 치질이라도 앓을 듯이 비굴해진다. 청나라 노존심盧存心이 《납담蠟談》에서 말했다.

득의로움을 만나면 뒤꿈치를 높여 기운이 드높아진다. 이를 일러 물 위의 부평초라고 한다. 실의함을 만나면 고개를 숙이고 기운을 잃고 만다. 이를 두고 바람 맞은 낙엽이라고 한다. 오직 기특한 사람이라야 능히 반대로 한다. 통달한 사람은 또한 평소와 다름이 없다.

逢得意則趾高氣揚, 謂之水上浮萍. 遇失意卽垂頭喪氣, 謂之風中落葉. 惟畸人乃能相反, 在達者亦只如常.

득의는 뿌리 없는 부평초요, 실의는 바람 앞의 낙엽이다. 딴 데로 불려가고 날려가면 자취를 찾을 수조차 없다. 알량한 득의 앞에 함부로 날뛰고, 작은 실의로 낙담하는 것은 소인배의 짓이다. 기특한 사람은 득의에 두려워하고, 실의에서 기죽지 않는다. 통달한 사람은 상황 변화에 아예 흔들림이 없다. 얼굴은 얼골, 즉 얼의 꼴이라는 말이 있다. 사람이 나이가 들면 제 얼굴에 책임을 지는 게 맞다. 제 살아온 성적표가 낯빛과 눈빛 속에 다 담겨 있다. 감출 수가 없다.

피지상심

곁가지를 쳐내면 속줄기가 상한다

披枝傷心

어떤 사람이 괴일나무를 너무 촘촘하게 심었다. 곁에서 말했다. "그렇게 빼곡하게 심으면 열매를 맺을 수 없소." 그가 대답했다. "처음에 빼곡하게 심어야 가지가 많지 않습니다. 가지가 적어야 나무가 잘 크지요. 점점 자라기를 기다려 발육이 나쁜 것을 솎아내서 간격을 만들어줍니다. 이렇게 하면 나무도 오래 살고 열매가 많습니다. 게다가 목재로 쓰는 이로움도 있지요. 어려서 가지가 많은 나무는 자라봤자 높게 크지 못합니다. 그제서 곁가지를 잘라내면 병충해가 생겨 나무가 말라 죽고 맙니다."

이익의 《성호사설》에 나오는 얘기다. 피지상심披枝傷心은 가지를 꺾으면 나무의 속이 상한다는 뜻이다. 처음부터 간격을 두어 널널하게 심으면 곁가지만 많아진다. 안 되겠다 싶어 곁가지를 쳐내니 그 상처를 통해 병충해가 파고들어 결국 나무의 중심 줄기마저 손상된다.

그래서 그는 처음에 답답하리만치 빼곡하게 심어 운신의 폭을 제한했다. 그러자 어린 묘목은 딴짓을 못하고 위로만 곧게 자랐다. 제법 자라 수형樹形이 잡힌 뒤에 경쟁에서 뒤처진 묘목을 솎아내 간격을 벌려준다. 이미 중심이 굳건하게 섰고, 이제 팔다리를 마음껏 뻗을 수 있게 되자 아주 건강한 과수로 자라고, 곧은 중심 줄기는 옹이도 없어 튼실한 목재로 쓸 수 있게 된다는 것이다. 성호 자신이 직접 실험해보니 그의 말이 옳았다. 가지를 자른 곳에 물이 닿으면 썩고, 썩은 곳에 벌레가 생겨 끝내는 나무속까지 썩고 말았다.

곁가지가 많으면 큰 나무가 못 된다. 열매도 적다. 중심이 곧추서야 나무가 잘 크고 열매가 많다. 곁가지를 잘라내면 속이 썩는다. 사람도 마찬가지다. 제 중심을 세우기 전에 오지랖만 넓히면 이룬 것 없이 까불다가 제풀에 꺾인다. 작은 성취에 기고만장해서 안하무인이 된다. 자리를 못 가리고 말을 함부로 하다가 결실을 맺기 전에 뽑혀져 버려진다. 곁눈질 않고 중심의 힘을 키워야 큰 시련에 흔들림 없는 거목이 된다. 이리저리 두리번대기보다 뚜벅뚜벅 목표를 향해 한 발 한 발 내딛어, 많은 열매를 맺고 동량재棟樑材가 될 노거수로 발전한다. 잘생긴 나무는 중심이 제대로 선 나무다. 정신 사납게 이리저리 잔가지를 뻗치면 중심의 힘이 약해져, 농부의 손에 뽑혀 땔감이 되고 만다.

하정투석

우물에 내려놓고 돌멩이를 던지는 짓

下井投石

홍대용洪大容(1731~1783)이 1766년 연행을 다녀왔다. 그는 연경에서 만난 엄성嚴誠, 육비陸飛, 반정균潘庭筠 등 세 사람의 절강 선비들과 필담으로 심교心交를 나누고, 의형제까지 맺고 돌아왔다. 홍대용은 귀국 후 그들과 나눈 필담과 서찰을 정리해서 책자로 만들어 가까운 사람들에게 돌려 보였다. 이 일은 당시 지식인 사회의 단연 뜨거운 화제였다. 박제가는 안면이 없던 홍대용을 직접 찾아가 실물 보기를 청했고, 이덕무는 그 글을 읽고 감동의 눈물을 흘렸다.

반발과 비방도 만만치 않았다. 김종후金鍾厚(1721~1780)가 먼저 포문을 열었다. 홍대용이 비린내 나는 더러운 원수의 나라에 일없이 따라간 것만도 못마땅한데, 한족漢族으로 오랑캐의 과거에 응시하여 그들을 섬기려는 천한 자들과 사귀고 돌아온 것을 자랑하는 것은 큰 허물이 아닐 수 없다고 성토했다.

홍대용이 장문의 반박 편지를 쓰면서 이른바 '제일등인第一等人' 논쟁이 불붙었다. 청나라가 들어선 지 이미 100년이 지났고, 강희제康熙帝 이후 천하는 급속도로 안정되었다. 한족으로 머리를 깎고 청의 과거에 나아가는 것을 어찌 덮어놓고 꾸짖을 수 있는가? 또 그 사람을 보지 않고 과거 응시 여부만 가지고 멋대로 재단해서 비난하는 것이 옳은가?

이어진 김종후의 반박은 더욱 격렬했다. 김종후의 논설은 명분론을 등에 업고 상대를 일거에 함정에 쓸어 넣으려는 독수를 품고 있었다. 기년紀年을 말하다가 강희 운운한 것조차 오랑캐를 천자로 높이려 드는 것이라고 몰아세웠다. 홍대용은 남을 죄안罪案 속으로 몰아넣으려는 터무니없는 모함이라며 단락별로 축조 분석해 통박했다.

논쟁의 핵심에 자리 잡은 말은 '제일등인'이고, 배경에는 소중화주의小中華主義에 입각한 춘추의리론春秋義理論이 깔려 있었다. 이는 대단히 민감하고 예민한 사안이었다. 홍대용은 이를 우물에 사람을 내려놓고 돌을 던지는〔下井投石〕 행위라고 비판했다. 우물을 치러 사람이 들어갔는데 올려주기는커녕 명분을 앞세워 돌을 던진다. 피할 길이 없어 맞지만 비열하다. 이런 것이 제일등인의 처신인가? 쌍방은 끝내 서로 승복하지 않았다.

한불방과

쓸모는 평소의 온축에서 나온다
閒不放過

《언행휘찬》의 한 대목.

 한가할 때 허투루 지나치지 않아야, 바쁜 곳에서 쓰임을 받음이 있다. 고요할 때 허망함에 떨어지지 않아야, 움직일 때 쓰임을 받음이 있다. 어두운 가운데 속여 숨기지 않아야, 밝은 데서 쓰임을 받음이 있다. 젊었을 때 나태하고 게으르지 않아야, 늙어서 쓰임을 받음이 있다.

 閒中不放過, 忙處有受用. 靜中不落空, 動處有受用. 暗中不欺隱, 明處有受用. 少時不怠惰, 老來有受用.

 일 없다고 빈둥거리면 정작 바빠야 할 때 할 일이 없다. 고요할 때 허튼 생각 뜬 궁리나 하니 움직여야 할 때 찾는 이가 없다. 남이 안 본다고 슬쩍 속이면 대명천지 밝은 데서 아무도 거들떠보지 않는다. 젊은 시절 부지런히 노력하고 애써야지 늙었을 때 나를 찾는 곳이 있다. 사람은 한가하고 고요할 때 더 열심히 살고, 남이 안 볼 때 더 노력하며, 젊을 때 더 갈고닦아야 한다. 일 없을 때 일 안 하면 일 있을 때 일을 할 수가 없다. 사람의 쓸모는 평소의 온축蘊蓄에서 나온다.

평소의 몸가짐은 어떻게 해야 하나?

이는 단단하기 때문에 부러진다. 지극한 사람이 부드러움을 귀히 여기는 까닭이다. 칼날은 예리해서 부러진다. 그래서 지극한 사람은 두터움을 중하게 여긴다. 신룡神龍은 보기 어렵기 때문에 상서롭다고 말한다. 이 때문에 지극한 사람은 감추는 것을 귀하게 본다. 푸른 바다는 아득히 넓어 헤아리기가 어렵다. 그래서 지극한 사람은 깊은 것을 소중히 여긴다.

齒以堅毁, 故至人貴柔. 刃以銳摧, 故至人貴渾. 神龍以難見稱瑞, 故至人貴潛. 滄海以汪洋難量, 故至人貴深.

이의 단단함보다 혀의 부드러움이 낫다. 예리한 칼날은 쉬 부러지니, 날카로운 것만 능사가 아니다. 용은 자신을 감추기에 그 존재가 귀하다. 푸른 바다는 가늠할 수 없는 깊이가 있다. 사람도 그렇다. 부드럽고 두터우며 안으로 간직해 깊이 있는 사람이 무서운 사람이다. 단단하고 예리하고 잘 보이고 가늠하기 쉬운 것들은 하나도 무서울 게 없다. 제풀에 꺾이고 뻗대다가 자멸한다. 드러내는 대신 감추고, 얄팍해지지 말고 더 깊어질 필요가 있다. 사람 좋다는 소리를 듣기보다 내실을 지녀 함부로 범접할 수 없는 무게를 지니는 것이 낫다.

한운불우

노는 구름은 비를 내리지 못한다

閑雲不雨

책상 속 낡은 물건을 정리하는데 해묵은 글씨 하나가 나온다. '한운불우閑雲不雨'란 네 글자가 적혀 있다. 빈 하늘을 떠도는 한가로운 구름은 결코 비를 뿌리지 못한다. 구름은 비가 되어 내려와 지상의 사물 위에 생명을 불어넣을 때 그 소임을 마친다. 게을리 놀기만 하면 보람을 거둘 날이 없다는 뜻일까? 구름이 비가 되어 내리려면 왕성한 기운이 한데 모여 걷잡을 수 없이 흘러넘쳐야 한다. 쉬엄쉬엄 느릿느릿 배를 깔고 떠가는 구름은 보기에는 여유로워도 산 중턱에서 이리저리 흩어지고 만다.

송나라 육유의 〈버드나무 다리의 저녁 풍경(柳橋晚眺)〉이란 시에 이 구절이 나온다. 시는 이렇다.

작은 물가 고기 뛰는 소리 들리고

누운 숲서 학 오기를 기다리노라.
한가한 구름은 비가 못 되어
푸른 산 주변서 흩날리누나.
小浦聞魚躍　橫林待鶴歸
閑雲不成雨　故傍碧山飛

　버드나무를 배경에 세운 다리 위에서 저물녘 경물을 바라보며 쓴
시다. 해가 뉘엿해 고즈넉한데 이따금 고기가 물 위로 뛰어오른다. 길
게 누운 숲의 실루엣에 눈길을 주려니 비를 만들지 못한 심심한 구름
이 산허리를 기웃대다 제풀에 흩어진다.
　시인은 비를 못 만든 채 흩어지고 마는 구름에다 자신의 신세를 투
영했다. 젊어 장한 뜻을 품었으되 이룬 것 없는 빈손뿐이다. 피어나던
꿈, 솟구치던 기상은 어디 갔나. 특별히 안타깝기보다는 약간의 아쉬
움을 머금은 관조觀照에 가깝다.
　기대승奇大升(1527~1572)은 노진盧禛을 전송하며 지어준 〈하늘가
구름〔天際雲〕〉이란 시의 첫머리에서 이렇게 노래한다.

　유유히 하늘가로 떠가는 구름
　바라고 또 바라도 비는 못 되네.
　좋은 시절 덧없이 멀리 떠나고
　이별 앞에 마음만 더욱 괴롭다.
　悠悠天際雲　望望不成雨
　良辰忽已邁　離別意更苦

벗을 떠나보내는 허전함을 노래했다. 하늘가의 구름은 멀리 지방관으로 내려가는 벗이고, 비가 되기를 바랐다는 것은 그가 중앙에 쓰임을 받아 그 은택이 백성에게까지 미치기를 소망했다는 의미다.

청춘의 꿈은 거침없이 피어나는 구름이다. 우레를 품고 큰비가 되어 대지를 적신다. 노년의 꿈은 새털구름이다. 석양빛에 곱게 물들다 욕심 없이 스러진다.

함구납오

나쁜 것을 포용하고 더러움을 받아들이다

含垢納汚

운양 김윤식이 〈막내아들 유방의 병풍에 써주다(書贈季子裕邦屛幅)〉
란 글에서 이렇게 썼다.

《서경》에서는 '반드시 참아내야만 건너갈 수 있다'고 했다. 근면
함이 아니고는 큰 덕을 이룰 수가 없다. 인내가 아니고는 큰 사업
을 맺을 수가 없다. 근면이란 것은 스스로 힘써 쉬지 않아 날마다
새롭고 또 새로워지는 것이니 하늘의 도리이다. 인내란 것은 나쁜
것을 포용하고 더러운 것을 받아들여서 무거운 짐을 지고 먼 곳까
지 도달함이니 땅의 도리이다. 대저 한때의 괴로움을 견디지 못하
고 편안함을 취해 눌러앉는 자는 끝내 궁한 살림의 탄식을 면치 못
한다. 하루아침의 분노를 참지 못해 경거망동하는 자는 마침내 반
드시 목숨을 잃는 근심이 있게 된다. 이 때문에 총명하고 재능이

뛰어남이 근면함만 못하고, 지혜와 꾀가 많은 것이 인내만 못하다. 힘쓰지 않을 수 있겠는가?

書云: '必有忍, 其乃有濟', 非勤無以成大德也, 非忍無以凝大業也. 勤勉者自强不息, 日新又新, 天道也. 忍耐者藏疾納汚, 負重致遠, 地道也. 夫不耐一時之苦, 而偸安姑息者, 其終不免窮廬之歎, 不忍一朝之忿, 而輕擧妄動者, 其終必有滅頂之患. 故聰明特達, 不如勤勉, 足智多謀, 不如忍耐, 可不勉哉, 可不戒哉?

막내에게 근면과 인내의 덕성을 기르라고 주문했다. 근면한 노력이 꼭 필요하지만, 더 중요한 것은 인내다. 한때의 괴로움과 잠깐의 분노를 못 참아 큰일을 그르치면 그간의 노력이 보람 없다. 이 아비는 네가 똑똑하고 꾀 많은 사람이기보다 근면하면서 참아 견딜 줄 아는 사람이 되었으면 좋겠구나.

글 중에 '나쁜 것을 포용하고 더러운 것을 받아들인다'는 말은 《춘추좌씨전》〈선공宣公〉 15년 기사에 진晉나라 백종伯宗이 "시내와 연못은 더러운 것을 받아들이고, 산과 숲은 나쁜 것을 감춰두며, 옥은 흠을 감추고 있으니, 임금이 더러움을 포용하는 것은 하늘의 도입니다〔川澤納汚, 山藪藏疾, 瑾瑜匿瑕, 國君含垢, 天之道也〕"라 한 데서 나왔다. 흔히 함구납오含垢納汚라 한다. 때 묻은 것을 포용하고 더러운 것을 받아들인다는 뜻이다. 시내는 더러운 것을 받아들인다. 옥에도 흠은 있다. 유용한 인재도 다소의 흠결은 있게 마련이다. 포용하는 것이 맞다.

함제미인

눈길 고운 미인은 오는가 안 오는가
含睇美人

황산黃山 김유근金逌根(1785~1840)이 신위에게 편지를 보냈다. 서두의 인사가 이랬다.

매화의 일은 이미 지나가고, 수선화는 아직 꽃을 피우지 않았습니다. 너무 적막하여 마음을 가누기 어려운 아침입니다.

梅事已闌, 水仙未花, 正是寂寥難遣之辰.

분매盆梅의 꽃은 이미 시들고, 구근에서 올라온 수반 위 수선화 꽃대는 아직 꽃을 피우지 않았다. 꽃 진 매화 가지에 눈길을 주다가 아직 꽃이 피지 않은 수선화 꽃대로 시선을 옮겨본다. 어디에도 마음을 두지 못하겠다. 그러다가 문득 그대 생각이 나더라는 얘기다.

신위는 답장 대신 〈수선화水仙花〉 시 세 수를 지어 보냈다. 그 두 번째 수는 이렇다.

알미운 매화가 피리 연주 재촉터니
고운 꽃잎 떨어져 푸른 이끼 점 찍는다.
봄바람 살랑살랑 물결은 초록인데
눈길 고운 미인은 오는가 안 오는가
無賴梅花摩笛催　玉英顚倒點靑苔
東風吹縐水波綠　含睇美人來不來

시의 사연은 이렇다. "매화가 피면 그대와 함께 달빛 아래 피리를
불며 꽃 감상을 하고 싶었소. 그런데 하마 그 꽃잎이 떨어져 푸른 이
끼 위에 흰 점을 찍어놓았다니 애석하구려. 봄바람은 수면 위에 잔주
름을 만들고 물빛은 초록이 한층 짙어졌습니다. 이 같은 때 눈길 그윽
한 미인은 언제나 그 고운 자태를 피워낼는지요. 우리의 요다음 만남
은 수선화가 필 때로 정하십시다."

정학연의 척독尺牘을 모아 엮은 《척독신재尺牘新裁》 속의 짤막한
편지 한 통은 사연이 이렇다.

골목길의 수양버들이 이미 아황색鵝黃色을 띠자, 유람의 흥취가
불쑥 솟는군요. 송기떡[餳餅]과 꽃지짐[花糕], 청포묵[菉乳]과 미나
리가 요맘때의 계절음식인데, 오늘 아침 시장에서 보았습니다.
衚衕楊柳, 已作鵝黃色, 使遊興勃然. 餳餅花糕菉乳芹菜, 政是節物. 今
朝見市色也.

아황색은 노란색에 가까운 연둣빛이다. 가지에 노랗게 물이 오르는가 싶더니 연둣빛의 새잎이 아련히 돋아났다. 청포묵을 쑤어 미나리에 무쳐 먹으니 겨우내 군내 나는 묵은 김치에 시큰둥하던 입맛이 단번에 돌아온다. 송기떡과 꽃지짐도 사람의 마음을 들뜨게 한다. 밖은 떠들썩한데 내면은 적막하다. 이 꽃봄에 편지로 오가던 옛사람의 마음과 입맛을 생각한다.

해현갱장

거문고 줄을 풀어 팽팽하게 다시 맨다

解弦更張

얼마 전 허진 교수의 전시회를 보러 성곡미술관에 갔다가 화가가 쓴 글을 보았다.

해현갱장解弦更張! 느슨해진 거문고 줄을 다시 팽팽하게 바꾸어 맨다는 뜻. 어려울 때일수록 긴장을 늦추지 않고 기본으로 돌아가 원칙에 충실하자는 다짐을 해본다. 편안함은 예술가들이 빠져들기 쉬운 치명적 독이자 유혹이다.

관성과 타성의 매너리즘에 빠지지 않고, 초심의 긴장을 유지하겠다는 다짐이다. 이만 하면 됐다 싶을 때가 위기다. 이젠 괜찮겠지 싶으면 바꾸라는 신호다. 기성에 안주하면 예술은 없다. 자족은 결코 용납되지 않는다.

그 반대는 교주고슬膠柱鼓瑟이다. 줄이 잘 맞았을 때 기러기발을 아예 아교로 붙여 놓고 그 상태를 계속 유지해보겠다는 심산이다. 초짜들은 줄 맞추기가 영 어렵다. 맞은 상태가 내처 유지되면 좋겠는데, 거문고 줄은 날씨나 습도의 영향에 민감하다. 제멋대로 늘어났다 수축되었다 한다. 하지만 기러기발을 아교로 딱 붙여놓으면 당장에는 편할지 몰라도 그때그때 제대로 된 음을 맞출 수가 없다. 변화에 대처할 수가 없다.

줄이 낡아 오래되면 아예 줄을 죄 풀어서 새 줄로 다시 매야 옳다. 늘어지던 소리가 찰지게 되고, 흐트러진 음이 제자리를 찾는다. 이것이 해현갱장解弦更張이다. 《한서》〈동중서전董仲舒傳〉에 나온다. 한나라는 진나라를 이었다. 하지만 진나라의 제도와 마인드로는 나라에 새로운 기운을 불어넣을 방법이 없었다. 그는 옛 제도로 새 나라의 질서를 바로잡으려는 것은 끓는 물로 뜨거운 물을 식히고, 섶을 안고 불을 끄겠다는 격이라고 했다. 거문고 줄이 영 안 맞으면 줄을 풀어 다시 매는 것이 옳다. 정치가 난맥상을 보이면 방법을 바꿔 다시 펼쳐야만 질서가 바로잡힌다. 줄을 바꿔야 할 때 안 바꾸면 훌륭한 악공도 연주를 못한다. 고쳐야 하는데 안 고치면 아무리 어진 임금도 다스릴 수가 없다.

해현갱장해야 할 때 교주고슬을 고집하면 거문고를 버린다. 고집을 부려 밀어붙이는 것만 능사가 아니다. 제 악기가 내는 불협화음은 못 듣고, 듣는 이의 귀만 탓한다. 사정이 이런데도 전에 괜찮았으니 앞으로도 문제없을 거야 하며 아교만 찾는다. 남들은 듣기 괴롭다고 난리인데 제 귀에만 안 들린다. 줄을 풀어 새 줄을 매야 할 때가 된 것이다.

행루오리

요행으로 면하고 잘못해서 빠져나가다

幸漏誤罹

1791년 11월 11일, 형조에서 천주교 신자로 검거된 중인中人 징의혁과 정인혁 및 최인길 등 11명의 죄인을 깨우쳐 잘못을 뉘우치게 했노라는 보고가 올라왔다. 정조가 전교傳敎를 내렸다. "중인들은 양반도 아니고 상민도 아닌, 그 중간에 있어 교화시키기가 가장 어렵다. 경들은 이 뜻을 알아 각별히 조사해서 한 사람도 요행으로 누락되거나〔幸漏〕, 잘못 걸려드는〔誤罹〕일이 없도록 하라."

행루오리幸漏誤罹는 운 좋게 누락되거나 잘못해서 걸려드는 것을 말한다. 죄를 지었는데 당국자의 태만이나 부주의로 법망을 빠져나가면 걸려든 사람만 억울하다. 아무 잘못 없이 집행자의 단순 착오나 의도적 악의로 법망에 걸려들어도 마찬가지다. 여기에 부정이나 청탁이 개입되기라도 하면 바로 국가의 법질서에 대한 불신으로 이어진다. 법 집행의 일관성을 강조한 것이다.

정조는 국가가 천주교 탄압을 공식화할 경우 자칫 정적政敵 타도의 교활한 수단으로 변질되어 악용될 것을 늘 염려했다. 그래서 상소가 올라올 때마다 동문서답으로 딴청을 하며 이 문제가 정면에서 제기되는 것을 한사코 막았다. 임금이 천주교에 우호적인 것이 아니냐는 수군거림이 있었을 정도였다.

다른 문제에 대해서도 같았다. 여러 도의 옥안獄案을 심리할 때 내린 하교에서는 "반드시 죽을죄를 지은 자도 살리려 하는 것이 임금의 마음이지만, 마땅히 살아야 할 자가 잘못 걸려들고〔當生者之誤罹〕, 마땅히 죽어야 할 자가 요행히 면하는 것〔當死者之倖逭〕은 둘 다 형벌이 잘못 적용된 것이다"라고 했다. 여기서는 오리행환誤罹倖逭이라고 했다. 뜻은 같다.

1786년 10월 15일 김우진의 방자한 행동에 그의 이름을 사판仕版에서 삭제할 것을 명할 때도, "신분이 높고 가깝다 해서 봐주지 않고〔無以貴近而假貸〕, 성글고 멀다고 해서 잘못 걸려들지 않게 한다면〔無以疏遠而誤罹〕, 무너진 기강을 진작할 수 있고, 어지러운 풍속을 가라앉힐 수 있다"고 했다.

정조가 세상을 뜨자마자 이 같은 원칙이 폐기되면서 천주교 박해의 광풍이 불었다. 사람들은 온통 혈안이 되어 천주교의 죄를 씌워 정적을 제거하거나 죄 없는 사람을 죽여 그 재산을 탈취했다. 나라에 온통 피비린내가 진동했다.

행역방학

모든 것이 다 공부다

行役妨學

이삼환李森煥(1729~1814)이 정리한《성호선생언행록》의 한 단락.

　여행은 공부에 몹시 방해가 된다. 길 떠나기 며칠 전부터 처리할 일에 신경을 쓰고 안장과 말, 하인을 챙기며 가는 길을 점검하고 제반 경비까지 온통 마음을 쏟아 마련해야 한다. 돌아와서는 온몸이 피곤하여 심신이 산란하다. 며칠을 한가롭게 지내 심기가 겨우 안정된 뒤에야 다시 전에 하던 학업을 살필 수가 있다. 우임금도 오히려 촌음의 시간조차 아꼈거늘 우리가 여러 날의 시간을 헛되이 허비한다면 어찌 가석하지 않겠는가?

　行役甚妨於學. 自啓程前三數日, 行事關心, 鞍馬僕從, 道塗盤纏, 皆費心營辦. 及其歸返, 筋骸憊困, 心神散亂. 待閑養數日, 心安氣降. 然後方始復理前業. 大禹猶惜寸陰, 吾輩枉費了幾多日子, 豈非可惜?

공부하는 사람은 여행조차 삼가야 한다는 말씀이다. 일상의 리듬이 한번 깨지면 회복에 시간이 걸린다. 공부는 맥이 끊기면 다시 잇기 어렵다. 애써 쌓아가던 공부가 제자리를 잡기까지 다시 여러 날을 허비해야 하니 금쪽같은 시간이 너무도 아깝다. 이삼환은 이 말 끝에 "이 때문에 사람들이 선생의 학문이 주로 주정궁리主靜窮理에 있음을 알았다"고 적었다. 주정궁리란 고요히 내면에 침잠해서 따지고 살펴 궁구하는 공부를 말한다.

반대로 홍길주는 《수여방필睡餘放筆》에서 이렇게 썼다.

문장은 다만 독서에 있지 않고, 독서는 다만 책 속에 있지 않다. 산천운물山川雲物과 조수초목鳥獸草木의 볼거리와 일상의 자질구레한 사무가 모두 독서다.

文章不但在讀書, 讀書不但在卷帙. 山川雲物鳥獸草木之觀, 及日用瑣細事務, 皆讀書也.

책 읽는 것만 공부가 아니고 일상의 일거수일투족, 눈과 귀로 들어오는 모든 것이 다 독서요 공부거리라고 보았다.

그는 여기서 그치지 않고 《수여방필》에 비슷한 노정이었음에도 전혀 달랐던 두 차례의 여행길을 비교한 흥미로운 글을 남겼다. 삼형제가 1박 2일 동안 가마를 타고 새벽에 출발해 이튿날 석양에 돌아온, 그리고 갈 때마다 비를 만났던 두 차례의 여행길이 같으면서도 전혀 다른 천하의 지극한 문장이었다면서, 세세하게 비교했다.

성호 이익은 여행이 공부에 방해가 된다 했고, 홍길주는 여행이 그 자체로 공부라 했다. 누구 말이 옳을까? 둘 다 맞다.

허착취패

한수의 패착이 승패를 가른다

虛著取敗

1566년 퇴계 이황 선생이 박순에게 편지를 보냈다. 그중의 한 대목이 이렇다.

홀로 바둑 두는 자를 못 보았소? 한 수만 잘못 두면 한 판 전체를 망치고 말지요. (중략) 내가 늘 이렇게 말하곤 합니다. 기묘년에 영수로 있던 사람이 도를 배워 미처 이루어지지 않은 상태에서 급작스레 큰 이름을 얻자 갑자기 경제經濟로 자임하였지요. 임금께서 그 명성을 좋아하고 나무람을 후하게 했으니, 이것이 이미 헛수를 두어 패배를 취한(虛著取敗) 길이었던 셈입니다. 게다가 신진 중에 일 만들기 좋아하는 사람이 많아 어지러이 부추기는 통에 실패의 형세를 재촉하고 말았지요.

獨不見博者乎? 一手虛著, 全局致敗. (중략) 愚意嘗謂己卯領袖人, 學

道未成, 而暴得大名, 遽以經濟自任. 聖主好其名而厚其責, 此已是虛著取敗之道. 又多有新進喜事之人, 紛紜鼓作, 以促其敗勢.

바둑에서 한 수의 패착은 치명적이다. 상대의 기선을 제압하려다 오히려 속수무책으로 당한다. 괜찮겠지 방심하다가 대마를 죽인다. 일파만파로 걷잡을 수 없게 되어 자멸한다. 편지에서 퇴계가 조광조를 평한 대목이 인상적이다. 그는 아직 학문이 완성되지 않은 상태에서 갑작스레 큰 명성을 얻었다. 게다가 의욕만 앞선 신진들이 공연한 일을 만들고 모험을 부추기는 통에 결국 일이 참혹한 실패로 끝나고 말았다. 한 번의 패착이 치명적인 패배를 부른다. 잘나갈 때 방심하지 말고 삼가고 또 삼가는 것이 옳다.

1795년 금정찰방으로 쫓겨나 있던 다산이 이 편지를 읽고 이런 소감을 덧붙였다. "이 한 대목이야말로 바로 선생의 평생 출처가 말미암은 바의 지점이다." 잘나간다고 교만 떨지 않고 더욱 삼간다. 역경의 때에는 더 말할 것도 없다. 사람들은 반대로 한다. 임금이 미워하는데 아첨으로 용납되려 하고, 조정이 참소하는데 논박하여 나아가려 하며, 백성의 원망도 아랑곳 않고 임금을 속여 지위를 굳히려 든다. 그러다가 권세가 떠나고 운수가 다하면 허물과 재앙이 걷잡을 수 없이 일어난다. 그리하여 일곱 자의 몸뚱이를 망치고 만다. 《도산사숙록》에 나온다.

잘나가다가 단 한 번의 패착으로 판을 망치고 마는 사람이 많다. 감당하지 못할 이름과 지위는 재앙에 더 가깝다. 밖으로 내보이기보다 안으로 감추는 일이 더 급하다.

형범미전

덧없고 허망한 것에 마음 주지 않는다

荊凡未全

서주西周 시절 이야기다. 초왕楚王과 범군凡君이 마주 앉았다. 초왕의 신하들이 자꾸 말했다. "범은 망했습니다." 망한 나라 임금하고 대화할 필요가 없다는 뜻이었다. 세 번을 거듭 말하자, 범군이 말했다. "범나라는 망했어도 내가 있지 않소. 범나라가 망해도 나의 실존을 어쩌지 못한다면, 초나라가 존재함도 그 존재를 장담치 못할 것이오. 이렇게 보면 범은 망한 적이 없고, 초도 있은 적이 없소." 《장자》〈전자방田子方〉에 나온다.

있고 없고, 얻고 잃고는 허망한 것이다. 있다가 없고, 잃었다가 얻는 것이 세상 이치다. 있어도 있는 것이 아니고, 잃었어도 그걸로 끝이 아니다. 사람들은 잠깐의 존망에 안절부절못하며, 옳고 그름보다 득실만 따진다.

유계兪棨(1607~1664)가 세상을 떴을 때 송준길宋浚吉은 만사輓詞에서 이렇게 썼다.

  이제껏 세상일들 몹시 어지러웠어도
  넘난 물결 버팀목은 그대 힘을 입었었네.
  세상에서 친하던 이 밀랍 썹듯 뛻어지고
  인간 세상 많은 얘기 뜬구름과 비슷하다.
  살고 죽음 그 누가 늘 마음에 두겠는가
  오르내림 예로부터 하늘 뜻 아님 없네.
  의화毅和 선표單豹 모두 다 죽은 것 탄식하니
  형荊과 범凡이 보전치 못했음을 내가 아네.
  邇來世事劇紛紛　砥柱橫波賴有君
  海內交親猶嚼蠟　人間論說似浮雲
  存沒幾人常在念　升沈從古孰非天
  堪嗟毅豹均爲死　定識荊凡各未全

  그대는 격랑의 세월 속에 한 시대의 든든한 버팀목이었다. 한때 교
분을 과시하며 가깝던 이들은 어느새 싸늘히 돌아서서 남 보듯 한다.
지금 그들이 열을 내서 하는 얘기도 조금 지나면 다 뜬구름이다. 죽고
살고가 무슨 큰 문제며, 오르고 내림을 내 뜻으로 어이하리. 선표는 제
힘을 믿고 험한 길을 가다가 주린 범에 물려 죽었고, 장의張毅는 평생
을 삼갔어도 열병에 걸려 방 안에서 죽었다. 형荊 즉 초나라와 범나라
도 결국은 다 망했다.
  "왜 저런 것과 상대합니까?" 하던 그 신하들도 흙이 된 지 오래다.
  고려 때 이인로는 〈화귀거래사和歸去來辭〉에서 노래한다.

나방은 불로 뛰어들며 저 죽을 줄 모르나니

망아지 벽 틈 지남 쫓아갈 방법 없네.

손을 마주 잡고서 맹세를 하자마자

머리도 돌리기 전 모두 틀어지누나.

장臧과 곡穀은 다 잃었고

형과 범은 다 망했지.

정신으로 말을 삼고

박을 갈라 술잔 하리.

蛾赴燭而不悟　駒過隙而莫追

纔握手而相誓　未轉頭而皆非

臧穀俱亡　荊凡孰存

以神爲馬　破瓠爲樽

　나방은 불을 보고 달려들다 그 불에 죽는다. 세월은 순식간에 지나
간다. 변치 말자고 웃으며 맹세하고는 돌아서서 서로를 비난한다. 장
은 책을 읽다 양을 잃었고, 곡은 노름을 하다가 양을 잃었지만, 잃은
것은 똑같다. 잘나가던 초나라나 이미 망한 범나라나 지금은 다 사라
졌다. 허망한 것에 마음 쓰지 않겠다. 덧없는 것들에 줄 시간이 없다.
광대무변한 정신의 세계에서 신마神馬를 타고 노닐리라.

호식병공

안팎의 균형을 잘 잡아야

虎食病攻

정수연鄭壽延이란 벗이 병중의 안정복을 위해 양생의 요령을 적은 《위생록衛生錄》이란 책을 빌려주었다. 안정복이 읽고 돌려주며 책에 발문을 써 보냈다. 그중의 한 대목.

위생의 방법은 안으로 그 술법을 다해도 밖에서 오는 근심을 조심해 살펴 미리 막아야 한다. 그래야 안팎이 다 온전할 수 있다. 선표單豹는 안을 다스렸으나 범이 밖을 잡아먹었고, 혜강嵆康은 양생에 힘썼지만 마침내 세화世禍에 죽었다. 그래서 군자는 거처하는 곳을 삼가고 사귀는 바를 조심해야 한다. 두 사람은 안에만 힘을 쏟고 밖에는 소홀해 이렇게 되었다. 이것이 과연 양생의 방법이겠는가?

衛生之道, 雖內盡其術, 而外患之來, 當審愼而預防之. 然後可謂兩全

矣. 單豹治裏, 而虎食其外, 嵇康養生, 而卒殞世禍. 是以君子慎所居而謹
所交. 兩人者致工乎內, 而疎於外若此. 此果得養生之道乎?

위 글 속 선표의 얘기는 고사가 있다. 전개지田開之가 주周나라 위
공威公에게 말했다. "양생은 양치는 것과 같습니다. 뒤처지는 놈을 살
펴 채찍질하는 것이지요." 위공이 무슨 말이냐고 되묻자 전개지가 다
시 말했다. "노나라 사람 선표는 바위굴에서 물 마시고 살며 백성과
이끗을 다투지 않았지요. 70세에도 어린아이의 낯빛을 지녔습니다.
하지만 불행하게도 주린 범을 만나 잡아먹히고 말았습니다. 장의는
부잣집 가난한 집 가리지 않고 사귀었는데 나이 마흔에 속에 열이 치
받는 병으로 죽었습니다. 선표는 안을 길렀지만 범이 밖을 먹어버렸
고(虎食其外), 장의는 밖을 길렀는데 병이 안을 공격했습니다(病攻其內).
두 사람 모두 뒤처지는 것에 채찍질하지 않았습니다."《장자》〈달생達
生〉 편에 나온다.

박세당朴世堂(1629~1703)은 《남화경주해산보南華經註解刪補》에서
"사람의 우환은 평소 염려했던 데서 일어나지 않고, 늘 생각지 않은
데서 일어난다(人之患, 不作於其所慮, 而常作於其所不慮者也)"고 풀이했다.
선표는 맑게 살았지만 주린 범이 못 알아봤고, 장의는 사교에 힘써 곳
곳에 보험을 들어두었으나 제 몸 안의 질병은 살피지 못했다.

살면서 호식병공虎食病攻의 근심을 면할 길 없다. 안만 살펴도 안
되고 밖만 돌봐도 소용없다. 그렇다면 어찌할까? 안팎의 균형을 잘 잡
아야 한다. 채찍을 들고 뒤처지는 놈의 꽁무니를 후려쳐야 전체 대오
가 흐트러지지 않는다.

호추불두

문지도리는 결코 좀먹지 않는다

戶樞不蠹

상용商容은 노자의 스승으로 알려진 인물이다. 그가 세상을 뜨려 하자 노자가 마지막으로 가르침을 청했다. 상용이 입을 벌리며 말했다. "혀가 있느냐?" "네, 있습니다." "이는?" "하나도 없습니다." "알 겠느냐?" 노자가 대답했다. "강한 것은 없어지고 부드러운 것은 남는다는 말씀이시군요." 말을 마친 상용이 돌아누웠다. 노자의 유약겸하柔弱謙下, 즉 부드러움과 낮춤의 철학이 여기서 나왔다. 허균의《한정록閑情錄》에 보인다.

명나라 때 육소형의《취고당검소》에도 비슷한 얘기가 실려 있다.

혀는 남지만 이는 없어진다. 강한 것은 끝내 부드러움을 이기지 못한다. 문짝은 썩어도 지도리는 좀먹는 법이 없다. 편벽된 고집이 어찌 원융圓融함을 당하겠는가?

舌存常見齒亡, 剛强終不勝柔弱. 戶朽未聞樞蠹, 偏執豈及乎圓融.

강한 것은 남을 부수지만 결국은 제가 먼저 깨지고 만다. 부드러움
이라야 오래간다. 어떤 충격도 부드러움의 완충緩衝 앞에서 무력해진
다. 강한 것을 더 강한 것으로 막으려 들면 결국 둘 다 상한다. 출입을
막아서는 문짝은 비바람에 쉬 썩는다. 하지만 문짝을 여닫는 축 역할
을 하는 지도리는 오래될수록 반들반들 빛난다. 좀먹지 않는다. 어째
서 그런가? 끊임없이 움직이기 때문이다. 하나만 붙들고 고집을 부리
기보다 이것저것 다 받아들여 자기화하는 유연성이 필요하다. 《여씨
춘추》에서 "흐르는 물은 썩지 않고, 문지도리는 좀먹지 않는다. 움직
이기 때문이다(流水不腐, 戶樞不蠹, 動也)"라고 한 것이 바로 이 뜻이다.

고인 물은 금방 썩는다. 흘러야 썩지 않는다. 정체된 삶, 고여 있는
나날들. 어제와 오늘이 같고, 내일도 어제와 다를 바 없다. 이런 쳇바퀴
의 삶에는 발전이 없다. 이제까지 아무 문제 없었으니 앞으로도 잘되
겠지. 몸이 굳어 현 상태에 안주하려는 순간 조직은 썩기 시작한다. 흐
름을 타서 결에 따라 부드럽게 흐르는 것이 중요하다. 움직이지 않고
정체될 때 바로 문제가 생긴다. 좀먹지 않으려면 움직여라. 썩지 않으
려거든 흘러라. 툭 터진 생각, 변화를 읽어내는 안목이 필요하다. 강한
것을 물리치는 힘은 부드럽게 낮추는 데서 나온다. 혀가 이를 이긴다.

홍진벽산

느림의 여유는 내 마음속에 있다

紅塵碧山

조선시대 김씨 성을 가진 사람이 삼전도를 건너며 지었다는 시다.

바야흐로 백사장에 있을 적에는
배 위 사람 뒤처질까 염려하다가,
배 위에 올라타 앉고 나서는
백사장의 사람을 안 기다리네.
方爲沙上人 恐後船上人
及爲船上人 不待沙上人

막 떠나려는 나룻배를 향해 백사장을 내달릴 때는 자기만 떼어놓
고 갈까 봐 조마조마 애가 탔다. 겨우 배에 올라타 앉고 나자, 저만치
달려오는 사람은 눈에 안 보이고 왜 빨리 출발하지 않느냐며 사공을

닦달한다는 것이다. 이덕무의 《이목구심서》에 나온다.

발을 동동 구르며 쫓기듯 하루가 간다. 아무 일 없이 가만있으면 불안하다. 금세 뭔 일이 날 것 같고 나만 뒤쳐질 것 같다. 조급증은 버릇이 된 지 오래다. 조금만 마음 같지 않아도 울화가 치밀어 분노로 폭발한다. 몇 분을 못 기다려 50대는 햄버거를 종업원의 얼굴에 집어 던지고, 담배 안 판다고 10대가 60대를 폭행한다. 술 취한 40대 교사는 속옷까지 벗고 경찰관에게 난동을 부린다. 나날은 외줄타기 광대처럼 아슬아슬하다. 폭발 직전이다.

순간의 욕망을 못 참아 인명을 해치고, 울컥하는 칼부림으로 인생을 그르친다. 술만 먹으면 고삐 풀린 이글거림이 멀쩡하던 사람을 짐승으로 바꿔버린다. 배운 사람이나 안 배운 사람이나 같다. 지위의 높고 낮음도 차이를 모르겠다. 지나고 나면 왜 그랬나 싶은데 돌이켜봐도 그 까닭을 알 수 없다.

유만주가 자신의 일기 《흠영》에서 이렇게 썼다.

일이 없으면 하루가 마치 1년 같다. 이로써 일이 있게 되면 100년이 1년 같을 줄을 알겠다. 마음이 고요하면 티끌세상(紅塵)이 바로 푸른 산속(碧山)이다. 이로써 마음이 고요하지 않으면 푸른 산속에 살아도 티끌세상과 한가지일 줄을 알겠다. 하루를 1년처럼 살고 티끌세상에 살면서 푸른 산속처럼 지낸다면, 이것이야말로 장생불사의 신선일 것이다.

無事則一日如一年. 以此知有事則百年猶一年也. 心靜則紅塵是碧山. 以此知心不靜則碧山亦紅塵也. 一日一年, 紅塵碧山, 則便是長生久視之仙矣.

미래의 경쟁력은 속도에 있지 않다. 속도를 제어하는 능력에 달렸다. 느림의 여유는 내 마음에 있다. 깊은 산속에 있지 않다. 쫓아오는 것 없이 빨라진 시간에 강제로라도 경고 카드를 내밀어 속도를 늦춰야 한다. 허둥대는 것을 빠른 것으로 착각하면 안 된다. 속도가 아니라 방향이 중요하다.

화경포뢰

나를 울게 할 고래는 어디에 있나?

華鯨蒲牢

박은朴誾(1479~1504)이 시 〈황령사黃嶺寺〉에서 이렇게 썼다.

화경華鯨이 울부짖자 차 연기 일어나고
잘새 돌아감 재촉하니 지는 볕이 깔렸네.
華鯨正吼茶煙起　宿鳥催歸落照低

'화경'이 뭘까? 다산은 〈병종病鐘〉에서 노래했다.

절 다락에 병든 종이 하나 있는데
본래는 양공良工이 주조한 걸세.
꼭지엔 세세하게 비늘 새겼고
수염도 분명해라 셀 수 있겠네.

포뢰蒲牢가 큰 소리로 울어대서
큰집에 쓰는 물건 되길 바랐지.

寺樓一病鐘　本亦良工鑄
螭鈕細刻鱗　之而粲可數
庶作蒲牢吼　仰充宮軒具

금이 가 깨진 종에 대한 시인데, '포뢰'가 무언지 또 궁금해진다.

'화경'은 무늬를 그려넣은 고래다. 범고范固는 〈동도부 東都賦〉에
"이에 경어를 내어 화종을 울리니(於是發鯨魚, 鏗華鍾)"라 했다. 고래가
어찌 종을 칠까? 풀이는 이렇다. "바닷속에 큰 물고기가 있는데 고래
라 한다. 바닷가에는 또 포뢰란 짐승이 있다. 포뢰는 평소에 고래를 무
서워해서, 고래가 포뢰를 치면 큰 소리로 운다. 그래서 종소리를 크게
하려는 자는 일부러 그 위에다 포뢰를 만들어놓고, 이를 치는 공이는
고래로 만든다. 종에는 아로새긴 무늬가 있어서 화華라고 한다."

그러니까 화경에서 '화'는 종이고 '경'은 공이를 뜻한다. 포뢰는 종
위의 매다는 장치에 새긴 동물의 이름이다. 고래 모양의 공이가 그 뭉
툭한 주둥이로 종을 향해 달려들면 저를 잡아먹으려는 줄 알고 질색
한 포뢰가 비명을 질러댄다. 그 비명이 맑고 웅장한 종소리가 되어 울
려 퍼진다는 것이니, 아주 특별한 상상력이다. 종 위에 얹어 새긴 동물
을 흔히 용으로 알지만 사실은 포뢰다.

포뢰는 용이 낳은 아홉 아들 중 셋째에 해당한다. 이들은 저마다
한 가지씩 특장이 있다. 첫째인 비희贔屓는 거북처럼 생겼고 무거운
짐을 잘 지킨다. 오늘날 귀부龜趺라 부르는, 비석을 받치고 선 거북이
바로 이 비희다. 포뢰는 소리가 맑고 크다. 고래와 만나 포뢰가 운다.

일종의 화답이요, 상상 속의 조화음이다. 앞서 다산의 '병든 종'은 공이를 잘못 만나, 부서져 금이 갔다. 금이 간 종에서는 갈라지는 쇳소리만 난다. 나를 우렁우렁 울게 할 고래는 어디에 있나?

화복상의

좋고 나쁨은 내게 달린 일

禍福相倚

어느 날 얼굴에서 환한 빛이 나는 신녀神女가 대문을 두드렸다. "어찌 오셨습니까?" "나는 공덕천功德天이다. 내가 그 집에 이르면 복을 구하던 자가 복을 얻고 지혜를 구하는 자는 지혜를 얻는다. 아들을 빌면 아들을 낳고 딸을 빌면 딸을 낳는다. 모든 소원을 다 뜻대로 이룰 수가 있다." 주인은 입이 함지박만 하게 벌어져 목욕재계를 한 후 공덕천을 집의 가장 윗자리로 모셨다.

잠시 뒤 얼굴이 시커멓고 쑥대머리를 한 추녀醜女가 찾아왔다. 주인이 퉁명스레 말했다. "너는 어찌 왔느냐?" "나는 흑암녀黑暗女다. 내가 그 집에 이르면 부자가 가난해지고, 귀한 자는 천하게 된다. 어린아이가 요절하고 젊은이는 병들어, 남자가 대낮에 곡을 하고 여자는 밤중에 흐느끼게 된다." 주인이 팔을 내저으며 몽둥이로 그를 문밖으로 내쫓았다.

공덕천이 말했다. "안 된다. 나를 섬기려는 자는 또한 저 사람도 섬겨야 한다. 나와 저 사람은 형상과 그림자의 관계요, 물과 물결의 사이이며, 수레와 바퀴의 관계다. 내가 아니면 저도 없고, 저가 아니면 나도 없다." 주인이 경악해서 손을 저으며 공덕천마저 내보냈다. 원굉도袁宏道(1568~1610)의 《광장廣莊》에 나오는 얘기다.

인간의 화복禍福이 맞물려 있어, 복만 받고 화는 멀리하는 이치란 없다는 뜻이다. 《노자》도 "화는 복이 기대는 바이고, 복은 화가 숨어 있는 곳이다(禍兮福所倚, 福兮禍所伏)"라고 했다. 그렇다면 변고를 만났을 때 이를 복으로 돌리는 지혜와, 복을 누리면서 그 속에 잠복해 있는 화를 감지해 미연에 이를 막는 슬기를 어떻게 갖추느냐가 문제다. 눈앞의 복에 취해 그것이 천년만년 갈 줄 알고 멋대로 행동하다가 제 발로 파멸의 구렁텅이에 빠진다. 재앙을 만나면 세상에 저주를 퍼붓고 하늘을 원망해 복이 기댈 여지를 스스로 없앤다.

공덕천을 맞아들이려면 흑암녀가 따라 들어온다. 흑암녀가 무서운데 공덕천이 어찌 겁나지 않으랴! 좋기만 한 것은 없다. 나쁘기만 한 것도 없다. 나쁜 것을 좋게 돌리고, 좋은 것을 나쁘게 되지 않게 하려면 매사에 삼가고 두려워하는 자세를 잃지 않아야 한다.

화생어구

모든 재앙은 입에서 비롯된다

禍生於口

성대중이 말했다.

재앙은 입에서 생기고, 근심은 눈에서 생긴다. 병은 마음에서 생
기고, 때는 얼굴에서 생긴다.

禍生於口, 憂生於眼, 病生於心, 垢生於面.

또 말했다.

내면이 부족한 사람은 그 말이 번다하고, 마음에 주견이 없는 사
람은 그 말이 거칠다.

內不足者, 其辭煩. 心無主者, 其辭荒.

다시 말했다.

겸손하고 공손한 사람이 자신을 굽히는 것이 자기에게 무슨 손해가 되겠는가? 사람들이 모두 기뻐하니 이보다 더 큰 이익이 없다. 교만한 사람이 포악하게 구는 것이 자기에게 무슨 보탬이 되겠는가? 사람들이 미워하니, 이보다 큰 손해가 없다.

謙恭者屈節, 於己何損. 而人皆悅之, 利莫大焉. 驕傲者暴氣, 於己何益. 而人皆嫉之, 害孰甚焉

또 말했다.

남에게 뻣뻣이 굴면서 남에게는 공손하라 하고, 남에게 야박하게 하면서 남 보고는 두터이 하라고 한다. 천하에 이런 이치는 없다. 이를 강요하면 반드시 화가 이른다.

傲於人而責人恭, 薄於人而責人厚, 天下無此理也. 强之禍必至矣.

다시 말했다.

나를 찍는 도끼는 다른 것이 아니다. 바로 내가 다른 사람을 찍었던 도끼다. 나를 치는 몽둥이는 다른 것이 아니다. 바로 내가 남을 때리던 몽둥이다. 바야흐로 남에게 해를 입힐 때 계책은 교묘하기 짝이 없고, 기미는 비밀스럽지 않음이 없다. 하지만 잠깐 사이에 도리어 저편이 유리하게 되어, 내가 마치 스스로 포박하고 나아가는 형국이 되면, 지혜도 용기도 아무짝에 쓸데가 없다.

伐我之斧非他, 卽我伐人之斧也. 制我之梴非他, 卽我制人之梴也. 方其加諸人也, 計非不巧, 機非不密也. 毫忽之間, 反爲彼利, 而我若自縛以就也, 智勇並無所施也.

또 말했다.

귀해졌다고 교만을 떨고, 힘 좋다고 제멋대로 굴며, 늙었다고 힘이 쭉 빠지고, 궁하다고 초췌해지는 것은 모두 못 배운 사람이다.

貴而驕, 壯而肆, 老而衰, 窮而悴, 皆不學之人也.

어찌 해야 할까? 그가 말한다.

청렴하되 각박하지 않고, 화합하되 휩쓸리지 않는다. 엄격하되 잔인하지 않고, 너그럽되 느슨하지 않는다.

淸而不刻, 和而不蕩, 嚴而不殘, 寬而不弛.

또 말한다.

이름은 뒷날을 기다리고, 이익은 남에게 미룬다. 세상을 살아감은 나그네처럼, 벼슬에 있는 것은 손님같이.

名待後日, 利付他人. 在世如旅, 在官如賓.

사람이 답을 몰라서가 아니라 언제나 행함을 잊어 탈이 된다.

화진유지

화마가 알아본 효자

火眞有知

홍길주가 보은 원님으로 있을 때 일이다. 고을 효자에 관한 기록을 살펴보니 판에 박은 듯이 눈 속에서 죽순이 솟거나, 얼음 속에서 잉어가 뛰어올랐다. 꿩은 부르기도 전에 방 안으로 날아들고, 시키지도 않았는데 호랑이가 저 스스로 무덤을 지켰다.

그중 유독 평범해서 아주 특이한 효자가 한 사람 있었다. 구이천具爾天은 학문이 깊고 행실이 도타웠다. 부모를 정성을 다해 모셨다. 그뿐이었다. 이상하거나 놀랄 만한 말은 한마디도 없었다. 100여 년 전의 일이었고, 그를 칭찬한 사람들은 그보다 나이 많은 선배들이었다. 선대의 유언에 따라 구씨의 효장孝狀은 밖에 알려지지도 않았다.

글을 다 읽은 홍길주는 아전을 시켜 후손들에게 돌려주게 했다. 아전은 무심코 그것을 창고 속에 보관해두었다가 그만 화재가 발생했다. 기록이 모두 탔는데 구씨의 효장만 말짱했다. 순찰사에게 이 일을 얘기하자 순찰사가 웃으며 말했다.

"내가 여러 고을의 효장을 보면 몇 줄 읽기도 전에 잉어가 나오고 호랑이가 튀어나오니, 화가 나서 땅에 집어던지고 싶어지더군. 정말 효성스러운 선비였다면 물고기와 호랑이는 마음대로 부리면서 저 화재는 당해내지 못할 수 있단 말인가?" 홍길주가 구씨의 효장만 불에 타지 않았다고 말하자, 순찰사가 말했다. "그야말로 진정한 효자다." 홍길주의 〈보은군효장재기報恩郡孝狀災記〉에 나온다. 그는 글 끝에 이렇게 썼다. "아, 불에도 정말 지각이 있단 말인가〔火眞有知〕!"

다산은 〈효자론孝子論〉에서, 사람마다 기호가 다른데 효자의 부모들은 어쩌면 꿩과 잉어, 자라, 눈 속의 죽순만 찾는지 모르겠다고 나무랐다. 마침내 이렇게까지 말했다.

저들은 부모의 죽음을 이용해 세상을 진동시킬 명예를 도둑질하니, 또한 어찌 된 셈인가? 이는 부모를 빙자해 명예를 훔치고 부역을 도피하며, 간사한 말을 꾸며 임금을 속이는 자들이다.

彼或乘此之時, 而因以盜其震世之名, 尙亦何哉? 是其藉父母以沽名逃役, 飾奸言以欺君者也.

당시에 가짜 효자, 조작된 열녀가 워낙 많았다는 얘기다. 평범한 효열孝烈로는 경쟁력이 없다 보니 그 내용도 갈수록 엽기적으로 변해갔다.

화풍진진

꽃바람이 분다
花風陣陣

봄기운이 물씬한 추사의 편지 한 통을 읽는다.

봄의 일이 하마 닥쳐, 한식과 청명에 화풍花風이 연신 붑니다. 과
거 추위로 괴롭던 기억은 잊을 만합니다그려. 이때 함咸이 와서 보
내신 편지를 받고 보니 기쁜 마음이 가득하군요. 게다가 편히 잘
지내시는 줄 알게 되니 더욱 마음이 놓입니다.

春事已到, 寒食淸明, 花風陣陣. 過去之苦寒, 亦可忘矣. 卽於咸來, 承
接惠書, 欣暢滿懷. 且審邇候安勝尤慰.

한식과 청명의 시절에 꽃을 재촉하는 화신풍花信風이 떼 지어 몰려
다닌다. 바람이 한번 쓸고 지나가는 자리마다 꽃들이 우르르 피어난
다. 겨우내 옹송그려 화로를 끼고 앉아 벌벌 떨던 기억이 언제 적 애

긴가 싶다. 겨울엔 그렇게 춥고 괴롭더니, 이제는 기가 쫙 펴져 온몸에 피가 잘 돈다. 여기에 더해 반가운 그대의 소식까지 들으니 너무 기쁘다는 안부 편지다. 71세 나던 1856년 청명 시절에 썼다. 수신자는 분명치가 않다.

고려 때 충지沖止(1226~1293) 스님은 〈한중잡영閑中雜詠〉에서 이렇게 노래한다.

> 비 온 뒤 담장 아래 새 죽순이 솟아나고
> 뜰에 바람 지나가자 지는 꽃잎 옷에 붙네.
> 온종일 향로에 향 심지 꽂는 외에
> 산집엔 다시금 아무 일도 없다네.
> 雨餘牆下抽新筍　風過庭隅襯落花
> 盡日一爐香炷外　更無閑事到山家

대밭에 죽순이 고개를 내밀기 시작하면, 비 맞은 꽃잎이 옷에 붙는다. 가고 오는 자연의 이치를 물끄러미 내다보며 오늘도 온종일 일 없는 하루를 보냈다. 산사의 시간이 적막한 물속 같다.

다시 노산 이은상의 〈개나리〉란 시조 한 수.

> 매화꽃 졌다 하신 소식을 받자옵고
> 개나리 한창이란 대답을 보내었소.
> 둘이 다 봄이란 말은 차마 쓰기 어려워서.

"매화 꽃잎이 다 떨어졌습니다." "이곳엔 지금 노란 개나리가 한창이지요." 주고받는 글 속에 어느 쪽도 봄이란 말은 입 밖에 내지 않았다. 입에 담는 순간 봄이 문득 달아날까 봐.

미세먼지로 시계가 흐려도 진진陣陣한 화풍에 꽃이 피어 봄이 왔다. 남녘에선 일창일기一槍一旗의 첫 순을 따서 햇차를 덖는 손길들이 분주해질 것이다. 이 봄에 나는 어떤 새 결심을 지을까? 무엇이든 다시 시작해볼 수 있을 것 같은 4월이다.

환양망익

바랄 것을 바라라

豢羊望翼

1652년 10월, 윤선도尹善道(1587~1671)가 효종에게 당시에 급선무로 해야 할 여덟 가지 조목을 갖춰 상소를 올렸다. 〈진시무팔조소陳時務八條疏〉가 그것이다. 하늘을 두려워하라는 외천畏天으로 시작해서, 마음을 다스리라는 치심治心을 말한 뒤, 세 번째로 인재를 잘 살필 것을 당부하는 변인재辨人材를 꼽았다.

"정치는 사람에 달렸다〔爲政在人〕"고 한 공자의 말을 끌어오고, "팔다리가 있어야 사람이 되고, 훌륭한 신하가 있어야 성군이 된다〔股肱惟人, 良臣惟聖〕"고 한 《서경》의 말을 인용한 뒤 이렇게 말했다.

삿된 이를 어진 이로 보거나, 지혜로운 이를 어리석게 여기는 것, 바보를 지혜롭게 보는 것 등은 바로 나라를 다스리는 자의 통상적인 근심입니다. 다스려지는 날은 늘 적고, 어지러운 날이 항상 많은 것은 모두 이 때문입니다.

以邪爲賢, 以智爲愚, 以愚爲智, 此乃有國家者之通患. 而治日常少, 亂日常多, 皆由於此也.

이어서 적재적소에 인물을 발탁하는 문제를 설명한 뒤 다시 이렇게 이었다.

마땅한 인재를 얻어서 맡긴다면, 전하께서는 그저 가만히 있어도 나라를 다스릴 수 있고, 높이 팔짱을 끼고 있어도 아무 근심이 없을 것입니다. 마땅한 인재를 얻지 못한 채 나라를 다스리려 한다면, 이는 진실로 수레를 타고서 바다로 달려가고, 양을 길러 날개가 돋기를 바라는 것과 같아, 애를 써봤자 한갓 수고롭기만 하고, 나날이 위망危亡의 길로 나아가게 될 것입니다.

如此等人材得而任之, 則殿下可以垂衣而治, 高拱無憂矣. 不得其人, 而欲治其國, 則誠如乘輦而適海, 拳羊而望翼, 徒勞於勵精, 而日就於危亡矣.

글 중에 수레를 타고 바다로 가고〔乘輦適海〕, 양을 길러 날개가 돋기를 바란다〔拳羊望翼〕는 말은, 당나라 때 성균盛均의 〈인한해人旱解〉에 나온다. 수레를 몰고 길이 아닌 바다를 향해 내달리면 결국은 물에 가라앉고 만다. 아무리 정성을 쏟아 길러도 양의 어깨에서 날개가 돋아날 리는 없다. 될 수 없는 일의 비유로 쓴다. 효종은 비답을 내려, 내가 불민하지만 가슴에 새기지 않을 수 없다며, 앞으로도 나의 과실을 지적하고 부족한 점을 채워달라고 당부했다.

환원탕사

삿됨을 씻어내자

還源蕩邪

대둔사 승려 호의縞衣(1778~1868)는 다산이 초의 이상으로 아꼈던 제자다. 다산이 세상을 뜬 뒤로도 그는 해마다 두릉斗陵으로 햇차를 만들어 보냈다. 병으로 자리에 누워 있던 다산의 둘째아들 정학유丁學游(1786~1855)가 해남서 온 물건을 받아들자 벌써 종이를 뚫고 차 향기가 진동한다. 그는 급히 봉함을 끌렀다. 차와 함께 편지 한 통이 얌전하게 들어 있다. 편지는 서두가 이렇다.

서편 봉우리에 남은 해여서, 살아생전 서로 만나볼 인연이 없군요. 달빛이 선창禪窓에 비쳐들면 문득 두릉을 생각하곤 했습니다.
西峰殘日, 生前無緣相面. 月入禪窓, 忽憶斗陵.

읽다 말고 맑은 눈물이 뚝 떨어진다. 정학유의 《운포시집耘逋詩集》

중 '호의 노사가 두륜산에서 직접 딴 새 차를 보내왔으므로 시로 답례 한다〔縞衣老師以頭輪山自採新茶見贈, 酬之以詩〕'라는 긴 제목의 시에 보이 는 사연이다.

건너뛰며 읽는 시는 이렇다.

대숲 아래 이끼가 좋은 차를 길러내어
대광주리 깨끗이 딴 매발톱이 가득하다.
자기 그릇 바람 에워 연기를 흩더니만
돌솥의 눈가루에 구슬 떨기 떠오른다.
신령한 액 혀와 목을 다 적시기도 전에
묘한 향기 먼저 풍겨 살과 뼈에 스미누나.
털구멍 송송송송 땀이 살풋 젖더니만
환원하여 삿됨 씻음 잠깐의 사이일세.
竹下莓苔毓精英　鮮摘筠籃盈鷹觜
瓷盌回風散輕霞　石銚滾雪浮珠蕊
靈液未遍沾舌喉　妙香先通淪肌髓
毛竅淅淅微汗滋　還源蕩邪斯須耳

돌솥의 곤설滾雪은 눈가루처럼 날리는, 차맷돌에 간 떡차 가루를 말한다. 이것을 물에 넣고 함께 끓이자 구슬인 양 물 위로 거품이 떠 올랐다. 털구멍마다 촉촉이 땀이 솟아 잠깐 만에 '환원탕사還源蕩邪', 즉 원래 상태로 돌아가 몸속의 삿된 기운이 말끔하게 씻겨지더라고 했다. 차의 효용을 설명한 가장 멋진 표현이다.

조금 건너뛰어 "오호라, 이 같은 일 서른 해나 되었지만, 편지 담긴

두터운 정 처음과 끝 다름없네〔嗚呼此事三十年, 緘情滾滾終如始〕"라 한 것
을 보면 호의의 햇차 선물은 30년째 이어온 일이었다. 경박해져만 가
는 세상이라지만 신의와 오가는 정 없이 우리는 아무것도 아니다.

환이삼롱

마음이 통하면 언어란 부질없다

桓伊三弄

진晉나라 때 환이桓伊는 뛰어난 피리 연주자였다. 그가 작곡한 〈낙매화곡落梅花曲〉이 유명했다. 이백은 노래했다.

황학루 위에 올라 옥피리 빗겨 불자
5월이라 강성에서 매화꽃이 떨어지네.
黃鶴樓上吹玉笛　江城五月落梅花

5월이면 꽃이 진작에 다 지고 매실이 주렁주렁 달릴 시절이다. 하지만 황학루에서 누군가 부는 젓대 소리를 듣고 있자니 갑자기 눈앞에서 난분분 날리는 매화 꽃잎의 환영을 보는 것만 같더라는 뜻이다. 허공으로 흩어지는 피리 소리에서 바람에 흩날리는 매화 꽃잎을 연상한 것은 참 대단하다. 이백은 이때 환이의 〈낙매화곡〉을 떠올린 것이 분명하다.

하루는 왕휘지王徽之가 냇가에 배를 대고 있는데 환이가 수레를 타고 언덕 위를 지나갔다. 왕휘지가 사람을 보내 말했다. "그대가 피리를 잘 분다는 말을 들었소. 나를 위해 한 곡 연주해주겠는가." 환이는 두말없이 수레에서 내렸다. 호상胡床에 자리를 잡고 걸터앉더니 왕휘지를 위해 세 곡을 연주했다. 연주를 마치더니 말없이 다시 수레에 올라 그 자리를 떠났다. 왕휘지는 배에서 내리지도 않았다. 환이삼롱桓伊三弄, 즉 환이가 피리로 세 곡을 연주했다는 고사가 이렇게 해서 생겨났다.

환이는 당시 지위가 꽤 높았고, 왕휘지는 재야의 인사에 지나지 않았다. 멀쩡히 길 가는 고관을 불러 세워 피리 연주를 청한 것은 자칫 거만하게 비칠 행동이었다. 하지만 왕휘지는 진심으로 그의 연주를 듣고 싶었다. 환이는 또 왕휘지의 예술과 인품을 깊이 흠모하고 있었다. '제까짓 게 감히 나를' 하는 마음이 조금만 있었다면 환이는 연주는커녕 화를 벌컥 내고 떠나갔을 것이다. '네가 지위가 높다지만 내 요청을 거절해?' 왕휘지에게도 이런 오만한 마음이 애초에 없었다. 그 진심이 맞통한 자리에는 최고 수준의 연주자와 감상자가 있었을 뿐이다. 둘은 끝내 서로 한마디도 나누지 않았다. 굳이 말이 필요 없었기 때문이다.

도연명은 〈음주飲酒〉 시에서 이렇게 노래했다.

이 가운데 참된 뜻이 있으나
말하려니 어느새 말을 잊었네.
此中有眞意　欲辨已忘言

마음이 통하는 사람 사이에 언어는 별 의미가 없다. 말이 많아지고 다짐이 잦아지는 것은 그만큼 소통이 안 된다는 증거다.

황공대죄

황공하옵니다, 죄를 주소서
惶恐待罪

《간옹우묵》에서 이기가 선조대 조정을 평가한 글을 읽었다.

편안히 즐기는 것이 습관이 되어 기강과 법을 하찮게 여긴다. 뇌물이 공공연하게 행해지고 상벌에 기준이 없다. 탐욕과 사치가 날로 성해지고 가렴주구는 끝이 없다. 부역은 잦은 데다 힘이 들어 민심은 떠나가 흩어졌다. 어진 이와 사악한 이가 뒤섞여 등용되자 선비들은 두 마음을 품고, 관리들은 태만하여 아침부터 저녁까지 일할 마음을 먹지 않는다. 승정원은 임금의 가까이에 있으면서 왕명을 출납함에 있어 옳은 마음으로 보필할 생각은 않고 매번 '신의 죄를 벌해주소서'란 말만 일삼고, 비변사는 나라의 중요한 일을 관장하면서도 계획을 세울 적에 허물을 뒤집어쓰려는 사람은 없이 오로지 임금의 뜻에 따르는 것만을 옳다고 여긴다. 도성 사람들은 이를 두고 이렇게 말한다. "'황공하옵니다, 죄를 주소서'를 되뇌는 승정원이요, '전하의 분부가 지당하십니다'만 말하는 비변사로다."

恬嬉成習, 紀法垢玩, 貨賂公行, 賞罰無章, 貪侈日肆, 誅求無藝. 繇役繁劇, 民心離散, 賢邪雜進, 士論攜貳. 百隸怠慢, 莫肯朝夕. 政院居喉舌之地, 出納之際, 不思惟允. 每以待罪爲事, 備邊司掌機務之重, 籌劃之時, 無人執咎, 惟以順旨爲常. 都中爲之語曰: "惶恐待罪承政院, 上敎允當備邊司."

지금의 청와대 비서실에 해당하는 승정원은 일이 생기면 책임지고 나서서 일을 처리할 생각은 없이 그저 죽여주십사 하고 납작 엎드리기만 하고, 국가안보위원회 격의 비변사에서는 나라에 큰일이 생겨도 시의에 맞는 대책을 내놓는 것이 아니라 임금의 입만 쳐다보면서 비위 맞추기에 바쁘다는 것이다.

율곡 이이는 자신의 《석담일기石潭日記》에서 진강 때마다 학문과 정치에 대해 건의해도 선조가 아무 대답이 없자 이렇게 직언했다.

임금께서 마음을 터놓고 말을 주고받으신다 해도 아랫사람의 마음이 통하지 못할까 걱정인데, 하물며 침묵하시고 말씀을 하지 않으시어 아랫사람의 기를 죽이시는 것이야 더 말할 나위가 있겠습니까? 오늘날의 천재天災와 시대의 변고는 근고近古에 없던 것입니다. 신하와 백성들이 두려워하며 또 무슨 일이 있을까 걱정합니다. 전하를 위하는 계책은 마땅히 널리 좋은 방책을 구하여 서둘러 시대를 구제하시는 것이요, 가만히 계시어 아무 일도 하시지 않아서는 안 됩니다.

自上雖虛心酬酢, 尙患下情未達, 況沈默不言以阻之乎? 目今天災時
變, 近古所無. 臣民惴惴, 不知更有何事. 爲殿下計, 當敷求善策, 汲汲救
時, 不宜深拱無所猷爲也.

그래도 선조는 아무 반응을 보이지 않았다.《석담일기》는 뒤쪽으로
갈수록 임금에 대한 실망감의 토로가 부쩍 잦아진다.

회근보춘

뿌리에 감춰 봄을 피운다

晦根葆春

1675년 7월, 월출산 자락 영암 구림 땅에 유배된 김수항은 〈화도 시和陶詩〉 연작 50수를 지으며 안타까운 시간을 추슬렀다. 처음 공주 를 지날 때만 해도

> 어이 그릇 육신의 부림을 받아
> 괴로이 티끌 그물 걸려들었나.
> 그래서 세상 이치 통달한 이는
> 처세에 이름 없음 높이 보았지.
> 胡爲誤形役　苦被塵網縈
> 所以曠達人　處世貴無名

라며 나락에 떨어진 처지를 한탄했다.

겨울 들어 마음이 안정되자 시상도 차분해졌다. 〈동운同雲〉 네 장을 지었다. 동운은 폭설이 내리기 전 하늘에 자욱하게 낀 먹구름을 가리키는 말이다. 큰 눈을 몰고 올 먹구름이 들판 너머 가득하다. 차고 매운 추위가 몰려오고 있다. 제4장만 읽어본다.

> 회오리바람 세차
> 잎은 가지 떠나간다.
> 뿌리에 감춰 지녀
> 내 화창한 봄 피워내리.
> 잃어도 줄지 않고
> 얻은들 늘지 않네.
> 자리 지켜 행하니
> 나를 어이 하겠는가?
>
> 飄風發發　有摽辭柯
> 晦之在根　葆我春和
> 喪不爲少　得不爲多
> 素位而行　其如余何

매서운 북풍한설에 무성하던 잎이 다 떨어졌다. 이제 내 곁엔 아무도 없다. 빈 가지로 섰다. 하지만 꺾이지 않는다. 마지막 남은 온기는 뿌리 깊숙이 간직해두겠다. 모진 추위의 끝에서 봄은 다시 올 것이다. 그때 봄 앞에 부끄럽지 않기 위해 이 간난의 때를 의연히 견디겠다. 얻고 잃음에 대한 세상의 셈법은 이제 지겹다. 잃어도 얻었고, 얻었지만 잃었다. 일희일비하지 않는다. 내 자리에 뿌리박고 서서 내 길을 갈

뿐이다. 눈보라도 고통의 시간도 하나 두렵지 않다. 내가 내 자신 앞에 부끄러운 것만은 참을 수가 없다.

세 번째 구는 출전이 있다. 송나라 때 주자의 스승이었던 유자휘劉子翬가 〈주희에게 자를 지어주며 써준 축사(字朱熹祝詞)〉에서 썼다.

나무는 뿌리에 간직해서
봄에 무성히 피어나고,
사람은 몸에 간직하여
정신이 그 안에서 살찐다.
木晦於根　春容燁敷
人晦於身　神明內腴

마지막 두 구절은 《중용》에서 끌어 썼다. "군자는 제자리를 지켜 행할 뿐, 그 바깥은 원하지 않는다(君子素其位而行, 不願乎其外)." 환난에 처한 군자의 마음가짐을 잘 표현했다. 사람은 역경과 시련 속에서 그 그릇이 온전히 드러난다.

후적박발

두텁게 쌓아 얇게 펴라

厚積薄發

임종칠林宗七(1781~1859)이 자신을 경계하는 글을 써서 벽에 붙였다.

네가 비록 나이 많고
네 병이 깊었어도,
한 가닥 숨 남았다면
세월을 아껴야지.
허물 깁고 성현 배움에
네 마음을 다하여라.
날 저물고 길은 멀어
네 근심 정히 깊네.
두터이 쌓아 얇게 펴
겉과 속이 순수하니,

한번 보면 도를 지닌

군자임을 알게 되리.

汝年雖暮　汝疾雖沈　一息尙存　可惜光陰

補過希賢　用竭汝心　日暮行遠　汝憂正深

及其厚積薄發　表裏純如　一見可知　其爲有道君子也

　조두순의 〈둔오임공묘갈명 屯林公墓碣銘〉에 인용되어 있다. 글 속의
후적박발厚積薄發은 '쌓아둔 것이 두텁지만 펴는 것은 얇다'는 의미로,
온축을 쌓되 얇게 저며 한 켜 한 켜 펼친다는 말이다. 소동파가 서울
로 떠나는 벗 장호를 전송하며 쓴 〈가설송장호 稼說送張琥〉란 글에 처
음 나온다.

　소동파는 부자의 농사와 가난한 이의 농사를 비교하는 것으로 글
의 서두를 열었다. 부자는 밭의 토양이 좋고 생활도 여유가 있다. 땅을
놀려가며 농사를 지어 땅의 힘이 살아 있다. 제때에 씨를 뿌려 익은
뒤에 거둔다. 가난한 집은 얼마 안 되는 땅에 달린 입은 많아서, 밤낮
식구대로 밭에 달라붙어 김매고 호미질하기 바쁘다. 놀릴 땅이 없는
지라 땅의 힘이 쇠하여 소출도 적다. 제때에 파종하기도 어렵고, 주림
을 구하기 바빠 익을 때까지 기다릴 여유도 없다.

　이어 소동파는 옛사람을 부잣집에, 지금 사람은 가난한 집에 견줘,
여유롭게 기르고 채워 마침내는 차고 넘치게 되는 옛사람과, 그때그
때 써먹기 바빠 온축의 여유가 없는 지금 사람의 공부를 대비했다. 소
동파는 "아! 그대는 이를 떠나 배움에 힘쓸진저! 널리 보고 핵심을 간
추려 취하고(博觀而約取) 두텁게 쌓아서 얇게 펴는 것(厚積而薄發), 나는
그대에게 여기에서 멈추라고 말해주겠다"라고 썼다.

폭넓게 보고 그 가운데 엑기스만을 취해 간직한다. 두텁게 차곡차곡 쌓아두고 한꺼번에 쏟아내는 것이 아니라, 조금씩 아껴서 꺼내 쓴다. 그래야 수용이 무한하고 응대가 자유로워진다. 가난한 집 농사짓듯 하는 공부는 당장에 써먹기 바빠 쌓일 여유가 없다. 허둥지둥 허겁지겁 분답스럽기만 하다.

후피만두

생김새부터 속물이다

厚皮饅頭

당나라 때 유종원이 한유의 문장을 평하며 이렇게 말했다.

　세상에서 남의 것을 본뜨거나 슬쩍 훔쳐, 푸른색을 가져다가 흰 빛에 견주고, 껍질은 살찌고 살은 두터우며, 힘줄은 여리고 골격은 무른데도, 글깨나 한다고 여기는 자의 글을 읽어보면 크게 웃을 수밖에 없다.

　世之模擬竄竊, 取靑娬白, 肥皮厚肉, 柔觔脆骨. 而以爲辭者之讀之也, 其大笑固宜.

글재간만 빼어나고 기운이 약한 글을 나무란 내용이다. 《송음쾌담》에 나온다.

유종원이 제시한 속문俗文의 병폐를 차례로 짚어보자. 먼저 모의찬

절模擬竄竊은 흉내 내기와 베껴 쓰기다. 글은 번드르르한데 제 말은 없고 짜깁기만 했다. 다음은 취청비백取靑媲白이다. 푸른빛과 흰빛을 잇대 무늬가 곱고 아롱져도 실다운 이치는 찾기 힘든 글이다. 다음은 비피후육肥皮厚肉, 즉 껍질은 두꺼워 비곗덩어리이고 그 속의 살마저 퍽퍽해 아무 맛이 없는 무미건조한 글이다. 마지막은 유근취골柔觔脆骨이다. 힘줄이 여리고 뼈는 물러서 외부의 작은 충격에도 휘청 나자빠지는 글이다.

태학사太學士 진공순陳公循이 과거시험장에 감독차 나갔다. 감독관들이 채점을 둘러싸고 의견이 제각각이어서 결론을 내지 못하고 있었다. 그가 답안지를 가져다가 한차례 훑어보더니 "이건 죄다 후피만두厚皮饅頭로군!" 하고는 내던져 버렸다. 생긴 것은 만두인데 껍질이 두꺼워 차마 먹기가 괴롭다. 글이 정곡을 꽉 찔러서 정신이 번쩍 들게 해야지, 도대체 무슨 말을 하려는 것인지 알 수조차 없게 썼다는 얘기다.

옛사람은 겉보기만 그럴싸할 뿐 정작 읽을 수 없는 글을 후피만두에 견줬다. 껍질이 수제비처럼 두꺼운 만두가 후피만두다. 모양만 만두지 부드러운 식감은 간데없고 밀가루반죽 덩어리가 밀랍처럼 질경질경 씹힌다.

《서학집성書學集成》에도 같은 설명이 보인다.

세상 사람 중에 글씨 획을 두껍게 쓰기 좋아하는 사람이 있다. 이는 후피만두와 다를 바 없으니 먹어보면 분명 맛이 없고 생김새만 봐도 속물임을 금세 알 수 있다.

世之人有喜作肥字者, 正如厚皮饅頭. 食之未必不佳, 而視其爲狀, 已可知其俗物.

껍질이 두꺼운 만두는 한눈에도 맛이 없어 보인다. 꼭 입에 넣어봐
야 아는 것이 아니다.

훼인칠단

남을 헐뜯는 일곱 가지 단서

毁人七端

남을 베고 찌르는 말이 난무한다. 각지고 살벌하다. 옳고 그름을 떠나 언어의 품위가 어쩌다 이렇게 땅에 떨어졌나 싶다. 《칠극》 제6권의 〈남을 해치는 말을 경계함(戒讒言)〉 조를 읽어본다.

남을 헐뜯는 데 일곱 가지 단서가 있다. 까닭 없이 남의 가려진 잘못을 드러내는 것이 첫째다. 듣기 좋아하는 것이 둘째다. 까닭 없이 전하고, 전하면서 부풀리는 것이 셋째다. 거짓으로 증거 대는 것이 넷째다. 몰래 한 선행을 인정하지 않는 것이 다섯째다. 드러난 선행을 깎아 없애는 것이 여섯째다. 선을 악이라 하는 것이 일곱째다. 그 해로움은 모두 같다.

毁人有七端. 無故而露人陰惡一. 喜聞二, 無故而傳, 傳而增益三. 誣証四, 不許陰善五, 消明善六, 以善爲惡七. 其害俱等.

남을 비방하려고 잘못을 부풀리고, 과장해서 보태며, 거짓으로 증거 대고, 좋은 점을 깎아내려, 사실을 호도하고 진실을 왜곡한다. 한번 이 덫에 걸리면 헤어날 길이 없다.

귀 기울일 만한 짤막한 잠언 몇 구절.

비방을 지어내는 사람은 돼지와 같다. 발을 두어야 할 곳에 입을 두기 때문이다.

造毀者如豕. 置足焉卽置口矣.

남을 헐뜯는 사람은 뱀과 같다. 마주 보면 두려워 피하면서, 돌아서면 나아가 문다. 뱀은 구불구불 간다. 남을 비방하는 사람도 한가지다. 처음엔 좋은 말을 하면서 질투하는 마음을 가려 남의 신뢰를 얻고, 나중에는 못된 훼방을 더해 남의 선한 소문을 더럽힌다.

毀人者如蛇. 面之畏而避, 背之進而噬. 蛇曲行, 毀人者亦然. 始作好言, 掩其妬志, 以取人信. 訖加惡毀, 汚人善聞.

남을 헐뜯는 사람은 독사보다 해롭다. 뱀이 한 번 깨물면 한 사람이 다치지만, 헐뜯는 자는 한 마디 말로 세 사람을 다치게 한다. 자기 자신이 하나, 듣는 자가 하나, 헐뜯음을 당하는 자가 하나다.

毀人者虐於毒蛇. 蛇一齩, 傷一人. 毀者一言, 傷三人. 己一, 聞者一, 受毀者一.

비방을 만들어내는 사람은 남의 드러난 덕을 가려 남이 의심하게 만들어서 다시는 그를 사모하지 못하게 한다. 남이 감춰둔 것을 가늠해 다른 사람이 보게끔 하고 또 미혹시켜 이를 따르게 한다.

造毀者, 掩人之顯德, 使人疑之, 不復慕之. 計人之隱匿, 令人見之, 又惑以從之.

자신을 돌아보기에도 바쁜 세상에, 이래도 남을 헐뜯고 비방할 텐가?

흉종극말

이익 앞에 눈이 멀다

凶終隙末

초한楚漢이 경쟁할 당시, 장이張耳와 진여陳餘는 대량大梁의 명사名
士로 명망이 높았다. 처음에 두 사람은 부자父子처럼 다정하게 지냈다.
여러 역경을 함께 겪으면서 떼려야 뗄 수 없는 관계가 되었다. 나중에
권력을 다투게 되자 경쟁관계로 돌아섰다. 끝내는 장이가 지수泜水가
에서 진여의 목을 베기에 이르렀다. 흉종凶終, 그 시작은 참 좋았는데
마지막은 흉하게 끝이 났다.

전한前漢 시절 소육蕭育과 주박朱博은 절친한 벗이었다. 처음에 주
박은 두릉정장杜陵亭長이란 낮은 벼슬에 있었다. 소육이 그를 적극 추
천해서 차츰 승진해 구경九卿의 지위에 올랐다. 정작 장군과 상경上卿
을 거쳐 승상의 자리에까지 오른 것은 주박이 먼저였다. 이후 두 사람
은 사소한 틈이 벌어지면서 오해가 오해를 낳아, 극말隙末 즉 끝내 완
전히 갈라서서 원수가 되고 말았다.

흉종극말凶終隙末은 세상에서 벗 사이에 유종의 미를 거두지 못하는 일을 비유하는 말이다. 한때는 의기가 투합해서 죽고 못 사는 사이였는데, 나중엔 싸늘히 돌아서서 서로를 헐뜯다 못해 죽이기까지 했다. 왜 그랬을까? 견리망의見利忘義, 당장의 이익에 눈이 멀어 의리를 잊었기 때문이다.

송나라 때 구양수가 장지기蔣之奇를 어사로 천거했다. 장지기는 구양수를 몰래 무고해서 박주지사로 쫓아냈다. 구양수는 이때 올린 표문에다 이렇게 썼다. "예형禰衡을 천거한 먹물이 마르기도 전에, 예羿를 쏜 화살을 이미 당겼네[未乾薦禰之墨, 已關射羿之弓]." 한나라 때 공융孔融이 40세에 20여 세의 예형을 아껴 글을 올려서 천거했다. 방몽逄蒙은 예羿에게서 활 쏘는 법을 배웠다. 다 배운 뒤 천하에 자기보다 나은 이가 예밖에 없다고 여겨 스승을 쏘아 죽였다. 구양수는 자신이 장지기를 진심으로 아껴 천거했는데, 막상 돌아온 것은 차디찬 배신이었다는 말을 이렇게 썼다.

한때 동지를 외치며 어깨를 겯던 이들이 한순간에 사생결단을 하고 싸운다. 그 곁에서 어제의 원수들이 기다렸다는 듯이 서로 손을 잡는다. 저마다 정의를 내세우지만 실은 서로의 셈법이 있었을 뿐이다.